九色鹿

本书为国家社会科学基金重大项目

"汉唐间丝绸之路历史书写和文学书写文献资料整理与研究"

（19ZDA261）阶段性成果

獲北京外国语大学 2020 年度"双一流"建设重大标志性成果

"多语种、多视角世界文学与比较文学研究"继续资助项目

（2021SYLZD012）资助

The Relationship between
the Silk Road and the Literature
in Han and Tang Dynasties

丝绸之路
与汉唐文学的
关系

石云涛　著

社会科学文献出版社
SOCIAL SCIENCES ACADEMIC PRESS (CHINA)

前　言

　　自"丝绸之路"这一概念提出，丝绸之路研究已经有一百多年的学术史，作为一项世界性课题成果丰硕。在这一领域，国内外涌现出许多著名学者，丝绸之路成就了许多杰出的甚至大师级的学者。近年来，由于"丝绸之路：长安—天山廊道的路网"列入联合国教科文组织世界遗产名录和习近平总书记提出的共建"一带一路"倡议的带动，丝绸之路研究更加引起广泛关注，出现了前所未有的研究高潮。一个"冷门"领域迅速成为"热门"领域，过去主要集中在历史学和考古学领域的研究，如今各个领域和各方面的人才都与丝绸之路建立了联系，投入了丝绸之路的研究。在这种背景下，一个长期被忽略的课题浮出水面，丝绸之路与文学关系研究成为学术聚焦点和新的学术生长点。

　　丝绸之路与文学的关系不是人为附加的，而是天然生成的。世上本无所谓的路，走的人多了，就形成了路。丝绸之路作为推动人类文明进步的最具有重大意义的道路也是"人"走出来的。文学是人类社会生活的形象反映和情感投射，文学的发展变化是社会历史发展变化的晴雨表，文学是人类社会历史的审美表现。人类社会有了丝绸之路，便有了反映丝绸之路的文学。虽然那时还没有"丝绸之路"这个概念，但这条经济贸易之路、文化交流之路、东西方对话之路和文明互动之路早已成为文学表现的对象。它的交通条件、自然风貌、历史变迁，它的经济贸易活动，它带来的文化交流，激发了人们创作的兴趣和灵感，给文学注入了新鲜血液和强大动力。它给文学带来的影响，无论在深度还是广度上，可能都是无与伦比的。中国文学具有深厚的丝路文化意蕴，丝路沿线国家产生了与丝路文化相关的文学，其存量现在还不能做出具体的估价。

　　在研究丝绸之路和对外关系史的学人中，关注到文学材料的不乏其人。陈寅恪运用诗史互证的方法研究元白诗，其《元白诗笺证稿》中有的考证涉及丝绸之路和文化交流，如关于《阴山道》诗的考证，便涉及唐与回鹘的绢马贸易；美国汉学家薛爱华《撒马尔罕的金桃——唐代舶来品研究》、日本学者石田干之助《长安之春》、向达《唐代长安与西域文明》利用唐诗资料考证来自域外的器物产品、胡人和胡人乐舞；严耕望《唐代交通图考》利用唐诗资料考证唐代驿道路网等。他们都取得了可喜成绩，但是真正系统地进行丝绸之路与文学关系研究是近年来的事情。《中国社会科学报》记者张清俐于 2018 年 3 月 14 日发表《丝绸之路文学景观成学术聚焦点》一文指出："丝绸之路作为古代历史上东西方往来的交通要道，承担着商贸经济、文化交流等方面的重要功能。形形色色的交通活动，丰富多彩的沿途风土人情，在当时的文学作品中得以呈现，形成了独特的'丝路'文学景观。丝绸之路为我国古代文学带来了怎样的境界？从丝绸之路文学景观中，可以管窥到哪些图景？随着近年来一带一路人文研究的兴起，文学景观视野中的丝绸之路引起了不少文学研究者的关注。"在这篇文章中，作者特意提到："近年来，丝绸之路文学研究得到国家的大力支持。如石云涛申请获批的 2017 年国家社科基金后期资助项目'唐诗见证的丝绸之路变迁'；邱江宁申请获批的国家社科基金重大项目'13—14 世纪"丝路"纪行文学文献整理与研究'。"近年来，研究者不仅在丝绸之路与文学关系上获得国家和省部级人文社会科学立项研究，也陆续发表和出版了若干有影响力的学术论著。但这只是开端，丝绸之路与文学关系研究还有许多事情可做。

丝绸之路文学不同于丝绸之路与文学关系研究。丝绸之路文学是指那些由"丝路"出行而产生的诗词、散文、风俗记、游方记、异物志、杂传等，以及反映丝绸之路内容的小说、戏剧作品，而丝绸之路与文学关系研究是关于"丝路"与文学关系研究的学术活动。丝绸之路文学是丝绸之路与文学关系研究的对象。从事丝绸之路与文学关系研究首先要了解丝绸之路发展史，其次要了解包含丝路意蕴的文学，从而对丝绸之路和文学进行跨学科、跨文化、跨国别、跨语言的研究。在这个领域里谁都不能一家独大或独占鳌头，跟丝绸之路研究一样，它需要的是不同国家、不同领域的学者协作攻关。从学科上看，丝绸之路与文学关系研究涉及历史学、文学、考古学、艺术学、民族学、宗教学、图像学、地理学等学科，因此，它是一个庞大的工程，需要长时间的努力，我们目前的研究只是开端。

近年来，我尝试从事丝绸之路与文学关系的研究，因为我的学术背景是汉唐历史和文学，因此我的研究基本上限于丝绸之路与汉唐文学关系研究的范围。但即便在这一范围，我的研究也只是一个初步的工作，尚未达到深入的程度。本书分作四编，涉及丝绸之路与文学关系研究的几个主要方面，即文化交流与诸体文学、丝路交通与唐诗、文化交流与文学意象、对外关系与文学。本书不是丝绸之路与汉唐文学关系系统和完整的研究，只是若干具体问题的专题探讨，其中有很不成熟的认识，也会存在诸多失误，希望得到学者方家指正，从而推动有关丝绸之路与文学关系研究继续深入。

第一编　文化交流与诸体文学

第一章　汉代诗赋中的外来文明书写

汉代对外交通和交流进入新时期，丝绸贸易换来域外文明的输入。文学是语言艺术，其内容是社会生活和时代精神的反映。汉代社会生活中融入了越来越多的外来文明元素，这些新奇的外来文明成果引起敏感的诗人文士的关注。汉代文学形式主要是诗和赋，最有代表性的文学是赋，赋在汉代有骚体赋、大赋和抒情小赋几种形式；诗则主要有文人五言诗和乐府民歌。在这些文学形式中，我们可以看到汉代外来文明成为文学作品中的新奇意象。

第一节　汉代诗赋中的外来动物

汉代大量域外文明传入中原地区，特别是东汉建都洛阳，对外交流进一步发展，更多的域外产品进入中原。外来文明以其新奇激发诗人、文学家写作的意趣，因此通过丝绸之路传入的动物、植物、器物等在汉代诗赋中都有描写。但不是所有传入中原的域外物产都得到了诗人、作家的咏唱，他们往往对某些特定的物产更感兴趣，因为时代对文学有特殊的要求，诗人有独特的审美情趣。进入文学作品的域外物品往往被赋予新的文化内涵和作家的情感因素。

汉代时中原得到不少域外动物，特别引起诗人注意的是马与骆驼。域外良马不仅成为艺术家创作的素材，也成为诗人吟咏的对象。汉代传入中原地区的域外良马有匈奴马、乌孙马、大宛马、月氏马、果下马等，其中乌孙马和大宛马受到诗人青睐。写到域外良马输入中原时，诗人并非纯客观地议论其传入中原的事件和事物本身，而是融入了自己的审美、思想和情感。汉朝得到乌孙马，汉武帝高兴之余赋诗咏唱，他把域外良马输入中原看作功业隆盛、四夷归服的象征，其《西极天马歌》云："天马来兮从西极，经万里兮归有德。承灵威兮降外国，涉流沙兮四夷服。"[1] 张骞出使西域至乌孙，回长安时乌孙使节随之而来，并献汉朝好马数十匹。武帝喜欢乌孙马，称之为"天马"。及至李广利伐大宛获胜，得大宛汗血马，武帝觉得其更优于乌孙马，故改称乌孙马为"西极马"，称大宛马为"天马"，又作《天马之歌》云："太一贡兮天马下，沾赤汗兮沫流赭。骋容与兮蹠万里，今安匹兮龙为友。"[2]"沾赤汗"即汗血之意，大宛马号称"汗血马"。武帝听信方士的话，以为乘天马可以升天，

1　《史记》卷 24《乐书》，中华书局，1982，第 1178 页。

2　《史记》卷 24《乐书》，第 1178 页。按，《史记·乐书》误将咏大宛马当作咏渥洼水马，而把咏乌孙马误作咏大宛马。详见石云涛《汉代外来文明研究》第一章考证，中国社会科学出版社，2017，第 6 页注②。

故称西域好马为"天马"。他说这是贡献太一神的结果，太一神赐下天马，只有龙才能与之匹配。黄帝乘龙升天，他欲效法之。天马入贡被汉人津津乐道，赋中称扬汉代外来文明之盛，喜欢以天马为例："龙雀蟠蜿，天马半汉"；[1]"天马之号，出自西域"。[2]

　　来自北方草原和西域的马被称为"胡马"，汉代诗歌中"胡马"成为思乡意象。苏武《赠李陵》诗云："黄鹄一远别，千里顾徘徊。胡马失其群，思心常依依。"[3]《古诗十九首》其一写游子思乡云："胡马依北风，越鸟巢南枝。"[4]敌人的骑兵和归降汉朝的骑兵被称为"胡骑"，胡马、胡骑成为汉军的重要组成部分。曹操征乌丸，陈琳《武军赋》写其军容之盛："胡马骈足，戎车齐轨。"[5]

　　其次是来自北方游牧民族和西域的骆驼，汉朝通过战争、贸易和赠遗获得周边民族和域外的骆驼，这种体态高大、形状怪异的牲畜引起汉地人的好奇，在文学作品中则成为取乐的对象。汉乐府散乐中有《俳歌辞》一首，乃倡优戏中俳伎逗笑取乐之歌辞，其中写到骆驼："俳不言不语，呼俳嚬所。俳适一起，狼率不止。生拔牛角，摩断肤耳。马无悬蹄，牛无上齿。骆驼无角，奋迅两耳。"[6]

　　在赋家夸张的描写中，异域遐方的动物进入中原内地。汉代大赋以铺张扬厉的手法歌颂大汉的富强和威德，这些夸张的描写与当时文学润色宏业的时代风气相呼应。司马相如的《子虚赋》写楚使子虚盛夸楚地物产之丰，云梦泽中有"玟瑶礜石"，[7]在这里可以"网玳瑁，钓紫贝"。[8]齐国乌有先生则称齐地"俶傥瑰伟，异方殊类，珍怪鸟兽，万端鳞萃，充仞其中者，不可胜记"。[9]亡是公则夸耀天子上林苑充满

1　（汉）张衡：《东京赋》，费振纲等辑校《全汉赋》，北京大学出版社，1993，第 441 页。

2　（汉）刘梁：《七举》，费振纲等辑校《全汉赋》，第 543 页。

3　（梁）萧统编《文选》卷 29，上海书店影印本，1988，第 405 页。

4　（梁）萧统编《文选》卷 29，第 401 页。

5　费振纲等辑校《全汉赋》，第 696 页。

6　（宋）郭茂倩编《乐府诗集》卷 56，中华书局，1979，第 820 页。

7　《史记》卷 117《司马相如列传》，第 3004 页。

8　《史记》卷 117《司马相如列传》，第 3013 页。

9　《史记》卷 117《司马相如列传》，第 3015 页。

大量异域物产，有奇禽异兽、奇花异草和珍珠宝石："兽则镛旄貘牦，沈牛麈麋，赤首圜题，穷奇象犀"；"麒麟角端，騊駼橐驼"。[1] 司马相如《长门赋》写佳人居处："孔雀集而相存兮，玄猿啸而长吟；翡翠胁翼而来萃兮，鸾凤翔而北南。"[2] 刘向《请雨华山赋》写华山之神奇："林旅象犀，庸游山陵。"[3] 扬雄《羽猎赋》写道："钩赤豹，牵象犀"；"玄鸾孔雀，翡翠垂荣"。[4] 东汉时西域国家通过班超向汉朝进贡安息雀（鸵鸟），班超的妹妹班昭奉诏作《大雀赋》，以安息雀入贡中原歌颂大汉威德："嘉大雀之所集，生昆仑之灵丘。同小名而大异，乃凤皇之匹畴。怀有德而归义，故翔万里而来游。集帝庭而止息，乐和气而优游。上下协而相亲，听《雅》《颂》之雍雍。自东西与南北，咸思服而来同。"[5] 诗歌中也有借外来物产歌颂统治者功德的。周成王时越裳献白雉，被认为是天下太平的象征。王莽利用这一传说，导演过一出越裳贡白雉的政治闹剧，借白雉入贡歌颂皇朝威德和自己的政绩。班固作《白雉诗》以颂扬东汉建都洛阳："启灵篇兮披瑞图，获白雉兮效素乌。发皓羽兮奋翘英，容洁朗兮于淳精。章皇德兮侔周成，永延长兮膺天庆。"[6]

托物言志是中国文学的传统，汉代赋家也有借异域禽鸟抒写个人怀抱的。祢衡《鹦鹉赋》是一篇优秀的托物言志之作，赋从不同侧面赞叹鹦鹉这"西域之灵鸟"之超凡脱俗，[7] 写其婧容丽姿、聪明辩慧和情趣高洁，以鹦鹉之奇美非凡，暗示作者自己的高远志向和出众才华，以虞人奉命捕捉鹦鹉和鹦鹉被闭以雕笼、流飘万里，影射汉末权贵们压迫才志之士的行径以及作者自己辗转流离的苦楚。阮瑀、王粲的《鹦鹉赋》旨意则与祢衡作品不同。阮氏借鹦鹉"秽夷风而弗处，

1　《史记》卷 117《司马相如列传》，第 3025 页。

2　（梁）萧统编《文选》卷 16，第 212 页。

3　费振纲等辑校《全汉赋》，第 151 页。

4　《汉书》卷 87《扬雄传上》，中华书局，1962，第 3547、3550 页。

5　（唐）欧阳询：《艺文类聚》卷 92，上海古籍出版社，1982，第 1596 页。

6　《后汉书》卷 40 下《班彪列传》下，中华书局，1965，第 1373 页。

7　费振纲等辑校《全汉赋》，第 611 页。

慕圣惠而来徂"歌颂当朝圣明；[1] 王粲则写入笼鹦鹉之悲哀和孤独，"听乔木之悲风，羡鸣友之相求"，[2] 其中也包含着对人生的感叹。

第二节 汉代诗赋中的外来植物

汉代从域外引种了一些植物，这些植物或果实可以食用，或花叶美丽可供欣赏，或气味芬芳令人赞叹，因而受到诗人、赋家特别关注。汉代传入之西域石榴被称为"安石榴""若榴"等，蔡邕《翠鸟诗》云："庭陬有若榴，绿叶含丹荣。"[3] 曹植《弃妇篇》云："石榴植前庭，绿叶摇缥青。丹华灼烈烈，璀采有光荣。光荣晔流离，可以处淑灵。"[4] 西域传入的葡萄和石榴齐名。东汉李尤《德阳殿赋》写殿周围之植物："德阳之北，斯曰濯龙。蒲萄安石，蔓延蒙笼。"[5] 安石，即安石榴。苜蓿随大宛马传入中原，汉代时离宫别馆到处种植苜蓿，在写汉宫的乐府诗中自然写到苜蓿。乐府古辞《杂曲歌辞・蛱蝶行》云："蛱蝶之遨游东园，奈何卒逢三月养子燕，接我苜蓿间。持之，我入紫深宫中，行缠之，傅欂栌间。雀来燕，燕子见衔哺来，摇头鼓翼，何轩奴轩。"[6] 这是汉乐府诗中一首带有寓言性质的歌谣，写蛱蝶与燕子在苜蓿丛中相遇，燕子将它带入深宫。诗对汉宫景物的描写具有写实性。

荔枝自交州（在今中国两广和越南中北部）传入，并且曾从交趾、九真等地移植中原试种。汉武帝平南越后，在长安上林苑建扶荔宫，移植龙眼、荔枝、橄榄、槟榔、柑橘等南方果树各百株，但未获成功。《三辅黄图》记载："汉武帝元鼎六年，破南越起扶荔宫（宫以

1　费振纲等辑校《全汉赋》，第 619 页。

2　费振纲等辑校《全汉赋》，第 680 页。

3　逯钦立辑校《先秦汉魏晋南北朝诗》，中华书局，1983，第 193 页。

4　（三国魏）曹植著，赵幼文校注《曹植集校注》卷 1，人民文学出版社，1984，第 33 页。

5　（唐）欧阳询：《艺文类聚》卷 62，第 1122 页。

6　（宋）郭茂倩编《乐府诗集》卷 61，第 885 页。

荔枝得名），以植所得奇草异木。……南北异宜，岁时多枯瘁。荔枝自交趾移植百株于庭，无一生者，连年犹移植不息。后数岁，偶一株稍茂，终无华实。"[1] 司马相如《上林赋》写上林苑中植物有"樱桃蒲陶""楂楱荔枝"，"罗乎后宫，列乎北园"。[2] 东汉王逸《荔支赋》先写四方向洛阳汉廷入贡方物，谓荔枝乃南方所贡，接着写荔枝树之美和果实之甘甜："乃睹荔支之树，其形也，暧若朝云之兴，森如横天之彗；湛若大厦之容，郁如峻岳之势。条干纷错，绿叶臻臻。角卯兴而灵华敷，大火中而朱实繁。灼灼若朝霞之映日，离离如繁星之着天。皮似丹甗，肤若明珰。润侔和璧，奇喻五黄。仰叹丽表，俯尝嘉味。口含甘液，心受芳气。兼五滋而无常主，不知百和之所出。卓绝类而无俦，超众果而独贵。"[3]

胡栗树从远方移植，蔡邕《伤胡栗赋》云："树遐方之嘉木兮，于灵宇之前庭。"栗作为壳斗科栗属植物，汉地旧有，在古代文献中最早见于《诗经》。但这里冠名"胡"字，又说"遐方之嘉木"，应是来自异域或边地的新品种。诗人托物言志，伤胡栗树，其实是自伤。在他笔下，胡栗树不仅有丰茂艳美的外形，而且有坚韧高洁的品格，正因为如此，它遭到嫉妒而招致祸患："何根茎之丰美兮，将蓄炽以悠长。适祸贼之灾人兮，嗟夭折以摧伤。"[4] 周围的环境最终使它夭折。

迷迭香是一种具有清香气息的花，在暖风中和太阳下都会释放香气，原产于北非、南亚、西亚，至迟汉末时已经移植中国。《魏略》曰："大秦出迷迭。"《广志》曰："迷跌出西海中。"[5] 汉代乐府诗罗列行胡带来的域外物产云："行胡从何方？列国持何来？氍毹毾㲪五木香，迷迭艾纳及都梁。"[6] 曹丕《迷迭赋并序》云："余种迷迭于中庭，嘉其

1　佚名撰，何清谷校注《三辅黄图校注》卷 3《甘泉宫》，三秦出版社，1995，第 195~196 页。

2　《史记》卷 117《司马相如列传》，第 3025~3028 页。

3　费振刚等辑校《全汉赋》，第 517 页。

4　费振刚等辑校《全汉赋》，第 584 页。

5　（唐）释道世撰，周叔迦·苏晋仁校注《法苑珠林校注》卷 36，中华书局，2003，第 1163 页。

6　（宋）郭茂倩编《乐府诗集》卷 77，第 1088 页。

扬条吐香，馥有令芳，乃为之赋。"赋中称迷迭"越万里而来征"。[1]
曹植《迷迭香赋》云："播西都之丽草兮，应青春而凝晖"，"芳莫秋之
幽兰兮，丽昆仑之芝英"。[2]王粲《迷迭赋》云："惟遐方之珍草兮，产
昆仑之极幽。受中和之正气兮，承阴阳之灵休。扬丰馨于西裔兮，布
和种于中州。去原野之侧陋兮，植高宇之外庭。布萋萋之茂叶兮，挺
苒苒之柔茎。色光润而采发兮，以孔翠之扬精。"[3]以上都强调其来自
远方异域。陈琳、应场等皆有同题之作，都热情洋溢地赞美迷迭的枝
干花叶之美及其芳香之"酷烈"。[4]

郁金香原产于伊朗和土耳其高山地带，适应冬季湿冷和夏季干热
的环境。东汉朱穆《郁金赋》热情洋溢地赞叹其华美芳香："作椒房之
珍玩，超众葩之独灵。"[5]西晋傅玄《郁金赋》则把郁金与外来的苏合
香相比，"气芳馥而含芳，凌苏合之珠（当作殊）珍"，[6]暗示郁金也是
来自域外的殊珍。西晋左芬《郁金颂》则明言其从域外传入："伊此奇
草，名曰郁金。越自殊域，厥珍来寻。芬香酷烈，悦目欣心。明德惟
馨，淑人是钦。窈窕妃媛，服之缡衿。永垂名实，旷世弗沉。"[7]她说
郁金香"越自殊域"，就是说它来自域外。中国文学中，屈原的时代
已经形成借香花香草象征君子品格的比兴寄托传统，来自域外的香花
佳木，为这种比兴寄托提供了新的喻体。

第三节 汉代诗赋中的外来香料

汉代域外香料输入中原，有的经商贾贩运，有的经异国入贡。故

1 （清）严可均校辑《全上古三代秦汉三国六朝文》，中华书局，1958，第 1074 页。
2 （三国魏）曹植，赵幼文校注《曹植集校注》卷 1，第 139~140 页。
3 （唐）欧阳询：《艺文类聚》卷 81，第 1395 页。
4 （唐）欧阳询：《艺文类聚》卷 81，第 1395 页。
5 （唐）欧阳询：《艺文类聚》卷 81，第 1394 页。
6 （唐）欧阳询：《艺文类聚》卷 81，第 1394 页。
7 （唐）欧阳询：《艺文类聚》卷 81，第 1394 页。

汉代乐府诗写行胡持来之列国产品有"五木香，迷迭艾纳及都梁"。樗蒲游戏所用骰子有五枚，称为"五木"。这里说樗蒲骰子用香木制成。香料常用于女性室内陈设和佩饰熏香，故被诗人咏及。汉乐府《古诗为焦仲卿妻作》写刘兰芝室内装饰："红罗复斗帐，四角垂香囊。"[1]秦嘉任陇西郡上计掾，因公出差赴京师洛阳，接妻子回家。妻子在娘家因病未还，回信表达歉意。秦嘉《重报妻书》罗列赠妻之物及其用途，其中有"好香"四种。其《赠妇诗》云："芳香去垢秽，素琴有清声。"[2]秦嘉是陇西人，诗书中提到的赠妻之香可能来自西域。

外来的香料中，胡椒是最著名和最常用的。椒泥用于涂屋壁，取其温暖和芳香，但只有皇室和贵族之家才能享用，因此出现"椒房"之称。本来凡用椒泥涂壁，皆可称为椒房，后来指后宫嫔妃居处，又用作皇后、嫔妃的专称。椒本来包括辣椒、胡椒和花椒。辣椒是草本植物，果实可做菜或调味品；胡椒是藤本植物，果实可做调味品或药；花椒是落叶灌木或小乔木，果实种子可供药用或调味，其果实简称"椒"，如椒盐、椒酒、椒桂（喻贤人）。胡椒未传入之前，所谓"椒"通常指花椒。楚辞《九歌·东皇太一》云："蕙肴蒸兮兰藉，奠桂酒兮椒浆。"[3]椒浆即椒酒，用椒浸制而成的酒。因酒又名浆，故称椒酒为椒浆，这种加入香料的酒古代多用以祭神。汉乐府诗《郊祀歌·五神》云："五神相，包四邻，土地广，扬浮云。抏嘉坛，椒兰房。"[4]《赤蛟》写以椒浆祭神："勺椒浆，灵已醉，灵既享，赐吉祥。"[5]胡椒传入中原以后，以胡椒为原料的东西有时也简称椒，花椒与胡椒同为香料，功用相近，诗文中二者不易区分。汉代以前无"椒房"之称，汉代才出现这个词，可能与胡椒传入有关，这里的"椒"可能包括花椒和胡椒。班固《西都赋》写长安汉宫："后宫则有掖庭椒房。"[6]曹操假

1　（陈）徐陵编，（清）吴兆宜注，程琰删补《玉台新咏笺注》卷1，中华书局，1985，第45页。

2　（陈）徐陵编，（清）吴兆宜注，程琰删补《玉台新咏笺注》卷1，第31页。

3　（宋）洪兴祖：《楚辞补注》，白化文等点校，中华书局，1983，第56页。

4　逯钦立辑校《先秦汉魏晋南北朝诗》，第153页。

5　逯钦立辑校《先秦汉魏晋南北朝诗》，第154页。

6　（梁）萧统编《文选》卷1，第5页。

为献帝策收捕伏皇后，说她"自处椒房，二纪于兹"。[1]

香常用作熏燃，增加室内或服饰香味。司马相如《美人赋》写自己赴梁国"途出郑卫，道由桑中，朝发溱洧，暮宿上宫"，上宫美人之室"芳香芬烈，黼帐高张"，"寝具既设，服玩珍奇；金鉔薰香，黼帐低垂"。[2]与熏香有关，汉代出现了香炉。香与香炉都进入诗人的赋咏。乐府古辞《古歌》写富贵之家宴客："主人前进酒，弹瑟为清商。投壶对弹棋，博奕并复行。朱火扬烟雾，博山吐微香。"[3]博山，即香炉。博山炉又叫博山香炉、博山香薰、博山熏炉，是汉晋时期民间常见的焚香器具。

第四节　汉代诗赋中的外来珠宝

域外珠宝传入中原，常用来装饰器物和屋宇，或作为贵重礼物馈赠。张衡《西都赋》写西汉宫殿充满异域珠宝："翡翠火齐，络以美玉。流悬黎之夜光，缀随珠以为烛。金釭玉阶，彤庭辉辉。珊瑚琳碧，瓀珉璘彬，珍物罗生，焕若昆仑。"[4]汉乐府民歌《陌上桑》写美女罗敷："头上倭堕髻，耳中明月珠。"[5]汉代古诗《古绝句》写男女互通情款："何用通音信，莲花玳瑁簪。"[6]《有所思》向心爱的人表达爱情："有所思，乃在大海南。何用问遗君？双珠玳瑁簪，用玉绍缭之。"[7]珍珠、玳瑁都是从域外传入的珠宝，以此珍贵的礼物相赠，以表示爱之深。东汉杜笃《京师上巳篇》残句写洛阳贵族妇女装饰："戴翡翠，珥明珠。"[8]曹丕《大墙上蒿行》写佩剑："驳犀标首，玉琢中

1 《后汉书》卷10下《献帝伏皇后纪》，第453页。

2 费振刚等辑校《全汉赋》，第97页。

3 逯钦立辑校《先秦汉魏晋南北朝诗》，第289页。

4 费振刚等辑校《全汉赋》，第414页。

5 （宋）郭茂倩编《乐府诗集》卷28，第411页。

6 （陈）徐陵编，（清）吴兆宜注，程琰删补《玉台新咏笺注》卷10，第469页。

7 （宋）郭茂倩编《乐府诗集》卷16，第230页。

8 （唐）虞世南：《北堂书钞》（2）卷135《服饰部》，学苑出版社，1998年影印本，第389页。

央。"[1]以双珠玳瑁簪相赠，或佩戴翡翠明珠，犀角装饰剑柄，都是上层贵族之家。

珠宝是贵重物品，本是贵族之家才能享有，但在文学中有时被用来夸张或渲染人品之高贵。例如《古诗为焦仲卿妻作》中写刘兰芝"头上玳瑁光"，"耳著明月珰"。[2]写她的坐具："移我琉璃榻（一作榻），出置前窗下。"[3]从诗中来看，刘兰芝的母家和夫家都是普通家庭，这样的描写是用来衬托主人公的自尊和高尚，是民间文学中的夸张手法。曹植《美女篇》写采桑女："攘袖见素手，皓腕约金环。头上金爵钗，腰佩翠琅玕。明珠交玉体，珊瑚间木难。"[4]一位采桑的女子未必如此盛饰装扮，诗人是在借美女不嫁以自况，抒写怀才不遇之感，用装饰之美映衬和渲染美女之美，暗寓个人才华之高。

汉代人用珠宝装饰器物，用犀角装饰剑首、枕头，用象牙装饰食器、乐器，用玳瑁装饰席子，这些在诗中都有反映。《古乐府诗》云："请说剑，骏犀标首，玉琢中央，六一所善，王者所杖。带以上车，如燕飞扬。"[5]古乐府诗句有云："琉璃琥珀象牙盘。"[6]曹丕《孟津诗》写宴会："羽爵浮象樽，珍膳盈豆区。"[7]显然都是在歌咏贵族生活。在司马相如《上林赋》中，汉之离宫别馆内"玫瑰碧琳，珊瑚丛生"。[8]其《美人赋》写美人之陈设："茵褥重陈，角枕横施。"[9]刘桢《清虚赋》云："布玳瑁之席。"[10]玳瑁花纹美丽，因此被用来形容建筑之美，司马相如《长门赋》写佳人所居："致错石之瓴甓兮，象玳瑁之文章。"[11]王

1　（宋）郭茂倩编《乐府诗集》卷39，第569页。

2　（陈）徐陵编，（清）吴兆宜注，程琰删补《玉台新咏笺注》卷1，第46页。

3　（陈）徐陵编，（清）吴兆宜注，程琰删补《玉台新咏笺注》卷1，第51页。

4　（三国魏）曹植著，赵幼文校注《曹植集校注》卷3，第384页。

5　（唐）虞世南：《北堂书钞》（2）卷122《武功部》，第271页。

6　（宋）李昉等：《太平御览》卷758，中华书局，1960，第3366页。

7　逯钦立辑校《先秦汉魏晋南北朝诗》，第400页。

8　《史记》卷117《司马相如列传》，第3026页。

9　（唐）欧阳询：《艺文类聚》卷18，第331页。

10　费振刚等辑校《全汉赋》，第719页。

11　（梁）萧统编《文选》卷16，第212页。

褒《洞箫赋》写洞箫之珍贵："般匠施巧，夔妃准法，带以象牙，掍其会合。"[1] 刘向曾作《麒麟角杖赋》。[2] 世本无所谓麒麟，也无所谓麒麟角杖，这是由犀角装饰的手杖产生的联想。扬雄《甘泉赋》写甘泉宫"壁马犀之瞵瑞"，颜师古注云："马犀者，马脑及犀牛角也。以此二种饰殿之壁。"[3] "马脑"即玛瑙。

珠宝是奢侈品，贱珠宝是帝王勤俭的美德。扬雄《长杨赋》赞美汉文帝躬服节俭："后宫贱玳瑁而疏珠玑，却翡翠之饰，除彫瑑之巧。"[4] 班固《西都赋》写汉宫："翡翠火齐，流耀含英"，"珊瑚碧树，周阿而生"。[5] 汉人认为追求珠宝是奢侈的表现，提倡和赞美节俭时则称颂贱珠玉的美德。张衡《东京赋》在盛称东汉之盛世之后，赞美汉帝尚贤节俭："贱犀象，简珠玉，藏金于山，抵璧于谷。翡翠不裂，玳瑁不蔟。所贵惟贤，所宝惟谷。民去末而反本，感怀忠而抱悫。于斯之时，海内同悦。"[6]

车渠是蕴藏于深海珊瑚间的一种蚌蛤，其贝壳属珍贵珠宝。汉末曹操曾获车渠，并用以制碗。有佚名《古车渠碗赋》序云："车渠玉属，多纤理缛文。出于西国，其俗宝之，小以系颈，大以为器。"[7] 面对域外传入之奇珍异物，文人们喜欢进行集体赋咏。曹丕、曹植、应玚、王粲、徐干、陈琳等皆有《车渠碗赋》以讽咏，曹丕赋极言车渠碗之美，曹植则借咏车渠碗颂扬曹操的功德。陈琳的赋只流传残句："玉爵不挥，欲厥珍兮；岂若陶梓，为用便兮。"[8] 一方面肯定车渠碗的宝贵，另一方面似乎说这样贵重的器皿还不如普通的碗更便于使用。应玚赋云："惟兹碗之珍玮，诞灵岳而奇生。扇不周之芳烈，浸琼露以

---

1 （梁）萧统编《文选》卷17，第229页。

2 （唐）虞世南：《北堂书钞》（2）卷133《服饰部》，第370页。

3 《汉书》卷87上《扬雄传上》，第3526、3527页。

4 《汉书》卷87下《扬雄传下》，第3560页。

5 费振刚等辑校《全汉赋》，第314页。

6 费振刚等辑校《全汉赋》，第445页。

7 （宋）李昉等：《太平御览》卷808，第8页。

8 费振刚等辑校《全汉赋》校记："出处失记。"（第708页）按：此残句见于《康熙字典》之《子集中·人字部》"便"字条，未见更早出处。

润形。"[1] 意谓车渠产于神山不周之山，从而说明车渠碗的珍贵，也说明它来自异域。徐干赋写车渠碗的美观可爱："圜德应规，巽从易安。大小得宜，客如可观。盛彼清醴，承以瑚盘。因欢接口，媚于君颜。"[2] 王粲赋咏物写人，用车渠碗隐喻君子之美德："兼五德之上美，超众宝而绝伦。"[3] 三国时人王沈著有《车渠觯赋》，有云："温若腾螭之升天，曜似游鸿之远臻。"[4] 觯是古代一种盛酒用的礼器，流行于商朝晚期和西周早期，外来的车渠成为制作觯的新材料。曹丕为五官中郎将时，曾以玛瑙装饰马勒，其《玛瑙勒赋并序》云："玛瑙，玉属也，出自西域，文理交错，有似马脑，故其方人因以名之。或以系颈，或以饰勒。余有斯勒，美而赋之，命陈琳、王粲并作。"其赋云：

> 有奇章之珍物，寄中山之崇冈。禀金德之灵施，含白虎之华章。扇朔方之玄气，喜南离之焱阳。歙中区之黄采，曜东夏之纯苍。苞五色之明丽，配皎日之流光。命夫良工，是剖是镌。追形逐好，从宜索便。乃加砥砺，刻方为圆。沈光内炤，浮景外鲜。繁文缛藻，交采接连。奇章□□，的砾其间。嘉镂锡之盛美，感戎马之首饰。图兹物之攸宜，信君子之所服。尔乃藉彼朱鬣，华勒用成。骈居列跱，焕若罗星。[5]

陈琳《马瑙勒赋（并序）》借马以赞颂曹丕："制为宝勒，以御君子。"[6] 王粲《马瑙勒赋》则称其为众宝之最："总众材而课美，信莫臧于马瑙。"[7] 可见外来的器物在当时引起作者极大的兴趣。

---

1 （唐）欧阳询：《艺文类聚》卷 73，第 1262 页。
2 （唐）欧阳询：《艺文类聚》卷 73，第 1262 页。
3 费振刚等辑校《全汉赋》，第 675 页。
4 （宋）李昉等：《太平御览》卷 808，第 8 页。
5 （清）严可均校辑《全上古三代秦汉三国六朝文》，第 1074~1075 页。
6 费振刚等辑校《全汉赋》，第 705 页。
7 费振刚等辑校《全汉赋》，第 674 页。

第五节　汉代诗赋中的外来艺术

艺术交流是丝路文化的重要内容，随着对外交流的开展，各种域外艺术传入汉朝，外来艺术也在汉代诗赋中得到表现，首先是音乐。周边四夷和域外乐舞在汉廷的演奏，是皇威远达、德化四被的象征。刘向《五经通义》曰：“舞四夷之乐，明德泽广被四表也。”[1] 异域音乐进入文学家的艺术描写中。司马相如《上林赋》写汉武帝时乐舞：“俳优侏儒，狄鞮之倡。”李善《文选》注引郭璞曰：“狄鞮，西戎乐名也。”[2] 倡是表演西域乐舞的艺人。班固《东都赋》写汉廷举行盛大典礼，接待夷王来朝，其中有四夷乐舞表演：

> 是日也，天子受四海之图籍，膺万国之贡珍，内抚诸夏，外绥百蛮。尔乃盛礼兴乐，供帐置乎云龙之庭，陈百寮而赞群后，究皇仪而展帝容。于是庭实千品，旨酒万钟，列金罍，班玉觞，嘉珍御，太牢飨。尔乃食举《雍》彻，太师奏乐，陈金石，布丝竹，钟鼓铿鍧，管弦烨煜。抗五声，极六律，歌九功，舞八佾，《韶》《武》备，泰古毕。四夷间奏，德广所及，伶侏兜离，罔不具集。万乐备，百礼暨，皇欢浃，群臣醉，降烟煴，调元气，然后撞钟告罢，百寮遂退。[3]

其中“四夷间奏”中的“伶侏兜离”即域外乐舞。班固《白虎通德论·礼乐篇》云：“典四夷之乐，明德广及之也。故南夷之乐曰兜，西夷之乐曰禁，北夷之乐曰昧（侏），东夷之乐曰离。”“谁制夷狄之乐，以为先圣王也。先王推行道德，和调阴阳，覆被夷狄，故夷狄安乐，

1　（唐）欧阳询：《艺文类聚》卷41，第737~738页。

2　（梁）萧统编《文选》卷8，第111页。

3　（梁）萧统编《文选》卷1，第13~14页。

来朝中国，于是作乐乐之。"¹ 汉代杂技乐舞中也有不少域外因素。张衡《西京赋》写天子游赏西汉都城长安平乐观时的杂技表演：

> 既定且宁，焉知倾陁？大驾幸乎平乐，张甲乙而袭翠被。攒珍宝之玩好，纷瑰丽以侈靡。临迥望之广场，程角觚之妙戏。乌获扛鼎，都卢寻橦。冲狭燕濯，胸突铦锋。跳丸剑之挥霍，走索上而相逢。……巨兽百寻，是为曼延。神山崔巍，歘从背见。熊虎升而拿攫，猿狖超而高援。怪兽陆梁，大雀踆踆。白象行孕，垂鼻辚囷。海鳞变而成龙，状蜿蜿以蝹蝹。含利飓飓，化为仙车，骊驾四鹿，芝盖九葩。蟾蜍与龟，水人弄蛇。奇幻倏忽，易貌分形（一作形）。吞刀吐火，云雾杳冥。画地成川，流渭通泾。东海黄公，赤刀粤祝。冀厌白虎，卒不能救。挟邪作蛊，于是不售。尔乃建戏车，树修旃。倿僮程材，上下翩翻。突倒投而跟絓，譬陨绝而复联。百马同辔，骋足并驰。橦末之伎，态不可弥。弯弓射乎西羌，又顾发乎鲜卑。²

李尤《平乐观赋》写东汉都城洛阳的平乐观游戏也充满异域色彩：

> 尔乃大和隆平，万国肃清。殊方重译，绝域造庭。四表交会，抱珍远并。杂遝归谊，集于春正。玩屈奇之神怪，显逸才之捷武。百僚于时，各命所主。方曲既设，秘戏连叙。逍遥俯仰，节以鞉鼓。戏车高橦，驰骋百马。连翩九仞，离合上下。或以驰骋，覆车颠倒。乌获扛鼎，千钧若羽。吞刀吐火，燕跃鸟跱。陵高履索，踊跃旋舞。飞丸跳剑，沸渭回扰。巴渝隈一，逾肩相受。有仙驾雀，其形蚴虬。骑驴驰射，狐兔惊走。侏儒巨人，戏谑为耦。禽鹿六驳，白象朱首。鱼龙曼延，峣嵽山阜。龟螭蟾

1　（明）程荣纂辑《汉魏丛书》，吉林大学出版社，1992，第155页。
2　费振刚等辑校《全汉赋》，第419~420页。

蛦，挈琴鼓缶。[1]

又刘梁《七举》有云："秦俳赵舞，奋袖低仰。跳丸口（弄）剑，腾虚蹈空。"[2] 其中都卢寻橦、跳丸、跳剑、大雀和白象的表演、吞刀吐火、侲僮表演等，都是来自边疆和域外的杂技和魔术表演。与天子一起观赏表演的人也是"殊方重译，绝域造庭。四表交会，抱珍远并"，一派国际盛会场面。诗人们歌唱汉王朝和抚四夷的功业，也有保守的人对夷狄文化抱拒斥态度。《后汉书·陈禅传》记载："永宁元年，西南夷掸国王献乐及幻人，能吐火，自支解，易牛马头。明年元会，作之于庭，安帝与群臣共观，大奇之。"陈禅认为这是夷狄之戏，朝廷不宜演出，"帝王之庭，不宜设夷狄之技"。[3] 陈禅受到弹劾，却赢得社会上的赞扬。《华阳国志》记载："巴郡陈纪山（陈禅），为汉司隶校尉，严明正直，西虏献眩，王庭试之，分公卿以为嬉。纪山独不视，京师称之。"不仅京城里赞扬陈禅的正直行为，家乡的人也为他感到自豪，巴人歌唱道："筑室载直梁，国人以贞真。邪娱不扬目，狂行不动身。奸轨僻乎远，理义协乎民。"[4] 此所谓"邪娱"，即指来自域外的杂技魔术表演。

域外乐器受到中原人喜爱，在汉地乐舞表演中开始使用外来乐器，又加以仿制或改造，或为域外乐曲谱写曲词。箜篌原出波斯，汉代传入中国，并且迅速普及。《古乐府歌诗》云："集会高堂上，长弹箜篌。"[5] 汉乐府民歌《古诗为焦仲卿妻作》写刘兰芝自述身世："十五弹箜篌，十六诵诗书。"[6] 箜篌经中国传到朝鲜，汉乐府《相和歌辞》中之《相和曲·箜篌引》与这种乐器有关。《箜篌引》又题曰《公无渡河》：

1　（唐）欧阳询：《艺文类聚》卷 63，第 1134 页。

2　费振刚等辑校《全汉赋》，第 544 页。

3　《后汉书》卷 51《陈禅传》，第 1685 页。

4　（晋）常璩著，任乃强校注《华阳国志校补图注》卷 1，上海古籍出版社，1987，第 17 页。

5　（唐）虞世南：《北堂书钞》（2）卷 110《乐部》，第 197 页。

6　（陈）徐陵编，（清）吴兆宜注，程琰删补《玉台新咏笺注》卷 1，第 43 页。

　　　　朝鲜津卒霍里子高妻丽玉所作也。高晨起刺船而濯（一作棹），有一白首狂夫披发提壶，乱河流而渡，其妻随而止之，不及，遂堕河水死，于是援箜篌而鼓之，作《公无渡河》之曲，声甚凄怆，曲终，亦投河而死。霍里子高还，以其声语其妻丽玉，玉伤之，乃引箜篌而写其声，闻者莫不堕泪饮泣焉。丽玉以其曲传邻女丽容，名之曰《箜篌引》。[1]

乐府《箜篌引》曰："公无渡河，公竟渡河，堕河而死，将奈公何！"汉代"又有《箜篌谣》，不详所起"。[2]后世诗人以《箜篌引》或《公无渡河》为题赋诗者甚多。中原地区本有笛，汉代传入羌笛，羌笛可能与印度乐器有关，汉地人称为胡笛、羌笛以与汉地笛相区别。《后汉书·五行一》记载："灵帝好胡服、胡帐、胡床、胡坐、胡饭、胡空侯、胡笛、胡舞，京都贵戚皆竞为之。"[3]羌笛双管，故马融《笛赋》云："近世双笛从羌起，羌人伐竹未及已。龙吟水中不见已，截竹吹之声相似。"[4]羌笛原为四孔，短笛，被汉代音乐家京房改造为五孔，以符合五音观念，[5]故又有长笛、短笛之分。在汉代的乐舞表演中，长笛、短笛被同时应用于演奏。汉乐府古辞《前缓声歌》云："长笛续短笛，欲今皇帝陛下三千万（一作岁）。"[6]《古歌》云："长笛续短笛，愿陛下保寿无极。"[7]胡笳是北方游牧民族使用的哨子，其音悲切，故汉代古诗有云："啼呼哭泣，如吹胡笳。"[8]汉末蔡文姬《胡笳十八拍》更是咏胡笳名篇，众所周知。

1　（晋）崔豹：《古今注》卷中，辽宁教育出版社，1998，第8页。

2　（宋）郭茂倩编《乐府诗集》卷26，第377页。

3　《后汉书》志第十三《五行一》，第3272页。

4　费振刚等辑校《全汉赋》，北京大学出版社，1993，第498页。

5　（元）马端临：《文献通考》卷138《乐》，中华书局，1986，第1226页。

6　（宋）郭茂倩编《乐府诗集》卷65，第945页。

7　（唐）虞世南：《北堂书钞》卷111《乐部》，第204页。

8　逯钦立辑校《先秦汉魏晋南北朝诗》，第344页。

汉代流行神仙传说，在人们的想象中神仙的生活不同于凡人。域外传入的物品与汉地产品不同，珍贵而稀奇，因而在文学作品中被文学家想象成神仙的生活用具。汉乐府古辞《陇西行》便借用来表示神仙生活与凡世不同：

> 天上何所有，历历种白榆。桂树夹道生，青龙对道隅。凤凰鸣啾啾，一母将九雏。顾视世间人，为乐甚独殊。好妇出迎客，颜色正敷愉。伸腰再拜跪，问客平安不。请客北堂上，坐客毡氍毹。清白各异樽，酒上正华疏。酌酒持与客，客言主人持。却略再拜跪，然后持一杯。[1]

这首诗写天上仙境之乐。氍毹是来自西域的羊毛或兽毛制品，是贵重物品，诗人想象神仙之家地铺氍毹，邀请客人席地而坐，举行酒宴。被列入汉乐府《舞曲歌辞》的淮南小山《淮南王》诗写淮南王得道升仙后的生活："淮南王，自言尊，百尺高楼与天连。后园凿井银作床，金瓶素绠汲寒浆。"[2] 金银器是域外物品，诗人想象这种贵重的器物乃神仙奢侈生活所用。天上仙境实则人间贵族生活写照。

第六节　汉代诗赋中的胡风与胡人

随着丝绸之路的开辟，中外人员往来频繁。汉地人进入域外，异域风俗文化自然进入其视野和歌咏中。汉乐府《杂曲歌辞·古歌》写一位流落异乡人的漂泊生活："胡地多飚风，树木何修修！"[3] 汉与匈奴的长期斗争造成双方的仇恨心理，乐府古辞《古胡无人行》云："望

1　（陈）徐陵编，（清）吴兆宜注，程琰删补《玉台新咏笺注》卷1，第12页。
2　（宋）郭茂倩编《乐府诗集》卷54，第792页。
3　逯钦立辑校《先秦汉魏晋南北朝诗》，第289页。

胡地，何崦崴？断胡头，脯胡臆！"¹乌孙公主远嫁西域，语言不通，生活习惯不同，思念家乡，忧伤无限，乌孙人的生活习尚进入她的歌咏之中。《乌孙公主歌》曰："吾家嫁我兮天一方，远托异域兮乌孙王。穹庐为室兮旃为墙，以肉为食兮酪为浆。居常土思兮心内伤，愿为黄鹄兮归故乡。"²匈奴妇女喜涂燕脂，据佚名作者《西河旧事》记载，霍去病击匈奴，夺取河西走廊，匈奴失去祁连、焉支二山，忧伤地唱道："失我焉支山，令我妇女无颜色；失我祁连山，使我六畜不蕃息。"³汉末蔡琰流落匈奴，她的《悲愤诗》二首描写了她在匈奴的见闻，五言一首云："边荒与华异，人俗少义理。处所多霜雪，胡风春夏起。"⁴骚体一首云：

> 惟彼方兮远阳精，阴气凝兮雪夏零。沙漠壅兮尘冥冥，有草木兮春不荣。人似禽兮食臭腥，言兜离兮状窈停。岁聿暮兮时迈征，夜悠长兮禁门扃。不能寐兮起屏营，登胡殿兮临广庭。玄云合兮翳月星，北风厉兮肃泠泠。胡笳动兮边马鸣，孤雁归兮声嘤嘤。乐人兴兮弹琴筝，音相和兮悲且清。⁵

这些描写充满了异域风情和流离之感。她的长篇骚体诗《胡笳十八拍》更对匈奴之地的"殊俗"进行了淋漓尽致的铺写，表达了她内心强烈的凄苦。诗写胡地自然环境："云山万里兮归路遐，疾风千里兮扬尘沙"，"日暮风悲兮边声四起"，"原野萧条兮烽戍万里"，"杀气朝朝冲塞门，胡风夜夜吹边月"。写匈奴"人多暴猛兮如虺蛇，控弦被甲兮为骄奢"，"鞞鼓喧兮从夜达明，明风浩浩兮暗塞营"。写北方游牧民族习俗："毡裘为裳兮骨肉震惊，羯膻为味兮枉遏我情"，"俗贱老弱

1　逯钦立辑校《先秦汉魏晋南北朝诗》，第 290 页。

2　《汉书》卷 66 下《西域传下》，第 3903 页。

3　（宋）郭茂倩编《乐府诗集》卷 84，第 1186 页。

4　《后汉书》卷 84《董祀妻传》，第 2801 页。

5　《后汉书》卷 84《董祀妻传》，第 2802~2803 页。

兮少壮为美，逐有水草兮安家葺垒。牛羊满野兮聚如蜂蚁，草尽水竭兮羊马皆徙"。[1] 这种"胡与汉兮异域殊风"构成蔡琰陷身匈奴和归汉时的内心痛苦。

汉武帝以后，经西北丝路和海上交通入中原之域外人日益增多，东汉时人员往来更加频繁，"自中兴之后，四夷来宾，虽时有乖畔，而使驿不绝"，[2] 反映了中原与周边各民族间的交往关系。在这种交往中，大量胡人进入中原，他们有的奉使，有的经商，有的成为汉人的奴仆，有的从事各种伎艺，为中原人民所喜爱，为汉廷王侯贵族所欣赏，但他们异于汉人的形象也引起人们的好奇甚至嘲弄。汉代各种造型艺术中有不少胡人形象，诗赋中也可见到对胡人形象的描写。扬雄《羽猎赋》写汉朝恩威并施、文武兼用："于兹乎鸿生巨儒，俄轩冕，杂衣裳，修唐典，匡《雅》《颂》，揖让于前。昭光振耀，响召如神，仁声惠于北狄，武义动于南邻，是以旃裘之王，胡貉之长，移珍来享，抗手称臣。"[3] 辛延年《羽林郎》诗写一位胡姬拒绝无赖调戏的故事："昔有霍家奴，姓冯名子都。依倚将军势，调笑酒家胡。胡姬年十五，春日独当垆。长裾连理带，广袖合欢襦。头上蓝田玉，耳后大秦珠。"[4] "酒家胡"即当垆卖酒的胡人妇女。这首诗告诉我们，汉代有大量的胡人在中原从事各种工作，尤其是商业性、娱乐性工作。胡姬的穿戴服饰也颇具异域色彩，"大秦珠"即来自罗马的珍珠。酒店的器具"金盘"、调笑酒家胡的霍家奴坐骑披挂的"银鞍"之类的金银器也来自域外。诗中的"霍家"即西汉大将军霍光之家，但在这里无须坐实理解，只是权贵豪家的代称而已。

汉赋有专门描写胡人形象的作品。《汉书·艺文志》杂赋列"杂四夷及兵赋二十篇"，"杂四夷赋"可能就是这类歌咏或嘲弄胡人的作品。西汉焦延寿卜筮书《易林·噬嗑》之《萃》卜辞云："乌孙氏女，

1　逯钦立辑校《先秦汉魏晋南北朝诗》，第 201~203 页。
2　《后汉书》卷 85《东夷列传》，第 2810 页。
3　《汉书》卷 87 上《扬雄传上》，第 3552 页。
4　（陈）徐陵编，（清）吴兆宜注，程琰删补《玉台新咏笺注》卷 1，第 24 页。

深目黑丑，嗜欲不同，过时无偶。"[1] 可见当时嘲笑胡人的作品不少，所以焦氏才把它写进占卜辞中，形容错过时机将有不利后果。又如蔡邕《短人赋》：

> 侏儒短人，僬侥之后，出自外域，戎狄别种。去俗归义，慕化企踵，遂在中国，形貌有部。名之侏儒，生则象父。唯有晏子，在齐辨勇。匡景拒崔，加刃不恐。其余尪公，劣厥偻窭。嗜喷怒语，与人相距。蒙眛嗜酒，喜索罚举。醉则扬声，骂詈咨口。众人恐忌，难与并侣。是以陈赋，引譬比偶。皆得形象，诚如所语。其词曰：雄荆鸡兮鹜鹡鸰，鹘鸠雏兮鹑鹦雌，冠戴胜兮啄木儿，观短人兮形若斯；蛰地蝗兮芦蚏蛆，茧中蛹兮蚕蠕蜻，视短人兮形若斯；木门间兮梁上柱，弊凿头兮断柯斧，鞞鞈鼓兮补履㺜，脱椎柄兮捣薤杵，视短人兮形如许。[2]

"短人"即来自域外的侏儒。汉末繁钦《明□赋》残存 14 字，据其内容亦写胡人形象："唇实范绿，眼惟双穴。虽蜂膺眉鬓，梓……"[3] 繁钦另有《三胡赋》写莎车人、康居人和罽宾人："莎车之胡，黄目深精，员耳狭颐。康居之胡，焦头折颜，高辅陷无，眼无黑眸，颊无余肉。罽宾之胡，面象炙猬，顶如持囊。限目赤眥，洞颊卬鼻……额似鼬皮，色象萎橘。"[4] 这三个国家都是西域古国，处于丝绸之路要道，张骞出使西域后与汉朝来往频繁。其商贾和使节来到中原地区，汉地人得以见到他们的形象，所以引起繁钦的吟咏。汉唐之间大量胡人进入中原，他们的形象和言行受到汉地人的嘲笑。蔡邕和繁钦的赋透露出这种风气，可以与大量胡人俑的出现相印证。胡人形象还被雕刻到建

---

1 （汉）焦延寿：《易林》卷 2，《原国立北平图书馆甲库善本丛书》第 512 册，国家图书馆出版社，2013 年影印本，第 997 页。

2 （唐）徐坚等编《初学记》卷 19，中华书局，1962，第 463 页。

3 （唐）虞世南：《北堂书钞》（2）卷 158《地部》，第 587 页。

4 费振刚等辑校《全汉赋》，第 642 页。

筑物上,如王褒《鲁灵光殿赋》写建筑师把胡人与飞禽走兽、神仙玉女一起雕刻在灵光殿上,并对胡人形象进行了生动的状写:

> 绿房紫菂,窞咤垂珠。云栭藻棁,龙桷雕镂。飞禽走兽,因木生姿。奔虎攫拏以梁倚,仡奋鬐而轩鬐。虬龙腾骧以蜿蟺,颔若动而躨跜。朱鸟舒翼以峙衡,腾蛇蟉虬而绕榱。白鹿子蜺于欂栌,蟠螭宛转而承楣。狡兔跧伏于柎侧,猿狖攀椽而相追。玄熊舑舕以断断,却负载而蹲跠。齐首目以瞪眄,徒眽眽而狋狋,胡人遥集于上楹,俨雅踞而相对。仡欺悬以雕眮,鱕頯颡而睽睢。状若悲愁于危处,憯欷嚜而含悴。神仙岳岳于栋间,玉女窥窗而下视。忽瞟眇以响像,若鬼神之仿佛。[1]

从把胡人与禽兽、神仙同样作为艺术表现的对象来看,汉人是把胡人当作另类人看待的。

汉代是对外文化交流的第一个高潮时期,在这种交流中汉朝获得不少外来文明成果,但究竟获得了哪些成果,历史文献中缺乏详细的记载,而诗赋作品为我们提供了丰富的材料。诗赋作为文学作品,不免有想象、夸张等艺术表现手法的使用,但这些材料对于我们研究对外文化交流史具有重要价值。汉代作家知道,大量域外珠宝传入中原,是汉王朝开疆拓土的结果,是对外交流的成果。杜笃《论都赋》云:

> 是时孝武因其余财府帑之蓄,始有钩深图远之意。探冒顿之罪,校平城之雠,遂命票骑,勤任卫青,勇惟鹰扬,军如流星,深入匈奴,割裂王庭,席卷漠北,叩勒祁连,横分单于,屠裂百蛮。烧阏帐,系阏氏,燔康居,灰珍奇,椎鸣镝,钉鹿蠡,驰阮岸,获昆弥,虏偻佅,驱骡驴,驭宛马,鞭駃騠。拓地万里,威

1 费振刚等辑校《全汉赋》,第 528 页。

震八荒。肇置四郡，据守敦煌。并域属国，一郡领方。立候隔
北，建护西羌。捶驱氏、僰，寥狼邛莋。东攟乌桓，蹂躏濊貊。
南羁钩町，水剑强越。残夷文身，海波沫血。郡县日南，漂概朱
崖。部尉东南，兼有黄支。连缓耳，琐雕题，攉天督，牵象犀，
椎蚌蛤，碎琉璃，甲〈甲〉玳瑁，戕觜觿。于是同穴裘褐之域，
共川鼻饮之国，莫不袒跣稽颡，失气虏伏。非夫大汉之盛，世藉
麤土之饶，得御外理内之术，孰能致功若斯！ [1]

在作者看来，那些奇禽异兽和珠宝珍奇之所以为汉所有，是汉武帝时
代军事斗争的战果，是汉代内外政策的辉煌胜利，四夷入贡是域外文
明输入的主要途径。在东汉作家笔下，东汉更超迈西汉，域外珍奇输
入中原之多，班固《西都赋》写长安西郊之上林苑："缭以周墙，四百
余里。离宫别馆，三十六所，神池灵沼，往往而在。其中乃有九真之
麟，大宛之马，黄支之犀，条支之鸟。逾昆仑，越巨海，殊方异类，
至三万里。"[2] 而东汉更盛于汉武，其《东都赋》云："自孝武所不能征，
孝宣所不能臣，莫不陆詟水慄，奔走而来宾。遂绥哀牢，开永昌，春
王三朝，会同汉京。是日也，天子受四海之图籍，膺万国之贡珍。内
抚诸夏，外接百蛮。"[3] 李尤《函谷关赋》歌颂东汉中兴，"皇汉之休
烈"："会万国之玉帛，徕百蛮之贡琛。"[4] 其《辟雍赋》歌颂东汉文明昌
盛："是以乾坤所周，八极所要，夷戎蛮羌，儋耳哀牢，重译响应，抱
珍来朝。南金大路，玉象犀龟。"[5] 张衡《东京赋》写东汉盛世："孟春
元日，群后旁戾，百僚师师，于斯胥泊。藩国奉聘，要荒来质。具
惟帝臣，献琛执贽。当觐乎殿下者，盖数万以二。"[6] 在对外关系方面，
"惠风广被，泽洎幽荒。北燮丁令，南谐越裳，西包大秦，东过乐浪，

1　费振刚等辑校《全汉赋》，第 267 页。
2　费振刚等辑校《全汉赋》，第 313 页。
3　费振刚等辑校《全汉赋》，第 330 页。
4　费振刚等辑校《全汉赋》，第 376 页。
5　费振刚等辑校《全汉赋》，第 380 页。
6　费振刚等辑校《全汉赋》，第 441 页。

重舌之人九译，金稽首而来王"。[1] 这分明是对两汉时代皇威远被、四夷入贡的热情颂歌。

随着丝绸之路的开拓，大量域外器物传入中原，其特异功用引起诗人、文学家的赞叹和吟咏，这只是外来文明进入中国文学领域的开端。这时，中国作家还没有遇到一个足以与自己文学水平颉颃的对手，因此在文学作品的体裁形式、主题思想、艺术风格、表现艺术等方面仍然保持着自己的传统，沿着自身演变的规律发展。到了魏晋南北朝隋唐时期，佛教传入中国并日益兴盛，为中国人带来了新的文学形式。高度发达的佛典文学给中国文学发展以强烈刺激，促使中国文学在各方面发生重要变化。域外文明对汉代文学的影响是浅表的。随着中外交通和交流的发展，中国古代文学在题材、体裁、形式、主题、艺术风格各方面受到外来文明的影响越来越深。中国文学的演进与外来文明的影响同步前进，把中国文学的发展放在世界文学发展的视野里加以审视，文学的流变及其动因才能更清晰地呈现。

1 费振刚等辑校《全汉赋》，第 445 页。

第二章　丝绸之路与文学的因缘

　　丝绸之路促进了古代世界不同国家、不同地区和不同民族的互通有无，外来文明以其新奇激发诗人、文学家写作的意趣，因此通过丝绸之路传入中原的动物、植物、器物、香料、珠宝、艺术，以及进入中原的胡人等都在文学作品中得到描写和反映。诗人赋家咏及这些外来的器物产品和文化意象，融入了自己的思想情感，使其成为歌颂国家升平、朝廷威德的载体，成为诗人赋家表达情感的媒介。文化交流是丝路与文学发生关系的因缘。随着对外交流的开展，中国文学在内容和形式上越来越受到外来文明的影响，中国文学也是在不断吸收外来文明成果的基础上发展和兴盛的。

第一节　佛教与中国中古散文的因缘

佛教于两汉之际初传中国，在相当长的时期内被认为是方术，只是作为中国本土宗教道教的附庸在民间流传。魏晋时佛教与玄学结合，为广大文士所接受，从而开始在中国上层社会广泛流传，并以不可阻挡之势渗透到文人的写作中。通常所谓中古时期即指魏晋南北朝隋唐时期，这一时期的文学创作受到佛教的广泛影响。中古时期是中国文学史上一个充满活力的创新发展时期，各种体裁的文学创作都表现出新的特点。从文学发展的文化背景看，佛教的传播和影响是重要动因之一。

当时主要的文学样式是诗、散文和小说。近年来关于佛教对诗歌、小说影响的研究相当深入，成果甚丰，但对散文的影响之研究颇不尽如人意。佛教与中国文学之关系乃为近些年学界关注之重要课题，然因其跨学科、难度大而问津者少。佛教对中古散文的影响研究遇冷，与它的难度有关。佛教与散文关系的研究横跨文学、史学、佛学、逻辑学、哲学等学科，具有多学科交叉性质，研究者需要具备各学科一定的专业基础才可能进入这一领域。现有一些讨论"佛教与中国文学"之论著，多在诗歌、小说、戏剧几种文体上下功夫，而对于散文，尤其是议论文与佛教之关系，则较少有人论及。不要说流行的文学史著作对这方面极少论及，连已经出版的几部中国散文史著作几乎也不谈佛教对散文发展的影响。虽然有的学者的研究涉及这一领域，也有若干专论问世，但直到目前，我们还没有看到一本关于佛教与散文关系研究的专著，这方面的研究远远谈不上系统和深入。这与散文发展史的实际状况是不相符的。

散文在中国古代文学中是一个极其特殊的文体，其特殊性首先在于驳杂。古代作家的散文作品往往不是出于文学创作的动机写作的，大部分是应用性文体。这种文体曾被曹丕概括为"书论""奏议""铭诔"。这些现在看来都是应用文。他还把"诗"与"赋"并称，而赋则是介于诗与文之间的文体，在古代散文中属于纯文学类。在陆机、挚虞和刘勰等文论家的文章分类基础上，南朝梁萧统编《文选》对古代文章进行了新的分类，这是我国现存最早的诗文总集，全书共 60 卷，诗文 700 余篇，分为赋、诗、骚、七、诏、册、令、教、文、表、上书、启、弹事、笺、奏记、书、檄、移、对问、设论、辞、序、颂、赞、符命、史论、史述赞、论、连珠、箴、铭、诔、哀、碑文、墓志、行状、吊文、祭文等 38 类。《文选》的选录标准是"事出于沉思，义归乎翰藻"，[1] 即情义与辞采并茂的文章，用现在的话说，就是取文学性强的作品。萧统有意识地把文学作品同学术著作、疏奏应用之文区别开来，反映了当时对文学的特征和范围的认识日趋明确。但从《文选》来看，古代散文的概念仍是比较模糊的。因为从文体上看，以上除赋、诗、骚之外，基本上都是应用文，而从文章本身看，又都是具有情感美和形式美的文学作品，因此当时的"散文"不能用今天之文学审美观念和文体标准来审视。这些作品虽然具有审美性、情感性、生动性，却因为非"纯文学"而往往被文学研究者忽略。

佛教与中古散文关系十分密切，忽略这一点，就不能全面地、正确地和充分地评价中古时期散文发展的成就和特色。魏晋南北朝时期是中国历史上时局最为动荡的一段时期。西晋、东晋相继灭亡，南北朝并立，几百年间战火不断；统治者内部斗争激烈，被鲁迅称为"相砍"的时代。一方面人民饱尝战火之苦，处于水深火热之中，上层贵族统治者也朝不保夕，希望从宗教中寻求安慰；另一方面，统治者利用宗教来麻痹人民，维护自身统治。再加上儒学地位动摇，道教尚未完备，正所谓"儒学浅薄，不若老庄，老庄浮诞，不若佛理，于是舍儒学老，舍老学佛"。[2] 于是，佛教顺应历史潮流在中国广泛传播并迅速发展。当时来自西域之僧徒众多，或译经论，或弘教义，如佛图

1　《文选序》，（梁）萧统编《文选》，第 2 页。
2　王治心：《中国宗教思想史大纲》，东方出版社，1996，第 99 页。

澄、鸠摩罗什；中国僧徒亦远赴西域求法，其中就有著名的高僧法
显。他们著文写下游历的过程，出现不少佛教史地著作。在佛教传播
和发展过程中，它与散文因缘殊胜。

　　第一，佛经的翻译为散文领域增添了新的文体。正如苏轼《书柳
子厚大鉴禅师碑后》所指出的："释迦以文教，其译于中国，必托于
儒之能言者，然后传远。故《大乘》诸经至《楞严》，则委曲精尽胜
妙独出者，以房融笔授故也。"[1] 由于中土文士之"能言者"参与了佛
经的翻译，因此译著"委曲精尽胜妙独出"，从而形成新的散文形式。
对于中土文士来说，当时读到的佛典大多数是从梵文或相关的其他语
言翻译而来的文本。由于中、印文体性质不同，翻译时必然会发生
变异。中国四大译师之一的鸠摩罗什说："天竺国俗，其重文制，其
宫商体韵，以入弦为善。凡觐国王，必有赞德，见佛之仪，以歌叹
为贵，经中偈颂，皆其式也。但改梵为秦，失其藻蔚，虽得大意，
殊隔文体。有似嚼饭与人，非徒失味，乃令呕哕也。"[2] 虽然如此，考
虑到古代文人除了极少数能读梵文佛经，而大多数人诵习的仍是汉
译本的客观事实，在分析佛教对中国古代文体的影响时所依据的文
本一般都是汉文译籍。当然，若能融会巴利文、梵文、藏文、吐火
罗文、回鹘文等多种语言的比勘成果，那就更好了。要读懂佛经，
了解汉译佛经散文成就，应当知晓佛经的体制，一般称之为十二部
分类法，也叫"十二分教""十二部经""十二分圣教"等。其中
"契经""祇夜""伽陀"三种依形式特征而分，"因缘""本生""本
事""譬喻""自说""论议""方广""未曾有""授记"等九种则据
内容而分。"契经"又作"长行"，指经中直说义理的散文。"祇夜"
和契经相应，是用诗、偈的形式重复长行所说的内容，故又作"应
颂""重颂"。"伽陀"全部是用诗、偈记载经义，因和长行的内容无
关，所以称作"孤起"。"因缘"主要记录诸佛菩萨教化有情众生的

1　《苏东坡集》卷 19，商务印书馆，1958，第 67 页。

2　（梁）释慧皎：《高僧传》，汤用彤校注，中华书局，1992，第 53 页。

缘由，它常和当下叙述的事实有关。"本生"指佛说自己过去世中的故事。"本事"指佛陀以外的他人，特别是佛祖弟子的过去世之事。"譬喻"指用浅近的比喻来说明深奥的佛理。"自说"指佛陀未待他人发问而自行宣讲佛理的文字。"论议"指往返问答佛理的文字。"方广"指诸佛宣说最深奥广大教义的文字。"未曾有"叙说佛陀与诸弟子身上发生的奇异之事。"授记"指诸佛对弟子或菩萨等未来成佛而作的预言。

在"因缘"等九种佛经中，有的注重叙事，如因缘、本生、本事、未曾有等；有的重视说理，如自说、论议、方广等；有的把叙事、说理融为一体，如譬喻。从时间观念看，因缘多与现在相联系，本生、本事多说过去事，授记则与未来关系密切。因缘等九种体制虽然分类的依据在于内容方面，但在形式上也常有散、韵相间的特点。如李小荣指出的，就十二部经文体学研究而言，相关的成果屈指可数。虽然也有学人涉足于此，但多聚焦于几种文学性强的类别，如有关譬喻经文学的研究，有若干论著问世。丁敏《佛教譬喻文学研究》比较全面系统地研究了佛教譬喻文学的发展及其常见的重要主题，如历劫、生命形态的互渗、他界游行、神通故事等。[1] 本生经方面，比较重要的论著是释依淳《本生经的起源及其开展》，[2] 主要从经典角度探讨"本生经"，缺乏文学视角的研究，因而还有许多可供后来者继续研究的空间。因缘经方面，台湾东吴大学中国文学研究所张瑞芬的博士学位论文《佛教因缘文学与中国古典小说》（1995）比较有特色，但她对因缘经的理解，是以《大正藏》"本缘部"所收经典为据，因而把佛传、譬喻、本生、本事等经混为一谈，忽略了它们之间的区别。[3] 近年来，李小荣对佛教与中古文学文体关系进行了深入研究，发

---

1 丁敏：《佛教譬喻文学研究》，东初出版社，1996。
2 释依淳：《本生经的起源及其开展》，佛光出版社，1987。
3 参见李小荣《佛教与中国古代文体关系研究略谈》，《福建师范大学学报》（哲学社会科学版）2007 年第 6 期。

表若干篇学术论文，[1]出版《汉译佛典文体及其影响研究》一书。[2]荆亚玲出版《汉译佛典文体特征及其影响研究》一书。[3]

第二，佛学的研究促进了议论文的发展。议论文为中国古代文学中成就颇为斐然之文体，其作者之众多、作品之丰富、影响之巨大，实为古代文学园地之一奇葩。议论文起源甚早，中国先秦即已发达。春秋战国时孔、老、墨、孟、庄、荀、韩诸家之议论文，论辩色彩颇浓，具有较强之说服力。然先秦诸贤之论辩思维模式基本上为"立象取义"式，即通过塑造形象，以譬喻、寓言、模拟等方法说明"微言大义"或"要言妙道"。两汉重解经，章句之学偏于"小学"，致使议论文论辩色彩淡化，逻辑思维退却，造成思想之荒芜与方法之空缺。佛教入华，使议论文为之一大变。佛教擅长辩证思维，尤其论藏，其论证方法，由概念到概念，条分缕析，层层递进，颇为严密。中国佛教僧人慧远[4]深刻总结佛教"论体"之性质与特征为"辩""邃"，即论辩与深邃。佛典汉译，其"论体"影响于文坛甚巨。刘勰论"论"体，即吸收佛教"论体"思想。两晋玄学之思维方式，与本土传统亦明显有别。如裴颜其文者，不是从现象出发，采用譬喻、寓言说明问题，而是运用多重判断，以典型之逻辑"三段论"而推论，似乎深受佛教潜在影响。佛教作为一种异质文化进入中土，必然与本土文化发生冲突和碰撞，为了张大旗号，迎接各种各样的挑战，佛教便与中国传统思想文化儒学、道家、道教等发生论争。佛教在这种论争中磨砺了理论的锋芒。晋宋齐梁，僧人与崇佛文人撰著一批议论文，促使议论文向严密化、理论化前进一大步。其论文以捍卫佛教地位为己任，

1　李小荣：《变文与唱导关系之检讨——以唱导的生成衍变为中心》，《敦煌研究》1999 年第 4 期；《佛经偈颂与中古绝句的得名》（第一作者），《贵州社会科学》2000 年第 3 期；《佛经传译与散文文体的得名——以词源学为中心的考察》，《福建师范大学学报》（哲学社会科学版）2003 年第 4 期；《佛教与中国古代文体关系研究略谈》，《福建师范大学学报》（哲学社会科学版）2007 年第 6 期；《从敦煌本〈通门论〉看道经文体分类的文化渊源及其影响》，《普门学报》2008 年第 1 期；《论"未曾有经"文体及其影响》，《武汉大学学报》2009 年第 3 期。

2　李小荣：《汉译佛典文体及其影响研究》，上海古籍出版社，2010。

3　荆亚玲：《汉译佛典文体特征及其影响研究》，浙江大学出版社，2019。

4　慧远（334~416），东晋僧人，佛教学者。慧远是敦煌变文《庐山远公话》中"惠远"的原型。

以明扬佛道为目的，初步形成"文以明道"之思维框架与实践行为，为唐宋古文运动之"文以明道""文以载道"于实践上提供可资借鉴之范式。中唐之议论文，是古文运动创作之重要组成部分。而其深层思维方式，存有佛教论辩之因素。即使以辟佛而著名者韩愈为例，其文之立论道统，由现象提升本体，既具现实性、具体性、经验性，又具本体性、抽象性、超验性，颇似佛教之"佛道"论模式。其行文方式，运用判断、推理、分析之方法，完全与佛教论体一致。佛教与其他宗教一样，都很重视教义与教理的弘扬，经常采取各种生动有效的弘法形式，以求吸引更多的信众。[1]

　　第三，佛教为中国史学提供了新的记录与研究的对象。这不仅表现在史书中增加了有关佛教的新内容，还表现在新的史书体裁的出现。正史中有了《魏书·释老志》这样的专门记载佛教产生、发展和东传的材料；出现了专门记载高僧事迹的人物传记，如《晋书·艺术志》中的佛图澄、僧涉、鸠摩罗什等人的传记；还出现了记载高僧事迹的专门著作，如《高僧传》《比丘尼传》《续高僧传》等。佛教还影响到史书文体、表现方法和语言形式的变化。史传散文因此呈现出许多新的特色，这是前所未有的现象。魏晋南北朝时期，中国史学迎来了它的多途发展阶段，其中一个极为突出的表现是，在传统史学之外，佛教史学开始形成并有了初步的发展，这是中国史学史上的一个新事物，从此开辟了中国史学研究的新领域。瞿林东概括这一时代中国史学的基本特征，说道由于佛教的兴盛，"不断出现了一些佛教史书，在史学中占有一定的位置"。[2] 受当时中国社会南北分途发展的直接影响，初期佛教史学一产生就在 4~6 世纪的北中国和南中国表现出了不同的演进趋势，[3] 北中国形成了具有理性色彩的佛教史学，南中国

1　李小荣：《佛教与中国古代文体关系研究略谈》，《福建师范大学学报》（哲学社会科学版）2007 年
　　第 6 期。
2　瞿林东：《中国史学史纲》，北京出版社，1999，第 273 页。
3　所谓 "4~6 世纪的北中国"，大体上相当于十六国北朝（304~581），而与之对举的 "南中国"，
　　则大体上相当于东晋南朝（317~589）。

则开创了佛教史观指导下的僧人修史传统，[1]它们在以后的中国史学发展过程中有着非常不同的历史命运。僧人修史在近代以前始终保持独立发展，蔚为大国，形成了传统佛教史学的主体，各种大藏经中的史传部就是明证。汉文方面，自两晋南北朝迄清代，不仅体裁多样，有传记体、纂集体、目录体、志乘体、经传体、灯录体、典志体、类书体、纪传体、编年体、纲目体、笔记体等，而且体例日趋严谨与合理。[2]中国史书历来具有较强的文学色彩，记事生动，写人传神，语言优美。中古时期的僧传继承了这种传统，并具有独特的风采，是中国古代传记文学成就的一部分。

第四，丰富多彩的佛教文化为散文写作提供了新的素材和题材。魏晋南北朝时期佛教兴盛，大江南北，塔寺林立，于是出现了描写记述佛教建筑和设施的记体散文，如专门记载佛教寺院的北魏杨衒之的《洛阳伽蓝记》，专门记载佛塔的唐代段成式的《寺塔记》。中古时期不仅有大批西域高僧入中原活动，也有不少汉地出家人入西域巡礼圣迹，访求佛经，学习梵文。他们往往有记述个人行踪的游记，法显的《佛国记》、宋云的《行纪》、玄奘的《大唐西域记》就是优秀的代表作。其时更有大量的汉地人士出家为僧。"天下名山僧占多"，那些名寺古刹往往远离喧嚣的城市，处于幽静美丽的山川名胜之地。寺僧与名士交游，他们面对美景名胜，形诸吟咏，多有写景状物之佳作。东晋高僧慧远的《庐山记》汇载儒、释、道三家人文，反映中国名山美景往往多元文化汇合这一事实，"为释门名山记体例创备一格"。[3]唐代道士徐灵府之《天台山记》不仅写道教人文，亦兼载佛寺名胜、释门传说、法缘行事等。高华平指出，魏晋南北朝文学出现的新变，与佛教在中土的传播有着极为密切的关系。这一时期写景状物言情的辞

1　佛教史观是指从佛教基本立场出发考察佛教产生、发展和兴衰过程的历史观点和方法。佛教史观与传统史学的历史观有着很大的差异，使我们得以从另外一个视角论世知人。参见魏承思《中国佛教文化论稿》，上海人民出版社，1991，第 179~183 页。

2　参见魏承思《中国佛教文化论稿》，第 159~172 页；陈钟楠《略说中国佛教史学文献》，《古籍整理研究学刊》2001 年第 3 期。

3　张弓：《汉唐佛寺文化史》，中国社会科学出版社，1997，第 716 页。

赋也沾染了释教之色彩，在佛教的影响下开拓出新的内容和题材。孙绰的《天台山赋》、谢灵运的《山居赋》在山水中融入了佛理，显示出新的趋势；萧子云的《玄圃园讲赋》、王锡的《宿山寺赋》、萧詧的《游七山寺赋》等，更以佛教的法会、佛寺游处为题材，完全是前所未有的。赋在形式上也向诗看齐或"诗化"，对偶工整，字句雕琢，音韵谐和，并最终在格律化的趋势下完成了"律赋"体制的建构。六朝赋篇末以诗为"乱辞"、赋中系诗及诗赋合一等形式特点上的创新，更多应是直接模拟佛经文体长行（散文）与偈颂（韵文）间行特点的产物。隋唐的变文和俗赋则在此基础上又有进一步的发展。[1] 新的塔寺修成，往往立碑纪念，请名士撰碑文铭文记颂；高僧大德涅槃，亦依汉地习俗刻碑撰文，记述其一生功德和佛学贡献。这些使传统的碑志铭文增添了新的题材。一经译成，或一部论著完成，往往请名僧名士为序为记。这些名僧或名士往往借作序作记的机会，表达他们的体会和见解，议论说理，抒情言志，情采斐然。据统计，僧祐《出三藏记集》"总经序"部分便汇集佛经序、记120篇。第6卷至第11卷辑录一些佛典的序与后记，共110篇，其中77篇未见于现存的佛典。[2] 辑录序、后记很有价值，这些序、后记实际上就是佛典提要，保存了许多珍贵的资料，使后人知道译经的经过、内容、地点和时间。第12卷为"杂录"，收录陆澄的《法论》、齐竟陵王萧子良的《法集》以及僧祐的《释迦谱》、《世界记》等书的序文和篇目。这些书除《弘明集》外都已佚失，现在根据这些书的篇目即可略知其内容。总之，在魏晋南北朝时期各类散文体裁中，无不渗透了佛教文化的气息。

第五，佛教与散文的因缘还表现在佛教的宗教活动往往离不开各种应用文体，这些文体在形成过程中也深受本土固有文体的深刻影响。李小荣指出，研究佛教的教义宣畅，特别要关注两方面的问题，一是佛教的仪式性，二是弘法所用的文学艺术手段，两方面又互融互

1 高华平：《佛教与魏晋南北朝文学的创新》，《光明日报》2006年2月24日。
2 吴平：《论〈出三藏记集〉的目录学价值》，《法音》2002年第5期。

摄，互为其用。中国佛教的各宗各派都重视各种仪式的运用，中土佛教仪式种类繁多，有的仅面对出家僧众，如受具足戒、自恣、结夏、上堂、灌顶等；有的主要面对的是在家信众，如唱导、俗讲等；更多的则是僧、俗二众皆可参加的各种法会，如盂兰盆会、水陆道场、焰口施食仪、八关斋、启请仪、药师忏、放生会等。各种行仪一般都有应用文体形式的运用，如导文、斋文、愿文、忏文、启请文、转经文、回向文等，各种文体作品往往又与音乐、美术、戏曲、舞蹈等艺术形式相结合。研究佛教文体应抓住其综合性的特色，这样才能把握佛教仪式的深刻性、复杂性和多样性，才能理解佛教文体之宗教性的表现和成因。敦煌、吐鲁番、黑水城等多种出土文献的发现，为研究佛教教义宣畅提供了大量的原始资料。对于翻译而成的佛经文本，无论是哪一部类的经典，其所用文体，我们称为经典文体；而教义宣畅时所用的文体，我们叫作应用文体。两者基本上是体用、源流之关系，即经典文体是体是源，而应用文体多为用和流的层面。当然，从终极目标来说，两者都是为证道成佛服务的。

李小荣认为，佛教影响中古时代散文文体的表现，主要有如下两种形式。一是直接得名于佛经翻译的古代文体，比较重要的有三种：一曰偈，二曰绝句，三曰散文。古代中国虽是一个诗歌之国，但哲理诗不太发达，诗歌的主要功能在于抒情。然而随着佛教文化东传于华夏，这种状况得到了极大的改善。所谓"偈"，在佛典中有广义与狭义之分。广义地说，它包括十二部经中的祇夜与伽陀；狭义地说，仅指伽陀。不过，诸译经中常常区分得不太清楚，有点含糊。然其主要功能在于说理，且句式多样，有三言、四言、五言、六言、七言、八言等多种体制，一般四句成颂。[1]据陈允吉《东晋玄言诗与佛偈》的研究，魏晋玄言诗的兴起，即与佛偈的深刻影响有关。[2]那些出家的释子在表达悟境或宣扬佛法时，也多用偈颂的形式。那些深受佛教文化

1　李小荣：《佛教与中国古代文体关系研究略谈》，《福建师范大学学报》（哲学社会科学版）2007年第6期。

2　陈允吉：《古典文学佛教溯缘十论》，复旦大学出版社，2002，第1~20页。

影响的诗人，如白居易、苏轼、黄庭坚等，亦常用偈来阐述自己的人生观、世界观与方法论。有趣的是，道教经典也用"偈颂"来说理，如出于南北朝末或隋唐初期的《无上内秘真藏经》卷 1 有云："于是仙灵等众以偈颂曰：大慈广显无边身，众生普闻皆悟解。真藏奥中千叶华，华飘遍满诸国土……说此颂已，上白……"[1] 约出于元代的《元始天尊说梓潼帝君本愿经》则载，"天尊而说偈曰：'灵哉一点，不扰不惊，无思无虑，至聪至明。天理昭著，善性根成，一杂以伪，五体摧倾。自然归正，百福来并。敬之慎之，大众齐听。'"[2] 绝句是中国古典诗歌中格律诗的体式之一，其得名亦与佛经翻译有关。汉末安世高译《佛说七处三观经》云，（佛）从后说《绝》："欲见明者，当乐闻经。亦除悭垢，是名为信。"[3] 这是佛经翻译中最早用"绝"来指称韵文。"绝句"一词作为文体名称，最早也出自内典。西晋竺法护译《佛说须真天子经》卷 2 即谓："何等为四？一者义，二者法，三者次第，四者报答。以一绝句于百千劫广为一切分别演教，而是教不近有为。"[4]

为什么中土把四句体之诗称作"绝句"？李小荣和吴海勇《佛经偈颂与中古绝句的得名》做过探讨。[5] "散文"作为文体名称，如果从词源学角度考察，亦与佛典翻译相关。初唐高僧释神泰《理门论述记》中两次提到了"散文"："论摄上颂者，言摄上散文也"；"准上散文，但有法自性一相违因"。唐代宗为不空译《大乘密严经》所作之序曰："此经梵书，并是偈颂。先之译者，多作散文。"[6] 所谓"先之译者"，指初唐地婆诃罗的译本。从唐代宗序可知，该经梵文本当为偈颂体，而汉译本中地婆诃罗译本却多作散文体，与不空译本有所不同。他把"散文"与"偈颂"对举，显然是和释神泰一样看到了两种

---

1 《道藏》第 1 册，文物出版社、上海书店、天津古籍出版社，1988，第 453~454 页。

2 《道藏》第 1 册，第 818 页。

3 任继愈主编《中华大藏经》第 34 册，中华书局，1988，第 289 页。

4 任继愈主编《中华大藏经》第 20 册，中华书局，1986，第 684 页。

5 陈允吉主编《佛经文学研究论集》，复旦大学出版社，2004，第 348~359 页。

6 〔日〕高楠顺次郎编《大正新修大藏经》第 16 册，河北省佛教协会印行，2005，第 747 页。

文体在形式上的区别。关于这一点，李小荣曾予以讨论。[1] 在佛典中，"散文"与"散华"之喻有关。智者《妙法莲华经文句》卷 1 云："佛赴缘作散花、贯花二说……佛说贯、散，集者随义立品。"吉藏《法华义疏》卷 2 云："长行与偈，略明十体五例。言十体者，龙树《十地毗婆沙》云：一者随国法不同，如震旦有序、铭之文，天竺有散华、贯华之说也。"由此推断，"散华"比喻佛经之长行（散文），而"贯华"比喻其中的偈颂（韵文）。

二是由佛教宣畅再则生成新的文体。这类文体种类繁多，皆与佛教仪式有关，而且具有广泛的实用性。李小荣举出两例以见其端要，一是导文，二是散花词。导文是伴随唱导这一佛教宣畅活动而产生的实用文体，也叫唱导文。据梁释慧皎《高僧传》卷 13 云：

> 唱导者，盖以宣唱法理，开导众心也。昔佛法初传，于时齐集，止宣唱佛名，依文致礼。至中宵疲极，事资启悟，乃别请宿德，升座说法。或杂序因缘，或傍引譬喻。其后庐山释慧远，道业贞华，风才秀发。每至斋集，辄自升高座，躬为导首。先明三世因果，却辩一斋大意。后代传受，遂成永则。……夫唱导所贵，其事四焉，谓声、辩、才、博。[2]

可见东晋慧远法师在唱导中国化的过程中起了至为重要的作用，他是中土唱导活动的奠基人。此后，唱导成为佛教界最为流行的弘法形式之一，成为各种斋会一般的程式。参与唱导的人员有导师、经师等，最重要的是导师。其所用文本，即为导文。[3] 导文的作者有僧人，如敦煌遗书 P.13334《声闻唱导文》、S.15660va《菩萨唱导文》、S.16417c

---

1　李小荣：《佛经传译与散文文体的得名——以词源学为中心的考察》，《福建师范大学学报》（哲学社会科学版）2003 年第 4 期。

2　（梁）释慧皎：《高僧传》卷 13，第 521 页。

3　李小荣：《佛教与中国古代文体关系研究略谈》，《福建师范大学学报》（哲学社会科学版）2007 年第 6 期。

《自恣唱导文》等，即是由释子撰作；也有居士，如《广弘明集》卷
15 所载梁简文帝之《唱导文》。

　　散花词则是佛教散花仪式上的唱词。散花仪式的使用场合主要有
三，即庄严叹佛、涅槃送佛、奉请诸佛与菩萨。在今存敦煌遗书中，
三种场合使用的散花词都有抄卷发现，分别是 S.14690《散花梵文一
本》、P.13120《送师赞》以及 P.13216 中的《散华乐》。对此，李小荣
曾撰文详考，故不赘论。散花时行事者一边散花，一边咏唱偈赞（即
散花词，其和声则可由与会的信众和唱）。

　　导文、散花词之类的佛教应用文体也被道教借用。如宁全真《上
清灵宝大法》卷56中载有《唱导》文两本；[1] 道宣《续高僧传·释智凯
传》记载有僧人智凯与道士张鼎"两门导师同时各唱"之事。[2] 道教亦
有散花行仪，如题为"广成先生杜光庭删定"之《道门科范大全集》
卷 8 记载"消灾道场仪"有"知磬举散花，奏乐"；[3] 宁全真《灵宝领
教济度全书》卷 10《赞诵应用品》则载有"七言散花词"八首、"五言
散花词"十首。其五言十首之一云："绛节徘徊引，天花散漫飞。高仙
无染着，片片不沾衣。"最后又加有按语："凡散花每两句为一首，上
一句吟毕，继吟'散花礼'三字，方吟下一句。吟毕，继吟'满道场
圣真前供养'八字。"[4] 可知道教散花时的音乐也有和声辞。[5]

　　由佛教文化与中土本土文化相结合而产生的新文体，如志怪、传
奇、变文、话本、戏剧等，关于这方面的研究成果已经相当丰富，又
是与散文相对的其他文学体裁，此不详论。佛教对散文写作的影响，
有学者早就注意到这个问题，如张中行《佛教与中国文学》。[6] 这本书
第一章谈"汉译的佛典文学"，认为译文创造了独特的风格。汉魏时
期，一般文人用来表情达意的文字，是后人所称道的秦汉的古文。魏

1　《道藏》第31 册，第 221 页。

2　（唐）道宣：《续高僧传》卷 31，郭绍林点校，中华书局，2014，第 1260 页。

3　《道藏》第 31 册，第 776 页。

4　《道藏》第 7 册，第 94 页。

5　李小荣：《敦煌佛曲〈散花乐〉考源》，《法音》2000 年第 10 期。

6　张中行：《佛教与中国文学》，安徽教育出版社，1984。

晋以后，散体的古文逐渐趋向于骈俪，语句要求整齐对称，音节要求平仄协调，字面要求浓丽绚烂。不管是古文还是骈文，都是文人习用的中国本土的雅语。外文的佛典翻译为中文，不得不受三方面条件的限制。其一，外文有词汇、语法上的特点，为了忠实于原文，不能不保留一些异于中文的风格。其二，佛典译为中文，要求多数人能够理解，这就不能不通俗，因而不宜完全用典雅的古文或藻丽的骈体写。其三，佛教教义是外来的，要取得上层人士的重视，译文就不能过于俚俗，因而又要适当地采用当时雅语的表达方式。这样，佛典翻译就逐渐创造出一种雅俗之间的调和中外的平实简练的特殊风格。佛典是宣扬佛教教义的，基本上是哲学著作。但是同一般的哲学著作相比，佛典有其重要的特点：一是说理，二是叙事，三是故事，四是韵文。佛典叙事说理，常常采用诗歌的形式，通常是在散文的叙述之间或之后，加说一个有韵的"偈"来概括大意，显示要点。这样的偈句法整齐、声音协调、内容精练，虽然是说理，却有相当大的感染力。也有通篇采用诗歌形式的，全篇是一首四言、五言或七言的长叙事诗，无论就篇幅说，还是就内容的奇伟、描写的绚丽说，都富有文学意味。可以知道，在中国文学史上，佛典翻译同样是一件大事。它丰富了中国文学宝库，使魏晋以后的文学作品受到广泛而深远的影响。该书第二章谈佛教与中国正统文学，指出魏晋以后，佛教在中国成为势力最大的宗教，不少文人同佛教有密切的关系，中国人民的思想和日常生活中含有浓厚的佛教成分。文学是生活的反映，它自然也受到佛教的影响。中国的正统文学从魏晋算起，有一千多年的历史，其中包括无数的作家、不同的文体，要将这些巨细不遗地指出来是做不到的。但是有一点是确定的，就是佛教对于中国正统文学的影响是广泛的、深远的、持久的，甚至可以说，如果仔细分析，许多表面看来与佛教无关的作品，其实是长期在佛教思想影响下中国文化的产物。在这方面内容是丰富的，情况是复杂的。而中国的正统文学主要是诗与文。佛教影响中国正统文学中的"文"，情况同诗有相类的地方。六朝时期的骈体，到隋和初唐更加兴盛，格调更加讲究，这也是四声理论推动的结果。禅宗盛行以后，士大夫模仿语录的语言，创造了与文言迥然不同的语录体。这都是文体方面的事情。对于一些作家的文章的气势、神理之类，佛教也有不小的影响。中国文人有不少是熟读佛典的，佛教教义的广博精微，行文的繁衍恣肆，自然会使他们的文笔受到影响。以唐宋八大家为例，唐朝的柳宗元，苏轼《书柳子厚大鉴禅师碑后》说他"南迁，始究佛法，作曹溪南岳诸碑，妙绝古今"。[1] 苏轼自己也是这样。钱谦益《读苏长公文》曰："吾读子瞻《司马温公行状》《富郑公神道碑》之类，平铺直叙，如万斛水银，随地涌出，以为古今未有此体，茫然莫得其涯涘也。晚读《华严经》，称性而谈，浩如烟海，无所不有，无所不尽，乃喟然而叹曰：'子瞻之文，其有得于此乎？'"[2] 关于这方面的情形，因为形迹不很显著，不能详说。作者主要谈了两个方面的影响，一是文的题材，二是文的思想。在中国的正统文学里，题材与佛教有关涉的文章，数量也不少，其中有的是成部的著作，如北朝杨衒之的《洛阳伽蓝记》。题材与佛教有关涉的零篇文章，历代的典籍里随处可见，体裁多种多样，如谢安《与支遁书》、白居易《游大林寺序》、柳宗元《永州龙兴寺东丘记》、陆游《跋杲禅师蒙泉铭》。中国文人有不少是信仰佛教的，或者思想中含有佛教成分，因而他们的文学作品常常流露出或多或少的佛教气息，这类文章在历代的典籍中也随处可见。[3]

近年来，随着佛教与古代文学关系的研究越来越深入，佛教与散文的关系也逐渐受到重视。孙昌武的《佛教与中国文学》第三章"佛教与中国文学创作"首论散文，着重论述了佛教对中国古代论说文的影响。作者指出，佛家的文章，包括汉译经论和中国佛家作品，本身就应视作中国散文史的一个成果，同时对中国散文的发展起了很大的推动作用。佛家文字对散文的影响首先表现在文体上，就是促进了以立意为主的理论文章的发展。南朝梁僧祐编的《弘明集》代表了《文

1　《苏东坡集》卷 19，第 67 页。

2　（清）钱谦益著，钱曾笺注《牧斋初学集》卷 83，上海古籍出版社，2009，第 1756 页。

3　《张中行全集》第 4 卷，北方文艺出版社，2019，第 416~438 页。

选》之外的另一种文学观念。《弘明集》集作者百人，主要是护法文章，其中还包括如范缜《神灭论》那样优秀的反佛论著。萧统在《文选序》中明确表示以立意为主的理论文章不应属于"文"的范畴，而《弘明集》的文章正是那种被排斥在"文"之外的论道文字，从而代表了六朝文章写作的另一个潮流。这个潮流在当时文坛上并没有引起充分注意，但对以后中国散文的发展影响十分深远。佛教重视议论说理，佛典中有许多直接谈到论说技巧的地方，如南本《大般涅槃经》卷 32《迦叶菩萨品第二》、《大智度论》卷 22；佛教人士也明确认识到他们的议论文字的特长，如慧远《大智论钞序》。这样从道理上剖析论说的具体技巧，在中国以前是没有的。佛教论说文达到的高度技巧，受到文学理论家刘勰的高度赞扬，说它"动极神源，其般若之绝境乎"。[1] 唐宋古文在写作艺术上的一大发展，也使议论文章涌现。这有继承和发展中国固有传统的因素，同时接受佛教论辩技巧也是一个条件。佛家文字对散文的影响还表现在文风上，佛家著述极尽华靡夸饰，佛典翻译用的是一种韵散结合、梵汉结合的雅俗共赏的译经体，与六朝文风不同，写法上已与后来唐宋议论文字的格调相近。六朝的佛家文字本是宣扬佛道的，与唐宋许多古文家的儒家宗经明道思想倾向不同，但在文体与文风上显然给唐宋古文提供了借鉴。佛教对中古散文的影响，第三个方面是佛家文字在具体写作技巧上，给中古散文提供不少可资借鉴的新东西，语其要者有以下诸点：一是条分缕析的论说方式，二是概念的辨析，三是驳论与立论结合，四是比喻的运用，五是丰富的文学语言。张中行和孙昌武关于佛教对中国文章的影响的论述无疑是具有启发性的，但张先生的论述主要是例证式的，孙先生的论述则是宏观的、局部的。普慧《佛教对中古议论文的贡献和影响》认为，佛教传入中土，带来了新的思辨理论，其中的"论"是这一思辨理论的集中代表。东晋高僧慧远及齐梁崇佛文论家刘勰从佛教和文学两方面对"论"做了深刻分析和阐述。魏晋玄学家在议论

---

[1] （梁）刘勰撰，范文澜注《文心雕龙注》，人民文学出版社，1958，第 327 页。

文的写作上借鉴了佛教"论"的思辨方式，东晋南朝的僧人及崇佛文人慧远、宗炳、沈约等在其议论文中直接引用了佛教"论"的思维方式，并做了进一步的发挥。唐代古文大家韩愈的议论文受到佛教"论"的潜在影响。该文对佛教与中古议论文发展的关系进行了很有深度的论述。[1]

如前所述，中国古代散文体裁驳杂、内容广泛，佛教的影响无孔不入，问题十分复杂。佛教之于散文的影响有很多领域都是空白，有待深入研究。今之学术日新月异，新成果不断涌现，新领域不断开拓。近年来关于佛教对中国古代散文的影响的研究也积累了不少新的成果，据笔者统计，相关的学术论文不下百篇。但总的来看，目前的研究个案分析较多，而深度的理论思考相对欠缺；涉及具体问题者多，涉及名家名著者多，而整体把握不够，有见树不见林的倾向，许多问题研究仍是空白，相对于佛教对诗歌和小说的影响的研究显得薄弱，这一局面有待改变。

第二节　唐诗与丝绸之路的因缘

对于历史研究来说，过去社会生活中留存下来的遗迹，一切都是史料。明王世贞《艺苑卮言》云："天地间无非史而已。三皇之世，若泯若没；五帝之世，若存若亡。噫！史其可以已耶？六经，史之言理者也。"他把六经各文体区分为"史之正文""史之变文"，有的是"史之用"，有的是"史之实"，有的是"史之华"。[2] 章学诚提出"六经皆史"在很大程度上也是从史料角度说的。从这个意义上说，唐诗也是研究唐史的史料。把唐诗作为史料研究唐史，前人已经有意为之。陈寅恪先生《元白诗笺证稿》在方法论上给我们的

1　普慧：《佛教对中古议论文的贡献和影响》，《文学评论》2007 年第 4 期。

2　（明）王世贞著，罗仲鼎校注《艺苑卮言校注》卷 1，齐鲁书社，1992，第 32~33 页。

重要启发便在于此。此后循寅恪先生前踪，把唐诗与唐史的研究结合起来，进行诗史互证的研究已有大量成果，不一一缕述。研究唐诗与丝绸之路的关系，正是从这种思路出发进行的一项学术课题，通过这一研究，我们再次认识到唐诗作为史料对于研究唐史的重要价值。唐史、唐诗和丝绸之路之间的密切关联，是我们从事这一研究的学术基础。

当李渊父子从太原起兵，攻入长安，推翻隋朝统治，建立起新兴政权时，唐朝便与丝绸之路联系起来。长安，早已成为国际都市，早已确立了其作为丝绸之路起点的历史地位。唐朝建都长安，让这座国际大都会再度辉煌。当社会重新恢复和平统一局面时，这座富有生命力的都市立刻引起诗人的兴趣，唐太宗李世民的《帝京篇》组诗十首热情歌咏了这座城市的壮丽和繁华。随着新兴政权日益稳固，随着唐王朝在东亚甚至整个旧大陆日益展示其伟大文明形象和无穷魅力，长安也日益走向世界。在唐朝近三百年的历史中，世界上各文明地区都曾有人踏入这个令人向往的城市，无数唐人也从这里出发走向世界各地，文明的互动推动着中世纪社会的车轮滚滚向前。那些络绎不绝、前后相望的使节、商旅、僧侣、将士、艺术家和文人学士等风尘仆仆的身影留存在唐诗的歌吟中。唐诗，见证了长安这座丝绸之路起点城市的辉煌。

唐朝是中国古代社会的黄金时代，又是丝绸之路的黄金时代，也是诗歌发展的黄金时代，这三个"黄金时代"融会在诗人的咏唱中。从唐朝建立，诗与丝绸之路便有着不解之缘，如影随形。唐朝立足未稳，割据陇右的薛举父子来抢夺胜利果实，经过艰苦的战斗，唐朝消灭了这股强大势力，陇右——这一丝绸之路要道便进入唐朝掌控之中，这件事很快就在唐诗里产生了回响。太宗即位不久，写下了慷慨激昂的《经破薛举战地》；一百多年后，柳宗元的诗里再次歌颂了这场战争。唐朝进军河西，唐朝的历史向前延伸，唐朝对丝绸之路的控制也在向西延伸。消灭河西李轨割据势力，河西走廊进入唐朝的统治范围，这是通往西域的要道。柳宗元《河右平》诗反映了丝绸之路史上这场具有重要意义的战争。如果说夺取陇右和河西是唐朝为了巩固新兴政权进行的战争，是决定唐朝生死存亡的战争，那么平高昌和灭突厥则是有意消灭丝绸之路上的割据势力，打通西域交通的道路。唐朝建立后，丝绸之路上的最大障碍是突厥，其支持高昌王对抗唐朝。高昌王的离心离德，阻断了丝绸之路的交通；西突厥直接控制着西域和中亚的广大地区，从而阻断了唐与中亚、西亚、南亚和欧洲的陆上交通。唐朝平高昌，并最终战胜西突厥，这场战争意义重大，唐朝不仅夺取了丝绸之路的控制权，而且树立了它在东亚乃至当时整个文明世界的崇高威望。太宗和大臣的联句诗表达了贞观君臣强烈的喜悦之情，柳宗元《高昌》诗讴歌了平高昌的胜利。从此唐朝高歌猛进，夺取西域，进入中亚，丝绸之路进入最辉煌的时期。唐朝向西域的每一步开拓，都在诗人中产生了反响。历史的发展是曲折的，河西走廊、西域和中亚政治局势处于不断变化中，唐前期与吐蕃、大食在西域和中亚展开错综复杂的斗争，丝绸之路也随着这种斗争形势的变化时有盛衰。特别是安史之乱发生，吐蕃占领陇右、河西和西域，唐与中亚以及更远的国家和地区的交通遇到严重阻碍。丝绸之路上发生的重大事件和丝绸之路的盛衰变化在唐诗中都得到了反映。总之，丝绸之路和对外交流为唐诗提供了丰富的、新鲜生动的素材，这是唐诗繁荣的一个重要因素。

唐朝在击灭了东西突厥后，原来依附于突厥的各草原民族亦归附唐朝，太宗被北方草原民族尊为"天可汗"。于是从唐朝西都长安、东都洛阳出发通向北方和西北方草原以及沿欧亚大草原的东西方交通道路空前畅通。唐朝势力进入东南沿海地区后，大力利用海上丝绸之路与海外国家和地区进行交往和交流。唐后期西北沙漠之路走向衰落，海上丝绸之路日益重要。唐先后在交趾置安南都护府，在广州置岭南节度使，在广州设市舶使，加强对外贸易的管理。唐朝与东南亚、南亚、西亚和非洲之间的海上交通日益兴盛。中国与阿拉伯的地理学著作都非常关注中国广州和大食（阿拉伯）、波斯湾之间的航线，大食、波斯商人大量经海路入华，在东南沿海地区进行贸易活动。隋唐之际崛起于青藏高原的吐蕃民族与唐朝迅速建立起和亲关系，经过青海至吐蕃逻些（今拉萨）的唐蕃古道一时兴盛起来。由于吐蕃与尼婆罗（今尼泊尔）的关系密切，通过吐蕃和尼婆罗至天竺的道路得以开辟和利用。虽然好景不长，但这条道路在相当时期内成为中印交通的一条重要道路。南诏国与唐朝时战时和，总的来看归附唐朝和和平交往的时期长，交战的时间短。地处今天缅甸的骠国通过南诏与唐朝进行友好交往，于是经过南诏、骠国至印度或联结海上丝路的中印缅道对对外文化交流也发挥了重要作用。这些道路分别被称为草原丝绸之路、海上丝绸之路、吐蕃—尼婆罗道、南方丝绸之路，这些道路的利用和经过这些道路实现对外交流的盛况在唐诗历史长卷中都得以展现。吟赏唐诗中有关丝绸之路的歌咏，丝绸之路便不是一个抽象的概念，而是一个活生生的历史场面和生活图景，一个联结旧大陆各地各民族的充满神奇魅力的交通网络，风沙漫漫的古道征途，奔波于丝路古道上风尘仆仆的身影，唐人的心态和情感……生动形象地展现在读者眼前，艰辛的行程转化为艺术的审美，千百年来流传不衰。这就是文学的价值，这是其他任何历史文献资料都不能提供的历史画面。

唐诗与丝绸之路的因缘源于唐代特定的社会环境、诗人的社会活动和创作。在唐代这个文化高峰时代，诗歌是最受欢迎的文学形式，诗人遍布社会各个阶层。在唐代这个开放的社会里，参与到对外开拓、对外交往、丝路贸易和对外交流活动的人们用诗歌记录个人的经历和感受，关于丝绸之路的内容成为诗歌生动的题材。

唐朝边境地区活跃着一些富有才华的文士。为了保证丝绸之路畅通，唐朝长期在陇右、河西走廊和西域与吐蕃进行军事斗争，并设置陇右节度使、河西节度使、安西四镇节度使、北庭节度使。在边镇幕府中活跃着追求建立边功的文士，他们投身边地，一边辅佐戎务，一边赋诗歌咏边塞生活，高适、岑参就是杰出代表。唐代的边防形势与丝绸之路盛衰互相呼应，他们在陇右、河西和西域所写的边塞诗在内容上与丝绸之路关系密切。据统计，唐朝与世界上七十多个国家和地区有外交关系，彼此使节往来不断。有的外交官员留下了他们出使域外的诗篇。他们的诗描写了沿途所见所感，对认识丝路变迁具有重要的史料价值。在丝绸之路上还有大批的商队，他们对丝路奔波的辛劳和对外贸易活动应当有更加丰富的阅历和更加深入的体会，但逐利的商旅缺乏吟咏的兴趣和才情，我们竟然没有读到一首丝绸之路上奔波的商人反映经济贸易活动的诗篇。

　　唐诗之于唐朝社会生活，不仅是文学创作和审美活动，还有实用价值。唐诗实用性的一个重要方面就是它是社会交际的工具。当同僚、朋友、亲人即将因故赴域外或边塞时，人们往往写诗送行或赋诗吟诵。这是唐诗与丝绸之路的另一因缘。即便没有到过边塞和域外的诗人，他们也根据听闻，驰骋想象，写对方经行途中的景况和域外的情况。那是一个浪漫的时代，写一首诗送行让人感到无比温暖，诗表达的同情、赞扬和安慰伴随行人的整个行程，他会时时回味朋友们送别时的殷殷嘱托，从而冲淡了旅途的艰辛和寂寞。唐诗中有一部分送人出使域外的诗，行人远使事件本身就是丝绸之路研究的内容，唐诗这方面的资料可补史书记载之不足。在唐代对外交流活动中，公主和亲是重要历史事件，唐诗中涉及和亲的内容很多。朝廷重视与吐蕃之间的和亲关系，金城公主入藏，中宗亲自送行，并命大臣赋诗，于是唐诗中保存了当时大臣们奉和送行之作。唐朝后期和亲回鹘[1]，诗人们同情公主的命运，也写下了许多与公主和亲有关的诗。唐朝官员赴任边疆地区，同僚、朋友写诗送行，往往也反映了对外关系和经济贸易、文化交流的内容。中唐时郑权赴任广州，诗人们送行的作品中便自然写到南海贸易问题，反映了海上丝绸之路的盛况。

　　关心国事、关注政治是唐代诗人的传统，对外关系和文化交流中的重要人物和重大事件往往成为他们吟咏的对象，这是唐诗与丝绸之路的又一因缘。唐朝对陇右、河西的经营，对西域的开拓，都伴随着

1　贞元四年（788），回纥可汗上表唐廷，请改称回鹘，取“回旋轻捷如鹘”之义。本书部分内容
　　在论述时跨了两个时段，为使行文简洁，除直接引用的史料及有明确的时间可区分以外，其他
　　都统称回鹘。

一系列的战争。唐代诗人既热爱和平，又支持正义战争，因此围绕丝绸之路控制权展开的军事斗争在唐诗中多有反映。太宗亲自指挥了对陇右割据势力的战争，唐朝开拓丝绸之路第一仗破薛举之战出现在太宗本人的诗歌中。在将近三百年的历史中，唐朝为了维护国家安全、保持丝路畅通、恢复中原政权对周边失地的统治和反击外族的袭扰，进行了一系列对外战争，这些战争是推动文化交流的特殊途径。唐朝在丝绸之路上曾与高昌、突厥、吐蕃、大食、回鹘等政权进行角逐，这在唐诗中都得到生动反映。在战争中涌现出无数名将，他们的事迹通过诗歌得到传颂，如李靖、哥舒翰、封常清、高仙芝等名将在开辟和维护丝绸之路，加强唐朝与其他国家的关系方面做出了重要贡献，名垂青史。唐代对外战争的胜利张扬着唐朝的国力，激发了诗人的民族自信和自豪感，也激发了他们创作的灵感，他们的诗热情歌咏了那些艰苦而伟大的战争和保卫国家、效命君王的英勇将士。

宗教活动也促进了诗歌创作，宗教的传播是丝绸之路与文化交流的重要内容之一，这是唐诗与丝绸之路的又一重要因缘。唐朝佛教发展进入辉煌阶段，在中土僧人西行求法的活动中，僧人是沿着丝绸之路从事宗教活动的，他们把亲身经历写入诗中。其中最著名的是玄奘、义净和慧超。玄奘经西域、中亚至天竺，遍历天竺各地，后经中亚和西域返国。义净则经海上丝路至天竺，复从海上丝路至室利佛逝，又从室利佛逝返国。慧超来自新罗国，他大约从中国南海经海上丝路先至东天竺，又游历天竺各地，最后通过中亚、西域回到中国，终于五台山佛教圣地。在他们的游历活动中都有诗传世，写出了他们的亲身经历和感受。佛教的兴盛还催生了一个诗人群体——诗僧，他们的诗富于佛理和禅趣，是对外文化交流的奇葩。在中外僧侣交往活动中，诗歌的赠答酬唱是一个重要内容。诗人还与高僧大德广泛交友，互相赠答唱和。印度佛僧、婆罗门僧入华活动通过这些诗生动地表现出来。在佛教兴盛的时代，各地佛寺林立，诗人喜游佛寺并赋诗咏唱，这些诗是佛教文化交流的副产品。

通过丝绸之路，唐朝向世界贡献了自己的文明成果，也从域外获得大量外来文明成果。外来文明的新奇性也是激发诗人灵感的一个重要方面。唐代从域外引进各种动物、植物、器物，也获得精神文明成果如宗教、艺术等。当诗人们接触到这些外来文明时，其异于汉地文化的奇异色彩容易满足诗人们的好奇心，激发他们写诗的兴趣，他们也为获取域外物质文明和精神文明成果而感到自豪。大宛汗血马、林邑红鹦鹉、草原民族的骆驼、西亚的狮子、南亚的犀牛等珍禽奇兽，葡萄、石榴、茉莉花、优钵罗花、胡桃、甘蔗等有益观赏和食用的奇花异果，琵琶、筚篥、箜篌、大食刀、水晶盘、金叵罗、夜光杯、红螺杯、胡床、弓矢、火浣布、紫貂裘、胡帐等外来器物，天竺乐、扶南乐、骠国乐、胡旋舞、胡腾舞、柘枝舞、舞象、舞马、泼寒胡戏、戴竿、跳丸等域外艺术，佛塔、佛寺、佛钟等外来宗教文化，珊瑚、玛瑙、犀角、象牙、珍珠、玻璃、玳瑁、车渠、琥珀、琅玕、紫贝、美玉等奇珍异宝，沉水香、龙脑香、龙涎香、鸡舌香、旃檀香、苏合香、胡椒、诃黎勒等香料药物，胡姬、胡商、胡僧等奇服异貌的域外人，胡饼、石蜜等外来的美味食物，无不被诗人写入诗中，经过他们的美化和夸张，越发新奇可爱。

　　研究唐诗与丝绸之路的关系，是诗史互证的典型案例。运用诗史互证的研究方法，要求学者具备两方面的知识基础和学术素养，这两种素质都需要一定的积累。"板凳要坐十年冷"，出于历史学家之口，说明历史研究更需要知识的积累。而文学的研究在知识积累的同时，还需要一定的文学气质和禀赋，需要文学才情、悟性和审美分析的能力，历史需要学问，文学修养不全靠学问。而且要知道文学作品和历史著作的不同特点，否则容易出差错。一是文学问题不是都能通过历史的眼光和方法来解决的，文学是美的创造，要用审美的眼光来看，有时不能用社会学或阶级分析的方法。把文学作品作为史料来看，要经过分析，不是所有的文学内容都可以作为史料。有的文学作品直接反映了现实，但有的不能作为史料直接拿来使用。文学对世界的把握是艺术的把握，通过鉴赏说明历史问题，一定要认识到这是艺术的反映，是艺术的真实，而不是历史的真实。

即便是杜甫的叙事诗那样的作品，也要分析，因为诗是抒情的，其中融入了诗人的情感。如果唐朝的百姓都像"三吏""三别"中的新娘子、老妪和老翁的话，为什么大量的人都逃避战乱到外地了？用乾嘉学派考证的方法，论证诗的正确和错误是不合适的。

　　一个时代的诗歌是一个时代历史的浪花，诗与史的关系是浪花和水流的关系。诗人写丝绸之路与历史记载不同。文学作品和历史著作反映现实的角度是不同的，即便是现实主义诗歌。利用文学作品研究历史，有一定范围和限度。诗则主要反映的是一个时代的人的情绪、精神和心态，要用它说明具体问题则不能令人满意。文学作品通过形象反映生活、抒发情感，它刻画了形势，写出了现象，至于这种现象是怎么造成的，诗人不必像写学术论文那样进行理论分析和学术探讨。例如，对安史之乱的认识和反思，唐代政治家从政治、经济、制度和文化上分析问题，而诗人关注的是华清宫的奢华和马嵬坡的悲剧。在唐诗中涉及丝绸之路的内容也应作如是观。有的诗真实地反映了丝绸之路与对外交流的历史事件，歌咏了真实的历史人物，但它并不像历史著作那样详述事件之始末和人物之行迹，对人物的评价也不是客观的和学术性的。还有的诗写到的丝绸之路的内容只能作为意象来看，例如一些丝绸之路的地名，往往只是一种文学意象，并不能真实理解为某一地名，这种情况在唐诗里表现得特别突出，在本书的论述中有大量具体事例。诗人的目的是描写将士远征转战的艰辛，歌颂他们建功立业的豪情，抒写与家乡亲人的两地相思，至于地名的真实性并不重要。但这样的诗对我们认识历史仍然有其价值。文学材料反映历史的特点，一是形象性，二是审美性，三是情感性。通过这些诗，我们可以感受到当时的社会心理、时代精神、历史脉搏和诗人的褒贬爱憎，可以接触到许多形象化和情感性的资料，这是一般历史著作中缺乏的，这是研究唐史和丝绸之路时唐诗资料的独特价值。

第三节　诗家与僧家的因缘
—— 唐诗中佛寺上人房（院）书写

唐诗中有大量咏及佛寺的作品，反映了佛教文化的兴盛及其向诗歌领域的渗透。诗人和高僧是唐代社会中颇受人们尊重和喜爱的两个群体，他们彼此的交游形成一道文化景观。与整个社会上的风气一样，佛寺中的僧人喜欢诗歌，喜与诗人交往；而与整个社会崇尚佛教一样，诗人喜游或入住佛寺，与僧人交友，听他们讲经说法，从他们那里获得思想导引和人生启迪。佛寺中有各种不同的设施，唐诗中涉及较多的是上人房或上人院，原因是上人房或上人院乃高僧大德所居之所，而在崇尚诗歌的唐代社会，诗人受到尊敬和优待，他们游赏、会聚和入宿上人房或上人院，因而接触高僧的机会很多。其中诗人与寺中上人的接触交往十分引人注目。据统计，唐诗中有大量咏及上人房或上人院的诗，《全唐诗》中有 131 首，与上人寄赠送别和酬唱的诗不胜枚举。这些诗从侧面反映了唐代佛教发展的盛况，揭示了佛教与唐诗的互动关系，对于认识唐代诗人的活动和创作、了解唐诗丰富的文化意蕴具有重要价值，对于认识唐代佛寺中上人这一群体、上人房（院）这一寺院设施、诗人与僧人的关系以及佛教对诗歌的影响具有重要的史料价值。

一　上人房（院）与游宿上人房（院）的诗人

"上人"是对持戒严格并精于佛学的僧侣之尊称。《摩诃般若经》云："何名上人？佛言：若菩萨一心行阿耨菩提，心不散乱，是名上人。"《增一经》云："夫人处世，有过能自改者，名上人。"《十诵律》云："有四种：一、粗人，二、浊人，三、中间人，四、上人。""律瓶沙王呼佛弟子为上人。古师云：内有智德，外有胜行，在人之上，名上人。"[1]上人即上德之人，是佛教对长老、和尚的尊称，指道行高深的僧人。寺院里上人居处称上人院或上人房。上人院、上人房不同于上方，上方是一寺住持或上座所居。住持、上座是寺职，寺主，一寺之长。上人不一定有寺职，德高望重者虽无寺职，但也有特别的住处，规格比一般的僧房、僧院要高，体现的是对高僧的尊重和优待。杜甫《宿赞公房》云："杖锡何来此，秋风已飒然。雨荒深院菊，霜倒半池莲。放逐宁违性，虚空不离禅。相逢成夜宿，陇月向人圆。"[2]此诗题注："京中大云寺主，谪此安置。"赞公房应该属于上人房，赞公本来是长安大云寺主，即住持，"谪此安置"，失去了寺职，但地位仍不同于一般僧人，所以享有较高待遇。不过本书所论，一般皆明言"上人房"或"上人院"者。一寺之中，分若干院，各院似乎都有上人房，以及学有专精的大德。欧阳詹《同诸公过福先寺律院宣上人房》云："律座下朝讲，昼门犹掩关。"[3]可知律院有上人房，宣上人专精律学。唐诗中有的只提僧人法名而未明确为"上人"而有房或院的，一般应属"上人"范畴，如杜甫《宿赞公房》，又如许浑《题灵山寺行坚师院》，[4]诗人称行坚为"师"，可见行坚也是道行高深的僧人，其所居院应是上人院。上人房或上人院是诗人与高僧交往的场所，因此成为唐诗创作的特殊环境，佛寺上人和上人院（房）便与诗歌兴盛发生因缘。

从唐诗可知，上人房或上人院是文士与高僧经常雅集聚会之处，这种集会在诗中称"集""会""会集""会话"等。王维《青龙寺昙璧上人兄院集》序云：

> 吾兄大开荫中，明彻物外。以定力胜敌，以惠用解严。深居僧坊，傍俯人里。高原陆地，下映芙蓉之池；竹林果园，中秀菩

1　（宋）释道诚撰，富世平校注《释氏要览校注》卷上，中华书局，2014，第42页。
2　（唐）杜甫著，（清）仇兆鳌注《杜诗详注》卷7，中华书局，1979，第592页。
3　（清）彭定求等编《全唐诗》卷883，中华书局，1960，第9978页。
4　（唐）许浑撰，罗时进笺证《丁卯集笺证》卷7，中华书局，2012，第9978页。

提之树。八极氛霁，万汇尘息。太虚寥廓，南山为之端倪；皇州苍茫，渭水贯于天地。经行之后，趺坐而闲，升堂梵筵，饵客香饭。不起而游览，不风而清凉。得世界于莲花，记文章于贝叶。时江宁大兄持片石命维序之，诗五韵，座上成。[1]

此诗《全唐诗》题注："与王昌龄、裴迪、弟缙同作。"[2]序中的"江宁大兄"即王昌龄，诸人皆有同题之作，就是这次雅集的成果。这种聚会往往是上人做东主持，这次聚会就是王维出家之"吾兄""升堂梵筵，饵客香饭"。又如白居易有《宿西林寺早赴东林满上人之会因寄崔二十二员外》，显系满上人举办。会集时举行茶宴，则称为"茶集"。王昌龄《洛阳尉刘晏与府县诸公茶集天宫寺岸道上人房》记叙了自己参与的在岸道上人房举行的一次茶宴：

　　　　良友呼我宿，月明悬天宫。道安风尘外，洒扫青林中。削去府县理，豁然神机空。自从三湘还，始得今夕同。旧居太行北，远宦沧溟东。各有四方事，白云处处通。[3]

这是一次茶会，也是一次诗会，大家以文会友。孟郊有《逢江南故昼上人会中郑方回》，回忆昔日雅集情景，多少年过去了，会集的主人昼上人已不在人世，而集会上认识的郑方回还是一见如故，当时聚会的情景记忆犹新。这种雅集往往也是诗歌活动，如孟郊《与二三友秋宵会话清上人院》诗里描写："何处山不幽，此中情又别。一僧敲一磬，七子吟秋月。"[4]唐代诗人喜与高僧交游，常常游赏、访问或入住上人房或上人院，因此唐诗中有不少咏"上人房""上人院"的作品，这与唐代社会上普遍尊重诗人的风气有关，也是诗人与高僧密切交游

1　（唐）王维撰，陈铁民校注《王维集校注》卷3，中华书局，1997，第228页。

2　（清）彭定求等编《全唐诗》卷127，第1290页。

3　（唐）王昌龄著，胡问涛、罗琴校注《王昌龄集编年校注》卷3，巴蜀书社，2000，第127页。

4　（唐）孟郊撰，华忱之校订《孟东野诗集》卷4，人民文学出版社，1959，第64页。

的体现。这些诗反映诗人文士在佛寺里上人房或上人院雅集的活动。因为上人房、上人院是高僧大德居所，所以与上人结交者多为名流，正如贾岛《灵准上人院》所云："海内知名士，交游准上人。"[1] 孟浩然《题终南翠微寺空上人房》诗云：

> 翠微终南里，雨后宜返照。闲关久沈冥，杖策一登眺。遂造幽人室，始知静者妙。儒道虽异门，云林颇同调。两心相喜得，毕景共谈笑。暝还高窗眠，时见远山烧。缅怀赤城标，更忆临海峤。风泉有清音，何必苏门啸。[2]

孟浩然是诗坛名流，所以能够与空上人"相喜得""共谈笑"。二人一为佛者，一为儒者，但在喜爱山水自然方面找到了共同点。

来到上人房或上人院的诗人喜欢写其风光之美。这些诗多写上人房或上人院的景物、人、事。与入住一般僧房者不同，入住上人院或上人房者大多是志得意满或有较高身份、地位和名望的人，这些诗里很少有像入住僧房的那些下层文士失意忧伤的情怀。上人房环境优美，又受到礼遇，是诗人喜欢游赏之地，在此获得身心的愉悦。陈子昂《夏日游晖上人房》云："山水开精舍，琴歌列梵筵。人疑白楼赏，地似竹林禅。对户池光乱，交轩岩翠连。色空今已寂，乘月弄澄泉。"[3] "梵筵"即禅食，宴会上还有弹琴唱歌。白日游寺，晚上住宿，万籁俱寂时，他感受到色即是空的含义。白居易《旅次景空寺宿幽上人院》云："不与人境接，寺门开向山。暮钟鸣鸟聚，秋雨病僧闲。月隐云树外，萤飞廊宇间。幸投花界宿，暂得静心颜。"[4] 因为体验到寺中清幽之境，心灵获得一时清静。武元衡《同陈六侍御寒食游禅定藏山上人院》云："年少轻行乐，东城南陌头。与君寂寞意，共作草堂

1　（唐）贾岛著，李嘉言新校《长江集新校》卷8，上海古籍出版社，1983，第96~97页。
2　（唐）孟浩然撰，李景白校注《孟浩然诗集校注》卷1，中华书局，2018，第11页。
3　《陈子昂集》（修订本）卷2，徐鹏校点，上海古籍出版社，2013，第55页。
4　（唐）白居易著，谢思炜校注《白居易诗集校注》卷13，中华书局，2006，第1044页。

游。"[1] 张祜《秋夜宿灵隐寺师上人居》云："月色荒城外，江声野寺中。贫知交道薄，老信释门空。露叶凋阶藓，风枝戛井桐。不妨无酒夜，闲话值生公。"[2] 张祜家世显赫，人称"张公子"，当时有"海内名士"之誉，杜牧《登池州九峰楼寄张祜》诗云："谁人得似张公子，千首诗轻万户侯。"[3] 这是张祜晚年的诗，虽然他感叹自己"贫知交道薄"，其实他早已名扬天下，所以入寺受到僧人的礼遇。

　　游上人院与入住不同，不同身份的人都可以游，所以游上人院者未必都志得意满，这类诗情况比较复杂。有人到此一游，访问上人，受到礼遇，心情舒畅。朱庆馀《夏日访贞上人院》云："炎夏寻灵境，高僧澹荡中。命棋隈绿竹，尽日有清风。流水离经阁，闲云入梵宫。此时祛万虑，直似出尘笼。"[4] 诗人为避暑而来，与贞上人竹林边弈棋，尽享院中清凉。施肩吾《夏日题方师院》云："火天无处买清风，闷发时来入梵宫。只向方师小廊下，回看门外是樊笼。"[5] 他也是避暑而来，都把寺外比作樊笼，一语双关。院外酷热难耐，暗喻尘世之苦，与佛教净土世界相对，如樊笼不得度脱。有的失意者游此，心情自然不同。杜荀鹤《中山临上人院观牡丹寄诸从事（一作弟）》云：

> 闲来吟绕牡丹丛，花艳人生事略同。半雨半风三月内，多愁
> 多病百年中。开当韶景何妨（一作多）好，落向僧家即是空。一
> 境别无唯此有，忍教醒坐对支公。[6]

这就是一位不得志者游上人院赏花的感受。本来观赏牡丹花开，应该是开心之事，但诗人从花的命运联想到的是坎坷人生。"花艳"和

———————

1 （清）彭定求等编《全唐诗》卷 317，第 3570 页。

2 （唐）张祜著，尹占华校注《张祜诗集校注》卷 3，上海古籍出版社，2020，第 121~122 页。按：张祜另有《寄灵隐寺师一上人十韵》一诗，可知此上人当称"师一上人"。

3 （唐）杜牧：《樊川文集》卷 3，上海古籍出版社，1978，第 46 页。

4 （清）彭定求等编《全唐诗》卷 515，第 5889 页。

5 （清）彭定求等编《全唐诗》卷 494，第 5596 页。

6 （清）彭定求等编《全唐诗》卷 692，第 7962 页。

"人生"相同的不是繁盛，而是花遭半雨半风的摧残和生命中多愁多病的相似。花衰败和人生低谷时令人愁苦，即便是花开和人生鼎盛时又如何呢？在僧家看来都是"空"。经过风雨的摧残，其他地方的牡丹都已经衰落，只剩临上人院还有残花可赏，哪里还有心与"支公"（临上人）再谈花和人生的道理呢？这就是彷徨失意者游上人院看到花残想到失志时的悲伤。杜荀鹤又有《赠题兜率寺闲上人院》诗："人间寺应诸天号，真行僧禅此寺中。百岁有涯头上雪，万般无染耳边风。挂帆波浪惊心白，上马尘埃翳眼红。毕竟浮生谩劳役，算来何事不成空。"[1] "挂帆"二句写尽异乡漂泊天涯羁旅的痛苦感受，最后两句感叹一生劳苦，最后只是一场空。

　　上人房和上人院有栖寄功能，有的官员被贬途中投宿于此。武则天时房融被贬岭南，作《谪南海过始兴广胜寺果上人房》哀叹个人的命运："零落嗟残命，萧条托胜因。方烧三界火，遽洗六情尘。隔岭天花发，凌空月殿新。谁令乡国梦，终此学分身。"[2] 在经历了一场生死劫之后，房融被贬放岭南，在广胜寺果上人房获得心理上的一丝慰藉，但思念家乡的心情不能自抑，幻想能有分身术，一半赴贬所，一半回到家乡。刘长卿《冬夜宿扬州开元寺烈公房送李侍御之江东》云：

> 迁客投百越，穷阴淮海凝。中原驰困兽，万里栖饥鹰。寂寂莲宇下，爱君心自弘。空堂来霜气，永夜清明灯。发后望烟水，相思劳寝兴。暮帆背楚郭，江色浮金陵。此去尔何恨，近名予未能。炉峰若便道，为访东林僧。[3]

刘长卿被贬流放途中，入住扬州开元寺烈公房，与奉使到此的李侍御相遇，并在此分手，诗表达了对自己遭遇和朋友离别的悲伤。刘长

1　（清）彭定求等编《全唐诗》卷692，第7963页。

2　（清）彭定求等编《全唐诗》卷100，第1076页。

3　（唐）刘长卿著，储仲君笺注《刘长卿诗编年笺注》，中华书局，1996，第113~114页。

卿《将赴岭外留题萧寺远公院（寺即梁朝萧内史创）》云："竹房遥闭
上方幽，苔径苍苍访昔游。内史旧山空日暮，南朝古木向人秋。天香
月色同僧室，叶落猿啼傍客舟。此去播迁明主意，白云何事欲相留。"[1]
这是其南贬行程中的另一首留别题诗，一方面委婉地表达了自己的冤
屈，另一方面表达了对远公的留恋难舍之情。

二　咏上人房（院）诗的内容和情感

　　入住上人房或上人院是较高的待遇，咏及上人房或上人院的诗通
常表达幸运之感和愉快之情，乐于记述访问和住宿的经历与见闻。游
赏或寓居上人房和上人院，周围的环境往往逗起诗兴。宋之问《题鉴
上人房二首》其一云："落花双树积，芳草一庭春。玩之堪兴尽，何必
见幽人。"[2] 对于诗人来说，玩之尽头，就会产生新奇的诗思。朱庆馀
《重过惟贞上人院》云："老去唯求静，都忘外学名。扫床秋叶满，对
客远云生。香阁闲留宿，晴阶暖共行。窗西暮山色，依旧入诗情。"[3]
寺院内外环境都能触发诗人的灵感和兴趣。这类诗往往写其自然环
境之美，而写寺院环境之美通常突出其幽静。姚合《过云花宝上人
院》云："九陌最幽寺，吾师院复深。烟霜同覆屋，松竹杂成林。鸟语
境弥寂，客来机自沿。早知如（一作能）到此，应不带朝簪。"[4] 云花
宝上人院虽然位于繁华都市，但在最幽静处，而上人院又在寺之最深
处。中间四句写景，渲染"幽"和"深"二字的意境。受到这种幽静
环境的感染，诗人说如果早知有此处可居，不该入世做官。这是强调
环境的幽美，未必是其心中所想。在写自然环境之美时，有时又包含
对宗教世界的赞美。在诗人笔下那不是纯客观自然环境的描写，而是

1　（唐）刘长卿著，储仲君笺注《刘长卿诗编年笺注》，第 200 页。
2　（唐）沈佺期、宋之问撰，陶敏、易淑琼校注《沈佺期宋之问集校注》，中华书局，2001，第
　　526 页。
3　（清）彭定求等编《全唐诗》卷 514，第 5870 页。
4　（唐）姚合著，吴河清校注《姚合诗集校注》卷 8，上海古籍出版社，2012，第 399 页。

作为与世俗世界对立的净土。唐求《和舒上人山居即事》云："败叶填溪路，残阳过野亭。仍弹一滴水，更读两张经。暝鸟烟中见，寒钟竹里听。不多山下去，人世尽膻腥。"[1] 用人世的污浊反衬上人山居的清静。姚合《过无可上人院》云："寥寥听不尽，孤磬与疏钟。烦恼师长别，清凉我暂逢。蚁行经古藓，鹤翙落深松。自想归时路，尘埃复几重。"[2] "烦恼师长别"是赞扬无可上人已经达到了禅宗追求的最高境界，永远获得了解脱；"清凉我暂逢"字面上写在寺中获得了清凉，实际的意思是在这里感受到了禅世界的清静，获得了心理上的一时安宁。当领悟到禅的清静之心和清静之境时，他发现归路已经不是来时的样子了，那是一个红尘漫漫的世界。

　　访问或入宿上人房或上人院，高僧、诗人和文士在这里相遇，诗人接触到高僧大德，诗中写其活动，赞美其人格、学养和才华。刘得仁《冬夜与蔡校书宿无可上人院》云："儒释偶同宿，夜窗寒更清。忘机于世久，晤语到天明。月倒高松影，风旋一磬声。真门犹是幻，不用觉浮生。"[3] 分属于儒者的蔡校书、佛者的无可上人和才子刘得仁居然能通宵晤语，体现了唐代思想的自由与开放和多元文化融合发展的格局。在唐代寺院喜茶的风气中，与上人品茗语禅论道论诗是一种常有的活动。周贺《题昼公院（一作四明兰若赠寂禅师）》云："丛木开风径，过从白昼寒。舍深原草合，茶疾竹薪干。夕雨生眠兴，禅心少话端。频来觉无事，尽日坐相看。"[4] 茶很快煮好了，是因为上人平时准备好了晾干的竹薪。孟浩然在思想上自认与僧人为异调，后来的诗人与之不同，他们访问或寓居上人房或上人院，多采取与之同调的立场，表达对佛教的倾心。诗人赞美上人清苦自励、学养深厚，表达仰慕之情。姚合《过稠上人院》云："清羸一饭师，闲院亦披衣。应诏常翻译，修心出是非。雪中疏磬度，林际晚风归。蔬食常来此，人间护

1　（清）彭定求等编《全唐诗》卷 724，第 8307 页。

2　（唐）姚合著，吴河清校注《姚合诗集校注》卷 8，第 404 页。

3　（清）彭定求等编《全唐诗》卷 544，第 6295 页。

4　（清）彭定求等编《全唐诗》卷 503，第 5725 页。

净稀。"[1] 稠上人严守清规，每日一餐，形容清羸，精通梵汉，有时接受朝廷下达的翻译任务；修养心性，泯灭了世俗的是非。朱庆馀《过苏州晓上人院》云："夏满律当清，无中景自生。移松不避远，取石亦亲行。经案离时少，绳床著处平。若将林下比，应只欠泉声。"[2] 诵经写经精进勤奋，生活则一具绳床而已。欧阳詹《永安寺照上人房》云："草席蒲团不扫尘，松闲石上似无人。群（一作峰）阴欲午钟声动，自煮溪蔬养幻身。"[3] 院中事上人亲力亲为，卧则草席蒲团，食则自煮溪蔬。

诗赞美上人信仰坚定，专心佛学，远离尘俗。岑参有《观楚国寺璋上人写一切经院南有曲池深竹》写璋上人："璋公不出院，群木闭深居。誓写一切经，欲向万卷余。挥毫散林鹊，研墨惊池鱼。音翻四句偈，字译五天书。"[4] 施肩吾《宿南一上人山房》云："窗牖月色多，坐卧禅心静。青鬼来试人，夜深弄灯影。"[5] 青鬼，佛教中在地狱呵责罪人者。诗以一个特写镜头塑造了一位专心修禅的高僧形象，当青鬼弄影恐吓他，试他是否专心时，他无动于衷。这也是暗用佛典，释迦牟尼在菩提树下修行时，魔王波旬曾千方百计干扰，释迦牟尼不为所动，终于成道。这里借以赞颂一上人的坚定和精诚。在诗人笔下，寺中的上人长年修行，并到处讲经说法。张乔《金山寺空上人院》云："已老金山顶，无心上石桥。讲移三楚遍，梵译五天遥。板阁禅秋月，铜瓶汲夜潮。自惭昏醉客，来坐亦通宵。"[6] 空上人不仅到处讲学，从事译经事业，而且坐禅精进，又事事亲为。诗人说自己是"昏醉客"，意谓自己尚未能领悟佛理。李洞《维摩畅林居（一作题维摩畅上人房）》云："诸方游几腊，五夏五峰销。越讲迎骑象，蕃斋忏射雕。冷

1 （唐）姚合著，吴河清校注《姚合诗集校注》卷 8，第 397 页。
2 （清）彭定求等编《全唐诗》卷 514，第 5872 页。
3 （清）彭定求等编《全唐诗》卷 349，第 3911 页。
4 （唐）岑参著，陈铁民、侯忠义校注《岑参集校注》卷 5，上海古籍出版社，1981，第 389 页。
5 （清）彭定求等编《全唐诗》卷 494，第 5590 页。
6 （清）彭定求等编《全唐诗》卷 638，第 7323 页。

笫和雪倚，朽栎带云烧。从此西林老，瞥然三万朝。"[1] 这位畅上人多年来游方讲学，南到越地，北到蕃方。"三万朝"即百年，一生。对于上人来说，生死已无所谓，"瞥然"即一种无所经心的态度。唐求《赠行如上人》云："不知名利苦，念佛老岷峨。衲补云千片，香烧印一窠。恋山人事少，怜客道心多。日日斋钟后，高悬滤水罗。"[2] 诗刻画了一位坚忍刻苦的峨眉山老僧形象，因为不追逐名利，故不知追逐名利之苦；幽居深山，日复一日、年复一年地念佛、斋戒、击钟，心无二念。李中《赠海上观音院文依上人》云："烟霞海边寺，高卧出门慵。白日少来客，清风生古松。虚窗从燕入，坏屐任苔封。几度陪师话，相留到暮钟。"[3] 这也是一位几乎不出寺门的僧人，而且生活清苦。

诗赞美上人的学养和才情。从学养上看，上人精通内典，这是其本职。他们不仅精通内典，而且兼通儒释。姚合《过不疑上人院》云："九经通大义，内典自应精。帘冷连松影，苔深减履声。相逢幸此日，相失恐来生。觉路何门去，师须引我行。"[4] "九经"是儒家经典，[5] "内典"是释门经书，不疑上人精通儒释，而且修行专精。诗人认他为导师，希望从他那里获得觉悟之道。唐代有一个诗僧群体，这些诗僧更集中在上人院中，唐诗中存在大量诗人与上人赠答送别之作，就是僧人能诗的反映。最早与上人唱和的诗是初唐诗人杨炯《和旻上人伤果禅师》，旻上人有诗在前，杨炯和之在后。上人院的高僧多富诗歌才华，唐诗中赞美其杰出才华。张祜《题赠仲仪上人院》云："星霜几朝寺，香火静居人。黄叶不惊意，青山无事身。抛生台上日，结座履中尘。自说一乘果，别来诗更新。"[6] 这是赞美上人的诗才。朱庆馀《题毗陵上人院》云："院深终日静，落叶覆秋虫。盥漱新斋后，修行未老

1 （清）彭定求等编《全唐诗》卷 721，第 8274 页。
2 （清）彭定求等编《全唐诗》卷 724，第 8306 页。
3 （清）彭定求等编《全唐诗》卷 748，第 8518 页。
4 （唐）姚合著，吴河清校注《姚合诗集校注》卷 8，第 398 页。
5 隋代以"明经"取士，唐承隋制，规定"三礼"（《周礼》《仪礼》《礼记》）、"三传"（《左传》《公羊传》《穀梁传》）和《易》、《诗》、《书》为"九经"。
6 （唐）张祜著，尹占华校注《张祜诗集校注》卷 3，第 41 页。

中。映松山色远，隔水磬声通。此处宜清夜，高吟永与同。"[1] 也是称赞上人能诗。李频《题荐福寺僧栖白上人院》云："空门有才子，得道亦吟诗。内殿频征入，孤峰久作期。高名何代比，密行几生持。长爱乔松院，清凉坐夏时。"[2] 栖白是著名诗僧，学养和诗才俱高，诗赞美他为释门才子，说他诗名、佛学名望无人能比。

入住上人房或上人院也有学术方面的讨论。在此总有各种佛事和听高僧讲经说法、讨论经义的活动，因此写到院中活动，除了诗歌吟咏，通常还有佛理探讨的相关内容。皎然《秋日遥和卢使君游何山寺宿敫上人房论涅槃经义》云："诗情缘境发，法性寄筌空。翻译推南本，何人继谢公。"[3] 他们讨论佛性问题，研究经文的翻译。在这种场合，诗人向上人求教，上人为之指点迷津。黄滔《题东林寺元祐上人院》云："庐阜东林寺，良游耻未曾。半生随计吏，一日对禅僧。泉远携茶看，峰高结伴登。迷津出门是，子细问三乘。"[4] 佛教"三乘"[5] 说是比喻的说法，以交通工具比喻运载众生渡越生死到涅槃彼岸之三种法门，乃浅深不同的解脱之道，这里泛指佛法。"子细"是求教态度的认真。姚合《过钦上人院》云："有相无相身，唯师说始真。修篁半庭影，清磬几僧邻。古壁丹青落，虚檐鸟雀驯。伊余求了义，羸马往来频。"[6] 对有相无相的认识，以上人之说为准的。"了义"对"不了义"而言，即真实之义，佛教最圆满的义谛。"往来频"是行动的辛勤，为了获得清楚而全面的佛理，频繁地访问上人。郑谷《题兴善寺寂上人院》云："客来风雨后，院静似荒凉。罢讲蛩离砌，思山叶满廊。腊高兴故疾，炉暖发余香。自说匡庐侧，杉阴半石床。"[7] "罢讲"反映的

1　（清）彭定求等编《全唐诗》卷 514，第 5869 页。

2　（清）彭定求等编《全唐诗》卷 589，第 6836 页。

3　（清）彭定求等编《全唐诗》卷 815，第 9175 页。

4　（清）彭定求等编《全唐诗》卷 704，第 8097~8098 页。

5　即声闻乘、缘觉乘、菩萨乘。声闻乘又名小乘，缘觉乘又名中乘，菩萨乘又名大乘。声闻的目标是求得个人的解脱，实现烦恼的熄灭；缘觉是通过修行而开悟；菩萨则要帮助所有的人实现开悟。

6　（唐）姚合著，吴河清校注《姚合诗集校注》卷 8，第 403 页。

7　（唐）郑谷著，严寿澂等笺注《郑谷诗集笺注》卷 1，上海古籍出版社，2009，第 100 页。

就是上人讲经说法活动，极言其说法感染力强。李洞《颜上人房（一作题西明自觉上人房）》云："御沟临岸行，远岫见云生。松下度三伏，磬中销五更。雨淋经阁白，日闪剃刀明。海畔终须去，烧灯老国清。"[1] 说颜上人每日都在剃度人入道，极言受其剃度者之多。寇埴《题莹上人院》云："舍筏求香偈，因泉演妙音。是明捐俗网，何独在山林。缭绕藤轩密，逶迤竹径深。为传同学志，兹宇可清心。"[2] "香偈"又作烧香偈、烧香回向文，于佛前上香时所唱之偈文。佛家上香仪轨："礼敬赞德，先须至于香台，端身息虑，思念圣德，目睹尊容，双膝着地，手擎香炉，而举偈言。"[3] 偈语背后都包含有某种故事或特定的含义。入寺的香客要向上人请香偈，并由上人解释其含义，然后烧香念诵。诗人乘船经水路到寺，向莹上人请求香偈。莹上人则为诗人提供偈文，"因泉演妙音"。诗人入住上人房，不完全为了赏景，也希望听僧人讲经说法。贾岛《题竹谷上人院》云："禅庭高鸟道，回望极川原。樵径连峰顶，石泉通竹根。木深犹积雪，山浅未闻猿。欲别尘中苦，愿师贻一言。"[4] 李洞《秋宿经上人房》云："江房无叶落，松影带山高。满寺中秋月，孤窗入夜涛。旧真悬石壁，衰发落铜刀。卧听晓耕者，与师知苦劳。"[5] 末二句是双关语，一方面是真实情景，听到院外早晨农耕的声音，诗人与僧人对农家辛苦表示同情；另一方面在暗用佛典，释迦牟尼早年出城，见农民耕种辛劳，顿感人生痛苦，从而产生探讨解脱之道之念。诗人真正想要表达的是世间皆苦，只有皈依佛教才能渡越苦海。在这样的诗里，诗人表达个人的感悟和体会，表现出很强的求知欲和收获感。他们领悟了佛理，受到上人院气氛的感染，便对佛教倾心，产生仰慕之情。

上人房（院）环境的感染和上人的启悟，对诗人产生了很强的吸

1　（清）彭定求等编《全唐诗》卷 721，第 8280 页。

2　（清）彭定求等编《全唐诗》卷 778，第 8809 页。

3　〔日〕前田慧云、中野达慧等编集《卍续藏经》卷 29，新文丰出版公司，1975，第 118 页。

4　（唐）贾岛著，李嘉言新校《长江集新校》卷 8，第 93 页。

5　（清）彭定求等编《全唐诗》卷 721，第 8278 页。

引力。戴叔伦《宿无可上人房》云："偶来人境外，何处染嚣尘。倘许栖林下，僧中老此身。"[1] 卢纶《秋夜同畅当宿藏公院》云："礼足一垂泪，医王知病由。风萤方喜夜，露槿已伤秋。顾以儿童爱，每从仁者求。将祈竟何得，灭迹在缁流。"[2] "医王"就是佛陀，他能医治人们心理的病。"风萤"两句以自然界的变化表达禅意。"儿童爱"用《法华经》的典故，意谓藏公能像佛陀一样施以方便之门，对自己进行教诲。在藏公的教导下，他认识到人生的唯一出路在于入道，所以希望侧身缁流，即入道。李涉《重过文上人院》云："南随越鸟北燕鸿，松月三年别远公。无限心中不平事，一宵清话又成空。"[3] "远公"指东晋高僧慧远，此代指文上人。自上次与文上人别后，三年来南北奔波，多少失意悲愤难平之事，经与文上人一夜深谈，一扫而空。

有的诗表达了与朋友、上人的友情和离别相思。有朋友一同访问和住宿佛寺上人房或上人院，在此分手写诗赠别。周贺《书实上人房》云："绝顶言无伴，长怀剃发师。禅中灯落烬，讲次柏生枝。沙井泉澄疾，秋钟韵尽迟。里闾还受请，空有向南期。"[4] "禅中"二句赞实上人修禅和讲法的高妙。诗末二句写的应是诗人访实上人未遇，实上人应里闾之请外出做法事，让诗人扑了空。郑巢《瀑布寺贞上人院》云："林疏多暮蝉，师去宿山烟。古壁灯熏画，秋琴雨润弦。竹间窥远鹤，岩上取寒泉。西岳沙房在，归期更几年。"[5] 这首诗也写访上人未遇，西岳沙房即上人院，所谓"宿山烟"应指离寺到山中苦修，僧人往往在山中幽静僻处有兰若、石室或精舍。皮日休《访寂上人不遇》

1 （唐）戴叔伦著，蒋寅校注《戴叔伦诗集校注》卷4，上海古籍出版社，2010，第262页。按：此诗蒋寅断为伪作，理由是无可为晚唐人，与戴叔伦时代不相及。无可为贾岛从弟，贾岛生活于779~843年。戴叔伦生卒年不详，一般认为生活于732~789年，很难说年代不相及，待考。

2 （唐）卢纶著，刘初棠校注《卢纶诗集校注》卷4，上海古籍出版社，1989，第373页。

3 （清）彭定求等编《全唐诗》卷477，第5429页。

4 （清）彭定求等编《全唐诗》卷503，第5725页。按：此诗异文较多，题一作《送县上人》，一作《寄林禅师》；"言无伴"，一作"无僧侣"；"剃"一作"落"；"禅中"二句，一作"斋归门掩雪，讲彻树生枝"；"间"一作"中"；"请"一作"讲"；最后两句，一作"将行谁请住，又爽禁城期"。

5 （清）彭定求等编《全唐诗》卷504，第5734页。

诗云："何处寻云暂废禅，客来还寄草堂眠。桂寒自落翻经案，石冷空消洗钵泉。炉里尚飘残玉篆，龛中仍镂小金仙。须将二百签回去，待得支公恐隔年。"[1] 诗把访寂上人未遇的失望心情和对寂上人的思念融入上人房冷清的环境描写之中。

诗人游赏或寄宿上人房或上人院，与上人结下深厚友谊，当重访此地时上人亡故，则不免产生悲伤和哀悼之情。张谓《哭护国上人》在上人房悼祭上人："昔喜三身净，今悲万劫长。不应归北斗，应是向西方。舍利众生得，袈裟弟子将。鼠行残药碗，虫网旧绳床。别起千花塔，空留一草堂。支公何处在，神理竟茫茫。"[2] "支公"即东晋高僧支遁，字道林。杨巨源《春日与刘评事过故证（一作澄）上人院》云："曾共刘谘议，同时事道林。与君方掩泪，来客是知心。阶雪凌春积，钟烟向夕深。依然旧童子，相送出花阴。"[3] "道林"，东晋高僧支道林，代指证上人。诗人与刘某都曾师从证上人，但这次来游故地，证上人已经作古，不禁潸然泪下。上人的童子还在，回时仍是童子送行，昔日情景再现眼前，更勾起无限伤感。司空曙《宿青龙寺故昙上人院》云："年深宫院在，旧客自相逢。闭户临寒竹，无人有夜钟。降龙今已去，巢鹤竟何从。坐见繁星晓，凄凉识旧峰。"[4] 往年同来师事昙上人的学友来访上人院，故地重逢，但上人已去。昔日相伴的巢鹤不知所依，上人说法夜半钟声的情景已如过眼云烟。司空曙《过坚上人故院与李端同赋》云："旧依支遁宿，曾与戴颙来。今日空林下，唯知见绿苔。"[5] 支遁，代指坚上人。戴颙，南朝刘宋时人，擅琴和书法，工于制作佛像。《宋书·戴颙传》记载："自汉世始有佛像，形制未工，逶特善其事，颙亦参焉。宋世子铸丈六铜像于瓦官寺，既成，面恨瘦，工人不能治，乃迎颙看之。颙曰：'非面瘦，乃臂胛肥耳。'既错

---

1 （唐）皮日休等撰，王锡九校注《松陵集校注》卷 8，中华书局，2018，第 1751~1752 页。

2 （清）彭定求等编《全唐诗》卷 197，第 2022 页。

3 （清）彭定求等编《全唐诗》卷 333，第 3720 页。

4 （唐）司空曙著，文航生校注《司空曙诗集校注》，人民文学出版社，2011，第 291~292 页。

5 （唐）司空曙著，文航生校注《司空曙诗集校注》，第 166 页。

减臂胛，瘦患即除，无不叹服焉。"[1] 这里以戴颙代指李端，用此典赞美李端。他们曾一起访坚上人，如今物是人非，诗表达哀悼之意。耿沨《宿青龙寺故昙上人院》云："年深宫院在，闲客自相逢。闭户临寒竹，无人有夜钟。降龙今已去，巢鹤竟何从。坐见繁星晓，凄凉识旧峰。"[2] 称昙上人为"降龙"，意谓他已修成罗汉。降龙罗汉乃十八罗汉之一，佛祖弟子，法力无边，助佛祖降龙伏妖，下凡普度众生，了结未了尘缘。鹤无巢，巢鹤指寄人篱下者，此指曾寓居上人院的自己。皮日休《过云居院玄福上人旧居》云："重到云居独悄然，隔窗窥影尚疑然（一作禅）。不逢野老来听法，犹见邻僧为引泉。龛上已生新石耳，壁间空带旧茶烟。南宗弟子时时到，泣把山花奠几筵。"[3] 杜荀鹤《题宗上人旧院》云："此院重来事事乖，半敧茅屋草侵阶。啄生鸦忆啼松桷，接果猿思啸石崖。壁上尘黏蒲叶扇，床前苔烂笋皮鞋。分明记得谈空日，不向秋风更怆怀。"[4] 二诗都追忆与上人生前的交游，睹物伤怀，对已故的上人表达哀悼之情。

三　从咏上人房（院）诗看佛教的发展

唐代中后期禅宗兴盛，出现北宗神秀和南宗慧能两派，北宗禅讲渐悟，南宗禅讲顿悟，都兴盛一时。后来南宗独占上风，北宗渐渐式微。南宗禅经马祖道一、石头希迁及其弟子的弘扬而盛行于世。唐诗中咏及上人和上人院的诗大多出现于中后期，因此诗人入寺接触之高僧多为南宗禅师，从禅师那里领悟的多为顿悟禅理，他们把所领悟的禅理用诗表达出来。齐己《贻九华上人》云："一法传闻继老能，九华闲卧最高层。秋钟尽后残阳暝，门掩松边雨夜灯。"[5] "老能"即慧能，

1　《宋书》卷 93《隐逸传》，中华书局，1974，第 2277~2278 页。
2　（清）彭定求等编《全唐诗》卷 269，第 3004 页。
3　（唐）皮日休：《皮子文薮》卷 10，萧涤非整理，中华书局，1959，第 123~124 页。
4　（清）彭定求等编《全唐诗》卷 692，第 7957 页。
5　（唐）齐己著，潘定武等校注《齐己诗注》，黄山书社，2014，第 582 页。

南宗禅祖师。这是一位深居山寺的禅师，诗明言他的学说继承了慧能的思想，高居山顶，静心修行。

　　禅与诗有相通之处，僧人用诗表达禅理，诗人也用诗表达所领悟到的禅理。张蠙《宿开照寺光泽上人院》云："静室谭玄旨，清宵独细听。真身非有像，至理本无经。钟定遥闻水，楼高别见星。不教人触秽，偏说此山灵。"[1] 宿上人院之夜，在此通宵听光泽上人谈玄旨（禅理）。"真身"二句是南宗禅学说，"离相""无念""无住"是南宗禅的核心观念，"于一切法上无住"，"于一切境上不染"，即不住于一切相。"菩提本无树，明镜亦非台。"[2] 南宗禅否定传统的佛教经典之价值和意义，张蠙诗中这种大胆的思想其实来源于南宗禅学说。李频《暮秋宿清源上人院》云："野客愁来日，山房木落中。微风生夜半，积雨向秋终。证道方离法，安禅不住空。迷途将觉路，语默见西东。"[3] 所谓"离法""不住"，其义与张蠙相同，都是南宗禅义理，"证道"并不依靠所谓佛法，"安禅"亦于一切法上无住。在迷途中达到觉悟，明白了方向，却又不能用言语述说。真正的般若是"言语道断，心行处灭"，"开口便错，动念即乖"，因此"语默"处心已悟道。顾非熊《与无可宿辉公院》云："夜僧同静语，秋寺近严城。世路虽多梗，玄心各自明。寒池清月彩，危阁听林声。倘许双摩顶，随缘万劫生。"[4] 诗人仕途并不如意，但他从与辉公交谈中明白，每个人都有佛性，需要明白自己的玄心（佛性）。禅宗强调"明心见性，见性成佛"。施肩吾《题景上人山门》云："水有青莲沙有金，老僧于此独观心。愁人欲寄中峰宿，只恐白猿啼夜深。"[5] 禅宗讲的"观"与传统佛学诵经知法不同，强调"观心"，认识自性清净。马戴《题青龙寺镜公房》云："一室意何有，闲门为我开。炉香寒自灭，履雪饭初回。窗迥孤山入，灯残

1　（清）彭定求等编《全唐诗》卷 702，第 8073 页。

2　（唐）慧能著，郭朋校释《坛经校释》，中华书局，1983，第 32、16 页。

3　（清）彭定求等编《全唐诗》卷 589，第 6844 页。

4　（清）彭定求等编《全唐诗》卷 509，第 5784~5785 页。

5　（清）彭定求等编《全唐诗》卷 494，第 5597 页。

片月来。禅心方此地，不必访天台。"[1] 在禅宗看来，佛就在心中，求
佛不必远往西天，也没有所谓西方净土，"禅心方此地，不必访天台"
表达的就是这个意思。杜荀鹤《题德玄上人院》云："刳得心来忙处
闲，闲中方寸阔于天。浮生自是无空性，长寿何曾有百年。罢定磬敲
松罅月，解眠茶煮石根泉。我虽未似师披衲，此理同师悟了然。"[2] "方
寸"就是心，心中自有佛性。但浮生若无空性，寿命不过百年。这些
道理诗人与上人认识一致。杜荀鹤《夏日题悟空上人院》云："三伏闭
门披一衲，兼无松竹荫房廊。安禅不必须山水，灭得心中火自凉。"[3]
这仍是禅宗思想，强调心之作用，自悟而不可言说。用冷暖形容是否
悟道，始自被称为中国禅宗始祖菩提达摩，其《小室六门·血脉论》
云："道本圆成，不用修证。道非声色，微妙难见。如人饮水，冷暖自
知，不可向人说也。"[4] 李洞《宿凤翔天柱寺穷易玄上人房》云："天柱
暮相逢，吟思天柱峰。墨研青露月，茶吸白云钟。卧语身粘藓，行禅
顶拂松。探玄为一决，明日去临邛。"[5] 禅宗不提倡诵经念佛，但希望
通过禅师的启发而悟禅，禅师的一语一言可能像指路的明灯，令学者
开悟。"一决"即一语释疑。

　　这些诗有对上人院中自然环境的描写，诗人把在院中的感悟融入
其中，这种描写往往渗透着佛理禅趣，也同样表现出强烈的南宗禅理
念。正如李端《宿深上人院听远泉》云："泉声宜远听，入夜对支公。
断续来方尽，潺湲咽又通。何年出石下，几里在山中。君问穷源处，
禅心与此同。"[6] 泉声的幽咽断续体现了这个世界的变动不居，而追溯
这变动不居的泉之源头，却是难以说清、捉摸不定的，"禅"的意义
在此，你可以去体悟，却不能用语言去表达。禅不仅要离相，为了离

1　（清）彭定求等编《全唐诗》卷 555，第 6440 页。

2　（清）彭定求等编《全唐诗》卷 692，第 7955 页。

3　（清）彭定求等编《全唐诗》卷 693，第 3249 页。

4　（南北朝）菩提达摩：《小室六门·第六门·血脉论》，〔日〕高楠顺次郎编《大正新修大藏经》第
　　48 册，第 375 页。

5　（清）彭定求等编《全唐诗》卷 721，第 8274 页。

6　（清）彭定求等编《全唐诗》卷 285，第 3249 页。

相还须"离言"，语言概念是有局限性的，按照禅宗的说法，"说似一物即不中"。所以道在妙悟，非关文字。诗人笔下的泉与泉声显然不纯粹在写景，而是诗人佛理禅意之下的观照，此景乃"有我之境"或有禅意之境，禅意正与捉摸不定的泉声泉源相同。又如卢纶《宿澄上人院》诗云：

> 竹窗闻远水，月出似溪中。香覆经年火，幡飘后夜风。性昏知道晚，学浅喜言同。一悟归身处，何山路不通。[1]

这首诗写夜宿澄上人院的见闻，表达了对禅道的感悟。诗没有写投宿的过程，而是直接写院中见闻和感受。诗一开始就营造出一种幽静的气氛："竹窗闻远水"，写静；"月出似溪中"，写幽。接着写院中香的燃灭和幡的飘忽，在熄与灭和风与幡的变化之中透露出深深的禅意，一切都是变动不居的，似乎都有深意不可言说。从与澄上人的交谈中，作者意识到自己的"性昏"及"学浅"，同时也在澄上人的启示下获得了"悟"，他觉得自己开悟了，而且觉得自己明白了此后该如何立身出处，明白了禅悟是解决人生一切问题的方便之门。他的悟是"一悟"，就是南宗禅说的顿悟。上人房的大师大多是禅师，而游赏或入宿上人房的诗人大多倾心于禅宗学说，诗中表达的是对禅理禅趣的领悟。这些诗反映出唐后期禅宗兴盛的一个侧面。赵嘏《赠天卿寺神亮上人》云："五看春尽此江濆，花自飘零日自曛。空有慈悲随物（一作佛）念，已无踪迹在人群。迎秋日色檐前见，入夜钟声竹外闻。笑指白莲心自得，世间烦恼是浮云。"[2] 诗题注云："师不下寺已五年。"五年不下山，赞其坚忍。莲花寓意心性净洁，末二句谓上人已深悟禅理，自性清净，达到了禅的境界。"白莲"一语双关，既指眼前景物，又有明显的寓意，这是从禅宗的立场赞美上人。

1　（唐）卢纶著，刘初棠校注《卢纶诗集校注》卷3，第355页。
2　（清）彭定求等编《全唐诗》卷549，第6349页。

隋唐时佛教形成各种宗派，各呈异彩，影响较大的有八大宗派，其中天台宗、华严宗、法相宗、禅宗、净土宗影响最为广泛。唐诗中写到的上人，有的属于不同的宗派。除了南宗禅，包括北宗禅的各宗派皆与禅观有密切关系。佛教和唐诗中所谓的“禅”包括禅法之“禅”和禅宗之“禅”，除南宗禅之外，各派皆重禅法。以上我们所举唐诗体现的是南宗禅的思想，但也有诗是指禅法之禅。岑参《题云际南峰眼上人读经堂》云：“结宇题三藏，焚香老一峰。云间独坐卧，只是对杉松。”自注：“眼公不下此堂十五年矣。”[1] 裴迪《青龙寺昙壁上人院集》称颂昙壁上人：“吾师久禅寂，在世超人群。”[2]《游感化寺昙兴上山院》写昙兴上人：“不远灞陵边，安居向十年。”[3] 綦毋潜《过融上人兰若》云：“山头禅室挂僧衣，窗外无人溪鸟飞。”[4] 孟浩然《陪柏台友共访聪上人禅居》云：“欣逢柏台友，共谒聪公禅。石室无人到，绳床见虎眠。”[5] 这些上人的禅寂、安居、石室禅修都是禅法之禅。李频《秋夜宿重本上人院》云：“却忆凉堂坐，明河几度流。安禅逢小暑，抱疾入高秋。水国曾重讲，云林半旧游。此来看月落，还似道相求。”[6] 他把入住上人院称为“安禅”，小暑时入住，直到秋天。唐求《赠著上人》：“掩门江上住，尽日更无为。古木坐禅处，残星鸣磬时。水浇冰滴滴，珠数落累累。自有闲行伴，青藤杖一枝。”[7] 著上人数珠坐禅，正是传统的僧人修行方式。又《赠行如上人》云：“不知名利苦，念佛老岷峨。衲补云千片，香烧印一窠。恋山人事少，怜客道心多。日日斋钟后，高悬滤水罗。”[8] 诗写行如上人幽居深山，常年念佛、斋戒、击钟，这也是传统的修行方式。这三首诗写的都是安禅之禅，非禅宗

1 （唐）岑参著，陈铁民、侯忠义校注《岑参集校注》卷 1，第 51 页。
2 （清）彭定求等编《全唐诗》卷 129，第 1312 页。
3 （清）彭定求等编《全唐诗》卷 129，第 1312 页。
4 （清）彭定求等编《全唐诗》卷 135，第 1372 页。
5 （唐）孟浩然撰，李景白校注《孟浩然诗集校注》卷 3，第 347 页。
6 （清）彭定求等编《全唐诗》卷 589，第 6844 页。
7 （清）彭定求等编《全唐诗》卷 724，第 8306 页。
8 （清）彭定求等编《全唐诗》卷 724，第 8306 页。

之禅。

　　唐中后期，在南宗禅和北宗禅的竞争中，北宗禅呈衰微之势，但即便在南宗独盛之时，北宗也未绝迹。不过唐后期北宗禅史料非常匮乏。简宗修指出："中唐南宗禅独盛之后，北宗禅的发展情形，几无人注意，但北宗禅绝非突然消失的。"他挖掘出白居易有关洛阳圣善寺法凝师徒三人的相关文献《八渐偈并序》《如信大师功德幢记》《东都十律大德长圣善寺钵塔院主智如和尚荼毗幢记》等，论证法凝师徒三人的北宗禅师身份，说明圣善寺是北宗在洛阳长期而重要的道场。[1] 从唐诗里我们也能寻出北宗禅在唐后期仍有传承的某种信息。陈陶《题居上人法华新院》云：

　　　　浮名深般若，方寺设莲华。钟呗成僧国，湖山称法家。一尘多宝塔，千佛大牛车。能诱泥犁客，超然识聚沙。[2]

首句称赞居上人名望之高，"浮名"，这里是"高名""扬名""盛名"之意。"般若"乃梵语音译，意为"智慧"，佛教指如实理解一切事物的智慧，为区别于一般的智慧而用音译。《心经》里有云："行深般若般若密多。"[3] "行深"即有极深的修行功夫，已达到甚深境界，意为居上人以领悟佛法大智慧又有极深的修行功夫闻名于世。第二句赞美居上人新建之法华院，"法华"是妙法莲花的简称，"莲华"指代居上人之法华院。第三、四句把居上人的法华新院俨然写成了佛教净土世界。听着寺里庄严的钟声和居上人的诵呗声，感到进入了佛教的净土世界，法华院所处之湖光山色处处展现着佛法世界的清静。"一尘"者，一微尘也。语出《华严经·如来出现品》："譬如有大经卷，量等大千世界，而全住于一微尘中。一微尘既然，一切微尘皆亦如

1　简宗修：《〈白居易集〉中的北宗文献与北宗禅师》，台湾大学佛学研究中心编《佛学研究中心学报》第6期，2001年，第213页。

2　（清）彭定求等编《全唐诗》卷745，第8477页。

3　《摩诃般若波罗蜜多心经》，（唐）玄奘译，《中华大藏经》第8册，中华书局，1985，第384页。

是。"[1]"多宝塔",又称多宝佛塔,乃安置多宝、如来二佛之塔。此塔之建立,根据《法华经·见宝塔品》之说而来。因《法华经》信仰盛行,唐代寺院多有多宝塔之建造,一般于塔中安置释迦牟尼、多宝并坐之相。"千佛",大乘佛教有三世三千佛之说。"大牛车",比喻普度众生的菩萨道。《法华经·譬喻品》云:"愍念安乐无量众生,利益天人,度脱一切,是名大乘。菩萨求此乘故,名为摩诃萨,如彼诸子为求牛车出于火宅。"[2]"泥犁",亦作"泥梨""泥黎",梵语音译,意为地狱,为十界中最劣之境界。《翻译名义集·地狱篇》云:"地狱,此方名,梵称'泥犁'。"[3]"聚沙",聚沙成塔,把沙子堆成宝塔,比喻积少成多,积小善为大行,出自《妙法莲华经·方便品》:"乃至童子戏,聚沙为佛塔。"[4]诗称赞居上人能启发众人领悟佛理,聚沙为塔说乃北宗禅渐悟之理。诗中多用《华严经》《法华经》的典故,其中也包含天台宗、华严宗之理。关于唐后期北宗禅的情况,这首诗不能不说是珍贵的资料。陈陶约生活至885年,说明时至晚唐,佛教中北宗禅仍有传承,尚未绝迹。

从以上考察可知,"上人"是对高僧的敬称,但从寺中有"上人房""上人院"来看,这种敬称不是一般意义上的敬称,而是对僧人中某一特定群体的敬称。如果与唐代对僧人的另一敬称"师"相比,更可以看出其特殊意义。所有僧人都可被尊称为"师",但没有专门的"师房"或"师院",而上人有房或院,说明上人确是一个固定的群体,这个群体不像师,而是僧众中一个特定的群体。它不是像"方丈""住持"那样的寺职,而是相当于现在的职称,上人至少在居住上有特殊的待遇。由于诗人喜与高僧大德交游,他们居住的上人房或上人院成为诗人与僧人交游和雅集的重要场所,也成为唐诗创作的一个基地,相当数量的唐诗在这里生成,佛教与诗歌之间的相互渗透得

1 《大方广佛华严经八十卷》卷51,(唐)实叉难陀译,《中华大藏经》第13册,第178页。
2 《妙法莲华经》卷2,(后秦)鸠摩罗什译,《中华大藏经》第15册,第523页。
3 (宋)法云撰,富世平校注《翻译名义集校注》二,中华书局,2020,第209页。
4 《妙法莲华经》卷1,(后秦)鸠摩罗什译,《中华大藏经》第15册,第516页。

以实现。

唐代佛教发展迅猛，各种宗派争新斗奇，后来禅宗兴盛，最后南宗禅独领风骚，反映在"上人"这一群体的变化上，就是唐中后期诗中的上人多为禅师，主要是南宗禅师。唐代诗人与高僧的交游主要是与这个群体的交游，因此他们诗中表现的禅理主要是南宗禅的禅理，这是大势所趋而自然形成的诗坛风尚，这些诗中蕴含的理趣开启了后来宋代诗歌新风尚。唐后期虽然南宗禅一枝独秀，但包括北宗禅在内的其他各宗派并未完全销声匿迹。由于南宗禅的兴盛，其他各派的发展有被遮蔽的倾向，因此这方面的材料很少，唐诗却提供了丰富的信息。唐后期写到上人房或上人院的诗中，称颂上人有的并不符合南宗禅修行宗旨，而与世隔绝、谨守禅数禅法修行，并不是南宗禅师的做派。唐诗中这种信息还值得进一步深入挖掘，对认识唐后期各派佛教的发展具有重要的史料价值。

唐诗中涉及佛教和佛寺的作品数量众多，对于研究唐代佛教的发展，蕴含于诗的艺术表现中有丰富的史料，值得深入挖掘。本书从咏上人院和上人房的诗中探讨了诗人与高僧大德之间的交往，以及诗人游宿上人院或上人房的活动、诗中蕴含的佛教文化意蕴，从一个具体的侧面揭示出佛教发展与唐诗繁荣的互动关系，说明了唐诗对于研究唐代社会和佛教发展所具有的重要史料价值。唐诗是一类形象化、情感性和艺术性很强的资料，它提供的有关唐代佛寺上人院或上人房的资料十分丰富，是其他文献无法代替的。深入挖掘其史料内涵，能够获得具有重要价值的历史文化信息。

第三章　敦煌讲史类变文中的佛教观念的表达

变文是唐代兴起的讲唱文学，变文文体原始形态由散文及韵文交替组成。佛教为宣扬佛法、吸引民众，推行经文"转读"、"梵呗"和"唱导"三种宣畅方式，因而有变文之作。变文的撰写和讲唱目的是向听众灌输佛教思想观念，其故事原本于佛经，讲唱佛经故事，宣扬佛教经义，但后来由说唱佛教故事扩大到中国历史传说和民间故事以及现实和历史人物的专题故事的讲唱，此即所谓"讲史类变文"。其中的故事原本是世俗故事，甚至是佛教传入中国之前的历史故事、传说或人物，因此从表面上看，这些讲史类变文的宗教内容有所减少，甚至在字面上看不到佛教的踪影。但是作为佛教文化的传播媒介，必然渗入佛教文化思想。在这类讲史类变文中，佛教主题是以隐蔽的形式暗含在语汇的使用、人物形象的塑造或情节的安排中。

　　据黄征、张涌泉校注《敦煌变文校注》，此类变文主要有《伍子胥变文》《孟姜女变文》《汉将王陵变》《捉季布传文》《李陵变文》《王昭君变文》《董永变文》《张议潮变文》《张淮深变文》《舜子变》《韩朋赋》《秋胡变文》《前汉刘家太子传》《庐山远公话》《韩擒虎话本》《唐太宗入冥记》《叶净能诗》《孔子项讬相问书》《季布诗咏》《苏武李陵执别词》《晏子赋》等。

　　但既然是以历史故事和人物为题材，讲唱者便有个人发挥的余地。为了吸引听众，此类变文说教意味越来越淡薄，人物形象刻画和故事情节越来越生动，变文便逐渐摆脱宗教宣畅工具的功能，作为一种独立的叙事文学体裁日益成熟。本章试对敦煌讲史类变文中的这些特点进行分析。

第一节　佛教概念与佛教仪礼

　　与讲经类变文相比，讲史类变文的佛教宣传使命表现得比较隐蔽。变文的作者选取大众喜闻乐见的熟知的故事题材进行说唱演绎，更多的是为了引起听众的兴趣与共鸣。佛教思想和观念则如涧底暗流，闻其声而未能睹其形，对听众进行潜移默化的影响。我们看到讲史类变文的作者按照这种叙事思维进行写作和讲唱，在讲史类变文中出现了一些佛教名词及佛教思想。

　　"四大"、"五蕴"（五阴）是印度佛教文化概念。"四大"以为物质世界由四大元素构成；"五蕴"即色、受、想、行、识，是佛教缘起说的基本理论，五蕴是佛教关于人体及其身心现象都是由哪些要素构成的理论。佛教认为世间一切有情都是由五蕴和合而成，人的身体也是由五蕴和合而成的，但因缘和合是临时性的，有聚就有散，即"诸行无常""诸法无我"，此即性空之义。"四大皆空"是佛教观念，意谓地、火、水、风这构成物质世界的四种元素也是五蕴和合而成。"五蕴""四大"的概念出现在讲史类变文中。《王昭君变文》中昭君形容自己病危:"五神俱总散,四代的危危。"[1]"五神"即五蕴,"四代"即四大。众所周知,王昭君是汉成帝时人,其时佛教尚未传入中国,因此在此篇变文中,并不宜直接出现有关佛教的内容。"五蕴""四大"是印度传统观念,随佛教传入中国是后来的事情。王昭君的故事自汉代以后非常流行,在此故事中穿插佛教语词,使听众在不知不觉间接受佛教观念,正是作者的用意所在。《庐山远公话》以东晋庐山东林寺高僧慧远的事迹为素材,因此更容易演说佛理。其中相公为家人讲"八苦交煎",就是在以他之口普及佛教基本教义。如讲解"病苦"时说道:"病苦者,四大之处,何曾有实,众缘假合,地水火风,一脉不调,是病俱起。"[2]讲解"死苦"时说:"死苦者,四大欲将归灭,魂魄逐风摧。……贪爱死苦,四大分离,魂魄飞扬,莫知何在。"[3]其中用"四大"指代人的身体。佛教认为地、水、风、火等"四大"组成了世间万物,人身亦由"四大"和合而成,所以也将人身称为"四大",皮肉筋骨属于地,精血口沫属于水,体温暖气属于火,呼吸运动属于风。以上两篇变文用"四大"来替代"身体",于变文内容本身并无影响,但这种名称的替换,既是源自变文作者佛教思维的影响,也是为佛教在中国的传播营造良好的语境与背景。

"善恶童子"是佛教中的天人,司人善恶。《佛说地藏菩萨发心因缘十王经》云:"尔时世尊告大众言:谓诸众生有同生神魔奴阇耶(同生略语),左神记恶,形如罗刹,常随不离,悉记小恶;右神记善,形如吉祥,常随不离,皆记微善,总名双童。亡人先身若福若罪,诸业皆书,尽持奏与阎魔法王,其王以簿推问亡人,算计所作,随恶随善,而断分之。"[4]《董永变文》讲述孝子董永的故事,开篇云:"人生在世审思量,暂时吵闹有何方?大众志心须净听,先须孝顺阿耶娘。好

1　黄征、张涌泉校注《敦煌变文校注》卷1,中华书局,1997,第158页。
2　项楚:《敦煌变文选注》(增订本),中华书局,2006,第1864页。
3　项楚:《敦煌变文选注》(增订本),第1869页。
4　〔日〕前田慧云、中野达慧等编集《卍续藏经》第150册,新文丰出版公司,1983,第771页。

事恶事皆抄录，善恶童子每抄将。"[1] 按照佛教的说法，世人皆有善恶两童子如影随形，手执文簿，记录其一生中所有善恶转念与言行。当一个人命终后，其到阴司论诵功过报应，以备轮回。《董永变文》以佛教思想劝诫世人多行善事、少作恶，开篇唱词具警示作用。忠孝观念是儒家思想中特别强调的伦理道德，在宣扬佛教思想的变文中宣扬孝道，表现出佛教对于中国传统文化的依附。是否行孝是一个人立身行事的善恶两端，以佛教的监察员随时监督，传统孝道的实现用佛教观念加以约束和促进，显示出儒与佛两种异质文化的融合。《唐太宗入冥记》写唐太宗李世民入冥府，崔子玉为冥府判官，了解其生前善事，便询问善童子：

　　（善）童［子］向前叉手启判官云："皇……来并无善事，亦不书写经像……阴道与（以）功德为凭，今皇帝……帝却归生路。"催子玉又问道："……"□□善童子启判官曰："皇帝……下大赦三度曲恩。"催子玉曰："……判放着三万六千五佰五十……造多少功德？"善童子曰："此事……量功德使即知。"[2]

崔子玉生前为唐朝官吏，与善童子议论太宗生前的善恶行为。他想在太宗还阳时获得提拔晋升，因此有意曲护太宗，善童子则据实反映唐太宗生前立身行事。

　　"浊恶世"是佛教所称六道之恶道和俗世社会。《观无量寿佛经》写王舍城王后韦提希被恶子幽闭，见佛云："唯愿世尊为我广说无忧恼处，我当往生，不乐阎浮提浊恶世也。此浊恶处地狱饿鬼畜生盈满，多不善聚。"[3] 隋慧远《无量寿经义疏》云："浊谓五浊。何等为五？一曰命浊，命报短促；二众生浊，无其人行；三烦恼浊，诸结增上；四者见浊，谓谤不信；五者劫浊，所谓饥馑、疫病、刀兵。此五同能浊

1　黄征、张涌泉校注《敦煌变文校注》卷 1，第 174 页。
2　黄征、张涌泉校注《敦煌变文校注》卷 2，第 321 页。
3　任继愈主编《中华大藏经》第 18 册，中华书局，1986，第 662 页。

乱净心，故名为浊。恶者五恶，杀、盗、邪淫、妄语、饮酒，是其五也。"[1] 在讲史类变文中出现"浊恶"观念是佛教渗透的表现。《董永变文》中仙女被帝释遣下凡间，帮助董永渡过难关，她对董永说："郎君如今行孝仪（义），见君行孝感天堂。数内一人归下界，暂到浊恶至他乡。帝释宫中亲处分，便遣汝等共田常（填偿）。不弃人微同千载，便与相逐事阿郎。"[2] 其中的"浊恶"即佛家之浊恶世。

"帝释天"是印度传统文化中的神，又称天帝释，全名为释提桓因陀罗，简称因陀罗，意译为能天帝，居于三十三天，原为印度教神明，司职雷电与战斗，后成为佛教护法神。《董永变文》中将道教的玉皇大帝称作"帝释"，把天宫称为"帝释宫"。[3]《舜子变》写舜受到继母诬陷，遭父毒打。"舜子是孝顺之男，上界帝释知委。化一老人，便往下界来。方便与舜，犹如不打相似。"[4] 瞽叟（舜父）听后妻之计，欲害死舜，命舜淘井，取大石填压。上界帝释秘降银钱五百文入于井中。瞽叟填石于井，帝释变作一黄龙，引舜通穴往东家井出，可以看出变文作者或讲唱者移佛教之花接道教之木。佛教在中国的流行为汉语引进了新的词汇，汉地信仰中的帝、上帝、天帝被置换为佛教尊神"帝释"。《叶净能诗》本是以道教为题材的话本，叶净能是著名的道士，话本中把道教最高神称为"帝释"："净能年幼，专心道门，感得大罗宫帝释，差一神人，送此符本一卷与净能，令净能志心勤而学：'勿遣人知也……'"[5] 大罗天宫本是道教三十六天中最上之天，在大罗天之仙宫中道教最高的神祇却是佛教的"帝释"，可见佛道两教在中国民间相互借重的关系，佛教总想凌驾于道教之上的动机。

"阿耨池"即阿耨达池，一译阿那婆达多池，是佛经中著名的龙池，相传是殑伽、信度、缚刍、徒多四大河之源。变文中董永之子董

1　〔日〕高楠顺次郎编《大正新修大藏经》第 37 册，第 179 页。

2　项楚：《敦煌变文选注》（增订本），第 301 页。

3　黄征、张涌泉校注《敦煌变文校注》卷 2，第 147 页。

4　黄征、张涌泉校注《敦煌变文校注》卷 2，第 201 页。

5　黄征、张涌泉校注《敦煌变文校注》卷 2，第 333 页。

仲找孙宾问询母亲的下落，孙宾卜卦显示仙女将在阿耨池沐浴。玄奘
《大唐西域记》卷 1 记载："赡部洲之中地者，阿那婆答多池也，在香
山之南，大雪山之北，周八百里矣。金、银、琉璃、颇胝饰其岸焉。
金沙弥漫，清波皎镜。八地菩萨以愿力故，化为龙王，于中潜宅，出
清冷水，给赡部洲。"[1] 道家神仙在佛教池中沐浴，并且忽略了地理位
置的遥远，可以看出在变文作者的思维中，已经破除了宗教界限，而
以传播佛教文化为主要任务。在叙述中将相似的事物尽量以佛教名词
代替，使得听众在被故事情节吸引的同时也能接受并适应佛教语境。

　　"佛国"指古代印度，佛教发源地。佛教虽然起源很早，但为中
国人所知并传入中国较晚，大约西汉时人或对佛教已有所闻，正式传
入则在东汉时。《伍子胥变文》渲染春秋时楚国强大云："昔周国欲末，
六雄竞起，八口诤（争）侵。南有楚国平王，安仁治化者也。王乃朝
庭万国，神威远振，统领诸邦。……南与（以）天门作镇，北以淮海
为关，东至日月为边，西与（以）佛国为境。"[2] 伍子胥的时代，楚国
西并无"佛国"为境，其时亦无"佛""佛教""佛国"概念。这是变
文作者有意加入的词，目的在于将"佛国"观念植入听众心中。

　　佛之"相好"是佛教徒心中佛的完美形象，有三十二大人相、
八十种好，佛教传入中国后成为人们对理想的人之相貌的称颂。《伍
子胥变文》中楚大夫魏陵称美秦穆公之女："年登二八，美丽过人：眉
如尽月，颊似凝光；眼似流星，面如花色；发长七尺，鼻直颜方，
耳似珰珠，手垂过膝，拾指纤长。"[3] 其中写秦女之美貌，是按佛祖
三十二大人相和八十种好的标准称颂的。佛之三十二相之第三手指纤
长相，即手指细长优雅；第九为手过膝相，即站立时手长过膝。八十
种好第一指爪狭长，薄润光洁；第二手足之指圆而纤长、柔软；第
二十九眼色如绀青相，眼如青空澄美，就像大海一样，湛蓝，干青
色，非常透明的眼睛；第三十九双眉长而细软；第四十一眉高显形

1　（唐）玄奘、辩机原著，季羡林等校注《大唐西域记校注》卷 1，中华书局，2000，第 39 页。
2　黄征、张涌泉校注《敦煌变文校注》卷 1，第 1 页。
3　黄征、张涌泉校注《敦煌变文校注》卷 1，第 1 页。

如初月；第四十五额广平正；第四十七发修长绀青，密而不白。在对秦女的赞美中有的并不符合汉地美女的标准，如"鼻直颜方"，但符合佛之相好。《前汉刘家太子传》写王莽篡位，汉朝太子逃至南阳，南阳张老之子"夜作瑞梦，见城北十里磻陀石上，有一童子，颜容端正，诸相俱足"。[1] 佛典中称吉祥为"瑞"，"诸相俱足"即具备佛陀三十二大人相和八十种好的美好姿貌，此即以佛相赞美汉之太子。《庐山远公话》写贼人白庄看到惠远，"心生爱慕，为缘远公是菩萨相，身有白银相光，身长七尺，发如涂漆，唇若点朱"，[2] 也是以佛之相好赞扬惠远。

"劫"是古代印度文化中的时间概念，婆罗门教认为宇宙经历若干万年会毁灭一次，再重新开始，这样一个周期叫作一"劫"。劫有小劫、中劫、大劫三种，用以描述我们所处世界的具体时间位置。佛教认为世界总是在成、住、坏、空的过程中不断循环。《法苑珠林》卷1云："世间成时二十别劫，住时二十别劫，坏时二十别劫，空时二十别劫。此中以住合成，以空合坏，故各四十别劫。总此成坏，合有八十别劫为一大劫。"[3] 引申为"灾难"，如"劫数"（佛教指注定的灾难）、"劫难"、"浩劫"（大灾难）、"遭劫"、"劫后余生"等。《伍子胥变文》中伍子胥的姐姐送别伍子胥时云："旷大劫来有何罪，如今孤负阿耶娘。"[4]

"诸天"，佛教语，指护法众天神，巴利语（devatà）为轮回流转中善道之一。其果报比人类殊胜，他们寿命长久，身体清净光明，能飞行虚空，变化自在，常享胜妙快乐。通俗理解，即指佛教众神。《伍子胥变文》中伍子胥逃至吴江北岸，渡江到吴国，脱离险境。他希望成功渡江："上苍靡草总由风，还是诸天威力化。"[5] 在佛教尚未传

1　黄征、张涌泉校注《敦煌变文校注》卷2，第243页。

2　黄征、张涌泉校注《敦煌变文校注》卷2，第255页。

3　（唐）释道世撰，周叔迦、苏晋仁校注《法苑珠林校注》卷1，第17页。

4　黄征、张涌泉校注《敦煌变文校注》卷1，第5页。

5　黄征、张涌泉校注《敦煌变文校注》卷1，第7页。

入中国的时代，他居然希望获得佛教神灵的护佑。

"无忧身"即佛家获得解脱之身，所谓"心中无纤尘，自在无忧身。烦恼皆心生，何必怨他人"。《捉季布传文》里写汉高祖下令解除对季布的捉拿，夏侯婴前往朱解家向季布表示祝贺："皇帝舍您收赦了，君作无忧散惮（诞）身！"[1]

佛教是一个思想与仪礼并重的宗教，庄严的仪礼是深邃思想的表达方式和外部体现。在敦煌讲史类变文中，也出现了很多佛教仪礼。在此之中的仪礼，除却宗教意义外，其自身的存在意义也颇值得回味。

（1）呜足。《捉季布传文》里在朱解家的酒宴上，季布向萧何与夏侯婴诉说身世："季布幕中而走出，起居再拜叙寒温。上厅抱膝而呜足，唵土叉灰乞命频。"[2] "呜足"是佛家的敬礼仪式，即"吻足"的意思。《月光童子经》写长者申日："稽首于地，呜佛足，摩佛足。"[3]《大慈恩寺三藏法师传》卷3写玄奘谒见戒贤法师："既见，方事师资，务尽其敬，依彼仪式，膝行肘部，呜足顶礼，问询赞叹讫。"[4] 这是佛家在专心至诚的情况下对佛或受到崇敬的人所行的拜礼。将这种富于宗教性的礼仪用在恳求帮助的季布身上，可以表现出季布当时诚恳迫切的态度，也可以看出佛教在变文中渗透得自然且不着痕迹。

（2）顶谒。《韩擒虎话本》中法华和尚用龙王赠送的仙膏治好了随州刺史杨坚的脑疾，"使君得救，顶谒再三"。[5] "顶谒"也是佛家的行礼方式，表达行礼者极为恭敬的心情。"顶礼"，指佛教徒五体投地，以头顶尊者之足的敬礼，是佛教徒最高的礼节。顶礼一次最基本的功德将获得自己身下所压面积直到金刚大地以上所有微尘数量之转轮王位，然其功德之边尚不可尽，所以要真诚、清净、正确地礼佛。

1　黄征、张涌泉校注《敦煌变文校注》卷1，第97页。
2　黄征、张涌泉校注《敦煌变文校注》卷1，第97页。
3　任继愈主编《中华大藏经》第19册，中华书局，1986，第63页。
4　（唐）慧立、彦悰：《大慈恩寺三藏法师传》卷3，孙毓棠、谢方点校，中华书局，2000，第66~67页。
5　项楚：《敦煌变文选注》（增订本），第391页。

杨坚向法华和尚顶礼膜拜，足以表达自己内心的感激之情，同时，以将隋帝王之尊之人以佛教礼仪敬拜佛教中人，可见变文作者对于佛教的尊敬与拥护。

（3）结跏趺坐。《庐山远公话》中惠远到达庐山，选好居处，就开始"焚无价宝香，跍跏敷座，便念《涅槃经》，约有数卷"。[1] "跍跏敷座"当作"结跏趺坐"，即打坐。结跏是指僧徒坐禅的姿势，左右足背交叠在左右股上而坐；趺坐，是展敷坐具于地，而坐于其上；坐具是僧徒随身六物之一，为一长方形布，坐卧时铺于地上或卧具之上。结跏趺坐是最安稳的坐法，并且为佛家的取道方法，所以是最重要的坐法。结跏趺坐，第一摄身轻安，第二能经久不倦，第三外道皆无，第四形相端严，第五为佛门正坐，此即所谓"五因缘"也。惠远在山中念经，被山神与树神视作祥瑞，并询问愿望，为惠远修建寺庙，令其常驻。《韩擒虎话本》中随州山内法华和尚日日朝朝念经，引来八位海龙王作为虔诚的信徒，大体也是有结跏趺坐的庄重仪式。

第二节　佛教义理的宣扬

变文本来以铺叙佛经义旨为主，内容为演绎佛经故事，如《目莲变文》《维摩结经讲经文》《降魔变文》等。讲史类变文虽不铺演佛经义旨，但在讲史中贯穿着佛教义理的表达，或明或暗，并向脱离佛教宣传的方向发展。《庐山远公话》是比较特殊的一篇，表现在主人公既是一位历史人物，又是一位佛教人物，因此演绎其人生故事，容易把佛教义理融入其中。东晋名僧慧远大师俗姓贾，雁门郡楼烦（今属山西原平）人，出生于世代书香之家。居庐山，为净土宗之始祖，《高僧传》卷6有传。话本在慧远生平事迹的基础上演绎加工，不仅将慧远作为高僧典范，也把各种佛教义理融入其事迹的书写中。从题目、

1　项楚：《敦煌变文选注》（增订本），第 1789 页。

内容和形式三个方面看,《庐山远公话》脱胎于变文,因此其宣扬佛教义理的倾向非常鲜明。这又是敦煌变文中少数保存完整的篇目之一,因此我们能够看到其开篇的话,说书人一上来就热情颂扬佛教:"盖闻法王(王法)荡荡,佛教巍巍,王法无私,佛行平等。王留政教,佛演真宗。皆是十二部尊经,总是释迦梁津。"[1] 把佛教与王法相提并论,其对佛教的肯定和颂扬的态度昭然若揭。

八苦即大乘佛教所谓四谛之"苦谛",乃佛教基本教义,又称"八苦交煎"。在《庐山远公话》中,作者不惜笔墨,借崔相公为夫人讲说《涅槃经》奥义,详说八苦之义。[2] 八苦是佛经概括的人生之苦,共有八相,称为"八苦",即生苦、老苦、病苦、死苦、求不得苦、怨憎会苦、爱别离苦、五荫盛苦。五荫也称"五阴""五蕴",即佛教所说的色、受、想、行、识。人的欲望皆因"三毒"而起,即贪、嗔、痴,涵盖了一切烦恼;"求不得苦"意为今朝所得,为前世修行所得,劝导世人为了来生,今生应多多修福;"怨憎会苦"指人因色欲娶妻生子,妄生冤家;"爱别离苦"指所爱之人的离去或爱惜之物的损坏,为自己带来的苦恼与伤害。

六道轮回是佛教中极为重要的理论,认为一切有生命的东西,如不信佛法、克服无明、寻求解脱,就永远在六道(天、人、阿修罗、畜生、恶鬼、地狱)中生死相续,无有止息。依据业说而以为有情众生之我是常住的,此我在生死流内,由其所作的业力而连贯过去和未来,此即完成了三世因果生死轮回之关系。《庐山远公话》的主题在于述东晋名僧慧远的神奇灵异故事,以宣讲佛教因果报应思想。三世因果构成《庐山远公话》的情节主干,由于白庄、惠远与崔相公三人前世的宿债未还,促使今世惠远放弃讲经,跟随白庄颠沛流离,后卖身于崔,最终偿还了前世的恩怨。惠远向白庄起誓时说:"贱奴若有此意,机谋阿郎,愿当来当来世,死堕地狱,无有

1　项楚:《敦煌变文选注》(增订本),第 1783 页。
2　黄征、张涌泉校注《敦煌变文校注》卷 2,第 259~261 页。

出期。"¹ 惠远在卖身契中向崔相公写道："若也中路抛弃，当〔来〕当来世，死堕地狱。受罪既毕，身作畜生。拾（搭）鞍垂镫，口中衔铁，已负前愆（愆）。若也尽阿郎一世，当来当来世，十地果圆，同生佛会。"² 按照佛教思想来说，这已是"永世不得超生"的毒誓，由此可以看出佛教中人对于轮回观念的笃信，同时也有对来世生活业果祈祷的意味。

在业报轮回和三世因果中，善有善报，恶有恶报。因果报应是佛教重要思想。《董永变文》中说形单影只的董永"为缘多生无姊妹，亦无知识及亲房"。³ "多生"是佛教轮回转世之说中对于前若干生的称呼。这样的描述为董永的孤单添加了宿命意味，更加渲染了他悲苦的命运。因董永行孝，不惜卖身安葬去世的父母，感动了"帝释天"，遣派天女下凡嫁给董永，助董永偿还债务。董永不仅获美艳娇妻，生儿育女，又还清了债务，转贫为富。《韩朋赋》写宋王霸占韩朋妻成贞夫，韩朋自杀，贞夫自投其圹中亦死，其后双双化为鸳鸯举翅高飞，唯落下一根毛羽。宋王将此毛羽摩拂项上，其头即落。"生夺庶人之妻，枉杀贤良。未至三年，宋国灭亡。"为宋王献计谋害贤良的梁伯，"父子配在边疆"。变文最后揭示主题："行善获福，行恶得殃。"⁴ 这两个故事结局都体现了佛教善恶有报的因果关系。《庐山远公话》写惠远情愿为贼人白庄之奴，一日梦十方诸佛，告诉他："汝有宿债未偿，缘汝前世曾为保见，今世合来计会，债主不远，当朝宰相，常邻相公身是。"于是他要求白庄将他卖与崔相公家为奴。

阳世与阴间相隔是佛教传入中国以后才有的观念。佛教认为与人世相对，有阴间冥府。《伍子胥变文》写伍奢被楚王囚系，楚王为诱骗其子归国，以绝后患，诈与其子书信，其中有云："……孝之心，

1　项楚：《敦煌变文选注》（增订本），第 1827 页。

2　项楚：《敦煌变文选注》（增订本），第 1838 页。

3　黄征、张涌泉校注《敦煌变文校注》卷 1，第 174 页。

4　黄征、张涌泉校注《敦煌变文校注》卷 2，第 214~215 页。

□□救吾之难，幽冥悬（隔）……别。"[1]所谓"幽冥"，即佛教之地狱，这种观念并不是伍子胥的时代就有的，而是佛教传入中国后才有的。《舜子变》写舜遭到父亲和继母的虐待，大难不死，逃到西邻，西邻老母劝他到生母墓上，生母鬼魂建议他到历山躬耕。[2]《庐山远公话》中卖身为奴的惠远向贼人白庄说："贱奴若有此意，机谋阿郎，愿当来当来世，死堕地狱，无有出期。"他向新主人崔相公讲解了佛教中的三等人与四生十类。三等人中，一是床上病儿，二是囚徒系闭，三是不自由人。如果佛法能遍及此类三等人的身上，则最能表现出佛法的平等。建立在"缘起观"基础上的佛教是最强调"众生平等"的，惠远在这里向崔相公讲述被道安拒之门外的三等人，用以证明道安讲法的不平等之所在。"四生"是胎生、卵生、湿生和化生；"十类"是有形、无形、有相、无相、非有相、非无相、四足、二足、多足和无足。"四生十类"泛指三界六道中一切形态的众生。死后下地狱，是众生平等的最好证明。《唐太宗入冥记》中写唐太宗在冥府间的遭遇就说明了这一点，贵为天子的唐太宗死了也一样要进入冥府，在冥府里跟别人一样要接受冥府的审判，善童子对他的一生行事都进行了记录，他没有做什么善事，特别是没有抄写过佛经，他杀兄弟和逼父皇下台的罪过，一样被如实地记录并汇报。

　　因缘前定、随缘听命是佛教思想。十二因缘是佛教三世轮回的基本理论，包括无明、行、识、名色、六入、触、受、爱、取、有、生、老死等十二支，每支为后支的生成之因，形成因果循环的链条，而一切众生在"解脱"之前，即在此循环中生死流转，永无止息。正如《庐山远公话》中惠远向相公讲解的那样："无明缘行，行缘识，识缘名色，名色缘六入，六入缘触，触缘受，受缘爱，爱缘取，取缘有，有缘生，生缘老病死忧悲苦恼。无明灭即行灭，〔行灭〕即识灭，〔识灭〕即名色灭，〔名色灭〕即六入灭，〔六入灭〕即触灭，〔

1　黄征、张涌泉校注《敦煌变文校注》卷1，第2页。
2　黄征、张涌泉校注《敦煌变文校注》卷2，第202页。

触灭〕即受灭,〔受灭〕即爱灭,〔爱灭〕即取灭,〔取灭即有灭,有灭〕即生灭,〔生灭〕即老病死忧悲苦恼灭,此十二因缘。"[1]《韩朋赋》中韩朋游仕在宋国,老母、妻子写信盼其回家,"韩朋意欲还家,事无因缘"。[2] 佛教认为,因缘前定,决定的因素是前世的"业",人是无法改变的,也是无法抗拒的。《伍子胥变文》写楚王下敕捉拿伍子胥,悬赏千金,封万户侯。伍子胥无路可逃,但"悲歌以(已)了,更复前行。信业随缘,至于颖水"。[3] 伍子胥渡过吴江,欲奔吴国,前途未卜,因此说:"业也命也,并悉关天。"又说:"丈夫流浪随缘业,生死富贵亦何常。"[4] 这里的"业""缘"都是佛教概念,指一个人所说所做、所思所想,并包含推动这种业造成某种结果的力量。

因果报应是佛教的基本思想,主要内容就是恶有恶报,善有善报。这种报应有的是当下报应,有的是来世报应。《庐山远公话》以惠远的神奇灵异故事,宣讲佛教因果报应思想。贼人白庄欲劫化城寺,话本引俗谚云:"人发善愿,天必从之;人发恶愿,天必除之。"[5]《伍子胥变文》写浣纱女见伍子胥行路仓皇,欲相救助,她想:"儿闻桑间一食,灵辄为之扶轮;黄雀得药封疮,衔白环而相报。我虽贞洁,质素无亏,今于水上泊沙(拍纱),有幸得逢君子。虽即家中不被(备),何惜此之一餐。"[6]《董永变文》开篇云:"人生在世审思量,暂时吵闹有何方?大众志心须净听,先须孝顺阿耶娘。好事恶事皆抄录,善恶童子每抄将。"[7] 一个人的立身行事,善恶皆由人记录,目的就是据以奖惩,这种奖惩便是一种报应,阳世不报阴间报。董永因孝顺获帝释天(佛教尊神)赞扬,得娶其爱女,并生子致富,

---

1　项楚:《敦煌变文选注》(增订本),第 1895 页。
2　黄征、张涌泉校注《敦煌变文校注》卷 2,第 212 页。
3　黄征、张涌泉校注《敦煌变文校注》卷 1,第 3 页。
4　黄征、张涌泉校注《敦煌变文校注》卷 1,第 9 页。
5　黄征、张涌泉校注《敦煌变文校注》卷 2,第 254 页。
6　黄征、张涌泉校注《敦煌变文校注》卷 1,第 3 页。
7　黄征、张涌泉校注《敦煌变文校注》卷 1,第 174 页。

获得好报。《舜子变》中舜孝敬父母和继母，因此遇难呈祥，逢凶化吉，终于发家致富。其父、继母和弟象因作恶多端而遭恶报。父两目不见，继母顽愚，负薪诣市，弟则痴癫，极受贫乏，乞食无门。而当其父、继母和弟悔过自新，父亲两目复明，继母也聪慧了，弟弟又能说话了。[1] 一切似乎都具有因果关系，后果如何与自己的行为善恶相关。

　　佛教基本教义在于反对婆罗门教的种姓说，主张众生平等。《庐山远公话》中借惠远与道安的辩难，宣扬了佛教的平等观。惠远在道场公开挑战万众追捧的讲经大师道安，是此话本最精彩的情节。原本继承惠远《大涅槃经》疏钞的道安在东都福光寺开坛布道，场面宏大，听众云集。为了控制人数与规模，道安向皇帝请求向听法者设限，几经实践，最终将条件定为缴纳一百贯文，如此就将听众人数控制在了道安的理想范围之内，但同时也将一般百姓及贱奴拒之门外。惠远为偿还前世宿债，沦为当朝宰相崔相公的奴仆，更名为善庆。当崔相公入寺听法时，善庆为之看马等候在外，他发现道安违背了佛法的平等观。惠远向崔相公及家人讲经获取了信任，获准下次与宰相一同入寺听道安讲法。在道安讲经前，善庆与他就佛法是否应无条件普及众生进行了激烈的辩论。惠远首先就道安是否遵照了平等观而提出质疑，道安则对孔子之言进行误读式的引用，坚持认为没有必要向听不懂的民众讲经说法；惠远则从"四生十类"说起，表明世间万事万物都有接受佛法润泽的权利，并运用了用典、比喻等多种手法，气势逼人，极具说服力。被顶撞的道安非常尴尬，但不愿认输，他恐吓惠远若不好好听讲将遭到驱逐。惠远不为所动，反而高声质问，被震慑住的道安终于低头求和。于是，惠远与道安之间新一轮有关讲经的论道开始了。沦为奴仆的惠远，站在下层人民的角度以佛教的平等观与道安据理力争，这在《庐山远公话》中是矛盾激烈高潮迭起的片段，通过这一情节，话本向民众传播了佛教思想，在这种激烈对峙中，更凸显出

1　黄征、张涌泉校注《敦煌变文校注》卷2，第203页。

佛教的慈悲为怀。让听众在娱乐的同时，也能了解到佛教的慈善与高尚，进而更易接纳吸收佛教义理。

第三节　讲史类变文的思想立场

　　希望国家崇尚佛教，是佛教徒孜孜追求的梦想，他们对支持和保护佛教的皇帝极力歌颂，对打击佛教的统治者恨之入骨。这种思想和立场也表现在变文中。《韩擒虎话本》本应以韩擒虎事迹为主要线索，但是变文对史传进行故事添加和想象创作，在叙述韩擒虎事迹之前加入了杨坚登基的故事，这些看似无关紧要的背景却恰恰折射出变文作者的创作意图及其佛教理想。历史上的韩擒虎是隋朝将领，变文却将叙述起始时间设为会昌皇帝统治之时，"会昌"是唐武宗的年号。北周、隋、唐三朝统治者对于佛教的态度极端，分化鲜明：北周武帝与唐武宗是毁佛者，而隋文帝则是崇尚佛法的拥护者。大体是因为作者混淆了反佛的北周武帝与主张灭佛的唐武宗，历史年代发生错误。当时社会不亲近佛法僧三宝，拆毁寺庙，逼迫僧尼还俗自保，对于主张灭佛的皇帝，说话人直斥为"主上无道"，[1] 可见其鲜明的倾向性。隋文帝由尼姑养大，即位后崇奉佛教，因此受到佛教僧众的拥戴。变文中文帝得到海龙王的救助。在随州山中日日诵念佛经《法华经义疏》的法华和尚，感动了八位海龙王听他讲经说法，龙王送给法华和尚龙膏，治好了杨坚的脑疾，使杨坚顺利登基。"再兴佛法"是海龙王托付法华和尚转告杨坚的愿望，表达了变文作者的理想和心愿。北周皇帝的宠妃恰巧是杨坚的女儿，因担心父亲的安危而设计鸩帝，辅佐杨坚顺利称帝。唐代的和尚为隋朝皇帝杨坚治病，并以"若也已后为君，事须再兴佛法"为条件，[2] 这种时间上的错悖对于话本来说并无大

1　黄征、张涌泉校注《敦煌变文校注》卷 2，第 298 页。
2　项楚：《敦煌变文选注》（增订本），第 391 页。

碍，但是也可以从中看出因唐武宗"会昌灭佛"而仍心有余悸的佛教徒对用佛护法的隋朝时代的缅怀与希冀之情。而唐武宗最终悲惨的结局，似乎也暗示了话本作者崇佛护法者得善报，灭佛者得恶果的果报观念。

　　儒学是中国传统文化中占主导地位的思想，佛教徒并不想与之对抗，而是希望彼此互补。《伍子胥变文》中描述伍子胥为臣时，吴国的太平盛世景象："治国四年，感得景龙应瑞，赤雀咸（衔）书，芝草并生，嘉和（禾）合秀。耕者让畔，路不拾遗。三教并兴，城门不闭。更无呼唤，无摇（徭）自活。"[1] 其中提到儒释道"三教并兴"即变文作者所理解的盛世标准之一，这也是佛教徒对于中国社会环境的诉求表达。但要知道，伍子胥的时代不仅没有佛教，也没有道教，这里表达的其实是变文作者的时代人们的理想。在儒、释、道三教的论争中，佛教一般不与儒学争胜，但在变文中表现出对儒学的不屑。《孔子项託相问书》中的孔子不仅知识、智慧不及小儿项託，而且嫉贤妒能，在数番问答皆处下风时，竟然"有心杀项託"，并且付诸行动。[2] 变文通过贬抑孔子表达了蔑视儒学的态度。

　　信仰佛教，一个重要的心理基础是敬重佛法，尊重佛教高僧。变文中颂扬高僧事迹，正是为了达到这一目的，希望人们从高僧身上获得感染。《庐山远公话》中记述了得道高僧惠远沉浮起落的一生。他曾是庐山远近闻名的高僧，后被强盗掳去，成为最下贱的奴隶，由于前世因果未报，今生只得被典卖于当朝宰相以供差使。社会上崇佛思想盛行，上至朝臣君主，下至黎民百姓，无不爱听大师讲经。在这种社会氛围下，化身贱奴的惠远由于精通佛法而受到宰相的器重，更因为在讲经道场勇于挑战讲经大师道安而得以显示真身，得到君主的礼遇，皇帝"当时有敕：令中书门下，排比释、道、儒三教，同至福光寺内，迎请远公入其大内供养"。[3] 正是由于惠远对佛教的精通，他才

1　黄征、张涌泉校注《敦煌变文校注》卷 1，第 11 页。

2　黄征、张涌泉校注《敦煌变文校注》卷 3，第 357~359 页。

3　项楚：《敦煌变文选注》（增订本），第 1949 页。

得以脱离为大众所轻视的贱奴身份。从这个变文的侧面，可以看出作者蕴藏其中的佛教理想：在三大传统文化中，佛教优先于道教、儒家排列；佛教的寺庙是皇帝宣敕与朝廷供奉的重要场所；在等级森严的时代，佛教在社会中受到尊重，佛教中人也可以得到敬爱与重用。中古时期佛、道二教存在竞争和斗争，在宣扬佛教的变文中，涉及道教时总是有意无意包含对其的贬低。《叶净能诗》中虽然极力夸张叶净能的法术和符箓之神通，但关于道教神灵的人格却不无可贬之处。例如，华岳神夺人妻为夫人，竟是"奉天曹匹配"。[1] 叶净能受到玄宗仰重，却凭法术摄去宫人入道观内寝，致其怀孕，惹怒玄宗，这与变文中赞颂高僧的品格正相对比。

佛经供养是信仰佛教者的功德之一，这种供养包括讲诵佛经、抄写佛经等。在《庐山远公话》中，惠远远行访名山时带了一部《涅槃经》，即《大般涅槃经》。惠远在庐山中念《大般涅槃经》，"经声朗朗，远近皆闻；法韵珊珊，梵音远振。敢（感）得大石摇动，百草亚身；瑞鸟灵禽，皆来赞叹。是时也，山神于庙中忽见有此祥瑞，惊怪非常"。[2] 他的诵经声被山神视为"祥瑞"，并帮助惠远修建伽蓝，瞬间而成。惠远一见气派的庙宇，就感叹道："非我之所能，是他《大涅槃经》之威力。"[3] 惠远说他诵经，"若有众生闻者，总愿离苦解脱"。[4] 这些都是强调《大般涅槃经》的佛力与灵验，有了《大般涅槃经》，就无所畏惧。所以话本中惠远反复强调："若夫《涅槃经》义，本无恐怖；若有恐怖，何名为涅槃？"[5]

当惠远与道安论争时，他质问道安是否读过佛经并领略其中旨意："公还诵《金刚经》以否？胎、卵、湿、化，十类、四生，有形、无形，有相、无相，皆得涅槃而言灭度。"[6]《金刚经》全称《金刚般若波

---

1 黄征、张涌泉校注《敦煌变文校注》卷 1，第 339~340 页。

2 黄征、张涌泉校注《敦煌变文校注》卷 1，第 252 页。

3 项楚：《敦煌变文选注》（增订本），第 1791 页。

4 黄征、张涌泉校注《敦煌变文校注》卷 1，第 253 页。

5 黄征、张涌泉校注《敦煌变文校注》卷 1，第 255、256 页。

6 项楚：《敦煌变文选注》（增订本），第 1905 页。

罗蜜经》，一卷，为印度大乘佛教般若系经典，后秦鸠摩罗什译。以金刚比喻智慧之锐利、顽强、坚固，能断一切烦恼，故名。此经采用对话体形式，说一切世间事物空幻不实，实相者即是非相；主张认识离一切诸相而无所住，即放弃对现实世界的认知和追求，以般若智慧契证空性，破除一切名相，从而达到不执着于任何一物而体认诸法实相的境地。《金刚经》是中国禅宗所依据的重要经典之一。

敦煌变文中宣扬佛经供养，作为功德被善童子记录，死后到了地狱也作为奖励的依据。《唐太宗入冥记》写唐太宗在冥府接受审判，判官崔子玉咨询善童子唐太宗在世有何善事，善童子说"并无善事，亦不书写经像"，[1] 把书写经像作为"善事"专门提出来。当放太宗还阳时，崔子玉特意嘱咐太宗："陛下若到长安，须修功德，发走马使，令放天下大赦。仍□□（令沙）门街西边寺录讲《大云经》。陛下自出己分钱，抄写《大□□（云经）》。"[2] 与惠远在庐山念经情节相似的是，《韩擒虎话本》中法华和尚在随州山内念经，使八位海龙王感动并前来听经。法华和尚所念是《法华经义疏》，即是讲解《妙法莲华经》的著作。在佛教盛行的中古时代，流行着大量佛经灵验故事，变文中对佛教经典供养的宣扬出于同一社会风气。

在讲史类变文中贯穿佛教思想，是佛教徒佛教经义宣畅的一种聪明做法。一般来说，直接宣讲佛经教义单调而枯燥，久之令人生厌。讲史类变文的故事题材来源广泛，内容丰富多彩，故事情节生动，人物形象鲜明。讲之者孜孜不倦，听之者趣味盎然。当人们沉浸其中时，佛教思想和观念不知不觉渗入其心田，达到了潜移默化的效果。

作为佛教宣传的工具，变文中对佛法的颂扬表现为明暗两种手法。变文作为叙事文学，用形象感染读者和听众，将佛教义理融入人物塑造和故事情节的发展中，是佛教艺术的突出特点。在日常生活中，佛教的崇高体现为佛僧的高尚，惠远形象的塑造正在于歌颂佛

1　黄征、张涌泉校注《敦煌变文校注》卷 2，第 321 页。
2　黄征、张涌泉校注《敦煌变文校注》卷 2，第 322 页。

教。在变文作品中，作者直接表达对佛教的颂扬。《庐山远公话》开篇云："盖闻法王（王法）荡荡，佛教巍巍，王法无私，佛行平等。王留政教，佛演真宗。皆是十二部尊经，总是释迦梁津。"直接向听众灌输佛教思想。这种形象化的宣传有特殊的效果，因此为道教所借用。《叶净能诗》便是借用变文形式宣扬道士的神通。这种艺术形式在敦煌也为统治者所利用，主旨由颂佛和佛教义理宣畅转变为对归义军领袖的歌颂，《张议潮变文》和《张淮深变文》便是用这种文学形式歌颂归义军领袖。变文强调的是人间英雄的英明果敢，否定宗教神力的作用，由此，变文的佛教因素便为世俗人物和英雄故事的内容所置换。

　　感染人们最强烈的是世俗故事，但当这种讲唱世俗内容的分量越来越重，审美娱乐的功能越来越强化，宗教说教的意味越来越淡薄的时候，这种文学样式便逐渐摆脱宗教宣传工具的功能，日益成为审美娱乐的工具和历史演义的小说形式。与之相应的是佛教自会昌法难之后日益衰落，佛教的说教日益失却市场。《王昭君变文》除了"五神""四代"语词之外，《捉季布传文》除了"鸣足""无忧"之外，《前汉刘家太子传》除"瑞梦""诸相具足"之外，基本上全是历史故事和世俗人物的叙写。《李陵变文》《苏武李陵执别词》《孟姜女变文》《汉将王陵变》《秋胡变文》《季布诗咏》完全没有佛教痕迹，《孔子项託相问书》《晏子赋》则通过夸张项託和晏子的机智而逗笑取乐，从中我们可以看到从讲经到讲史，再到纯娱乐的通俗文学和纯文学演义小说形式的发展过程。在这一过程中，"变文"最终失去宗教宣传功能，成为纯娱乐的文学创作或歌咏英雄故事的叙事文学，变文便脱胎为话本。当然，话本作为小说形式，其内容也是社会生活的反映，佛教是中国社会生活的一部分，小说中便不能避免有佛教的内容，但佛教在后来的小说作品中，更多的是作为人物和故事的背景出现，而不是为了宣传佛教义理。

第四章 唐代小说外来文明的传奇性书写

唐朝是丝绸之路发展的黄金时代，与周边民族和域外诸国联系紧密，社会高度开放，因此大量胡人进入中原，大量舶来品输入中国，多种外来宗教繁荣兴盛。文学是社会生活的反映，唐传奇是中国古代小说发展到成熟阶段的产物，外来文明在唐传奇的描写中得到展现。传者，记也。小说被称为"传奇"，记奇之意也。唐传奇中的舶来品、胡人形象和文化因素正是奇人奇事，因此成为小说家常用的素材，加上小说家的发挥想象，人物与故事则奇之又奇。本章探讨唐代小说中器物、环境描写，人物刻画，情节设置、题材选取、语言表述等方面外来文明的传奇性书写，从而揭示唐代小说与外来文明的互动关系。唐代舶来品是丝绸之路发展和文化交流的结果，唐传奇小说中有关外来文明的内容是丝路文化研究的一部分，因此本章梳理相关资料，对唐代小说作品中外来文明书写略作考察。

第一节　唐代小说中的舶来品

在唐代对外交往中，中原文明远播域外，同时域外文明成果也被引入中原。美国汉学家薛爱华曾著《撒马尔罕的金桃——唐代舶来品研究》一书，对唐代大量舶来品及其在社会中的影响进行了探讨，但他的研究并未能充分反映唐代对外交流的成果和盛况，大量传奇小说作品中的资料并没有充分发掘和利用。包括域外传入的动物、植物、器物、食品、器乐、珠宝、衣饰等，在唐传奇中都有所记录和反映，为我们认识当时对外交流和社会景象提供了重要的素材。

域外珠宝通过外国入贡或胡商贸易传入唐朝。舶来品进入人们的生活，珠宝是最能显示豪奢的物品，但不是寻常家庭能够拥有的。这些名贵的物品往往是皇家贵族的专属品，他们热衷于体验舶来品带来的新奇感与刺激感，这在上流社会成为一种潮流，在某种程度上可以说拥有舶来品是身份的象征。因此，唐传奇的作者在环境描写中常常使用大量的笔墨来描绘贵族府宅中的奢侈物件、域外传入的名贵器物等，突出府宅主人日常生活的奢侈华丽。无名氏小说《梅妃传》写梅妃遭到杨贵妃嫉妒，不得接近玄宗，"上在花萼楼，会夷使至，命封珍珠一斛密赐妃。妃不受，以诗付使者，曰：'为我进御前也。'曰：'柳叶双眉久不描，残妆和泪湿红绡。长门自是无梳洗，何必珍珠慰寂寥。'上览诗，怅然不乐，令乐府以新声度之，号《一斛珠》，曲名始此也"。[1]玄宗赐梅妃之一斛珠，显然来自"夷使"之进贡。这一情节反映了当时外来珍奇之物品在皇室贵族之间赏赐馈赠的习尚。袁郊《甘泽谣·红线》中的红线乃潞州节度使薛嵩青衣，夜入魏博节度使

1　（五代）王仁裕等撰，丁如明辑校《开元天宝遗事十种》，上海古籍出版社，1985，第155页。

田承嗣宿处，见田氏"头枕文犀"，枕前有剑，"剑前仰开一金合，合内书生身甲子与北斗神名；复有名香美珍，散覆其上"。[1] 金盒、名香、美珍等都是舶来品。

但在唐传奇中，来自域外的珍贵物品往往不是现实生活的描写，在志怪类传奇作品中描写神仙世界，为了渲染其环境不同于尘世凡间，常常将非比寻常的外来器物作为陈设、装饰。域外输入的珠宝常常成为神仙世界的装饰。张鷟《游仙窟》描写十娘所居之神仙洞府亭台楼阁、堂中摆设及饮食器具皆豪华至极，其洞府：

> 金台银阙，蔽日干云。或似铜雀之新开，乍如灵光之且敞。梅梁桂栋，疑饮涧之长虹；反宇雕薨，若排天之矫凤。水精浮柱，的皪含星；云母饰窗，玲珑映日。长廊四注，争施玟瑁之橡；高阁三重，悉用琉璃之瓦。白银为壁，照曜于鱼鳞；碧玉缘阶，参差于雁齿。入穹崇之室宇，步步心惊；见傥阆之门庭，看看眼磶。[2]

其堂上：

> 珠玉惊心，金银曜眼。五彩龙须席，银绣缘边毡；八尺象牙床，绯绫帖荐褥。车渠等宝，俱映优昙之花；玛瑙真珠，并贯颇梨之线。……俄尔中间，擎一大钵，可受三升已来，金钗铜环；金盏银杯，江螺海蚌；竹根细眼，树瘿蝎唇；九曲酒池，十盛饮器；箸则毕觥犀角，厄厄然置于座中，杓则鹅项鸭头，泛泛焉浮于酒上。[3]

1　汪辟疆校录《唐人小说》，上海古籍出版社，1978，第 316 页。

2　汪辟疆校录《唐人小说》，第 22 页。

3　汪辟疆校录《唐人小说》，第 23 页。其中"八尺象牙床"，日本《杨氏汉语钞》引作"六尺象牙床"。

其中玳瑁、琉璃、玛瑙、象牙、犀角材质之物众多，吃的是来自四海八方的山珍海味。"十娘卧处：屏风十二扇，画鄣五三张，两头安彩幔，四角垂香囊；槟榔豆蔻子，苏合绿沉香，织文安枕席，乱彩叠衣箱。相随入房里，纵横照罗绮，莲花起镜台，翡翠生金履；帐口银虵装，床头玉狮子，十重蛮駏毡，八叠鸳鸯被。"[1] 其中"香囊""槟榔""豆蔻子""苏合""沉香""翡翠""玉狮子"等，都是唐代舶来品。戴孚《广异记·汝阴人》写神女王女郎嫁许某，王女郎"艳丽无双，著青袿飘，珠翠璀错"。其娘家人布置的新房异常豪华：

> 房中施云母屏风，芙蓉翠帐，以鹿瑞锦障映四壁。大设珍肴，多诸异果，甘美鲜香，非人间者。食器有七子螺、九枝盘、红螺杯、蕖叶碗，皆黄金隐起，错以瑰碧。有玉罍，贮车师葡萄酒，芬馨酷烈。座上置连心蜡烛，悉以紫玉为盘，光明如昼。[2]

其中有大量来自边疆和异域的物品。云母是一种造岩矿物，呈六方形的片状晶体，存在于亚洲、非洲，在中国主要在新疆、内蒙古和四川等地区。翠帐即用翠鸟的羽毛装饰的帷帐，翠羽来自南海诸国，异果来自域外。"七子螺、九枝盘、红螺杯、蕖叶碗"等都是史书中记载的来自海洋国家的食器。李朝威《柳毅传》描绘洞庭龙君宫殿之华丽："人间珍宝，毕尽于此。柱以白璧，砌以青玉，床以珊瑚，帘以水精，雕琉璃于翠楣，饰琥珀于虹栋。"[3] 后柳毅娶龙女，入龙宫，其表弟薛嘏与之相遇于洞庭湖上，"见毅立于宫室之中，前列丝竹，后罗珠翠，物玩之盛，殊倍人间"。[4] 青玉、珊瑚、水精、琉璃、

1　汪辟疆校录《唐人小说》，第 30 页。

2　袁闾琨、薛洪勣主编《唐宋传奇总集·唐五代》，河南人民出版社，2001，第 112 页。

3　汪辟疆校录《唐人小说》，第 75 页。

4　汪辟疆校录《唐人小说》，第 82 页。

琥珀、珠翠等都是来自异域之奇珍异宝。敦煌卷子写本唐话本小说《叶净能诗》写道士叶净能携唐玄宗赴月宫，"观看楼殿台阁，与世人不同"：[1]

> 门窗（户）牖，全珠（殊）异世。皇帝心看楼殿，及入重门，又见楼处宫阁，直到大殿，皆用水精、琉璃、玛瑙，莫恻（测）涯际。以水精为窗牖，以水精为楼台。又见数个美人，身着三殊（铢）之衣，手中皆擎水精之盘，盘中有器，尽是水精七宝合成。皇帝见皆存礼度。净能引皇帝直至娑罗树边看树。皇帝见其树，高下莫恻（测）其涯，枝条直赴（覆）三千大千世界，其叶颜色，不异白银，花如同云色。[2]

与其说是"与世人不同"，倒不如说是与汉地不同，因为其中看到的各种珠宝，实则都是唐代社会生活中的舶来品。玄宗语与群臣："朕昨夜三更，与叶天师同往月宫观看，见内外清霄迥然，楼殿台阁悉异，皆是七宝装饰。"[3] 所谓"异"，主要是用舶来品渲染出来。《游仙窟》里"我"以诗咏十娘，"口上珊瑚耐拾取，颊里芙蓉堪摘得"，[4]则是用珊瑚之舶来品形容口红。红珊瑚出于地中海。《霍小玉传》中霍小玉死后，其鬼魂作祟。"生复自外归，卢氏方鼓琴于床，忽见自门抛一斑犀钿花合子，方圆一寸余。"[5] 斑犀即文犀，带花纹的犀牛角制品。又如牛僧孺《玄怪录·刘讽》描写几位女郎吟诗作对、饮酒作乐时所使用的名贵器具："坐中设犀角酒樽、象牙杓、绿罽花

1　《叶净能诗》，唐代话本，敦煌卷子写本。卷前残缺，结尾题《叶净能诗》。但通篇为散体，与话本相同，故学者以为"诗"是"话"之误。笔者认为《叶净能诗》的内容和形式更同于传奇小说，因此"诗"可能是"传"字之误。

2　黄征、张涌泉校注《敦煌变文校注》卷2，第339页。

3　黄征、张涌泉校注《敦煌变文校注》卷2，第339页。

4　汪辟疆校录《唐人小说》，第26页。

5　汪辟疆校录《唐人小说》，第98页。

觯、白琉璃盏，醪醴馨香，远闻空际。"[1] 李公佐《南柯太守传》描写槐安国右丞相出场时手拿象牙简："有一人紫衣象简前趋，宾主之仪敬尽焉。"[2] 象简即象牙制成的简，象牙也是通过海上丝绸之路传入中国。沈亚之《秦梦记》写沈亚之梦中穿越至秦，经内史廖举荐，被秦穆公任命为中涓，并娶秦公之女弄玉，"内史廖曾为秦以女乐遗西戎，戎主与廖水犀两合。亚之从廖得以献公主。公主悦受，尝结裙带之上"。后弄玉死，秦公放沈亚之回乡，"公复命至翠微宫，与公主侍人别。重入殿内时，见珠翠遗碎青阶下"。[3] 薛调《无双传》写王仙客为讨好舅氏舅母，"遇舅母生日，市新以献，雕镂犀玉，以为首饰"。[4] 李复言《续玄怪录·张老》中的张老并非凡人，他娶了韦氏女，而后移居天坛山南，韦氏女之兄寻至其住处，"引入见妹于堂前。其堂沉香为梁，玳瑁帖门，碧玉窗，珍珠箔，阶砌皆冷滑碧色，不辨其物"。张老告诉其兄："此地神仙之府，非俗人得游。以兄宿命，合得到此。然亦不可久居。"[5] 佚名《感异记》写沈警夜宿传舍，庙神张女郎姐妹约至其处，"帷幌多金缕翠羽，间以珠玑，光照满室"。[6] 陈邵《通幽记·赵旭》写天上青童下凡与赵旭相会，"为旭致珍宝奇丽之物"，赵旭家奴"盗琉璃珠鬻于市"。[7]《广异记·王玄之》写高密令亡女魂灵与王玄之相爱，临别留赠金镂玉杯及玉环一双。[8] 郑还古《博异志·张遵言》中写苏四郎（太白星精）至阎罗殿，上夜明楼，"楼上四角柱，尽饰明珠，其光如昼"。[9] 李玫《纂异记》中红裳女（石瓮寺长明灯精）讲述唐玄宗、杨贵妃往事，玄宗赐红

1　袁闾琨、薛洪勣主编《唐宋传奇总集·唐五代》，第 401 页。

2　袁闾琨、薛洪勣主编《唐宋传奇总集·唐五代》，第 223 页。

3　汪辟疆校录《唐人小说》，第 195、196 页。

4　汪辟疆校录《唐人小说》，第 203 页。

5　汪辟疆校录《唐人小说》，第 285 页。

6　袁闾琨、薛洪勣主编《唐宋传奇总集·唐五代》，第 340 页。

7　袁闾琨、薛洪勣主编《唐宋传奇总集·唐五代》，第 346~347 页。

8　袁闾琨、薛洪勣主编《唐宋传奇总集·唐五代》，第 130 页。

9　袁闾琨、薛洪勣主编《唐宋传奇总集·唐五代》，第 536 页。

裳"琥珀膏"，为之设"珊瑚帐"。[1] 裴铏《传奇·张无颇》写张无颇从袁大娘手中获玉龙膏，被龙王请去为女儿医疾，张无颇在龙宫见"廊宇皆缀明玑，翠珰楹楣，焕耀若布金钿"。张无颇医好了龙女的病，"王出骇鸡犀、翡翠碗、丽玉明瑰而赠无颇"。[2]《传奇·封陟》写仙姝离去，"辖軿出户，珠翠响空"。[3]《传奇·萧旷》写萧旷遇洛水女神："神女遂出明珠、翠羽二物赠旷。"[4] 柳祥《潇湘录·奴苍璧》写李林甫家奴苍璧暴死，至阎罗殿，"见殿上卷一珍珠帘"。[5]《潇湘录·焦封》写焦封至一仙境，"有十余辈仆至，并衣以罗纨，饰以珠翠"。[6] 韦濬《松窗杂录·夜明帘》写张说"近者有鸡林郡以夜明帘为寄者"，[7] 用以赠九公主，免于推按。鸡林郡显系鸡林国异称，即朝鲜。夜明帘则是由夜明珠引发联想而虚构之异域宝物。青玉、珊瑚、水精、琉璃、琥珀、明珠、翠羽等都是来自异域之奇珍异宝，被小说家用来渲染或点缀神仙世界的豪华景象。

现实生活中珠宝往往经海上丝路传入中国，小说中关于异域珠宝的描写反映了这一特点。裴铏《传奇·裴航》中裴郎求婚蓝桥神仙窟中之神女，神仙窟中"别见一大第连云，珠扉晃日，内有帐幄屏帏，珠翠珍玩，莫不臻至"。[8]《传奇·崔炜》写崔炜被大蛇救出，送至一神仙洞府（南越王墓），"当中有锦绣帏帐数间，垂金泥紫，更饰以珠翠，炫晃如明星之连缀"，"四壁有床，咸饰以犀象"。[9] 崔炜在此获赠明珠，返回人间后至广州波斯邸"潜鬻是珠"，一老胡人见之，立刻判断此珠出于南越王墓，因为他知道此珠是赵佗随葬之物。问其明珠

1　袁闾琨、薛洪勣主编《唐宋传奇总集·唐五代》，第 683 页。

2　袁闾琨、薛洪勣主编《唐宋传奇总集·唐五代》，第 863、864 页。

3　袁闾琨、薛洪勣主编《唐宋传奇总集·唐五代》，第 890 页。

4　袁闾琨、薛洪勣主编《唐宋传奇总集·唐五代》，第 897 页。

5　袁闾琨、薛洪勣主编《唐宋传奇总集·唐五代》，第 970 页。

6　袁闾琨、薛洪勣主编《唐宋传奇总集·唐五代》，第 973 页。

7　袁闾琨、薛洪勣主编《唐宋传奇总集·唐五代》，第 929 页。

8　汪辟疆校录《唐人小说》，第 332 页。

9　汪辟疆校录《唐人小说》，第 335 页。

来历，老胡人曰："我大食国宝阳燧珠也。昔汉初赵佗使异人梯山航海，盗归番禺，今仅千载矣。我国有能玄象者，言来岁国宝当归。故我王召我具大舶重资抵番禺而搜索。今日果有所获矣。"老胡人出玉液而洗之，明珠光鉴一室。"胡人遽泛舶归大食去"，[1]大食即阿拉伯，阿拉伯商人到唐朝从事珠宝生意，人数众多，这是此故事的现实基础，然小说中叙事多传奇色彩。《传奇·孙恪》写孙恪娶袁氏，袁氏乃老猿所化。此老猿乃端州峡山寺老僧年轻为沙弥时所养，被高力士买去献给皇上。孙恪赴任途中路经峡山寺，与袁氏入寺上香，袁氏以"碧玉环"献寺僧，并云"此是院中旧物"。袁氏现老猿原形，遁归山林后，老僧忆起"碧玉环者，本诃陵胡人所施，当时亦随猿颈而往"。[2]诃陵国，古代东南亚国家，又作叶调、阇婆、耶婆提、呵罗单，在今印度尼西亚爪哇岛。此地是古代海上丝路要道，中国与印度以及西亚、非洲和欧洲的交往中经转之地。在古代中国人的观念中，大秦多珠宝。大秦即罗马，魏晋隋唐时又称拂菻。唐人小说中拂菻国获取珠宝的方法令人称奇。《梁四公记》中写杰公与人讲起域外之国家："西至西海，海中有岛，方二百里。岛上有大林，林皆宝树。中有万余家，其人皆巧，能造宝器，所谓拂菻国也。岛西北有坑，盘坳深千余尺，以肉投之，鸟衔宝出，大者重五斤。彼云是色界天王之宝藏。"[3]

　　香料是来自域外的奢侈品，现实生活中为达官贵人所享用，传奇作品中也见于神仙世界。无名氏《补江总白猿传》写欧阳纥在白猿山洞看到名贵香料："搜其藏，宝器丰积，珍羞盈品，罗列案几。凡人世所珍，靡不充备。名香数斛，宝剑一双。"[4]"名香"都是来自域外的香。香料常常通过海上丝绸之路从西亚、南亚和东南亚传入中国，因此海上丝绸之路又称"香料之路"。燃香、薰香在现实中是贵族生活

1　汪辟疆校录《唐人小说》，第 337 页。
2　汪辟疆校录《唐人小说》，第 341~342 页。
3　（宋）李昉等编《太平广记》卷 81，中华书局，1961，第 520 页。
4　袁闾琨、薛洪勣主编《唐宋传奇总集·唐五代》，第 156 页。

的场景。陈鸿《长恨歌传》中蓬莱仙境的玉妃太真，回忆当年与玄宗七夕在骊山华清宫"张锦绣，陈饮食，树瓜华，焚香于庭"，[1] 小说里这成为神仙世界的生活习尚。张鷟《游仙窟》中"我"以诗咏十娘居室："薰香四面合，光色两边披"；"遥闻香气，独伤韩寿之心"。"我"以诗咏十娘："艳色浮妆粉，含香乱口脂"；"迎风帔子郁金香，照日裙裾石榴色"；"徐行步步香风散，欲语时时媚子开"。[2] 古人为防口中异味，口中含香。[3] 戴孚《广异记·汝阴人》写神女王女郎嫁许某，"异香满室"，"女车至，光香满路"。[4] 无名氏《灵应传》写节度使周宝梦九娘子神来，"祥云细雨，异香袭人"。[5] 许尧佐《柳氏传》写柳氏路遇前夫韩翊，约与道政里门相见，见时"以轻素结玉合，实以香膏，自车中授之"。[6]《周秦行纪》写牛僧孺宿于薄太后庙，未至"闻有异香气"，第二天离开此庙，"衣上香，经十余日不歇"。[7] 李复言《续玄怪录·杨恭政》写杨氏当升仙，"遂沐浴，着新衣，扫洒其室，焚香闭户而坐"。其身去后，"异香满屋"。当其被仙驾迎去之时，"异香酷烈，遍数十里"。[8] 袁郊《甘泽谣·红线》中红线夜里潜入田承嗣室，看到有"名香美珍"散覆金合之上，室中"蜡烛光凝，炉香烬煨"。[9] 唐代说唱艺术《捉季布传文》中周氏卖季布时夸奖其才艺："好衣衶褶着香熏。"[10] 在唐人小说中香料具有特殊的功能。《梁四公记》写梁武帝遣罗子春入龙宫求宝珠，需西海龙脑香，杰公曰："西海大船，求龙脑香可得。"得龙脑香，"以蜡涂子春等身及衣佩"，[11] 以此方可入

1　汪辟疆校录《唐人小说》，第 141 页。

2　汪辟疆校录《唐人小说》，第 25~26 页。

3　应劭《汉官仪》记载，桓帝侍中刁存年老口臭，桓帝赐予鸡舌香令含之。汉代尚书郎口含鸡舌香奏事。

4　袁闾琨、薛洪勣主编《唐宋传奇总集·唐五代》，第 112 页。

5　鲁迅校录《唐宋传奇集》卷 5，朝华出版社，2018，第 201 页。

6　汪辟疆校录《唐人小说》，第 63 页。

7　汪辟疆校录《唐人小说》，第 182、185 页。

8　汪辟疆校录《唐人小说》，第 259 页。

9　汪辟疆校录《唐人小说》，第 316 页。

10　黄征、张涌泉校注《敦煌变文校注》卷 1，第 95 页。

11　（宋）李昉等编《太平广记》卷 418，第 3404~3405 页。

龙宫以御龙。

异域美食也可见于传奇小说的描写中。杜光庭《虬髯客传》写李靖、红拂女李氏和虬髯客在灵石旅舍相遇，李靖"出市胡饼"，虬髯客"抽腰间匕首，切肉共食"。[1] 不仅胡饼的做法来自域外，以匕首切肉而食也是草原民族的饮食习惯。白行简《李娃传》中郑生潦倒，寻至李娃居处，李娃为之租房，"以酥乳润其脏"。[2] 酥乳是游牧民族的奶产品。来自域外的珍馐美味成为神仙世界里仙人们的食物。《游仙窟》描写十娘洞府的饮食："少时，饮食俱到，薰香满室，赤白兼前：穷海陆之珍羞，备川原之果菜，肉则龙肝凤髓，酒则玉醴琼浆。……蒲桃、甘蔗、栭枣、石榴；河东紫盐，岭南丹橘，敦煌八子奈，青门五色瓜。……东王公之仙桂，西王母之神桃。"[3] 其中的水果都来自边远地区和域外。戴孚《广异记·汝阴人》写神女王女郎新房里有车师地区盛产的葡萄酒。车师即高昌，地处古代西域。唐太宗时曾用高昌马奶葡萄酿酒，[4] 这里暗用其事。酒用玉杯盛放，玉和玉器通常认为来自西域。来自域外之安石榴、胡麻等皆成为神仙的食物。谷神子《博异志·崔玄微》中四名花精变作四个风姿绰约的女子，其中一位就是石榴花仙："玄微乃悟，诸女曰姓杨、李、陶，及衣服颜色之异，皆众花之精也。绯衣名曰阿措，即安石榴也。"[5] 安石榴即石榴，也是从域外移植而来的物种。小说中能够享受域外珍品的多为神仙精怪，关于这些神仙精怪生活的描写，其实是现实人间生活的写照，是达官贵人、

1　汪辟疆校录《唐人小说》，第 215 页。
2　汪辟疆校录《唐人小说》，第 125 页。
3　袁闾琨、薛洪勣主编《唐宋传奇总集·唐五代》，第 22 页。
4　《唐会要》卷 100《杂录》（上海古籍出版社，1991，第 2135 页）记载："葡萄酒，西域有之，前世或有贡献。及破高昌，收马乳葡萄实，于苑中种之，并得其酒法，自损益造酒，酒成，凡有八色，芳香酷烈，味兼醍醐，既颁赐群臣，京中始识其味。"
5　袁闾琨、薛洪勣主编《唐宋传奇总集·唐五代》，第 552 页。按，段成式《酉阳杂俎续集·支诺皋下》："是日东风振地，自洛南折树飞沙，而苑中繁花不动。玄微乃悟，诸女曰姓杨、姓李，及颜色衣服之异，皆众花之精也。绯衣名阿措，即安石榴也。"后用以为石榴的代称。宋洪适《许倩报白图已得玉茗未谐以诗趣之》："万里移根安石国，何年傅粉久知名。……东家阿措休相妒，不学秾妆照眼明。"

皇亲国戚生活的反映。皇甫氏《原仙记·冯俊》中的冯俊，为道士背药，道士用"胡麻饭"招待冯俊。胡麻是来自域外的植物，在中国道教传说中神仙以胡麻为食。道士"遂于瓷瓯盛胡麻饭与之食。又与一碗浆，甘滑如乳，不知何物也"。[1] 胡麻原产于波斯，汉代时已经传入中国。在魏晋南北朝的小说中，胡麻饭已经成为神仙道士食用的保健长生饭。[2]

唐人服饰织物方面也体现出对外交流的景象。白叠布即棉布，产于南亚和东南亚。《东城老父传》写贾昌回忆开元盛世："行都市间，见有卖白衫白叠布。"[3]《通幽记·妙女》刻画的神仙兵将头戴胡人帽子："其婢即瘥如故，言见兵马形象，如壁画神王，头上着胡帽子，悉金钿也。"[4] 妇女化妆的颜料来自域外。《游仙窟》中"我"以诗咏十娘打扮："红颜杂绿黛，无处不相宜。"[5] 绿黛即青黛，是来自波斯的染料，隋唐时妇女用以描眉。石榴来自波斯，汉代称安石榴。石榴花红似火，美艳异常。石榴裙是唐代流行的一种服饰，色如石榴花之红，穿上显得俏丽动人。唐诗里经常写到石榴裙。如武则天《如意娘》诗："看朱成碧思纷纷，憔悴支离为忆君。不信比来长下泪，开箱验取石榴裙。"[6] 李贺《谣俗》写宫女："上林胡蝶小，试伴汉家君。飞向南城去，误落石榴裙。"[7] 蒋防《霍小玉传》中的霍小玉思念李生成疾，命终，"将葬之夕，生忽见玉穗帷之中，容貌妍丽，宛若平生。着石榴裙，紫褕裆，红绿帔子"。[8] 养蚕缫丝纺织起源于中原，传至域外。西域、中亚、西亚和欧洲人先后掌握了蚕桑丝织技术，丝织业得以发展。唐人小说《梁四公记》中写到扶桑国蚕丝传

1　（宋）李昉等编《太平广记》卷23，第156页。按原注：出《原仙记》，明抄本作出《原化记》。《原化记》，唐皇甫氏著，作者佚名。

2　石云涛：《汉代外来文明研究》，第96~122页。

3　汪辟疆校录《唐人小说》，第137页。

4　袁闾琨、薛洪勣主编《唐宋传奇总集·唐五代》，第351页。

5　汪辟疆校录《唐人小说》，第25页。

6　（清）彭定求等编《全唐诗》卷27，第393页。

7　叶葱奇编订《李贺诗集》外集，人民文学出版社，1959，第352页。

8　汪辟疆校录《唐人小说》，第97页。

入中原："扶桑国使使贡方物，有黄丝三百斤，即扶桑蚕所吐、扶桑灰汁所煮之丝也。（梁武）帝有金炉，重五十斤，系六丝以悬炉，丝有余力。"[1] 经过小说家的夸张，异域之"丝"神奇莫比。汉代就得到域外传入之火浣布，关于火浣布的性质和制造，中原人士长期不明就里，因此产生许多想象。《梁四公记》写梁武帝时杰公与人论及域外物产："南至火洲之南，炎昆山之上，其土人食蝤蟹髯蛇以辟热毒。洲中有火木，其皮可以为布。炎丘有火鼠，其毛可以为褐。皆焚之不灼，污以火浣。"[2] "间岁，南海商人赍火浣布三端。帝以杂布积之，令杰公以他事召，至于市所。杰公遥识曰：'此火浣布也。二是缉木皮所作，一是续鼠毛所作。'以诘商人，具如杰公所说。"[3] 这是吸收自古以来关于火浣布的传说对石棉布耐烧性的解释。从小说的描写可知，唐人有用火浣布制作帷帐。牛僧孺《玄怪录·袁洪儿夸郎》写夸郎至封郎宅："平仲回叱一小童曰：'捧笔奴！早令汝煎火浣幕，何故客至，犹未毕！'但令去火，而幕色犹鲜。"封郎宅乃翡翠仙所居洞府。

　　唐代在对外交流中获得不少域外动植物。唐代小说中写到的仙境的植物，有的也是从域外移植中原的。《叶净能诗》中写到玄宗在月宫看到"娑罗树"，[4] 此种树产于印度及马来半岛，唐代时移植中国。今北京附近之潭柘寺有两棵古娑罗树是唐代种植的，从西域移植而来，小说中用来表现仙境的奇异性。

　　优昙花，梵文 udumbara 音译，全译为"优昙钵罗花"，意译为"祥瑞灵异之花"。传说此花生长于喜马拉雅山上，三千年一开，很快凋谢。佛教认为优昙花开，象征转轮圣王出世。《法华文句》四上中云："优昙花者，此言灵瑞，三千年一现，现则金轮王出。"慧琳《一切经音义》卷8云："优昙花，梵语古译讹略也，梵语正云乌昙

1　（宋）李昉等编《太平广记》卷81，第521页。
2　（宋）李昉等编《太平广记》卷81，第520页。
3　（宋）李昉等编《太平广记》卷81，第521页。
4　黄征、张涌泉校注《敦煌变文校注》，第339页。

跋罗，此云祥瑞，云异天花也。世间无此花，若如来下生，金轮王出现世间，以大福德力，故感得此花出现。"[1]《转轮圣王修行经》云："时转轮王踊跃而言：'此金轮宝真为我瑞，我今真为转轮圣王。'"在唐传奇小说中，优昙花成为仙窟中花，《游仙窟》写十娘堂上"车渠等宝，俱映优昙之花"。[2] 在小说里，作者要么渲染外来植物的神奇，要么借传说中神奇的植物，表现神仙世界的奇妙。葡萄在汉代就从西域移植中原，被视为珍果。皇甫氏《原化记·陆生》写陆生因追驴至一仙境，"茅斋前有葡萄架，其驴系在树下"。[3] 石榴来自波斯，汉代已经传入中国，称为安石榴。在唐代小说中安石榴也能成精。郑还古《博异志·崔玄微》中崔玄微外出采药，一年后回，夜里有青衣及诸女伴停留休息，其中有杨氏、李氏、陶氏、石阿措等，"皆众花之精"，其中"绯衣名曰阿措，即安石榴也"。[4] 唐代传入的域外动物有象、犀牛、骆驼、良马等，见于小说描写的则有大宛马、骆驼。《李娃传》中写鸨母与李娃设计摆脱郑生，郑生与李娃去竹林神庙祷告回，去李娃姨家，饮茶食果之际，"有一人控大宛，汗流驰至，曰：'姥遇暴疾颇甚，殆不识人。宜速归。'"[5] 大宛即大宛马，通常所谓汗血马。骆驼是北方草原和西域游牧民族常用的牲畜，也是奔波于丝绸之路上的商队的交通工具。但出现在传奇小说中的骆驼，并不是现实中的形象。在无名氏《东阳夜怪录》中一头骆驼化为一位老病僧出现。成自虚自长安返乡，途经渭南县，与同伴失联，风雪之夜入佛寺，寺中有老病僧智高，允许成自虚住宿。其后又有多人入寺，有卢倚马、朱中正、敬去文、奚锐金、苗介立、胃家兄弟等，大家吟诗酬对，欢快一夕。其中智高是骆驼成精，其余分别是瘠瘰乌驴、老鸡、大驳猫、破瓠、破笠、二刺猬、踦牛、老狗等之

1　徐时仪校注《一切经音义（三种校本合刊）》，上海古籍出版社，2008，第636页。

2　汪辟疆校录《唐人小说》，第28页。

3　袁闾琨、薛洪勣主编《唐宋传奇总集·唐五代》，第511页。

4　袁闾琨、薛洪勣主编《唐宋传奇总集·唐五代》，第551~552页。

5　汪辟疆校录《唐人小说》，第121页。

所化。小说中写智高自述："贫道俗姓安（以本身肉鞍之故也），生在碛西。本因舍力，随缘来诣中国。"奇在这头病驼能诗，又精于佛理，被诸人敬称为"师丈"。他的诗也符合其骆驼的身份，卢倚马能背诵他的《聚雪为山》诗："谁家扫雪满庭前，万壑千峰在一拳。吾心不觉侵雪冷，曾向此中居几年。"智高说："雪山是吾家山，往年偶见小儿聚雪，屹有峰峦山状，西望故国，怅然因作是诗。"此言暗示其来自西域雪山。在成自虚恳求之下，智高又赋二诗，其一："拥褐藏名无定踪，流沙千里度衰容。传得南宗心地后，此身应便老双峰。"其二："为有阎浮珍重因，远离西国越咸秦。自从无力休行道，且作头陀不系身。"其诗语皆双关，字面上写人，又暗合骆驼的特性。卢倚马又说："师丈骋逸步于遐荒，脱尘机（谐音羁）于维絷，巍巍道德，可谓首出侪流。"意指来自西域的骆驼曾奔驰于远方，从荒远之地来到中原。智高谈起佛理，亦含义深远："但以十二因缘，皆从觞起；茫茫苦海，烦恼随生。何地而可见菩提，何门而得离火宅？""释氏尚其清净，道成则为正觉，觉则佛也。"[1] 一头骆驼，在小说家笔下化为来自西域的高僧，写得亦实亦虚，出神入化，灵异非常。中国是蚕桑丝织业的故乡，然而唐人小说中域外的蚕与中原的不同。《梁四公记》中杰公与众人言及域外，讲到扶桑国，"扶桑之蚕长七尺，围七寸，色如金，四时不死。五月八日呕黄丝，布于条枝，而不为茧。脆如绖，烧扶桑木灰汁煮之，其丝坚韧，四丝为系，足胜一钩。蚕卵大如燕雀卵，产于扶桑下。赍卵至句丽国，蚕变小，如中国蚕耳"。[2] 这种想象与夸张简直令人瞠目。

在唐传奇小说中，外来的器物产品有时又被赋予神异的色彩，具有特异功能。琵琶、箜篌都是来自波斯的乐器，早在汉代已经通过丝绸之路传入中国。小说中它是神仙世界里演奏的乐器。《游仙

1　鲁迅校录《唐宋传奇集》卷5，第186~200 页。
2　（宋）李昉等编《太平广记》卷81，第519 页。

窟》中有十娘遣绿竹弹琵琶的情节，[1] 还有"苏合弹琵琶，绿竹吹筚篥"。[2] 筚篥也是一种外来乐器。《逸史》"卢李二生"中卢生宴请李生，邀一"颇善箜篌"者佐酒助兴。[3]《原化记》中有"画琵琶"的故事：

> （有书生欲游吴地，道经江西，因风阻——据《合刻三志》补）泊船，书生因上山闲步。入林数十步，上有一坡。见僧房院开，中有床，床榻。（僧已他出。房）门外小廊数间，傍有笔砚。书生攻画，遂把笔，于房门素壁上，画一琵琶，大小与真不异。画毕，风静船发。僧归，见画处，不知何人。乃告村人曰："恐是五台山圣琵琶。"当亦戏言，而遂为村人传说，礼施求福甚效。书生便到杨家［明抄本家作州］，入吴经年，乃闻人说江西路僧室有圣琵琶，灵应非一。书生心疑之。因还江西时，令船人泊船此处，上访之。僧亦不在，所画琵琶依旧，前幡花香炉（供养）。书生取水洗之尽。僧亦未归。书生夜宿于船中，至明日又上。僧夜已归，觉失琵琶，以告。邻人大集，相与悲叹。书主故问，具言前验："今应有人背着，琵琶所以潜隐。"书生大笑，为说画之因由，及拭却之由。僧及村人信之，灵圣亦绝耳。[4]

在唐人小说中一把画琵琶居然有如此灵验的作用，也与其是外来奇物有关。薛用弱《集异记·王维》中的王维"性娴音律，妙能琵琶"。为了结交公主，岐王为之筹划："子之旧诗清越者，可录十篇；琵琶之新声怨切者，可度一曲。"令王维赍琵琶同至公主第，为公主"独

1　汪辟疆校录《唐人小说》，第 29 页。
2　汪辟疆校录《唐人小说》，第 33 页。
3　（宋）李昉等编《太平广记》卷 17，第 119 页。
4　（宋）李昉等编《太平广记》卷 315，第 2496 页。按：此篇《太平广记》首缺 44 字，此据《合刻三志》补 14 字，疑仍有缺字。引文中圆括号内诸字亦据《全刻三志》补。见李时人编校《全唐五代小说》卷 78，中华书局，2014，第 3691 页。

奏新曲，声调哀切，满座动容"，曲名《郁轮袍》。因此王维受到公主
赏识，得公主首荐，一举登第。[1] 琵琶在王维晋升中发挥了关键作用。
胡笳是汉代即传入中原的北方草原民族的乐器，因蔡琰作《胡笳十八
拍》而有《胡笳曲》。《传奇·崔炜》中写崔炜在神仙洞窟鼓琴，奏
《胡笳曲》。"女曰：'何曲也？'曰：'胡笳也。'曰：'何为《胡笳》？吾
不晓也。'炜曰：'汉蔡文姬，即中郎邕之女也，没于胡中。及归，感
胡中故事，因抚琴而成斯弄，像胡中吹笳哀咽之韵。'女皆怡然曰：
'大是新曲。'遂命酌酒传觞。"[2] 金银器多为域外传入。《游仙窟》中
写饮食和食具："鹅子鸭卵，照耀于银盘。"[3] 柳珵《上清传》写唐德
宗以为窦参贪污，说他"前时纳官银器至多"。上清为之辩解，云其
"郴州所送纳官银物，皆是恩赐"。[4] 唐代皇帝把外国入贡的器物赐
给王公大臣，受赐者又将珍品上贡宫廷，此即窦参纳官银器的来历。
佚名《郑德璘》中韦氏到水府见到已故的父母，父母"持白金器数
事而遗女"。[5] 无名氏《灵应传》写郑承符入冥，助九娘子神战胜朝
那神，九娘子神"以七宝钟酌酒，使人持送郑将军"。[6] 佛教"七宝"
有不同说法，但都是金银珠宝之类，"七宝钟"即装饰了各种宝石的
酒具。在唐人小说中外来物品有的是出于想象，并非现实生活中所
有。《梁四公记》写扶桑国贡"观日玉，大如镜，方圆尺余。明澈如
琉璃，映日以观，见日中宫殿，皎然分明"。[7] 扶南大舶贩卖来的碧
玻黎镜也是神物：

　　　明年冬，扶南大舶从西天竺国来，卖碧玻黎镜，面广一尺五
　　寸，重四十斤，内外皎洁，置五色物于其上，向明视之，不见其

1　汪辟疆校录《唐人小说》，第302~303页。
2　汪辟疆校录《唐人小说》，第335页。
3　汪辟疆校录《唐人小说》，第32页。
4　汪辟疆校录《唐人小说》，第210页。
5　汪辟疆校录《唐人小说》，第226页。
6　鲁迅校录《唐宋传奇集》卷5，第213页。
7　（宋）李昉等编《太平广记》卷81，第521页。

质。问其价，约钱百万贯文，帝令有司算之，倾府库偿之不足。其商人言："此色界天王有福乐事，天澍大雨，众宝如山，纳之山藏，取之难得。以大兽肉投之藏中，肉烂黏宝，一鸟衔出，而即此宝焉。"举国不识，无敢酬其价者，以示杰公，公曰："上界之宝信矣。昔波罗尼斯国王有大福，得获二宝镜，镜光所照，大者三十里，小者十里。至玄孙福尽，天火烧宫，大镜光明，能御灾火，不至焚爇。小镜光微，为火所害，虽光彩昧暗，尚能辟诸毒物，方圆百步，盖此镜也。时王卖得金二千余斤，遂入商人之手。后王福薄，失其大宝，收夺此镜，却入王宫。此王十世孙失道，国人将谋害之，此镜又出，当是大臣所得，其应入于商贾。其价千金，倾竭府库不足也。"因命杰公与之论镜，由是信伏。更问："此是瑞宝，王令货卖，即应大秦波罗奈国失罗国诸大国王大臣所取，汝辈胡客，何由得之？必是盗窃至此耳。"胡客逡巡未对，俄而其国遣使追访至梁，云其镜为盗所窃，果如其言。[1]

宝镜光照所及，辟诸毒物，梁朝倾举国府藏不能酬其值，其神异贵重程度被极度夸大。

随着丝绸之路的开辟和对外交流的开展，域外的乐舞、杂技、魔术和各种游戏在汉代就传入中原，并在唐代社会上广泛流行。薛用弱《集异记·王维》中王维"为大乐丞，为伶人舞《黄狮子》，坐出官。《黄狮子》者，非一人不舞也"。[2]"一人"即天子。《唐语林》记载此事："王维为大乐丞，被人嗾令舞《黄狮子》，坐是出官。《黄狮子》者，非天子不舞也。"[3]伶人私自表演舞《黄狮子》，连累了上司王维，王维因此被贬官。中国没有狮子，此《黄狮子》舞当是外来乐舞，只有皇帝才能欣赏。陈鸿《东城老父传》写贾昌回忆开元

1　（宋）李昉等编《太平广记》卷81，第521~522页。
2　汪辟疆校录《唐人小说》，第303页。
3　（宋）王谠撰，周勋初校证《唐语林校证》卷5，中华书局，1987，第486页。

盛世时，玄宗生日千秋节的活动，除了盛大的斗鸡比赛之外，"角觚万夫，跳剑寻橦（当为橦），蹴球踏绳，舞于竿巅者，索气沮色，逡巡不敢入"。[1] 其中"跳剑""寻橦""蹴球""踏绳"都是来自域外的杂技表演。

唐代流行的打马球游戏是起源于波斯的体育竞赛活动，即骑在马上用球杆击球入门，中国古代又叫"击鞠"。唐人喜欢马球运动，近三百年间盛行不衰。唐朝二十多位皇帝中，有十八位是马球运动爱好者。打马球具有较强的竞技性，在唐代成为一项影响最广的运动，宫廷中盛行打马球，皇室贵族男性打球，宫中妇女也打球。天宝六载（747），朝廷颁诏规定军队须练马球，马球遂与军事体育结缘，唐代军中盛行打马球，唐后期各藩镇都有马球场。由于统治者的提倡和参与，马球运动普及民间，打马球成为社会上流行的体育和娱乐活动，贵族之家甚至修筑私家球场。沈亚之《冯燕传》写冯燕，"少以意气任专，为击球斗鸡戏。魏市有争财斗者，燕闻之往，搏杀不平，遂沉匿田间。官捕急，遂亡滑。益与滑军中少年鸡球相得"。[2] 皇甫枚《三水小牍·王知古》写王知古，"东诸侯之贡士也，虽薄涉儒术，而数奇不中春官选，乃退处于三川之上，以击鞠飞筋为事"。[3] 无名氏《灵应传》写朝那神兵侵犯九娘子神领地，九娘子神请节度使周宝出兵救援，将军孟远为朝那神所败，周宝"遂差制胜关使郑承符以代孟远。是月三日晚，衙于后球场，沥酒焚香，牒请九娘子神收管"。[4] 冯燕喜击球，又与滑军中的少年玩击球，王知古以击鞠为事，周宝军中有球场，正是唐代社会风气的真实反映。在唐代的说唱艺术《捉季布传文》中，写汉代时就有打马球游戏。传文写朱解买下季布为奴典仓，"试交（教）骑马捻球杖，忽然击

1　汪辟疆校录《唐人小说》，第 135 页。

2　汪辟疆校录《唐人小说》，第 198 页。

3　汪辟疆校录《唐人小说》，第 350 页。

4　鲁迅校录《唐宋传奇集》卷 5，第 208 页。

拂便过人"。[1] 汉代尚无打马球游戏，这是把唐代社会生活内容附会到汉代。

第二节　唐代小说中的域外人

在开放的唐朝社会中活跃着大量域外人，他们有的奉使入唐，有的经商入唐，有的作为奴仆被贩卖至唐，有人传教弘法，有人从事军事活动，有的与人为奴，也有的娶妻生子在此定居。"胡人"是中国古代对外族和外国人的称呼，一般情况下并不包含贬义。被贩至唐的奴仆见于小说描写的有"昆仑奴"。唐传奇中的"胡人"并不同于现实生活中的胡人，他们大多具有传奇性。

一　胡雏与昆仑奴

唐代社会上流行以外国人做家仆，小说中写到此类人物。蒋防《霍小玉传》中写黄衫客，"唯有一剪头胡雏从后"。[2] 主人出行，胡儿随后，这可能是唐代社会的一道风景，人们以拥有外国人做奴仆为荣耀。外国人做奴婢，有名的是"昆仑奴、新罗婢"，这甚至是达官贵人之家的标配。

唐时东南亚国家还向唐朝入贡侏儒小黑人，阿拉伯、波斯商人到中国进行贸易活动，也从事奴隶贸易，他们把非洲、马来半岛的黑人、侏儒贩运到唐朝长安，成为达官贵人家庭奴仆，这样的人被称为"昆仑奴"或"昆仑儿"、"蛮奴"、"僧祇"、"僧祇

1　黄征、张涌泉校注《敦煌变文校注》卷 1，第 95 页。
2　汪辟疆校录《唐人小说》，第 96 页。

童"。[1]《旧唐书·南蛮传》云："自林邑以南，皆卷发黑身，通号为'昆仑'。"[2]慧琳《一切经音义》中这样描述昆仑奴："时俗语便亦曰骨论，南海洲岛中夷人也。甚黑，裸形，能驯伏猛兽、犀象等。种类数般，即有僧祇、突弥、骨堂、阁蔑等，皆鄙贱人也。国无礼义，抄掠为活，爱啖食人，如罗刹恶鬼之类也。言语不正，异于诸蕃。善入水，竟日不死。"[3]黑色矮人来到唐朝，有的是作为贡物献给朝廷，有的是作为"蛮鬼"被掠卖到唐朝为奴，有的是跟随南海诸国使节入华被遗留者。这些肤色漆黑、言语特殊的昆仑奴引起汉地人的好奇，有的诗人很感兴趣，便赋诗咏叹。如张籍《昆仑儿》诗云：

　　昆仑家住海中州，蛮客将来汉地游。言语解教秦吉了，波涛初过郁林州。金环欲落曾穿耳，螺髻长拳不裹头。自爱肌肤黑如

1　关于"昆仑奴"的来源有不同观点，夏德、柔克义等认为多半是马来人或者马来半岛和南方诸岛的蛮人；伯希和认为是印度尼西亚的矮小黑人；张星烺认为是大食人从非洲带来的黑人（见张星烺《中西交通史料汇编》第3册，上海书店影印民国丛书本，1994，第48~81页）；薛爱华倾向于伯希和之说（见氏著《撒马尔罕的金桃——唐代舶来品研究》，吴玉贵译，社会科学文献出版社，2016，第138~139页）。关于"僧祇"的身份亦颇有争议。费琅认为中国文献中的僧祇、昆仑层期"似即指东非之Zanqi"，阿拉伯人以此称呼非洲黑人。见费琅《昆仑及南海古代航行考》，冯承钧译，商务印书馆，1933。冯承钧说："昔大食人名非洲东岸之地曰僧祇拔儿（Zanquibar），今尚有一部分地区存其旧名，即今地图名Zangibar（桑给巴尔）者是也。""僧祇拔儿犹言黑人之地。诸史中之僧祇奴，殆皆此地土人。"见氏著《诸蕃志校注》，中华书局，1956，第53~54页。艾周昌、沐涛编著《中非关系史》（华东师范大学出版社，1996，第46~47页）认为中国古代文献中的僧祇是非洲黑人的代称。孙机《唐俑中的昆仑和僧祇》认为费琅、冯承钧的说法是可信的，同时指出："作为佛教用语的僧祇是梵文Sāṃghika的对音，其意为'众'，指僧尼大众，与东非的Zanqi无关。"见氏著《中国圣火——中国古文物与东西文化交流中的若干问题》，辽宁教育出版社，1996，第256~257页。葛承雍则完全否定昆仑、昆仑奴、僧祇等与东非东海岸黑种人有关，认为"昆仑或昆仑奴的称呼都是指南海诸国与南亚分布的黑色或棕褐色人种，似乎与非洲人没有多少联系"。见氏著《胡马度阴山：胡汉中国与外来文明（民族卷）》，三联书店，2019，第113~118页。笔者认为"昆仑""昆仑奴"主要指南海诸国人，而僧祇大抵如费琅、冯承钧、孙机所论，指东非东海岸桑给巴尔一带的黑人。对于昆仑与僧祇的区别，东南亚、南亚和大食人是清楚的，但中国人未必都清楚，故可能有人将僧祇视作昆仑之别种，故称"昆仑层期"，"层期"即"僧祇"，也可能把来自域外的矮小黑人统称为"昆仑"。
2　《旧唐书》卷197《南蛮传》，中华书局，1975，第5270页。
3　徐时仪校注《一切经音义（三种校本合刊）》，第1945页。

漆，行时半脱木绵裘。[1]

这里的昆仑儿指的是随海舶到来的南洋诸岛的居民。这种体貌奇异的昆仑儿还引起画家的好奇，成为唐代人物画的题材。顾况看到一位杜姓画家画的昆仑儿，便激发了灵感，写了一首咏画诗《杜秀才画立走水牛歌》：

> 昆仑儿，骑白象，时时锁着师子项。奚奴跨马不搭鞍，立走水牛惊汉官。江村小儿好夸骋，脚踏牛头上牛领。浅草平田擦过时，大虫着钝几落井。杜生知我恋沧洲，画作一障张床头。八十老婆拍手笑，妒他织女嫁牵牛。[2]

杜秀才的画中出现了"昆仑儿"的形象。一般来说，诗歌中的昆仑奴是比较写实的，出现在唐代小说中的昆仑奴则具有传奇性。《续玄怪录·张老》中昆仑奴乃神仙的奴仆。张老娶韦氏女，移居天坛山南。久之，韦氏思念女儿，派儿子义方去寻。"到天坛南，适遇一昆仑奴，驾黄牛耕田。"此昆仑奴正是张老之奴仆。昆仑奴引义方至张老宅。义方回家时，张老"复令昆仑奴送出，却到天坛，昆仑奴拜别而去"。后义方到扬州，又遇张老家之昆仑奴，昆仑奴奉主人之命出怀金十斤与之。张老是神仙，他能与妻乘凤往来蓬莱仙山，当日往还。[3]袁泽《甘泽谣·陶岘》中也刻画了一位昆仑奴的形象。陶岘从任南海太守的亲戚处获赠古剑、玉环和昆仑奴，被他称为"吾家之三宝"。"海舶昆仑奴名摩诃，善游水而勇健。遂悉以所得归。"归途中陶岘常把剑、环投之水中，令摩诃下水捞取，以为戏笑。作为奴仆，一切须听命于主人，摩诃虽然捞得剑、环，但为毒蛇所啮，断去一指。后来陶岘又将剑、环投入水中，命摩诃下水。摩诃见剑、环有龙守护，不

---

1 （唐）张籍著，徐礼节、余恕诚校注《张籍集系年校注》卷4，中华书局，2011，第533~534页。
2 王启兴、张虹注《顾况诗注》卷2，上海古籍出版社，1994，第123~124页。
3 汪辟疆校录《唐人小说》，第283~286页。

敢近前，但迫于陶岘之命，不得已再入水中，终于亡命。[1] 更具"传奇性"的是裴铏《传奇》中的磨勒，《昆仑奴传》写一名大官家的奴仆"昆仑奴"磨勒帮助主人家公子娶得心仪姑娘的故事。崔生是一位大官的公子，年轻俊美，性格内向，因奉父命去看望一位病中的一品高官，遇其府中家妓红绡，一见倾情。临别时，红绡打手势给崔生，崔生回家后神魂颠倒。他的失常被家里的昆仑奴磨勒注意到了。磨勒聪明机智有异术，他问明原委，猜出了红绡手势之意。在红绡手势指明的那夜，磨勒带着链锤和崔生去了一品大官家。大官家有猛犬，见生人"必噬杀之"，磨勒杀猛犬，又背着崔生翻越十道高墙，找到了红绡。红绡希望逃出牢笼嫁给崔生。为了成全他们的好事，磨勒背上崔生和红绡，再飞越十道高墙将他们带回崔家。红绡在崔生家里隐居了两年，终究还是被一品大官发现。崔生供出了事情经过，一品大官便派人追杀磨勒。岂料磨勒技艺高强，在一阵箭雨之中竟然飞出高墙消失得无影无踪。[2] 小说中的磨勒显然不是现实生活中普通的奴仆，而是一位身手超凡、仗义任侠的侠士。晚唐时各地藩镇势力强大，互相敌视，除了招兵买马扩张地盘之外，还蓄养刺客，作为牵制和威慑对方的手段，游侠之风因之在社会上盛行。神仙方术的流行和志怪小说的构思，又赋予小说中这些侠客义士以超现实的神异功能。《昆仑奴传》中则把这一切赋予一位来自域外的奴仆，令磨勒具有了强烈的传奇色彩。

二　胡人和胡商

随着丝路贸易的兴盛，大量胡商涌入唐朝，他们经营着药材、珠宝等生意，或以卖胡饼谋生，与汉人杂居，交往频繁。在唐代小说中活跃着胡商的身影，反映胡人在唐经商的普遍性及其与唐人交

1　汪辟疆校录《唐人小说》，第 309~311 页。

2　汪辟疆校录《唐人小说》，第 324~326 页。

往的故事，体现了他们入唐后的生活境遇。沈既济《任氏传》中写郑子被狐妖所诱偶宿，天不亮离去，"既行，及里门，门扃未发。门旁有胡人鬻饼之舍，方张灯炽炉"。[1] 戴孚《广异记·李麐》中写李麐赴任途中遇狐妖，"东平尉李麐初得官，自东京之任，夜投故城。店中有故人卖胡饼为业，其妻姓郑有美色，李目而悦之。因宿其店，留连数日，乃以十五千转索胡妇"。[2] 牛肃《纪闻·郗鉴》中的"逆旅客"，"自驾一驴，市药数十斤，皆养生辟谷之物也。而其药有难求未备者，日日于市邸谒胡商觅之"。[3] 卢肇《逸史·卢李二生》中李生"折欠官钱数万贯"，卢生助其还债，"与一柱杖曰：'将此于波斯店取钱。'……波斯见柱杖，惊曰：'此卢二舅柱杖，何以得之？'依言付钱"。[4] 沈亚之《湘中怨解》中郑生"居贫"，其妻氾人"出轻缯一端，与卖，胡人酬之千金"。[5] 这些描写反映出唐代社会上处处有胡人的身影。

唐都长安是国际都会，万商云集。长安有两大市场，东市和西市，西市胡商最多。胡商有的是正面形象，他们诚实守信，为人仗义。唐人对胡商诚信守义等商业伦理的夸张想象，反映了崇农抑商的中国传统社会对商业文明的一种感知或"文化震惊"。唐代小说中胡商故事往往与长安西市有关。长安有很多胡人开的商店，从小说的描写可知，西市有"波斯邸"。《续玄怪录·杜子春》写杜子春穷困潦倒，在长安东市西门遇一老人，愿资助他："袖出一缗，曰：'给子今夕。明日午后，候子于西市波斯邸，慎无后期。'及时，子春往，老人果与钱三百万，不告姓名而去。"[6] 杜子春把钱挥霍完后，老人又约他到波斯邸，再给钱一千万。再挥霍净尽，老人又于此处与钱三千万。波斯邸是隋唐时波斯商人在长安西市开设，供外来入贡的人

1　汪辟疆校录《唐人小说》，第 53 页。

2　（宋）李昉等编《太平广记》卷 17，第 3689 页。

3　（唐）牛肃撰，李剑国辑校《纪闻辑校》卷 1，中华书局，2018，第 3 页。

4　（宋）李昉等编《太平广记》卷 17，第 119 页。

5　汪辟疆校录《唐人小说》，第 189 页。

6　汪辟疆校录《唐人小说》，第 277~278 页。

进行珠宝古董交易的处所，亦称"波斯店""波斯馆"。岭南的南海（今广州）也有波斯邸。《传奇·崔炜》中写崔炜在神仙洞府（南越王墓）获赠明珠，回到人间后"抵波斯邸，潜鬻是珠"。波斯邸有胡人活动，有老胡人一见，便识此珠出于南越王墓，因为他知道南越王赵佗以此宝为殉葬品。[1]《传奇·萧旷》云："龙女出轻绡一匹赠旷曰：'苦有胡人购之，非万金不可。'"[2]

珠宝业是大食、波斯胡商的"本行"，长安珠宝业为胡商所垄断，因此唐传奇小说中不少作品都有胡商识宝、阅宝和从事珠宝交易的情节。《原化记·魏生》描绘了胡商一年一度的阅宝会的盛大场面："尝因胡客自为宝会。胡客法：每年一度与乡人大会，名阅宝物。宝物多者，戴帽居于坐上，其余以次分列。召生观焉。"[3]这样隆重的胡人活动并不仅限于胡人内部，汉人也会受邀参与其中。由此可见，唐代汉人与胡人尤其是胡商的交往较为频繁密切。唐代胡商的成分前后期有变化，安史之乱后，经西域、河西走廊和陇右进入中原地区的道路被吐蕃人阻断，因此进入长安、洛阳的胡商主要是北方草原民族回鹘人，以及随回鹘人来经商的粟特人。回鹘人被称为"北胡"。陈鸿《东城老父传》借因斗鸡年轻时受到玄宗宠幸的贾昌之口云："上皇北臣穹庐，东臣鸡林，南臣滇池，西臣昆夷，三岁一来会。朝觐之礼容，临照之恩泽，衣之锦絮，饲之酒食，使展事而去，都中无留外国宾。今北胡与京师杂处，娶妻生子，长安中少年，有胡心矣。"[4]回鹘人恃助唐平叛有功，许多人在长安定居经商，横行霸道，引起长安百姓的不满。贾昌的话正是当时这种景象的反映。

西域胡人的传统贸易领域是珠宝业，其在鉴定珠宝真伪和价值方面具有丰富经验，因此在小说中以善识宝而著称，加上作者的发挥

1　汪辟疆校录《唐人小说》，第 337 页。
2　袁闾琨、薛洪勋主编《唐宋传奇总集·唐五代》，第 897 页。
3　袁闾琨、薛洪勋主编《唐宋传奇总集·唐五代》，第 532 页。
4　汪辟疆校录《唐人小说》，第 137 页。

想象，形成了唐代传奇小说中常见的题材。唐传奇写这类胡人慧眼识珠，比现实中的胡人更具特异才能。牛肃《纪闻·水珠》的情节具有代表性：

> 　　大安国寺，睿宗为相王时旧邸也。即尊位，乃建道场焉。王尝施一宝珠，令镇常住库，云直一亿万。寺僧纳之柜中，珠不为贵也。开元十年，寺僧造功德，开柜阅宝物，将货之，见函封曰："此珠直亿万。"僧共开之，状如片石，赤色。夜则微光，光高数寸。寺僧议曰："此凡物耳，何得直亿万也？试卖之。"于是市中令一僧监卖，且试其酬直。居数日，贵人或有问者，及观之，则曰："此凡石耳，瓦砾不殊，何妄索直！"皆嗤笑而去。僧亦耻之。十日后，或有问者，知其夜光，或酬价数千，价益重矣。月余，有西域胡人阅市求宝，见珠大喜，借顶戴于首。胡人贵者也，使译问曰："珠价值几何？"僧曰："一亿万。"胡人抚弄，迟回而去。明日又至，译谓僧曰："珠价诚直亿万，然胡客久，今有四千万求市，可乎？"僧喜，与之谒寺主，寺主许诺。明日，胡人于是纳钱四千万贯，市之而去，仍谓僧曰："有亏珠价诚多，不贻责也。"僧问胡从何而来，而此珠复何能也，胡人曰："吾大食国人也。王贞观初通好，来贡此珠。后吾国常念之，募有得之者，当授相位。求之七八十岁，今幸得之。此水珠也，每军行休时，掘地二尺，埋珠于其中，水泉立出，可给数千人，故军行常不乏水。自亡珠后，行军每苦渴乏。"僧不信，胡人命掘土藏珠。有顷泉涌，其色清泠，流泛而出。僧取饮之，方悟灵异。胡人乃持珠去，不知所之。[1]

张读《宣室志·清水珠》的故事和《纪闻·水珠》极为相似：

---

1 （唐）牛肃撰，李剑国辑校《纪闻辑校》卷9，第156~157页。

冯翊严生者，家于汉南。尝游岘山，得一物，其状若弹丸，色黑而大，有光，视之洁彻，若轻冰焉。生持以示于人，或曰："珠也。"生因以"弹珠"名之，常置于箱中。其后生游长安，晚于春明门逢一胡人，叩马而言："衣橐之中有奇宝，愿得一见。"生即以"弹珠"示之。胡人捧之而喜跃曰："此天下之奇货也，愿以三十万为价。"生曰："此宝安所用乎？而君厚其价如是哉！"胡人曰："我，西国人。此乃吾国之至宝，国人谓之'清水珠'，若置于浊水，泠然洞彻矣。自亡此宝且三载，吾国之井泉尽浊，国人俱病。于是我等越海逾山，来中夏求之。今果得于子矣。"胡人即命注浊水于缶，以珠投之，俄而其水澹然清莹，纤毫可辩。生于是以珠与胡，获其价而归。[1]

《原化记·魏生》也有类似的情节，小说写魏生参加胡客之阅宝会：

至坐末，诸胡咸笑，戏谓生："君其有宝否？"生曰："有之。"遂所出怀以示之，而自笑。三十余胡皆起，扶生于座首，礼拜各足。生初为见谑，不胜惭悚。后知诚意，大惊异。其老胡见此石亦有泣者。众遂求生，请市此宝，恣其所索。生遂大言，索百万。众皆怒之，"何故辱吾此宝？"加至千万乃已。潜问胡："此宝名何？"胡云："此是某本国之宝。因乱遂失之，已经三十余年。我王求募之云：'获者拜国相。'此归皆获厚赏，岂止于数百万哉？"问其所用，云："此宝母也。但每月望，王自出海岸，设坛致祭之，以此置坛上。一夕，明珠宝贝等皆自聚，故名'宝母'也。"[2]

《通幽记·赵旭》写赵旭从上界仙女处获"珍宝奇丽之物"，其奴盗之：

1　（唐）张读：《宣室志》卷6，张永钦、侯志明点校，中华书局，1983，第78~79页。

2　袁闾琨、薛洪勣主编《唐宋传奇总集·唐五代》，第532页。

后岁余，旭奴盗琉璃珠鬻于市，适值胡人，捧而礼之，酬价百万。奴惊不伏，胡人逼之而相击。[1]

温庭筠《干馔子·窦义》云：

又尝有胡人米亮，因饥寒，义见辄与钱帛，凡七年，不之问。异日，又见亮，哀其饥寒，又与钱五千文。亮因感激而谓义曰："亮终有所报大郎。"义方闲居，无何亮且至，谓义曰："崇贤里有小宅出卖，直二百千文，大郎速买之。"又西市柜坊，镴钱盈余，即依直出钱市之。书契日，亮语义曰："亮攻于览玉，尝见宅内有异石，人罕知之，是捣衣砧，真于阗玉，大郎且立致富矣。"义未之信。亮曰："延寿坊召玉工观之。"玉工大惊曰："此奇货也！攻之当得腰带銙二十副，每副值钱三千贯文。"遂令琢成，果得数百千价。义得合子、执带、头尾诸色杂类，鬻之，又计获钱数十万贯。其宅并元契，义遂与米亮，使居之以酬焉。[2]

在这类故事中，真正的珍宝从外形上看起来和普通的珠子、石头没有什么不同，一般人也大都对此不屑一顾，然而胡人却能一眼看出其珍贵灵妙之处，可见胡人识宝能力之高超。唐传奇故事中，珍宝的主人未卜先知，在将其赠人时就预知将来会有胡人用千金买走它。唐传奇中"识宝"故事较多，且记述详尽，"识宝"情节主要作为主人公经历的一段奇遇出现，起到丰富小说情节内容和进一步塑造人物形象的作用，也为小说增添了"奇幻色彩"和"趣味性"。可以说唐传奇开创了"胡人识宝"这一类小说题材之先河，对后世文学作品影

1　袁闾琨、薛洪勣主编《唐宋传奇总集·唐五代》，第 347 页。
2　刘学锴校注《温庭筠全集校注》卷 20，中华书局，2007，第 1258 页。

响深远。

婆罗门教与佛教存在矛盾和斗争，在中国崇尚佛教的文化环境里，婆罗门教命运不好，像旁门左道。刘𫗧《隋唐嘉话》记载："贞观中有婆罗僧，言得佛齿，所击前无坚物。"[1] 结果被傅奕以羚羊角破之。高宗《禁幻戏诏》云："如闻在外有婆罗门胡等，每于戏处，乃将剑刺肚，以刀割舌，幻惑百姓，极非道理。"[2] 张𬸚《朝野佥载》记载："周有婆罗门僧惠范，奸矫狐魅，挟邪作蛊，咨趄鼠黠，左道弄权。"[3] 唐传奇小说中，有时胡僧被塑造为负面形象，他们精于变化之妖术。《宣室志》写杨叟病，其子宗素为之求佛饭僧：

> 一日，因挈食去，误入一山径中，见山下有石龛，龛有胡僧，貌甚老瘦枯瘠，衣褐毛缕成袈裟，踞于磐石上。……（僧）于是整其衣，出龛而礼，礼东方已毕，忽跃而腾上一高树。宗素以为神通变化，殆不可测。俄召宗素，厉声而问曰："檀越向者所求何也？"宗素曰："愿得生人心，以疗父疾。"僧曰："檀越所愿者，吾已许焉，今欲先说《金刚经》之奥义，尔亦闻乎？"宗素曰："某素尚浮屠氏，今日获遇吾师，安敢不听乎？"僧曰："《金刚经》云：过去心不可得，现在心不可得，未来心不可得。檀越若要取吾心，亦不可得矣！"言已，忽跳跃大呼，化为一猿而去。宗素惊异，惶骇而归。[4]

又如《通幽记·东岩寺僧》写胡僧盗吕谊之女，崔简命胡僧归之，一猪头人形者负女至，女自陈云："初睡中，梦一物猪头人身摄去，不知行近远，至一小房中，见胡僧相凌。问何处，乃云天上也，便禁闭

---

1 （唐）刘𫗧：《隋唐嘉话》卷中，中华书局，1979，第21页。

2 （清）董诰等编《全唐文》卷12，上海古籍出版社，1990，第57页。

3 （唐）张𬸚：《朝野佥载》卷5，中华书局，1979，第114页。

4 （唐）张读：《宣室志》卷6，第106~108页。

无得出。"[1] 唐人对于胡僧形象的塑造更多地加入了夸张、想象和丑化的成分。唐传奇小说中还出现了胡奴、胡女、胡鬼、胡神形象，这是唐代社会开放，社会上活跃着大量胡人的反映。《古镜记》中王度遇到一个长相似胡人的人，言辞怪异，因此怀疑他是妖精，取出宝镜一照，果然变成了猿猴。《纪闻·苏无名》中十几名胡人结为团伙盗窃宝物，最终被苏无名侦破。《广异记·李麛》中李麛买下的胡妻是一只母狐狸。这些故事说明即便在开放的唐朝，人们对胡人仍带有偏见或拒斥心理。在《东城老父传》中，作者借贾昌之口表达对玄宗在位时周边诸国都臣服于大唐并定期隆重朝见的盛况的怀念，对安史之乱后北方胡人和汉人混居、娶妻生子这一现状的不满。《游仙窟》中十娘插科打诨时所说的俗语"汉骑驴则胡步行，胡步行则汉骑驴，总悉输他便点"和《周秦行纪》中薄太后称呼昭君的丈夫为"胡鬼"，则更直白地传达了作为汉人的优越感。

第三节　唐代小说中的佛教因素

佛教的发展在唐代达到了鼎盛阶段，影响着大批士人，左右时代思潮，而佛教的进一步普及化，深入民众的日常生活，使佛教的某些基本教义也变成了大众的观念。[2] 唐传奇多为士人所编纂，因此从题材、环境、情节、语言等方面皆受到佛教的影响。

一　佛寺：现实故事发生的特定场域

佛教在唐代发展至极盛，寺院、佛堂遍布全国各地。《续玄怪录·张逢》中张逢化虎吃人，复人形后，人问其去向，云："偶寻山

1　袁闾琨、薛洪勣主编《唐宋传奇总集·唐五代》，第367页。
2　杜继文主编《佛教史》，中国社会科学出版社，1995，第277页。

泉，到一山院，共谈释教，不觉移时。"[1] 虽是撒谎，山间到处有寺院，却是当时的社会现象。唐代寺院是公共场所，不仅可在此从事宗教活动，也是各色人等游赏聚会之处，还是旅客行人寄宿之所。佛寺成为传奇小说酝酿、构思和研讨的处所。李公佐《古岳渎经》开篇交代故事的来源："贞元丁丑岁，陇西李公佐泛潇湘苍梧，偶遇征南从事弘农杨衡，泊舟古岸，淹留佛寺。江空月浮，征异话奇。"于是杨衡给作者讲了水下巨兽无支祁的故事。[2] 节庆日佛寺里有庙会活动，士民百姓在此欢聚。《传奇·崔炜》云："时中元日，番禺人多陈设珍异于佛庙，集百戏于开元寺。"[3] 白行简《三梦记》中写白居易与元稹互相感应：

> 元和四年，河南元微之为监察御史，奉使剑外。去逾旬，予与仲兄乐天，陇西李杓直同游曲江。诣慈恩佛舍，遍历僧院，淹留移时。日已晚，同诣杓直修行里第，命酒对酬，甚欢畅。兄停杯久之，曰："微之当达梁矣。"命题一篇于屋壁。其词曰："春来无计破春愁，醉折花枝作酒筹。忽忆故人天际去，计程今日到梁州。"实二十一日也。十许日，会梁州使适至，获微之书一函，后寄《纪梦诗》一篇，其词曰："梦君兄弟曲江头，也入慈恩院里游。属吏唤人排马去，觉来身在古梁州。"日月与游寺题诗日月率同。盖所谓此有所为而彼梦之者矣。[4]

元稹远在梁州，梦白居易兄弟游曲江头和慈恩寺，正是因为佛寺是人们经常游赏之地。唐代寺院遍布各地，陆路、水路沿途常有佛寺供人休憩、住宿或游赏。袁郊《甘泽谣·陶岘》中写陶岘喜游山水，浪迹

1　汪辟疆校录《唐人小说》，第 263 页。
2　鲁迅校录《唐宋传奇集》卷 3，第 77 页。
3　汪辟疆校录《唐人小说》，第 333 页。
4　汪辟疆校录《唐人小说》，第 128~129 页。

怡情，"行次西塞山，泊舟吉祥佛舍"。[1] 李公佐《南柯太守传》写淳于梦梦入大槐安国：

> 有群女，或称华阳姑，或称青溪姑，或称上仙子，或称下仙子，若是者数辈，皆侍从数千。……遨游戏乐，往来其门，争以淳于郎为戏弄。风态妖丽，言词巧艳，生莫能对。复有一女谓生曰："昨上巳日，吾从灵芝夫人过禅智寺，于天竺院观石延舞《婆罗门》。吾与诸女坐北牖石榻上。时君少年，亦解骑来看。君独强来亲洽，言调笑谑。吾与穷英妹结绛巾，挂于竹枝上，君独不忆念之乎？又七月十六日，吾于孝感寺侍上真子，听契玄法师讲《观音经》。吾于讲下舍金凤钗两只，上真子舍水犀合子一枚，时君亦讲筵中，于师处请钗、合视之，赏叹再三，嗟异良久。顾余辈曰：'人之与物，皆非世间所有。'或问吾民，或访吾里，吾亦不答。情意恋恋，瞩盼不舍，君岂不思念之乎？"[2]

从超现实的角度看，淳于梦的梦境类似于仙境，梦境中的人物节日游赏也到佛寺。他们在佛寺里观赏的乐舞来自异域，《婆罗门》舞是来自印度的乐舞，著名的《霓裳羽衣舞》便是从此演变而来。舞者名石延，唐代石姓人有的是来自中亚昭武九姓国粟特胡人。史书记载，九姓胡人能歌善舞，石延应该是九姓胡人。他们在佛寺里又听高僧讲经，向佛寺施舍，施舍的水犀合子也是舶来品。因此，唐代小说中常把寺院作为人物遇合和故事发生的地点。小说作者喜欢把故事发生的背景设定在寺院中，其例甚多。

按说，故事发生在寺院中，小说主题当以宣扬佛教义理为主，有趣的是，作者往往表现与佛教义理相悖的人物、故事和主题。佛教提倡离俗，小说中偏偏写寺院里发生的世俗尘念故事，特别是男女恋

1　汪辟疆校录《唐人小说》，第 310 页。

2　袁闾琨、薛洪勣主编《唐宋传奇总集·唐五代》，第 223~224 页。

情，甚至是淫乱妖妄之事，不能不说是一种反讽。《任氏传》中韦崟游千福寺，"见刁将军缅张乐于殿堂。有善吹笙者，年二八，双鬟垂耳，娇姿艳绝"，[1] 因而一见倾心。《莺莺传》中张生游于蒲州，寓居普救寺，而崔氏孀妇"将归长安，路出于蒲，亦止兹寺"。在这里崔莺莺和张生经红娘牵线，在寺里私通，因此发生张生始乱终弃的故事。[2] 白行简《三梦记》中刘幽求夜归，途中遇一佛堂院，十几个人围坐在一起吃喝，妻子居然"在坐中语笑"，被他掷瓦片惊散，[3] 回家后发现是妻子做梦外出。《玄怪录·曹惠》中曹惠的江州官舍有佛堂，其中有两个木偶人，居然能与常人一样说话行动，被曹惠放回，其中一人嫁与庐山神为夫人。[4] 蒋防《霍小玉传》中，对霍小玉始乱终弃的李生春游，"与同辈五六人诣崇敬寺玩牡丹花，步于西廊，递吟诗句"。[5] 他就是在这里被黄衫客邀至霍小玉所居之胜业坊，见霍小玉。《续玄怪录·定婚店》写有人为韦固和潘家女议婚，来日将于店西龙兴寺相见，"固以求之意切，且往焉"。在龙兴寺门阶遇月下老人，才有老人预言其婚姻的故事。[6]《传奇·孙恪》写孙恪娶袁氏为妻，袁氏乃老猿所化。孙恪赴任南康经略判官，路经端州，袁氏知江边有峡山寺，要入寺上香供佛。在寺里遇野猿数十，袁氏现老猿原形，跃树追逐而去。据寺中老僧回忆，此猿是他为沙弥时所养，被高力士买去，献于皇上。安史之乱发生后，不知所之。[7]

在普遍信奉佛教的唐代社会，乱兵不敢入佛寺，佛寺成为避乱和避难处所；寺院有施舍慈善事业，也成为无家可归者栖息之地。许尧佐《柳氏传》写柳氏嫁韩翊，"天宝末，盗覆二京，士女奔骇。柳氏以艳独异，且惧不免，乃剪发毁形，寄迹法灵寺"。后侯希夷上状称

1　汪辟疆校录《唐人小说》，第 55 页。
2　汪辟疆校录《唐人小说》，第 162~168 页。
3　汪辟疆校录《唐人小说》，第 128 页。
4　（宋）李昉等编《太平广记》卷 371，第 2951 页。
5　汪辟疆校录《唐人小说》，第 96 页。
6　汪辟疆校录《唐人小说》，第 268 页。
7　汪辟疆校录《唐人小说》，第 341 页。

她"阻绝凶寇，依止名尼"。[1] 陈鸿《东城老父传》写贾昌因善斗鸡得到玄宗宠幸，然而，安史之乱打破了他的生活轨道。"（天宝）十四载，胡羯陷洛，潼关不守。大驾幸成都，奔卫乘舆。夜出便门，马踣道陷。伤足，不能进，杖入南山。每进鸡之日，则向西南大哭。禄山往年朝于京师，识昌于横门外。及乱二京，以千金购昌长安、洛阳市。昌变姓名，依于佛寺，除地击钟，施力于佛。"后两京收复，玄宗还西京，贾昌不得入宫；居室为乱兵所掠，家无遗物，不得已，只好栖身寺庙，"遂长逝息长安佛寺，学大师佛旨。大历元年，依资圣寺大德僧运平住东市海池，立陀罗尼石幢。书能纪姓名；读佛氏经，亦能了其深义至道，以善心化市井人。建僧房佛舍，植美草甘木。昼把土拥根，汲水灌竹，夜正观于禅室。建中三年，僧运平人寿尽。服礼毕，奉舍利塔于长安东门外镇国寺东偏，手植松柏百株。构小舍，居于塔下，朝夕焚香洒扫，事师如生。顺宗在东宫，舍钱三十万，为昌立大师影堂及斋舍。又立外屋，居游民，取佣给。昌因日食粥一杯，浆水一升，卧草席，絮衣。过是，悉归于佛"。[2]《甘泽谣·圆观》写李源之父李憕在安史之乱中陷于贼中，李源"脱粟布衣，止于惠林寺，悉将家业为寺公财。寺人日给一器食一杯饮而已。不置仆使，绝其知闻，唯与圆观为忘年交"。[3]《传奇·崔炜》中的崔炜是南海从事崔向之子，崔向去世后，崔炜不事产业，"不数年，财业殚尽，多栖止佛舍"。[4] 无名氏《东阳夜怪录》写成自虚从长安东还，至渭南县，"恃所乘壮，乃命僮仆辎重，悉令先于赤水店俟宿，聊踟蹰焉。东出县郭门，则阴风刮地，飞雪霾天，行未数里，迨将昏黑。自虚僮仆，既悉令前去，道上又行人已绝，无可问程。至是不知所届矣。路出东阳驿南，寻赤水谷口道，去驿不三四里，有下坞，林月依微，略辨佛庙。

1　汪辟疆校录《唐人小说》，第 62、64 页。
2　汪辟疆校录《唐人小说》，第 135~136 页。
3　汪辟疆校录《唐人小说》，第 311~312 页。
4　汪辟疆校录《唐人小说》，第 333 页。

自虚启扉，投身突入"，于是投宿于此。[1] 柳氏、贾昌、李源、崔炜、成自虚等人的经历反映了唐代佛寺的栖寄功能。

寺院在这些小说作品故事情节的推进中起了举足轻重的作用。李公佐《谢小娥传》中的谢小娥父亲和丈夫经商，"俱为盗所杀"，"小娥亦伤胸折足，漂流水中，为他船所获，经夕而活，因流转乞食至上元县，依妙果寺尼净悟之室"。小说中的"余"罢江西节度使僚佐之职，"扁舟东下，淹泊建业，登瓦官寺阁。有僧齐物者，重贤好学，与余善。因告余曰：'有孀妇名小娥者，每来寺中，示我十二字谜语，某不能辨。'余遂请齐公书于纸，乃凭槛书空，凝思默虑。坐客未倦，了悟其文。令寺童疾召小娥前至，询访其由"。小娥复仇后，"剪发被褐，访道于牛头山，师事大士尼将律师"。后受具戒于泗州开元寺，以小娥为法号。"余"路经泗州，在善义寺又遇小娥，为小娥事迹所感动。[2] 谢小娥的故事一波三折，第一个情节的转换和推进，地点皆在寺院。裴铏《传奇·崔炜》中崔炜在南海开元寺观赏百戏时，见乞食老妪遭人殴打为之解围，获赠灸赘疣之越井岗艾；在海光寺为老僧治赘疣，得老僧"转经以资郎君之福祐"，并经老僧介绍为任翁治赘疣获钱十万。后崔炜脱离苦难，被大蛇救出巨穴，送至一神仙洞府（南越王墓），离开时神女嘱其"中元日须具美酒丰馔于广州蒲涧寺静室"。崔炜回到人间后，中元日"留蒲涧寺僧室。夜将半，果四女伴田夫人至"。[3] 这些作品中的故事，往往是在寺院巧遇或有意安排下发生的。

唐代诸帝崇奉佛教，兴造佛寺，尤其是武则天时，为了压倒道教，大崇佛教，兴建佛寺，劳民伤财，陈子昂曾写诗抨击之，其《感遇诗三十八首》之十九云："圣人不利己，忧济在元元。黄屋非尧意，瑶台安可论。吾闻西方化，清净道弥敦。奈何穷金玉，雕刻以为尊。云构山林尽，瑶图珠翠烦。鬼工尚未可，人力安能存。夸

1　鲁迅校录《唐宋传奇集》卷5，第186~187页。

2　汪辟疆校录《唐人小说》，第111~113页。

3　汪辟疆校录《唐人小说》，第333~338页。

愚适增累，矜智道逾昏。"[1] 唐代小说中也有这种反对崇佛行为的作品。吴兢《开元升平源》写姚崇以十事上献，其中有云："太后造福先寺，中宗造圣善寺，上皇造金仙玉真观，皆费巨百，耗蠹生灵。凡寺观宫殿，臣请止绝建造，可乎？"玄宗回答道："朕每睹之，心即不安，而况敢为者哉！"[2] 小说借姚崇和玄宗之口，对佛寺建造的弊害进行了抨击。

二　佛教信仰世界：与人世相对的另一世界

西方净土是佛教向人们描绘的一个充满无限美好的理想世界，那个世界满足了人们的一切生活欲望，以此吸引人们皈依佛教。陈邵《通幽记·妙女》描绘了想象中的佛教西方世界：

> 方说初昏迷之际，见一人引乘白雾，至一处，宫殿甚严，悉如释门西方部。其中天仙，多是妙女之族。……天上居处华盛，各有姻戚及奴婢，与人间不殊。所使奴名群角，婢名金霄、偏条、凤楼。[3]

这说明唐人对佛教文化的看法并不一致，有人对其顶礼膜拜，自然也有人认为稀松平常。唐传奇是唐人以所见所闻加入主观感受和经验创作而成，在一定程度上反映了唐人对外来文明的看法。在唐人心中，寺庙、佛堂、佛塔等场所是佛教文化的集中体现，拥有某些神秘、灵异、奇妙的力量，因此作者有意将那些匪夷所思的故事的背景环境设定在此处，一方面渲染故事气氛，为小说情节的展开做铺垫，另一方面给读者一定的心理暗示，来增加小说的合理性和可信度。

龙宫是佛教传入中国后产生的相对于人世的又一空间，龙宫是

1　《陈子昂集》（修订本）卷1，第7页。
2　鲁迅校录《唐宋传奇集》卷3，第129页。
3　袁闾琨、薛洪勣主编《唐宋传奇总集·唐五代》，第350页。

龙王统治的地方。学术界认同"龙王"外来的观点，中国文献中龙
王形象从唐代开始流行，出土的谭副造释迦牟尼佛像，[1]背面有龙王形
象，表明这类图像很可能与古印度艺术存在联系，则中国的龙王形
象时间上可上溯至 5 世纪。"龙王"传入中国后，随着佛教的广泛传
播，又被本土道教吸收接纳，融合中国固有的龙文化，形象越来越
丰满，地位也不断提高。有龙王就有了龙宫，龙宫成为传奇小说故
事发生的又一场域。龙王是水神，龙宫便在水下。按照当时人们的
观念，天下四海江河湖泊皆有龙王。唐传奇小说《柳毅传》中柳毅
遇洞庭龙王之女嫁与泾川龙王之小儿，在泾川受难，柳毅至洞庭湖
为其传书。他来到洞庭湖龙宫通信，令龙女得到解救。龙女叔父钱
塘君则是钱塘江龙王。小说中有对龙宫的具体描写。沈亚之《湘中
怨解》中的氾人向郑生自称是"湘中蛟宫之娣也，谪而从君。今岁
满，无以久留君所，欲为诀耳"。后郑生之兄为岳州刺史，上巳日举
家登岳阳楼，见湖上有楼船驶来，其上有氾人，然而"风涛崩怒，遂
迷其往"，[2]暗示氾人乃洞庭湖龙王之女。《续玄怪录·李卫公靖》写李
靖打猎迷路，夜入朱门大第，结果"此非人宅，乃龙宫也"。龙王职
司人间行雨，"天符次当行雨"，龙王出门不在，李靖代之行雨。[3]《集
异记·韦宥》中写韦宥见芦枝上有新丝筝弦，及至交给筝奴后，"蜿
蜒舒展，选蠕摇动，妓乃惊。告众来竞观，而双眸了然矣。宥惊曰：
'得非龙乎？'遽命衣冠焚香致敬，盛诸盂水之内，而投于江。才及
中流，风浪皆作，蒸云走电，咫尺昏晦。俄有白龙长百丈，拿攫升
天"。[4]《甘泽谣·陶岘》中"海舶昆仑奴名摩诃，善游水而勇健。遂
悉以所得归"。主人陶岘把剑、环投于水中，令摩诃下水捞取。摩诃
下水捞剑、环，见剑、环有龙守护，"引手将取，龙辄怒目"，不敢近

---

1 2019 年，中国国家博物馆举办的"和合共生——临漳邺城佛造像展"中，展出一尊谭副造释迦
  牟尼像，断代为北魏，是北朝造像中的精品。
2 汪辟疆校录《唐人小说》，第 189~190 页。
3 汪辟疆校录《唐人小说》，第 275~276 页。
4 汪辟疆校录《唐人小说》，第 306~307 页。

前。陶岘强迫他下水，结果摩诃葬身江底，"久之，见摩诃支体磔裂，浮于水上"。[1] 无名氏《灵应传》写泾州之东二十里有善女湫，其神曰九娘子神；泾州之西二百余里，朝那镇之北有湫神，名朝那神，皆是龙神。九娘子神之父是普济龙王，朝那龙王欲聘九娘子神为弟妇，遭九娘子神拒绝，遂兴兵相迫。而据九娘子神自述，各地龙王皆与其有姻亲关系，"妾家族望，海内咸知。只如彭蠡、洞庭，皆外祖也。陵水、罗水，皆中表也。内外昆季，百有余人，散居吴越之间，各分地土；咸京八水，半是宗亲"。[2]《传奇·崔炜》中崔炜被人追杀，失足坠入巨穴，穴中有长蛇，崔炜一直称长蛇为"龙王"，它有灵性，感于崔炜为之治赘疣而救崔炜出巨穴，并将崔炜送至神仙洞窟，使崔炜获赠"美妇与明珠"。斯蛇被称为"玉京子"，因为"安期生长跨斯龙而朝玉京，故号之玉京子"。安期生是道教有名的神仙，龙是中国本土所有的图腾，佛教传入后赋予其新的形象与含义，这篇小说中佛教之神又为道教所借用，体现了佛道文化的融合。《梁四公记》写东海龙王之女掌管龙王宝珠，梁武帝以烧燕献龙女，龙女报之以各种珠宝故事。[3] 小说写长城乃仰公眈误坠洞庭山南之洞穴，而入龙宫，有守门小蛟龙。毻杰告诉梁武帝，东海龙王第七女掌龙王珠藏，有小龙千数卫护此珠。龙畏蜡，爱美玉和空青石，喜食燕。梁武帝遣罗子春入龙宫求珠，龙女"以大珠三、小珠七、杂珠一石"回报梁武帝。[4]

　　阴司即地狱，被认为是人死后灵魂受苦的地方。地狱观念存在于世界各种宗教信仰中，如佛教、印度教、现今的犹太教和基督教中的一些派别、伊斯兰教等。汉地本来并无地狱之说，佛教传入后融合本土神话，使地狱成为阴间的一部分，也成为传奇小说中相对人世的又

1　汪辟疆校录《唐人小说》，第 310~311 页。
2　鲁迅校录《唐宋传奇集》卷 5，第 205~206 页。
3　《梁四公记》，今有《说郛》本，残缺。《太平广记》卷 81、卷 418 引佚文三条。小说应记叙蜀闿、
　　毻杰、嵲鼬、仇骭四人之事，残本仅记蜀闿、毻杰二人事。
4　（宋）李昉等编《太平广记》卷 418，第 3404~3405 页。

一空间。佚名《冥音录》写李侃死，其外妇崔氏喜音乐，妹善弹筝，早死。崔氏教女儿习筝，女儿祷告其亡姨，梦见阴司其姨，其姨备述阴司之事：

> 开成五年四月三日，因夜寐惊起号泣，谓其母曰："向者梦姨执手泣曰：'我自辞人世，在阴司簿属教坊，授曲于博士李元凭。元凭屡荐我于宪宗皇帝。帝召，居宫一年，以我更直穆宗皇帝宫中，以筝导诸妃，出入一年。上帝诛郑注，天下大酺。唐氏诸帝宫中互选妓乐，以进神尧、太宗二宫，我复得侍宪宗。每一月之中，五日一直长秋殿。余日得肆游观，但不得出宫禁耳。汝之情恳，我乃知也，但无由得来。近日襄阳公主以我为女，思念颇至，得出入主第，私许我归，成汝之愿，汝早图之！阴中法严，帝或闻之，当获大谴，亦上累于主。'"[1]

开成是唐文宗年号，其时高祖、太宗以至穆宗、敬宗皆已亡故，所谓"唐氏诸帝宫中"皆阴间冥府。其亡姨在阴间仍为诸宫效劳，崔氏女因得亡姨指教，技艺大进。佛经中有关于地狱的描写，这种描写为小说家所借鉴。《续玄怪录·杜子春》写杜子春遵照云台峰道士嘱咐，经历了一场生死考验和精神折磨。在经受这场考验之前，道士告诫他："慎勿语，虽尊神、恶鬼、夜叉、猛兽、地狱，及君之亲属为所困缚万苦，皆非真实。但当不动不语，宜安心莫惧，终无所苦。当一心念吾所言。"如果成功，将升为上仙。于是杜子春经历了神将威胁、猛兽搏噬、天地异变、鬼怪镬汤、杀妻要挟、死亡威胁等考验，最后被杀，进入地狱：

> 斩讫，魂魄被领见阎罗王，曰："此乃云台峰妖民乎？捉付狱中。"于是镕铜铁杖、碓捣、硙磨、火坑、镬汤、刀山、剑树

1　汪辟疆校录《唐人小说》，第189~190页。

之苦，无不备尝。然心念道士之言，亦似可忍，竟不呻吟。狱卒告受罪毕，王曰："此人阴贼，不合得作男，宜令作女人，配生宋州单父县丞王劝家。"生而多病，针灸药医，略无停日。亦尝坠火堕床，痛苦不齐，终不失声。俄而长大，容色绝代，而口无声，其家目为哑女。亲戚相狎，侮之万端，终不能对。[1]

死后入地狱，来世再托生是佛教观念。其中关于地狱的景象，取材于佛教经典《地藏菩萨本愿经》，《俱舍论》卷 8、卷 11，《大乘义章》卷 8 中有关地狱的描写。

三　佛僧、佛经故事与唐人小说题材

唐代社会上活跃着众多僧人，他们有的佛学修养深厚，受到人们的尊重，并与文人学士交游。他们的事迹往往被加工为小说素材，受人称颂。宗教信仰是超现实的，作为宗教人物往往被赋予神奇才能，因此社会上便产生各种传说。这正是传奇小说作家感兴趣的内容，加上他们的想象、夸张和渲染，小说中的僧人及其事迹便具有了神异和传奇色彩。其神异常常表现在两个方面，一是能预测未来，二是身有异术。

《秀师言记》便是此类小说的代表，小说写高僧神秀预言自己生死祸福的故事。神秀是唐代著名高僧，史有其人，俗姓李，少年出家，在蕲州双峰山东山寺受到禅宗五祖弘忍器重。弘忍死后，他到荆州玉泉寺传法，成为北宗禅创始人。后被武后召至东都洛阳，又到长安内道场，武后亲加礼拜。小说中的神秀在长安荐福寺，"晓阴阳术，得供奉禁中"，能预知吉凶。李仁钧赴神秀"宿约"，神秀向他预言了自己和崔晤、李仁钧三人未来的命运：李仁钧将赴任江南县令，六年后"摄本府纠曹"，最终"为崔家女婿"；神秀自己

1　汪辟疆校录《唐人小说》，第 280 页。

将判罪就刑，监刑官就是李仁钧；崔晤只有一任官，其后"家事零落，飘寓江徽"。后来，这些预言都一一应验。小说旨在颂扬神秀预知生死祸福的神通，同时也宣扬了佛教因果前定的宿命论思想。[1] 袁郊《甘泽谣·圆观》中的惠林寺僧圆观，在南泊县见一孕妇，便知是自己投胎降生之所，他对自己死后的预言也都应验。[2]《甘泽谣·懒残》中的懒残也是一位异僧，他本是衡岳寺的一名执役僧，地位低下，但在寺中读书的李泌却发现他"非凡物也"。懒残能移巨石、降虎豹，应他的预言，李泌后来果任十年宰相。这种预言之所以能够应验，就是这种因果报应的必然反映。在佛教看来，这种因果报应是一般世俗人不可预知的，而佛、菩萨、阿罗汉可以预知。他们有五种"神通"，有一种叫作"天眼通"，即能见"五趣"众生死此生彼、苦乐境况及世间种种形色变化；还有一种叫"宿命通"，即能知自身一世、二世、三世乃至百千万世的宿命及所有行迹。神秀能够预知自己和崔、李二人的种种遭遇，圆观能预知死后之事，懒残能够预言李泌的官运，就是因为他们有这种"神通"。裴铏《传奇·聂隐娘》写聂隐娘被一"尼"窃去，"聂隐娘，贞元中魏博大将聂锋之女也。年方十岁，有尼乞食于锋舍，见隐娘，悦之，云：'问押衙乞取此女教。'锋大怒，叱尼。尼曰：'任押衙铁柜中盛，亦须偷去矣。'及夜，果失隐娘所向。锋大惊骇，令人搜寻，曾无影响"。小说写聂隐娘在尼训练下，能于峭壁上飞走，刺猿狖百无一失，刺人于都市人莫能见。小说夸张这些僧尼的特异功能，也是在宣扬佛教的神通广大。

小说中佛僧形象的刻画，反映了唐代佛、道二教的关系。佛教传入中国的同时，中国本土产生了道教，因此佛、道二教存在长期的斗争和竞争。从魏晋南北朝时的三教论争至唐代的三教论衡，表现出儒、道、佛三家逐渐认同融合的趋向。唐人小说中有道士和佛僧、道

---

1 汪辟疆校录《唐人小说》，第 212~213 页。
2 汪辟疆校录《唐人小说》，第 312 页。

教与佛教之间相互贬低的叙事，但更多的是互相帮助和互相吸收。皇甫枚《三水小牍·王牟冲》写"余"与鼎臣兄访华州狐泉店南坡兰若主僧义海，义海讲述喜游山水之王牟冲登华山莲花峰的故事。王牟冲乘危履险登上峰顶，给义海带回了山顶上之莲花花片和铁舟碎铁，义海称赞王牟冲云："君固三清之奇士也。"[1]"三清"是道教三位尊神，即玉清元始天尊、上清灵宝天尊、太清道德天尊，此代指道教。称赞道教的话出于佛僧之口，表现出佛与道之间在唐人小说中相互肯定和接受。

佛教传入中国后，佛学迅速发展，佛教日益中国化。南北朝时形成诸多学派，至隋唐时出现众多宗派。在这一过程中佛教内部不同学派和宗派间展开了激烈的争论，佛学论辩成为一时风气。这种论辩在唐人小说中也有反映。如《梁四公记》写梁武帝时"四公"之一的仇胥与北朝使臣崔敏之间关于佛理的辩论：

> 后魏天平之岁，当大同之际，彼此俗阜时康，贤才鼎盛。其朝廷专对，称人物士流，及应对礼宾，则胥公独预之为问答，皆得先鸣。所以出使外郊，宴会宾客，使彼落其术内，动挫词锋，机不虚发，举无遗策，胥公之力也。魏兴和二年，遣崔敏、阳休之来聘。敏字长谦，清河东武城人，博学赡文，当朝第一，与太原王延业齐名，加以天文律历医方药品卜筮（筮原作论，据明钞本改）。既至，帝选硕学沙门十人于御对百僚与之谈论，多屈于敏，帝赐敏书五百余卷，他物倍之。四公进曰："崔敏学问疏浅，不足上轸冲襟，命臣胥敌之，必死。"帝从之。初江东论学，有十二沙门论，以条疏征核；有中观论，以乘寄萧然。言名理者，宗仰其术。北（北原作比，据明钞本、许本、黄本改）朝有如实论，质定宗礼；有回诤论，借机破义。敏总南、北二业皆精，又桑门所专，唯在释氏。若儒之与道，蔽于未闻。敏兼三教而擅

1　汪辟疆校录《唐人小说》，第289页。

之，颇有德色。肾公尝于五天竺国以梵语精理问论中分别论、大无畏论、因明论，皆穷理尽妙。肾公貌寝形陋，而声气清畅。敏既频胜群僧，而乃傲形于物。其日，帝于净居殿命肾公与敏谈论至苦，三光四气、五行十二支、十干八宿、风云气候、金丹玉液、药性针道、六性五蕴、阴阳历数、韬略机权、飞伏孤虚、鬼神情状，始自经史，终于老释，凡十余日，辩扬六艺百氏，与敏互为主客，立谈绝倒，观者莫不盈量忘归。然敏词气既（既原作事，据明钞本改）沮于肾，不自得，因而成病。舆疾北归，未达中路而卒。[1]

二人辩论佛理，崔敏词屈，羞愧成疾，以致丧命。

　　佛教传入中国后，自魏晋始，历代小说的题材内容都显现出受到佛经文学影响的痕迹，唐传奇中也有篇目取材自佛经文学。《玄怪录·居延部落主》的内容就源自佛教《譬喻经》中"梵志吐壶"故事，据段成式《酉阳杂俎续集》转引："昔梵志作术，吐出一壶，中有女子与屏处作家室。梵志少息，女复作术，吐出一壶，中有男子，复与共卧。梵志觉，次第互吞之，拄杖而去。余以吴均尝览此事，讶其说，以为至怪也。"南朝吴均《续齐谐记》中许彦故事借鉴了这则故事的构思。唐传奇《玄怪录·居延部落主》写勃那骨低接待众伶人：

　　一人曰："某请弄大小相成，终始相生。"于是长人吞短人，肥人吞瘦人，相吞残两人。长者又曰："请作终始相生耳。"于是吐下一人，吐者又吐一人。递相吐出，人数复足。骨低甚惊，因重赐赉遣之。明日又至，戏弄如初。连翩半月，骨低颇烦，不能设食。诸伶皆怒曰："主人当以某等为幻术，请借郎君娘子试之。"于是持骨低儿女、弟妹、甥侄、妻妾等吞之于腹中，皆啼呼请

---

1 （宋）李昉等编《太平广记》卷81，第522页。

命。骨低惶怖，降阶顿首，哀乞亲属。伶（伶原作完，据明抄本改）者皆笑曰："此无伤，不足忧。"即吐之出，亲属完全如初。骨低深怀喜怒，欲伺隙杀之。[1]

小说中的"伶人"原是汉代名将李陵的运粮袋成精。对比可知，唐传奇中的这一篇也是受佛经文学故事启发写成，作者牛僧孺在创作时借鉴了佛经文学的故事构思，又进行了"本土化"加工，与历史人物相结合，用汉代名将李陵的运粮袋幻化为杂技演员而惨遭封建帝王戕害的事情，委婉地表达了作者对李陵及其部下的同情。

四 佛教观念对小说情节构思的影响

随着佛教的广泛传播，佛教思想深入人心，佛教主张依照佛法修行，就能脱离生死轮回的苦海，达到涅槃寂灭的境界。小说作者受佛教业报轮回思想影响，常安排主人公进行关于佛教宗旨及因果说问答的情节。因果报应是佛教思想，唐代小说中故事的结局往往表现出恶有恶报、善有善报的观念，这正是佛教因果报应、因缘前定思想的表现。《柳毅传》写柳毅仗义救助龙女，后龙女以身相许，柳毅不仅获娇妻美妾，家财万贯，还成仙长生，为人所羡。裴铏《传奇·崔炜》中崔炜因救乞食老妪，获赠灸赘疣之越井岗艾，因此发迹，遇难呈祥，转危为安。这种福报还会惠及后人。崔炜先人曾有诗吟咏越王台："千载荒台隳路隅，一烦太守重椒涂。感君拂拭意何极，报尔美妇与明珠。"此诗感动了太守徐绅，对越王台进行修葺。南越王赵佗的魂灵有感，故以美妇和明珠报答崔炜。[2]《玄怪录·郭元振》中郭元振冒险为民除害，获美妾，"生子数人，公之贵也，皆任大官之位。事已前定，虽主远地而弄于鬼神，终不能害，明矣"。[3]《霍小玉传》写李

1　袁闾琨、薛洪勣主编《唐宋传奇总集·唐五代》，第 428 页。

2　汪辟疆校录《唐人小说》，第 333~334 页。

3　汪辟疆校录《唐人小说》，第 257 页。

益负情，致霍小玉病故，故得恶报。霍小玉死后，李益与妻妾之间猜忌不断，终不安生。[1] 在传奇小说中，通过对话直接宣扬佛理。《通幽记·唐晅》中唐晅与亡妻鬼魂之间有一段对话："因语'人生修短，固有定乎？'答曰：'必定矣。'又问：'佛称宿因，不谬乎？'答曰：'理端可鉴，何谬之有？'"[2]《广异记·秦时妇人》写法朗与山中妇人的对话："因问：'佛是何者？'僧具言之。相顾笑曰：'语甚有理。'复问：'宗旨如何？'僧为讲《金刚经》，称善数四。"[3]

业报轮回造成前世因缘，一切都是命中注定。李复言《续玄怪录·李卫公靖》写李靖告辞龙宫，受赠两奴，一喜一怒，他选了怒者。"其后竟以兵权静寇难，而终不及于相，岂非悦奴之不两得乎？……所以言奴者，亦臣下之象，向使二奴皆取，即位极将相矣。"[4] 把李靖未拜相归结为当时未取喜者为奴，也是因缘前定。在佛教观念中，夫妻姻缘也是前定。《续玄怪录·定婚店》被认为是命定小说的代表作。杜陵韦固思早娶妇，多方求婚，皆无所成。遇月下老人告知，人之娶妻由命定。老人囊中有"赤绳子"，婚姻双方早已通过这一无形的赤绳子绑在了一起，用他的话说："赤绳子耳，以系夫妻之足。及其生，则潜用相系，虽仇敌之家，贵贱悬隔，天涯从宦，吴楚异乡。此绳一系，终不可逃。君之脚，已系于彼矣，他求何益？"他未来的妻子才三岁，十四年后才能成婚。老人还领韦固见了这个三岁的女孩，"弊陋亦甚"。韦固不甘心接受这一命运的安排，派人行刺该女，未成功，十四年后果娶此女。[5] 小说的主题在于告诉世人婚姻皆由命定，不可更改，要相信和接受命定。《续玄怪录·张老》写韦氏有长女，召里中媒婆为之访求良婿。园叟张老求媒婆为之说合，媒婆"顾叟非匹"，不肯。叟乃言："强为吾一言之。言不

1　汪辟疆校录《唐人小说》，第 98 页。

2　（宋）李昉等编《太平广记》卷 332，第 2636 页。

3　（宋）李昉等编《太平广记》卷 62，第 390 页。

4　汪辟疆校录《唐人小说》，第 277 页。

5　汪辟疆校录《唐人小说》，第 268~270 页。

从，即吾命也。"韦氏提出以五百缗钱为聘礼。当张老车载五百缗钱送至韦氏家时，韦氏乃曰："此固命乎。"[1] 男女私通都被认为是前世姻缘。皇甫枚《三水小牍·步飞烟》写河南府功曹参军武公业的爱妾步飞烟与赵象私通，赵象离去时，步飞烟执其手云："今日相遇，前世姻缘耳。"[2]

　　佛教对信奉者的行为规范方面最基本的要求是"五戒"。大乘佛教之五戒是：一不杀生，二不偷盗，三不邪淫，四不妄语，五不饮酒。佛门四众弟子不论出家在家，皆须受持。凡是宣誓信仰佛教者，便接受了作为佛教徒行为标准的五戒。五戒第一戒即不杀生，因此传奇小说作品宣扬此一佛理。《续玄怪录·薛伟》中薛伟任蜀州青城县主簿，病中梦入秋江，化身为鱼，为渔人赵干所捕，被司户仆张弼所提，被食工王士良所杀。其间薛伟多次喊叫，大家皆不理会。薛伟梦醒，具述其事，众人看到王士良杀鱼时，"皆见其口动，实无闻焉"。于是"三公并投鲙，终身不食"。[3] 皇甫枚《三水小牍·王公直》写王公直于荒年弃蚕贩桑叶，把数箔蚕虫埋掉，其杀生的行为使其遭到报应。他用卖桑叶的钱买了猪腿和饼饵，结果猪腿变成了人的胳膊，官府开挖他埋的蚕虫，结果蚕虫变成了人尸，他终于因为坑蚕被官府判处死刑。王公直死后，再验那位死者，仍是腐蚕。[4] 小说主题正是表达了佛经中宣扬的不杀生的戒律。

　　佛教认为，人要修行，必须断除世间一切欲念。喜怒哀乐爱恶惧之一切人间俗情皆在断除之列。《杜子春》写杜子春托生为女，嫁卢氏，生一男：

　　　　同乡有进士卢珪者，闻其容而慕之，因媒氏求焉。其家以哑辞之，卢曰："苟为妻而贤，何用言矣，亦足以戒长舌之妇。"乃

1　汪辟疆校录《唐人小说》，第283、284页。
2　汪辟疆校录《唐人小说》，第356页。
3　汪辟疆校录《唐人小说》，第271~273页。
4　汪辟疆校录《唐人小说》，第361~362页。

许之。卢生备礼亲迎为妻。数年，恩情甚笃，生一男，仅二岁，聪慧无敌。卢抱儿与之言，不应。多方引之，终无辞。卢大怒曰："昔贾大夫之妻，鄙其夫，才不笑。然观其射雉，尚释其憾。今吾又不及贾，而文艺非徒射雉也，而竟不言。大丈夫为妻所鄙，安用其子！"乃持两足，以头扑于石上，应手而碎，血溅数步。子春爱生于心，忽忘其约，不觉失声云："噫！"噫声未息，身坐故处，道士者亦在其前。

杜子春"爱"心未泯，所以当孩子被摔死时，情不自禁喊出声来，立刻回到俗世。道人出现，云："吾子之心，喜怒哀惧恶欲皆忘矣。所未臻者爱而已。向使子无噫声，吾之药成，子亦上仙矣。"杜子春终于学仙不成。[1] 小说中似乎为道教说教，其实舍弃世间一切爱恋方能得道，是佛、道二教共同的教旨。

佛教有三世之说，即前世、今世和后世，一个有情之生命就是如此循环不已。在这一循环过程中，人或动物（多指家畜家禽）死后，灵魂又转生世间，称为"投胎转世"。袁郊《甘泽谣·圆观》写圆观与李源"自荆江上峡，行次南泊。维舟山下，见妇女数人，襕达锦裆，负人而汲。圆观望而泣下。曰：'某不欲至此，恐见其妇人也。'李公惊问曰：'自此峡来，此徒不少，何独泣此数人？'"圆观解释何以见此妇人而泣："其中孕妇姓王者，是某托身之所。逾三载尚未娩怀，以某未来之故也。今既见矣，即命有所归。释氏所谓循环也。"意谓妇人生子乃圆观将亡投胎降生，因此他嘱咐李源："请假以符咒，遣其速生，少驻行舟，葬某山下。浴儿三日，公当访临。若相顾一笑，即某认公也。更后十二年中秋月夜，杭州天竺寺外，与公相见之期。"后来发生的事情一一应验，圆观死，王氏产子，即圆观转生。十二年后，李源应约赴杭州，在天竺寺遇

1　汪辟疆校录《唐人小说》，第 280~281 页。

牧竖歌《竹枝词》，其即圆观。[1]《甘泽谣·红线》中的红线向薛嵩
自述：

> 　　某前世本男子，历江湖间，读神农药书，救世人灾患，时里
> 有孕妇，忽患蛊症，某以芫花酒下之，妇人与腹中二子俱毙。是
> 某一举，杀三人。阴司见诛，降为女子。使身居贱隶，而气禀贼
> 星，所幸生于公家，今十九年矣。身厌罗绮，口穷甘鲜，宠待有
> 加，荣亦至矣。况国家建极，庆且无疆。此辈背违天理，当尽殛
> 患。昨往魏郡，以示报恩。两地保其城池，万人全其性命，使乱
> 臣知惧，烈士安谋。某一妇人，功亦不小。固可赎其前罪，还其
> 本身。便当遁迹尘中，栖心物外，澄清一气，生死长存。

按红线所述，前世因过失由男身托胎转生为女子，今于国家立功，来
世又可转生为男身。薛嵩要送她千金为将来山居之费用，她说："事关
来世，安可预谋。"[2] 小说这样的结尾，其主旨就是宣扬三世因缘和业
报轮回的思想。

　　出于因果报应思想，作者往往安排主人公最终选择出家修行，一
心追求佛法真谛。《谢小娥传》写谢小娥复仇后出家："时元和十二年
夏岁也。复父夫之仇毕，归本里，见亲属。里中豪族争求聘，娥誓心
不嫁，遂剪发披褐，访道于牛头山，师事大士尼将律师。娥志坚行
苦，霜春雨薪，不倦筋力。十三年四月，始受具戒于泗州开元寺，竟
以小娥为法号，不忘本也。""小娥厚貌深辞，聪敏端特，炼指跛足，
誓求真如。爰自入道，衣无絮帛，斋无盐酪，非律仪禅理，口无所
言。"[3] 小说中常写人们通过绣佛像或念诵、抄写佛经的方式忏悔赎罪，
以求免除灾祸病痛。《通幽记·卢顼》写一老人劝小金做功德：

1　汪辟疆校录《唐人小说》，第311~313 页。
2　汪辟疆校录《唐人小说》，第317 页。
3　汪辟疆校录《唐人小说》，第112~113 页。

老人谓小金曰："吾闻尔被鬼物缠绕，故万里来救。汝是衰
厄之年，故鬼点尔作客。"云："以取钱应点而已，渠亦自得钱。
汝若不值我来，至四月，当被作土户，汝则不免死矣。汝于某日
拾得绣佛子否？"小金曰："然。""汝看此样，绣取七躯佛子，七
口幡子。"言讫，又曰："作八口，吾误言耳。八口，一伴四口。
又截头发少许，赎香以供养之，其厄则除矣。"[1]

牛肃《纪闻·屈突仲任》写屈突仲任一生杀生无数，死入地狱，遇姑
父为判官，放其还生：

判官然后令袋内出仲任，身则如故。判官谓曰："既见报应，努
力修福。若刺血写一切经，此罪当尽。不然更来，永无相出望。"[2]

在佛教兴盛的唐代社会，流行着许多佛教灵应故事，佛像供养和佛经
供养都能产生不可思议的灵验故事，让人们逢凶化吉，遇难呈祥。这
两则故事其实就是这种灵验故事。唐人小说中有浓厚的佛教思想，也
是唐代社会佛教盛行的一种必然反映。佛教哲学成为当时人们的巨大
精神力量，渗透影响到唐代社会生活的方方面面，唐人小说亦受到佛
教思想的浓重影响。佛教对当时社会氛围具有影响力，佛教文化成
为唐代意识形态的一个重要组成部分，人们对佛教教义持敬畏之态
度。唐朝统治者在儒、释、道三家中最重视道教，但佛教的广泛传播
与蓬勃发展对道教这一本土宗教产生了不小的冲击，多次发生佛道辩
论。唐传奇中就有篇目专门为反映佛与非佛的激烈斗争，尤其是佛道
之争而创作。《酉阳杂俎·僧智圆》讲述了佛与魅斗法的故事，道行
高深的智圆和尚险胜邪魅，但以智圆放弃法术而告终，体现了当时社
会上佛与非佛的激烈斗争；《宣室志·僧契虚》讲述了和尚契虚历经磨

1　李时人编校《全唐五代小说》，第943~944页。

2　（唐）牛肃撰，李剑国辑校《纪闻辑校》卷3，第49页。

难才见到稚川真君却不被收纳的故事，反映出抑佛扬道的倾向；《通幽记·东岩寺僧》记叙了道术精妙的崔真人与胡僧的斗法，反映出唐代佛、道两教的激烈斗争。

五　梵文、佛典和词语

从佛教传播史来看，传入中国内地的佛教为北传佛教，北传佛教经典用梵文写成。出于诵读佛经的需要，中国人很早就学习梵文，因此汉地出现了懂梵文的文士，例如盛唐时的苑咸。王维《苑舍人能书梵字兼达梵音皆曲尽其妙戏为之赠》诗说他："莲花法藏心悬悟，贝叶经文手自书。楚词共许胜扬马，梵字何人辨鲁鱼。"[1] 苑舍人即苑咸，开元中进士及第，开元末和天宝年间曾任司经局校书、中书舍人。[2] 司经局，官署名，南朝梁时东宫官署有典经局，北齐时称典经坊，隋代称司经局，唐代曾改名桂坊，有司经、洗马等官，掌东宫图书，魏徵曾任太子李建成宫中洗马官。苑咸能书梵字、通梵音，当与此职务有关。李复言《续玄怪录·定婚店》写韦固旅次宋城南店，在店西龙兴寺见一老人，向月检书：

> 固步觇之，不识其字，既非虫篆八分科斗之势，又非梵书。因问曰："老父所寻者何书？固少小苦学，世间之字，自谓无不识者，西国梵字，亦能读之，唯此书目所未睹，如何？"老人笑曰："此非世间书，君因何得见？"[3]

韦固自称能读梵文，正是当时佛教流行，社会上一部分文士懂梵文的反映。

1　（唐）王维撰，陈铁民校注《王维集校注》卷 3，第 256 页。
2　《新唐书》卷 60《艺文志》（中华书局，1975，第 1602 页）记载苑咸："开元末上书，拜司经校书、中书舍人，贬汉东郡司户参军，复起为舍人，永阳太守。"
3　汪辟疆校录《唐人小说》，第 268 页。

佛典是佛教思想的载体，佛典供养是佛教功德之一。佛典供养包括抄写佛经、念诵佛经等。读佛经成为唐人文化生活的重要组成部分。牛肃《纪闻·牛应贞》写牛应贞"少而聪颖，经耳必诵。年十三，凡诵佛经二百余卷，儒书子史又数百余卷，亲族惊异之"，"后遂学穷三教，博涉多能"。曾作《魍魉问影赋》，其中魍魉称赞她"学包六艺，文兼百氏。颐道家之秘言，探释部之幽旨"。[1]薛用弱《集异记·王维》写王维经历了安史之乱的生死磨难之后，"于蓝田置别业，留心释典焉"。[2]

佛教对于汉语的影响，表现之一就是出现许多新的词语。据梁启超统计，汉语中有三万五千多个词语来自佛经，赵朴初统计常用汉语成语一千多条来自佛经。唐传奇小说中出现不少佛教术语，反映了佛教概念对于汉语语言的渗透。《逸史·华阳李尉》将尼姑称作"浮图尼"。[3]"浮图"一词为梵语音译，本指佛寺、佛塔，此指佛教。《东城老父传》中高僧运平寿尽，贾昌为其建造了"舍利塔"。[4]《续玄怪录·薛伟》写薛伟病中梦入秋江，一鱼传达河神的诏命，命薛伟化作东潭赤鲤。诏书称薛伟"意尚浮深，迹思闲旷；乐浩汗之域，放怀清江；厌嶻嶭之情，投簪幻世"。[5]"幻世"即佛教对世俗世界的称呼。佛教认为世间一切皆是虚幻，即《金刚经》所谓"一切有为法，如梦幻泡影，如露亦如电，应做如是观"。其例不暇枚举。

第四节　唐代小说中的其他外来宗教与信仰

唐代对外开放，域外宗教传入中国，除了佛教之外，婆罗门教、

1　汪辟疆校录《唐人小说》，第 289 页。

2　汪辟疆校录《唐人小说》，第 303 页。

3　（宋）李昉等编《太平广记》卷 122，第 860 页。

4　汪辟疆校录《唐人小说》，第 136 页。

5　汪辟疆校录《唐人小说》，第 272 页。

印度教、景教、袄教、摩尼教等都在社会上流行。

琐罗亚斯德教产生于古代波斯，流行于古代波斯及中亚等地，传入中国，史称袄教，因崇拜火，又被称为火袄教、拜火教。北魏时，袄教已经传入中国。北魏和北齐、北周都曾在鸿胪寺里设置火袄教的祀官。唐朝在长安、洛阳都曾建立袄祠，洛阳有两所，长安有四所。在这里，"商胡祈福，烹猪羊，琵琶鼓笛，酣歌醉舞"，极一时之盛。在碛西诸州也随地有袄祠。唐朝祠部还设有管理火袄教的祀官萨宝府官，主持祭祀。琐罗亚斯德教的教义是神学上的一神论和哲学上的二元论，其经典主要是《阿维斯塔》，意为经典，通称《波斯古经》。《柳毅传》写柳毅随武夫来到洞庭龙宫，洞庭龙王久不至，"毅问夫曰：'洞庭君安在哉？'曰：'吾君方幸玄珠阁，与太阳道士讲《火经》，少选当毕。'毅曰：'何谓《火经》？'夫曰：'吾君，龙也。龙以水为神，举一滴可包陵谷。道士，乃人也，人以火为神圣，发一灯可燎阿房。然而灵用不同，玄化各异。太阳道士精于人理，吾君邀以听言。'"[1] 这种崇拜火的道士，以及其《火经》，不能不说是现实社会中袄教流行的反映。

随着宗教的广泛传播，胡僧成为唐传奇作者塑造人物时不容忽视的一个群体。出现在唐代小说作品中的"西域胡人""胡僧"往往具有神异功能和传奇色彩，主要表现为识宝气、有异术。[2] 顾名思义，"胡僧"是来自域外的僧人，唐代文献中的"胡僧"一般不包括佛教僧侣，通常指佛教之外的其他外来宗教僧侣，有时指婆罗门僧。[3] 婆罗门

1　汪辟疆校录《唐人小说》，第75~76页。

2　参见杨芳《唐传奇中的"胡僧"形象与唐代的多元性文化》，《宁夏社会科学》2011年第4期。

3　"胡"泛指周边民族或域外国家的人，所以有人认为唐代小说和诗文中的"胡僧"指来自阿拉伯国家和古代少数民族的僧人，有人认为是伴随各种外来宗教如佛教、摩尼教、袄教、景教等外国和中国古代少数民族僧人，实际上很少称佛教僧人。牛肃《纪闻·李淳风》记载："李淳风尝奏曰：'北斗七星当化为人，明日至西市饮酒，宜令候取。'太宗从之，乃使人往候。有婆罗门僧七人，入自金光门，至西市酒肆。登楼，命取酒一石，持碗饮之。须臾酒尽，复添一石。使者登楼，宣敕曰：'今请师等至宫。'胡僧相顾而笑曰：'必李淳风小儿言我也。'因谓曰：'待穷此酒，与子偕行。'饮毕下楼。使者先下，回顾已失胡僧。"（唐）牛肃撰，李剑国辑校《纪闻辑校》卷2，第21页。此处称婆罗门僧为"胡僧"。

教信奉灵魂不灭、轮回转世、善恶因果、梵我同一、追求解脱等，更多神秘方术，因此，出现在唐代小说中的胡僧往往有异术。王度《古镜记》中王度从侯生处获宝镜，能降妖伏怪、驱邪去疾：

> 大业九年正月朔旦，有一胡僧，行乞而至度家。弟勣出见之，觉其神采不俗，更邀入室，而为具食，坐语良久。胡僧谓勣曰："檀越家似有绝世宝镜也，可得见耶？"勣曰："法师何以得知之？"僧曰："贫道受明录秘术，颇识宝气。檀越宅上每日常有碧光连日，绛气属月，此宝镜气也。贫道见之两年矣。今择良日，故欲一观。"勣出之。僧跪捧欣跃，又谓勣曰："此镜有数种灵相，皆当未见。但以金膏涂之，珠粉拭之，举以照日，必影彻墙壁。"僧又叹息曰："更作法试，应照见腑脏，所恨卒无药耳。但以金烟薰之，玉水洗之，复以金膏珠粉如法拭之，藏之泥中，亦不晦矣。"遂留金烟玉水等法，行之，无不获验。而胡僧遂不复见。[1]

胡僧据"宝气"竟能知王度家有宝镜。又如李景亮《李章武传》中李章武与华州赁舍之"主人子妇"相爱，离别后"主人子妇"相思成疾而卒。李章武再至此地，其鬼魂送李章武"靺鞨宝"，系出昆仑悬圃中之至宝。当李章武回到长安，"至市东街，偶见一胡僧，忽近马叩头云：'君有宝玉在怀，乞一见尔。'乃引于静处开视，僧捧玩移时，云：'此天上至物，非人间有也。'"[2]牛僧孺《玄怪录·崔书生》写崔生纳室娶西王母女玉卮娘子，因遭母亲反对，玉卮娘子自请归家，临行赠崔生"白玉盒子"。"忽有胡僧扣门求食，曰：'君有至宝，乞相示也。'崔生曰：'某贫士，何有是？'僧请曰：'君岂不有异人奉赠乎？贫道望气知之。'崔生试出玉盒子示僧，僧起，请以百万市之。"[3]以上胡僧都

1　汪辟疆校录《唐人小说》，第6页。

2　汪辟疆校录《唐人小说》，第69~70页。

3　汪辟疆校录《唐人小说》，第235~236页。

是凭特异功能感应到稀世珍宝的存在。《报应记·崔宁》中张国英在战斗中被箭射中，箭头没于腹中不能取出。因张国英常念《金刚经》而获福报，"梦胡僧与一丸药，至旦，泻箭镞出，疮便合瘥"。[1]胡僧的药具有神效。在唐代小说中"胡僧"常常被刻画成反面形象，他们具有各种妖术，还有一些狐妖、猿妖幻化为胡僧，作恶害人，如《东岩寺僧》中的胡僧遣派妖怪攫取民女供自己行淫。[2]正像杨芳指出的："唐代传奇小说中的胡僧形象被妖魔化与本土化现象实际上是唐代中土士人理解、接受外来文化的一种表现。"[3]这是一种异质文化进入另一种文化相互融合时发生的碰撞、排斥现象。

夜叉是梵文"Yakṣa"之音译，印度神话中的妖怪，意为"捷疾鬼""能咬鬼""轻捷""勇健"，佛经中又被译成"药叉""阅叉""夜乞叉"等，指一种形象丑恶的鬼，勇健，暴恶，能食人。在佛经里，有的后受佛陀教化而成为佛教护法神，为"天龙八部众"之一。在中国民间传说中，夜叉是反面形象。郑还古《博异记·张遵言》中有关于夜叉的描写："夜叉辈六七人，皆持兵器，铜头铁额，状貌可憎恶，跳梁企踯，进退狞暴。"[4]夜叉乃是鬼界独有的怪物，常在空中飞行，吸吮人的血肉，因为长期生长在阴间，所以对黑暗环境具有很强的适应能力。出现在唐代小说中的夜叉则是恶鬼形象。《传奇·韦自东》写韦自东除杀夜叉的故事。韦自东游太白山，止段将军宅。一日，二人眺望山谷，见一小路旧有行迹，听段将军介绍："昔有二僧，居此山顶，殿宇宏壮，林泉甚佳。盖开元中万回师弟子之所建也，似驱役鬼工，非人力所能及。或闻樵者说：其僧为怪物所食，今绝踪二三年矣。又闻人说：有二夜叉于此，山亦无人敢窥焉。"于是韦自东怒杀二夜叉：

1　（宋）李昉等编《太平广记》卷105，第713页。

2　（宋）李昉等编《太平广记》卷285，第2273页。

3　杨芳：《唐传奇中的"胡僧"形象与唐代的多元性文化》，《宁夏社会科学》2011年第4期，第173页。

4　袁闾琨、薛洪勣主编《唐宋传奇总集·唐五代》，第535页。

自东扪萝蹑石至精舍，悄寂无人。睹二僧房，大敞其户，履锡俱全，衾枕俨然，而尘埃凝积其上。又见佛堂内，细草茸茸，似有巨物偃寝之处。四壁多挂野麂、玄熊之类，或庖炙之余；亦有锅镬薪。自东乃知是樵者之言不谬耳。度其夜叉未至，遂拔柏树，径大如碗，去枝叶为大杖。扃其户，以石佛拒之。是夜，月白如昼。夜未分，夜叉挈鹿而至。怒其扃镝，大叫，以首触户，折其石佛而踣于地。自东以柏树挝其脑，再举而死之。拽之入室，又阖其扉。顷之，复有夜叉继至，似怒前归者不接己，亦哮吼，触其扉，复踣于户阈。又挝之，亦死。自东知雌雄已殒，应无俦类，遂掩关，烹鹿而食。及明，断二夜叉首，挈余鹿而示段。段大骇曰："真周处之俦矣！"[1]

小说中的夜叉显然不是佛经中被佛陀点化的夜叉，而是印度神话和中国传说中的夜叉，因此佛僧被其食，寺院被其霸占，故为除害安良者韦自东所杀。

外来文明和异域文化因素对唐代小说题材选取、环境描写、情节设置、语言运用等方面产生了较大影响。唐传奇小说有广大的接受群体，为更多人提供了了解外来文明的机会，客观上推动了佛教文化的传播。传奇作品为研究唐代社会及民族关系提供了珍贵的资料。唐传奇作为一种出于文人之手的文学创作，必然以想象、虚构等手段进行艺术加工，我们不能把文学作品直接当作史料研究唐代社会状况，但是不能否定文学作品的史学意义和价值，小说在一定程度上反映了社会面貌，唐代小说为研究唐代社会及对外关系提供了珍贵的资料。唐传奇小说反映了唐代对外关系和交流的状况，大量进入中原的舶来品以及活跃于坊市的胡商反映出唐朝的开放和对外交流盛况。《纪闻·水珠》中的水珠是贞观初年大食国使节进贡

1　汪辟疆校录《唐人小说》，第 342~343 页。

的,《剧谈录·田膨郎》中的白玉枕是德宗时于阗国进贡的。《谭宾录·裴延龄》篇中记录了唐德宗年间设有职掌外交及少数民族事务的官署鸿胪寺，以及唐与回鹘之间的绢马贸易。《原化记·魏生》描写胡商阅宝会的场面，保存了珍贵的民俗资料。传奇小说也反映了唐人对外来文明的态度和看法，他们欣然接纳并享用从域外引进的各类物品，并乐于与经营药材、珠宝等生意的胡人密切交往。传奇小说为我们提供了生动形象的社会生活画面，是我们认识唐代社会特别是唐人心态的重要资料。

第二编　丝路交通与唐诗

第五章　唐诗咏丝绸之路盛衰

　　唐朝是对外文化交流的高潮时期，从丝绸之路发展变化来看，大致可以安史之乱为界，分为两个时期，前期是陆上丝路的黄金时代，后期则是陆上丝路衰落和海上丝路开始兴盛的时期。唐诗是唐代社会生活的壮丽画卷，丝绸之路的盛衰变化受到诗人的密切关注。作为唐代历史和社会文化生活的反映，唐诗中有对丝绸之路开拓和盛衰的歌咏。梳理唐诗中反映丝绸之路和对外文化交流的内容，为我们认识唐代丝绸之路的发展变化提供了新材料和新视角。

第一节 唐前期陆上丝路的发展和对外交流盛况

一 "贞观之治"与对外交往新局面

贞观年间唐朝先后击灭东突厥和西突厥，解除了北方游牧民族长期对中原地区的威胁，唐巍然崛起于世界东方。唐朝注意发展与世界上各个国家和民族的关系，唐朝的强盛国力和繁荣的经济文化引起了域外和周边民族的向往和仰慕，对外交流出现空前的盛况，丝绸之路进入历史上最为辉煌的时期。首先，唐在征服吐谷浑，击灭东、西突厥之后，疆域扩展到中亚地区，绿洲之路空前畅通，一度与波斯、东罗马进行直接交往。其次，由天山以北经咸海、里海和黑海西行的草原之路也空前兴盛。这条路线上出现了许多新兴的商业城市，如庭州、弓月、轮台、热海、碎叶、怛逻斯等。最后，中西之间陆上丝路的三条干线都畅通无阻，而且支线错出，形成交通网络。三条干线每条都要经过若干国家和地区，而这些国家和地区之间又互有道路可通。这种交通网络在隋代已大体形成，裴矩《西域图记》就说："凡为三道，各有襟带"，"其三道诸国，亦各自有路，南北交通"，"并随其所往诸外得达"。[1] 到贞观时期征服了东、西突厥后更加发展。四通八达的交通网络，是唐朝与域外和周边民族交往和交流的前提，是形成对外文化交流辉煌局面的必要基础。

唐太宗李世民武功显赫，击灭突厥后，唐朝声威远播，唐诗反映了丝绸之路与对外交通和交往盛况空前。唐朝在世界上享有崇高威望，周边各族和世界各国纷纷朝贡进献。太宗《执契静三边》诗云：

> 执契静三边，持衡临万姓。玉彩辉关烛，金华流日镜。无为

---

1 《隋书》卷 67《裴矩传》，中华书局，1973，第 1579~1580 页。

宇宙清，有美璇玑正。皎佩星连景，飘衣云结庆。戢武耀七德，
升文辉九功。烟波澄旧碧，尘火息前红。霜野韬莲剑，关城罢月
弓。钱缀榆天合，新城柳塞空。花销葱岭雪，毂尽流沙雾。秋驾
转兢怀，春冰弥轸虑。书绝龙庭羽，烽休凤穴戍。衣宵寝二难，
食旰餐三惧。翦暴兴先废，除凶存昔亡。圆盖归天壤，方舆入地
荒。孔海池京邑，双河沼帝乡。循躬思励己，抚俗愧时康。元首
伫盐梅，股肱惟辅弼。羽贤崆岭四，翼圣襄城七。浇俗庶反淳，
替文聊就质。已知隆至道，共欢区宇一。[1]

诗咏击灭突厥后天下太平的景象。"书绝龙庭羽，烽休凤穴戍"写的
就是对突厥的战争结束了。"花销葱岭雪，毂尽流沙雾"二句既是写
景，又包含西域局势安定、丝绸之路畅通的寓意。"三边"是用典，
汉代幽、并、凉三州因位于边疆，谓之"三边"，后世泛指边疆。诗
题"执契静三边"的意思是，唐朝不是靠武力而是凭与各民族友好
合约而使边境安定的。唐朝与周边民族建立起友好关系，这首诗就
是这种形势的反映。周边民族和域外各国纷纷入唐朝贡，这种盛况
进入唐诗歌咏中。太宗《正日临朝》诗："条风开献节，灰律动初
阳。百蛮奉遐赆，万国朝未央。"[2]《幸武功庆善宫》云："指麾八荒
定，怀柔万国夷。梯山咸入款，驾海亦来思。单于陪武帐，日逐卫
文楣。端扆朝四岳，无为任百司。"[3]《春日玄武门宴群臣》云："九夷
箸瑶席，五狄列琼筵。娱宾歌湛露，广乐奏钧天。清尊浮绿醑，雅
曲韵朱弦。粤余君万国，还惭抚八埏。"[4]《元日》云："恭己临四极，

1　吴云、冀宇校注《唐太宗全集校注》，天津古籍出版社，2004，第16~17页。

2　吴云、冀宇校注《唐太宗全集校注》，第19页。

3　吴云、冀宇校注《唐太宗全集校注》，第21页。此诗为唐郊庙歌辞"舞曲歌辞"。《全唐诗》题
　　为《功成庆善乐舞词》，题注："一曰九功舞，殿庭朝会所奏，文舞也。《新唐·礼乐志》曰：'太
　　宗生于武功之庆善宫。贞观六年，幸之，宴从臣，赏赐闾里，同汉沛宛。帝欢甚。赋诗，吕才
　　被之管弦，名曰《功成庆善乐》。以童儿六十四人，冠进德冠，紫袴褶，长袖漆髻，屣履而舞。'
　　《旧书·乐志》曰：'庆善乐，太宗所造也。名《九功之舞》，舞蹈安徐，以象文德洽而天下安乐
　　也。冬正享宴及国有大庆，与七德舞偕奏于庭。'"

4　吴云、冀宇校注《唐太宗全集校注》，第34~35页。

垂衣驭八荒。"[1] 这些诗表达了太宗面对国家安定、四夷臣服的局面欣然自得之情，其中不免有夸耀，但在一定程度上也是贞观时期社会局面的真实反映。

贞观时期是一个高度开放的时代，外国人入境和中国人出境没有严格的限制，既不担心中国人出国忘本忘祖，也不担心外国人进入喧宾夺主。唐人对外国侨民既不歧视，也不逢迎。外国人在中国可以发财致富，可以从政当官。来自朝鲜半岛、阿拉伯帝国和日本的侨民有不少在中国担任官职，有的甚至担任高级官员。唐朝除了接收大批外国移民外，还接收一批又一批的外国留学生来中国学习。与太宗一样经历了隋末战乱，又共同缔造了贞观时期政治辉煌局面的大臣们对唐朝声威远被和丝绸之路通畅的局面也有很深的观感，在他们的诗中歌咏了这一良好局面，当然也包含对最高统治者李世民功德的歌颂。魏徵《奉和正日临朝应诏》云：

> 百灵侍轩后，万国会涂山。岂如今睿哲，迈古独光前。声教溢四海，朝宗别（一作引）百川。锵洋鸣玉珮，灼烁耀金蝉。淑景辉雕辇，高旌扬翠烟。庭实超王会，广乐盛钧天。既欣东日户，复咏南风篇。愿奉光华庆，从斯亿万年。[2]

这是正日贺正时魏徵的奉和之作，其中"百灵""万国"包括各民族和各国，"声教溢四海"则歌颂唐朝声威远被。颜师古《奉和正日临朝》诗应是与魏徵同时之作："七府璿衡始，三元宝历新。负扆延百辟，垂旒御九宾。肃肃皆鸳鹭，济济盛缨绅。天涯致重译，日域献奇珍。"[3] 诗描写九宾会同重译来献的昌盛局面。在唐皇室太庙祭礼上，理当把辉煌的功业向祖先神灵汇报。魏徵在为高祖大武皇帝酌献时的《享太庙乐章·大明舞》写的歌词云："上纽天维，下安地轴。征师涿

野，万国咸服。偃伯灵台，九官允穆。殊域委赆，怀生介福。"[1] 其为《享太庙乐章·舒和》舞写的歌词云："圣敬通神光七庙，灵心荐祚和万方。"[2] 袁朗《饮马长城窟行》云："朔风动秋草，清跸长安道。长城连不穷，所以隔华戎。规模惟圣作，荷负晓成功。鸟庭已向内，龙荒更凿空。玉关尘卷静，金微路已通。汤征随北怨，舜咏起南风。画野功初立，绥边事云集。朝服践狼居，凯歌旋马邑。山响传凤吹，霜华藻琼钑。属国拥节归，单于款关入。"[3] "金微"即金微山，今称阿尔泰山，这里代指西域。"金微路已通"直接反映了丝绸之路通畅的现实。《和洗掾登城南坂望京邑》诗云："万国朝前殿，群公议宣室。"[4] 中唐诗人柳宗元《唐铙歌鼓吹曲·高昌》歌颂唐太宗："文皇南面坐，夷狄千群趋。咸称天子神，往古不得俱。献号天可汗，以覆我国都。"[5] 张祜《大唐圣功诗》歌颂唐太宗的功业："甲子上即位，南郊赦宪瀛。八蛮与四夷，朝贡路交争。"[6] 八蛮四夷朝贡之路即丝绸之路。这些诗确有为统治者歌功颂德的溢美之嫌，但客观上反映了丝绸之路的兴盛局面，而且当时确有功可歌、有德可颂。

　　在诗人看来，贞观之治那良好的政治局面和唐朝在世界上的崇高威望，是君臣共治取得的成果，良臣辅佐功不可没。房玄龄的良谋、杜如晦的决断曾对太宗的政治决策发挥重要作用，世称"房谋杜断"。"房、杜二公，皆以命世之才，遭逢明主，谋猷允协，以致升平。议者以比汉之萧、曹，信矣。……世传太宗尝与文昭（房玄龄）图事，则曰：'非如晦莫能筹之。'及如晦至焉，竟从玄龄之策也。盖房知杜之能断大事，杜知房之善建嘉谋。"[7] 柳宗元《视民诗》热情赞颂了房玄龄、杜如晦治国安民的功劳：

1　周勋初等主编《全唐五代诗》卷 7，第 145 页。
2　周勋初等主编《全唐五代诗》卷 7，第 145 页。
3　周勋初等主编《全唐五代诗》卷 1，第 11 页。
4　周勋初等主编《全唐五代诗》卷 1，第 12 页。
5　《柳宗元集》卷 1，中华书局，1979，第 24 页。
6　陈尚君辑校《全唐诗补编》，中华书局，1992，第 216 页。
7　《旧唐书》卷 66《房玄龄杜如晦传论》，第 2472 页。

　　帝视民情，匪幽匪明。惨或在腹，已如色声。亦无动威，亦无止力。弗动弗止，惟民之极。帝怀民视，乃降明德，乃生明翼。明翼者何？乃房乃杜。惟房与杜，实为民路。乃定天子，乃开万国。万国既分，乃释蠢民。乃学与仕，乃播与食，乃器与用，乃货与通。有作有迁，无迁无作。士实荡荡，农实董董，工实蒙蒙，贾实融融。左右惟一，出入惟同。摄仪以引，以遵以肆。其风既流，品物载休。品物载休，惟天子守，乃二公之久；惟天子明，乃二公之成；惟百辟正，乃二公之令；惟百辟谷，乃二公之禄。二公行矣，弗敢忧纵，是获忧共；二公居矣，弗敢泰止，是获泰已。既柔一德，四夷是则。四夷是则，永怀不忒。[1]

　　房、杜的成功使唐朝政治"四夷是则"——唐朝的典章制度、礼乐文明成为周边和域外民族学习的楷模。《旧唐书》房、杜传论赞语云："肇启圣君，必生贤辅。猗欤二公，实开运祚。文含经纬，谋深夹辅。笙磬同音，唯房与杜。"[2] 这与柳宗元的诗异曲同工。

　　唐高宗和武后时，唐朝社会保持着国力强盛、政治安定、经济持续繁荣的局面，疆域进一步开拓，对外关系和文化交流继续发展。高宗朝政治有贞观遗风，武则天称帝，改国号曰周，仍然延续唐朝的制度，把国家推向强盛。这一时期的诗作有不少是歌咏这一盛世局面的。则天皇后《唐明堂乐章·迎送王公》云："千官肃事，万国朝宗。载延百辟，爰集三宫。君臣德合，鱼水斯同。睿图方水，周历长隆。"[3] 诗写官员们恪尽职守，许多国家臣属唐朝，歌咏了君臣和睦、君民一心、万国入贡、歌舞升平的景象。高宗时无名氏《杂曲歌辞·太和第五彻》云："我皇膺运太平年，四海朝宗会百川。自古几多明圣主，不

---

1 《柳宗元集》卷1，第39~40页。

2 《旧唐书》卷66《房玄龄杜如晦传赞》，第2472页。

3 （清）彭定求等编《全唐诗》卷5，第54页。

如今帝胜尧天。"[1]张说《破阵乐》云："汉兵出顿金微，照日明光铁衣。百里火幡焰焰，千行云骑騑騑。蹙踏辽河自竭，鼓噪燕山可飞。正属四方朝贺，端知万舞皇威。"[2]张仲素《圣明乐》云："玉帛殊方至，歌钟比屋闻。华夷今一贯，同贺圣明君。"[3]杜审言《和李大夫嗣真奉使存抚河东》诗称颂当时的政治："八荒平物土，四海接人烟。"[4]沈佺期《守岁应制》诗云："宜将岁酒调神药，圣祚千春万国朝。"[5]这些诗一方面有夸张其事、润色鸿业之用意，另一方面在某种程度上反映了当时社会繁荣的客观现实，"万国朝宗""玉帛殊方至"云云并不全是虚谈。

二　"开元盛世"与对外关系的发展

唐玄宗即位，治国以道家清静无为思想为宗，励精图治，开元年间政治清明，经济迅速发展，天下大治，唐朝进入全盛时期，史称"开元盛世"。强盛的唐朝吸引着世界上各个国家和民族对中国的向往，诗人们在不同场合用诗歌反映了这一伟大的时代。

玄宗的文治武功受到诗人的赞颂。开元十三年（725）为了"答厚德，告成功"，玄宗举行"封泰山，禅梁父"的盛典。[6]为封禅大典使用的乐章谱写的歌词，当然要极力渲染唐朝的文治武功。万国入贡是唐朝皇威远被的典型表现，因此成为这些乐章的重要内容。张说《唐封泰山乐章·豫和六首》其三云："相百辟，贡八荒。九歌叙，万舞翔。"[7]其六云："华夷志同，笙镛礼盛。"[8]《唐封泰山乐章·肃和》

1　（清）彭定求等编《全唐诗》卷 27，第 382 页。

2　（宋）郭茂倩编《乐府诗集》卷 80，第 1127 页。

3　（宋）郭茂倩编《乐府诗集》卷 80，第 1134 页。

4　周勋初等主编《全唐五代诗》卷 43，第 843 页。

5　周勋初等主编《全唐五代诗》卷 68，第 1330 页。

6　《旧唐书》卷 23《礼仪志三》，第 891 页。

7　（清）彭定求等编《全唐诗》卷 85，第 918 页。

8　（清）彭定求等编《全唐诗》卷 85，第 919 页。

云:"奠祖配天,承天享帝。百灵咸秩,四海来祭。"[1] 在祭祀祖先的仪式中,要以文治武功告慰祖先。《唐享太庙乐章·永和三首》其三云:"信工祝,永颂声。来祖考,听和平。相百辟,贡九瀛。神休委,帝孝成。"[2] "贡九瀛"即令九瀛入贡。在各种节庆活动中,玄宗君臣喜欢唱和赋诗。在臣下的奉和之作中,免不了称颂玄宗的功德和盛业,其中包括万国来朝的盛况。张说《奉和圣制春中兴庆宫酺宴应制》云:"千龄逢启圣,万域共来威。"[3] 玄宗生日被称为千秋节、开长节。[4] 王维《奉和圣制天长节赐宰臣歌应制》云:"太阳升兮照万方,开阊阖兮临玉堂,俨冕旒兮垂衣裳。金天净兮丽三光,彤庭曙兮延八荒。德合天兮礼神遍,灵芝生兮庆云见。唐尧后兮稷契臣,匝宇宙兮华胥人。尽九服兮皆四邻,乾降瑞兮坤降珍。"[5] 玄宗喜作诗,臣下奉和成为常态。张说奉使巡边,玄宗赋诗送行,贺知章《奉和圣制送张尚书巡边》云:"荒憬尽怀忠,梯航已自通。"[6] 梯航,即梯山航海,形容来自自古未曾通使的域外使臣,歌咏唐朝对外交往的扩大。地方朝集使入京述职,归郡时玄宗写诗送行,王维《奉和圣制暮春送朝集使归郡应制》云:"万国仰宗周,衣冠拜冕旒。"[7] 玄宗时经营西域的巨大成就受到诗人的热情歌颂,杜甫《遣怀》云:"先帝正好武,寰海未凋枯。猛将收西域,长戟破林胡。百万攻一城,献捷不云输。"[8]

　　玄宗时对外交往扩大,与更多的国家建立了友好关系。"万国来朝"的景象频频出现在诗人的吟咏中。王维《和贾舍人早朝大明宫之作》云:"绛帻鸡人送晓筹,尚衣方进翠云裘。九天阊阖开宫殿,万国

1　(清)彭定求等编《全唐诗》卷85,第919页。

2　(清)彭定求等编《全唐诗》卷85,第920页。

3　周勋初等主编《全唐五代诗》卷88,第1793页。

4　《旧唐书·玄宗纪》记载,开元十七年"八月癸亥,上(玄宗)以降诞日,宴百僚于花萼楼下。百僚表请以每年八月五日为千秋节"。天宝七载"秋八月己亥朔,改千秋节为天长节"。

5　(唐)王维撰,(清)赵殿成笺注《王右丞集笺注》卷1,上海古籍出版社,1984,第1页。

6　周勋初等主编《全唐五代诗》卷78,第1602页。

7　(唐)王维撰,(清)赵殿成笺注《王右丞集笺注》卷11,第200页。

8　(唐)杜甫著,(清)仇兆鳌注《杜诗详注》卷16,第1449页。

衣冠拜冕旒。"[1] 卢象《驾幸温泉》云："千官扈从骊山北，万国来朝渭水东。"[2] 杜甫《奉赠太常张卿垍二十韵》云："方丈三韩外，昆仑万国西。建标天地阔，诣绝古今迷。……能事闻重译，嘉谟及远黎。"[3] 李肱《省试霓裳羽衣曲》云："开元太平时，万国贺丰岁。"[4] 樊珣《忆长安·十月》云："忆长安，十月时，华清士马相驰。万国来朝汉阙，五陵共猎秦祠。"[5] 李岑《玄元皇帝应见贺圣祚无疆》云："千官欣肆觐，万国贺深恩。"[6] 谢良辅《忆长安·正月》云："忆长安，正月时，和风喜气相随。献寿彤庭万国，烧灯青玉五枝。"[7]

开元盛世社会安定、万国来朝的局面，令唐后期的诗人深情追忆而形诸笔端。鲍防《杂感》云：

> 汉家海内承平久，万国戎王皆稽首。天马常衔苜蓿花，胡人岁献葡萄酒。五月荔枝初破颜，朝离象郡夕函关。雁飞不到桂阳岭，马走先过林邑山。甘泉御果垂仙阁，日暮无人香自落。远物皆重近皆轻，鸡虽有德不如鹤。[8]

开头两句说，天下承平日久，外夷臣服。接着历数万国戎王入贡物品，有良马、葡萄酒、荔枝等。唐诗中常以汉代唐，字面上写汉，实际指唐，这首诗也是写唐事。天马来自大宛国。天宝三载（744），唐朝改大宛国号为宁远，并封宗室女为和义公主，嫁给宁远王。这首诗前四句写安史之乱之前盛唐时万国称臣纳贡的局面；中间四句写为杨贵妃快马递送岭南荔枝的故事，暗讽统治者奢侈荒淫；后四句批判统

1 （唐）王维撰，（清）赵殿成笺注《王右丞集笺注》卷 10，第 177 页。
2 周勋初等主编《全唐五代诗》卷 188，第 3976 页。
3 （唐）杜甫著，（清）仇兆鳌注《杜诗详注》卷 3，第 220 页。
4 （清）彭定求等编《全唐诗》卷 542，第 6260 页。
5 （清）彭定求等编《全唐诗》卷 307，第 3489 页。
6 （清）彭定求等编《全唐诗》卷 258，第 2881 页。
7 （清）彭定求等编《全唐诗》卷 307，第 3484 页。
8 （清）彭定求等编《全唐诗》卷 307，第 3485 页。

治者的用人不公。诗当作于安史之乱后,写统治者的荒淫腐化葬送了大唐盛世的良好局面。鲍防是天宝末年进士及第,经历了安史之乱,唐德宗时致仕,亲身经历了唐朝的由盛转衰,诗流露出他对盛世已去的惋惜。韦应物《骊山行》诗写安史之乱前后社会形势的变化,其中歌颂开元盛世:"君不见开元至化垂衣裳,厌坐明堂朝万方。……英豪共理天下晏,戎夷詟伏兵无战。时丰赋敛未告劳,海阔珍奇亦来献。"[1]元稹《代曲江老人百韵》诗借一位老人之口回忆开元盛世:"万方来合杂,五色瑞轮囷";"文物千官会,夷音九部陈。鱼龙华外戏,歌舞洛中嫔";"山泽长孳货,梯航竞献珍。翠毛开越嶲,龙眼弊瓯闽。玉馔薪燃蜡,椒房烛用银。铜山供横赐,金屋贮宜聱"。[2]通过今昔对比,诗人们对安史之乱后江河日下的局面表示惋惜。

第二节　唐中期政治形势变化与陆上丝路衰落

陆上丝路在唐代前期发展到黄金时代,但在唐代中后期就迅速衰落了,时间上大致可以天宝时为转折点。陆上丝路的衰落,首先与当时国内外的政治形势有关,其次是由于陆路交通自身的弱点不能适应中西之间经济文化交流的发展。由于阿拉伯势力兴起和对外扩张,唐朝在中亚地区的势力收缩。安史之乱后,唐朝失去对陇右、河西和西域地区的控制,丝绸之路遭受严重阻碍。德宗《慰问四镇北庭将吏敕书》云"自禄山首乱,中夏不安,蕃戎乘衅,侵败封略,道路梗绝,往来不通。哀我士庶,忽如异域,控告无所,归还莫从",[3]即这种形势的真实反映。

大食的扩张导致唐朝在中亚的势力收缩,碎叶镇的设立和丧失是时代变迁的标志。唐军驻守碎叶镇,这是大唐盛世的象征,显示着

1　陶敏、王友胜校注《韦应物集校注》卷 10,上海古籍出版社,1998,第 580 页。

2　杨军笺注《元稹集编年笺注(诗歌卷)》,三秦出版社,2002,第 2 页。

3　(清)董诰等编《全唐文》卷 464,第 2098 页。

唐朝的强大国力。在诗人笔下它是大唐西部边境的象征，诗人多有吟咏。遥远的碎叶是诗人们足迹未至之处，唐诗中"碎叶"一词多是虚指和象征意义。王昌龄《从军行七首》之六云："胡瓶落膊紫薄汗，碎叶城西秋月团。明敕星驰封宝剑，辞君一夜取楼兰。"[1] 戎昱《塞上曲》云："胡风略地烧连山，碎叶孤城未下关。山头烽子声声叫，知是将军夜猎还。"[2] 张乔《赠边将》云："将军夸胆气，功在杀人多。对酒擎钟饮，临风拔剑歌。翻师平碎叶，掠地取交河。"[3] 碎叶作为唐诗意象，是边塞将士建功立业的地方。唐后期随着陇右、河西和西域陷于吐蕃，大食的势力进入中亚，碎叶城成为失地的象征。刘商《胡笳十八拍》写汉地妇女被掠胡地："龟兹筚篥愁中听，碎叶琵琶夜深怨。"[4] 张籍《征西将》云："深山旗未展，阴碛鼓无声。几道征西将，同收碎叶城。"[5] 在诗人笔下，这座丝绸之路上的重镇已经成为失地，诗人盼望着唐军收复失地。

　　安史之乱后，唐朝西部边境大大内缩。吐蕃占领陇右、河西走廊和西域，长安以西不远便成为边境，吐蕃逼近都城。对于这种形势，敏感的诗人立刻在自己的作品中进行了描写，唐诗中不少作品反映了这一局面。杜甫《喜闻盗贼总退口号五首》其三云："崆峒西极过昆仑，驼马由来拥国门。逆气数年吹路断，蕃人闻道渐星奔。"[6] 杜甫的其他作品也表达了对天下动荡、丝路衰落的忧伤和叹惋。《有感五首》其一云："白骨新交战，云台旧拓边。乘槎断消息，无处觅张骞。"[7] 其二云："幽蓟余蛇豕，乾坤尚虎狼。诸侯春不贡，使者日相望。慎勿吞青海，无劳问越裳。"[8] 杜甫对国家残破、边事危急感到痛心，对胡虏

1　（唐）王昌龄著，胡问涛、罗琴校注《王昌龄集编年校注》卷 1，第 50 页。

2　（清）彭定求等编《全唐诗》卷 270，第 3023 页。

3　（清）彭定求等编《全唐诗》卷 638，第 7036 页。

4　（清）彭定求等编《全唐诗》卷 23，第 301 页。

5　（唐）张籍著，徐礼节、余恕诚校注《张籍集系年校注》卷 2，第 187 页。

6　（唐）杜甫著，（清）仇兆鳌注《杜诗详注》卷 21，第 1858 页。

7　（唐）杜甫著，（清）仇兆鳌注《杜诗详注》卷 11，第 971 页。

8　（唐）杜甫著，（清）仇兆鳌注《杜诗详注》卷 11，第 972 页。

猖獗、西戎侵逼和国家危亡的形势感到忧虑。《偶题》云："两都开幕府，万宇插军麾。南海残铜柱，东风避月支。"[1]《诸将五首》其四对四夷断绝对唐的入贡表达了伤感之情："回首扶桑铜柱标，冥冥氛祲未全销。越裳翡翠无消息，南海明珠久寂寥。"[2]

安史之乱造成的西北疆域丧失令唐人痛心疾首。杜甫《诸将五首》其一云："汉朝陵墓对南山，胡虏千秋尚入关。昨日玉鱼蒙葬地，早时金碗出人间。见愁汗马西戎逼，曾闪朱旗北斗殷。多少材官守泾渭，将军且莫破愁颜。"[3]长安附近的泾水、渭水成为唐军戍守之地。杜甫漂泊西南时期写的《忆昔二首》其一云："为留猛士守未央，致使岐雍防西羌。犬戎直来坐御林，百官跣足随天王。"[4]地近长安的岐州、雍州已经成为防备敌人的前线。杜甫《冬晚送长孙渐舍人归州》云："参卿休坐幄，荡子不还乡。南客潇湘外，西戎鄠杜旁。"[5]"西戎"即吐蕃，"鄠杜"即长安附近的鄠县和杜陵县。白居易《西凉伎》诗痛感大片国土丧失："自从天宝兵戈起，犬戎日夜吞西鄙。凉州陷来四十年，河陇侵将七千里。平时安西万里疆，而今边防在凤翔。"[6]顾非熊《出塞即事二首》其二对萧关道路荒芜、城池失陷、多少人沦于胡人统治的异乡进行了描述，表达了忧国忧民的心情："贺兰山便是戎疆，此去萧关路几荒。无限域池非汉界，几多人物在胡乡。诸侯持节望吾土，男子生身负我唐。回望风光成异域，谁能献计复河湟。"[7]舒元舆《坊州按狱》云："中部接戎塞，顽山四周遭。"[8]唐初高祖武德二年（619），分鄜州设置坊州，治所在中部县，州城位于今陕西省延安市黄陵县上城。《元和郡县图志》记载，坊州"东至上都三百五十里"。[9]

1　（唐）杜甫著，（清）仇兆鳌注《杜诗详注》卷18，第1544页。

2　（唐）杜甫著，（清）仇兆鳌注《杜诗详注》卷16，第1368页。

3　（唐）杜甫著，（清）仇兆鳌注《杜诗详注》卷16，第1363页。

4　（唐）杜甫著，（清）仇兆鳌注《杜诗详注》卷13，第1162页。

5　（唐）杜甫著，（清）仇兆鳌注《杜诗详注》卷23，第2033页。

6　（唐）白居易著，谢思炜校注《白居易诗集校注》卷4，第367页。

7　（清）彭定求等编《全唐诗》卷509，第5790页。

8　（清）彭定求等编《全唐诗》卷489，第5546~5547页。

9　（唐）李吉甫：《元和郡县图志》卷3，中华书局，1983，第72页。

这样一处距长安仅三百五十里的地方，如今却"接戎塞"，成为边境地区。

　　通向西域的丝绸之路昔盛今衰正是唐朝局势的缩影，诗人们感叹盛世不再。权德舆《朝元阁》云："缭垣复道上层霄，十月离宫万国朝。胡马忽来清跸去，空余台殿照山椒。"[1] 开元盛世时万国来朝的局面，随着安禄山叛军南下，玄宗仓皇出逃而告结束。元稹《西凉伎》云：

　　　　吾闻昔日西凉州，人烟扑地桑柘稠。蒲萄酒熟恣行乐，红艳青旗朱粉楼。楼下当垆称卓女，楼头伴客名莫愁。乡人不识离别苦，更卒多为沉滞游。哥舒开府设高宴，八珍九酝当前头。前头百戏竞撩乱，丸剑跳踯霜雪浮。狮子摇光毛彩竖，胡腾醉舞筋骨柔。大宛来献赤汗马，赞普亦奉翠茸裘。一朝燕贼乱中国，河湟没尽空遗丘。开远门前万里堠，今来蹙到行原州。去京五百而近何其逼，天子县内半没为荒陬，西京（一作凉）之道尔阻修。连城边将但高会，每听此曲能不羞。[2]

诗的写作是由观看西凉伎的表演引发的，西凉乐引起诗人对盛世的缅怀，当年哥舒翰担任河西、陇右节度使驻守凉州时，那一派歌舞升平、丝路通畅和异域入贡的景象一去不复返了。河湟之地沦于敌手，离京城五百里便是敌人的营垒。在"开远门前万里堠"两句下作者自注："平时开远门外立堠，云去安西九千九百里，以示戎人不为万里行，其实就盈数矣。"西凉之道——那通往西域的丝路要道被阻隔，诗人愤怒地指斥那些边将饮酒作乐却无心收复失地。晚唐诗人吴融《岐州安西门》云："安西门外彻安西，一百年前断鼓鼙。犬解人歌曾入唱，马称龙子几来嘶。自从辽水烟尘起，更到涂山道路迷。今日

1　（清）彭定求等编《全唐诗》卷 325，第 3651 页。

2　杨军笺注《元稹集编年笺注（诗歌卷）》，第 114~115 页。

登临须下泪，行人无个草萋萋。"[1]诗表达了跟白居易同样的痛心。

　　唐朝在丝路交通上失去了昔日的支配地位和主动权，唐后期内忧外患严重，无力收复陇右、河西和西域失地。中西间交通的丝绸之路被吐蕃和回鹘控制，丝路贸易和文化交流遭到严重阻碍。吐蕃的军事威胁逼近都城长安。中唐诗人对国土丧失、丝路中断感到叹惋和忧伤。王建《送衣曲》云："去秋送衣渡黄河，今秋送衣上陇坂。妇人不知道径处，但问新移军近远。"[2]西北边防军的驻地由渡过黄河以西收缩到陇坂，反映的是唐朝对吐蕃的进攻步步退守的形势，前线已经由西域、河西、陇右退守到陇山，这一带正是传统丝路的咽喉要道。张籍《陇头行》写河西和陇右的失陷："陇头路断人不行，胡骑已入凉州城。汉家处处格斗死，一朝尽没陇西地。驱我边人胡中去，恣放牛羊食禾黍。去年中国养子孙，今著毡裘学胡语。谁能还使李轻车，收取凉州属汉家。"[3]

　　吐蕃军队逼近长安，一方面造成长安以西广大地区农业生产破坏，另一方面造成朝廷连年征发兵役防备吐蕃的袭扰。边境地区的动乱造成边州地区的荒芜。耿湋《酬张少尹秋日凤翔西郊见寄》写长安之西的凤翔："远恨边笳起，劳歌骑吏闻。废关人不到，荒戍日空曛。草木凉初变，阴晴景半分。叠蝉临积水，乱燕入过云。丽藻终思我，衰髯亦为君。闲吟寡和曲，庭叶渐纷纷。"[4]当年从长安西出，一路上驿站相连绿树成荫的大道，如今一派荒凉。与吐蕃的战争不断，战士们战死沙场，为了供应边地的战事，内地则增加了百姓的负担，邻近边地的地区农业生产被破坏，广大人民热切盼望唐军收复失地。张籍《西州》反映的就是这种状况："羌胡据西州，近甸无边城。山东收税租，养我防塞兵。胡骑来无时，居人常震惊。嗟我五陵间，农者罢耘耕。边头多煞伤，士卒难全形。郡县发丁役，丈夫各征行。生男不

1　（清）彭定求等编《全唐诗》卷 687，第 7892 页。

2　（唐）王建著，王宗堂校注《王建诗集校注》卷 2，中州古籍出版社，2006，第 92 页。

3　（唐）张籍著，徐礼节、余恕诚校注《张籍集系年校注》卷 7，第 803 页。

4　（清）彭定求等编《全唐诗》卷 269，第 2994 页。

能养，惧身有姓名。良马不念秣，烈士不苟营。所愿除国难，再逢天下平。"[1]

　　吐蕃袭扰往往在秋天，朝廷调发军队往长安西北驻防称为"防秋"。诗人不满足于防敌进攻，寄希望于边防将士收复失地。张籍《送防秋将》云："白首征西将，犹能射戟支。元戎选部曲，军吏换旌旗。逐虏招降远，开边旧垒移。重收陇外地，应似汉家时。"[2]周贺《送陆判官防秋》云："匹马无穷地，三年逐大军。算程淮邑远，起帐夕阳曛。瀑浪行时漱，边笳语次闻。要传书札去，应到碛东云。"[3]陆判官从淮邑赶往长安西北边防前线参与防秋，而且已经连续三年从事这种征行。马戴笔下的"淮南将"也来自淮邑，其《赠淮南将》云："何事淮南将，功高业未成。风涛辞海郡，雷雨镇山营。度碛黄云起，防秋白发生。密机曾制敌，忧国更论兵。塞色侵旗动，寒光锁甲明。自怜心有作，独立望专征。"[4]项斯《边游》写身临边地见闻："古镇门前去，长安路在东。天寒明堠火，日晚裂旗风。塞馆皆无事，儒装亦有弓。防秋故乡卒，暂喜语音同。"[5]所谓"边游"，其实就是来到离长安之西不远的地方，诗人在这里遇到了防秋兵中的同乡。项斯是浙江仙居县人，从此诗可知，参与防秋的有来自今浙江的士兵。防秋造成士兵久戍不归。鲍溶《塞下》云："北风号蓟门，杀气日夜兴。咸阳三千里，驿马如饥鹰。行子久去乡，逢山不敢登。寒日惨大野，虏云若飞鹏。西北防秋军，麾幢宿层层。匈奴天未丧，战鼓长登登。汉卒马上老，繁缨空丝绳。诚知天所骄，欲罢又不能。"[6]在长期的防秋中士兵们消磨了青春，但战事没有结束，士兵们只能徒叹奈何。

　　这种失地万里、对外交通阻绝的局面，是由唐朝整个国家形势造

1　（唐）张籍著，徐礼节、余恕诚校注《张籍集系年校注》卷1，第3页。

2　（唐）张籍著，徐礼节、余恕诚校注《张籍集系年校注》卷2，第190页。

3　（清）彭定求等编《全唐诗》卷503，第5721页。

4　（清）彭定求等编《全唐诗》卷555，第6435页。

5　（清）彭定求等编《全唐诗》卷554，第6411页。

6　（清）彭定求等编《全唐诗》卷485，第5511页。

成的，但诗人把批判的矛头主要指向了那些腐化的边将，认为是他们荒淫腐败误国。元稹《缚戎人》写那些畏战而又贪功的边头大将，竟然活捉"边人"充作俘虏，邀功请赏。白居易《西凉伎》主旨与元稹同题诗相同：

> 贞元边将爱此曲，醉坐笑看看不足。享（一作娱）宾稿士宴三（一作监）军，狮子胡儿长在目。有一征夫年七十，见弄凉州低面泣。泣罢敛手白将军，主忧臣辱昔所闻。自从天宝兵戈起，犬戎日夜吞西鄙。凉州陷来四十年，河陇侵将七千里。平时安西万里疆，今日边防在凤翔。缘边空屯十万卒，饱食温衣闲过日。遗民肠断在凉州，将卒相看无意收。天子每思长痛惜，将军欲说合惭羞。奈何仍看西凉伎，取笑资欢无所愧。纵无智力未能收，忍取西凉弄为戏？[1]

诗表达了对陇右、河西之地多年未能收复，关河阻隔的痛心，指斥边将误国。诗序云："刺封疆之臣也。"在"平时安西万里疆"二句后自注云："平时开远门外立堠，云去安西九千九百里，以示成人不为万里行，其实就盈数也。今著汉使往来，悉在陇州交易也。"离都城不远的陇州已经成为唐与吐蕃的边界，边将们却不思进取，这令诗人愤怒。姚合《穷边词二首》字面上写的是边地和平景象，其实暗含深刻的讽刺。其一云："将军作镇古汧洲，水腻山春节气柔。清夜满城丝管散，行人不信是边头。"[2]将军镇守在古时的汧州地面，春光明媚，山青水腻，和风条畅，将军尽情享受这大好美景。风清月朗的夜里，伴随轻歌曼舞的丝管声传遍全城。如此美景好乐，行人到此，怎信这是边城呢？歌舞升平，边备松弛，不思进取，唯图寻欢作乐。将军们忘记了西北大片疆土沦于敌手，与长安近在咫尺的汧州已为边城，字里

1　（唐）白居易著，谢思炜校注《白居易诗集校注》卷4，第367~368页。
2　（唐）姚合著，吴河清校注《姚合诗集校注》卷10，上海古籍出版社，2012，第539页。

行间透露出诗人强烈的愤恨情绪。其二云："箭利弓调四镇兵，蕃人不敢近东行。沿边千里浑无事，唯见平安火入城。"[1] 四镇兵即安西四镇的边防军，他们本来驻守在西域，由于安史之乱爆发被调回中原平叛。安史之乱平息后，河西走廊被切断，西域落入吐蕃人之手，他们被安排在汧州驻防。汧州一带竟成为"沿边千里"，虽然不见战争的烽火，但山河沦陷已然成为常态。

诗人们关心西线的战事，对吐蕃袭扰表示担忧。李敬方《近无西耗》云："远戎兵压境，迁客泪横襟。烽候惊春塞，缧囚困越吟。自怜牛马走，未识犬羊心。一月无消息，西看日又沈。"[2] 虽然作者负罪遭贬，却仍关心国家局势，尤其担忧与吐蕃交界的边境形势。在贬地一个月没有西边的消息，便不自觉地举目西望，但只看到夕阳西下，西边局势令他揪心。薛逢《感塞》云："满塞旌旗镇上游，各分天子一方忧。无因得见哥舒翰，可惜西山十八州。"[3] 哥舒翰是天宝年间名将，长期镇守陇右、河西，屡立战功，令吐蕃人闻风丧胆，西部边境有歌谣云："北斗七星高，哥舒夜带刀。至今窥牧马，不敢过临洮。"[4] 意谓哥舒翰携刀夜巡，令敌人闻风远遁，至今胡骑只能远远地窥探，不敢轻易地越过临洮。薛逢感叹国土沦丧，时无良将能像当年哥舒翰那样威慑敌人，收复西山十八州之失地。

西北广大地区沦于敌手，久而久之，人们的边地观念便发生了变化。长安之西不远处的邠州、宁州、泾州、陇州和之北的渭北成为边境地区，因为这一带不断遭到吐蕃、回鹘的侵扰。项斯《泾州听张处士弹琴》云："边州独夜正思乡，君又弹琴在客堂。"[5] 马戴《夕发邠宁寄从弟》云："半酣走马别，别后锁边城。"[6] 李端《边头作》云："邠郊泉脉动，落日上城楼。羊马水草足，羌胡帐幕稠。射雕过海岸，传箭

1　（唐）姚合著，吴河清校注《姚合诗集校注》卷10，第539页。
2　（清）彭定求等编《全唐诗》卷508，第5774页。
3　（清）彭定求等编《全唐诗》卷548，第6334页。
4　（清）彭定求等编《全唐诗》卷784，第8850页。
5　（清）彭定求等编《全唐诗》卷554，第6422页。
6　（清）彭定求等编《全唐诗》卷555，第6431页。

怯边州。何事归朝将，今年又拜侯。"[1] 诗人直接把这些本来属唐朝内地都城近郊之地称为"边州""边城"。喻凫《送武毅之邠宁》云："戍路少人踪，边烟澹复浓。诗宁写别恨，酒不上离容。燕拂沙河柳，鸦高石窟钟。悠然一晓阻，山叠虏云重。"[2] 邠宁在离长安不远的地方，描写其景物却用"边烟"二字。马戴《陇上独望》云："斜日挂边树，萧萧独望间。阴云藏汉垒，飞火照胡山。陇首行人绝，河源夕鸟还。谁为立勋者，可惜宝刀闲。"[3] 站在陇坂上西望，所看到树称为"边树"，又看到"汉垒"与"胡山"相对，那与敌人对峙的边地，本来是唐朝长安的近畿。李频《送姚侍御充渭北掌书记》云：

北境烽烟急，南山战伐频。抚绥初易帅，参画尽须人。书记才偏称，朝廷意更亲。绣衣行李日，绮陌别离尘。报国将临虏，之藩不离秦。豸冠严在首，雄笔健随身。饮马河声暮，休兵塞色春。败亡仍暴骨，冤哭可伤神。上策何当用，边情此是真。雕阴曾久客，拜送欲沾巾。[4]

渭北指渭河以北，特指西起宝鸡，东至黄河，南与渭河平原相连，北接黄土高原丘陵沟壑区这一区域，这一带与都城长安仅一水之隔。安史之乱后这一带置渭北节度使，姚合赴渭北掌书记之任，李频赋诗送行。诗中称这一带为"北境"，说姚合"报国将临虏"，说他未离秦却已"之藩"，又把这一带的形势称为"边情"，都是把长安之北不远的地区视为边境邻戎地区。薛能《送李殷游京西》云："投刺皆羁旅，游边更苦辛。岐山终蜀境，泾水复蛮尘。埋没餐须强，炎蒸醉莫频。俗徒欺合得，吾道死终新。展分先难许，论诗永共亲。归京稍作意，充

1 （清）彭定求等编《全唐诗》卷285，第3249页。
2 （清）彭定求等编《全唐诗》卷543，第6272页。
3 （清）彭定求等编《全唐诗》卷555，第6439页。
4 （清）彭定求等编《全唐诗》卷589，第6840页。

斥犯西邻。"[1] 李殷仅仅是"游京西"，薛能送行诗中却云"游边"，而且说"泾水复蛮尘"，意谓京西之地泾水河畔已成夷蛮之地。张蠙《过萧关》云："出得萧关北，儒衣不称身。陇狐来试客，沙鹘下欺人。晓戍残烽火，晴原起猎尘。边戎莫相忌，非是霍家亲。"[2] 提到萧关，让人想起盛唐时王维的著名诗句："萧关逢候骑，都护在燕然。"那时诗人路过萧关，向更远的边境地区出发。如今萧关已成边地，在这里看到的是烽火和猎尘，生活在这里的人被称为"边戎"，都说明今非昔比，这里已经沦为战争的前沿。

第三节　唐朝中兴与对外交往的恢复

一　安史之乱后对外交往的恢复

安史之乱平定后，唐朝大体上恢复了安定统一的局面。由于唐朝在国际上的崇高威望，周边国家和民族认同李唐皇室的正统地位，唐朝与域外的正常交往逐渐恢复。

日本在唐代前期多次派遣唐使到中国，起初多经陆路入华。安史之乱后，"新罗梗海道，更由明、越州朝贡"。[3] 林邑国古称越裳，周时曾献白雉。李白《放后遇恩不沾》诗写当时的形势："天作云与雷，霈然德泽开。东风日本至，白雉越裳来。"[4] 日本、林邑入贡被李白写入诗中。杜甫《喜闻盗贼蕃寇总退口号五首》其五云："今春喜气满乾坤，南北东西拱至尊。大历二年调玉烛，玄元皇帝圣云孙。"[5] 大历二年（767），吐蕃寇灵州，唐将路嗣恭大破吐蕃。杜甫流落蜀中，其时

1　（清）彭定求等编《全唐诗》卷 559，第 6489 页。
2　（清）彭定求等编《全唐诗》卷 702，第 8068 页。
3　《新唐书》卷 220《东夷传》，第 6209 页。
4　（唐）李白著，瞿蜕园、朱金城校注《李白集校注》卷 25，上海古籍出版社，1980，第 1461 页。
5　（唐）杜甫著，（清）仇兆鳌注《杜诗详注》卷 21，第 1860 页。

由蜀沿江东下，听闻这一消息，写下这组诗，第一首写的就是唐军的胜利。在后面的四首诗里，杜甫回顾了唐朝与吐蕃关系的变化。太宗时文成公主入藏和亲，唐蕃之间关系和好。后来关系破裂，唐蕃之间展开了反复的争夺。安史之乱发生，吐蕃人占领河西走廊和西域，造成丝绸之路的阻断。原来西域各国纷纷入唐朝贡，如今那些奔波在丝路上的"蕃人"都被战争吓得四处奔亡不见影踪。往年勃律、坚昆等西域国家都遣使入贡，他们的使节随唐使入唐，进贡"千堆宝"——珍宝无数，而唐朝回赠的丝绸数量并不多。这种盛况因战乱而中断。现在安史之乱结束了，唐军又大败吐蕃，唐朝恢复了在周边世界的"至尊"地位。诗人为唐代宗时的政治局面而欢欣鼓舞。

安史之乱后，大乱夷平，唐朝与周边的国家和民族恢复了正常的交往和交流，所以在中唐诗人笔下又出现了蛮夷入贡、万国朝正的景象。耿沣《元日早朝》云：

> 九陌朝臣满，三朝候鼓赊。远珂时接韵，攒炬偶成花。紫贝为高阙，黄龙建大牙。参差万戟合，左右八貂斜。羽扇纷朱槛，金炉隔翠华。微风传曙漏，晓日上春霞。环珮声重叠，蛮夷服等差。乐和天易感，山固寿无涯。渥泽千年圣，车书四海家。盛明多在位，谁得守蓬麻。[1]

朝堂上有穿着奇装异服远来入贡的"蛮夷"，好像又恢复了车书一统的局面。又如常衮《奉和圣制麟德殿燕百僚应制》写朝殿宴饮场面："蛮夷陪作位，犀象舞成行。"[2] 萧华《扈从回銮应制》云："声名朝万国，玉帛礼三坛。"[3] 卢纶《元日早朝呈故省诸公》云："济济延多士，跹跹舞百蛮。"[4] 张莒《元日望含元殿御扇开合（大历十三年吏部试）》

1　（清）彭定求等编《全唐诗》卷 269，第 2997 页。
2　（清）彭定求等编《全唐诗》卷 254，第 2858 页。
3　（清）彭定求等编《全唐诗》卷 258，第 2881 页。
4　（清）彭定求等编《全唐诗》卷 280，第 3188 页。

云:"万国来朝岁,千年觐圣君。"[1] 李益《登长城》云:"当今圣天子,不战四夷平。"[2] 王建《元日早朝》云:"大国礼乐备,万邦朝元正。……六蕃倍位次,衣服各异形。举头看玉牌,不识宫殿名。左右雉扇开,蹈舞分满庭。"[3] 权德舆《德宗神武孝文皇帝挽歌词三首》其二云:"梯航来万国,玉帛庆三朝。"[4] 在这些歌功颂德的诗里,"蛮夷服等差""蛮夷陪作位""声名朝万国""万邦朝元正""六蕃倍位次""梯航来万国"等,成为天下太平、皇威远被的象征。其中固然有溢美之词,但也毕竟有一定的社会基础,反映了安史之乱后唐朝与周边民族和域外正常交往的恢复。

二　"元和中兴"与对外关系的发展

宪宗即位后励精图治,重用贤良,改革弊政,削平藩镇,重振中央政府的权威,史称"元和中兴"。元和年间,中央财政有所好转,同时吐蕃势衰,各地藩镇在长时间的战乱中实力也有所削弱,借助这大好形势,唐政府"以法度裁制藩镇",陷于强藩多年的河南、山东、河北等地区都表现出对朝廷的恭顺。

随着削藩战争的胜利和中央权威的提高,唐朝与周边民族和域外的交往进入新时期。刘禹锡《贺收蔡州表》歌颂宪宗削藩的胜利:"临御以来,天人协赞。削平吴蜀,扫荡塞垣。车书大同,夷狄来贡。"[5] 这种大好局面在诗人笔下得到展现。杨巨源《春日奉献圣寿无疆词十首》歌颂宪宗辉煌功业,描写当时的和平安定局面,其五云:"遐荒似川水,天外亦朝宗。"其六云:"无因随百兽,率舞奉丹

1　(清)彭定求等编《全唐诗》卷 281,第 3193 页。

2　(清)彭定求等编《全唐诗》卷 282,第 3203 页。

3　(唐)王建著,王宗堂校注《王建诗集校注》卷 3,第 131~132 页。

4　(清)彭定求等编《全唐诗》卷 327,第 3660 页。

5　(唐)刘禹锡撰,陶敏、陶红雨校注《刘禹锡全集编年校注》卷 15,中华书局,2019,第 1747 页。

壄。"[1] "遐荒似川水，天外亦朝宗"是其时天下太平的征象之一；百兽率舞就是万国来朝的代名词。武元衡是宪宗朝宰相，是"元和中兴"局面的开创者之一，他的诗歌咏当时的中兴局面。其《奉和圣制重阳日即事》云："重阳德泽展，万国欢娱同。"[2]《途次》诗云："不问三苗宠，谁陪万国欢。"[3] 二诗都反映了当时与周边民族的友好关系。彭伉《青云干吕》云："远示无为化，将明至道君"；"自使来宾国，西瞻仰瑞云"；"圣布中区化，祥符异域云"。[4] 林藻同题诗云："作瑞来藩国，呈形表圣君。"[5] 权德舆《奉和郑宾客相公摄官丰陵扈从之作》云："遐荒七月会，胪夐百灵奔。"[6] 柳宗元《同刘二十八院长述旧言怀感时书事奉寄澧州张员外使君五十二韵之作因其韵增至八十通赠二君子》云："三载皇恩畅，千年圣历遐。朝宗延驾海，师役罢梁溠。"[7] 刘禹锡《奉和淮南李相公早秋即事寄成都武相公》云："远夷争慕化，真相故临边。"[8] 张仲素《献寿词》云："玉帛殊方至，歌钟比屋闻。华夷今一贯，同贺圣朝君。"[9] 诗人把这种圣明景象归功于宪宗的英明。

　　唐与吐蕃进行了长期的军事斗争，双方都付出了巨大代价。至宪宗时，唐对吐蕃取得了军事上的优势。为了缓和与唐朝的关系，吐蕃主动提出归还一部分所占领的唐朝秦陇之地。《新唐书·吐蕃传》记载：

　　　　宪宗初，遣使者修好，且还其俘。又以使告顺宗丧，吐蕃亦以论勃藏来。后比年来朝……五年，以祠部郎中徐复往使……复

---

1 （清）彭定求等编《全唐诗》卷333，第3735页。

2 （清）彭定求等编《全唐诗》卷317，第3564页。

3 （清）彭定求等编《全唐诗》卷317，第3568页。

4 （清）彭定求等编《全唐诗》卷319，第3595页。

5 （清）彭定求等编《全唐诗》卷319，第3596页。

6 （清）彭定求等编《全唐诗》卷325，第3646页。

7 《柳宗元集》卷42，第1113页。

8 （唐）刘禹锡撰，陶敏、陶红雨校注《刘禹锡全集编年校注》卷2，第151页。

9 （清）彭定求等编《全唐诗》卷367，第4136页。

至鄯州擅还，其副李逢致命赞普……房以论思邪热入谢，且归郑
叔矩、路泌之枢，因言愿归秦、原、安乐州。……自是朝贡岁入。
又款陇州塞，丐互市，诏可。[1]

唐与西域的交通出现新的转机。张籍《送李仆射愬赴镇凤翔》云：
"由来勋业属英雄，兄弟连营（一作荣）列位同。先入贼城擒首恶，
尽封笼库让元公。旌幢独继家声外，竹帛新添国史中。天子新（一
作欲）收秦陇地，故教移镇古扶风。"[2]李愬在宪宗时的削藩战争中立
有大功，赴镇凤翔，张籍写诗相赠。所谓"天子新收秦陇地"，即指
吐蕃归还秦、原、安乐诸州。令狐楚《圣明乐》云："海浪恬月徼，
边尘静异山。从今万里外，不复锁萧关。"[3]《宫中乐五首》其一云：
"楚塞金陵靖，巴山玉垒空。万方无一事，端拱大明宫。"[4]所咏大约
也是此事。

在元和中兴时代，四面八方的国家和民族纷纷向唐朝入贡。欧阳
詹《元日陪早朝》诗云：

斗柄东回岁又新，邅疏南面挹来宾。和光仿佛楼台晓，休气
氤氲天地春。仪篇不唯丹穴鸟，称觞半是越裳人。江皋腐草今何
幸，亦与恒星拱北辰。[5]

"越裳人"代指入贡外国人，酒宴上竟有一半是外国来宾。又如李沛
《海水不扬波》云："明朝崇大道，寰海免波扬。既合千年圣，能安百
谷王。天心随泽广，水德共灵长。不挠鱼弥乐，无澜苇可航。化流沾
率土，恩浸及殊方。岂只朝宗国，惟闻有越裳。"[6]在朝廷贺正的仪式

1　《新唐书》卷216下《吐蕃传》，第6100页。
2　（清）彭定求等编《全唐诗》卷385，第4345页。
3　（清）彭定求等编《全唐诗》卷334，第3748页。
4　（清）彭定求等编《全唐诗》卷334，第3748页。
5　（清）彭定求等编《全唐诗》卷349，第3908页。
6　（清）彭定求等编《全唐诗》卷780，第8820页。

上，许多来自南海之外的国家和民族向唐天子奉觞称臣。石倚《舞干羽两阶》云："干羽能柔远，前阶舞正陈。欲称文德盛，先表乐声新。肃肃行初列，森森气益振。动容和律吕，变曲静风尘。化美超千古，恩波及七旬。已知天下服，不独有苗人。"[1] "有苗"即三苗，古代南方的一个部落，尧、舜、禹时南方较强大的部族，这里代指边疆民族。王卓《观北番谒庙》云："肃肃层城里，巍巍祖庙清。圣恩覃布濩，异域献精诚。冠盖分行列，戎夷变姓名。礼终齐百拜，心洁尽忠贞。"[2] 中唐时期所谓"北番"通常指回鹘。殷尧藩《帝京二首》其二云："龙虎山河御气通，遥瞻帝阙五云红。英雄尽入江东籍，将相多收蓟北功。礼乐日稽三代盛，梯航岁贡万方同。"[3] 殷尧藩，元和九年（814）进士，其诗歌创作活动主要在元和年间，此诗当是为歌颂宪宗的功业而作。

　　随着社会的安定，各种游宴节赏活动也恢复了。其中诗酒唱和成为君臣间娱乐活动的重要内容，诗歌中免不了歌功颂德、粉饰太平，万国朝正、恩流海外是常见话题。赵良器《三月三日曲江侍宴》云："圣祖发神谋，灵符叶帝求。一人光锡命，万国荷时休。雷解圜丘毕，云需曲水游。岸花迎步辇，仙仗拥行舟。睿藻天中降，恩波海外流。"[4] 包佶《元日观百僚朝会》云："万国贺唐尧，清晨会百僚。花冠萧相府，绣服霍嫖姚。寿色凝丹槛，欢声彻九霄。"[5] 僧人广宣在元和、长庆两朝并为内供奉，其《降诞日内庭献寿应制》诗为宪宗歌功颂德："庆寿千龄远，敷仁万国通。"[6] 各地方镇大员节庆宴游亦为常事，在整个社会爱好诗歌的风气中，席间往往附庸风雅、诗歌唱和。那些享受到地方官员热情招待的诗人，酒足饭饱之际不免在诗中替官员们评功摆好，其中也涉及唐政府文治武功的辉煌。卢群

1　（清）彭定求等编《全唐诗》卷 781，第 8830 页。
2　（清）彭定求等编《全唐诗》卷 781，第 8830 页。
3　（清）彭定求等编《全唐诗》卷 492，第 5566 页。
4　（清）彭定求等编《全唐诗》卷 203，第 2117 页。
5　（清）彭定求等编《全唐诗》卷 205，第 2143 页。
6　（清）彭定求等编《全唐诗》卷 822，第 9269 页。

《淮西席上醉歌》云："祥瑞不在凤凰麒麟，太平须得边将忠臣。卫霍真诚奉主，貔虎十万一身。江河潜注息浪，蛮貊款塞无尘。"[1] 意谓周边民族款塞入贡、边境无尘的社会环境是"边将忠臣"辅助君王治理天下的成果。

　　在皇帝晏驾举行大丧时，周边民族和异域国家遣使参加祭奠和送葬活动。元稹《顺宗至德大圣大安孝皇帝挽歌词三首》其一云："不改延洪祚，因成揖让朝。讴歌同戴启，遏密共思尧。雨露施恩广，梯航会葬遥。"[2] "梯航"是梯山航海的省略，指异域远方的国家和民族跋山涉水远道而来。"梯航会葬遥"，就是说许多国家的使臣从遥远的地方赶来，吊唁去世的顺宗。元稹《宪宗章武孝皇帝挽歌词三首》其二云："天宝遗余事，元和盛圣功。二凶枭帐下，三叛斩都中。始服沙陀虏，方吞逻逤戎。狼星如要射，犹有鼎湖弓。"[3] 这首诗把宪宗与玄宗的功业相提并论，把北服沙陀、西胜吐蕃作为宪宗的辉煌武功歌颂。

　　宪宗以后，唐朝虽然每况愈下，但仍然保持了相当长时期的安定局面，仍然保持着东亚大国的地位，与周边民族和域外的交往仍能保持着一种大国姿态。唐朝在世界上的地位仍见诸诗人的吟咏。白居易《开成大行皇帝挽歌词四首奉敕撰进》写唐文宗："御宇恢皇化，传家叶至公。华夷臣妾内，尧舜弟兄中。制度移民俗，文章变国风。开成与贞观，实录事多同。"[4] 他把文宗与太宗相提并论，他们皆视华夷为一家，华夷臣服，蔚为盛世。李德裕《奉和圣制南郊礼毕诗》歌颂唐武宗："昌运岁今会，王猷从此新。三臣皆就日，万国望如云。"[5]《寒食日三殿侍宴奉进诗一首》又云："天颜欢益醉，臣节劲尤高。楛矢方来贡，雕弓已载櫜。英威扬绝漠，神算尽临洮。"[6] "楛矢""雕弓"都

1　（清）彭定求等编《全唐诗》卷 314，第 3534 页。

2　《元稹集》卷 8，冀勤点校，中华书局，1982，第 90 页。

3　《元稹集》卷 8，第 91 页。

4　（清）彭定求等编《全唐诗》卷 458，第 5204 页。

5　（清）彭定求等编《全唐诗》卷 475，第 5387 页。

6　（清）彭定求等编《全唐诗》卷 475，第 5388 页。

是来自其他民族的贡物。"英威扬绝漠"是说对北方游牧民族的战争取得胜利;"神算尽临洮"是说对吐蕃的战争表现出超人的智慧。马植《奉和白敏中圣道和平致兹休运岁终功就合咏盛明呈上》歌颂唐宣宗大中年间的君臣贤明和文治武功:"舜德尧仁化犬戎,许提河陇款皇风。指挥貔武皆神算,恢拓乾坤是圣功。四帅有征无汗马,七关虽戍已弢弓。天留此事还英主,不在他年在大中。"[1] 厉玄《元日观朝》云:"玉座临新岁,朝盈万国人。"[2] 这些诗虽然有歌颂溢美之词,但在一定程度上也反映了唐朝对外关系的真实状况,反映了当时中国与域外的交往和交流在继续进行。

第四节　唐朝衰亡与丝路衰落

"元和中兴"只是唐中期的一时振作,所谓"中兴"与"贞观之治""开元盛世"相去甚远,安史之乱中丢失的国土并未收复,路经陇右、河西的丝路并未复通。中唐诗人李涉《奉使京西》诗云:"卢龙已复两河平,烽火楼边处处耕。何事书生走羸马,原州城下又添兵。"[3] 李涉 806 年前后在世,正是德宗和宪宗时,诗前两句反映的是宪宗时平藩取得胜利的历史事实。但长安以西的局势并没有改善,陇右、河西一带被吐蕃占领,那里成为唐与吐蕃、回鹘对抗的前线。因此当诗人奉使至京西时,便看到唐朝增援原州的部队。宣宗时张议潮起义,驱逐了吐蕃在河西、陇右的势力,并表示归顺唐朝,中西交通出现复兴的希望。但由于朝廷措置失当,朝廷与沙州政权的矛盾错综复杂,唐后期丝绸之路的利用并没有好转。

宪宗死后,各跋扈藩镇重又变乱或不禀朝命,宦官专权的局面日益加深,党争激烈造成极大内耗。唐朝自宣宗时起,天下已乱,农民

1　(清)彭定求等编《全唐诗》卷 479,第 5455 页。

2　(清)彭定求等编《全唐诗》卷 884,第 9986 页。

3　(清)彭定求等编《全唐诗》卷 477,第 5433 页。

起义此起彼伏，终于酿成黄巢大起义。黄巢军辗转作战，最后攻入长安，唐朝已经奄奄一息，再无力经营陇右、河西和西域。罗隐《即事中元甲子》云："三秦流血已成川，塞上黄云战马闲。只有羸兵填渭水，终无奇事出商山。田园已没红尘内，弟侄相逢白刃间。惆怅翠华犹未返，泪痕空滴剑文斑。"[1] 许棠《塞下二首》其一云："胡虏偏狂悍，边兵不敢闲。防秋朝伏弩，纵火夜搜山。雁逆风羣振，沙飞猎骑还。安西虽有路，难更出阳关。"其二云："征役已不定，又缘无定河。塞深烽砦密，山乱犬羊多。汉卒闻笳泣，胡儿击剑歌。番情终未测，今昔谩言和。"[2] 当年唐人向往的"愿今日入处，亦似天中央"，"若纵干戈更深入，应闻收得到昆仑"已经化为泡影。

在古代诗歌领域里有替统治阶级粉饰太平、歌功颂德的传统，且在无功可歌、无德可颂时仍在进行。在唐朝江河日下、日落西山之际，仍有人不顾实际地颂扬大唐的"辉煌"。齐己《煌煌京洛行》云：

> 圣君垂衣裳，荡荡若朝旭。大观无遗物，四夷来率服。清晨回北极，紫气盖黄屋。双阙耸双鳌，九门如川渎。梯山航海至，昼夜车相续。我恐红尘深，变为黄河曲。[3]

齐己（约860~约937）是唐末五代著名诗僧，潭州益阳（今属湖南宁乡）人，一生经历了唐朝和五代中的三个朝代，当朝皇帝都难以称得上"圣君"，国家也不曾出现"四夷来率服""梯山航海至"的盛况。这位被称为"性放逸"的诗僧却对世俗政权极尽溢美颂德之能事。唐人尚颜《读齐己上人集》评论他："诗为儒者禅，此格的惟仙。古雅如周颂，清和甚舜弦。"[4] 可见他是继承了儒家诗教传统的。又如司空图《丁巳元日》诗：

1 （清）彭定求等编《全唐诗》卷660，第7577页。

2 （清）彭定求等编《全唐诗》卷603，第6967页。

3 （清）彭定求等编《全唐诗》卷847，第9588~9589页。

4 （清）彭定求等编《全唐诗》卷848，第9602页。

　　　　禀朔华夷会，开春气象生。日随行阙近，岳为寿觞晴。作睿
　　由稽古，昭仁事措刑。上玄劳眷佑，高庙保忠贞。[1]

司空图笔下的"丁巳"年应该是昭宗乾宁四年（897），那时唐天子大
权旁落，社会处于极度动荡之中，他居然还称颂说："禀朔华夷会，开
春气象生。"又如罗邺《岁仗》诗："玉帛朝元万国来，鸡人晓唱五门
开。春排北极迎仙驭，日捧南山入寿杯。歌舜薰风铿剑佩，祝尧嘉
气霭楼台。可怜四海车书共，重见萧曹佐汉材。"[2]罗邺于唐僖宗乾符
中前后在世，他的诗写"玉帛朝元万国来"，落脚到"重见萧曹佐汉
材"，很明显是把其时把持了朝政的朱温比成萧何、曹参加以歌颂。
王贞白《长安道》云："晓鼓人已行，暮鼓人未息。梯航万国来，争先
贡金帛。"[3]天复二年（902），王贞白任校书郎，步入仕途，此时距他
考中进士已经七年。仅在朝廷中担任闲职的王贞白盘桓数年后，终于
无法忍受尔虞我诈、人心惶惶的官场生活，趁昭宗赴岐山狩猎之时，
愤而返乡归隐。在这样的时代里，他还在歌颂"梯航万国来，争先贡
金帛"，显然言不由衷。

　　总之，丝绸之路的盛衰变化在唐诗中得到了直接或间接的反映。
唐代诗人大都关注时事，丝绸之路和对外关系是他们始终关注的重
要领域，也是他们诗歌创作的重要主题。唐朝开拓陇右、河西和西
域，唐代与域外和周边民族的交往，唐朝举世钦仰的崇高地位，丝
绸之路为唐朝带来的辉煌等，时时激发他们的诗情和灵感，他们在
诗里表达了自豪和激动之情。当大唐盛世一去不返、丝绸之路遭受
严重阻碍、国威受损、国土沦丧之际，他们在诗里表达了痛心和遗
憾。诗是社会生活的反映，更是心灵的历史。唐诗为我们提供的有
关丝路盛衰和唐人情感的资料，具有其他资料不可代替的独特价值。

1　（清）彭定求等编《全唐诗》卷885，第10000页。
2　（清）彭定求等编《全唐诗》卷654，第7506页。
3　（清）彭定求等编《全唐诗》卷701，第8058页。

当然，诗是文学作品，描写中有艺术表现，甚至有夸张和想象，不像史著那样客观，在那些替最高统治者歌功颂德的诗作中不免有溢美成分，但从总体上来看，唐诗的描写通常都有一定的现实基础，具有重要的认识价值。

第六章　唐诗中长安—晋阳官驿道上的行旅

—— 兼谈晚唐诗人杜牧北上游边的经历

晋阳即太原，古代北方著名的大都会，自古以来即为北方军事重镇。李唐兴起于太原，建为北都，太原成为唐朝北方政治中心之一。"缅想封唐处，实惟建国初。"[1] 太原在唐代统治者心中具有特殊的意义。从边防形势看，这里地处防御北方游牧民族侵扰的前线；从交通上看，晋阳北通草原路，西北通灵州，东北通幽州，是中原政权控扼北方和东北方的军事基地，尤其在唐后期与回鹘的交往中更加重要。因此自都城长安至太原的官驿道是唐朝重要交通线之一，唐代赴任的官员、奉命北征的将士、游边入幕谋求仕途的文士、奉命出使的唐蕃使

1　唐玄宗《过晋阳宫》诗，见（清）彭定求等编《全唐诗》卷3，第26页。

节、和亲回鹘的公主等多出此途。

从长安至太原的驿道，严耕望先生已经做了详细考证："此道大略取渭水北岸东经同州（今大荔），由蒲津渡河至蒲州（今永济），再东北循涑水河谷而上，至绛州（今新绛）。又由同州有支线东北行至龙门，渡河，循汾水而上亦至绛州。又有支线由蒲州沿河东岸北行至龙门，接龙门、绛州道。绛州又循汾水河谷北上，经晋州（今临汾），至太原府（今晋源）。"[1] 这条道路就是当年唐高祖李渊从太原起兵攻入长安的逆向行军路线。

在诗歌兴盛的唐代，这条道路的利用自然反映到诗人的写作中，唐诗见证了这条道路的兴盛，也印证了这条道路的路线和走向。本章利用唐诗资料，着重探讨奔波在这一道途中的行旅，以见唐代长安至太原驿道利用的情况，并对晚唐诗人杜牧早年北上游边的行踪略加考证。

第一节 远征的将士

唐代太原具有重要的战略地位。严耕望先生指出，唐代北方强邻先后有突厥与回鹘，北敌南下与唐朝防御之重点有四，自东而西数之有四大军镇，即幽州、晋阳、灵州、凉州，"灵州与太原府位居中间，为国都长安之屏障，故在军事上尤见重要，亦为南北国际交通之两条最主要干线"。[2] 唐军为对付北方和东北方游牧民族的侵扰，从长安出发经太原到更远的地区作战，一方面经过太原，另一方面取军需于太原。太原是并州、晋阳郡治所。宋璟《奉和圣制答张说扈从南出雀鼠谷》云："秦地雄西夏，并州近北胡。"[3] 李端《送王副使还并州》云："并州近胡地，此去事风沙。"[4] 二诗说明了太原在对北方草原民族战争

1　严耕望：《唐代交通图考》第 1 卷《京都关内区》，上海古籍出版社，2007，第 91 页。

2　严耕望：《唐代交通图考》第 5 卷《河东河北区》，第 1335 页。

3　（清）彭定求等编《全唐诗》卷 64，第 750~751 页。

4　（清）彭定求等编《全唐诗》卷 286，第 3276 页。

中的重要地理位置。张说《送李侍郎迥秀薛长史季昶同赋得水字》云：
"汉郡接胡庭，幽并对烽垒。"[1] 在"接胡庭"的幽州和并州烽垒相望，
正是这一带军情和边防形势的写照。

　　唐朝前期实行府兵制，边境有战事，朝廷调发府兵从事征讨，将
军从朝廷出发，率兵作战，战后归阙。卢照邻《结客少年场行》云：
"将军下天上，虏骑入云中。烽火夜似月，兵气晓成虹。横行徇知己，
负羽远从戎。龙旌昏朔雾，鸟阵卷胡风。追奔瀚海咽，战罢阴山空。
归来谢天子，何如马上翁。"[2] "云中"即云中郡，战国时属赵，秦代治
云中（今内蒙古托克托东北），辖境约当今内蒙古土默特右旗以东，
大青山以南，卓资县以西，黄河南岸及长城以北，西汉时辖境缩小，
东汉末期废除。唐代天宝元年（742）将云州改为云中郡，乾元元年
（758）再改为云州。诗人笔下的侠少年从长安赴云中作战，必经太
原，卢照邻的诗便是这种征程的写照。李益《题太原落漠驿西堠》云：
"征戍在桑乾，年年蓟北寒。殷勤驿西堠，此路向长安。"[3] 韦庄《平陵
老将》云："白羽金仆姑，腰悬双辘轳。前年葱岭北，独战云中胡。匹
马塞垣老，一身如鸟孤。归来辞第宅，却占平陵居。"[4] "葱岭""云中"
都是文学意象，泛指边塞。平陵即汉昭帝刘弗陵之陵，位于今陕西省
咸阳城西六公里处秦都区平陵乡大王村，这里代指长安。这位老将云
中征战归乡，回到长安附近的平陵。卢殷《长安亲故》云："楚兰不佩
佩吴钩，带酒城头别旧游。年事已多筋力在，试将弓箭到并州。"[5] 诗
人在长安城头与这位亲故饯别，这位年事已高的亲故将赴并州驻守。
许浑《塞下》云："夜战桑干北，秦兵半不归。朝来有乡信，犹自寄征
衣。"[6] "秦兵"即关中地位的士兵，到桑干河以北的地区作战，他们的
部队必经太原，并以太原为基地。

1　（清）彭定求等编《全唐诗》卷 86，第 927 页。

2　《卢照邻集》卷 1，中华书局，1980，第 9~10 页。

3　范之麟注《李益诗注》，上海古籍出版社，1984，第 94 页。

4　《韦庄集》，向迪琮校订，人民文学出版社，1958，第 110 页。

5　（清）彭定求等编《全唐诗》卷 470，第 5342 页。

6　（清）彭定求等编《全唐诗》卷 538，第 6135 页。

从长安出发赴太原征战的道路被称为"太原道"，又叫"并州道""并州路"。崔湜《大漠行》云："单于犯蓟壖，骠骑略萧边。南山木叶飞下地，北海蓬根乱上天。科斗连营太原道，鱼丽合阵武威川。"[1]当北方的草原民族侵扰时，将军统兵从长安出发，途经太原道出征。张祜《冬日并州道中寄荆门舍》云："圣明神武尚营边，我是何人不控弦。身着貂裘随十万，心思白社隔三千。云沉古戍初寒日，雁下平陂欲雪天。却为恩深归未得，许随车骑勒燕然。"[2]李宣远《并州路（一作杨达诗，题云塞下作）》云："秋日并州路，黄榆落故关。孤城吹角罢，数骑射雕还。帐幕遥临水，牛羊自下山。征人正垂泪，烽火起云间。"[3]太原道是征战之道，因此唐诗中写到太原道常与将士远征有关。

第二节　往来的官员

太原是唐朝龙兴之地，唐之北都，国之"北门"，抗击北方游牧民族的前线和基地，因此唐朝重视北都的稳定和建设，重视太原官员的选任。开元二十九年（741）四月，裴宽出为太原尹、北都留守，玄宗赋诗饯送，其诗有云"德比岱云布，心如晋水清"，[4]表现出朝廷对河东道长官任命的重视。唐诗中写到的往来于长安、洛阳与太原的官员主要有三类，一是名高位重的高官，二是身负征讨重任的将军，三是奉命出使的官员。太原是河东节度使驻节之地，河东是唐朝后期大镇，地理位置重要，河东节度使往往出将入相，并兼任太原尹、北都留守，带宰相衔。唐诗中写到几位担任河东节度使的名臣高官。

裴度，河东闻喜人，中唐杰出的政治家、军事家和文学家，宪宗时累迁御史中丞。支持宪宗削藩，以功封晋国公。在穆宗、敬宗、文宗

1　（清）彭定求等编《全唐诗》卷 54，第 661~662 页。

2　陈尚君辑校《全唐诗补编》，第 200 页。

3　（清）彭定求等编《全唐诗》卷 466，第 5297 页。

4　《旧唐书》卷 100《裴宽传》，第 3130 页。

三朝，数度出镇拜相，史称"出入中外，以身系国之安危、时之轻重者二十年"。[1] 裴度两度出任太原尹。元和十四年（819）任检校左仆射、同中书门下平章事、太原尹、北都留守、河东节度使。他第一次赴任时著名诗人王建、张籍都曾写诗送行。王建《送裴相公上太原》云：

> 还携堂印向并州，将相兼权是武侯。时难独当天下事，功成却进手中筹。再三陈乞炉烟里，前后封章玉案头。朱架（一作荣）早朝排（一作立）剑戟，绿槐残雨看张油。遥知塞雁从今好，直得渔阳已北愁。边铺惊巡旗尽换，山城候馆壁重修。千群白刃兵迎节，十对红妆妓打球。圣主分明交暂去，不须高起见京楼。[2]

太原地理位置重要，故称裴度出任太原为"独当天下事"；出任北都留守和河东节度使者，都是出将入相的人才，所以诗人说裴度此行只是"暂去"，不久就会重返朝廷。张籍《送裴相公赴镇太原》云："盛德雄名远近知，功高先乞守藩维。衔恩暂遣分龙节，署敕还同在凤池。天子亲临楼上送，朝官齐出道傍辞。明年塞北清蕃落，应建生祠请立碑。"[3] 这里也说裴度赴任太原，只是"暂遣"。后裴度任东都留守，文宗开成二年（837）朝廷又任命他为太原尹、北都留守、河东节度使。裴度再度赴任，刘禹锡有《奉送裴司徒令公自东都留守再命太原》诗，称裴度到太原，将会出现"汉垒三秋静，胡沙万里空"的局面。[4] 白居易有《寄献北都留守裴令公》诗，称赞他"宠重移宫籞，恩新换阃旄。保釐东宅静，守护北门牢。晋国封疆阔，并州士马豪。胡兵惊赤帜，边雁避乌号。令下流如水，仁沾泽似膏。路喧歌五袴，军醉感单醪。将校森貔武，宾僚俨隽髦。客无烦夜柝，吏不犯秋毫。

---

1 《旧唐书》卷 170《裴度传》，第 4433 页。
2 （唐）王建著，王宗堂校注《王建诗集校注》卷 3，第 138 页。
3 （唐）张籍著，徐礼节、余恕诚校注《张籍集系年校注》卷 4，第 421 页。
4 《刘禹锡集》卷 28，上海人民出版社，1975，第 264 页。

神在台驵助，魂亡猃狁逃。德星销彗孛，霖雨灭腥臊"。[1] 诗人们都对裴度寄予厚望，希望他治边立功。

令狐楚是中唐著名政治家，大和六年（832）二月赴任太原尹、北都留守、河东节度使等，亦带宰相衔。白居易、刘禹锡皆有诗送行，称他为"相公"。白居易《送令狐相公赴太原》云："六纛双旌万铁衣，并汾旧路满光辉。青衫书记何年去，红旆将军昨日归。诗作马蹄随笔走，猎酣鹰翅伴骹飞。此都莫作多时计，再为苍生入紫微。"[2] 刘禹锡《和白侍郎送令狐相公镇太原》云："十万天兵貂锦衣，晋城风日斗生辉。行台仆射新恩重，从事中郎旧路归。叠鼓蹙成汾水浪，门旗惊断塞鸿飞。边庭自此无烽火，拥节还来坐紫微。"[3] 二人异口同声地盼望令狐楚早日回朝。严绶是唐代中期名臣，代宗大历年间，迁为银青光禄大夫、检校工部尚书，兼太原尹、御史大夫、北都留守和河东节度使等。鲍溶《述德上太原严尚书绶》云：

> 帝命河岳神，降灵翼轩辕。天王委管籥，开闭秦北门。顶戴日月光，口宣雨露言。甲马不及汗，天骄自亡魂。清（一作青）冢入内地，黄河穷本源。风云寝气象，鸟兽翔旗幡。军人歌无胡，长剑倚昆仑。终古鞭血地，到今耕稼繁。樵客天一畔，何由拜旌轩。愿请执御臣，为公动朱轓。岂令群荒外，尚有辜帝恩。愿陈田舍歌，暂息四座喧。条桑去附枝，薙草绝本根。可惜汉公主，哀哀嫁乌孙。[4]

诗以守好唐朝的北大门相嘱托，因为严绶身负抗御北方戎狄的重任。

1　《白居易集》卷 34，顾学颉校点，中华书局，1979，第 764 页。按：此诗《文苑英华》题作《寄献北都留守裴令公》，诗有小序："司徒令公分守东洛，移镇北都，一心勤王，三月成政。形容盛德，实在歌诗。况辱知音，敢不先唱？辄奉五言四十韵寄献，以抒下情。"《白居易集》以序为题。《全唐诗》题曰《寄献北都留守裴令公并序》，并云："此从《英华》本增。"

2　《白居易集》卷 26，第 599~600 页。

3　《刘禹锡集》卷 32，第 305 页。

4　（清）彭定求等编《全唐诗》卷 485，第 5510~5511 页。

严绶所处的时代，唐朝与回鹘和亲，公主嫁到回鹘，诗人感到屈辱，诗最后两句表达这种沉痛心情，希望严绶能改变这种局面。狄兼谟有族曾祖父狄仁杰之遗风，文宗时担任过兵部侍郎、工部尚书、太原尹兼河东节度使、尚书左丞等重要职务。姚合《送狄尚书镇太原》云：“授钺儒生贵，倾朝赴饯筵。麾幢官在省，礼乐将临边。代马龙相杂，汾河海暗连。远戎移帐幕，高鸟避旌旃。天下屯兵处，皇威破虏年。防秋嫌垒近，入塞必身先。中外恩重叠，科名岁接连。散材无所用，老向琐闱眠。”[1] 在诗人笔下，这些名臣出任太原长官，能威震敌人，皆有安定内外之重任。

太原北邻胡地，当战事发生，朝廷遣将出征，将军赴任时，诗人们往往写诗送行。钱起《送王使君赴太原行营》就是这样的诗：“太白明无象，皇威未戢戈。诸侯持节钺，千里控山河。汉驿双旌度，胡沙七骑过。惊蓬连雁起，牧马入云多。不卖卢龙塞，能消瀚海波。须传出师颂，莫奏式微歌。”[2] 行营都是负有专征之任的军队和统帅，王使君远赴太原行营参加作战，诗人希望他战胜敌人，结束战争。卢纶《送鲍中丞赴太原》云：“分路引鸣驺，喧喧似陇头。暂移西掖望，全解北门忧。专幕临都护，分曹制督邮。积冰营不下，盛雪猎方休。白草连胡帐，黄云拥戍楼。今朝送旌斾，一减鲁儒羞。”[3] 鲍中丞赴太原的目的是“全解北门忧”，即击退北方敌人对太原的威胁。经长安—太原驿道的朝廷使臣，有的是赴北方巡视边情，有的则经此进入北方草原民族。常建《塞上曲》云：“翩翩云中使，来问太原卒。百战苦不归，刀头怨明月。塞云随阵落，寒日傍城没。城下有寡妻，哀哀哭枯骨。”[4] 云中郡代指北方边地，云中使即朝廷派往北方巡边的使节，他们肩负着慰问边防将士的职责。诗人表达了反战的思想，以及战争给人们带来的痛苦和造成的伤亡。

1　（清）彭定求等编《全唐诗》卷496，第5615页。

2　王定璋校注《钱起诗集校注》卷7，浙江古籍出版社，1992，第216~217页。

3　（唐）卢纶著，刘初棠校注《卢纶诗集校注》卷5，第525页。

4　（唐）常建著，王锡九校注《常建诗歌校注》，中华书局，2017，第61页。

我们在唐诗中还读到送别或留别赴任太原或出使太原的普通官员的诗。张南史《送郑录事赴太原》云："叹息不相见，红颜今白头。重为西候别，方起北风愁。六月胡天冷，双城汾水流。卢谌即故吏，还复向并州。"[1] 武元衡《送崔判官使（一作还）太原》云："劳君车马此逡巡，我与刘君本世亲。两地山河分节制，十年京洛共风尘。笙歌几处胡天月，罗绮长留蜀国春。报主由来须尽敌，相期万里宝刀新。"[2] 姚合《送邢郎中赴太原》云："上将得良策，恩威作长城。如今并州北，不见有胡兵。晋野雨初足，汾河波亦清。所从古无比，意气送君行。"[3] 马戴《留别定襄卢军事》云："行行与君别，路在雁门西。秋色见边草，军声闻戍鼙。酣歌击宝剑，跃马上金堤。归去咸阳里，平生志不迷。"[4] 许棠《冬夜与友人会宿》云："君初离雁塞，我久滞雕阴。隔闰俱劳梦，通宵各话心。禁风吹漏出，原树映星沉。白昼常多事，无妨到晓吟。"[5] 这首诗写两名皆从外地来到长安任职的官员，一位来自雕阴，一位来自雁门，他们在长安值夜，因此说"禁风吹漏出"。这些诗写往返于长安与太原的官员的行程，往往提到"并州""晋野""汾河""雁门""雁塞""咸阳"等，都表明其路经长安至太原的驿道。

第三节　游边入幕谋取出路的士人

唐前期沿边置八大军镇，设节度使，河东节度使驻节太原。安史之乱发生后，全国藩镇林立，河东为北方重镇。节度使幕府僚佐实行辟署制，由节帅辟请入幕。入幕士人既享有优厚待遇，又有功名前

---

1 （清）彭定求等编《全唐诗》卷 296，第 3357 页。

2 （清）彭定求等编《全唐诗》卷 317，第 3560 页。

3 （清）彭定求等编《全唐诗》卷 496，第 5618 页。

4 （清）彭定求等编《全唐诗》卷 555，第 6438 页。

5 （清）彭定求等编《全唐诗》卷 604，第 6980 页。

程，因此那些富有才华而一时没有出路的士人争相前往。

节度使下有副使，副使辅佐戎幕，职高权重，往往由朝廷选派。李端《送王副使还并州》云："并州近胡地，此去事风沙。铁马垂金络，貂裘犯雪花。曾持两郡印，多比五侯家。继世新恩厚，从军旧国赊。戍烟千里直，边雁一行斜。想到清油幕，长谋出左车。"[1] 这位王副使曾担任郡太守或州刺史，如今担任河东节度使副使，因公到长安，事毕返太原。诗人写诗相赠，希望他为节帅出谋献策，为北都的安定贡献力量。无可《送薛重中丞充太原副使》云："中司出华省，副相晋阳行。书答偏州启，筹参上将营。踏沙夜马细，吹雨晓笳清。正报胡尘灭，桃花汾水生。"[2] 薛重要赴任太原，担任河东节度使副使，他在朝廷担任御史中丞，离京赴任，所以无可诗称"中司出华省"。当内地士人应节帅辟请入幕，远赴边地，诗人往往写诗送行。严维《送房元直赴北京》云："犹道楼兰十万师，书生匹马去何之。临岐未断归家目（一作日），望月空吟出塞诗。常欲激昂论上策，不应憔悴老明时。遥知到日逢寒食，彩笔长裾会晋祠。"[3] 北京即太原。房元直作为一介书生，匹马赴太原，一般情况下都是入节度使幕府任僚佐。曹松《送进士喻坦之游太原》云："北鄙征难尽，诗愁满去程。废巢侵烧色，荒冢入锄声。逗野河流浊，离云碛日明。并州戎垒地，角动引风生。"[4] 喻坦之进士中举，要到边镇幕府谋求出路，希冀得幕府一席，诗人写诗送行。钱起《送崔校书从军》云："雁门太守能爱贤，麟阁书生亦投笔。宁唯玉剑报知己，更有龙韬佐师律。别马连嘶出御沟，家人几夜望刀头。燕南春草伤心色，蓟北黄云满眼愁。闻道轻生能击虏，何嗟少壮不封侯。"[5] 崔某在朝廷担任校书郎之职，应雁门太守之辟请，投笔从戎，诗人祝愿他立功封侯。

1　（清）彭定求等编《全唐诗》卷 286，第 3276 页。

2　（清）彭定求等编《全唐诗》卷 813，第 9157 页。

3　（清）彭定求等编《全唐诗》卷 263，第 2916 页。

4　（清）彭定求等编《全唐诗》卷 716，第 8231 页。

5　（清）彭定求等编《全唐诗》卷 236，第 2603 页。

唐代士人在参加科举考试之前，往往有漫游之举，一是为了增长见闻，二是为了扩大交游，三是为了获得达官名士的赏识和举荐。李频《送友人往太原》云："离亭聊把酒，此路彻边头。草白雁来尽，时清人去游。汾河流晋地，塞雪满并州。别后相思夜，空看北斗愁。"[1] 这位友人便是往太原游历。有的士人想投边入幕，毛遂自荐，向节度使上书陈情，希望入其幕府任从事。张祜《投太原李司空》云：

> 烟尘绕北京，千里动人情。位压中华险，功排上将荣。四方分万石，三镇拥双旌。大郡为深寄，河湟仗素城。雄才身挺拔，柱石势映倾。霍氏勋元重，胡家正本清。殊恩酬义勇，积庆自忠贞。海岱乘时出，风云得气生。虎头膺将号，龙额擅侯名。曲蘖（糵）功归酒，盐梅味到羹。碧霄长日路，黄犬少年行。号令诛无轨，观风审未萌。物情周智用，宾礼尽逢迎。促座杯心亚，开场镜面平。神隈旗干动，虎占地衣狞。紫绶分排马，青娥乱替觥。鱼金垂重獭，罗袖拂球轻。暖阁朝呈简，深帘夜按笙。栖遑穷蔡泽，孱弱病刘桢。试暗秦台下，应回照胆明。[2]

诗先夸赞驻扎"北京"的河东节度使李载义位高功大，为国家柱石，隐含着太原地理位置的重要。然后自比受到主公赏识的蔡泽和刘桢，希望得到节帅的赏识。张祜的目的达到了，《冬日并州道中寄荆门舍》就是他在河东节度使幕府写的寄赠荆州的同舍生："圣明神武尚营边，我是何人不控弦。身着貂裘随十万，心思白社隔三千。云沉古戍初寒日，鹰下平陂欲雪天。却为恩深归未得，许随车骑勒燕然。"[3] 这里的"恩深"指节帅的知遇之恩，他说之所以不能归乡，是因为一方面受到节帅的赏遇，知恩思报，另一方面自己对节帅有许诺，要随节帅立功边塞。

---

1 （清）彭定求等编《全唐诗》卷588，第6820页。

2 陈尚君辑校《全唐诗补编》，第212页。

3 陈尚君辑校《全唐诗补编》，第200页。

第四节　唐与回鹘间的使节往来与公主和亲

　　唐代后期长安至太原驿道成为唐朝与回鹘交通往来之要道。唐与回鹘的交通本来主要利用灵州道和太原道，安史之乱后灵州道受到吐蕃的威胁，于是经太原至回鹘的道路得到更多的利用。严耕望论述这一变化云："唐代北方长期强邻为回纥。回纥旧都在娑陵水上，其水即今外蒙古北境之色稜格河。其后，牙帐南徙于乌德健山与昆河之间，在今和林之北偏西盖不到五十哩，鄂尔浑河左岸之黑城子。其至唐之主道系由该城东南行凡一千五百里至鹈鹕泉，又南入高阙凡三百里至西受降城，其地在北河（今黄河故道即五加河）西岸。由此直南取灵州道至长安约二千一二百里；由此东循黄河取单于都护府（后置振武军，今归绥城西南三四十里），又东南入雁门关经太原府至长安，约近三千里。雁门、太原道虽迂远，然太原以南途程平坦，经济繁荣，其北亦颇富庶，故沿途供应较易；灵州道虽较径捷，然灵州以南有横山山脉之阻，途程艰险且人烟稀少，其北更属沙漠地带，故沿途供应困难。是以唐代前期，两道行程各有优劣。及安史乱后，吐蕃强盛，侵据原州（今固原），屡扰盐、夏（横山山脉北麓），北侵西城，致西城、灵州南至长安之道不能畅通；故唐与回纥之主要通道，惟存太原一线。凡使节往还、商贾行旅，莫不由之。……而国疆东北部之河北三镇叛服不常，太行东麓之南北驿道交通亦时见阻隔。故唐代中叶之后，国都长安西北至回纥惟有太原一道，东北通幽州、妫州，亦往往取太原雁门道，是以太原府在北塞交通与军事支援方面之重要性更为增加。"[1]

　　唐前期朝廷遣使至北方民族，经行长安—太原驿道，在诗歌中有反映。杜审言《经行岚州》："北地春光晚，边城气候寒。往来花不发，新旧雪仍残。水作琴中听，山疑画里看。自惊牵远役，艰险促征

1　严耕望：《唐代交通图考》第 5 卷《河东河北区》，第 1335~1336 页。

鞍。"[1] 岚州，在今山西岚县北，唐属河东道，杜审言是经此道出使北方的。北魏孝庄帝建义元年（528）分肆州之秀容县、肆卢县、平寇县，并州之阳曲县置广州，治所在秀容，即今山西吕梁岚县县城南古城村。孝武帝永熙二年（533）撤广州，设岚州，属地未变。隋大业三年（607）为楼烦郡，大业八年置岚城县（今岚县岚城镇），为楼烦郡治。唐武德元年（618）改名东会州，武德六年改东会州为岚州，治所在宜芳县（岚城县改），天宝元年（742）复为楼烦郡。肃宗乾元元年（758）将楼烦郡改称岚州。岚州（楼烦）"南至上都取太原路一千五百八十里，取石、隰路一千三百七十五里。东南至东都一千二百一十里。东至忻州二百四十里。西至黄河一百八十里。河上有合河关，从关西至麟州一百二十里。南至石州二百四十里。东北至朔州三百七十四里。东南至太原府三百三十里。东北至代州三百里"。[2] 杜审言过太原西北行，再过岚州，便是往北方草原民族地面，显然他的"远役"是奉命出使北方民族。

　　唐后期与回鹘的往来多取太原道。王建《江台驿有题（一作题江台驿）》："水北金台路，年年行客稀。近闻天子使，多取雁门归。"[3] 从回鹘返朝的唐使行经雁门关，便是通过太原—长安驿道返京。于鹄《送张司直入单于（一作送客游边）》："若过并州北，谁人不忆家。塞深无伴侣，路尽有平沙。碛冷唯逢雁，天春不见花。莫随征将意，垂老事轻车。"[4] 单于指单于都护府，是漠南突厥族的政治、文化中心，遗址在今呼和浩特市和林格尔县土城子。张司直往单于都护府，却要经过"并州北"，说明他走的正是严耕望考证的长安—太原驿道。许棠《将过单于》："荒碛连天堡戍稀，日忧蕃寇却忘机。江山不到处皆到，陇雁已归时未归。行李亦须携战器，趋迎当便著戎衣。并州去

1　徐定祥注《杜审言诗注》，上海古籍出版社，1982，第 22 页。

2　（唐）李吉甫：《元和郡县图志》卷 14，第 395 页。

3　（唐）王建著，王宗堂校注《王建诗集校注》卷 4，第 212 页。

4　（清）彭定求等编《全唐诗》卷 310，第 3502 页。

路殊迢递，风雨何当达近畿。"[1] 诗人将要经过单于都护府返京，他想到前面要过并州，路途遥远，因此感叹归期遥遥。张蠙《登单于台》："边兵春尽回，独上单于台。白日地中出，黄河天外来。沙翻痕似浪，风急响疑雷。欲向阴关度，阴关晓不开。"[2] 单于台在今内蒙古呼和浩特市西，相传汉武帝曾率兵登临此台。诗人从单于台返京，要经过"阴关"，即阴地关。阴地关地处长安与太原的驿道上，在山西省灵石县西南五十里，唐太宗取霍邑时曾驻此。《旧唐书·昭宗纪》记载，大顺元年（890）李克用"拒王师于阴地，三战三捷"，[3] 亦其地。

　　唐朝与回鹘使节往来行经此道。李益《临滹沱见蕃使列名》："漠南春色到滹沱，碧柳青青塞马多。万里关山今不闭，汉家频许郅支和。"[4] 滹沱河发源于山西省繁峙县泰戏山孤山村一带，东流至河北省献县臧桥与子牙河另一支流滏阳河相汇流入渤海。诗人来到滹沱河岸边，看到"蕃使"即回鹘使节赴唐朝的题名，说明回鹘使节经此道入唐。周繇《送入蕃使》："猎猎旗幡过大荒，敕书犹带御烟香。滹沱河冻军回探，逻逤城孤雁著行。远塞风狂移帐幕，平沙日晚卧牛羊。早终册礼朝天阙，莫遣虬髭染塞霜。"[5] 周繇笔下的唐朝入蕃使也途经滹沱河北上，显然也是走长安—太原驿道入蕃。唐后期不少使臣出使回鹘，在唐诗中都有反映。权德舆《送张阁老中丞持节册吊回鹘》："旌旆翩翩拥汉官，君行常得远人欢。分职南台知礼重，辍书东观见才难。金章玉节鸣驺远，白草黄云出塞寒。欲散别离唯有醉，暂烦宾从驻征鞍。"[6] 杨巨源《送殷员外使北蕃》："二轩将雨露，万里入烟沙。和气生中国，薰风属外家。塞芦随雁影，关柳拂驼花。努力黄云北，仙曹有雉车。"[7] 顾非熊《送于中丞入回鹘》："风沙万里

1　（清）彭定求等编《全唐诗》卷604，第6985页。
2　（清）彭定求等编《全唐诗》卷702，第8068页。
3　《旧唐书》卷20上《昭宗纪》，第742页。
4　（清）彭定求等编《全唐诗》卷283，第3228页。
5　（清）彭定求等编《全唐诗》卷635，第7292页。
6　（清）彭定求等编《全唐诗》卷323，第3630页。
7　（清）彭定求等编《全唐诗》卷333，第3719页。

行，边色看双旌。去展中华礼，将安外国情。朝衣惊异俗，牙帐见新正。料得归来路，春深草未生。"[1] 马戴《送和北虏使》："路始阴山北，迢迢雨雪天。长城人过少，沙碛马难前。日入流沙际，阴生瀚海边。刀镮向月动，旌纛冒霜悬。逐兽孤围合，交兵一箭传。穹庐移斥候，烽火绝祁连。汉将行持节，胡儿坐控弦。明妃的回面，南送使君旋。"[2] 贾岛《送于中丞使回纥册立》："君立天骄发使车，册文字字著金书。渐通（一作过）青冢乡山尽，欲达皇情译语初。调角寒城边色动，下霜秋碛雁行疏。旌旗来往几多日，应向途中见岁除。"[3] 孙颖《送薛大夫和蕃》："亚相独推贤，乘轺向远边。一心倾汉日，万里望胡天。忠信皇恩重，要荒圣德传。戎人方屈膝，塞月复婵娟。别思流莺晚，归朝候雁先。当书外垣传，回奏赤墀前。"[4] 按照严耕望的考证，这些唐后期入蕃的唐使大都可能经长安—太原驿道入回鹘。

为了避开吐蕃的袭扰，唐朝与回鹘和亲的公主也经此道"入蕃"。崇徽公主姓仆固氏，唐朝名将仆固怀恩之女，于 769 年出嫁回纥牟羽可汗（登里可汗）。在她之前，仆固怀恩的两个女儿已经先后出嫁回纥和亲。她的一位姐姐嫁给了牟羽可汗移地健，被册封为"光亲可敦"。光亲可敦死，移地健指名要娶仆固怀恩的小女儿，唐代宗封仆固怀恩幼女为"崇徽公主"和亲。根据唐诗的描写，崇徽公主入蕃经行长安至太原的驿道。雍陶《阴地关见入蕃公主石上手迹》："汉家公主昔和蕃，石上今余手迹存。风雨几年侵不灭，分明纤指印苔痕。"[5] 这位入蕃公主就是崇徽公主。李山甫《阴地关崇徽公主手迹》亦咏其事："一拓纤痕更不收，翠微苍藓几经秋。谁陈帝子和番策，我是男儿为国羞。寒雨洗来香已尽，澹烟笼著恨长留。可

1　（清）彭定求等编《全唐诗》卷 509，第 5787~5788 页。

2　（清）彭定求等编《全唐诗》卷 556，第 6449 页。

3　（唐）贾岛著，李嘉言新校《长江集新校》卷 9，第 108 页。

4　（清）彭定求等编《全唐诗》卷 779，第 8813~8814 页。

5　（清）彭定求等编《全唐诗》卷 518，第 5926 页。

怜汾水知人意，旁与吞声未忍休。"[1] 李山甫另有《代崇徽公主意》诗：
"金钗坠地鬓堆云，自别朝阳帝岂闻。遣妾一身安社稷，不知何处用
将军。"[2] 说明崇徽公主当年是经阴地关即沿长安—太原驿道入回纥的。

　　除了上述几类奔波于长安—太原驿道上的行旅，还有讲经说法的
僧人。无可《送颙法师往太原讲兼呈李司徒》云："近腊辞精舍，并州
谒尚公。路长山忽尽，塞广雪无穷。讲席开晴垒，禅衣涉远风。闻经
诸弟子，应满此门中。"[3] 在唐代佛教兴盛时代，奔波于道途的僧人人
数众多，无可的这首诗便透露出这一信息。

第五节　晚唐诗人杜牧早年北上游边的经历

　　晚唐诗人杜牧早年有北上游边的经历，可以从他的诗文中觅得
线索。《樊川文集》中有几首未编年诗，透露出他这次北游的信息。
他先是投谒泽潞节度使刘悟，其行程应当是从长安至洛阳，又从洛
阳北上至上党。严耕望考证过自洛阳至太原的道路："由东都东北行
一百四十里至怀州（今沁阳），又北上太行关一百四十里至泽州（今
晋城），又北微东一百九十里至潞州（今长治），又北四百五十里至太
原府（今晋源，旧太原县），共九百二十里。"[4] 杜牧集中有《上昭义刘
司徒书》既表达他的政治和边防见解，又称颂刘悟，并陈情，希冀得
到他的援引和荐举。末尾云："此乃尽将军所识，复何云云，小人无位
而谋，当死罪。某恐惧再拜。"[5] 昭义军节度使兼泽潞观察使，驻节潞
州，此地正是自洛阳赴太原的必经之路。据缪钺《杜牧年谱》，其时
唐敬宗宝历元年（825），杜牧 23 岁，尚未参加科举。[6] 唐代像这样的

1　（清）彭定求等编《全唐诗》卷 643，第 7368 页。

2　（清）彭定求等编《全唐诗》卷 643，第 7374 页。

3　（清）彭定求等编《全唐诗》卷 813，第 9154 页。

4　严耕望：《唐代交通图考》第 1 卷《京都关内区》，第 129 页。

5　（唐）杜牧：《樊川文集》卷 11，第 173~174 页。

6　缪钺：《杜牧年谱》，人民文学出版社，1980，第 13 页。

年轻士人漫游各地并投书达官贵人，皆有增长见识和干谒之意，其意在得到举荐和称扬，获得名声，以在科举中获得优势。杜牧的上书更多的是为了表现个人的才识和学问，得到刘悟的赏识，但他的目的没有达到，于是又想干谒河东节度使而至太原，他的《并州道中》透露出他当时的行程："行役我方倦，苦吟谁复闻。戍楼春带雪，边角暮吹云。极目无人迹，回头送雁群。如何遣公子，高卧醉醺醺。"[1] 这正是泽潞失意后他的心理状态。

从他的诗来看，他经太原又西北行至中受降城（在今包头市敖陶窑子）。他的行程应该是从太原至东受降城（在今内蒙古托克托城），再从东受降城至中受降城。他的《游边》诗便是在这时写的："黄沙连海路无尘，边草长枯不见春。日暮拂云堆下过，马前逢著射雕人。"[2] 拂云堆在今内蒙古包头西北。唐朝前期朔方军北与突厥以黄河为界，河北岸有拂云堆神祠，突厥用兵先往神祠祭酹求福。张仁愿定漠北，于黄河北筑东、中、西三受降城以固守。中受降城即在拂云堆，故拂云堆又为中受降城的别称。唐代以受降城为北方边境的象征，故杜牧诗以"游边"为题。杜牧《边上闻笳三首》也是此时的作品，其一云："何处吹笳薄暮天？塞垣高鸟没狼烟。游人一听头堪白，苏武争禁十九年！"其二云："海路无尘边草新，荣枯不见绿杨春。白沙日暮愁云起，独感离乡万里人。"其三云："胡雏吹笛上高台，寒雁惊飞去不回。尽日春风吹不散，只应分付客愁来。"[3] 诗里的景物描写符合在北方边地的所见所感。从长安赴中受降城，近道可从长安北上，但正如严耕望先生所指出的，中晚唐时行人更多走迂远的太原道，因为此道自然条件较好，又不受吐蕃的威胁。加之杜牧是经泽潞、河东两镇北上，从太原可便道经东受降城而入中受降城，故经并州道至此。

杜牧返回长安又走太原—长安驿道。他的《清明》诗当写于此次

1　（唐）杜牧：《樊川文集·别集》，第 342 页。

2　（唐）杜牧：《樊川文集·别集》，第 346 页。

3　（唐）杜牧：《樊川文集·别集》，第 341 页。

行役途中："清明时节雨纷纷，路上行人欲断魂。借问酒家何处有，牧童遥指杏花村。"[1] 这首诗所表达的心情与《并州道中》《游边》《边上闻笳三首》相同，都是年轻人为谋求前程奔波道途的苦辛和落魄心情的写照。这几首诗都被收入未系年的《樊川文集·别集》，看来都可以系于敬宗宝历元年，属杜牧早年的诗作。按照严耕望先生对长安至太原驿道的考证，行人从太原赴长安，有两条路线至冷泉驿后会合，然后至长安。一条从太原出发，经都亭驿、洞过驿、祁县、平遥、介休到冷泉驿；另一条从太原出发，经清源县、交城县、文水县、汾州（汾阳）、孝义县至冷泉驿。看来杜牧走的是第二条路线，因此路经汾酒的生产地汾阳，并在这里向牧童打听何处有酒家。这是诗人杜牧年轻时一段重要的人生经历，从时间上看亦先后相续：从泽潞赴太原时尚是初春，所以说"戍楼春带雪"；至中受降城已是仲春，故云"尽日春风吹不散"，但因为边地严寒，又云"边草长枯不见春"；再返回太原，往长安，又至汾州时，已是暮春时节，诗里写景便是春雨沥沥，杏花绽放。

　　从以上考论可知，由于太原既是唐朝北方政治中心之一，又是抵御北方强敌的军事基地，还是北入草原路与北方民族交往的要道，因此往来于长安、洛阳与太原的官员，从中原远征北方和东北方的将士，游边入幕以谋求功名的文士都曾奔波于此途。唐朝后期从长安北上的道路由于吐蕃的威胁，行旅也更多地利用长安—太原驿道，经太原交通回鹘，因此这条道路不仅是当时南来北往的交通要道，也是内地与北方民族交通的道路，在对外交往和交流中发挥了重要作用。唐诗的描写印证了这条道路的路线与走向和严耕望先生的论断，为我们提供了许多形象生动的材料。

1　（南宋）佚名编《锦绣万花谷后集》卷 26《村》，《钦定文渊阁四库全书》第 924 册，台湾商务印书馆，1986 年影印本，第 710 页。

第七章 唐诗中长安与边塞
和域外的交通

唐朝都城长安是一个举世无双的国际都市，是丝绸之路的起点，是众多使节、商贾、僧侣和艺人往来于国内外的出发点和落脚点。唐代与周边民族和域外各国的交通，在贾耽的"入四夷之路"中有具体反映，其中海路以广州为起点，陆路则以长安为中心。[1] 唐代与域外交往的陆路交通从长安出发四通八达，向北经内蒙古地区至叶尼塞河和鄂毕河两河上游，折西达额尔齐斯河（在今哈萨克斯坦）流域以西地区；向西经河西走廊，出敦煌、玉门关西行，在新疆境内有三条路线过葱岭而通中亚、西亚和南亚；西南经青海至吐蕃，可达尼婆罗、天竺，或经南诏、缅甸到天竺；向东经河北、辽东和

---

1 《新唐书》卷43《地理志》，第1146~1155页。

海路可到朝鲜半岛，还可利用陆海交通至日本。唐诗反映了出入长安交通四方的使节、商旅、艺人、僧侣等丝路行旅的活动。

第一节　唐诗中长安与边地的联系

以长安为中心，唐朝与域外的交通四通八达。在唐代诗人笔下，常把长安与边地联系起来，长安是行人通向边境地区的出发点。盛唐诗人高适《陈留郡上源新驿记》描述唐代驿道的通畅云："自京师四极，经启十道，道列于亭，亭实以驷；而亭惟三十里，驷有上、中、下。丰屋美食，供亿是为。人迹所穷，帝命流洽。用之远者，莫若于斯矣。"[1] 传统意义上的丝绸之路是从长安出发经西域到达中亚、西亚、南亚和欧洲的道路，唐诗中常把长安与西域联系起来。

唐朝奉命出使西域的使节往往从长安出发。王维《送元二使安西》诗云："渭城朝雨浥轻尘，客舍青青柳色新。劝君更尽一杯酒，西出阳关无故人。"[2] 这首脍炙人口的送别诗为送朋友出使西域而作。渭城即秦时咸阳，汉代改名渭城，在长安西北，渭水北岸。安西乃唐朝为统辖西域而设置的安西都护府简称，治所在龟兹城（今新疆库车）。唐代从长安往西去的，多在渭城送别。这位姓元的友人奉朝廷使命前往安西，从长安出发赴西域，王维在渭城为之饯别。王维还有《送刘司直赴安西》一诗，也是送人从长安出发赴西域："绝域阳关道，胡沙与塞尘。三春时有雁，万里少行人。苜蓿随天马，葡萄逐汉臣。当令外国惧，不敢觅和亲。"[3] 无名氏《杂曲歌辞·入破第二》云："长安二月柳依依，西出流沙路渐微。阏氏山上春光少，相府庭边驿使稀。"[4] 流沙，玉门关外的莫贺延碛，代指西域。郑巢《送边使》云："关河度

1　（唐）高适著，孙钦善校注《高适集校注》，上海古籍出版社，1984，第 311 页。

2　（唐）王维撰，（清）赵殿成笺注《王右丞集笺注》卷 14，第 263 页。

3　（唐）王维撰，（清）赵殿成笺注《王右丞集笺注》卷 8，第 142 页。

4　（清）彭定求等编《全唐诗》卷 27，第 383 页。

几重，边色上离容。灞水方为别，沙场又入冬。曙雕回大旆，夕雪没前峰。汉使多长策，须令远国从。"[1]灞水，[2]代指长安。杜甫有《哭李尚书（之芳）》诗，李之芳，蒋王李恽曾孙。广德初，诏兼御史大夫使吐蕃，被留二岁。回长安，拜礼部尚书。死，杜甫作此诗悼念，"修文将管辂，奉使失张骞"，[3]把他比作汉代的张骞。杨巨源《送许侍御充云南哀册使判官》云："万里永昌城，威仪奉圣明。冰心瘴江冷，霜宪漏天晴。荒外开亭候，云南降旆旌。他时功自许，绝域转哀荣。"[4]许侍御奉朝廷之命，从长安出发出使南诏吊唁。薛能《长安送友人之黔南》云："衡岳犹云过，君家独几千。心从贱游话，分向禁城偏。陆路终何处，三湘在素船。琴书去迢递，星路照潺湲。台镜簪秋晚，盘蔬饭雨天。同文到乡尽，殊国共行连。"[5]许棠《送防州邬员外》云："千溪与万嶂，缭绕复峥嵘。太守劳车马，何从驻旆旌。椒香近满郭，漆货远通京。唯涤双尘耳，东南听政声。"[6]在边地送别朋友回归，行者的目的地往往是长安。杨衡《桂州与陈羽念别》云："惨戚损志抱，因君时解颜。重叹今夕会，复在几夕间。碧桂水连海，苍梧云满山。茫茫从此去，何路入秦关。"[7]"入秦关"就是到长安。张蠙《边庭送别》云："一生虽达理，远别亦相悲。白发无修处，青松有老时。暮烟传戍起，寒日隔沙垂。若是长安去，何难定后期。"[8]从边庭返回内地，目的地也是长安。

远征的将军往往从长安出发，赴边塞征战；从边塞凯旋的将军也是回到长安，接受朝廷的封赏。杨炯《从军行》写将军出征："牙

---

1 （清）彭定求等编《全唐诗》卷504，第5735页。
2 灞河，黄河支流渭河的支流，全长109公里，发源于秦岭北坡今陕西省西安市蓝田县灞源镇麻家坡以北。流经西安市灞桥区、未央区，在两区之间汇入渭河，秦穆公时改称霸水，后来又在"霸"字旁加三点水，称为灞水。
3 （唐）杜甫著，（清）仇兆鳌注《杜诗详注》卷22，第1917页。
4 （清）彭定求等编《全唐诗》卷333，第3719页。
5 （清）彭定求等编《全唐诗》卷559，第6489页。
6 （清）彭定求等编《全唐诗》卷604，第6988页。
7 （清）彭定求等编《全唐诗》卷465，第5287页。
8 （清）彭定求等编《全唐诗》卷702，第8071页。

璋辞凤阙，铁骑绕龙城。"[1] 凤阙代指长安，龙城即指外族首府。卢照邻《结客少年场行》诗写赴边塞远征的将军："将军下天上，虏骑入云中。烽火夜似月，兵气晓成虹。横行徇知己，负羽远从戎。龙旌昏朔雾，鸟阵卷寒风。追奔瀚海咽，战罢阴山空。归来谢天子，何如马上翁。"[2] "下天上"即指从长安出发，因为那是朝廷和天子所在之处。将士们凯旋，向天子报功。无名氏《采桑》云："自古多征战，由来尚甲兵。长驱千里去，一举两蕃平。按剑从沙漠，歌谣满帝京。寄言天下将，须立武功名。"[3] 李九龄《代边将》云："雪冻阴河半夜风，战回狂虏血漂红。据鞍遥指长安路，须刻麟台第一功。"[4] 身在边关的将士想念故乡，长安往往成为家乡的代名词。张说《幽州新岁作》云："去岁荆南梅似雪，今年蓟北雪如梅。共知人事何常定，且喜年华去复来。边镇戍歌连夜动，京城燎火彻明开。遥遥西向长安日，愿上南山寿一杯。"[5] 王翰《凉州词二首》其二云："秦中花鸟已应阑，塞外风沙犹自寒。夜听胡笳折杨柳，教人意气忆长安。"[6] 身在边关，心系长安，对国家和君王的忠诚、对自己梦想的追求和对家乡的思念把边塞与长安联系起来。

从长安出发远赴边塞和域外的行人，心中念念不忘的是长安。储光羲《长安道》其一云："鸣鞭过酒肆，袨服游倡门。百万一时尽，含情无片言。"其二云："西行一千里，暝色生寒树。暗闻歌吹声，知是长安路。"[7] 这方面写得最动人的是岑参的两首诗。在离开长安赴西域途中，他作《逢入京使》云："故园东望路漫漫，双袖龙钟泪不干。马上相逢无纸笔，凭君传语报平安。"[8] 在西域，他也是时刻想念长安。

1 （唐）杨炯撰，祝尚书笺注《杨炯集笺注》卷 2，中华书局，2016，第 175 页。

2 《卢照邻集》卷 1，第 10 页。

3 （清）彭定求等编《全唐诗》卷 27，第 386 页。

4 （清）彭定求等编《全唐诗》卷 730，第 8364 页。

5 （清）彭定求等编《全唐诗》卷 87，第 962 页。

6 （清）彭定求等编《全唐诗》卷 156，第 1605 页。

7 （清）彭定求等编《全唐诗》卷 139，第 1418 页。

8 （唐）岑参著，陈铁民、侯忠义校注《岑参集校注》卷 2，第 77 页。

《安西馆中思长安》诗云：

> 家在日出处，朝来喜（一作起）东风。风从帝乡来，不异家
> 信通。绝域地欲尽，孤城天遂穷。弥年但走马，终日随飘蓬。寂
> 寞不得意，辛勤方在公。胡尘净古塞，兵气屯边空。乡路眇天
> 外，归期如梦中。遥凭长房术，为缩天山东。[1]

"帝乡"就是长安，从那里吹来的风如此亲切，让诗人感到像得到家
书一样。"乡路"就是回长安的路，日夜盼望回到长安，甚至幻想有
缩地术，一步跨到长安。高适《李云南征蛮诗》写唐天子下诏征蛮：
"圣人赫斯怒，诏伐西南戎。肃穆庙堂上，深沉节制雄。遂令感激士，
得建非常功。"李宓率军远征，"料死不料敌，顾恩宁顾终。鼓行天海
外，转战蛮夷中"，经过艰苦奋战，赢得战争胜利，"收兵列亭堠，拓
地弥西东。……泸水夜可涉，交州今始通"，"归来长安道，召见甘泉
宫"。[2] 元稹《思归乐》写赵工部："君看赵工部，八十支体轻。交州
二十载，一到长安城。长安不须臾，复作交州行。交州又累岁，移
镇广与荆。归朝新天子，济济为上卿。"[3] 白居易《广府胡尚书频寄诗，
因答绝句》云："尚书清白临南海，虽饮贪泉心不回。唯向诗中得珠
玉，时时寄到帝乡来。"[4] 边塞战争造成无数将士离开家乡，远赴边地
戍守和征战，夫妻离别，两地相思。诗人们写那些离情别绪，往往把
长安当作家乡意象，用两地相思把边地跟长安联系起来。李白《子夜
吴歌·秋歌》云："长安一片月，万户捣衣声。秋风吹不尽，总是玉关
情。何日平胡虏，良人罢远征。"[5] 长安和玉门关，通过天上的一片月
联系起来。郑锡《千里思》云："渭水通胡苑，轮台望汉关。帛书秋海

1　（唐）岑参著，陈铁民、侯忠义校注《岑参集校注》卷 2，第 84 页。
2　（唐）高适著，孙钦善校注《高适集校注》，第 224 页。
3　《元稹集》卷 1，第 1 页。
4　《白居易集》卷 26，第 583 页。
5　（唐）李白著，瞿蜕园、朱金城校注《李白集校注》卷 6，第 452 页。

断，锦字夜机闲。旅梦虫催晓，边心雁带还。惟余两乡思，一夕度关山。"[1] 渭水代指长安，胡苑代指边地。这首诗写守边将士与故乡思妇两地相思，以渭水、长安泛指故乡。

第二节　唐诗中长安中外使节往还

世界上许多国家与唐朝建立了通交关系，各国使节频繁入唐交往，他们的终点是长安。张祜在《大唐圣功诗》中歌颂唐太宗的功业："甲子上即位，南郊赦宪瀛。八蛮与四夷，朝贡路交争。"[2] 张说《奉和圣制春中兴庆宫酺宴应制》云："千龄逢启圣，万域共来威。"[3] 晚唐诗人王贞白《长安道》云："晓鼓人已行，暮鼓人未息。梯航万国来，争先贡金帛。"[4] 他们当然是来到长安入贡。外国使节归国之际，唐代诗人往往写诗送行，特别是汉字文化圈的东亚国家，如朝鲜半岛的新罗国和日本。

唐朝与统一新罗时期的使节往还十分频繁。据统计，从 618 年唐朝建立至 907 年唐朝灭亡，289 年间，新罗曾向唐朝派遣使团 126 次，唐朝也向新罗派遣使团 34 次。[5] 两国之间外交往来的频率，远远超过唐朝与其他任何国家之间的往来。新罗国使节归国时，唐朝君臣朋友往往写诗送行，诗多达"数百首"。陶翰《送金卿归新罗》云："奉义朝中国，殊恩及远臣。乡心遥渡海，客路再经春。落日谁同望，孤舟独可亲。拂波衔木鸟，偶宿泣珠人。礼乐夷风变，衣冠汉制新。青云已干吕，知汝重来宾。"[6] 孟郊《奉同朝贤送新罗使》云："淼淼望远国，一萍秋海中。恩传日月外，梦在波涛东。浪兴豁胸臆，泛程舟虚空。

1　（清）彭定求等编《全唐诗》卷 262，第 2912 页。

2　陈尚君辑校《全唐诗补编》，第 216 页。

3　（清）彭定求等编《全唐诗》卷 88，第 966 页。

4　（清）彭定求等编《全唐诗》卷 701，第 8058 页。

5　赫治清：《历史悠久的中韩交往》，《韩国学论文集》第 2 辑，北京大学出版社，1993，第 30 页。

6　（清）彭定求等编《全唐诗》卷 146，第 1476 页。

既兹吟仗信，亦以难私躬。实怪赏不足，异鲜悦多丛。安危所系重，征役谁能穷。彼俗媚文史，圣朝富才雄。送行数百首，各以铿奇工。冗隶窃抽韵，孤属思将同。"[1] 张乔《送朴充侍御归海东》云："天涯离二纪，阙下历三朝。涨海虽然阔，归帆不觉遥。惊波时失侣，举火夜相招。来往寻遗事，秦皇有断桥。"[2] "海东"即新罗国。这位朴氏从新罗来，在唐朝担任侍御职务，奉命回新罗。由于唐罗关系密切，在人们的心理上两国间的海上距离也缩短了，故云涨海虽阔，不觉路遥。

　　日本遣唐使多次入唐，他们到长安访问，留唐学习，有的学成返回日本，有的留在长安做官。唐诗中对他们的活动多有反映。晁衡与中国诗人建立深厚友谊，彼此间诗歌唱和自不待说，当他离开长安回日本时，王维、包佶、储光羲、赵骅皆有诗送行。唐玄宗也有一首《送日本使》诗，据日本高僧传记载，天平胜宝四年（752），藤原清河为遣唐大使，至长安见元宗。元宗曰："闻彼国有贤君，今观使者趋揖有异，乃号日本为礼义君子国。命晁衡导清河等视府库及三教殿，又图清河貌纳于蕃藏中。及归赐诗：'日下非殊俗，天中嘉会朝。念余怀义远，矜尔畏途遥。涨海宽秋月，归帆驶夕飙。因惊彼君子，王化远昭昭。'"[3] 空海上人以日本国使身份入唐朝献，归国时众多诗人赋诗送行，如朱千乘、朱少端、沙门昙靖、鸿渐、郑壬、胡伯崇等皆有诗作。

　　长安是唐朝出使外国的使节启行之地，当朋友、同僚奉命出使异域离开长安时，诗人们往往写诗送行。朝鲜半岛的新罗国与唐朝来往最为频繁，唐朝使节不断赴新罗国访问，因此送人出使外国的诗与新罗国有关的最多。如钱起《送陆珽侍御使新罗》云："衣冠周柱史，才学我乡人。受命辞云陛，倾城送使臣。去程沧海月，归思上林春。始觉儒风远，殊方礼乐新。"[4] 陆珽是钱起的同乡，所以当他奉命出使新

1　（清）彭定求等编《全唐诗》卷 379，第 4252 页。

2　（清）彭定求等编《全唐诗》卷 638，第 7320 页。

3　〔日〕河世宁纂辑《全唐诗逸》卷上，商务印书馆，1936，第 1 页。

4　（清）彭定求等编《全唐诗》卷 237，第 2639 页。

罗离长安时，钱起为他写诗送行。"倾城送使臣"说明当时送行的人数之多。送陆珽，钱起还有一首《重送陆侍御使日东》诗："万里三韩国，行人满目愁。辞天使星远，临水涧霜秋。云佩迎仙岛，虹旌过蜃楼。定知怀魏阙，回首海西头。"因为是离开长安，故曰"辞天"，"怀魏阙"就是怀念长安。顾况有《送从兄使新罗》长诗，他说"封侯万里外，未肯后班超"，祝愿从兄这次出使，不辱使命，回国后因功升迁。又如权德舆《送韦中丞奉使新罗》、李端《送归中丞使新罗》、皇甫冉《送归中丞使新罗》、皇甫曾（皇甫冉的弟弟）《送归中丞使新罗》、耿沣《送归中丞使新罗》、李益《送归中丞使新罗册立吊祭》、吉中孚《送归中丞使新罗册立吊祭》、窦常《奉送职方崔员外摄中丞新罗册使》、刘禹锡《送源中丞充新罗册立使》、姚合《送源中丞赴新罗》、曹松《送胡中丞使日东》等。这些使臣通常是从长安出发，诗人们也是在此送行。

第三节　唐诗中长安侨民和外籍居民

长安外国人很多，据统计在长安城一百万左右人口中，各国侨民和外籍居民约占百分之二。德宗建中元年（780），留居长安的回纥人有上千人。完全汉化，衣着唐式服装和汉人混居的外国商人在两千人以上。贞元三年（787）检括长安"胡客"（侨民），检出有田宅者多达四千人，被朝廷编入左、右神策军。经常出入长安的外国人当更多。[1]长安的侨民来自不同的地区，各有自己的生活风尚和特长。突厥人最多，唐击灭东突厥，迁居长安的突厥人近万家，以后西突厥和中亚人成批迁入长安。[2]波斯贵族由于阿拉伯势力入侵而四处流浪，国王卑路斯和他的儿子泥涅师客死长安。勃律国王苏失利芝、护密国王罗

1　沈福伟：《中西文化交流史》第2版，上海人民出版社，2006，第146页。
2　向达：《唐代长安与西域文明》，三联书店，1957，第4页。

真檀、陀拔王子都入华留居。外国人在中国也有进入国学学习的，有的参加唐代科举考试，学成归国，有的留在中国做官。外族人有的升至将相，当时称为"蕃将""蕃相"。

唐代，中亚昭武九姓国人大量进入中原内地，从事战争、经商、艺术等活动。昭武九姓国人都以国为姓，有康、安、曹、石、米、何、史、火寻、戊地等，而以康、安两国人最多，他们多为武将和富商，康国人多信仰摩尼教，安国人多信仰火祆教。曹国人多乐工、画师，唐代的琵琶名手多姓曹。石国人多摩尼教徒，有的善舞，有的能翻译回鹘语。米国人以善乐著称，米、何、史诸国也多有祆教徒。其中有些活跃在长安的艺人，红极一时，成为诗人笔下常常歌咏的对象。李白《上云乐》中的"康老胡雏"是一位来自康国的艺人，其特长就是滑稽表演，博人欢笑：

金天之西，白日所没。康老胡雏，生彼月窟。巉岩容仪，戍削风骨。碧玉炅炅双目瞳，黄金拳拳两鬓红。华盖垂下睫，嵩岳临上唇。不睹诡谲貌，岂知造化神？大道是文康之严父，元气乃文康之老亲。抚顶弄盘古，推车转天轮。云见日月初生时，铸冶火精与水银。阳乌未出谷，顾兔半藏身。女娲戏黄土，团作愚下人。散在六合间，蒙蒙若沙尘。生死了不尽，谁明此胡是仙真。西海栽若木，东溟植扶桑。别来几多时，枝叶万里长。中国有七圣，半路颓鸿荒。陛下应运起，龙飞入咸阳。赤眉立盆子，白水兴汉光。叱咤四海动，洪涛为簸扬。举足蹋紫微，天关自开张。老胡感至德，东来进仙倡。五色师子，九苞凤凰。是老胡鸡犬，鸣舞飞帝乡。淋漓飒沓，进退成行。能胡歌，献汉酒。跪双膝，并两肘。散花指天举素手。拜龙颜，献圣寿。北斗戾，南山摧。天子九九八十一万岁，长倾万岁杯。[1]

1　（唐）李白著，瞿蜕园、朱金城校注《李白集校注》卷3，第258~259页。

诗写康老胡雏向天子祝寿，则其活动在长安，李白此诗亦作于长安无疑。又如刘禹锡《与歌者米嘉荣》写来自米国的歌手："唱得凉州意外声，旧人唯数米嘉荣。近来时世轻先辈，好染髭须事后生。"[1] 李颀《听安万善吹觱篥歌》中的安万善，诗中称为"凉州胡人"，其实是来自昭武九姓国之安国人，移居凉州。白居易《琵琶行》"曲罢曾教善才服"中提到的长安琵琶师曹善才，则来自中亚曹国。曹善才死，还引起诗人的哀悼，李绅有《悲善才》一诗。薛逢《听曹刚弹琵琶》云："禁曲新翻下玉都，四弦振触五音殊。不知天上弹多少，金凤衔花尾半无。"[2] 曹刚也是从中亚曹国来长安的琵琶师。李端《赠康洽》、戴叔伦《赠康老人洽》诗中的康洽来自中亚康国。戴诗说他是"酒泉布衣旧才子，少小知名帝城里"，酒泉是西域胡人聚居之地，康洽应从酒泉入籍长安；李诗说他诗可比鲍照，又执戟唐廷，说明他汉化很深，而且早已入籍长安。[3] 元稹《和李校书新题乐府十二首·胡旋女》云："天宝欲末胡欲乱，胡人献女能胡旋。旋得明王不觉迷，妖胡奄到长生殿。"[4] 胡旋舞是中亚乐舞，天宝年间胡旋舞女被入贡唐朝。白居易也有《胡旋女》一诗，并云："天宝末，康居国献之。"诗曰："胡旋女，胡旋女，心应弦，手应鼓。弦鼓一声双袖举，回雪飘飖转蓬舞。左旋右转不知疲，千匝万周无已时。人间物类无可比，奔车轮缓旋风迟。曲终再拜谢天子，天子为之微启齿。胡旋女，出康居，徒劳东来万里余。"[5] 此康居即中亚康国。

　　丝绸之路从其本来的意义上说是贸易之路，入华域外人在长安经商的不少。波斯人多以经商致富，操纵长安珠宝、香药市场。昭武九姓国粟特胡人也以经商著名，长期操纵丝路贸易。他们被称为"商胡"。包佶《抱疾谢李吏部赠诃黎勒叶》云："方士真难见，商胡辄自

1 《刘禹锡集》卷25，第232页。
2 （清）彭定求等编《全唐诗》卷548，第6334页。
3 （清）彭定求等编《全唐诗》卷284，第3238页。
4 《元稹集》卷24，第286~287页。
5 《白居易集》卷3，第60页。

夸。此香同异域，看色胜仙家。"[1]那些在长安开酒店的域外胡人被称为"酒家胡"。初唐诗人王绩《过酒家五首》其五云："有客须教饮，无钱可别沽。来时长道贯，惭愧酒家胡。"[2]在长安酒馆里往往有年轻貌美的胡人女性做招待，唐诗中写到的胡姬，就是从西域来到长安从事这种营生的女性。长安城里有许多当垆卖酒的胡姬，深目高鼻，美貌如花，身体健美，充满异域风情，其成为唐朝开放社会的象征，是诗人喜欢歌咏的对象。在诗人笔下，胡姬善于招揽顾客。李白《送裴十八图南归嵩山》云："何处可为别？长安青绮门。胡姬招素手，延客醉金樽。"[3]李白《前有樽酒行》其二云："胡姬貌如花，当炉笑春风。笑春风，舞罗衣，君今不醉欲安归？"[4]她们也善于劝酒，李白《醉后赠王历阳》诗写酒宴上，"双歌二胡姬，更奏远清朝。举酒挑朔雪，从君不相饶"。[5]岑参《送宇文南金放后归太原寓居因呈太原郝主簿》云："送君系马青门口，胡姬垆头劝君酒。"[6]诗人和贵公子喜欢到有胡姬的酒肆聚饮。李白《少年行二首》其二云："五陵年少金市东，银鞍白马度春风。落花踏尽游何处，笑入胡姬酒肆中。"[7]在《白鼻騧》中又写道："银鞍白鼻騧，绿地障泥锦。细雨春风花落时，挥鞭直就胡姬饮。"[8]张祜《白鼻騧》诗云："为底胡姬酒，长来白鼻騧。摘莲抛水上，郎意在浮花。"[9]五陵年少和那些风流的诗人醉翁之意不在酒，似乎是奔着美貌的胡姬才进入酒肆畅饮的。

唐代长安城内的西市和东市是两大贸易中心，内地商人和西域商胡多在此经商，其中西市更加发达。根据考古发现，这里街道两旁发掘出四万多家商铺，涉及220多个行业，主干道上发现重重叠叠的车

1　（清）彭定求等编《全唐诗》卷205，第2140页。
2　王国安注《王绩诗注》，上海古籍出版社，1981，第40页。
3　（唐）李白著，瞿蜕园、朱金城校注《李白集校注》卷17，第1015页。
4　（唐）李白著，瞿蜕园、朱金城校注《李白集校注》卷3，第252页。
5　（唐）李白著，瞿蜕园、朱金城校注《李白集校注》卷12，第773页。
6　（唐）岑参著，陈铁民、侯忠义校注《岑参集校注》卷1，第67页。
7　（唐）李白著，瞿蜕园、朱金城校注《李白集校注》卷6，第436页。
8　（唐）李白著，瞿蜕园、朱金城校注《李白集校注》卷6，第438页。
9　（清）彭定求等编《全唐诗》卷511，第5833页。

辙印。西市考古发现西域舶来品，如蓝宝石、紫水晶等，因此西市称得上是丝绸之路贸易的起点。[1] 繁华的都市、奢靡的生活和开放的生活方式令人眼花缭乱，引起诗人们的惊叹。崔颢《渭城少年行》写到金市："章台帝城称贵里，青楼日晚歌钟起。贵里豪家白马骄，五陵年少不相饶。双双挟弹来金市，两两鸣鞭上渭桥。"[2] 金市是西市经营金银器的市场，西域商人往往在此经营金银器生意，这一带也更多胡姬当垆卖酒的酒肆。不光是那些追求刺激的诗人喜欢到此饮酒，那些一掷千金的贵公子也喜欢到此消费。元稹《估客乐》写的是一位走南闯北、奔波国内外经商的富豪：

　　估客无住着，有利身则行。出门求火伴，入户辞父兄。父兄相教示："求利莫求名。求名莫所避，求利无不营。"火伴相勒缚："卖假莫卖诚。交关但交假，本生得失轻。"自兹相将去，誓死意不更。一解市头语，便无邻里情。锡石打臂钏，糯米吹项璎。归来村中卖，敲作金石声。村中田舍娘，贵贱不敢争。所费百钱本，已得十倍赢。颜色转光静，饮食亦甘馨。子本频蕃息，货贩日兼并。求珠驾沧海，采玉上荆衡。北买党项马，西擒吐蕃鹦。炎洲布火浣，蜀地锦织成。越婢脂肉滑，奚僮眉眼明。通算衣食费，不计远近程。经游天下遍，却到长安城。城中东西市，闻客次第迎。迎客兼说客，多财为势倾。客心本明黠，闻语心已惊。先问十常侍，次求百公卿。侯家与主第，点缀无不精。归来始安坐，富与王者勍。市卒醉肉臭，县胥家舍成。岂唯绝言语，奔走极使令。大儿贩材木，巧识梁栋形。小儿贩盐卤，不入州县征。一身偃市利，突若截海鲸。钩距不敢下，下则牙齿横。生为估客乐，判尔乐一生。尔又生两子，钱刀何岁平？[3]

1　张燕：《古都西安·长安与丝绸之路》，西安出版社，2010，第146页。

2　（清）彭定求等编《全唐诗》卷24，第329页。

3　《元稹集》卷23，第268~269页。

这位估客为富不仁，通过欺诈手段发财致富，发家后来到长安，出入东市、西市，投机钻营，横行霸道，奢侈挥霍。他的足迹远至域外，其活动是当时众多从事国内和国际贸易的富商大贾的缩影。长安这两大市场称得上是当时世界上最大的贸易中心，这里会集了中外商贾，为其发财致富的梦想奋斗。

第四节　唐诗中出入长安的中外佛僧

从魏晋时起至唐代前期，中原掀起赴西域求法取经的热潮。唐代长安已经成为世界上佛教中心之一，成为中土僧人西行的起点，不少高僧从长安出发赴西域和天竺求法，例如玄奘、义净等。义净《题取经诗》云："晋宋齐梁唐代间，高僧求法离长安。去人成百归无十，后者安知前者难。路远碧天唯冷结，沙河遮日力疲殚。后贤如未谙斯旨，往往将经容易看。"[1] 也有域外僧人来华，又从长安归国的。贾岛《送安南惟鉴法师》云："讲经春殿里，花绕御床飞。南海几回过，旧山临老归。潮摇蛮草落，月湿岛松微。空水既如彼，往来消息稀。"[2] 这位来自安南的高僧在长安曾侍奉朝廷，现在又渡海南归。杨巨源《供奉定法师归安南》写曾在朝廷任红楼院供奉之职的定法师："故乡南越外，万里白云峰。经论辞天去，香花入海逢。鹭涛清梵彻，蜃阁化城重。心到长安陌，交州后夜钟。"[3]

唐代时新罗国屡遣僧人入唐求法，被称为学问僧。当时众多留学僧入华学习佛教，学成后回国。唐朝对外国僧侣入唐求法采取鼓励政策，提供生活便利。按照规定，外国僧侣入唐求法，每年赠绢二十五匹，四季供给时服。当时新罗入唐求法僧侣人数众多，在外国入唐

1　陈尚君辑校《全唐诗补编》，第 782 页。
2　（唐）贾岛撰，齐文榜校注《贾岛集校注》卷 4，中华书局，2020，第 187 页。
3　（清）彭定求等编《全唐诗》卷 333，第 3722 页。

求法僧侣中遥居首位，有法号可考者达 130 多人。[1] 他们与唐人交朋友，互相唱答应和。当他们启程归国时，诗人们往往赋诗送行。他们入华往返有陆海两路相继。张乔《送僧雅觉归海东》："山川心地内，一念即千重。老别关中寺，禅归海外峰。鸟行来有路，帆影去无踪。几夜波涛息，先闻本国钟。"[2] 姚鹄《送僧归新罗》："淼淼万余里，扁舟发落晖。沧溟何岁别，白首此时归。寒暑途中变，人烟岭外稀。惊天巨鳌斗，蔽日大鹏飞。雪入行砂屦，云生坐石衣。汉风深习得，休恨本心违。"[3] 孙逖《送新罗法师还国》："异域今无外，高僧代所稀。苦心归寂灭，宴坐得精微。持钵何年至，传灯是日归。上卿挥别藻，中禁下禅衣。海阔杯还度，云遥锡更飞。此行迷处所，何以慰虔祈。"[4] 从这些诗的内容看，这些新罗僧人都是在长安学习佛教学成归国的。

在日本的遣唐使中，随行的有入华学习的佛僧，有的同时也兼任使臣。辨正，俗姓秦，日本人，少年出家，长安间入唐，学三论宗，曾以善棋入临淄王李隆基藩邸，客死于唐。《在唐忆本乡》云："日边瞻日本，云里望云端。远游劳远国，长恨苦长安。"[5] 空海上人既是僧人，又是日本使节，当他归国时，唐朝诗人写诗相赠，留传至今。如朱千乘《送日本国三藏空海上人朝宗我唐兼贡方物而归海东诗》序云："沧溟无垠，极不可究。海外僧侣，朝宗我唐，即日本三藏空海上人也。解梵书，工八体，缮俱舍，精三乘。去秋而来，今春而往。反掌云水，扶桑梦中。他方异人，故国罗汉，盖乎凡圣不可以测识，亦不可知智。勾践相遇，对江问程，那堪此情。离思增远，愿珍重珍重！"其诗曰：

1　严耕望：《新罗留唐学生与僧徒》，《严耕望史学论文集》，上海古籍出版社，2009，第 974 页。

2　（清）彭定求等编《全唐诗》卷 638，第 7312 页。

3　（清）彭定求等编《全唐诗》卷 553，第 6406 页。

4　（清）彭定求等编《全唐诗》卷 118，第 1196 页。

5　陈尚君辑校《全唐诗补编》，第 789 页。

古貌宛休公，谈真说苦空。应传六祖后，远化岛夷中。去岁
朝秦阙，今春赴海东。威仪易旧体，文字冠儒宗。留学幽微旨，
云关护法崇。凌波无际碍，振锡路何穷。水宿鸣金磬，云行侍玉
童。承恩见明主，偏沐僧家风。[1]

秦阙即长安，海东指日本。僧人昙靖也有《奉送日本国使空海上人橘
秀才朝献后却还》诗："异国桑门客，乘杯望斗星。来朝汉天子，归译
竺乾经。万里洪涛白，三春孤岛青。到官方奏对，图像列王庭。"[2]朱
少端《送空海上人朝谒后归日本》云："禅客祖州来，中华谒帝回。腾
空犹振锡，过海来浮杯。佛法逢人授，天书到国开。归程数万里，归
国信悠哉。"[3]空海至长安，后乘船东渡归国。

　　唐代来自西域、天竺的僧人仍然不少，长安是他们的主要落脚
点之一。唐代前期从天竺来的僧人大多从陆路经中亚、西域到中国，
后期不少经海上丝路入华。李白《僧伽歌》云："真僧法号号僧伽，
有时与我论三车。问言诵咒几千遍，口道恒河沙复沙。此僧本住南
天竺，为法头陀来此国。戒得长天秋月明，心如世上青莲色。意清
净，貌棱棱。亦不减，亦不增。瓶里千年舍利骨，手中万岁胡孙藤。
嗟予落魄江淮久，罕遇真僧说空有。一言譨尽波罗夷，再礼浑除犯
轻垢。"[4]李白歌咏的这位僧伽大师，西域人，俗姓何氏，应该来自中
亚何国，曾被唐中宗尊为国师。[5]耿沣《赠海明上人（一作赠朗公）》
诗写海明上人："来自西天竺，持经奉紫微。年深梵语变，行苦俗流
归。月上安禅久，苔生出院稀。梁间有驯鸽，不去复何依。"[6]可知海
明上人是来自天竺奉事朝廷的僧人。权德舆《锡杖歌送明楚上人归
佛川》云："上人远自西天竺，头陀行遍国（一作南）朝寺。口翻贝

1　陈尚君辑校《全唐诗补编》，第 978 页。
2　陈尚君辑校《全唐诗补编》，第 978~979 页。
3　陈尚君辑校《全唐诗补编》，第 978 页。
4　（唐）李白著，瞿蜕园、朱金城校注《李白集校注》卷 7，第 523 页。
5　（宋）李昉等编《太平广记》卷 96，第 638~639 页。
6　（清）彭定求等编《全唐诗》卷 268，第 2979 页。

叶古字经，手持金策声泠泠。护法护身唯振锡，石濑云溪深寂寂。乍来松径风更寒，遥映霜天月成魄。后夜空山禅诵时，寥寥挂在枯树枝。真法常传心不住，东西南北随缘路。佛川此去何时回，应真莫便游天台。"[1]李贺《听颖师琴歌》写颖师："竺僧前立当吾门，梵宫真相眉棱尊。古琴大轸长八尺，峄阳老树非桐孙。凉馆闻弦惊病客，药囊暂别龙须席。请歌直请卿相歌，奉礼官卑复何益。"[2]这是李贺在长安任奉礼郎时写的诗，他称颖师为"竺僧"，又说他"梵宫真相眉棱尊"，说明颖师来自天竺，在长安表演弹琴。李洞《送三藏归西天国》云："十万里程多少碛，沙中弹舌授降龙。五天到日应头白，月落长安半夜钟。"[3]李洞笔下的这位三藏法师从长安启程回印度，所以才把他归国的时间跟长安对照，说自己身在长安，深夜难眠，思念归国远行的僧友。崔涂《送僧归天竺》云："忽忆曾栖处，千峰近沃州。别来秦树老，归去海门秋。汲带寒汀月，禅邻贾客舟。遥思清兴惬，不厌石林幽。"[4]这位来自天竺的僧人经海路入华，此沃州当指沃洲山，在今浙江新昌县东南三十六里处，他曾在此修行。诗人与其在长安相别，故云"别来秦树老"；归天竺仍经海路，故云"归去海门秋"。

　　唐代中国在世界上处于领先地位，它的文明昌盛及其在国际上的崇高声望吸引了世界各地的人乐于到中国学习、访问和进行贸易活动，甚至长期定居。从欧亚非地区许多国家来华的人看，有国家使节、贵族、商贾、学者、流亡皇族、艺术家、僧侣等；唐朝派往国外的使臣、西行东去的僧侣、旅行家、商人也不绝于途。唐代长安是当时世界上最大的城市，也是当时旧大陆贸易和文化中心之一，通过使节、商贾、艺人、僧侣和各种奔波在丝绸之路上的人的活动，长安与世界各地的国家和民族发生密切联系，成为当时世界上最大的文化汇

---

1 （清）彭定求等编《全唐诗》卷327，第3664~3665页。
2 （唐）李贺著，王琦等评注《三家评注李长吉歌诗》，中华书局，1964，第185~186页。
3 （清）彭定求等编《全唐诗》卷723，第8300页。
4 （清）彭定求等编《全唐诗》卷679，第7776页。

聚和扩散之地。唐诗是唐代社会生活的壮丽画卷，唐朝与世界各地交往和交流的丰富图景在唐诗中得到生动展现。当我们从诗史互证角度审视这一图景时发现，唐朝与域外的交往和交流为唐诗创作提供了大量鲜活的素材，而唐诗作为史料蕴含着唐代对外文化交流的丰富信息，承载着唐代盛世的辉煌。

第八章　唐诗中的丝绸之路回鹘道

　　唐朝平定安史之乱，回纥的援助功不可没。唐与回鹘交通的道路沿袭着前期"参天可汗道"的传统。这条道路的起点中受降城、筑受降城之唐朝名将张仁愿和这条道路上之交通枢纽鸊鹈泉，以及唐与回鹘之间的和战关系、绢马贸易都在唐诗中得到展现。唐后期与回鹘通使、和亲和绢马贸易充分利用了这条道路，因此备受诗人注目，从中可以了解唐朝后期边防形势和唐人情感心态。

第一节 受降城与鹈鹕泉

贾耽"入四夷之路"记载了"中受降城入回鹘道":

> 中受降城正北如东八十里,有呼延谷,谷南口有呼延栅,谷北口有归唐栅,车道也,入回鹘使所经。又五百里至鹈鹕泉,又十里入碛,经麚鹿山、鹿耳山、错甲山,八百里至山燕子井。又西北经密粟山、达旦泊、野马泊、可汗泉、横岭、绵泉、镜泊,七百里至回鹘衙帐。又别道自鹈鹕泉北经公主城、眉间城、怛罗思山、赤崖、盐泊、浑义河、炉门山、木烛岭,千五百里亦至回鹘衙帐。[1]

这条道路是唐后期交通北方游牧民族回鹘的重要道路,也是安史之乱后传统丝绸之路阻塞,交通西域和进行丝绸贸易的重要通道。

贾耽"入四夷之路"虽然详细记载了回鹘道沿途路线,但出现在诗人笔下的只有受降城和鹈鹕泉。因为中受降城为回鹘道的起点,鹈鹕泉乃交通枢纽和唐回交界处,更重要的是诗人的情感指向与审美选择,因而中受降城和鹈鹕泉不仅是地理学意义上的地名,还蕴含着某种社会内容和象征意义。

唐高宗和武则天时,突厥余部势力复兴,史称"后突厥"。中宗神龙三年(707),后突厥再次击败唐朝朔方军,唐朝派张仁愿出任朔方军大总管。朔方军与突厥以黄河为界对峙,岸北有拂云神祠,突厥人南下,必先至该祠求福,牧马料兵而后渡河。[2]吕温《三受降城碑铭》记载:"有拂云祠者,在河之北,地形雄坦,控扼枢会。虏伏其下,以窥域中,祷神观兵,然后入寇。甲不及擐,突如其来,鲸一

---

1 《新唐书》卷43下《地理志七下》,第1148页。
2 (唐)李吉甫:《元和郡县图志》卷4,第116页。

跃而吞舟，虎数步而择肉。"[1]张仁愿乘突厥西击突骑施之机，夺取其地，沿黄河北岸在各距四百里的地方筑三座边城，称"三受降城"，掎角相应，有效遏止了突厥的侵扰。唐军以此为基地，向北拓地三百余里，控制了大漠以南的整个地区。"自是突厥不敢渡山畋牧，朔方无复寇掠，减镇兵数万人。"[2]中受降城即在拂云堆，故拂云堆又为中受降城之别称，唐诗中有时简称"云堆"。三受降城皆在今内蒙古境内。"东受降城，景云三年，朔方军总管张仁愿筑三受降城。宝历元年，振武节度使张惟清以东城滨河，徙置绥远烽南；中受降城，有拂云堆祠，接灵州境有关，元和九年置。……西受降城，开元初为河所圮。十年，总管张说于城东别置新城。"[3]中受降城位置最为重要，曾是唐安北大都护府所在地，安北大都护府"开元二年治中受降城，十年徙治丰、胜二州之境"。[4]《元和郡县图志》记载："中受降城，本秦九原郡地，汉武帝元朔二年更名五原，开元十年（当为'二年'之误）于此置安北大都护府，后又移徙。"[5]拂云堆是黄河北岸战略要地，故张仁愿首先夺取其地。

受降城成为唐代诗人喜欢吟咏的题材，折射出唐代前后期人们的不同心态。唐前期，受降城是唐朝强盛国力的象征。盛唐王之涣《凉州词》云："单于北望拂云堆，杀马登坛祭几回。汉家天子今神武，不肯和亲归去来。"[6]拂云堆即中受降城是敌人望而却步之地。此诗咏唐玄宗时事，史载突厥首领多次向唐求亲，玄宗皆未应允，单于无可奈何。[7]安史之乱后边防危机严重，受降城在唐人的吟咏中带上了悲凉色彩。中唐李益《夜上受降城闻笛》云："回乐峰前沙似雪，受降城外月如霜。不知何处吹芦管，一夜征人尽望乡。"[8]晚唐杜牧《游边》云：

1　（清）董诰等编《全唐文》卷630，第2814页。

2　《资治通鉴》卷209，中华书局，1956，第6621页。

3　《新唐书》卷37《地理志一》，第976页。

4　《新唐书》卷37《地理志一》，第976页。

5　（唐）李吉甫：《元和郡县图志》卷4，第115页。

6　（清）彭定求等编《全唐诗》卷253，第2850页。

7　《新唐书》卷215下《突厥传下》，第6053页。

8　（清）彭定求等编《全唐诗》卷283，第3229页。

"黄沙连海路无尘，边草长枯不见春。日暮拂云堆下过，马前逢著射雕人。"[1]《题木兰庙》云："弯弓征战作男儿，梦里曾经与画眉。几度思归还把酒，拂云堆上祝明妃。"[2] 这几首诗都是把拂云堆或受降城视为边塞和前线，敌骑出没，征人不归。在诗人笔下，受降城是边地的象征，因此成为将士们立功扬名的地方。张祜《塞下》云："万里配长征，连年惯野营。入群来拣马，抛伴去擒生。箭插雕翎阔，弓盘鹊角轻。闲看行近远，西去受降城。"[3] 聂夷中《胡无人行》云："男儿徇大义，立节不沽名。腰间悬陆离，大歌胡无行。不读战国书，不览黄石经。醉卧咸阳楼，梦入受降城。更愿生羽翼，飞身入青冥。请携天子剑，斫下旄头星。自然胡无人，虽有无战争。"[4] 卿云《送人游塞》云："去去玉关路，省君曾未行。塞深多伏寇，时静亦屯兵。雪每先秋降，花尝近夏生。闲陪射雕将，应到受降城。"[5] 因为是边地的象征，受降城也成为征夫思妇相思离别的意象。黄滔《闺怨》云："妾家五岭南，君戍三城北。雁来虽有书，衡阳越不得。别久情易料，岂在窥翰墨。塞上无烟花，宁思妾颜色。"[6] "三城"即三受降城。北方边地环境恶劣，为了表达征人和思妇的悲伤，这种自然环境的艰苦在唐诗中被渲染，因此"三城"在诗人笔下又是苦寒之地的指代。李益《夜上西城听梁州曲二首》其一云："行人夜上西城宿，听唱梁州双管逐。此时秋月满关山，何处关山无此曲。"[7] "西城"即西受降城。其二云："鸿雁新从北地来，闻声一半却飞回。金河戍客肠应断，更在秋风百尺台。"[8] 金河位于西受降城之东，即今内蒙古黄河北岸乌梁素海以北的金河水。刘沧《边思》云："汉将边方背辘轳，受降城北是单于。

1　（唐）杜牧:《樊川文集·别集》，第 346 页。

2　（唐）杜牧:《樊川文集》卷 4，第 80 页。

3　（清）彭定求等编《全唐诗》卷 510，第 5816 页。

4　（清）彭定求等编《全唐诗》卷 636，第 7296 页。

5　（清）彭定求等编《全唐诗》卷 825，第 9295 页。

6　（清）彭定求等编《全唐诗》卷 704，第 8095 页。

7　范之麟注《李益诗注》，第 107 页。

8　范之麟注《李益诗注》，第 107 页。

黄河晚冻雪风急，野火远烧山木枯。偷号甲兵冲塞色，衔枚战马踏寒芜。蛾眉一没空留怨，青冢月明啼夜乌。"[1] 诗人写戍边将士的家国情怀，他们笔下的将士既思报国，又心怀家乡亲人，是热血男儿，又儿女情长。

筑三受降城是唐朝名将张仁愿的辉煌功业，因此肯定受降城的边防意义，便是肯定张仁愿的功业；歌颂张仁愿的功业便不能不说受降城，张仁愿的名字与受降城紧密联系在一起，唐诗中不乏对张仁愿的歌颂。张仁愿（？~714），原名张仁亶，华州下邽（今陕西渭南）人，先任殿中侍御史，升任肃政台中丞，检校幽州都督，率兵击退突厥默啜可汗的进犯，兼任并州大都督府长史。中宗时被召回朝廷，授左屯卫大将军、检校洛州长史。不久又被任命为朔方军大总管，防御突厥，沿黄河北岸修筑三受降城，在抗击突厥的战争中发挥了巨大作用。唐代诗人热情歌咏这三座边城。诗人笔下的受降城是唐朝边塞战争胜利的象征，是唐朝国力强盛的象征，从而肯定了这三座边城的重大意义，也充分肯定和颂扬了张仁愿的功绩。中宗景龙元年（707）张仁愿入朝，又返回朔方军，中宗赋诗送行，朝中大臣李峤、李义、李适、郑愔、苏颋、刘宪等人皆应制赋诗奉和送别，故有《奉和幸望春宫送朔方军大总管张仁亶》同题之作。中宗诗没有流传，大臣们的诗虽有当面奉承之嫌，但因为张仁愿确实有值得赞扬的功绩，因此并不让人感到溢美，而是实至名归。李适诗重在赞美张仁愿的文武双全，威震敌胆："地限骄南牧，天临饯北征。解衣延宠命，横剑总威名。豹略恭宸旨，雄文动睿情。坐观膜拜入，朝夕受降城。"[2] 李峤诗重在称颂张仁愿的军事才能："玉塞征骄子，金符命老臣。三军张武旆，万乘饯行轮。猛气凌玄朔，崇恩降紫宸。投醪还结士，辞第本忘身。露下鹰初击，风高雁欲宾。方销塞北祲，还靖漠南尘。"[3] 郑愔诗着重赞美张仁愿对朝廷的忠诚："御跸

1 （清）彭定求等编《全唐诗》卷586，第6790页。
2 （清）彭定求等编《全唐诗》卷70，第777页。
3 （清）彭定求等编《全唐诗》卷61，第724页。

下都门，军麾出塞垣。长杨跨武骑，细柳接戎轩。睿曲风云动，边威鼓吹喧。坐帷将阃外，俱是报明恩。"[1] 李义诗祝愿张仁愿赴边凯歌频传："边郊草具腓，河塞有兵机。上宰调梅寄，元戎细柳威。武貔东道出，鹰隼北庭飞。玉匣谋中野，金舆下太微。投醪衔饯酌，缉衮事征衣。勿谓公孙老，行闻奏凯归。"[2] 苏颋诗着重写中宗对张仁愿的恩宠和寄托："北风吹早雁，日夕渡河飞。气冷胶应折，霜明草正腓。老臣帷幄算，元宰庙堂机。饯饮回仙眹，临戎解御衣。军装乘晓发，师律候春归。方仁勋庸盛，天词降紫微。"[3] 刘宪诗着重写中宗对张仁愿的恩宠："命将择耆年，图功胜必全。光辉万乘饯，威武二庭宣。中衢横鼓角，旷野蔽旌旐。推食天厨至，投醪御酒传。凉风过雁苑，杀气下鸡田。分阃恩何极，临岐动睿篇。"[4] 这些诗都肯定了受降城修筑的重大意义，颂扬了张仁愿的才干、道德和功业。受降城成为有效防御敌人进攻的国防设施代名词，郑愔《塞外三首》其二云："荒垒三秋夕，穷郊万里平。海阴凝独树，日气下连营。戎旆霜旋重，边裘夜更轻。将军犹转战，都尉不成名。折柳悲春曲，吹笳断夜声。明年汉使返，须筑受降城。"[5]

　　唐后期失地难收，边防吃紧，人们更加怀念张仁愿这样却敌立功的名将。杜甫以张仁愿作比，批评诸将无能，而写张仁愿的功绩，便写到受降城。其《诸将五首》之二云：

　　　韩公本意筑三城，拟绝天骄拔汉旌。岂谓尽烦回纥马，翻然远救朔方兵。胡来不觉潼关隘，龙起犹闻晋水清。独使至尊忧社稷，诸君何以答升平。[6]

1　（清）彭定求等编《全唐诗》卷 106，第 1106 页。

2　（清）彭定求等编《全唐诗》卷 92，第 999 页。

3　（清）彭定求等编《全唐诗》卷 74，第 809 页。

4　（清）彭定求等编《全唐诗》卷 71，第 782 页。

5　（清）彭定求等编《全唐诗》卷 106，第 1108 页。

6　（唐）杜甫著，（清）仇兆鳌注《杜诗详注》卷 16，第 1365 页。

韩公即张仁愿，中宗景龙二年（708）拜相，封韩国公。张仁愿欲击灭突厥，故筑受降城；今诸将无能，却靠回纥立功。唐后期筑盐州城，出于德宗的决策。白居易歌颂其事，把此举与张仁愿筑受降城相比，肯定其重要意义，其《城盐州》云：

> 城盐州，盐州未城天子忧。德宗按图自定计，非关将略与庙谋。吾闻高宗中宗世，北虏猖狂最难制。韩公创筑受降城，三城鼎峙屯汉兵。东西亘绝数千里，耳冷不闻胡马声。如今边将非无策，心笑韩公筑城壁。相看养寇为身谋，各握强兵固恩泽。愿分今日边将恩，褒赠韩公封子孙。谁能将此盐州曲，翻作歌词闻至尊。[1]

此诗题注云："贞元壬申岁，特诏城之。"小序又云："美圣谟而诮边将也。"在歌颂德宗的英明决策的同时，批评边将的无能，并以"韩公"（张仁愿）作衬托。许浑《吴门送振武李从事》用张仁愿的典故赞美振武军主帅，祝愿李从事立功边塞："胡马近秋侵紫塞，吴帆乘月下清江。嫖姚若许传书檄，坐筑三城看受降。"[2] 李益《拂云堆》云："汉将新从虏地来，旌旗半上拂云堆。单于每近沙场猎，南望阴山哭始回。"[3] 诗人笔下这位威震敌胆的"汉将"就是张仁愿。皎然《从军行五首》其四云："飞将下天来，奇谋阃外裁。水心龙剑动，地肺雁山开。望气燕师锐，当锋虏阵摧。从今射雕骑，不敢过云堆。"[4] 薛逢诗《狼烟》云："三道狼烟过碛来，受降城上探旗开。传声却报边无事，自是官军入抄回。"[5] 秦韬玉《边将》云："剑光如电马如风，百捷长轻是掌中。无定河边蕃将死，受降城外虏尘空。旗缝雁翅和竿袅，箭撚雕翎逐隼

1　（唐）白居易著，谢思炜校注《白居易诗集校注》卷 3，第 329 页。

2　（清）彭定求等编《全唐诗》卷 536，第 6118 页。

3　（清）彭定求等编《全唐诗》卷 283，第 3224 页。

4　（清）彭定求等编《全唐诗》卷 820，第 9240 页。

5　（清）彭定求等编《全唐诗》卷 548，第 6334 页。

雄。自指燕山最高石，不知谁为勒殊功。"[1] 在诗人笔下，受降城是胜利的象征。

　　鸊鹈泉是回鹘道上的一个湖泊，是连接中原与北方草原地带的中转之地。贞观四年（630），北方草原民族奉唐太宗为"天至尊"，请唐朝开通往长安的大道："生荒陋地，归身圣化，天至尊赐官爵，与为百姓，依唐若父母然。请于回纥、突厥部治大涂，号'参天至尊道'，世为唐臣。"太宗"诏碛南鸊鹈泉之阳置过邮六十八所，具群马、湩、肉待使客，岁内貂皮为赋"。[2] 即在鸊鹈泉北岸置驿，并由此往北开辟邮驿大道。"天至尊"又称"天可汗"。[3] 从上引贾耽"入四夷之路"之"中受降城入回鹘道"的记载可知，唐朝后期这条道上的鸊鹈泉仍是交通枢纽，是从中受降城赴回鹘牙帐两条路线的交会点。除了贾耽的记载之外，《新唐书·回鹘传》写到唐使至黠戛斯阿热牙帐，也路经鸊鹈泉和回鹘牙帐：

　　　　阿热牙至回鹘牙所，橐它四十日行。使者道出天德右二百里许抵西受降城，北三百里许至鸊鹈泉，泉西北至回鹘牙千五百里许，而有东、西二道，泉之北，东道也。回鹘牙北六百里得仙娥河，河东北曰雪山，地多水泉。青山之东，有水曰剑河，偶艇以度，水悉东北流，经其国，合而北入于海。[4]

鸊鹈泉是唐使往回鹘和黠戛斯路经之地，由于鸊鹈泉在唐与回鹘、黠戛斯交通道路上的重要位置，故颇受诗人关注。鸊鹈泉在丰州西受降城北（今内蒙古河套西北部）三百里。泉之本意是从地下流出的水源，此指由地下水形成的湖泊。唐诗的描写对我们认识鸊鹈泉的地理位置具有重要意义。鸊鹈泉又叫"胡儿饮马泉"，李益《过五原胡儿

---

[1] （清）彭定求等编《全唐诗》卷 670，第 7658 页。
[2] 《新唐书》卷 217 上《回鹘传上》，第 6113 页。
[3] 《旧唐书》卷 3《太宗纪下》，第 39 页。
[4] 《新唐书》卷 217 下《回鹘传下》，第 6148 页。

饮马泉》咏其地："绿杨著水草如烟，旧是胡儿饮马泉。几处吹笳明月夜，何人倚剑白云天。从来冻合关山路，今日分流汉使前。莫遣行人照容鬓，恐惊憔悴入新年。"[1] 作者自注："鸊鹈泉在丰州城北，胡人饮马于此。""分流"写出鸊鹈泉地处两路线交叉处，"汉使""行人"说明此乃唐人奉使入回鹘之要道。

史书记载和唐诗描写都反映唐朝与回鹘大致以鸊鹈泉为界。《旧唐书·回纥传》记载，元和八年（813），"回鹘数千骑至鸊鹈泉，边军戒严"。[2] 中唐诗人刘言史《赋蕃子牧马》云："碛净山高见极边，孤峰引上一条烟。蕃落多晴尘扰扰，天军猎到鸊鹈泉。"[3] 唐军行猎至此处，表明唐朝与回鹘实际控制区域以此为界。李益诗中多次写到鸊鹈泉，其《再赴渭北使府留别》云："结发逐鸣鼙，连兵追谷蠡。山川搜伏虏，铠甲被重犀。故府旌旗在，新军羽校齐。报恩身未死，识路马还嘶。列嶂高烽举，当营太白低。平戎七尺剑，封检一丸泥。截海取蒲类，跑泉饮鸊鹈。汉庭中选重，更事五原西。"[4] 此诗与刘言史的诗相同，亦写边军的活动以鸊鹈泉为北方边界。李益《暖川（一作征人歌）》云："胡风冻合鸊鹈泉，牧马千群逐暖川。塞外征行无尽日，年年移帐雪中天。"[5] 唐军将士戍守此地，故写鸊鹈泉的严寒以突出北方边地环境之艰苦，表达了对戍边将士境遇的同情。正因为是边地，当唐朝与北边民族交恶时，这里便成为前线。李益《度破讷沙二首》其二云："破讷沙头雁正飞，鸊鹈泉上战初归。平明日出东南地，满碛寒光生铁衣。"[6] "破讷沙"亦称"普纳沙""库结沙"，今称"库布齐沙漠"。"库布其"蒙古语意为"弓弦"，位于鄂尔多斯高原脊线北部，今内蒙古鄂尔多斯市杭锦旗、达拉特旗和准格尔旗部分地区，内蒙古黄河弯道下，东西长，像一根弓弦，因此得名。破讷沙与鸊鹈泉隔黄

1　范之麟注《李益诗注》，第 78~79 页。

2　《旧唐书》卷 195《回纥传》，第 5210 页。

3　（清）彭定求等编《全唐诗》卷 468，第 5327 页。

4　范之麟注《李益诗注》，第 83 页。

5　范之麟注《李益诗注》，第 108 页。

6　范之麟注《李益诗注》，第 101 页。

河相望，故在李益诗中对举，鸊鹈泉是交战之地，从前线归来的将士回到位于破讷沙的军营。宪宗元和初，回鹘曾以骑兵进犯，与镇武节度使驻军在这一带对峙和交战，此诗当以此历史内容为背景，赞颂边塞将士的英雄气概。

第二节　唐朝与回鹘通使之路

唐朝与回鹘往来不断，双方使节一般情况下都要经回鹘道往来，唐诗中反映了双方往来的盛况。北方草原民族奉唐天子为"天至尊""天可汗"，回鹘汗国名义上是唐朝的瀚海都督府，是唐朝版图的重要组成部分。回鹘可汗任瀚海都督府都督，名义上是唐朝属吏，汗国是唐朝的属国。回鹘历代可汗共 15 人，受唐册封者有 11 人。每当回鹘新可汗继位，唐朝的册封都对稳定回鹘汗国人心起了重要作用。回鹘可汗去世，唐使前往吊唁；新可汗继位，要经唐朝廷册封；唐公主入回鹘和亲，唐和亲使节入回鹘；双方发生冲突时寻求和解，皆经回鹘道。从长安至回鹘道起点中受降城主要有两条道路，一是灵州道，二是太原道。

唐代灵州有时称灵武郡，治所在今宁夏灵武西南十里，中古时北方民族南下，中原政权北征，都以此为重要通道。唐玄宗开元年间边疆置九节度使，朔方军节度使驻节灵武。严耕望指出："灵武朔方军既当西北交通孔道，华夷走集枢纽，其去国都又最近，且无大河之限，高山之阻，故此州军在对外交通上尤形重要"，"安史乱后，灵武更见为唐与回纥交通转输中心。诚以其地最近长安，且当中国北通塞上诸国之孔道也"。[1] 唐后期由于秦、兰、原、会诸州地陷吐蕃，经过青海、陇右、河西通西域的道路皆遭阻绝，与西域、中亚诸国使节往还、商旅贩贸，多经灵州进出。因此灵州不仅为北通回鹘之要道，也是交通

1　严耕望：《唐代交通图考》第 1 卷《京都关内区》，第 175 页。

西域与中亚各国的要道。长安至灵州主要有三条路线：一是从长安出发，经邠州、宁州、庆州至灵州；二是从长安出发，经邠州、泾州、原州至灵州；三是从长安出发，经邠州、宁州、庆州、盐州至灵州。灵州是唐朝西北交通军事之枢纽，向西、北两个方向可通北方和西北方域外民族。其一向西通凉州，可经河西走廊赴西域。"由灵州西渡黄河，盖越贺兰山南闻，经沙碛，凡九百里至凉州。"其二向北到丰州、西受降城、天德军道及西城，出高阙至回鹘、黠戛斯道。由灵州向北微东循黄河而下至天德军为一道，取西受降城路及取丰州路皆约一千一百里。从灵州至西受降城或中受降城，入"参天可汗道"或"回鹘道"。其三向北至碛南弥娥川水一千里，此道出贺兰山隘道向北行，也是通塞北诸部之孔道。

唐与回鹘交通的另一条重要道路是太原道。从长安至太原的驿道，严耕望先生做了详细考证："此道大略取渭水北岸东经同州（今大荔），由蒲津渡河至蒲州（今永济），再东北循涑水河谷而上，至绛州（今新绛）。又由同州有支线东北行至龙门，渡河，循汾水而上亦至绛州。又有支线由蒲州沿河东岸北行至龙门，接龙门、绛州道。绛州又循汾水河谷北上，经晋州（今临汾），至太原府（今晋源）。"[1] 这条道路就是当年唐高祖李渊从太原起兵攻入长安的逆向行军路线。唐与回鹘的交通，本来主要利用灵州道和太原道，安史之乱后灵州道受到吐蕃的威胁，于是经太原至回鹘的道路得到更多的利用。[2] 从太原道经东受降城至中受降城而入回鹘道。

回鹘一直沿袭着唐太宗时的传统，奉唐天子为"天可汗"，故其新君须经唐朝廷册封，唐与回鹘间的使节往来不绝于途，唐诗中反映了唐朝与回鹘间交通和交往的兴盛状况。周鏻《送入蕃使》："猎猎旗幡过大荒，敕书犹带御烟香。滹沱河冻军回探，逻逤孤城雁著行。远塞风狂移帐幕，平沙日晚卧牛羊。早终册礼朝天阙，莫遣虬髭染塞

1　严耕望：《唐代交通图考》第 1 卷《京都关内区》，第 91 页。

2　严耕望：《唐代交通图考》第 5 卷《河东河北区》，第 1335~1336 页。

霜。"[1] 朱庆馀《送于中丞入蕃册立》："上马生边思，戎装别众僚。双旌衔命重，空碛去程遥。迥没沙中树，孤飞雪外雕。蕃庭过册礼，几日却回朝。"[2] 诗中的"册礼"即册封之礼。又如贾岛《送于中丞使回纥册立》："君立天骄发使车，册文字字著金书。渐通青冢乡山尽，欲达皇情译语初。调角寒城边色动，下霜秋碛雁行疏。旌旗来往几多日，应向途中见岁除。"[3] 贾岛的时代，回纥已改名回鹘，诗题仍用其旧称。回鹘可汗去世，唐朝遣使吊唁。权德舆《送张阁老中丞持节册吊回鹘》："旌斾翩翩拥汉官，君行常得远人欢。分职南台知礼重，辍书东观见才难。金章玉节鸣驺远，白草黄云出塞寒。欲散别离唯有醉，暂烦宾从驻征鞍。"[4] 旧可汗的去世和新可汗的继位是同时的，因此册立使和吊祭使往往由同一个官员兼任，是同一次使命往来，称"吊祭册立使"。[5] 故权德舆诗题云"册吊"，即唐朝使节的双重使命。顾非熊《送于中丞入回鹘》："风沙万里行，边色看双旌。去展中华礼，将安外国情。朝衣惊异俗，牙帐见新正。料得归来路，春深草未生。"[6] 雍陶《送于中丞使北蕃》："朔将引双旌，山遥碛雪平。经年通国信，计日得蕃情。野次依泉宿，沙中望火行。远雕秋有力，寒马夜无声。看猎临胡帐，思乡见汉城（自注：回鹘中有汉城）。来春拥边骑，新草满归程。"[7] 这两首诗与朱庆馀、贾岛的诗所送为同一使节，于中丞肩负双重使命，所以既说"将安外国情"，又说"牙帐见新正"。

唐与回鹘一直保持着和亲关系，唐公主入蕃造成的使节往来也很频繁，送亲的使节称"和亲使"。杨巨源《送殷员外使北蕃》云："二

1　（清）彭定求等编《全唐诗》卷 635，第 7292 页。

2　（清）彭定求等编《全唐诗》卷 514，第 5866~5867 页。

3　（唐）贾岛著，李嘉言新校《长江集新校》卷 9，第 108 页。

4　（清）彭定求等编《全唐诗》卷 323，第 3630 页。

5　《旧唐书》卷 195《回纥传》："长庆元年，毗伽保义可汗薨，辍朝三日，仍令诸司三品已上官就鸿胪寺吊其使者。四月，正衙册回鹘君长为登罗羽录没密施句主毗伽可汗，以少府监装通为检校左散骑常侍、兼御史大夫，持节册立、兼吊祭使。"大和七年（833），回鹘可汗李义节死，朝廷以唐弘实为"持节入回鹘吊祭册立使"。

6　（清）彭定求等编《全唐诗》卷 509，第 5787~5788 页。

7　（清）彭定求等编《全唐诗》卷 518，第 5917~5918 页。

轩将雨露，万里入烟沙。和气生中国，薰风属外家。塞芦随雁影，关柳拂驼花。努力黄云北，仙曹有雉车。"[1] "北蕃"即回鹘，因为唐公主下嫁回鹘，故唐人自称"外家"。殷员外的这次出使应当与和亲公主有关。又如杨巨源《和吕舍人喜张员外自北番回至境上先寄二十韵》：

> 割爱天文动，敦和国步安。仙姿归旧好，戎意结新欢。并命瞻鹓鹭，同心揖蕙兰。玉箫临祖帐，金榜引征鞍。广陌双旌去，平沙万里看。海云侵鬓起，边月向眉残。突兀阴山迥，苍茫朔野宽。毳庐同甲帐，韦橐比雕盘。义著亲胡俗，仪全识汉官。地邻冰鼠净，天映烛龙寒。节异苏卿执，弦殊蔡女弹。碛分黄渺渺，塞极黑漫漫。欢味膻腥列，徽声侏㑊攒。归期先雁候，登路剧鹏抟。上客离心远，西宫草诏殚。丽词传锦绮，珍价掩琅玕。百两开戎垒，千蹄入御栏。瑞光麟阁上，喜气凤城端。尚德曾辞剑，柔凶本舞干。茫茫斗星北，威服古来难。[2]

"割爱""敦和"意即以公主和亲，诗强调了与回鹘以和为贵，反对以武威征服的思想。张员外从"北番"归朝，他的使命应该是送公主至回鹘和亲。

尽管唐与回鹘不断发生战争，但战争之后便是议和，唐朝派遣入回鹘议和的使节称"和蕃使"。赵嘏《平戎》云："边声一夜殷秋鼙，牙帐连烽拥万蹄。武帝未能忘塞北，董生才足使胶西。冰横晓渡胡兵合，雪满穷沙汉骑迷。自古平戎有良策，将军不用倚云梯。"[3] 此诗题注云："时谏官谕北虏未回，天德军帅请修城备之。"可知当时朝廷已经派谏官赴回鹘议和，但不知道是否成功，所以天德军统帅上书朝廷，修城备战。当朝廷官员奉命远赴异域议和时，同僚朋友则写诗送行。马戴《送和北虏使》云："路始阴山北，迢迢雨雪天。长城人

1 （清）彭定求等编《全唐诗》卷333，第3719页。

2 （清）彭定求等编《全唐诗》卷333，第3734页。

3 （清）彭定求等编《全唐诗》卷549，第6350页。

过少，沙碛马难前。日入流沙际，阴生瀚海边。刀镮向月动，旌纛冒霜悬。逐兽孤围合，交兵一箭传。穹庐移斥候，烽火绝祁连。汉将行持节，胡儿坐控弦。明妃的回面，南送使君旋。"[1] 孙颜《送薛大夫和蕃》："亚相独推贤，乘轺向远边。一心倾汉日，万里望胡天。忠信皇恩重，要荒圣德传。戎人方屈膝，塞月复婵娟。别思流莺晚，归朝候雁先。当书外垣传，回奏赤墀前。"[2] 无名氏《送薛大夫和蕃》："戎王归汉命，魏绛谕皇恩。旌旆辞双阙，风沙上五原。往途遵塞道，出祖耀都门。策令天文盛，宣威使者尊。澄波看四海，入贡伫诸蕃。秋杪迎回骑，无劳枉梦魂。"[3] 朱庆馀《送李侍御入蕃》："远使随双节，新官属外台。戎装非好武，书记本多才。移帐依泉宿，迎人带雪来。心知玉关道，稀见一花开。"[4] 这里的"和北虏使""和蕃""入蕃"使节都是入回鹘议和的人，他们有的经过灵州道，有的经过太原道。

回鹘使节入唐也见于唐诗的吟咏。王卓《观北番谒庙》："肃肃层城里，巍巍祖庙清。圣恩覃布濩，异域献精诚。冠盖分行列，戎夷变姓名。礼终齐百拜，心洁尽忠贞。瑞气千重色，箫韶九奏声。仗移迎日转，旆动逐风轻。休运威仪盛，丰年俎豆盈。不堪惭颂德，空此望簪缨。"[5] 回鹘可汗娶唐朝公主，自认为是唐朝的女婿，当其入唐时，以女婿身份谒庙。

第三节　唐朝与回鹘的和亲之路

唐朝与回纥和亲开始于安史之乱中。安史之乱爆发，肃宗在灵武即位，向北方草原民族政权借兵。肃宗派仆固怀恩、将军石定番和敦

1　（清）彭定求等编《全唐诗》卷 556，第 6449 页。

2　（清）彭定求等编《全唐诗》卷 779，第 8814 页。

3　（清）彭定求等编《全唐诗》卷 787，第 8875 页。

4　（清）彭定求等编《全唐诗》卷 514，第 5869~5870 页。

5　（清）彭定求等编《全唐诗》卷 781，第 8830 页。

煌王李承宷出使回纥，要求和亲，"以修好征兵"。回纥怀仁可汗也有
心与唐朝和亲并出兵助唐平乱，同意把女儿嫁给李承宷，又派渠领跟
随唐使入唐，求娶唐朝公主，肃宗答应了他的要求，并封怀仁可汗之
女为毗伽公主，双方建立起和亲关系。回纥可汗亲自率兵与唐军元帅
郭子仪共破随安禄山反叛的同罗等部。次年二月，怀仁可汗又派将军
多揽等十五人赴唐。九月，肃宗令李承宷纳毗伽公主为妃。怀仁可汗
又派太子叶护和将军帝德等人率领四千名骑兵助唐平乱。安史之乱时
回纥两度派兵助战。唐后期多次将公主下嫁回纥可汗和亲，"回鹘道"
成为和亲之路。

　　唐朝后期与回纥和亲，嫁入回纥见于唐诗的首先是崇徽公主。崇
徽公主姓仆固氏，唐朝名将仆固怀恩之幼女。在此之前，为了得到回
纥助唐平叛，她的两个姐姐已经先后远嫁回纥。其中一位嫁给牟羽可
汗（后称登里可汗）移地健，被册封为"光亲可敦"。光亲可敦于大
历三年（768）病故，移地健指名续娶仆固怀恩的女儿为妻。大历四
年，代宗将怀恩幼女封为"崇徽公主"，嫁与登里可汗。[1] 崇徽公主与
移地健生有一女，称"少可敦叶公主"或"叶公主"。崇徽公主是经
太原道入回纥的，唐诗中提供了证据。雍陶《阴地关见入蕃公主石上
手迹》诗云：

　　　　汉家公主昔和蕃，石上今余手迹存。风雨几年侵不灭，分明
　　纤指印苔痕。[2]

晚唐时李山甫有《阴地关崇徽公主手迹》一诗：

1　其后崇徽公主事迹再无记载。大历十四年，登里可汗被宰相顿莫贺达干杀死，顿莫贺达干自立
　　为长寿天亲可汗。贞元四年（788）十月，德宗将亲生第八女咸安公主嫁与长寿天亲可汗。据此
　　推测，崇徽公主可能在 788 年前已经去世，不然她应该依照回纥收继婚制，转嫁长寿天亲可汗，
　　唐朝也就不会把咸安公主出嫁回纥。

2　（清）彭定求等编《全唐诗》卷 518，第 5926 页。

一拓纤痕更不收，翠微苍藓几经秋。谁陈帝子和番策，我是男儿为国羞。寒雨洗来香已尽，澹烟笼著恨长留。可怜汾水知人意，旁与吞声未忍休。[1]

据此可知，崇徽公主入回纥曾途经阴地关。李山甫又有《代崇徽公主意》诗：“金钗坠地鬓堆云，自别朝（一作昭）阳帝岂闻。遣妾一身安社稷，不知何处用将军。”[2] 其用意仍在于借此批评朝廷无能。宋人欧阳修有《唐崇徽公主手痕和韩内翰》诗：“故乡飞鸟尚啁啾，何况悲笳出塞愁。青冢埋魂知不返，翠崖遗迹为谁留。玉颜自古为身累，肉食何人与国谋。行路至今空叹息，岩花野草自春秋。”[3] 北宋对外软弱，屈辱事敌，上层统治集团以权谋私，不恤国事，欧阳修借古讽今，用意与李山甫诗同。

其次是咸安公主嫁回纥长寿天亲可汗。咸安公主是和亲真公主，德宗第八女，即燕国襄穆公主，始封咸安公主。因回纥助唐平乱有功，贞元三年（787）九月十三日，回纥武义成功可汗派将军合阙献方物，请和亲。德宗答应以咸安公主和亲，让合阙在麟德殿见咸安公主，并将咸安公主的画像赐予可汗。贞元四年十月十四日，回鹘派宰相、公主率庞大使团纳聘迎亲，德宗于延喜门接见。可汗上书甚恭。[4] 二十六日，德宗下诏按亲王的标准置咸安公主府，册命可汗为汩咄禄长寿天亲毗伽可汗，公主为智惠端正长寿孝顺可敦。十一月，任命李湛然为婚礼使，关播、赵憬等持节护送咸安公主入蕃。德宗亲自赋诗相送，其诗不传。贞元五年七月，咸安公主至回鹘牙帐。天亲可汗死，其子忠贞可汗立；忠贞可汗死，其子奉诚可汗立；奉诚可汗死，回鹘人立宰相为怀相可汗。按照回鹘传统，咸安公主依次嫁与这四位可汗。咸安公主在回鹘二十一年，卒于宪宗元和三年（808）二

1　（清）彭定求等编《全唐诗》卷 643，第 7368 页。

2　（清）彭定求等编《全唐诗》卷 643，第 7374 页。

3　欧阳永叔：《欧阳修全集》，中国书店，1986，第 94 页。

4　《新唐书》卷 217 上《回鹘传上》，第 6124 页。

月二十六日。回鹘遣使告哀，宪宗废朝三日，追封为燕国大长公主，谥襄穆。按说德宗曾赋诗送行，群臣亦应奉和，但这些诗都没有留传下来，唐诗中咏及咸安和亲的只有一首诗存留，即孙叔向《送咸安公主》诗：

> 卤簿迟迟出国门，汉家公主嫁乌孙。玉颜便向穹庐去，卫霍空承明主恩。[1]

诗是讽刺将军无能而以公主和亲安国，显然不是朝廷送行时所写，当是目睹咸安公主出嫁时的场面有感而发。咸安公主去世的消息传至唐廷，白居易奉命代宪宗撰写了《祭咸安公主文》，祭文以诗一般的语言赞美咸安公主和她的和亲之举：

> 柔明立性，温惠保身，静修德容，动中规度。组紃之训，既习于公宫；汤沐之封，遂开于国邑。及礼从出降，义重和亲；承渥泽于三朝，播芳猷于九姓。远修好信，既申协比之姻；殊俗保和，实赖肃雍之德。方凭福履，以茂辉荣；宜降永年，遽归长夜。悲深讣告，宠极哀荣。爰命使臣，往申奠礼。故乡不返，乌孙之曲空传；归路虽遥，青冢之魂可复。远陈薄酹，庶鉴悲怀！[2]

此可以看作一首颂扬咸安公主的诗篇。

与回鹘最后一次和亲的是太和公主。太和公主是宪宗第十女，始封"太和公主"，从回鹘归国后晋为"定安大长公主"。她是唐代晚期和亲真公主中的第四位。穆宗长庆元年（821），回鹘保义可汗求和亲，穆宗以太和公主嫁之。未成行，可汗死，公主留唐，出家为女道士。回鹘嗣立的崇德可汗派都督、都渠、叶护、公主等两千多人的庞大队伍来唐朝迎婚，纳马两万匹、驼千匹为聘礼。穆宗册封太和公主

1　（清）彭定求等编《全唐诗》卷 472，第 5358 页。

2　《白居易集》卷 57，第 1211~1212 页。

为"仁孝端丽明智上寿可敦"，出嫁崇德可汗。当时唐廷衰弱，长安城竟没有足够的设施招待所有迎亲的回鹘使团人员，大部分使者被安排在边境外，唐朝以大量丝绸换取回鹘少量马匹并支付公主嫁资。公主出嫁的礼仪空前隆重，穆宗亲自送至通化门，文武百官早已恭立在章敬寺前送别。长安城百姓倾城出动，观看公主出嫁的仪式。杨巨源《送太和公主和蕃》云："北路古来难，年光独认寒。朔云侵鬓起，边月向眉残。芦井寻沙到，花门度碛看。薰风一万里，来处是长安。"[1]芦井是回鹘道上的地名，写其行程；花门是回鹘的地名，这里代指回鹘。王建《太和公主和蕃》云："塞黑云黄欲渡河，风沙眯眼雪相和。琵琶泪湿行声小，断得人肠不在多。"[2]两首诗主要写赴回鹘一路上环境的恶劣，想象公主心境的悲伤。

太和公主的经历十分坎坷，这与唐朝和回鹘的复杂关系以及回鹘后期的形势有关。她经灵州道入回鹘，回鹘迎亲途中，吐蕃发兵侵扰青塞堡，被盐州刺史李文悦发兵击退。为了保证太和公主路途上的安全，回鹘派一万骑兵出北庭，一万骑兵出安西，抗拒吐蕃侵扰。唐朝发兵三千赴蔚州（今河北蔚县）护送，回鹘派760人将驼马及车至黄芦泉迎候。丰州刺史李祐则在卿泉迎接太和公主以及护送她的卫队。公主到达回鹘牙帐，崇德可汗以隆重的礼仪迎接公主，举行婚礼。数日后胡证等人返回，公主在自己帐中宴送，痛哭失声，流连眷慕。"证等将归，可敦宴之帐中，留连号啼者竟日。"[3]太和公主先后嫁给三位可汗为可敦。

唐朝与回鹘的关系和贸易由于公主和亲而重新活跃，但好景不长。回鹘连年饥荒、瘟疫流行，各派势力矛盾激化，局势动荡。长庆四年（824），崇德可汗死，弟昭礼可汗即位。大和六年，昭礼可汗被部下所杀，侄子彰信可汗即位。开成四年（839），宰相掘罗勿荐公引沙陀突厥进攻彰信可汗，彰信可汗兵败自杀，掘罗勿荐公自立为可

1　（清）彭定求等编《全唐诗》卷333，第3740页。

2　（唐）王建著，王宗堂校注《王建诗集校注》卷9，第528页。

3　《旧唐书》卷195《回纥传》，第5213页。

汗。开成五年，回鹘将军名末录贺引黠戛斯十万兵马进攻回鹘，杀死掘罗勿荐公，将牙帐焚烧精光。昭礼可汗之弟乌介率残余十三部落南迁至唐朝边境错子山，并于开成六年自立为可汗。

在回鹘与黠戛斯的冲突中，太和公主为黠戛斯军所俘。黠戛斯自认是西汉名将李陵之后，与李氏唐室本为一家，欲结好唐朝，派达干（北方草原民族统兵官）等十人送太和公主归唐。乌介可汗发兵袭杀达干，抢回太和公主，并以太和公主的名义表请唐朝册封。唐武宗采纳宰相李德裕的建议，遣使前往乌介驻地慰问赈济，"许借米三万石"，并封其为可汗。乌介仍不满足，不仅借粮借兵，还要求唐朝助其复国。唐朝不能完全满足其要求，乌介遂挟持太和公主南下，侵犯唐朝边境，先后侵掠大同、马县、天德、振武等地。乌介的侵扰给边地百姓带来了极大灾难，晚唐诗人杜牧《早雁》诗反映了这一史实：

> 金河秋半虏弦开，云外惊飞四散哀。仙掌月明孤影过，长门灯暗数声来。须知胡骑纷纷在，岂逐春风一一回？莫厌潇湘少人处，水乡菰米岸莓苔。[1]

会昌二年（842）八月，乌介可汗率兵南下，边民纷纷向中原地区避乱逃亡。杜牧时任黄州（今湖北黄冈）刺史，闻此而忧之，写下此诗。通篇采用比兴象征手法，借写雁反映时事，写流离失所的百姓的痛苦。

会昌三年，唐朝河东节度使刘沔率兵突袭乌介可汗驻地，乌介仓皇逃命。丰州刺史石雄途中遇太和公主帐幕，"因迎归国"。乌介嫁妹与室韦首领，自己为部下所杀。太和公主被唐军护送回太原，武宗派去慰问公主的使者不绝于途，将黠戛斯所献白貂皮、玉指环等物赐给公主。当年三月，太和公主回到长安，朝廷以盛大的礼仪迎接公主归来。武宗晋封她为"定安大长公主"。从和亲出降至被唐军夺回，太

---

[1]（唐）杜牧：《樊川文集》卷3，第57页。

和公主在回鹘生活了二十二年，历经坎坷，返回长安后不久因病去世。唐军平安迎回太和公主，对于唐廷来说是一件可喜可贺之事，因此当时诗人写了不少歌咏其事的诗，把太和公主还朝比作蔡文姬或乌孙公主归汉。迎回公主的石雄将军还是一位画家，他在护送公主回长安的途中绘有《射鹭鸶图》。诗人白居易大加赞赏，他把石雄的武功和太和公主还朝两件事一起咏叹，其《河阳石尚书破回鹘迎贵主过上党射鹭鸶绘画为图猥蒙见示称叹不足以诗美之》诗云：

> 塞北虏郊随手破，山东贼垒掉鞭收。乌孙公主归秦地，白马将军入潞州。剑拔青鳞蛇尾活，弦抨赤羽火星流。须知乌目犹难漏，（尚书将入潞府，偶逢水鸟鹭鸶，引弓射之，一发中目，三军勇跃。其事上闻，诏下美之。）纵有天狼岂足忧。画角三声刁斗晓，清商一部管弦秋。他时麟阁图勋业，更合何人居上头？[1]

潞州、潞府即上党，从太原经潞州、河阳可至洛阳，太和公主是经由这条路回长安的。许浑《破北虏太和公主归宫阙》："毳幕承秋极断蓬，飘飘一剑黑山空。匈奴北走荒秦垒，贵主西还盛汉宫。定是庙谟倾种落，必知边寇畏骁雄。恩沾残类从归去，莫使华人杂犬戎。"[2]诗把破回鹘和迎回公主归功于武宗的决策和唐军将领的骁雄。刘得仁《马上别单于刘评事（时太和公主还京，评事罢举起职）》："庙谋宏远人难测，公主生还帝感深。天下底平须共喜，一时闲事莫惊心。"[3]单于评事即在单于都护府任从事，其朝衔是大理评事。刘某放弃长安应举，将赴北方边地任职，诗人写此诗送行。诗把迎回太和公主一事视为天下恢复太平的象征，当时惊心动魄的斗争被诗人视为"一时闲事"，意谓对强大的唐朝来说，此乃等闲之事。张祜《投河阳右仆射》云："黠虏构摧抢（应作'欃枪'或'摧枪'），将军首出征。万人旗下

---

1 （唐）白居易著，谢思炜校注《白居易诗集校注》卷 37，第 2816~2817 页。

2 （唐）许浑撰，罗时进笺证《丁卯集笺证》卷 8，第 470 页。

3 （清）彭定求等编《全唐诗》卷 545，第 6304 页。

泣，一马阵前行。对敌枭心死，冲围虎力生。雪霜齐摄甲，风雨骤扬兵。指点看鞭势，喧呼认箭声。狂胡追过碛，贵主夺还京。黑夜星华朗，黄昏火号明。无非刀笔吏，独传说时英。"[1] 诗颂扬迎回公主的石雄将军。顾非熊《武宗挽歌词二首》其一云："睿略皇威远，英风帝业开。竹林方受位，薤露忽兴哀。静塞妖星落，和戎贵主回。龙髯不可附，空见望仙台。"[2] 他把迎回太和公主作为武宗的功绩之一加以颂扬。也有诗人对公主的坎坷身世表示同情，如李频《太和公主还宫》云："天骄发使犯边尘，汉将推功遂夺亲。离乱应无初去貌，死生难有却回身。禁花半老曾攀树，宫女多非旧识人。重上凤楼追故事，几多愁思向青春。"[3] 李敬方《太和公主还宫》云："二纪烟尘外，凄凉转战归。胡笳悲蔡琰，汉使泣明妃。金殿更戎帼，青祛换氊衣。登车随伴仗，谒庙入中闱。汤沐疏封在，关山故梦非。笑看鸿北向，休咏鹊南飞。宫髻怜新样，庭柯想旧围。生还侍儿少，熟识内家稀。凤去楼扃夜，鸾孤匣掩辉。应怜禁园柳，相见倍依依。"[4] 两首诗都从公主归来物是人非的感受写其凄惨命运。昔日的"参天可汗道"，后来的入回鹘道，承载了入唐公主多少辛酸和痛苦，承载了唐王朝多少光荣和屈辱！

　　唐代诗人对公主和亲的认识和态度是不同的。从总的倾向看，唐前期在国家强盛时与周边民族的和亲促进了双方友好关系，诗人虽然也同情公主远赴异域的遭遇，但对和亲的意义持肯定的态度，如中宗时金城公主和亲吐蕃，朝廷大臣奉和诸作。但安史之乱后的和亲是作为争取对方军事援助的条件，诗人们有屈辱之感，因此大多持否定态度。他们认为安定国家，朝廷不应该以此作为国策，而应该任用良将战胜敌人。杜甫《喜闻盗贼蕃寇总退口号五首》其二云：

　　　　赞普多教使入秦，数通和好止烟尘。朝廷忽用哥舒将，杀伐

1　陈尚君辑校《全唐诗补编》，第 192 页。

2　（清）彭定求等编《全唐诗》卷 509，第 5788 页。

3　（清）彭定求等编《全唐诗》卷 587，第 6809 页。

4　（清）彭定求等编《全唐诗》卷 508，第 5776 页。

虚悲公主亲。[1]

大历二年（767）冬，吐蕃被唐军击退，诗写此事。杜甫认为要避免战争，获得边境安定，需要朝廷的英明决策。当年玄宗任命哥舒翰为将，导致唐蕃间战争连绵不断，葬送了唐朝与吐蕃和亲的一切成果，公主悲伤远嫁实在是徒劳。杜甫《柳司马至》云："有客归三峡，相过问两京。函关犹出将，渭水更屯兵。设备邯郸道，和亲逻娑城。幽燕唯鸟去，商洛少人行。衰谢身何补，萧条病转婴。霜天到宫阙，恋主寸心明。"[2]逻娑即今拉萨，安史之乱后唐朝无与吐蕃和亲之事，此以文成公主、金城公主和亲吐蕃代指与回鹘的和亲，逻娑城代指回鹘牙帐。当时杜甫在三峡，他从长安归来的人那里了解到北方的信息，把和亲回鹘视为伤心事之一。陈陶《水调词十首》其八云："瀚海长征古别离，华山归马是何时。仍闻万乘尊犹屈，装束千娇嫁郅支。"[3]戴叔伦《塞上曲二首》其一云："军门频纳受降书，一剑横行万里余。汉祖谩夸娄敬策，却将公主嫁单于。"[4]此二诗皆以汉代唐，讽刺唐朝和亲的失策。鲍溶《述德上太原严尚书绶》诗云：

　　　帝命河岳神，降灵翼轩辕。天王委管籥，开闭秦北门。顶戴日月光，口宣雨露言。甲马不及汗，天骄自亡魂。清冢入内地，黄河穷本源。风云寝气象，鸟兽翔旗幡。军人歌无胡，长剑倚昆仑。终古鞭血地，到今耕稼繁。樵客天一畔，何由拜旌轩。愿请执御臣，为公动朱轓。岂令群荒外，尚有辜帝恩。愿陈田舍歌，暂息四座喧。条桑去附枝，薙草绝本根。可惜汉公主，哀哀嫁乌孙。[5]

1　（唐）杜甫著，（清）仇兆鳌注《杜诗详注》卷21，第1858页。
2　（唐）杜甫著，（清）仇兆鳌注《杜诗详注》卷21，第1824页。
3　（清）彭定求等编《全唐诗》卷746，第8490页。
4　（清）彭定求等编《全唐诗》卷274，第3104页。
5　（清）彭定求等编《全唐诗》卷485，第5510~5511页。

诗人向镇守太原的将军陈情，希望他牢记唐朝公主远嫁回鹘之悲，用心戍守，令敌人闻风丧胆。项斯《长安退将》："塞外冲沙损眼明，归来养病住秦京。上高楼阁看星坐，着白衣裳把剑行。常说老身思斗将，最悲无力制蕃营。翠眉红脸和回鹘，惆怅中原不用兵。"[1]这位病退长安的老将军悲伤的不是个人身世，而是敌强我弱的局面，眼看公主入蕃和亲，朝廷却无心用兵，令他不禁伤心难过。还有的诗人借写公主之悲苦愁怨渲染和亲的失策。张籍《送和蕃公主》："塞上如今无战尘，汉家公主出和亲。邑司犹属宗卿寺，册号还同虏帐人。九姓旗幡先引路，一生衣服尽随身。毡城南望无回日，空见沙蓬水柳春。"[2]诗写入蕃公主思念家乡，生还无望。白居易《听李士良琵琶》："声似胡儿弹舌语，愁如塞月恨边云。闲人暂听犹眉敛，可使和蕃公主闻？"[3]此诗写李士良琵琶乐曲感人，用入蕃公主心情映衬。一般人听了都悲伤得难以忍受，如果让公主听到会更加不堪，渲染入蕃公主的痛苦更深。这些唐后期感叹和蕃公主命运的诗，都直接或间接地在表达诗人对唐与回鹘和亲的观点，表面上写公主之悲，深层的意蕴在于批判朝廷的腐败和无能。

第四节　唐朝与回鹘的绢马贸易

在唐朝平息安史之乱的过程中，回纥的军事援助发挥了重要作用，特别是回纥精骑投入战场后，令渔阳突骑遇到克星。但这种援助不是无偿的。至德二载（757）九月，为了收复长安，肃宗听从郭子仪的建议，遣使到回纥求援。其时朝廷正值艰难之际，哪里有酬劳的资本，便采用指鸡下蛋的办法，许诺打下长安、洛阳，两都金帛子女皆归回纥。这是以牺牲百姓的骨肉财产为代价来换取回纥的援助。唐

1　（清）彭定求等编《全唐诗》卷 554，第 6424 页。

2　（唐）张籍著，徐礼节、余恕诚校注《张籍集系年校注》卷 4，第 503 页。

3　（唐）白居易著，谢思炜校注《白居易诗集校注》卷 16，第 1331 页。

军收复长安后，回纥兵立刻就要进入长安抢掠，广平王李俶跪地相求，回纥才勉强停止了行动。

唐朝担心回纥在长安抢掠，洛阳百姓会支持叛军死守洛阳。回纥之所以同意了广平王的请求，是因为唐朝有新的许诺：一是收复洛阳后，允许回纥大掠；二是"与中国婚姻，岁送马十万匹，酬以缣帛百余万匹"，[1] 即用百余万匹缣帛换取回纥十万匹马，这不是贸易，而是以交换的名义给回纥的酬劳。及至收复洛阳，回纥进行了一番抢掠，洛阳百姓主动拿出上万匹罗锦相送，回纥兵才停止行动。回纥首领叶护回到长安，肃宗又答应每年赠送回纥两万匹绢，"使就朔方军受之"。[2] 代宗宝应元年（762），回纥再次出兵助唐，收复史朝义占领的洛阳，唐朝又与回纥约定，取胜后每年向回纥收买数万至十万匹马，每匹马付绢四十匹。

安史之乱后，唐朝与回纥的"绢马贸易"没有停止，这种绢马贸易已经不是平等交易，这种交换意味着唐朝以高价收购回纥的马匹，而以低价售出自己的丝绸，"回纥恃功，自乾元之后，屡遣使以马和市缯帛。仍岁来市，以马一匹易绢四十匹，动至数万马。其使候遣继留于鸿胪寺者非一，蕃得帛无厌，我得马无用。朝廷甚苦之"；[3]"中国财力屈竭，岁负马价"。[4] 德宗建中元年（780），唐积欠马价绢达 180 万匹。[5] 直到宪宗元和二年（807），唐才还清历年积欠，可是第二年回鹘又送来许多病弱马匹，以后每年一仍旧贯，唐朝不能如数支付马价绢，于是继续欠债。直到回鹘亡国，这笔账才算了结。

在不公平的绢马贸易中，回鹘得到数额巨大的丝绸。8 世纪中叶以后，回鹘人绕道天山之北，通过庭州（今新疆吉木萨尔）、弓月城（今新疆伊宁市东北）和碎叶城（今哈萨克斯坦托克马克城附近）与

1　《新唐书》卷 51《食货志一》，第 1348 页。

2　《资治通鉴》卷 220，肃宗至德二载十一月乙丑，第 7044 页。

3　《旧唐书》卷 195《回纥传》，第 5207 页。

4　《新唐书》卷 51《食货志一》，第 1348 页。

5　《新唐书》卷 217 上《回鹘传上》，第 6122 页。

中亚人进行贸易，丝绸成为其转手交易的重要商货。粟特人参与了回
鹘商队的丝路贸易，回鹘人成为东西之间陆上交通丝绸贸易的最大中
介商。回鹘人和粟特人来往于天山北道的庭州、弓月和碎叶，将数
百万匹丝绢西运，销往中亚和西亚地区。唐朝在这种绢马贸易中承担
了巨大财政赤字，造成沉重的经济负担。陆贽上疏论事："国家自禄
山构乱、河陇用兵以来，肃宗中兴，撤边备以靖中邦，借外威以宁
内难，于是吐蕃乘衅，吞噬无厌；回纥矜功，凭陵亦甚。中国不遑振
旅，四十余年。使伤耗遗甿，竭力蚕织，西输贿币，北偿马资，尚不
足塞其烦言，满其骄志。"[1]

对于回鹘求取无厌，汉地大量丝帛输入回鹘，诗人们感到痛
心。杜甫《喜闻盗贼蕃寇总退口号五首》其四云："勃律天西采玉
河，坚昆碧碗最来多。旧随汉使千堆宝，少答胡王万匹罗。"[2] 他希望
朝廷能减少对回鹘的绢帛输送。元稹《和李校书新题乐府十二首·阴
山道》云：

　　　　年年买马阴山道，马死阴山帛空耗。元和天子念女工，内
　　出金银代酬犒。臣有一言昧死进，死生甘分答恩涛。费财为马不
　　独生，耗帛伤工有他盗。臣闻平时七十万匹马，关中不省闻嘶
　　噪。四十八监选龙媒，时贡天庭付良造。如今坰野十无一，尽在
　　飞龙相践暴。万束刍茭供旦暮，千钟菽粟长牵漕。屯军郡国百余
　　镇，缣绌岁奉春冬劳。税户逋逃例摊配，官司折纳仍贪冒。挑纹
　　变緝力倍费，弃旧从新人所好。越縠缭绫织一端，十匹素缣功未
　　到。豪家富贵（一作贾）逾常制，令族清班无雅操。从骑爱奴丝
　　布衫，臂鹰小儿云锦韬。群臣利己要差僭，天子深衷空悯悼。缚
　　立花砖鹓凤行，雨露恩波几时报。[3]

────────

1　《旧唐书》卷 139《陆贽传》，第 3806 页。

2　（唐）杜甫著，（清）仇兆鳌注《杜诗详注》卷 21，第 1858 页。

3　杨军笺注《元稹集编年笺注（诗歌卷）》，第 135 页。

在诗人笔下，浸透了百姓血汗的绢帛浪费非止一端，除了支付回鹘的马价绢之外，边境驻军的军饷、达官贵人的奢侈及其下人的僭越逾制，都造成"耗帛伤工"。白居易有同题诗也表达了同情百姓的主旨，但主要针对与回鹘的"绢马贸易"，其《阴山道》诗云：

> 阴山道，阴山道，纥逻敦肥水泉好。每至戎人送马时，道旁千里无纤草。草尽泉枯马病羸，飞龙但印骨与皮。五十匹缣易一匹，缣去马来无了日。养无所用土（一作去）非宜，每岁死伤十六七。缣丝不足女工苦，疏织短截充匹数。藕丝蛛网三丈余，回纥诉称无用处。咸安公主号可敦，远为可汗频奏论。元和二年下新敕，内出金帛酬马直。仍诏江淮马价缣，从此不令疏短织。合阙（一作罗）将军呼万岁，捧授金银与缣彩。谁知黠虏启贪心，明年马多来一倍。缣渐好，马渐多。阴山虏，奈尔何！[1]

此诗题注云"疾贪虏也"，既表达了对回鹘欲壑难平的愤恨，对国家损失的痛心，也表达了对朝廷软弱和失策的不满。陈寅恪注意到唐史与元白诗中唐朝输回鹘之马价丝织品数量和品种有不同。例如，白居易诗云"五十匹缣易一匹"，《旧唐书》则云"以马一匹易绢四十匹"。缣之为丝织品，其质不及绢之精美，他推测可能马一匹值绢四十匹，值缣五十匹。白居易起草的与回鹘可汗书中"印纳马都二万匹，都计马价绢五十万匹"，则每匹马只换到二十五匹绢，与《旧唐书》所言一匹马四十匹绢不合。因此，他推测"回鹘每以多马贱价倾售，唐室则减其马数而依定值付价"。陈先生又据白居易诗的描写，说明双方的交易中都存在欺诈行为，"唐制丝织品之法定标准为阔一尺八寸，长四丈，而付回鹘马价者，仅长三丈余，此即所谓'短截'也。其品质之好恶，应以官颁之样为式，而付回鹘马价者，则如藕丝蛛网，此即所谓'疏织'也。其恶滥至此，宜回鹘之诉称无用矣。观于唐回马价问题，彼此俱以贪诈行之，既无益，复可笑。乐天此篇诚足为后世言国交者之鉴戒也。又史籍所载，只言回鹘之贪，不及唐家之诈，乐天此篇则并言之。是此篇在新乐府五十首中，虽非文学上乘，然可补旧史之阙，实为极佳之史料也"。[1] 从白居易诗可知，白居易也不赞成对回鹘诚心相向，他认为如果输出马价之丝织品质量越好，回鹘明年会以更多的马输入，唐朝就更没办法对付了。在唐诗中与吐蕃被称为"西蕃"相对，回鹘被称为"北蕃"。唐后期与回鹘关系破裂，唐诗中则称之为"北虏"。如李频《闻北虏入灵州二首》其一："河冰一夜合，虏骑入（一作满）灵州。岁岁征兵去，难（一作徒）防塞草秋。"[2] 题目中的"北虏"和诗中的"虏"都是指回鹘，即白居易诗中的"阴山虏"。

唐后期，回鹘成为唐朝与周边和域外交通交往的重要枢纽和中介。贾耽"入四夷之路"记载回鹘牙帐与周边国家、民族和地区的交通：

> 东有平野，西据乌德鞬山，南依嗢昆水，北六七百里至仙娥河，河北岸有富贵城。又正北如东过雪山松桦林及诸泉泊，千五百里至骨利干，又西十三日行至都播部落，又北六七日至坚昆部落，有牢山、剑水。又自衙帐东北渡仙娥河，二千里至室韦。骨利干之东，室韦之西有鞠部落，亦曰袚部落。其东十五日行有俞折国，亦室韦部落。又正北十日行有大汉国，又北有骨师国。骨利干、都播二部落北有小海，冰坚时马行八日可度。海北多大山，其民状貌甚伟，风俗类骨利干，昼长而夕短。回鹘有延侄伽水，一曰延特勒泊，曰延特勒郁海。乌德鞬山左右嗢昆河、独逻河皆屈曲东北流，至衙帐东北五百里合流。泊东北千余里有

1　陈寅恪：《元白诗笺证稿》，上海古籍出版社，1978，第258~259页。

2　（清）彭定求等编《全唐诗》卷589，第6843页。

俱伦泊，泊之四面皆室韦。[1]

由此可知，以回鹘牙帐为中心，这条路又可向不同方向继续延伸。向北可至骨利干（约在今贝加尔湖一带），折西可至都播（约在今俄罗斯图瓦自治省），又折北可至坚昆（今西萨彦岭、叶尼塞河流域一带），向东北可至室韦（黑龙江南北广大地区）。周朴《塞上》云："受降城必破，回落陇头移。蕃道北海北，谋生今始知。"[2] 所谓"蕃道北海北"便是指过回鹘牙帐后继续向北方的道路，说明唐人知道从回鹘继续向北有道路通向远方。

唐后期利用回鹘道与西域保持联系。从回鹘牙帐通向西域的路线，在中西交通方面发挥了重要作用。这条道路处于从远古以后就存在的欧亚草原之路的东段。安史之乱后，吐蕃切断河西走廊和吐谷浑之路，这条道路成为唐朝与西域取得联系的重要通道。由于吐蕃人的进攻切断了唐朝与西域驻军的联系，德宗建中二年（781）北庭节度使李元忠等即假道回鹘回到长安朝奏。早在天宝年间出使天竺的悟空，于德宗贞元五年回国，是随北庭宣慰中使段明秀从庭州出发，越阿尔泰山进入蒙古高原，然后经回鹘牙帐返回长安的。在欧亚草原之路和沙漠绿洲之路之间有若干条连接南北的干道。在东段，额济纳、巴里坤、吉木萨尔和霍城都是南端的连接点。由于吐蕃势力的威胁，额济纳和巴里坤都不好利用，这可能是悟空到了庭州就折北走上回鹘道的原因。从庭州至碎叶的草原路是唐朝与西域和中亚地区联系的重要通道。从建中二年起，除了贞元六年至贞元十五年一度为吐蕃占领，庭州一直为回鹘所控制。回鹘在唐朝的中西交通中起了重要的中介作用，直到唐文宗开成五年，回鹘汗国因天灾、内讧和黠戛斯人的侵袭而灭亡。

1　《新唐书》卷 43 下《地理志七下》，第 1148~1149 页。
2　（清）彭定求等编《全唐诗》卷 673，第 7703 页。

第九章　唐诗中的原州和萧关道

　　从长安出发西北行进入河西走廊，北道经原州（今宁夏固原）。这条路线经奉天（今陕西乾县）、邠州（今陕西彬县）、泾州（今甘肃泾川）、平凉弹筝峡，转而向北，经原州向西北至石门关（今宁夏固原须弥山附近），由此向西，经会州（今甘肃靖远）会宁关，渡黄河，西北行至凉州姑臧，与南道会合，全程约1600里。原州境内的萧关地处丝绸之路枢纽，经过萧关的道路称萧关道，原州、萧关和萧关道成为唐代诗人喜咏的题材，考察这些诗歌的描写对于了解唐代这条道路的利用、唐代前后期这条道路的盛衰和行经此道的唐人心态的变化具有重要意义。

第一节　唐诗中的原州和萧关

原州在《禹贡》中属雍州，春秋时属秦国，秦朝分天下三十六郡，其地属北地郡，汉代属安定郡。[1] 顾祖禹《读史方舆纪要》称固原州：

> 秦北地郡地，汉属安定郡。晋为雍州徼外地，后魏为高平郡地。隋属平凉郡，唐属原州……州据八郡之肩背，绾三镇之要膂。元《开成志》云："左控五原，右带兰、会，黄流绕北，崆峒阻南，称为形胜。"今自州以东则翼庆、延，自州以西则卫临、巩，自州而南则瞰三辅矣。乃其边境则东接榆林，西连甘肃，北负宁夏，延袤盖千有余里。三镇者，其固原之门墙；固原者，其三镇之堂奥欤？[2]

原州引起诗人关注在安史之乱后，因这一带陷于吐蕃，成为唐朝与吐蕃对抗的前线，地理位置重要。元载《城原州议》指出原州居于泾州潘原与吐蕃军镇摧沙堡之间，又邻河湟水草丰美之地，筑城可以"渐开陇右，进达安西，据吐蕃腹心，则朝廷可高枕无忧矣"。[3] 唐朝重视原州防线，李涉《奉使京西》反映了这种局势："卢龙已复两河平，烽火楼边处处耕。何事书生走羸马，原州城下又添兵。"[4] 元稹《西凉伎》云："一朝燕贼乱中国，河湟没尽空遗丘。开远门前万里堠，今来蹙到行原州。"[5] 原州成为抗击吐蕃前线，唐朝泾原节度使驻节泾州临泾，称行原州。

1 （唐）李吉甫：《元和郡县图志》卷3，第57页。

2 （清）顾祖禹：《读史方舆纪要》卷58，中华书局，2005，第2802页。

3 （清）董诰等编《全唐文》卷369，第1656页。

4 （清）彭定求等编《全唐诗》卷477，第5433页。

5 《元稹集》卷24，第281页。

　　原州境内萧关为诗人所关注，成为诗中常见意象。萧关是古代西北边地著名关隘，但遗址不存，位置在何处尚有争议，"有七八种说法：陇山关说、瓦亭关说、三关口说、硝河城说、开城说、古城说、固原城北十里铺说等"。[1] 萧关是关中四大关隘之一，其故址历史上屡有变迁，秦代萧关遗址位于甘肃庆阳环县城北。史载有人劝项羽建都关中，以为"关中阻山河四塞"。《史记集解》引徐广注："东函谷，南武关，西散关，北萧关。"[2] 此萧关指秦萧关，故址位于秦长城与萧关故道交会处。《庆阳府志》记载："萧关在城西北二里。"萧关地处环江东岸开阔的台地上，是关中北大门，出关可达宁夏、内蒙古及兰州、河西等地，入关经环江、马莲河和泾河抵关中。张耀民考察后说："战国秦长城，经今甘肃省庆阳地区的镇原、环县、华池三县，长达242公里。萧关即是当时在长城上所建的关口，也是我国长城史上最早的关口之一。'北萧关'在今环县城北二里的长城上，遗址尚在。经萧关南北和东西交通的道路，世称'萧关故道'，自战国、秦朝至汉初，一直是关中与北方的军事、经济、文化交往的主要通道。秦、汉时的北地郡治所就建在萧关东南相距约110华里的环江台地上（即今庆阳县马岭镇）。"[3]

　　汉代萧关位于今宁夏固原东南，亦为唐萧关。唐代萧关在宁夏固原东南这一大致方位，处于三关口以北、古瓦亭峡以南的险要峡谷中，有泾水相伴。李吉甫《元和郡县图志》云："萧关故城，在（平高）县东南三十里。《汉书》文帝十四年，匈奴入萧关，杀北地都尉，是也。"[4] 萧关处于丝绸之路从长安至武威的要道上，从萧关出东南可直驱中原；北过黄河直至广阔的草原，与丝绸之路草原路连接；向西通向河西走廊和西域。历代王朝重视长城、萧关防御体系的建设，秦

1　杨晓娟：《萧关古道：丝绸之路重要组成部分——访宁夏社会科学院历史研究所所长薛正昌》，《中国社会科学报》2012年2月6日。

2　《史记》卷7《项羽本纪》，第315页。

3　张耀民：《"北萧关"考——兼证萧关原址在今甘肃庆阳地区环县城北二里》，《西北史地》1997年第1期。

4　（唐）李吉甫：《元和郡县图志》卷3，第58页。

汉唐宋元等朝先后在萧关周围设郡立县，建关筑城。秦汉帝王出巡、汉唐文士出塞往往与萧关结缘，萧关在中国文化史上具有重要地位。

　　萧关自古就是关中通往塞外、西域的咽喉要道和军事重镇，历史上发生过无数次战事。这里曾是汉与匈奴交战的古战场，"汉孝文皇帝十四年，匈奴单于十四万骑入朝那、萧关，杀北地都尉印，虏人民畜产甚多，遂至彭阳"。[1] 古代文人墨客留下很多关于萧关的诗文，据统计，唐诗中描写萧关或以萧关为意象的诗有 42 首。[2] 此仅据《全唐诗》统计，并不全面。诗人笔下的萧关未必实指秦萧关或汉唐萧关，往往只是作为边关的象征。唐初萧关在突厥威胁之下，对于唐人来说那是遥远的边境，是边塞战争发生之地，所以虞世南《从军行二首》其二云：

　　　　�（一作烽）火发金微，连营出武威。孤城寒云起，绝阵虏尘飞。侠客吸龙剑，恶少缦胡衣。朝摩骨都垒，夜解谷蠡围。萧关远无极，蒲海广难依。……方知万里相，侯服见光辉。[3]

萧关是边地，成为遥不可及之地。出萧关便到了塞外，便有漂泊之感。敦煌诗集残卷伯三七七一《珠英集》卷 5 佚名（一作胡皓）《答徐四箫（萧）关别醉后见投一首》云："箫（萧）关城南陇入云，箫（萧）关城北海生荒。咄嗟塞外同为客，满酌杯中一送君。"[4] 徐四当从萧关外往更远的地方去，因此诗人在萧关外客中送客，倍感忧伤。胡皓《大漠行》云："单于犯蓟壖，骠骑略萧边。"[5] 萧关是边境，故称萧关为"萧边"。随着唐朝对突厥的用兵和军事上的胜利，唐朝势力进入更远的西域，萧关则成了内地，成为远赴边地的路经之地。出萧关

1　《史记》卷 110《匈奴列传》，第 2901 页。
2　安正发：《唐诗中的萧关及其文化意蕴》，《乐山师范学院学报》2010 年第 3 期。
3　周勋初等主编《全唐五代诗》卷 2，第 17 页。
4　徐俊纂辑《敦煌诗集残卷辑考》，中华书局，2000，第 579 页。
5　（清）彭定求等编《全唐诗》卷 108，第 1124 页。

就到了塞外，所以萧关一带被称为"塞上"。骆宾王《早秋出塞寄东台详正学士》云："促驾逾三水，长驱望五原。"[1]"三水"即关内道邠州三水县，"五原"代指宁夏灵州。从长安出发走这条路线必经萧关，所以诗题中"出塞"即出萧关。王维《使至塞上》云："萧关逢候骑，都护在燕然。"[2]诗中的萧关就是诗题中的"塞上"。萧关是一个岔路口，南下河源，西入河西，北通草原，东通长安。贾岛《送李骑曹》云：

> 归骑双旌远，欢生此别中。萧关分碛路，嘶马背寒鸿。朔色晴天北，河源落日东。贺兰山顶草，时动卷帆风。

李嘉言说："此为送李归灵州诗，萧关为灵州咽喉。"[3]与贾岛同时代的无可有《送李骑曹之灵武宁侍》，张籍有《送李骑曹灵州归觐》，所送当为一人，从无可、张籍诗题可知，李某乃归乡探亲，看望父母。[4]唐前期远征西域成为后期诗人缅怀和追忆的往事。薛能《柘枝词》其二云：

> 悬军征拓羯，内地隔萧关。日色昆仑上，风声朔漠间。何当千万骑，飒飒贰师还。[5]

字面上咏西汉时李广利伐大宛，实际歌颂唐前期对西域和中亚的用兵。"拓羯"或写作"赭羯""柘羯"，来自伊朗语，是中亚地区对战士的称谓。杜甫《喜闻官军已临贼境二十韵》云："花门腾绝漠，拓羯渡临洮。"仇兆鳌注云："花门，指回纥；拓羯，指安西。"又引胡夏客曰："《封常清传》：'禄山先锋至东京，使骁骑与拓羯逆战。时常清以

1 （唐）骆宾王著，（清）陈熙晋笺注《骆临海集笺注》卷4，上海古籍出版社，1985，第115页。

2 （唐）王维撰，（清）赵殿成笺注《王右丞集笺注》卷9，第156页。

3 （唐）贾岛著，李嘉言新校《长江集新校》卷3，第27页。

4 无可诗一作"郎士元"，据考当作"无可"。见佟培基编撰《全唐诗重出误收考》，陕西人民教育出版社，1996，第193页。

5 （清）彭定求等编《全唐诗》卷22，第290页。

北庭都护入朝，命讨禄山，故有拓羯之兵。'此诗所云，盖指北庭之归义者。《唐书·西域传》：'安西者，即康居小君长罽王故地，募勇健者为拓羯，犹中国言战士也。'"[1] "隔"字准确地写出了萧关在中原与西域之间的位置，萧关有内地与异域限隔的意蕴在，出萧关便有异域之感。但薛能的时代，萧关成为边境，再也看不到王师远征经萧关凯旋的盛况，"何当"二句表达了对往昔的向往和对现实的失望。

第二节　唐诗中的萧关道

途经萧关的道路在唐诗中被称为"萧关道"或"萧关路"，[2] 萧关道是丝绸之路的一部分，也是征人远征的经行之地，因此成为远征的将士希望重新踏上归程的地方，成为闺中思妇日思夜想的地方。敦煌诗残卷伯三六一九萧沼阙题诗云："生年一半在燕支，容鬓砂场日夜衰。萧（萧）关不隔乡园梦，瀚海长愁征战期。"[3] 人在西域，梦中飞越萧关回到家乡。女诗人刘云《有所思》云："朝亦有所思，暮亦有所思。登楼望君处，霭霭萧关道。掩泪向浮云，谁知妾怀抱。玉井苍台庭院深，桐花落尽无人扫。"[4] 诗表达了深切思念远方戍守的丈夫的苦闷情怀，盼望他从萧关道归来。这首诗被《全唐诗》列入"无考女子诗"中，刘云显然是一位征夫之妇。唐朝击灭东西突厥，用兵西域，萧关是必经之地。初盛唐时诗中流露出昂扬进取的精神，萧关成为将士们用武之地。卢照邻《上之回》云："回中道路险，萧关烽堠多。五营屯北地，万乘出西河。单于拜玉玺，天子按琱戈。振旅汾川曲，秋

1　（唐）杜甫著，（清）仇兆鳌注《杜诗详注》卷5，第420页。按："赭羯"与"拓羯"音近，"拓羯"与"柘羯"形近，相较之下，"柘羯"当是正确的音译。

2　萧关道经行路线和走向，参见严耕望《唐代长安西通凉州两道驿程考》，《中国文化研究所学报》第4卷第1期，1971年。收入氏著《唐代交通图考》第2卷《河陇碛西区》，第341~419页。

3　徐俊纂辑《敦煌诗集残卷辑考》，第315页。

4　（宋）计有功：《唐诗纪事》卷79，上海古籍出版社，1987，第1132页。

风横大歌。"[1] 诗描述萧关周围处处是山头报警的烽燧，歌咏汉武帝出
关巡视匈奴望威臣服的宏大场面，实际上是颂扬大唐国力的强盛和北
方民族的内附。宋之问《送朔方何侍御》云：

> 闻道云中使，乘骢往复还。河兵守阳月，塞虏失阴山。拜职
> 尝随骠，铭功不让班。旋闻受降日，歌舞入萧关。[2]

在他笔下途经萧关的是奏凯班师的唐军将士。王维奉命出使凉州，慰
问与吐蕃作战获胜的崔希逸部队，其《使至塞上》诗云："单车欲问
边，属国过居延。征蓬出汉塞，归雁入胡天。大漠孤烟直，长河落日
圆。萧关逢候骑，都护在燕然。"[3] 他在萧关道上遇到的是奏捷的候骑，
诗热情歌颂唐朝边防军取得的重大胜利。唐前期萧关道是行人常常经
行之道，岑参《胡笳歌送颜真卿使赴河陇》云："凉秋八月萧关道，北
风吹断天山草。"[4] 王昌龄《塞下曲》四首其一云："蝉鸣空桑林，八月
萧关道。出塞复入塞，处处黄芦草。从来幽并儿，皆向沙场老。莫
学游侠儿，矜夸紫骝好。"[5] 岑参和王昌龄都是实际经行于萧关的行人。
在王昌龄笔下，那些幽并少年胸怀远大志向，奔波于萧关道上，出塞
入塞成为日常生活。

边塞是士人追求梦想的地方，萧关外是逐梦的士人奋斗的边塞的
象征。高适《奉寄平原颜太守》云：

> 上将拓边西，薄才忝从戎，岂论济代心，愿效匹夫雄。……
> 屡陪投醪醉，窃贺铭山功；虽无汗马劳，且喜沙塞空。去去勿复
> 道，所思积深衷。一为天崖客，三见南飞鸿，应念萧关外，飘飘

1 《卢照邻集》卷2，第26页。

2 （唐）沈佺期、宋之问撰，陶敏、易淑琼校注《沈佺期宋之问集校注》卷4，第601页。

3 （唐）王维撰，（清）赵殿成笺注《王右丞集笺注》卷9，第156页。

4 （唐）岑参著，陈铁民、侯忠义校注《岑参集校注》卷1，第66页。

5 （唐）王昌龄著，胡问涛、罗琴校注《王昌龄集编年校注》卷1，第39页。

随转蓬。[1]

大将军奉命拓边，投笔从戎的文士希望获得立功边塞的机会，"萧关外"成为其寄身异域之地。陶翰《出萧关怀古》云：

> 驱马击长剑，行役至萧关。悠悠五原上，永眺关河前。北虏三十万，此中常控弦。秦城亘宇宙，汉帝理旌旟。刁斗鸣不息，羽书日夜传。五军计莫就，三策议空全。大漠横万里，萧条绝人烟。孤城当瀚海，落日照祁连。怆矣苦寒奏，怀哉式微篇。更悲秦楼月，夜夜出胡天。[2]

这两首诗都描绘了萧关道上奇特的塞上风光和诗人穿越萧关时的心境，追求沙场立功，虽然环境恶劣，时有悲凄之感，但是充满斗志、奋发向上的。许浑《送从兄归隐蓝溪二首》其二云："京洛多高盖，怜兄剧断蓬。身随一剑老，家入万山空。夜忆萧关月，行悲易水风。无人知此意，甘卧白云中。"[3] 萧关、易水和长剑都是男儿建功立业的象征，"身随一剑老"言其从兄怀有壮志，如今却归老隐居，说明他在世上找不到出路，诗表达了对从兄壮志未成的遗憾。"萧关月"是战场的象征，这位从兄也曾到边塞谋取功名，但失意而归；"白云"是高洁的象征，"甘卧白云中"赞美其洁身自好。于武陵《秋夜达萧关》云："扰扰浮梁路，人忙月自闲。去年为塞客，今夜宿萧关。辞国几经岁，望乡空见山。不知江叶下，又作布衣还。"[4] 这些诗写到萧关，既写实，又是象征，包含着追求立功关塞而理想落空的意蕴。

萧关道上奔波着来自西域的胡人，原州境内是胡人聚居之地，因为原州处于丝绸之路要道上。考古发现自北朝至隋唐时期墓葬中出土

1　陈尚君辑校《全唐诗补编》，第31~32页。

2　（清）彭定求等编《全唐诗》卷146，第1475页。

3　（唐）许浑撰，罗时进笺证《丁卯集笺证》卷1，第55页。

4　（清）彭定求等编《全唐诗》卷595，第6896页；一作于邺诗，见《全唐诗》卷725，第8315页。

不少来自域外的器物产品，还发现了胡人墓葬，例如史氏家族墓地发现史索岩、史铁棒、史诃耽、史道洛、史射勿、史道德诸人墓，这是一个来自中亚昭武九姓国之一史国的胡人家族。在他们的墓中发现了西方金银器、萨珊王朝银币、拜占庭金币等，表明这里是丝绸之路的要道，是胡人的聚居地。[1] 来到这里的人会感受到一种不同于内地的异域胡风，写到萧关的诗中有胡人的身影。颜真卿出使河陇，岑参为之送行，写下著名的《胡笳歌送颜真卿使赴河陇》诗：

> 君不闻胡笳声最悲，紫髯绿眼胡人吹。吹之一曲犹未了，愁杀楼兰征戍儿。凉秋八月萧关道，北风吹断天山草。昆仑山南月欲斜，胡人向月吹胡笳。胡笳怨兮将送君，秦山遥望陇山云。边城夜夜多愁梦，向月胡笳谁喜闻。[2]

他想象着颜真卿路经萧关道，会听到胡儿夜吹胡笳，这正是他对萧关道的深刻印象。从中原地区西行，走出萧关便成为漂泊异域的行客。故胡皓《答徐四萧关别醉后见投》云：“萧关城南陇入云，萧关城北海生荒（‘尘’字之误）。咄嗟塞外同为客，满酌杯中一送君。”[3] 出萧关便到了“塞外”，人便成为“塞外客”，同样漂泊塞外，因此同病相怜。

安史之乱中萧关外大片土地陷于吐蕃，萧关又成为抗击吐蕃的前线。萧关成为边关，唐军驻守，形势紧张。许棠《送李左丞巡边》云：

> 狂戎侵内地，左辖去萧关。走马冲边雪，鸣鞭动塞山。风收

1　罗丰：《胡汉之间——“丝绸之路”与西北历史考古》，文物出版社，2004，第27~51页。

2　（唐）岑参著，陈铁民、侯忠义校注《岑参集校注》卷1，第66页。

3　陈尚君辑校《全唐诗补编》，第20页。按：《全唐诗》卷108有胡皓诗，不言胡皓预修《三教珠英》，《唐会要》卷36所载的二十六人里面也没有胡皓。可是《珠英集》里选了胡皓的四首诗，并记载他的“爵里”是“恭陵丞安定胡皓”。晁公武《郡斋读书志》犹著录《珠英集》，说“预修书者凡四十七人”，胡皓应在这之中。

枯草定，月满广沙闲。西绕河兰匝，应多隔岁还。[1]

"边雪""塞山"都意在说明萧关一带成为边境。司空图《河湟有感》云："一自萧关起战尘，河湟隔断异乡春。汉儿尽作胡儿语，却向城头骂汉人。"[2] 王驾《古意》云："夫戍萧关妾在吴，西风吹妾妾忧夫。一行书信千行泪，寒到君边衣到无。"[3] 萧关成为守边将士戍守的边关，诗表达女子深切思念为国戍边的丈夫的依依之情。王贞白《晓发萧关》云："早发长风里，边城曙色间。数鸿寒背碛，片月落临关。陇上明星没，沙中夜探还。归程不可问，几日到家山。"[4] 萧关过去是赴西域的经行之地，现在又成为边地，被称为"边城"，去萧关被称为"还边""巡边"。张蠙《过萧关》云："出得萧关北，儒衣不称身。陇狐来试客，沙鹘下欺人。晓戍残烽火，晴原起猎尘。边戎莫相忌，非是霍家亲。"[5] 萧关外的非汉族族群被称为"边戎"。杨夔《宁州道中》云：

> 城枕萧关路，胡兵日夕临。唯凭一炬火，以慰万人心。春老雪犹重，沙寒草不深。如何驱匹马，向此独闲吟。[6]

萧关道上的宁州时时遭到吐蕃人的侵扰，当平安火燃起时才让人稍有安定之感。由于吐蕃的侵扰，通过萧关入西域的道路断绝。姚合《送少府田中丞入西蕃》云：

> 萧关路绝久，石堠亦为尘。护塞空兵帐，和戎在使臣。风沙

1　（清）彭定求等编《全唐诗》卷 603，第 6966 页。
2　（清）彭定求等编《全唐诗》卷 633，第 7261 页。
3　（清）彭定求等编《全唐诗》卷 690，第 7918 页。
4　（清）彭定求等编《全唐诗》卷 701，第 8066 页。
5　（清）彭定求等编《全唐诗》卷 702，第 8069 页。
6　（清）彭定求等编《全唐诗》卷 763，第 8660 页。

去国远，雨雪换衣频。若问凉州事，凉州多汉人。[1]

"久"说明自陇右、河西陷入吐蕃，萧关道早就关闭，连路边的石堠都已经风化为尘，只有双方使节还在利用此道往还。耿沣《旅次汉故畴》云："我行过汉畴，寥落见孤城。邑里经多难，儿童识五兵。广川桑遍绿，丛薄雉连鸣。惆怅萧关道，终军愿请缨。"[2] 失地的百姓向往唐朝收复失地，奔波在萧关道上的行人路经此地，看到沦陷区的人民，连儿童都想为国效力，让诗人感到如果朝廷有心收复失地，民心可用。萧关一带的战事为诗人所关注，他们为唐军的胜利而欢欣鼓舞。耿沣《上将行》云：

> 萧关扫定犬羊群，闲阁层城白日曛。枥上骅骝嘶鼓角，门前老将识风云。旌旗四面寒山映，丝管千家静夜闻。谁道古来多简册，功臣唯有卫将军。[3]

大历二年（767），路嗣恭破吐蕃于灵州，杜甫听说官军深入萧关、陇右，喜不自禁，其《喜闻盗贼总退口号五首》其一云："萧关陇水入官军，青海黄河卷塞云。北极转愁龙虎气，西戎休纵犬羊群。"[4] 诗人欢喜雀跃之情溢于言表。

形势并不像杜甫、耿沣这些诗人想象的那么乐观，唐朝后期原州、萧关一带一直处于唐与吐蕃的对峙中。顾非熊《出塞即事二首》其二云：

> 贺兰山便是戎疆，此去萧关路几荒。无限城池非汉界，几多人物在胡乡。诸侯持节望吾土，男子生身负我唐。回望风光成异

1　（清）彭定求等编《全唐诗》卷 496，第 5623~5624 页。

2　（清）彭定求等编《全唐诗》卷 268，第 2981 页。

3　（清）彭定求等编《全唐诗》卷 269，第 3001 页。

4　（唐）杜甫著，（清）仇兆鳌注《杜诗详注》卷 21，第 1857 页。

　　域，谁能献计复河湟。[1]

　　诗写萧关城池失陷、道路荒芜，反映了沦为吐蕃统治的痛苦现实，表达了忧国忧民的心情。卢纶《送韩都护还边》云："好勇知名早，争雄上将间。战多春入塞，猎惯夜登山。阵合龙蛇动，军移草木闲。今来部曲尽，白首过萧关。"[2]年迈的将军再次奉命赴边镇守来到萧关，当年的部曲全不见了。萧关一带长期处于唐与吐蕃的对峙中，因此百姓尚武。朱庆馀《望萧关》云："渐见风沙暗，萧关欲到时。儿童能探火，妇女解缝旗。川绝衔鱼鹭，林多带箭麋。暂来戎马地，不敢苦吟诗。"[3]他未到前线，想象萧关一带的形势，百姓妇孺皆兵，一派战地景象。韩翃《送刘侍御赴令公行营》云："东城跃紫骝，西路大刀头。上客刘公干，元戎郭细侯。一军偏许国，百战又防秋。请问萧关道，胡尘早晚收。"[4]热切盼望官军早日驱逐敌寇，收复失地。

　　宣宗时朝廷收复七关三州，张议潮起义驱逐了吐蕃在河西、陇右的势力。萧关形势发生了变化。令狐楚《圣明乐》云："海浪恬丹徼，边尘靖黑山。从今万里外，不复镇萧关。"[5]白敏中《贺收复秦原诸州诗》云："一诏皇城四海颁，丑戎无数束身还。戍楼吹笛人休战，牧野嘶风马自闲。河水九盘收数曲，天山千里锁诸关。西边北塞今无事，为报东南夷与蛮。"[6]朝廷恢复了对河西、陇右的治理，按照朝廷与归义军政权的协议，朝廷任命从事赴河西任职，并重新向河西、陇右选派官员，萧关又成为中原通向河西的道路。王贞白《晓发萧关》云："早发长风里，变成曙色间。数鸿寒背碛，片月落临关。陇上明星没，

1　（清）彭定求等编《全唐诗》卷 509，第 5790 页。
2　（唐）卢纶著，刘初棠校注《卢纶诗集校注》卷 1，第 3 页。
3　（清）彭定求等编《全唐诗》卷 514，第 5870 页。此诗一作李昌符诗，题作《登临洮望萧关》，
　　见《全唐诗》卷 601，第 6953 页。
4　（清）彭定求等编《全唐诗》卷 244，第 2745 页。
5　（清）彭定求等编《全唐诗》卷 27，第 392 页。
6　（清）彭定求等编《全唐诗》卷 508，第 5773 页。

沙中夜探还。归程不可问，几日到家山。"[1] 魏兼恕《送张兵曹赴营田》云："河曲今无战，王师每务农。选才当重委，足食乃深功。草色孤城外，云阴绝漠中。萧关休叹别，归望在乘骢。"[2] 熊曜《送杨谏议赴河西节度判官兼呈韩王二侍御》云："今者所从谁，不闻歌苦辛。黄云萧关道，白日惊沙尘。虏寇有时猎，汉兵行复巡。王师已无战，传檄奉良臣。"[3] 李昌符《送人游边》云："愁指萧关外，风沙入远程。马行初有迹，雨落竟无声。地理全归汉，天威不在兵。西京逢故老，暗喜复时平。"[4] 这都是当时的形势在诗中的反映。

萧关具有特殊的地理位置，出东南直驱中原，北过黄河至西北大草原，向西通向河西走廊和西域。因此，萧关在唐诗中得到反复吟咏。在诗人笔下，它不仅是一个边关，更是一个文学意象，一个文化符号，这个意象和符号蕴含着丰富的情感和昂扬的精神，折射着唐朝社会的变迁和时代的盛衰。萧关道不是一条普通的道路，而是联结中原地区和遥远的中亚、西亚、南亚及欧亚草原道路众多的国家和民族的纽带，是推动对外交流与文明互动的桥梁。

---

1 （清）彭定求等编《全唐诗》卷 701，第 8066 页。

2 （清）彭定求等编《全唐诗》卷 776，第 8788 页。

3 （清）彭定求等编《全唐诗》卷 776，第 8790 页。

4 （清）彭定求等编《全唐诗》卷 601，第 6951 页。

第十章　从唐诗看张掖的历史变迁

　　张掖是汉代"河西四郡"之一，地处丝绸之路要道。魏晋南北朝时由于中原战乱，交通阻隔，西域胡商往往至张掖贩贸，其一时成为东西方贸易中心。唐代张掖大部分时间称为"甘州"。唐朝前期张掖是赴西域之丝路必经之地，是抗击吐蕃的后方基地。安史之乱中陷于吐蕃，丝路交通因而阻断。张议潮驱逐吐蕃人在河西的势力，迁居此地的回鹘人与归义军的关系以及归义军与中央政权的关系错综复杂，经过张掖通西域的交通道路并未复通，这些都在唐诗中得到展现。

第一节　作为丝路重镇的张掖

　　张掖郡位于祁连山、合黎山与龙首山之间，汉初为匈奴昆邪王
（或作浑邪王、浑耶王）属地。汉武帝元狩二年（前121），霍去病
进军河西，夺取此地。那时张掖就进入了诗歌的吟咏。张掖境内之
祁连山水草丰茂，适宜牲畜放牧；焉支山（又称燕支山）盛产燕支
草，是匈奴妇女化妆之颜料。失去张掖之地的匈奴人伤心吟唱："失我
焉支山，令我妇女无颜色；失我祁连山，使我六畜不蕃息。"[1] 元鼎六
年（前111），"分武威、酒泉地置张掖、敦煌郡，断匈奴之右臂，自
张其掖（腋），因以为名"。[2] 张掖郡属凉州刺史部，领十县。王莽时
改称设屏郡。东汉建武三年（27），恢复张掖郡旧称。献帝兴平元年
（194）属雍州。西晋初，张掖郡领永平、屋兰、临泽、氏池等四县。
东晋十六国时，沮渠蒙逊在张掖建立北凉（401），都建康城（今高台
县骆驼城）。北魏太武帝于太延五年（439）攻灭北凉，在此建立军
镇，实行军事管制，置张掖军。孝明帝正光五年（524），复为郡，属
西凉州，并为州治。西魏废帝三年（554）改张掖郡为甘州。在南北
分裂，东、西魏和北周、北齐对立之际，西域各国商队止于张掖，张
掖一时成为丝路商贸和文化交流的中心。

　　张掖水源充足，中国第二大内陆河黑河贯穿其境，物产丰饶，经
济发达，素有"桑麻之地""鱼米之乡""塞上江南"之美称。由于地
处河西走廊丝路干线，向南又有穿越祁连山大斗拔谷道，位于两条交
通路线的交会点，因此商贾络绎，自古以来就是丝路交通贸易重镇。
隋开皇三年（583）罢张掖郡，复置甘州。大业三年（607）罢甘州，
复置张掖郡，领张掖、山丹、福禄等三县。张掖保持着丝路贸易中心
地位，"西域诸蕃，多至张掖，与中国交市"。[3] 张掖在丝绸之路上的

1　（宋）郭茂倩编《乐府诗集》卷84，第1186页。

2　（唐）李吉甫：《元和郡县图志》卷40，第1020页。

3　《隋书》卷67《裴矩传》，第1578页。

地位日益重要，隋炀帝派重臣裴矩至张掖主持互市，裴矩为对外贸易的开展做出了贡献。由于裴矩的策划和努力，中西交通恢复了繁荣局面，张掖成为隋朝经营西域的基地。《隋书·裴矩传》记载：

> 帝由是甘心，将通西域，四夷经略，咸以委之。转民部侍郎，未视事，迁黄门侍郎。帝复令矩往张掖，引致西蕃，至者十余国。大业三年，帝有事于恒岳，咸来助祭。帝将巡河右，复令矩往敦煌。矩遣使说高昌王麹伯雅及伊吾吐屯设等，啖以厚利，导使入朝。及帝西巡，次燕支山，高昌王、伊吾设等，及西蕃胡二十七国，谒于道左。皆令佩金玉，被锦罽，焚香奏乐，歌儛喧噪。复令武威、张掖士女盛饰纵观，骑乘填咽，周亘数十里，以示中国之盛。帝见而大悦。竟破吐谷浑，拓地数千里，并遣兵戍之。每岁委输巨亿万计，诸蕃慑惧，朝贡相续。[1]

大业五年（609），隋炀帝西巡至张掖，在此会见西域二十七国使节，武威、张掖两地女子盛装出游，观赏的游人和车马首尾长达数十里。西域和中原地区的人们东来西往，由于各种不同的使命途经此地，往来于长安与西域之间。中原地区人士远赴西域途经张掖，张掖因此成为离别意象。隋朝江总《别永新侯》诗云："送君张掖郡，分悲函谷关。欲知肠断绝，浮云去不还。"[2] 江总历南朝陈朝和隋朝两代，据诗意当作于隋时。

隋末，河西一带为割据势力李轨占据。武德元年（618）冬，李轨"攻陷张掖、燉煌、西平、枹罕，尽有河西五郡之地"。[3] 时逢饥年，李轨闭仓不放粮，部下怨恨。安修仁之兄安兴贵在长安，奉唐高祖之命到凉州，劝李轨降唐，李轨不听。安兴贵与安修仁暗引诸胡兵马围攻其城，李轨兵败，安修仁把他押送至长安斩首，河西为唐所有。此

---

1 《隋书》卷 67《裴矩传》，第 1580 页。
2 （唐）欧阳询：《艺文类聚》卷 29，第 527 页。
3 《旧唐书》卷 55《李轨传》，第 2249 页。

一事件在丝路开辟史上意义重大,河西走廊这一通往西域的要道从此打通。唐高祖《曲赦凉甘等九州诏》云:"河湟之表,比罹寇贼,勾连凶丑,雍隔朝风。……今凶狡即夷,西陲克定,远人悦附,政道惟新。"[1] 张说《河西节度副大使鄯州都督安公(忠敬)神道碑铭并序》赞颂安忠敬之祖安兴贵之功业云:"凉公皇运经纶,首平李轨,大举河湟之地,远通城郭之国,宠锡蕃庶,冠绝等彝。"[2] "城郭之国"即西域诸国,安兴贵平李轨为唐通西域做出了贡献。柳宗元《唐铙歌鼓吹曲十二篇》第七篇《河右平》记其事:

> 河右澶漫,顽为之魁。王师如雷震,昆仑以颓。上聋下聪,鸷不可回。助仇抗有德,惟人之灾。乃溃乃奋,执缚归厥命。万室蒙其仁,一夫则病。濡以鸿泽,皇之圣。威畏德怀,功以定。顺之于理,物咸遂厥性。[3]

诗写李轨割据河西而为高祖所灭之事,歌颂高祖功德。征讨李轨可谓势如破竹,平叛功成后,又行安抚:"濡以鸿泽,皇之圣。"河西是通向西域的通道,河西平,唐朝便打开了通向西域的道路。

唐代张掖郡先是地属陇右,后隶河西,其名称屡有改易:"武德二年,平李轨,置甘州。天宝元年,改为张掖郡。乾元元年,复为甘州。"[4] 唐前期张掖是抗击吐蕃的战略要地和军事补给基地,唐朝在此加强边防,大力发展农业生产,经济繁荣。武后时以主客郎中郭元振为凉州都督、陇右诸军大使,"凉州南北境不过四百余里,突厥、吐蕃频岁奄至城下,百姓苦之。郭元振始于南境硖口置和戎城,北境碛中置白亭军,控其冲要,拓州境千五百里,自是寇不复至城下。元振又令甘州刺史李汉通开置屯田,尽水陆之利。旧凉州粟麦斛至数千,及

---

1 (清)董诰等编《全唐文》卷1,第4页。

2 (清)董诰等编《全唐文》卷230,第1029页。

3 《柳宗元集》卷1,第20~21页。

4 《旧唐书》卷40《地理志三》,第1641页。

汉通收率之后，一缣籴数十斛，积军粮支数十年。元振善于抚御，在凉州五年，夷夏畏慕，令行禁止，牛羊被野，路不拾遗"。[1] 经济的发展和社会的安定使张掖在抗击吐蕃和丝路交通上扮演了重要角色。

第二节　诗咏初盛唐时期的张掖

唐代前期经营西域，张掖更是丝绸之路要道，行人多经于此。陈子昂奉命到此地视察，著《上谏武后疏》，并有诗传世，其《还至张掖古城闻东军告捷赠韦五虚己》云：

> 孟秋首归路，仲月旅边亭。闻道兰山战，相邀在井陉。屡斗关月满，三捷虏云平。汉军追北地，胡骑走南庭。君为幕中士，畴昔好言兵。白虎锋应出，青龙阵几成。披图见丞相，按节入咸京。宁知玉门道，空（一作翻）作陇西行。北海朱旌落，东归白露生。纵横未得意，寂寞寡相迎。负剑空叹息，苍茫登古城。[2]

武则天垂拱二年（686），陈子昂随左补阙乔知之的部队到达居延海、张掖河一带，从此诗诗题和内容可知，当他归京至张掖古城时遇到从长安西行的韦虚己，韦参加了东军兰山之战，陈子昂从他口中听说了东军告捷的消息。在陈子昂看来，韦虚己是立功之人，应在朝廷升官任职，可是却又奉使至陇西，颇为失意，他为之抱不平。张掖境内有燕支山，因此经张掖通往西域的道路被称为"燕支道"。张掖境内有白亭海，唐于此置白亭守捉，因此又被诗人称为"白亭路"。高适《武威作二首》其一云："朝登百尺烽，遥望燕支道。汉垒青冥间，胡

1 《资治通鉴》卷207，第6557~6558页。
2 《陈子昂集》（修订本）卷2，第23页。

天白如扫。"[1] 其二又云："而今白亭路，犹对青阳门。"[2] 从长安赴西域的道路经张掖往西是酒泉，因此燕支山下的道路又被称为"酒泉道"。岑参《过燕支寄杜位》云："燕支山西酒泉道，北风吹沙卷白草。"[3] 燕支道、白亭路、酒泉道云云，都在强调燕支山下道路交通西域的功能。

盛唐时有人从长安出发往河西赴任，有的即到张掖任职，或经张掖赴西域，唐诗中留下了他们的身影。岑参《送张献心充副使归河西杂句》云：

> 将门子弟君独贤，一从受命常在边。未年三十已高位，腰间金印色赭然。前日承恩白虎殿，归来见者谁不美。箧中赐衣十重余，案上军书十二卷。看君谋智若有神，爱君词句皆清新。澄湖万顷深见底，清冰一片光照人。云中昨夜使星动，西门驿楼出相送。玉瓶素蚁腊酒香，金鞭白马紫游缰。花门南，燕支北，张掖城头云正黑，送君一去天外忆。[4]

张献心乃河西节度使僚佐，奉使至长安，在长安被任命为节度副使，又归河西，张掖是其目的地。他的"常在边"反映了当时相当一部分内地人士任职张掖的事实。在古代交通不便的情况下，遥远的张掖给人以"天外"之感，这是形容张献心任职之地的遥远，表达朋友之间的留恋之情。王维《送韦评事》云："欲逐将军取右贤，沙场走马向居延。遥知汉使萧关外，愁见孤城落日边。"[5] 韦评事将赴边塞入将军幕府，诗人想象他路经居延，走向萧关以外的边塞。杜甫《送人从军》云："弱水应无地，阳关已尽天。今君渡沙碛，累月断人烟。好武宁

1　（唐）高适著，孙钦善校注《高适集校注》，第238页。
2　（唐）高适著，孙钦善校注《高适集校注》，第239页。
3　（唐）岑参著，陈铁民、侯忠义校注《岑参集校注》卷2，第75页。
4　（唐）岑参著，陈铁民、侯忠义校注《岑参集校注》卷3，第207页。
5　（唐）王维撰，（清）赵殿成笺注《王右丞集笺注》卷14，第264页。

论命，封侯不计年。马寒防失道，雪没锦鞍鞯。"[1] 弱水，河名，流经张掖。《尚书·禹贡》云："黑水西河惟雍州，弱水既西"；"导弱水至于合黎，余波入于流沙"。[2] 弱水上源指今甘肃山丹河，下游是山丹河与甘州河合流后的黑河，入内蒙古境后称额济纳河。合黎是水名，在流沙（居延泽）东，又是山名，合黎山，又名要涂山、人祖山，属天山余脉河西走廊北山山系，位于今张掖市甘州区、临泽县和高台县北部。孙星衍《尚书今古文注疏》引郑玄曰："弱水出张掖。"[3] "无地"和"尽天"意谓天地的尽头，形容遥远。而从军者要经弱水、阳关，过沙碛（莫贺延碛）到西域。诗人赞美此从军征行者追求建功立业的抱负和志向。

　　盛唐著名诗人王维、岑参都曾路经张掖，并有诗作。张掖境内的风物名胜进入诗人的视野，居延海、燕支山是给人印象最为深刻的物象。王维《使至塞上》云："单车欲问边，属国过居延。征蓬出汉塞，归雁入胡天。大漠孤烟直，长河落日圆。萧关逢候骑，都护在燕然。"[4] 居延原是匈奴地名，在张掖境内。汉代置居延属国，唐代有居延县，又有居延泽（或称居延海）。开元二十五年（737）春，河西节度副大使崔希逸在青海西大破吐蕃军。朝廷命王维以监察御史身份奉使凉州，出塞宣慰，经张掖郡之居延县。岑参入西域封常清幕府，多次往返于河西走廊道路，张掖是其必经之地，其《过燕支寄杜位》诗云："燕支山西酒泉道，北风吹沙卷白草。长安遥在日光边，忆君不见令人老。"[5] 从长安视张掖为"天外"，从张掖视长安则为"日光边"。诗人来到张掖，走在通往酒泉的道路上，举目远望，北风吹沙，遍地白草被狂风卷起，一派异域景象，远离故土的孤零漂泊之感油然而生，不禁产生强烈的思乡之情。

1　萧涤非主编《杜甫全集校注》卷 6，人民文学出版社，2014，第 1594 页。
2　（汉）孔安国传，（唐）孔颖达疏《尚书正义》卷 6，《十三经注疏》，中华书局，1980，第 150、151 页。
3　（清）孙星衍：《尚书今古文注疏》卷 3《禹贡下》，中华书局，1986，第 186~188 页。
4　（唐）王维撰，（清）赵殿成笺注《王右丞集笺注》卷 9，第 156 页。
5　（唐）岑参著，陈铁民、侯忠义校注《岑参集校注》卷 2，第 75 页。

　　诗人们对张掖的历史也有很多了解。高适《送浑将军出塞》诗云："将军族贵兵且强，汉家已是浑耶王。子孙相承在朝野，至今部曲燕支下。"[1] 浑将军即浑惟明，任皋兰府都督。浑姓者乃汉时匈奴浑耶王的后裔，浑耶王降汉，汉朝将其部族安置在河西走廊，因此其部族游牧于燕支山下，唐代仍有其后裔。这是写实之作。高适《送李侍御赴安西》云："行子对飞尘，金鞭指铁骢。功名万里外，心事一杯中。虏障燕支北，秦城太白东。离魂莫惆怅，看取宝刀雄。"[2] 虏障即遮虏障，汉武帝时路博德筑遮虏障于居延城（在今内蒙古额济纳旗），其方位正在燕支山北，此代指李侍御所赴边地。汉代骠骑将军霍去病率军远征至祁连山，从匈奴手中夺取河西走廊，诗人至此便自然想起这段历史。高适《武威作二首》其一云："朝登百丈峰，遥望燕支道。汉垒青冥冥，胡天自如扫。忆昔霍将军，连年此征讨。匈奴终不灭，塞下徒草草。唯见鸿雁飞，令人伤怀抱！"[3] 诗人眼见唐军从"燕支道"西行，想到汉代的边塞战争，想到战争至今没有结束，叹古伤今。崔希逸曾率军与吐蕃交战，其行营部队就驻扎在燕支山下，其诗《燕支行营》二首写出了燕支山的实际景象和自己的真切感受。其一云："天平四塞尽黄砂，塞冷三春少物华。忽见天山飞下雪，疑是前庭有落花。"其二云："阳乌黯黯映山平，阴兔微微光渐生。戍楼往往云间设（没），烽火时时碛里明。"[4] 天山代指燕支山，诗写严寒，却把雪比作"落花"，表现出乐观主义精神。"戍楼""烽火"透露出其地军事形势的紧张气氛。

　　在唐诗里，燕支山并不都是实写，有时只是文学意象。贺朝《从军行》云："自从一戍燕支山，春光几度晋阳关。金河未转青丝骑，玉箸应啼红粉颜。"[5] 这首诗中的众多地名都是文学意象，不能用实际地

1 （唐）高适著，孙钦善校注《高适集校注》，第 204 页。

2 （唐）高适著，孙钦善校注《高适集校注》，第 206 页。

3 （唐）高适著，孙钦善校注《高适集校注》，第 238 页。

4 　周勋初等主编《全唐五代诗》卷 113，第 2331 页。

5 （清）彭定求等编《全唐诗》卷 117，第 1180~1181 页。

理位置考证。贺朝在唐睿宗景云中前后在世，他生活的时代河西走廊
已成内地，诗却言燕支山戍守，显然"燕支山"是作为边境前线的
意象而言。诗写唐军的远征，而诗中的"玉塞""河湟""常山""氾
水""桑干""乌丸""陇头""天山""晋阳关""金河"等都不能从实
际的地理位置考虑部队征行路线。自汉代以后，河西走廊成为抗御西
北游牧民族的前线，因此燕支山成为边地的代名词。初唐诗人杜审言
《送苏绾书记》诗云："知君书记本翩翩，为许从戎赴朔边。红粉楼中
应计日，燕支山下莫经年。"[1] 苏绾曾入朔方军幕，此诗乃杜审言送他
赴军幕之作。燕支山并不在朔方，这里也是边地意象，诗人劝朋友不
要在边地待太久时间，因为其年轻的妻子在家乡翘首以盼。汉代张掖
初为匈奴游牧地，因此，燕支山成为胡地、敌方的象征。李白《幽州
胡马客歌》云：

> 幽州胡马客，绿眼虎皮冠。笑拂两只箭，万人不可干。弯弓
> 若转月，白雁落云端。双双掉鞭行，游猎向楼兰。出门不顾后，
> 报国死何难。天骄五单于，狼戾好凶残。牛马散北海，割鲜若虎
> 餐。虽居燕支山，不道朔雪寒。妇女马上笑，颜如赪玉盘。翻飞
> 射鸟兽，花月醉雕鞍。旄头四光芒，争战若蜂攒。白刃洒赤血，
> 流沙为之丹。名将古谁是，疲兵良可叹。何时天狼灭，父子得
> 闲安。[2]

诗写匈奴人游牧于燕支山，显然以汉代历史为背景，燕支山为匈奴人
故乡。韦元甫《木兰歌》写木兰从军："朝屯雪山下，暮宿青海傍。夜
袭燕支虏，更携于阗羌。"[3] 李昂《从军行》云："汉家未得燕支山，征
戍年年沙朔间。塞下长驱汗血马，云中恒闻玉门关。"[4] 敦煌遗书 P.3619

1　徐定祥注《杜审言诗注》，第 47 页。
2　郁贤皓校注《李太白全集校注》卷 3，凤凰出版社，2015，第 486 页。
3　（清）彭定求等编《全唐诗》卷 272，第 3055 页。
4　周勋初等主编《全唐五代诗》卷 115，第 2370 页。

载萧沼（一作治）失题诗云："生年一半在燕支，容鬓砂场日夜衰。萧（萧）关不隔乡园梦，瀚海长愁征战期。"[1]首句"燕支"只是边塞之象征。诗人写燕支山的恶劣环境，用以衬托守边将士的生活艰苦。屈同仙《燕歌行》云："河塞东西万余里，地与京华不相似。燕支山下少春晖，黄沙碛里无流水。"[2]韦应物《宫中调笑》其一云："胡马，胡马，远放燕支山下。咆沙咆雪独嘶，东望西望路迷。迷路，迷路，边草无穷日暮。"[3]在韦应物的时代，河西走廊已经沦入吐蕃之手，而在他笔下，燕支山仍是边地。

第三节　诗咏安史之乱后的张掖

安史之乱之初，洛阳、长安先后陷落，张掖成为避乱之地。李白《江夏赠韦南陵冰》云："胡骄马惊沙尘起，胡雏饮马天津水。君为张掖近酒泉，我窜三色九千里。"[4]据李白诗意，他笔下的韦冰先是避乱到张掖，后又辗转至江夏，任南陵令。李白遭贬流放夜郎途中，在江夏与之相遇。随着河西、安西兵马抽调内地平叛，吐蕃北进，张掖陷于吐蕃，唐朝经河西走廊往西域的交通被阻断。张籍《凉州词》其一云："边城暮雨雁飞低，芦笋初生渐欲齐。无数铃声遥过碛，应驮白练到安西。"[5]这是中唐诗人回忆初盛时从凉州经张掖、酒泉、敦煌赴西域的商队的景象，但已经成为历史。杜甫《喜闻盗贼总退口号五首》其三云："崆峒西极过昆仑，驼马由来拥国门。逆气数年吹路断，蕃人闻道渐星奔。"[6]崆峒山是陇山支脉，昆仑是西域的象征，从陇山往西域的道路由于吐蕃的占领而中断。

1　徐俊纂辑《敦煌诗集残卷辑考》，第 315 页。
2　周勋初等主编《全唐五代诗》卷 203，第 3374 页。
3　（宋）郭茂倩编《乐府诗集》卷 82，第 1156 页。
4　（唐）李白著，瞿蜕园、朱金城校注《李白集校注》卷 11，第 745 页。
5　（唐）张籍著，徐礼节、余恕诚校注《张籍集系年校注》卷 6，第 736 页。
6　（唐）杜甫著，（清）仇兆鳌注《杜诗详注》卷 21，第 1858 页。

唐诗中保存了张掖沦陷后一段伤心的史实。被吐蕃人俘虏的河西地区官员们写的诗在敦煌石窟中被发现，这些人被称为"破落官"，马云奇是其一，他是张掖太守乐庭瓌僚属。德宗建中二年（781）张掖被吐蕃攻陷，大小官员被俘，马云奇沦为囚徒。他们被押送至吐蕃地区，马云奇的诗描写了途中所见所感。他们先被押解到青海湖北，两年后转至湟水河畔的临蕃城（今青海西宁西的多巴）。[1] 在近代西方人在中国西北地区的探险考察中，马云奇的诗被外国人掠去，收藏于巴黎图书馆，经王重民据敦煌抄本整理，收入《〈补全唐诗〉拾遗》，今存十三首。[2] 其中《白云歌》《怀素师草书歌》《送游大德赴甘州口号（此便代书寄呈将军）》《题周奉御》《赠邓郎将四弟》《同前已（以）诗代书》《赠乐使君》等七首应作于安史之乱前，其他六首则作于被吐蕃人俘后。

被俘后写的诗情真意切，反映了他们从张掖至吐蕃境内临蕃城的经历和心情，表达了山河沦失之痛、被俘遭囚之苦，句句是心血之流露。当年九月九日这些破落官曾同题赋诗，故马云奇有《九日同诸公殊俗之作》诗，表达了他们身处"殊俗"时共同的悲哀和心声："一人歌唱数人啼，拭泪相看意转迷。不见书传清（青）海北，只知魂断陇山西。登高乍似云霄近，寓目仍惊草树低。菊酒何须频劝酌，自然心醉已如泥。"[3] 诗中充满"涕""泪""魂断""惊""心醉"等字眼，表达了国破家亡的流落之悲。篇末自注："太常妻曰：'一日不斋醉如泥。'"意谓除斋日不饮酒外，其余的日子都是在烂醉如泥的状态下度过，极言心情的苦楚无法排遣。马云奇思念和牵挂儿女，《途中忆儿女之作》云："发为思乡白，形因泣泪枯。尔曹应有梦，知我断肠无？"[4]

被押送至大斗拔谷时，他写有《至淡河同前之作》："念尔兼辞

1　陈尚君辑校《全唐诗补编》，第 87 页。

2　陈尚君辑校《全唐诗补编》，第 61~64 页。

3　陈尚君辑校《全唐诗补编》，第 62 页。

4　陈尚君辑校《全唐诗补编》，第 63 页。

国，缄愁欲渡河。到来河更阔，应为涕流多。"[1] "念尔"是对儿女的思念，"辞国"表达对故国的依恋，家国之情交织在一起，无限悲伤。他们被押送到临蕃城，其《诸公破落官蕃中制作》也表达了同样的伤痛情感："别来心事几悠悠，恨续长波晓夜流。欲知起望相思意，看取山云一段愁。"[2]不仅表达了他个人的哀怨，也是沦为吐蕃统治下的河西民众的共同心声。马云奇曾参加抗击吐蕃的斗争，兵败被俘后遭长年囚禁，却仍然坚守节操，在《被蕃军中拘系之作》中回忆当年的战斗生活和失败后的愧悔与失望："何事逐漂蓬，悠悠过凿空！世穷途运荣（蹇），战苦不成功。泪滴东流水，心遥北翥鸿。可能忠孝节，长遣阆（困）西戎。"[3]

唐代甘州地方乐曲流入宫廷，成为教坊大曲，曲牌有《甘州曲》《甘州子》《甘州破》《八声甘州》等。《甘州曲》是教坊曲名，安史之乱前已从边地流入宫廷。"天宝乐曲，皆以边地名，若《凉州》《伊州》《甘州》之类。……安禄山反，凉州、伊州、甘州皆陷吐蕃。"[4]唐人把各地沦陷归结为这些乐舞中有"入破"的段子，以为一语成谶。"天宝后，诗人多为忧苦流寓之思，及寄兴于江湖僧寺。而乐曲亦多以边地为名，有《伊州》《甘州》《凉州》等，至其曲遍繁声，皆谓之'入破'。……破者，盖破碎云。"[5]唐代《甘州曲》颇流行，元稹《琵琶》诗云：

学语胡儿撼玉玲，《甘州破》里最星星。使君自恨常多事，不得功夫夜夜听。[6]

在唐后期诗人笔下，《甘州破》不仅是一支乐曲名，"破"字还包含对

---

1 陈尚君辑校《全唐诗补编》，第 63 页。

2 陈尚君辑校《全唐诗补编》，第 64 页。

3 陈尚君辑校《全唐诗补编》，第 63 页。

4 《新唐书》卷 22《礼乐志十二》，第 476~477 页。

5 《新唐书》卷 35《五行志二》，第 921 页。

6 杨军笺注《元稹集编年笺注（诗歌卷）》，第 983 页。

国土丧失的悲痛。"使君"却"商女不知亡国恨",偏偏特别喜欢听这支令人断肠的乐曲,可知其全无忧国之心。但现在所见以该乐名写的诗,内容和甘州没什么关系,如符载《甘州歌》云:"月里嫦娥不画眉,只将云雾作罗衣。不知梦逐青鸾去,犹把花枝盖面归。"[1] 前蜀王衍《甘州曲》云:"画罗裙,能解束,称腰身。柳眉桃脸不胜春。薄媚足精神,可惜沦落在风尘。"[2] 顾夐《甘州子》云:"一炉龙麝锦帷傍,屏掩映,烛荧煌。禁城刁斗喜初长,罗荐绣鸳鸯。山枕上,私语口脂香。"[3] 皆写男女情事。虽然如此,张掖等地陷落后,《甘州曲》却是勾起诗人伤心的乐曲。薛逢《醉中闻〈甘州〉》云:"老听笙歌亦解愁,醉中因遣合《甘州》。行追赤岭千山外,坐想黄河一曲流。日暮岂堪征妇怨,路傍能结旅人愁。左绵刺史心先死,泪满朱弦催白头。"[4]"左绵刺史"乃诗人自称,[5] 他听到《甘州曲》便想到河西之地昔日的繁盛,如今那里汉人遭受吐蕃统治,征战连年,男人死于沙场,思妇愁怨忧伤,抚今追昔,令人泪流潸潸,甚至陡生白发。

第四节　从唐诗看归义军时期的张掖

张议潮收复河西,由于归义军与中央政权的复杂矛盾,通过河西走廊的通道并没有恢复唐前期的局面。唐朝虽曾置河西都防御使,但其大约只有象征意义而已,河西之地是由有实力的归义军控制。在这种情况下,中原地区有人奉命任职张掖。敦煌诗集残卷有一组佚名作者的诗,见于敦煌写本 S.6234、P.5007、P.2672,这些诗业经王重民、

1　(清)彭定求等编《全唐诗》卷 472,第 5354 页。

2　(清)彭定求等编《全唐诗》卷 889,第 10048 页。

3　(后蜀)赵崇祚编,杨景龙校注《花间集校注》卷 6,中华书局,2015,第 970 页。

4　(清)彭定求等编《全唐诗》卷 548,第 6329 页。

5　"绵"指绵州,隋开皇五年置绵州,在成都东北方,故称"左绵"。杜甫《海棕行》诗云:"左绵公馆清江濆,海棕一株高入云。"这一带地属古代巴国,薛逢曾被贬为巴州刺史,故自称"左绵刺史"。

项楚、徐俊、荣新江、张锡厚等整理考释，其作者颇有争议。王重民认为"开元间人，曾在张掖作官，又曾在凉州、沙州、甘州、西州游历"。[1] 又以为 P.5007 三首诗作于大中二年（848）张议潮起义之后。[2] 项楚推测作者是某地（沙州？）太守，诗是安史之乱前的作品，又以为或许是一位不得志的文人。徐俊把这些诗校录为三十一首，拟名为"唐佚名诗集"。[3] 张锡厚主编《全敦煌诗》录为"无名氏十五首"。荣新江认为此诗作者可能是河西都防御使翁郜。河西都防御使可能兼任甘州刺史，并驻节甘州。[4]

　　根据这些诗的内容，诗作者被认为是张议潮起义后朝廷派往河西任职的中原人士是有道理的，但如果确定为河西都防御使翁郜，似与诗中表现出的诗人的身份不符。《述怀寄友人》称自己的任职是"假宦向张掖"，又自言其志："佐理竭深诚，封侯慕忠赤。"[5] "假宦"是非正式官职之意，唐代藩镇幕府僚佐有幕职，而幕职不是正式的职官，故云假宦。"佐理"明言是辅佐长官之职。《自述》又云："一日悔称张掖掾，三年功□义阳侯。"[6] "掾"本义为"佐助"，后来成为副职官员或官署属员的通称。这些都表明诗作者不可能是防御使或州长官本人，如果翁郜任河西都防御使并兼任甘州刺史，作诗者为其属员则比较合理。这些诗写在两通书札的后面，书札的作者是"河西都防御判官将仕郎试弘文馆校书郎何庆"。唐代都防御使一般为武人充任，其僚佐则都是文士。所以，诗作者最有可能是何庆，判官即幕职。作为"防御使"的僚佐，他才可能自称为"掾""假宦""佐理"等。这些诗反映了张议潮起义后唐置河西防御使在河西任职的中原人士的特殊生活和心理状态。题为《甘州》（伯

1　商务印书馆编印《敦煌遗书总目索引》，1962，第 270 页。

2　陈尚君辑校《全唐诗补编》，第 84~85 页。

3　徐俊纂辑《敦煌诗集残卷辑考》，第 650~662 页。

4　参荣新江《唐人诗集的钞本形态与作者蠡测——敦煌写本 S.6234+P.5007、P.2672 综考》，四川大学中国俗文化研究所编《项楚先生欣开八秩颂寿文集》，中华书局，2012，第 141~158 页。

5　张锡厚主编《全敦煌诗》卷 76，作家出版社，2006，第 3466 页。

6　张锡厚主编《全敦煌诗》卷 76，第 3469 页。

六二三四）的诗云：

> 雪山东面碛西□，□□苏武北海幕。空吟汉月胡儿曲，胡□
> 甘州□□□。悬□□感化从风，醴泉□水绕城流。[1]

诗里流露出某种苍凉之感，但仍反映出河西回归后的气象。张掖一
直是胡汉杂居之地，西域胡人多驻足于此，故诗中写到胡儿曲。他
有写诗的兴趣，也有立功边塞的志向，但身处张掖这个是非之地，
"书剑两漂零"。因此《述怀寄友人》云："弱冠忍离家，屡曾通消
息。意气感凌云，假宦向张掖。私第少诗书，公门务差役。"边地没
有文化氛围，每天忙于差役，只能忙里偷闲，有时在废弃的官文书
上聊题诗句。虽然"佐理竭深诚，封侯慕忠赤"，但"东拒剑门关，
西陲嗽肝碛"，时局不定，官职卑微，有天地乾坤间个人渺小之感，
只能"勉力再图之，修文在踟蹰"，[2] 在无可奈何中每日从事文书工
作。其阙题诗云：

> 塞草凝霜白露浓，征人防城即秋风。塞穷不卷西陲□，虏骑
> 难逃怯骏骎。□发已曾闻虏（贼）号，□仓未省天□弓。方将竭
> 力阵（陈）明主，不惮沙场立战功。[3]

在河西任职的中原人士处境是困难的，一方面唐朝廷与沙州归义军之
间矛盾重重，他们夹在中间，局面不好应付；另一方面河西地近吐
蕃，要面对吐蕃随时的进攻，背后则是唐朝赋予的重任。所以诗里流
露出极其复杂的情感，虽然有时他们为此地收复感到高兴，但更多的
是为个人前途担忧。其《自述》托物言志："羝羊何事触西蕃（藩），

1　徐俊纂辑《敦煌诗集残卷辑考》，第 655 页。

2　徐俊纂辑《敦煌诗集残卷辑考》，第 660 页。

3　徐俊纂辑《敦煌诗集残卷辑考》，第 662 页。

进退难为出塞垣。毛短更忧刀机苦，哀鸣伏听主人言。"[1] "西蕃（藩）"一语双关，字面上写篱笆，实指吐蕃。任职甘州，直接面对吐蕃人的进攻，故以羝羊触西藩为喻。出任河西官员是一个艰苦危险的差事，但对没有背景的官员而言，长官之命不可违，故云："哀鸣伏听主人言。"他在这里日夜盼望早日归去，《塞上逢友人》诗云：

> 相逢悲喜两难任，话旧新诗益寸心。执手更言西域去，塞垣何处会知音。敦煌上计程多少，纳职休行更入深。早晚却回归旧业，莫随蕃丑左衣衿。[2]

这是送朋友赴西域离别之作，说从此一别，再无朋友相会了，大有"西出阳关无故人"之意。他的朋友似为在归义军政权中任职的人，他不光有时从敦煌赴朝廷上计，还奉命出使西域。他的这位朋友可能也是中原人士，周围环境险恶，他告诫朋友西行只到伊州纳职县，不要行之太远。最后两句劝朋友，也是劝自己，早日归去，重理旧业，不能在此为吐蕃所虏。《自述》诗写在河西任职的生活和处境：

> 不衣涕（绨）袍以（已）数秋，罗巾帔尽系缠头。弯弓射虏随蕃丑，叫鼓鸣更宿戍楼。一日悔称张掖掾，三年功大（？）义阳侯。辛勤自欲朝乡道，喜筑西陲置此州。[3]

末句可能指在这里筑"南堡"一事。《重阳》写与"征西将"聚饮、佳节思亲的心情："共登南堡宴重阳，衾（衾）眼鞷媚（眉）望故乡。"[4] 这里时时会发生战斗，故常常不着官袍，而着战衣。当一座新

1　徐俊纂辑《敦煌诗集残卷辑考》，第 660 页。
2　徐俊纂辑《敦煌诗集残卷辑考》，第 660 页。
3　徐俊纂辑《敦煌诗集残卷辑考》，第 661 页。
4　徐俊纂辑《敦煌诗集残卷辑考》，第 661 页。

城筑成，他稍感安慰，但思乡之情并未一日稍减。这些诗写出了任职甘州者的心情，也反映了甘州边防的紧张局势。

甘州很早就有回纥人活动。唐太宗贞观六年（632），回纥之契苾部六千余家追随契苾何力来到沙州（即敦煌），被唐朝安置在甘、凉二州。高宗总章元年（668），回纥首领婆闰曾助唐平定突厥叛乱，唐朝将其有功部落安置于甘州。武则天时东突厥复国，进攻游牧于乌德鞬山一带的漠北回纥，大批回纥人南奔甘、凉之间。安史之乱发生，河西之地陷于吐蕃，寄寓甘州的回纥依附于吐蕃。在助唐平息安史之乱中，漠北回纥自恃有功，请求唐改其族号为"回鹘"。漠北回鹘被黠戛斯击溃，又有一部迁入河西走廊，先属吐蕃，后受归义军政权统治。甘州回鹘面临吐蕃的进攻，"因此，东向屡次遣使唐朝请求册封，西向与张议潮联合以共抗吐蕃"。[1] 后来人数众多的甘州回鹘日益强盛，有取代归义军在河西的统治的趋势，最终9世纪晚期摆脱归义军政权的统治建国。在这一过程中，归义军政权与甘州回鹘的冲突便不可避免了。甘州回鹘势力的日益增长形成了对归义军河西统治的威胁。张议潮归阙后，其侄张淮深掌管归义军，改变了与甘州回鹘结盟的策略，对甘州回鹘进行了军事征讨。双方关系在诗歌中有所反映。据《张淮深变文》记载，张淮深两度讨伐甘州回鹘，回鹘最终被降伏。第一次伐回鹘，俘虏"千余人"，归义军与朝廷之间的交通被打开，奏明唐天子，天子遣使褒奖慰劳，归义军尊天子之命，放回俘虏。当地人歌颂张淮深战功云：

> 皇华西上赴龙庭，驲骑骈阗出凤城。诏命貂冠加九锡，虎旗龙节曜双旌。初离魏阙烟霞静，渐过萧关碛路平。盖为远衔天子命，星驰犹恋陇山青。行歌圣日临荒垒，玉勒相催倍去程。遥望燉煌增喜气，三峗峰翠目前明。到日球场宣诏喻，敕书褒奖更丁宁。尚书既睹丝纶诰，蹈舞怀惭感圣听。"微臣幸遇陶唐化，得复燕山献御

---

[1] 朱悦梅、杨富学：《甘州回鹘史》，中国社会科学出版社，2013，第142页。

容，报国愿清戎落静，烟消万里更崇墉。今生岂料亲临问，特降天官出九重。锡赉缣绵难捧授（受），百生铭骨誓输忠！"[1]

诗反映了朝廷、归义军和甘州回鹘之间的复杂关系。甘州回鹘的强盛造成河西交通的障碍，不仅归义军感到威胁，也引起朝廷的不满。因此归义军讨伐甘州回鹘的行动得到朝廷的支持和褒奖。归义军与甘州回鹘的这场战争被敦煌地区的人描述为："无何猃狁侵唐境，引旆奔冲过九（酒）泉。圣主远忧怀轸虑，皇情颁诏虏廷宣。"[2] 但朝廷并不想灭掉回鹘，一是回鹘在平安史之乱中对唐有功，二是朝廷也不想让归义军在河西一家独大，因此命归义军放回俘虏。甘州回鹘不甘心失败，卷土重来。于是张淮深再次调兵遣将，一举击溃回鹘："匈奴丧胆，獐窜周诸；头随剑落，满路僵尸，回鹘大败。"当地人歌颂张淮深战功云：

　　尚书闻贼犯西桐，便点偏师过六龙。总是敦煌豪侠士，□曾征战破羌戎。霜刀用苦光威日，虎豹争奔杀气浓。钲鼙闹里纷纷击，戛戛声齐电不容。恰到平明兵裹合，始排精锐拒先冲。弓开偃月双交羽，斧斫□□立透胸。血染平原秋草上，满川流水变长红。南风助我军威急，西海横尸几十重。儿郎气勇心胆壮，天恩从□□□公。儿郎气勇，胆颤肉飞。陌刀乱搕，虎斗□□。□□□□，□□棒锤。骨挝则，宝剑挥。□□阵败，贼透重围。俘诸生口，匹骑无遗。猃狁从兹分散尽，□□歌乐却东□。自从司徒归阙后，有我尚书独进奏。□节河西理五州，德化恩沾及飞走。天生神将□英谋，南破西戎北扫胡。万里能令烽火灭，百城黔首贺来苏。几回献捷入皇州，天子临轩许上筹。"卿能保我山河静，即见推轮拜列侯。河西沦落百年馀，路阻萧关雁信稀。赖

——————————
1　黄征、张涌泉校注《敦煌变文校注》卷1，第192页。
2　黄征、张涌泉校注《敦煌变文校注》卷1，第192页。

得将军开旧路，一振雄名天下知。"年初弱冠即登庸，匹马单枪
突九重。曾向祁连□□□，几回大漠虏元凶。西取伊□□□□，
□□□□□复旧疆。邻国四时□□□，□□□□□□唐。退浑小丑
□□□，（下缺）[1]

变文中张淮深两度征讨回鹘，其时间和对象很有争议。其所征讨之回
鹘，有人认为是"安西回鹘"，[2] 有人认为是"甘州回鹘"，[3] 有人认为是
"从漠北逃亡而来的回鹘散部"，[4] 有人认为来自"西州回鹘系统"，[5]"居
于伊州附近的纳职回鹘"。[6] 笔者认为甘州回鹘说更为合理，如果结合
敦煌遗书藏无名氏《儿郎伟》（伯四〇一一）的歌咏，其实非常明白，
其辞云：

　　　　驱傩之法，送故迎新。且要扫除旧事，建立芳春，便获青阳
之节，八方稽颡来臻。自从太保□□，千门喜贺殷勤。甘州数年
作贼，直拟欺负侵凌。去载阿郎发愤，点集兵钾军人。亲领精兵
十万，围绕张掖狼烟。未及张弓拔剑，他自放火烧燃。一起披发
归伏，献纳金钱城川，遂便安邦定国，永世款服于前。不经一岁
未尽，他急逆乱无边，准拟再觅寸境，便共龙家相煎。又动太保
心竟，跋耐欺负仁贤。缉练精兵十万，如同铁石心肝。当便冲山
进路，活捉猃狁狼烟。未至酒泉山□，他自魂胆不残。便献飞龙
白马，兼及绫罗数般。王子再相□□，散发纳境相传。因兹太保
息怒，善神护我川原。河西一道清泰，天子慰曲西边。六番总来
归伏，一似舜日尧年。大都渴仰三宝，恶贼不打归降。万姓齐唱

1　黄征、张涌泉校注《敦煌变文校注》卷1，第193~194页。
2　孙楷第：《敦煌写本张淮深变文跋》，《中央研究院历史语言研究所集刊》第7本第3分，1937年，
　　第386页。
3　邓文宽：《张淮深平定甘州回鹘史事钩沉》，《北京大学学报》1986年第5期，第86~87页。
4　荣新江：《归义军史研究——唐宋时代敦煌历史考索》，上海古籍出版社，1996，第300页。
5　郑炳林：《敦煌本〈张淮深变文〉研究》，《西北民族研究》1994年第1期，第155页。
6　朱悦梅、杨富学：《甘州回鹘史》，第158页。

快活，家家富乐安眠。比至三月初首，天使祗降宣传。便拜三台
相使，世代共贼无缘。百姓感贺太守，直得千年万年。[1]

驱傩是年终或立春时举办的驱鬼迎神赛会，《儿郎伟》是赛会上的唱
词，其内容既有对过去一年的总结，又有对来年生活幸福的祝愿。
"太保"即张议潮，张议潮初加尚书，又加仆射，后加太保。"阿郎"
即张议潮的侄子张淮深，他在与周边敌对势力的斗争中屡立战功。这
首《儿郎伟》的内容正与《张淮深变文》相印证，明言"甘州数年作
贼"，阿郎两度伐之，情节与变文相同。这首诗回忆了归义军破甘州
回鹘的军事斗争，以及战争胜利给河西一带带来的和平安宁局面。这
首《儿郎伟》当作于张淮深第二次破甘州回鹘的当年年终或立春时。

　　张掖绿洲水草丰茂，适宜农耕和放牧，在河西走廊的经济和地理
方面地位十分重要。其自古以来就是兵家必争之地，又是丝路商旅往
来之要道，也是抵抗游牧民族对关中地区侵扰的战略要地，其盛衰与
整个河西走廊、丝绸之路以及唐王朝的盛衰同起伏，它的盛衰引起唐
代众多诗人的关注，因此唐代不少诗人留下了歌咏张掖的诗篇。这些
诗不仅情感强烈、文采斑斓，也具有重要的史料价值，为我们认识河
西走廊的形势、唐朝兴衰、丝路交通以及唐人心路历程提供了丰富的
材料，可以丰富、印证和补充历史文献的记载。初盛唐时对河西走廊
的经营，向西域的开拓是一部气势恢宏的史诗，唐诗是这部史诗的华
丽乐章，众多诗人路经此地，奔赴遥远的西北边塞，在文学中留下他
们深深的足迹。安史之乱后张掖沦陷，这一段伤心史也反映在唐诗中，
从唐诗分明看到亡国者的血泪，听到他们的心声。张议潮驱逐吐蕃人
的势力之后，包括张掖在内的河西走廊的动荡局势也生动地反映到唐
诗的吟咏中。由此我们看到，张掖的盛衰变迁为唐诗提供了生动而丰
富的素材，而唐诗则以富于情感的书写为我们留下了张掖生动形象的
历史图景，为我们提供了审视张掖历史文化的另一视角和别样的材料。

1　张锡厚主编《全敦煌诗》卷153，第5736~5738页。

第十一章　敦煌历史变迁在唐诗中的书写

　　敦煌在汉代已经进入诗歌的吟咏，南北朝时已经成为文学意象。唐朝近三百年里，敦煌经历了三个重要时期。第一个时期即初盛唐时，唐朝建立，占据河西的李轨被唐朝所灭，敦煌走向安定繁荣。第二个时期是安史之乱和蕃占时期，吐蕃乘中原战乱进兵河西，河西军民进行了艰苦的抗战，但最终落入吐蕃之手。第三个时期是归义军时期。终唐之世，归义军始终为唐经理河西，直到朱温"挟天子而令诸侯"，唐朝名存实亡，张承奉建号西汉金山国。敦煌是丝路要道，其政权转移和历史变迁标志着唐王朝的盛衰，因此它的变化始终受到唐朝诗人的关注，唐诗中有不少作品咏及敦煌。

第一节　安史之乱前有关敦煌的歌咏

汉代反击匈奴，夺取河西走廊，始置敦煌郡，为"河西四郡"之一，而敦煌在汉代就进入诗人的歌咏，那是作为边塞描写的。左延年《从军行》云："苦哉边地人，一岁三从军。三子到敦煌，二子诣陇西。五子远斗去，五妇皆怀身。"[1] 在汉朝与匈奴争夺西域的过程中，敦煌是战争的前线。因此在汉代诗歌中，敦煌是汉军戍守之地，这首诗反映的就是这种形势。对于南北朝时的人来说，敦煌不在南朝管辖之地，因此在南朝诗人笔下，敦煌代表一个遥远的地方。梁代诗人刘孝先《春宵诗》云："夜楼明月弦，露下百花鲜。情多意不设，啼罢未归眠。敦煌定若远，一信动经年。"[2] 敦煌与内地在文化上的联系不曾中断，敦煌乐舞流传到内地。北魏诗人温子昇《敦煌乐》云："客从远方来，相随歌且笑。自有敦煌乐，不减安陵调。"[3] 远方的客人带来的《敦煌乐》乐曲美妙。

唐代前期先后击灭东、西突厥之后，疆域扩展到西域，敦煌不再是战争前线，这里作为东西方交通要道日益繁荣。由于地处丝绸之路咽喉之地，外国来的商队和从西域归来的唐人，不管取道南道还是北道，都要在敦煌落脚后东去，西行的人都要先到敦煌而后从不同方向西去，这就使得敦煌成为中原与西域间的枢纽。岑参《武威春暮闻宇文判官西使还已到晋昌》诗云："君从万里使，闻已到瓜州。"[4] 晋昌郡有时称瓜州，"武德五年置瓜州，……天宝元年为晋昌郡，乾元元年，复为瓜州"。[5] 从敦煌（沙州）东来，首经此地。沙州"东到瓜州三百里"。[6] 岑参去往西域最早是在天宝八载（749），后一次出塞归来是在

1　逯钦立辑校《先秦汉魏晋南北朝诗》，第 411 页。

2　（唐）欧阳询：《艺文类聚》卷 32，第 568 页。

3　（宋）郭茂倩编《乐府诗集》卷 78，第 1094 页。

4　（唐）岑参著，陈铁民、侯忠义校注《岑参集校注》卷 2，第 89 页。

5　《旧唐书》卷 40《地理志三》，第 1643 页。

6　（唐）李吉甫：《元和郡县图志》卷 40，第 1026 页。

至德二载（757）。他西行至武威，得知宇文判官出使西域回，已入玉门关，经敦煌至瓜州。在抗击吐蕃的战争中，凉州、张掖、酒泉是前线，敦煌相对来说属后方，因此唐前期敦煌呈现出一派和平安定的局面。岑参路经敦煌，有《敦煌太守后庭歌》诗赞美敦煌太守治理该地的辉煌政绩，诗记叙敦煌太守盛情招待的情形：

> 敦煌太守才且贤，郡中无事高枕眠。太守到来山出泉，黄沙碛里人种田。敦煌耆旧鬓皓然，愿留太守更五年。城头月出星满天，曲房置酒张锦筵。美人红妆色正鲜，侧垂高髻插金钿。醉坐藏钩红烛前，不知钩在若个边。为君手把珊瑚鞭，射得半段黄金钱，此中乐事亦已偏。[1]

从太守设宴待客欢快热闹的情形也可看出当时敦煌的富庶繁华和太平无事。

无名氏《敦煌廿咏》是一组歌咏敦煌地区名胜古迹的五言律诗，反映了敦煌在丝绸之路和对外交通中的重要地位，创作于安史之乱前后。序云："仆到三危，向逾二纪，略观图录，粗览山川，古迹灵奇，莫可究竟，聊申短咏，以讽美名云尔矣。"[2] 显然这是一位来自内地的文士，久居敦煌，在相当长的时间里写成的。在写作过程中，他查阅了不少资料，并实地踏访各处。诗写敦煌城内外和敦煌地区的风物，其中第十六首和第十七首应该是写敦煌城景物。第十六首《贺拔堂咏》云："英雄传贺拔，割据王敦煌。五郡征般匠，千金造寝堂。绮檐安兽瓦，粉壁架鸿梁。峻宇称无德，何曾有不亡？"[3] 贺拔堂当在城中，这是一首咏史诗，咏唐初叛将贺拔行威故事，写他在敦煌称王，

1　（唐）岑参著，陈铁民、侯忠义校注《岑参集校注》卷2，第77页。按：敦煌诗集残卷本诗题中"太守"前有"马"字。参见柴剑虹《俄藏敦煌诗词写卷经眼录》，季羡林等主编《敦煌吐鲁番研究》第1卷，北京大学出版社，1996，第106页；徐俊纂辑《敦煌诗集残卷辑考》，第481页。

2　陈尚君辑校《全唐诗补编》，第79页。

3　陈尚君辑校《全唐诗补编》，第82页。

滥用民力，奢侈腐化，最终而亡。称他为"英雄"无疑是讽刺，诗结尾隐含着对统治者的劝谏讽喻。第十七首《望京门咏》云："郭门望京处，楼上启重闉。水北通西域，桥东路入秦。黄沙吐双径，白草生三春。不见中华使，翩翩起虏尘。"[1] 望京就是望长安，此郭门当指敦煌城东郭门，当时应有此名。诗写敦煌城的地理方位，一条河向北流向西域，桥东一条大道通往内地，向西则是一望无际的黄沙，沙碛中向西延伸出两条道路，分别指向西域南道和北道。"吐"字非常形象，写出道路向远方延伸的状态。"不见"二句只是诗人到此时所见，并不是通常的情况。这首诗真实地写出了敦煌在中西交通中的地位。

其他的都是咏敦煌地区的风物。其六《阳关戍咏》云："万里通西域，千秋尚有名。平沙迷旧路，智井引前程。马色无人问，晨鸡吏不听。遥瞻废阙下，昼夜复谁扃？"[2] 写出闻名于世的阳关地位的重要和荒废景象。这里是通向西域的要道，但现在连道路都被白沙掩埋，难以寻找踪迹了。"戍"是唐朝置军驻守之地，阳关虽有"戍"，但一片荒废景象。又如无名氏《敦煌廿咏》之二《白龙堆咏》云：

> 传道神沙异，喧寒也自鸣。势疑天鼓动，殷似地雷惊。风削棱还峻，人跻刃不平。更寻捃井处，时见白龙行。[3]

这是一首实写白龙堆景象的诗，真切地写出白龙堆的自然风貌。首句称白龙堆为"神沙"，又用"异"字概括其特点。以下从所闻所见两方面写其奇异，首先是写其声，不论冬夏都自己发声。其声音震天动地，像是天上擂响战鼓，又像是地下惊雷轰鸣。"风削"两句写所见地形，长年的劲风吹拂，一道道土台的尖棱像刀削一般陡峭，地面上一道道土埂像刀尖一样凸凹不平。人行于白龙堆沙碛之地，像踩在刀刃之上。在寻找水源的过程中，随时可见一道道盐碱覆盖的土台，像

1　陈尚君辑校《全唐诗补编》，第 82 页。

2　陈尚君辑校《全唐诗补编》，第 80 页。

3　陈尚君辑校《全唐诗补编》，第 79 页。

白龙一样蜿蜒起伏，连绵不断。其他诸诗分咏敦煌各处风景名胜，让我们了解到当时敦煌最为人所喜欢游赏之处，这些地方有的是自然名胜，有的是历史古迹，有的是当地动植物，因此从内容上可以分为写景、咏物、咏史三类。其中最能体现敦煌作为丝路名城交通要道特色的有如下几首。

其三《莫高窟咏》："雪岭干青汉，云楼架碧空，重开千佛刹，旁出四天宫。瑞鸟含珠影，灵花吐蕙蕈（丛）。洗心游胜境，从此去尘蒙。"[1] 莫高窟是对外文化交流的产物，是佛教文化东传的印证，也是敦煌作为"丝路咽喉"的见证。这首诗为我们了解唐代莫高窟的情况提供了难得的史料。据《大（周）上柱国李君莫高窟（佛）龛碑》云："乃于斯胜岫造一龛……妙宫建四庐之观。"又云："粤以圣历元年五月十四日修葺功毕。"[2] 李君即李克让，这首诗正反映了李克让重修后的莫高窟形制。

其四《贰师泉咏》："贤哉李广利，为将讨匈奴。路指三危迥，山连万里枯。抽刀刺石壁，发矢落金乌。志感飞泉涌，能令士马甦。"[3] 汉武帝时贰师将军李广利远征大宛，是丝绸之路历史上的重大事件。李广利第一次兵出敦煌，失利而归，回师途中驻敦煌。再伐大宛获胜，敦煌有其遗迹是可能的，"贰师泉"与这一事件有关。贰师泉又名悬泉，在今敦煌城东六十公里处三危山谷中，汉代悬泉置遗址用水源于此。敦煌遗书《沙州都督府图经》云："悬泉水，右在州东一百卅里。出于石崖腹中。其泉傍出细流，一里许即绝。人马多至，水即多；人马少至，水出即少。《西凉录·异物志》云：'汉贰师将军李广利西伐大宛，回至此山，兵士众渴乏，广（利）乃以掌拓山，仰大悲誓，以佩剑刺山，飞泉涌出，以济三军。人多皆足，人少不盈。侧出悬崖，故曰悬泉。'"[4] 诗即咏这一传说。贰师泉传说也是敦煌作为中西

1　陈尚君辑校《全唐诗补编》，第 79 页。
2　（清）陆心源编《唐文拾遗》卷 63，《全唐文》附，第 315 页。
3　陈尚君辑校《全唐诗补编》，第 80 页。
4　郑炳林：《敦煌地理文书汇辑校注》，甘肃教育出版社，1989，第 6 页。

交通大道的产物和见证。诗的作者文化水平不太高，他写李广利的故事，说"讨匈奴"是史实上的失误。

其五《渥洼池天马咏》："渥洼为小海，伊昔献龙媒。花里牵丝去，云间曳练来。腾骧走天阙，灭没下章台。一入重泉底，千金市不回。"[1]这首诗咏渥洼马传说，渥洼水出天马的传说，本是一个骗局。《汉书》颜师古注引李斐曰："南阳新野有暴利长，当武帝时遭刑，屯田敦煌界，数于此水旁见群野马中有奇（异）者，与凡马（异），来饮此水。利长先作土人，持勒靽于水旁。后马玩习，久之代土人持勒靽收得其马，献之。欲神异此马，云从水中出。"[2]敦煌附近因此得"渥洼池"的地名。

其十二《安城袄咏》："版筑安城日，神祠与（当作于）此兴。一州祈景祚，万类仰休征。苹藻来（采）无乏，精灵若有凭。更看云祭处，朝夕酒如绳（渑）。"[3]这首诗反映了袄教在敦煌流传的情况。安城在敦煌附近，是一座供波斯人或中亚安国侨民居住的土城，城内建有袄庙。"酒如渑"描写袄庙祭祀活动，这是对外文化交流的一个见证。

其他诗有的写自然风物。如其一《三危山咏》云："三危镇群望，岫崿凌穿苍。万古不毛发，四时含雪霜。岩连九陇险，地窜三苗乡。风雨暗溪谷，令人心自伤。"[4]首二句极言三危山巍峨高耸，接着四句写其荒凉险峻。其九《瑟瑟咏》云："瑟瑟焦山下，悠悠采几年。为珠悬宝髻，作璞间金钿。色入青霄里，光浮黑碛边。世人偏重此，谁念楚材贤。"[5]这是咏敦煌的一种特产，"瑟瑟"是玉石类名贵矿物，敦煌盛产此物。末二句通过咏物表达应爱惜人才之意。诗人大概不得志，故有此叹。其十四《半壁树咏》云："半壁生奇木，盘根到水涯。高柯宠（笼）宿雾，密叶隐朝霞。二月含青翠，三秋带紫花。森森神树

1　陈尚君辑校《全唐诗补编》，第80页。

2　《汉书》卷6《武帝纪》，第184页。

3　陈尚君辑校《全唐诗补编》，第81页。

4　陈尚君辑校《全唐诗补编》，第79页。

5　陈尚君辑校《全唐诗补编》，第81页。

下，祈赛不应赊。"[1] 其十五《三攒草咏》云："池草三攒别，能芳二月春。渌（绿）苔生水嫩，翠色出泥新。弄舞餐花蝶，潜惊触钓鳞。芳菲观不厌，留兴待诗人。"[2] 其十八《相似树咏》云："两树夹招提，三春引影低。叶中微有字，阶下已成蹊。含气同修短，分条德且齐。不容凡鸟坐，应欲俟口栖。"[3] 其二十《分流泉咏》云："地涌澄泉美，环城本自奇。一源分异派，两道入汤池。波上青苹合，洲前翠柳垂。况逢佳景处，从此遂忘疲。"[4] 这几首诗都咏敦煌奇异稀见景物，只是表达赏心悦目、惊异赞叹之情，并无深意。

有的咏当地历史传说。如其八《玉女泉咏》云："用（周）人祭淫（瑶）水，黍稷信非馨。西豹追河伯，蛟龙遂隐形。红妆随洛浦，绿鬓逐浮萍。尚有销金冶，何曾玉女灵。"[5] 传说开元年间，沙州城西北180 里处疏勒河与党河汇流下游有玉女泉，妖龙肆虐，祸害百姓，每年当地要以童男童女祭献方得平安。北庭都护张嵩设计射杀蛟龙，填平该泉，将龙头进献朝廷，玄宗割龙舌赐张嵩，并封为"龙舌张氏"，世为沙州刺史，永为勋荫。[6] 诗咏民女悲惨命运、张嵩为民除害的壮举，把张嵩比作西门豹。其十三《墨池咏》云："昔人精篆素，尽妙许张芝。草圣雄千古，芳名冠一时。舒笺行鸟迹，研墨染鱼缁。长想临池处，兴来聊咏诗。"[7] 东汉有"草圣"之称的书法家张芝出生于敦煌渊泉县，传说他曾在敦煌城北水临池写书，后人称此池为"张芝墨池"。据《沙州都督府图经》记载，墨池在县东北一里。因年代久远，池已湮没。开元四年，敦煌县令赵智本访得遗迹，并于池中掘得石砚一，疑即张芝之遗物，乃劝张芝第十代孙张仁会等在池旁立庙，塑张

1　陈尚君辑校《全唐诗补编》，第 81~82 页。

2　陈尚君辑校《全唐诗补编》，第 82 页。

3　陈尚君辑校《全唐诗补编》，第 82 页。

4　陈尚君辑校《全唐诗补编》，第 83 页。

5　陈尚君辑校《全唐诗补编》，第 80 页。

6　参见（宋）李昉等编《太平广记》卷 420，第 3423~3424 页；敦煌文献 S. 788《沙州图经》、S.5448《敦煌录》，见郑炳林《敦煌地理文书汇辑校注》，第 56、87 页；赵红、高启安《张孝嵩斩龙传说探微》，《西北师大学报》（社会科学版）2004 年第 1 期。

7　陈尚君辑校《全唐诗补编》，第 81 页。

芝像于庙中。[1]

有的咏当地历史人物。其十《李庙咏》云："昔时兴圣帝，遗庙在敦煌。叱咤雄千古，英威静一方。牧童歌冢上，狐兔穴坟傍。晋史传韬略，留名播五凉。"[2]《沙州都督府图经》记载："先王庙，右在州西八里。《西凉录》，凉王李暠谥父为凉简公，于此立庙，因号先王庙。其院周回三百五十步，高一丈五尺。次东有一庙，是暠子潭、让、恂等庙，周回三百五十步，高一丈五尺，号曰李庙。屋宇除毁，阶墙尚存。"[3] 诗题中的"李庙"包括祭祀李暠父亲的"先王庙"和祭祀他儿子的"李庙"，是祭祀李暠之子李潭等三人的庙宇。诗虽咏庙，其实是赞颂凉王李暠，他是西凉开国之君，诗中称他为"圣帝"。其十一《贞女台咏》云："贞女谁家女？孤标坐此台。青蛾随月转，红粉向花开。二八无人识，千秋已作灰。洁身终不嫁，非为乏良媒。"[4] 据崔鸿《十六国春秋·后凉录》记载，后凉王吕绍被杀，其美人张氏，敦煌人，出家为沙门，清辩有姿色。继位者吕隆逼她为妻，张氏跳楼殉节。[5] 敦煌人筑台塑像表彰其贞节。其十九《凿壁井咏》云："尝闻凿壁井，兹水最为灵。色带三春渌，芳传一味清。玄言称上善，图录著高名。德重胜铢两，诸流量且轻。"[6] 凿壁井即开凿在峭壁上的水井，实际即峭壁水泉。这首诗所写不是作者亲见，而是从传闻和"图录"中得知。泉水为人们提供了香甜的清水，造福于人，诗人称赞它品德高尚。

这些诗当作于安史之乱前，表达了生活在敦煌的人士对当地历史文化和风物名胜的喜爱，其托物寓意似不必求之过深。安史之乱以后敦煌一带长期处于动荡之中，这些诗总体上写得平淡质朴，没有那种社会动荡的气息、国土沦丧之悲和历史兴亡之感。敦煌坐落在茫茫戈

---

1 王仲荦：《敦煌石室地志残卷考释》，中华书局，2007，第 134 页。

2 陈尚君辑校《全唐诗补编》，第 81 页。

3 王仲荦：《敦煌石室地志残卷考释》，第 128 页。

4 陈尚君辑校《全唐诗补编》，第 81 页。

5 （宋）李昉等：《太平御览》卷 439，第 2021 页。

6 陈尚君辑校《全唐诗补编》，第 82 页。

壁沙漠之中的一片绿洲上，风景优美，历史悠久，从敦煌当地产生的诗歌来看，敦煌人对这片土地爱得深沉。伯三二一一敦煌诗集残卷佚名阙题诗残篇："燉煌境望好，川原四面尽。果榛□万姓，坚甲（下缺）。"[1] 同样表达了这种思想情感。又如敦煌遗书中阙题诗："莫欺沙州是小处，若论佛法出彼所。不问僧俗有起者（下缺）。"[2] 敦煌佛教兴盛，在举世崇奉佛教的年代里，敦煌人以此而自豪。

第二节　安史之乱发生后关于敦煌的诗

安史之乱发生后，吐蕃利用唐朝平叛之机，相继攻陷河西、陇右大面积唐土。凉州失陷后，河西节度使移治敦煌。从大历十一年（776）起，吐蕃围攻敦煌，遭到敦煌军民顽强抗击。贞元二年（786），敦煌城内矢尽粮绝，在得到吐蕃"勿徙他境"的允诺后，敦煌守军与吐蕃结盟而降。[3] 唐诗反映了这段壮烈而令人伤心的历史。敦煌莫高窟藏经洞发现的唐代无名氏曲子词有一首《菩萨蛮》歌咏其事：

> 敦煌古往出神将，感得诸蕃遥钦仰。效节望龙庭，麟台早有名。
>
> 只恨隔蕃部，情恳难申吐。早晚灭狼蕃，一齐拜圣颜。[4]

任中敏推测此词可能作于德宗建中初年，其时陇右、河西大片国土沦陷，守城军民与朝廷隔绝，敦煌作孤岛困守，在将军率领下取得一次次胜利。这首词歌颂了将军的神勇，表达了对朝廷的怀念和夺取胜利

---

[1] 徐俊纂辑《敦煌诗集残卷辑考》，第793页。

[2] 徐俊纂辑《敦煌诗集残卷辑考》，第886页。

[3] 沙州沦陷的时间，另有建中二年（781）、贞元三年（787）等观点。

[4] 任中敏编著《敦煌歌辞总编》卷2，凤凰出版社，2014，第283页。

的信念。[1] 另有《望江南》词：

> 敦煌郡，四面六蕃围。生灵苦屈青天见，数年路隔失朝仪。目断望龙墀。
>
> 新恩降，草木总光辉。若不远仗天威力，河湟必恐陷戎夷。早晚圣人知。[2]

任中敏认为"此首作者之心理动态显在因路隔而失朝才数年而已，瓜沙人心依然东'望'；此次'新恩'因间道而获临，举郡欢欣，咸认'天威'既在，瓜沙暂时尚得羁縻。今后倘再遭疏弃，则河湟西疆势必全陷，用以警惕中朝。——此种形势与心理验诸史乘，仅合代宗大历间，凉、甘诸州虽已落蕃，而远鄙瓜沙于困遭诸蕃之围扰中，依然苦苦据守之际"。[3] 另一首《浣溪沙》应该写于同时，乃敦煌军民英勇抗敌之际，与朝廷取得联系，获朝廷颁授"新恩"之时，表达无比喜悦之情：

> 好是身沾圣主恩，紫襕初降耀朱门。合郡人心咸喜贺，拜圣君。
>
> 竭节尽忠扶社稷，指山为誓保乾坤。看着风前双旌拥，贺明君。[4]

朝廷的圣旨传至敦煌，敦煌军民获得巨大的鼓舞。这首词既表达了合郡军民的喜悦，也表达了他们誓死捍卫敦煌的意志和决心。

---

1 关于此词写作时间和背景，争议较大。程石泉认为在 764~781 年，刘大杰认为必作于 851 年，汤涒认为是大中五年（851）前后的作品。颜廷亮认为当为张议潮入京前后的作品，"神将"是对张议潮的赞誉，"谓其'效节望龙庭，麟台早有名'，必能'早晚灭狼蕃，一齐拜圣颜'"。参见任中敏编著《敦煌歌辞总编》，第 283~285 页；颜廷亮《敦煌文学千年史》，人民文学出版社，2013，第 175 页。

2 任中敏编著《敦煌歌辞总编》卷 2，第 280 页。

3 任中敏编著《敦煌歌辞总编》卷 2，第 281~282 页。

4 任中敏编著《敦煌歌辞总编》卷 2，第 282~283 页。

敦煌失陷后，陷身吐蕃的敦煌人视敦煌为自己的家乡和故国所在。在吐蕃统治之下，敦煌人痛感世事变迁。敦煌诗集残卷伯三九六七佚名"阙题"诗云：

> （上缺）□□翻陷重围里，却遣吾曹泣塞门。览史多矜两相伐，披书愤惋吟秋月。晓夕只望白髦（旄）头，何时再睹黄金钺。星霜累换意难任，风送笳声转苦心。北胡不为通京国，南雁犹传帝里音。坏垒狐狸焉自乐，同究无情惧雕鹗。归途已被龙蛇闭，心魂梦向麒麟阁。上人清海变霓裳，弱水凌晨且洗肠。莫望（忘）逍遥齐物志，终须振鹭到仙乡。殊俗蓬头安可居，每涕珠泪洒穹庐。怀书十上皆遗弃，未解提戈空羡鱼。危山岜峇潜龙虎，流沙忽震如鞞鼓。松竹虽坚不寄生，四时但见愁云吐。敦煌易主镇天涯，梅杏逢春旧地花。归期应限羖羊乳，收取神驹养渥洼。[1]

又《送令狐师回驾青海》云：

> 敛袂辞仙府，投冠入正真。广开方便品，务欲接迷津。袖里南都□，将呈北座亲。往来驷马请，光照墨池姻。叨谒陪初地，忻情未再陈。惠风摇去盖，花散路旁春。执锡论虞芮（芮），何时结善邻。鸟啼悲不语，鹦哢怨离秦。玉塞分心苦，金经御宝轮。一朝谈相国，谁念失乡宾。[2]

细绎诗意，这两首诗当是同一人写给令狐氏的。第一首的"上人"即第二首的令狐师，都是对佛教人士的称呼，但称"令狐师"又与一般称僧人之"师"不同，佛教中一般称法名，不称俗姓，如"怀素师""道安师"。"上人清海变霓裳"和"敛袂辞仙府，投冠入正真"，

1　徐俊纂辑《敦煌诗集残卷辑考》，第 444 页。

2　徐俊纂辑《敦煌诗集残卷辑考》，第 445 页。

说明令狐氏当是在吐蕃占领的青海地区由道入佛之士。[1] 他本是青海道士，"仙府"即道观，"冠"指道士戴的帽子，道士着冠，僧人不着冠。吐蕃崇尚佛教，为了生存他被迫弃道入佛。"清海变霓裳"指他脱去道服而着僧衣。令狐氏与敦煌有姻亲，而且其亲戚在敦煌有地位，他从青海探亲到敦煌，故云"往来驷马请，光照墨池姻"。诗中云"翻陷重围""敦煌易主"，说明诗写于敦煌沦陷之后。据徐俊校注，原诗有删改，"塞门"原作"虏门"，复添改为"塞门"。项楚据此以为乃有所避忌而然，判断在敦煌陷蕃之后。[2] 第一首诗当是令狐氏到敦煌，朋友与之唱和之作；第二首当是令狐氏将返青海时送别之作。诗表达了身处沦陷区的唐朝人士的痛苦。从诗里可知他非常想了解唐朝的消息，但北胡（回鹘人）阻断了道路，只能从吐蕃那边来人略微知道些消息。"鸟啼悲不语，鹦啭怨离秦"之"秦"指唐朝首都长安，徐俊以为当作"情"，似不妥，而且"情"与此诗韵脚也不合，"秦"应无错。这两句表达的正是对故国的思念。"北胡"二句还反映一个史实，河陇路断之后，回鹘曾在唐朝与西域的沟通中发挥了中介作用，但当敦煌被吐蕃占领之后，敦煌与中原间的"回鹘道"遭回鹘封锁和阻断，在张议潮驱逐了吐蕃势力之后，才又被张议潮的使人利用。

令狐氏由道入佛，乃吐蕃统治下不得已之举。他之所以如此，因吐蕃崇奉佛教，而佛教又是与现实隔离的空门，入空门便可回避世间的干扰。因为吐蕃人崇奉佛教，敦煌佛教在吐蕃统治下继续发展和繁荣，佛教人士至少有较大的生存空间。敦煌遗书伯四六六〇张球撰《大唐沙州译经三藏大德吴和尚邈真赞》中的吴和尚因名僧身份在蕃占和归义军时期都受到尊重："圣神赞普，虔奉真如。诏临和尚，愿为国师。黄金百溢（镒），驲使亲驰。"敦煌回归后也受到归义军领袖的尊重："自通唐化，荐福明时。司空奉国，固请我师。愿谈唯识，助化

1　"正真"即佛道。丁福保编《佛学大辞典》（中国书店，2011，第2148页）释"无上正真道"云："梵语'阿耨多罗三藐三菩提'（anuttara saṃyaksaṃbodhi）之古译。《无量寿经》上曰：'时国王闻佛说法，心怀悦豫，寻发无上正真道意。'又曰：'开化恒沙无量众生，使立无上正真之道。'"

2　项楚：《敦煌诗歌导论》，第242页。

旌麾。"[1] 在这样的文化背景下，皈依佛门成为敦煌沦陷后敦煌人士不与新的统治者合作的退路，李和尚正是如此。敦煌遗书伯四六六〇李颙撰《故沙州缁门三学法主李和尚写真赞》写出身"五凉甲族、武帝宗枝"的李某在"河西阻绝，三代于兹；敦煌沦陷，甲子云期"的环境中遁入佛门："厌斯俗务，志乐无为。髫年问道，弱冠披缁。事亲无怠，味法忘疲。披经讨论，无不知机。精持戒律，白月无亏。"[2] 一位出身贵族的人士放弃所谓"俗务"而入佛，很可能出于坚守气节，与令狐氏的动机相同。

　　陷身吐蕃的唐朝人士也有出于生计和个人前途为吐蕃效劳的，窦良骥就是这样的人。朱利华、伏俊琏著文考证过窦氏的生平和创作。[3] 窦良骥又称窦骥、窦良器，吐蕃占领时期敦煌的重要文人，以其文才由一介布衣任职"大蕃国子监博士"。敦煌遗书伯四六四〇载其诗《往河州蕃使纳鲁酒回赋此一篇》：

　　　　驿骑駸駸谒相回，笙歌烂漫奏倾杯（杯）。食客三千蹑珠履，
　　美人二八舞金台。西园明月刘贞（桢）赋，南楚雄风宋玉才。慕
　　德每思门下事，兴嗟世上乏良媒。[4]

这首诗是窦良骥奉使从敦煌到河州归来后，敦煌人士为其接风的酒宴上写的。河州是吐蕃东道节度使驻节之地，从诗题可知他的使命是为河州节度使奉送鲁酒。首句写从河州归来。"相"指东道节度使，为使相，当时吐蕃人称东道节度使幕府为"相幕""东衙""相衙"。第二句写敦煌接风的宴席。第三句用典，写吐蕃河州东道节度使幕府人才众多。第四句写东道节度使幕府升平之乐。第五、六句写其幕府文士才华横溢。最后两句写希望得到汲引的心情，他希望能有人举荐

1　张锡厚主编《全敦煌诗》卷189，第7034页。
2　张锡厚主编《全敦煌诗》卷188，第6994页。
3　朱利华、伏俊琏：《敦煌文人窦良骥生平考述》，《敦煌学辑刊》2015年第3期。
4　徐俊纂辑《敦煌诗集残卷辑考》，第833页。

他，得到东道节度使的辟用。现在保存下来的窦良骥在蕃占时期的作品有碑颂赞铭诗等十余篇，反映了他以文才效命吐蕃权贵的活动。

第三节　张议潮驱逐吐蕃后的敦煌

张议潮在敦煌起义，河西之地回归大唐。敦煌诗集残卷保存佚名诗人《敦煌》（伯五〇〇七）诗表达了这种兴亡之感和回归之乐：

> 万顷平田四畔沙，汉朝城垒属蕃家。歌谣再复归唐国，道舞春风杨柳花。仕女上（尚）采天宝髻，水流依旧种桑麻。雄军往往施鼙鼓，斗将徒劳猃狁夸。[1]

前两句写敦煌的失陷；第三、四句写敦煌的回归；第五、六句写敦煌恢复了和平生活；最后写虽时有战争，但雄军斗将，连敌人也不得不佩服。张议潮收复河陇，敦煌从吐蕃的统治下得到解放，归附唐朝、回归国家和过上安定和平生活是敦煌地区百姓的心声。流传于敦煌地区的诗歌表达了这种心情。又《军威后感怀□□》："运偶中兴国祚昌，天人□征在敦煌。鹊印已皈函相路，□□□□□□□。"[2] "鹊印"是用典，晋干宝《搜神记》记载的志怪故事，东汉时张颢得山鹊所化圆石，捶破后得一金印，后官至太尉。[3] 故"鹊印"成为得官的喜兆。细体诗意，当是敦煌光复后，当地人士希望归义军领袖早日得到朝廷封赏和印绶的祝愿之词。"天人"指张议潮。"函相"或许为"汉相"之误。唐后期各大藩镇节度使往往出将入相，这也是敦煌人对张议潮的期望。又《失题》诗云："圣乌庚申降此间，正在宣宗习化年。从此弃蕃归大化，经管河陇献唐天。继嗣秉献还再至，羽毛青翠泛流泉。□

1　徐俊纂辑《敦煌诗集残卷辑考》，第655页。
2　徐俊纂辑《敦煌诗集残卷辑考》，第656页。
3　（晋）干宝：《搜神记》卷9，中华书局，1979，第116页。

诗必有因承雨，□□天子急封禅。"[1] 他们把宣宗时收复七州三关和张议潮收复河陇视为唐朝中兴、国运昌盛，欣喜敦煌恢复和平无人再从事征战，欣喜河陇地区的回归大唐，并希望唐天子封禅泰山。又《寿昌》（伯五〇〇七）云：

> 会稽碛畔亦疆场，迥出平田筑寿昌。沙漠雾深鸣故雁，草枯犹未及重阳。狐裘上（尚）冷搜红髓，缔葛那堪卧□霜。邹曾（鲁）不行文墨少，移风徒突托西王。[2]

"托西王"即"拓西大王曹议金"。曹议金称"大王"的资料始见于莫高窟第 401 窟，该窟甬道经五代缩修，南壁供养人题名为"敕……拓西大王谯□（郡）……□（曹）议金一心供养"。主室东壁门北南侧新砌墙面上画观音一身，旁题"壬午年六月五（下漏写一'日'字）画毕功记也"。"壬午年"即后梁龙德二年（922）。P.4040 号文书《修文坊巷社再上祖兰若功德赞并序》提到"奉为我托西金山王永作西陲之主"，此金山王指张承奉。上海图书馆藏敦煌遗书 165 号（馆藏 812532 号）《曹议金建窟发愿文》有"有我河西节度使大王"的说法，此愿文当写于 918~924 年。王惠民认为曹议金继承了张承奉"拓西王"称号。[3] 荣新江考证此诗作者可能是担任唐朝河西都防御使的翁部。[4] 从诗的语气看亦似为唐朝赴河西的官员所作。河湟地区收复后，唐置河西都防御使，因此翁部是朝廷命官。当时诗人歌咏其事，朝廷诗人和河西归义军诗人立场不同，朝廷诗人归功于皇上的英明，欢呼失地复归唐朝所有，河西地区则歌颂归义军领袖的丰功伟绩。这首诗欣然于失地"复归唐国"，而且又说"移风徒突托西王"，正是唐朝任

1　张锡厚主编《全敦煌诗》卷 79，第 3552 页。

2　徐俊纂辑《敦煌诗集残卷辑考》，第 656 页。

3　王惠民：《一条曹议金称"大王"的新资料》，《北京图书馆刊》1994 年第 3/4 期，第 85~86 页。

4　荣新江：《唐人诗集的钞本形态与作者蠡测——敦煌写本 S.6234+P.5007、P.2672 综考》，《项楚先生欣开八秩颂寿文集》，第 141~158 页。

职河西的官员的口吻。敦煌遗书伯三五〇〇无名氏歌谣云：

> 二月仲春色光辉，万户歌谣总展眉。太保应时纳福祐，夫人百庆无不宜。三光昨来转精耀，六郡尽道似尧时。田地今年别滋润，家园果树似荼脂。河中现有十碾水，潺潺流溢满百渠。必定丰熟是物贱，休兵罢甲读文书。再看太保颜如佛，恰同尧王有重眉。弓硬刀强箭又褐，头边虫鸟不能飞。四面蕃人来跪伏，献驼纳马没停时。甘州可汗亲降使，情愿与作阿耶儿。汉路当日无停滞，这回来往亦无虞。莫怪小男女哎哆语，童谣歌出在小厮儿。某乙□（伏）承阿郎万万岁，夫人等劫石不倾移。阿耶驱来作证见，阿娘也交（教）作保知。优偿（赏）但知与壹匹锦，令某乙作个出入衣。[1]

诗可能有溢美之词，但敦煌一带在归义军时期有过一时的安定繁荣也是事实，诗中歌咏的正是这种局面。

张议潮收复敦煌和河陇地区后，周边面临诸多敌对势力，四方不宁，归义军与周边敌对势力进行了长期的斗争，当地的民歌民谣反映了这种形势。敦煌遗书伯五〇〇七无名氏《仆固天王乾符三年四月廿四日打破伊州□去（下缺）录打劫酒泉后却□□□□□（下缺）》云："为言回鹘倚凶□（下缺）。"[2] 诗所反映的就是归义军与回鹘的斗争。伯二〇五八无名氏《儿郎伟·驱傩词二首》其一写敦煌形势和"令公"的功业：

1　张锡厚主编《全敦煌诗》卷 87，第 3752~3753 页。按：此诗施萍婷、邓文宽考证以为歌颂张淮深一平甘州回鹘之作，成于中和二年（882）。荣新江以为张议潮执政时甘州尚无可汗，不可能有降使称子之事。歌谣所记沙州、甘州两地的父子关系，应是甘州顺化可汗（928 年后唐所封）以前的事，也即曹议金征甘州回鹘的结果。诗中太保指曹议金。参见张锡厚主编《全敦煌诗》卷 87，第 3753~3754 页。甘州回鹘独立建国时间，学界说法不一，或以为在 884 年以前，或以为在 872 年，还有人考证为 884~887 年、890 年、894 年、895~900 年及 10 世纪初等。不论建国与否，或有无后唐册封之事，甘州回鹘群体当有头领，民谣中所谓"甘州可汗"即指此头领。因此，这首诗未必是唐亡后作品。

2　张锡厚主编《全敦煌诗》卷 96，第 4006 页。

今者时当岁暮，新年鬼魅澄清。万恶潜藏地户，扫荡积代妖精。自从今夜已后，深山隐迹无名。况缘敦煌胜境，四邻戎丑纵横。三五年间作贼，令公亲自权兵。一讨七州厌伏，从兹贼寇平宁。家家贮积殷实，门门快活丰盈。[1]

驱傩词都是表达愿望之词，其中讲到令公平定四邻戎丑，从此天下太平，只是敦煌民众的愿望。归义军时期与回鹘、吐蕃等四面强敌的斗争长期持续，人民怨苦。因此，他们希望能够在令公领导下早日结束动荡不宁的生活。伯二五六九无名氏《儿郎伟·驱傩词七首》其二表达了同样的心情："司马敦煌太守，能使父子团圆。今岁加官受爵，入夏便是貂蝉。……今夜驱傩队仗，部领安城大袄。以次三危圣者，搜罗内外戈铤。……从此敦煌无事，城隍千年万年。"[2] 在新年驱傩之时，百姓总是祝愿能够收拾甲兵常不用，希望天下太平无事。其三又云：

驱傩之法，自昔轩辕。钟馗白泽，统领居仙。怪禽异兽，九尾通天。总向我皇境内，呈祥并在新年。长史寿同沧海，官崇八座貂蝉。四方晏然清帖，猃狁不能犯边。甘州雄身中节，嗢末送款旌麾。西州上贡宝马，焉祁送纳金钱。从此不闻枭鸱，敦煌太平万年。[3]

驱傩祝愿之词反映了敦煌周边的形势和百姓的心愿。"猃狁"代指北方草原民族回鹘；甘州指甘州回鹘；嗢末是唐宋之际活跃在河西地区的一个少数民族政权，一般认为是吐蕃随军奴隶形成的族群；西州指建立在今吐鲁番市的政权。他们希望敌对的政权不敢犯边，友好的政权互赠礼物，臣服的政权纳款入贡。伯二六一二无名氏《儿郎伟》云："所有近年妖竖，来春不令近川。敦煌是神乡胜境，外敌不曾稍

1　张锡厚主编《全敦煌诗》卷152，第5674页。
2　张锡厚主编《全敦煌诗》卷152，第5680页。
3　张锡厚主编《全敦煌诗》卷152，第5682页。

传。四海争诸纳贡，尽拜延定楼前。传说阿郎治化，如日照着无边。"[1]
伯三二七〇无名氏《儿郎伟五首》其三云："捉取浮游浪鬼，不教伊
独弄威权。……三危圣者部领，枷项递送幽燕。不许沙州停宿，亦不
许恼乱川原。我尚书敬重三宝，威光炽盛无边。八方总来跪伏，猃狁
蹈舞殿前。"[2] 其四云："六蕃尽来贡献，驱羊进马殿前，向西直至于阗。
路润越于铺绵，进奉珍玩白玉，绵绫杂彩千端。"[3] 其五歌颂归义军战
胜甘州回鹘，打通了通向内地的道路："敦煌神沙福地，贤圣助于天
威。……今遇明王利化，再开河陇道衢。"因此得到唐天子嘉奖，周
边的贡献："内使亲降西塞，天子慰曲名师。向西直至于阗，纳贡献
玉琉璃。四方总皆跪伏，只是不绝汉仪。"[4] 这些诗中歌咏的天下太平、
异族臣服、四海纳贡未必是敦煌的现实，而是敦煌百姓的愿景，这种
愿景正反映了其时敦煌周边严峻的形势。

　　敦煌的收复和归义军的辉煌业绩，不仅出于张议潮的敢作敢为和
英明决断，还得力于无数英雄志士的卖力和用命。因此河西地区产生
不少歌咏在这场军事斗争中涌现出来的英雄豪杰之士的作品。敦煌文
书 P.4640 载无名氏《住三窟禅师伯沙门法心赞》歌颂一位在战争中
立功而后出家的僧人，其序云："禅伯，即谈广之仲父也。本自轩门，
久随旌旆。三秋狝猎，陪太保以南征；万里横戈，执刀铤于瀚（瀚）
海。既平神乌，克复河湟。职业嵩隆，以（已）有悬车之至（志）。
数年之后，师乃喟然叹曰：'樊笼人事，久累沉阿。徇日趋名，将无所
益。'遂辞旌戟，南入洪源。舍俗出家，俄然落发。期年受具，仗锡
西还。一至宕泉，永抛尘迹。戒同朗月，寂入无言。□□三衣，唯持
一钵。岁寒自保，实谓精通。"其赞文曰：

　　　　从事随旆兮□□东征，□凌霾霰兮万里扬旌。复河湟之故

1　张锡厚主编《全敦煌诗》卷 152，第 5693 页。
2　张锡厚主编《全敦煌诗》卷 152，第 5700 页。
3　张锡厚主编《全敦煌诗》卷 152，第 5700 页。
4　张锡厚主编《全敦煌诗》卷 152，第 5703 页。

地，运鹤列之雄兵。美军中之赳赳，实武幕之将星。东收神乌，西接二庭。军屯偃月，拔帜柳营。子能顿悟，弃俗悛名。寻师落发，割爱家城。洪源受具，飞锡翔形。归于宕谷，业果精研。有无都泯，浊流本清。红莲拔浒，俱可有情。同镌此窟，雕碑刻铭。[1]

太保即张议潮，法心"久随旌旆"，参与了张议潮领导的驱逐吐蕃人的军事斗争。又如伯四六六〇无名氏《令狐公邈真赞》歌颂令狐氏："助收河陇，效职辕门。行中选将，节下先陈。前矛直进，后殿虎贲。三场勇战，克捷成勋。入京奏事，聪耳知闻。递其果敢，印佩将军。"[2]《王景翼邈真赞》云："兹绘像者，何处贤良？太原望族，派引敦煌。名高玉塞，偶倪殊常。助开河陇，决胜先行。身经百战，顺效名彰。"[3] 这两位敦煌人士都曾追随张议潮，在收复河陇地区的斗争中立下了赫赫战功，令狐氏还曾奉命入京奏事，他们都有功于敦煌归义军政权。

　　张议潮敦煌起义成功后，积极向唐朝靠拢，利用共同的佛教信仰拉近彼此间的距离，获得文化的认同是重要途径。在这个过程中，敦煌高僧悟真做出了杰出贡献。悟真，俗姓唐，任都僧统，主河西僧务二十余年；文宗大和三年至九年（829~835），任灵图寺主持。大中二年（848），随师父洪辩参与张议潮起义。在驱逐吐蕃，收复瓜、沙的军事斗争中，"参戎幕，掌笺表"，做出重大贡献，升为都法师。大中四年奉张议潮、洪辩之命，出使长安。在长安，唐宣宗敕授京城临坛大德，赐紫。与朝廷官吏及长安高僧互赠诗作，敦煌遗书收藏此类诗十五首。悟真长安之行及与长安高僧的赠答唱和是归义军与朝廷交往的重大事件。悟真去世后，河西节度掌书记苏翚撰《悟真邈真赞》称颂其功绩：

1　张锡厚主编《全敦煌诗》卷 194，第 7235 页。
2　张锡厚主编《全敦煌诗》卷 192，第 7166 页。
3　张锡厚主编《全敦煌诗》卷 192，第 7169 页。

赞元戎之开化，从辕门而佐时。军功抑选，勇效驱驰。大中御历，端拱垂衣。入京奏事，履践丹墀。升阶进策，献烈宏规。忻欢万乘，颖脱囊锥。……旋驾河西，五郡标眉。宣传敕命，俗易风移。[1]

赞文中突出了悟真辅助张议潮起义和入朝奏事两大事迹。悟真自己也认为入朝奏事是他一生最重要的功业之一，敦煌文书 P.2748v、P.4660 等载《国师唐和尚百岁诗》收他晚年作品十首，其中有一首回忆当年奉使事，"男儿发愤建功勋，万里崎岖远赴秦。对策圣明天子喜，承恩至立一生身"，[2]"表明悟真对自己昔日参加张议潮逐蕃归唐斗争和之后多次'万里崎岖远赴秦''对策圣明'是引为骄傲的"。[3]

敦煌始终有大量内地人士仕宦、经商和定居于此，他们有的可能已经把敦煌当成了第二故乡，或者视敦煌为家乡。但也有人寄寓或漂泊此地，仕宦或经商，总是有异乡漂泊之感，日夜思念家乡。敦煌文书唐佚名诗钞《梦□□鸿分青改字咏志》（伯二七六二）云：

理□恩波出帝京，分青改作拜江城。鸿飞万里羽毛迅，抛却沙州闻雁声。[4]

这是一首记梦诗，后有"龙纪二年十九也，心中"诸字，不管是作者对该诗的说明，还是下首诗的题目，都暗示此诗作于晚唐。唐昭宗龙纪二年为 890 年。诗的作者可能也是在敦煌任职的内地人士，日夜想要离开敦煌，回到内地。日有所思，夜有所梦，有一天竟然梦到回到京城，接到了朝廷新的任命，可以离开沙州赴任江城了。当他南下赴

1　张志勇：《敦煌邈真赞释译》，人民出版社，2015，第26~27页。
2　徐俊纂辑《敦煌诗集残卷辑考》，第157页。
3　颜廷亮：《敦煌文学千年史》，第207页。
4　徐俊纂辑《敦煌诗集残卷辑考》，第176页。

任时，听到大雁北归时的鸣叫，而对于时刻思念内地家乡的他来说，沙州雁声已经不能勾起他对敦煌的流连之意。一时的兴奋令他操笔染翰，把梦境记下，可见他是多么渴望回到中原。

　　研究敦煌的历史变迁，固然有大量的传世文献、历史记载和考古资料，但是诗歌作品也是不可忽视的资料，其具有独特的价值。敦煌的重大事件和历史变动，总是引起人们不同的情思。初盛唐时敦煌的安定繁荣令生活在这里的人们充满喜悦之情，他们的诗表达了对敦煌的热爱。作为西部边陲重镇，作为交通西域的要道，敦煌的价值在唐诗中得到肯定和吟咏。安史之乱中，敦煌军民的英勇抗战和可歌可泣的事迹得到诗人们热情洋溢的赞颂。在吐蕃统治之下的屈辱和张议潮率众收复敦煌后人们的欢欣鼓舞，对于收复敦煌和河陇地区做出巨大贡献的敦煌人士的赞美和歌颂，在唐诗里得到展现，我们从诗歌中能充分地了解和感受唐人的心态和情感。

第十二章　龟兹在唐朝西域经营中的地位

—— 唐诗中的"安西"

　　唐代诗人关心国事，关注西域形势，关注对外关系的变化和对外交流的发展。他们有的亲赴西北边塞，从事征战，效力国家。因此西域的自然风物、战争形势、边塞生活进入其诗歌吟咏。这些诗歌不仅是优秀的文学作品，也具有重要的史料价值。龟兹是唐朝安西都护府所在地，是唐朝统治西域的政治中心和军事中心，其政治局势的变动牵动着唐人的神经，唐诗中有不少涉及其地的作品，唐诗中的"安西"大多指此地。这些诗蕴含着丰富的历史文化信息，对于唐朝西域研究，唐诗资料具有其他史料无可替代的价值。本章试结合唐诗的吟咏和描写，探讨龟兹在唐朝西域经营中的地位。

第一节　安西都护府与唐朝的西域经营

龟兹是古时西域大国。关于龟兹的记载，最早见于班固《汉书·西域传》：

> 龟兹国，王治延城，去长安七千四百八十里。户六千九百七十，口八万一千三百一十七，胜兵二万一千七十六人。……南与精绝、东南与且末、西南与扜弥、北与乌孙、西与姑墨接。能铸冶，有铅。东至都护治所乌垒城三百五十里。[1]

龟兹强盛时以今新疆库车为中心，东起轮台，西至巴楚，北靠天山，南临塔克拉玛干大沙漠，今新疆库车、拜城、新和、沙雅、轮台等县都曾是其属地。汉置西域都护，龟兹国属西域都护管辖。汉末和魏晋南北朝时龟兹脱离中原政权统治，5 世纪后沦于嚈哒，后又被西突厥统治。隋时曾入贡中原。唐初，龟兹虽与唐朝有交往，但仍附属于西突厥。贞观八年（634），龟兹曾遣使入唐朝贡。唐平高昌，置西州，在西州境内之交河城（今新疆吐鲁番西交河故城遗址）置安西都护府，管理西域地区军政事务。贞观十六年，唐朝派遣昆丘道副大总管郭孝恪讨伐龟兹，破其都城，龟兹国相那利率众遁逃，郭孝恪自留守。那利等率众万余，与城内降胡表里为应攻城，郭孝恪中流矢死，将军曹继叔收复其都城。贞观二十二年移安西都护府至龟兹国都城，抚宁西域，统龟兹、焉耆、于阗、疏勒四国，于四国故地置军镇，史称安西四镇。此后，在唐与吐蕃反复争夺中四镇时置时罢，屡有变动。长寿元年（692），王孝杰收复四镇，恢复安西都护府，安西都护府治所在龟兹稳固下来。开元六年（718），朝廷任命汤嘉惠为四镇节度经略使，四镇由专设的节度使统领。四镇节度使有时称碛

---

1 《汉书》卷 96 下《西域传》，第 3911 页。

西节度使。节度使常驻安西府城龟兹，由安西都护兼任，又称安西节度使。

安西都护府和安西节度使治所在龟兹期间，唐代文献和唐诗中提到的"安西"往往指龟兹王城，此地成为唐朝经营西域广大地区的政治中心和军事中心：

> 安西大都护府，初治西州。显庆二年平贺鲁，析其地置蒙池、昆陵二都护府，分种落列置州县，西尽波斯国，皆隶安西，又徙治高昌故地。三年徙治龟兹都督府，而故府复为西州。咸亨元年，吐蕃陷都护府。长寿二年收复安西四镇。至德元载更名镇西。后复为安西。[1]

可知安西都护府一度改称"镇西都护府"。[2] 这一名称在唐诗里也得到印证。唐代佚名诗人《镇西》诗写西域形势："天边物色更无春，只有羊群与马群。谁家营里吹羌笛，哀怨教人不忍闻。"[3] 岑参《醉里送裴子赴镇西》云："醉后未能别，待醒方送君。看君走马去，直上天山云。"[4] 这些诗应该是改名"镇西"时的作品。

安西都护府担负着安定西域和中亚地区安全及维护丝绸之路通畅的重任。当中亚地区发生事变时，安西大都护代表朝廷处理相关事务，而安西大都护维护西域和中亚局势的手段有两种，即安抚和征讨。在安西大都护率领下唐军在西域的征战反映到唐诗中。著名的怛逻斯之战是唐朝与大食在中亚地区发生的军事冲突，这次战役在唐诗中也有反映。李明伟指出："公元 750 年高仙芝攻石国，751 年高仙芝与大食战于怛逻斯，有岑参《武威送刘单判官赴安西行营便呈高开

1　《新唐书》卷 40《地理志四》，第 1047 页。

2　朱秋德：《论唐代西域地理名称的变迁——岑参诗中的安西、北庭、碛西、镇西》，《石河子大学学报》2003 年第 3 期。

3　（清）彭定求等编《全唐诗》卷 27，第 388 页。

4　（唐）岑参著，陈铁民、侯忠义校注《岑参集校注》卷 2，第 184 页。

府》《武威送刘判官赴碛西行军》《送人赴安西》。"[1] 岑参《武威送刘单判官赴安西行营便呈高开府》诗中的"安西行营"当即赴中亚作战的高仙芝部队,诗云:

> 热海亘铁门,火山赫金方。白草磨天涯,胡沙莽茫茫。……男儿感忠义,万里忘越乡。孟夏边候迟,胡国草木长。马疾过飞鸟,天穷超夕阳。都护新出师,五月发军装。甲兵二百万,错落黄金光。扬旗拂昆仑,伐鼓振蒲昌。太白引官军,天威临大荒。西望云似蛇,戎夷知丧亡。浑驱大宛马,系取楼兰王。[2]

诗写于天宝十载(751)五月,反映了与怛逻斯之战有关的"天威健儿赴碎叶"的史实。"高开府"即高仙芝,天宝十载正月,高仙芝被任命为开府仪同三司。诗写前往中亚地区参战的安西大军集结出征的情形。在新出吐鲁番文书中,天宝十载交河郡长行坊文书中提到"天威健儿赴碎叶",天威即西征之天威军。"天威临大荒"中的"天威"一语双关,字面上是唐朝官军之军威,又指赴中亚作战的"天威军"。因为大军越葱岭至中亚作战,诗从刘判官将赴之地写起,热海即伊克塞湖,在今吉尔吉斯斯坦国境内。又用汉代贰师将军李广利伐大宛的典故,预祝战争胜利,大宛在今中亚费尔干纳盆地。诗用"万里"形容刘判官征程之遥,这些都暗示刘判官此行与高仙芝远征军有关。廖立指出:"高仙芝天宝九载伪与石国约和,虏其王,杀老弱,掠财宝。石国王子逃诣大食,引其兵欲攻四镇。仙芝再度出兵,大败而还。此诗作于再度出兵之时,在十载五月。"[3] 毕波在新出吐鲁番文书中发现两组文书涉及"天威健儿",进一步坐实了岑参此诗内容与高仙芝远征有关。一是天宝十载交河郡长行坊文书,提到"天威健儿赴碎叶";另一为天宝十载交河郡客使文书,其中记

1　李明伟:《丝绸之路与唐诗的繁荣》,《中州学刊》1988 年第 6 期。

2　(唐)岑参著,陈铁民、侯忠义校注《岑参集校注》卷 2,第 91 页。

3　(唐)岑参撰,廖立笺注《岑嘉州诗笺注》卷 1,中华书局,2004,第 25 页。

录了"押天威健儿官宋武达"。这弥补了传统史籍记载之不足，证明了"天威军"的存在。天宝十载唐廷发"天威健儿赴碎叶"在传世史籍和出土文献中皆未得其踪，这件文书提供了关于唐朝用兵西域的重要信息，对于认识西域当时的政治军事形势具有非常重要的价值。新出文书记载的唐朝发"天威健儿赴碎叶"，反映的可能是高仙芝"担心碎叶地区的突骑施掩袭背后，在发大军前往怛逻斯同时，也派遣一部分兵力赶往碎叶地区，以防止那里的黄姓突骑施夹击唐军"。[1]

如果说岑参此诗反映高仙芝出兵中亚史实不误，那么同时之作《武威送刘判官赴碛西行军》，亦与此史实相关："火山五月人行少，看君马去疾如鸟。都护行营太白西，角声一动胡天晓。"[2] "都护行营"即高仙芝远征的部队，"胡天"指唐军远征之地。廖立说："刘判官当为刘单，《武威送刘单判官赴安西行营》有'五月'字，时、地、姓氏全同，则此诗必同时之作，在天宝十载。"[3] 岑参另一首《送李副使赴碛西官军》诗也应是同时之作："火山六月应更热，赤亭道口行人绝。知君惯度祁连城，岂能愁见轮台月？脱鞍暂入酒家垆，送君万里西击胡。功名只应马上取，真是英雄一丈夫！"[4] 五月、六月时间相近，从河西赴安西参战，应是一段时间内陆续进行，非一日一时之事。"万里西击胡"正是指高仙芝此次统军西征的行动，此"胡"指中亚胡兵。至于《送人赴安西》一诗，写作年代不详，或以为作于天宝六载，其年有征小勃律之役；[5] 或以为作于天宝十三载。[6] 从行人"翩翩度陇头"的描写，可知时诗人在长安，当不与高仙芝此次军事行动有关。

高仙芝二度出兵中亚，与大食军在怛逻斯遭遇，大败而还。当

1　毕波：《怛逻斯之战和天威健儿赴碎叶》，《历史研究》2007 年第 2 期。

2　（唐）岑参著，陈铁民、侯忠义校注《岑参集校注》卷 2，第 94 页。

3　（唐）岑参撰，廖立笺注《岑嘉州诗笺注》卷 7，第 786 页。

4　（唐）岑参著，陈铁民、侯忠义校注《岑参集校注》卷 2，第 95 页。

5　（唐）岑参撰，廖立笺注《岑嘉州诗笺注》卷 3，第 667 页。

6　（唐）岑参著，陈铁民、侯忠义校注《岑参集校注》卷 2，第 139 页。

时的诗人皆缄口不言，或有诗咏之而未流传。百年后我们在唐诗的咏叹中才听到一点儿历史的回声，晚唐诗人薛能有诗咏之，其《柘枝词三首》云：

其一

同营三十万，震鼓伐西羌。

战血黏秋草，征尘搅夕阳。

归来人不识，帝里独戎装。

其二

悬军征拓羯，内地隔萧关。

日色昆仑上，风声朔漠间。

何当千万骑，飒飒贰师还。

其三

意气成功日，春风起絮天。

楼台新邸第，歌舞小婵娟。

急破催摇曳，罗衫半脱肩。[1]

诗中"西羌"和"拓羯"皆指中亚石国，一是借代，一是实指。薛能的时代，陇右、河西和西域皆陷于吐蕃，唐军再无远征中亚之举，越过葱岭远征中亚只有高仙芝天宝十载伐石国事。因此，此组诗咏怛逻斯之战事无疑。前两首写战事规模之大，战事之惨烈。与岑参几首诗都写于战前不同，岑诗送人从军时多从祝愿战争胜利、将士立功异域着笔，薛能诗则是在高仙芝败还百年左右之后，回顾这场对于唐人来说刻骨铭心的战事。"战血""秋草""征尘""夕阳""日色""风声""飒飒"都在渲染一种悲凉的气氛，诗的主旨在于伤感于无数阵亡的将士，抨击因战争成名的将军。虽然战争失败，但没有影响将军归来后的歌舞享乐。《柘枝》是唐朝教坊健舞曲，其曲有六，"首曰

1　（清）彭定求等编《全唐诗》卷558，第6476页。

《阿辽》，次曰《柘枝》"。[1] 薛能《柘枝词三首》当时应该也是谱曲歌唱的。

安西都护府和安西大都护府存在约 170 年。其中贞观十四年（640）至高宗显庆三年（658）、高宗乾封二年（667）至武则天垂拱元年（685）、武则天永昌元年（689）至武周天授二年（691）为都护府，共约 38 年；显庆三年至乾封二年、垂拱二年至永昌元年、武周长寿二年（693）至玄宗天宝十一载（752）为大都护府，共约 71 年。盛唐时安西都护府管辖范围至极西遥远之地，因此被视为"绝域"。高适《送裴别将之安西》云：

> 绝域眇难跻，悠然信马蹄。风尘经跋涉，摇落怨睽携。地出流沙外，天长甲子西。少年无不可，行矣莫凄凄。[2]

古时以十二地支配十二星次，以十二星次中的二十八宿对应古九州诸国天文分野。"甲子西"意谓远在九州分野之外。"地出流沙外，天长甲子西"是对"绝域"二字的具体描写。安西都护府的存在和唐军将士驻守安西四镇，是唐朝国力强盛的具体表现。岑参《醉里送裴子赴镇西》云："醉后未能别，醒时（一作待醒）方送君。看君走马去，直上天山云。"[3]《过碛》云："黄沙碛里客行迷，四望云天直下低。为言地尽天还尽，行到安西更向西。"[4] 王维《送元二使安西》云："劝君更尽一杯酒，西出阳关无故人。"[5] 诗中提到安西都是作为极西之地来写，那里不仅路途遥远，而且环境艰苦、军情紧张。岑参《使交河郡郡在火山脚其地苦热无雨雪献封大夫》云："昨者新破胡，安西兵马回。铁关控天涯，万里何辽哉。"[6] 诗写出了诗人投身西域的实际生活感受。

1　任中敏：《唐声诗》下编，凤凰出版社，2013，第 136 页。

2　（唐）高适著，孙钦善校注《高适集校注》，第 207 页。

3　（唐）岑参著，陈铁民、侯忠义校注《岑参集校注》卷 2，第 184 页。

4　（唐）岑参著，陈铁民、侯忠义校注《岑参集校注》卷 2，第 83 页。

5　（唐）王维撰，（清）赵殿成笺注《王右丞集笺注》卷 14，第 263 页。

6　（唐）岑参著，陈铁民、侯忠义校注《岑参集校注》卷 2，第 152 页。

这些诗虽然表达了某种愁情，但透露出唐朝疆域的辽阔、盛唐的强盛和繁荣，那是将士们为国家远征戍守中的个人苦恼，而且没有影响他们立功边塞的政治追求。

安史之乱后，代宗永泰元年（765）至大历十三年（778）为都护府，德宗建中二年（781）后又名为大都护府。安史之乱发生，吐蕃北进，占据河陇，驻守西域的唐军仍以北庭、安西为基地抗击吐蕃。"吐蕃既侵河陇，惟李元忠守北庭，郭昕守安西，与沙陀、回纥相依，吐蕃攻之久不下。建中二年，元忠、昕遣使间道入奏，诏各以为大都护，并为节度。贞元三年，吐蕃攻沙陀、回纥、北庭、安西，无援，遂陷。"[1] 置于龟兹之安西大都护府陷落后，其地先后为吐蕃和回鹘所得。安史之乱中从安西调入中原参与平叛的军队，不能再回到西域，唐置安西行营在内地驻守，安西节度使并不能实际驻守龟兹。龟兹的陷落标志着唐朝在西域的长期统治最终瓦解。白居易《西凉伎》诗写盛唐时安西都护向朝廷献西域狮子舞，安史之乱后西域沦陷，舞者因而不能归乡：

> 须臾云得新消息，安西路绝归不得。泣向师子涕双垂，凉州陷没知不知？师子回头向西望，哀吼一声观者悲。……自从天宝兵戈起，犬戎日夜吞西鄙。凉州陷来四十年，河陇侵将七千里。平时安西万里疆，今日边防在凤翔。[2]

诗中自注："平时开远门外立堠，云去安西九千九百里，以示戍人不为万里行，其实就盈数也。今蕃汉使往来，悉在陇州交易也。"诗人感叹西域辽阔疆土的丧失和大唐盛世的一去不复返。

1 《新唐书》卷40《地理志四》，第1048页。
2 （唐）白居易著，谢思炜校注《白居易诗集校注》卷4，第367页。

第二节　龟兹在丝路交通中的地位

龟兹国地处塔克拉玛干沙漠北缘和天山南麓，自古为西域北道要道。《隋书·西域传》云：

> 龟兹国，都白山之南百七十里，汉时旧国也。……东去焉者九百里，南去于阗千四百里，西去疏勒千五百里，西北去突厥牙六百余里，东南去瓜州三千一百里。大业中，遣使贡方物。[1]

在丝绸之路交通网络中，龟兹是沟通四方的枢纽。唐代龟兹是安西四镇之一，又是安西都护府所在地，地位更重要。显庆三年（658），安西都护府移至龟兹故城，升为安西大都护府，龟兹城成为西域政治中心和军事重镇。贾耽"入四夷之路"之"安西入西域道"中"安西"即指龟兹城，贾耽记载此道以其为起点和中心坐标：

> 安西西出柘厥关，渡白马河，百八十里西入俱毗罗碛。经苦井，百二十里至俱毗罗城。又六十里至阿悉言城。又六十里至拨换城，一曰威戎城，曰姑墨州，南临思浑河。乃西北渡拨换河、中河，距思浑河百二十里，至小石城。又二十里至于阗境之胡芦河。又六十里至大石城，一曰于祝，曰温肃州。又西北三十里至粟楼烽。又四十里度拨达岭。又五十里至顿多城，乌孙所治赤山城也。又三十里渡真珠河，又西北渡乏驿岭，五十里渡雪海，又三十里至碎卜戍，傍碎卜水五十里至热海。又四十里至冻城，又百一十里至贺猎城，又三十里至叶支城，出谷至碎叶川口，八十里至裴罗将军城。又西二十里至碎叶城，城北有碎叶水，水北

1　《隋书》卷 83《西域传》，第 1851~1852 页。

四十里有羯丹山，十姓可汗每立君长于此。[1]

这里记载了盛唐时从龟兹到中亚各地的道路和里程，其中于阗和碎叶都是安西四镇之一。从龟兹出发西行的官道称"安西路"、"安西道"或"安西入西域道"，文献中的"安西""安西道"常常指龟兹之地和从此出发的道路。例如，史载高僧悟空随张韬光使团赴罽宾"自安西路去"。[2]

　　唐代西域北道利用频繁，龟兹地处西域北道要道。由于龟兹在西域政治上的重要地位和北道的更多利用，唐诗对龟兹的记述和描写较多。"龟兹"一名在唐诗中有的是实指，如岑参《北庭贻宗学士道别》云："忽来轮台下，相见披心胸。饮酒对春草，弹棋闻夜钟。今且还龟兹，臂上悬角弓。平沙向旅馆，匹马随飞鸿。孤城倚大碛，海气迎边空。四月犹自寒，天山雪蒙蒙。"[3]宗学士从北庭都护府返安西都护府，诗人作此诗送行。北庭都护府在天山北之吉木萨尔，安西都护府在天山南麓之龟兹，诗中写朋友翻越天山回到龟兹，是其真实的行程。这首诗反映了唐朝统治西域的两大都护府之间的人员往来和道路交通。梁陟《龟兹闻莺》诗云："边树正参差，新莺复陆离。娇非胡俗变，啼是汉音移。绣羽花间覆，繁声风外吹。人言曾不辨，鸟语却相知。出谷情何寄，迁乔义取斯。今朝乡陌伴，几处坐高枝。"[4]从诗题看诗人似乎亲身到过该地。

　　通过西域的丝绸之路是文化交流之路，龟兹在东西方文化交流中地位重要。产生于印度的佛教和婆罗门教都曾传入中国，龟兹是重要

1　《新唐书》卷40《地理志四》，第1149页。

2　（宋）赞宁：《宋高僧传》卷3《悟空传》，中华书局，1987，第50页。

3　（唐）岑参著，陈铁民、侯忠义校注《岑参集校注》卷2，第157页。

4　（宋）李昉等编《文苑英华》卷328，中华书局，1966，第1707页。按：此诗《全唐诗》误作吕敞诗。见（清）彭定求等编《全唐诗》卷782，第8836页。梁陟、童养年《全唐诗续补遗》列入"无世次"作者，见《全唐诗外编》，中华书局，1982，第680页。陈尚君考证梁陟"应作梁涉"，开元、天宝时人。见陈尚君辑校《全唐诗补编》，第830页。此说可取。吕敞乃晚唐人，晚唐时诗人已难到龟兹，而且也不会称龟兹为"边地"。

通道。不仅盛唐时如此，即便在安史之乱发生后，由于吐蕃的阻碍，唐朝使节通过河西走廊和西域的道路中断，宗教的交流亦不曾中断。刘言史《送婆罗门归本国》云：

> 刹利王孙字迦摄，竹锥横写叱萝叶。遥知汉地未有经，手牵白马绕天行。龟兹碛西胡雪黑，大师冻死来不得。地尽年深始到船，海里更行三十国。行多耳断金环落，冉冉悠悠不停脚。马死经留却去时，往来应尽一生期。出漠独行人绝处，碛西天漏雨丝丝。[1]

这位婆罗门僧欲入中国传教，由于途经龟兹的道路险恶而未能成行，转而经海路入华。但他回国时仍经"碛西"的道路，碛即莫贺延碛，出敦煌、玉门关或阳关进入西域北道经过此大碛。可知这位胡僧回天竺国是取道西域北道，在诗人想象中这里是东来西往的行人经行之地。

　　龟兹是乐舞之乡，龟兹乐舞和龟兹艺人进入中原地区，中亚、西亚艺术也经龟兹传入中原地区，其新奇美妙的表演引起诗人极大的兴趣，因此唐诗中写到传入中原地区的龟兹乐舞艺术。白居易《西凉伎》云：

> 西凉伎，假面胡人假师子。刻木为头丝作尾，金镀眼睛银帖齿。奋迅毛衣摆双耳，如从流沙来万里。紫髯深目两胡儿，鼓舞跳梁前致辞。应似凉州未陷日，安西都护进来时。[2]

据陈寅恪先生考证，白诗首节叙舞狮戏情状，符合文献中关于龟兹乐的记载。《乐府杂录》记载龟兹部云："戏有五方狮子，高丈余，各有

1　（清）彭定求等编《全唐诗》卷468，第5322页。
2　（唐）白居易著，谢思炜校注《白居易诗集校注》卷4，第367页。

五色，每一狮子，有十二人，戴红抹额，衣画衣，执红拂子，谓之狮子郎。舞太平乐曲。"[1] 龟兹不产狮子，狮子产于西亚，狮子舞的起源应该追溯到更远的国家和地区。陈寅恪先生认为白诗中表演狮子舞的胡人就是凉州陷于吐蕃后安西路绝，"西胡之来中国不能归国者"。他们流落各地，其中必有散处于边镇者，当地人取以为戏，边将用来享宾客、犒士卒。[2] 龟兹乐在内地和宫廷中都很流行。宫廷里打马球比赛时，宫人助兴有时奏《龟兹乐》。王建《宫词一百首》之十五云："对御难争第一筹，殿前不打背身球。内人唱好龟兹急，天子鞘回过玉楼。"[3] 反映了唐宫廷中龟兹乐的流行。刘商《胡笳十八拍·第七拍》云：

男儿妇人带弓箭，塞马蕃羊卧霜霰。寸步东西岂自由，偷生乞死非情愿。龟兹筚篥愁中听，碎叶琵琶夜深怨。竟夕无云月上天，故乡应得重相见。[4]

筚篥是来自西域的乐器，唐代诗人认为它来自龟兹。这首诗字面上咏汉末蔡文姬故事，实际反映的是沦落吐蕃统治下的百姓的心情和生活，异域音乐时时勾起他们沦落异乡的悲伤。李颀《听安万善吹觱篥歌》云："南山截竹为觱篥，此乐本自龟兹出。流传汉地曲转奇，凉州胡人为我吹。"[5] 权德舆《朝回阅乐寄绝句》云："子城风暖百花初，楼上龟兹引导车。曲罢卿卿理驺驭，细君相望意何如。"[6] 从这首诗可知唐天子朝罢回銮，引导銮仗回宫的车上奏的是龟兹乐。龟兹乐还通过唐朝的赐赠传入南诏。开元年间唐与南诏关系和好，唐玄宗赐予南诏王不少东西，其中便有龟兹乐。德宗时袁滋出使南诏，南诏王异牟寻

1　（唐）段安节：《乐府杂录》，上海古籍出版社，1988，第 25 页。
2　陈寅恪：《元白诗笺证稿》，第 231~232 页。
3　（唐）王建著，王宗堂校注《王建诗集校注》卷 10，第 558 页。
4　（宋）郭茂倩编《乐府诗集》卷 59，第 867 页。
5　（唐）李颀著，王锡九校注《李颀诗歌校注》卷 2，中华书局，2018，第 416 页。
6　（清）彭定求等编《全唐诗》卷 329，第 3681 页。

设宴招待，"出玄宗所赐银平脱马头盘二以示意。又指老笛工、歌女曰：'皇帝所赐《龟兹乐》，惟二人在耳。'"[1] 可见龟兹文化受到不同地域不同民族的喜爱，并在推动各族人民交往和文化传播方面发挥了重要作用。

第三节　唐朝西域征战的边塞意象

安西是将士们征战的地方，将士们思念家乡，家乡亲人思念远征的将士，唐诗描写了这种两地相思之情。"安西"成为边地的象征和离别相思意象。李廓《鸡鸣曲》云：

> 星稀月没上五更，胶胶角角鸡初鸣。征人牵马出门立，辞妾欲向安西行。再鸣引颈檐头下，月（一作楼）中角声催上马。才分地色第三鸣，旌旗红尘已出城。妇人上城乱招手，夫婿不闻遥哭声。长恨鸡鸣别时苦，不遣鸡栖近窗户。[2]

丈夫离家赴安西，正是早晨鸡鸣时。自丈夫离家后，夫人独守空房，鸡鸣常常惹起她对离别时的回忆，平添悲伤和痛苦。这里的"安西"未必是实写，只是代表边境地区。但在唐前期唐朝势力达到中亚地区时，中原地区赴安西的人士络绎不绝，唐诗中写赴安西不少是实写。李峤《和魏典设扈从东郊忆弟使往安西冬至日恨不得同申拜庆》云："玉关方叱驭，桂苑正陪舆。桓岭嗟分翼，姜川限馈鱼。雪花含□晚，云叶带荆舒。重此西流咏，弥伤南至初。"[3] 当冬至日奉陪皇上郊游之时，弟弟正在远使安西的途中，佳节不能同聚，令诗人在遗憾之余，赋诗表达怀念和牵挂之情。王维《送元二使安西》云："渭城朝雨

1　《资治通鉴》卷235，第7561页。

2　（清）彭定求等编《全唐诗》卷29，第419页。

3　（清）彭定求等编《全唐诗》卷58，第698页。

浥轻尘，客舍青青柳色新。劝君更尽一杯酒，西出阳关无故人。"[1] 此元二赴安西应当也是实写。即便是实写，"安西"这一特殊的地域也给人以特殊的感觉，让人想到遥远、艰苦和荒凉。岑参《安西馆中思长安》云：

> 家在日出处，朝来喜（一作起）东风。风从帝乡来，不异家信通。绝域地欲尽，孤城天遂穷。弥年但走马，终日随飘蓬。寂寞不得意，辛勤方在公。胡尘净古塞，兵气屯边空。乡路眇天外，归期如梦中。遥凭长房术，为缩天山东。[2]

当春风从家乡的方向吹来，身在安西的诗人像获得家书一样感到浓浓的暖意。在这遥远的西极之地，终日奔波，辛勤劳累，时时刻刻思念家乡，但道路遥远，归期如梦。诗人幻想有费长房的缩地术，把安西与家乡的道路缩短，让自己能一步跨回家中。这里的"安西"固然是诗人身处之地，但它是相对于家乡而言，代表了异乡、孤独和寂寞，渗透着诗人强烈的情感。

　　然而，在初盛唐时代送人赴安西的诗中却较少凄苦之情，往往多勉励之词。对于当时广大士人来说，赴西域是为了功名，效命边境战争可以获得立功扬名的机会，因此"安西"是将士们建功立业、追逐梦想的地方。这突出表现在送赴安西担任高官的诗中。张九龄《送赵都护赴安西》诗云：

> 将相有更践，简心良独难。远图尝画地，超拜乃登坛。戎即昆山序，车同渤海单。义无中国费，情必远人安。他日文兼武，而今栗且宽。自然来月窟，何用剌楼兰。南至三冬晚，西驰万里寒。封侯自有处，征马去啴啴。[3]

1　（唐）王维撰，（清）赵殿成笺注《王右丞集笺注》卷 14，第 263 页。
2　（唐）岑参著，陈铁民、侯忠义校注《岑参集校注》卷 2，第 84 页。
3　（唐）张九龄撰，熊飞校注《张九龄集校注》卷 3，中华书局，2008，第 189 页。

赵都护当即赵颐贞。¹赵氏入相出将，所任当为安西大都护，诗作于开元十四年（726），其时安西大都护驻守龟兹。张说《送赵顺直郎中赴安西副大都督》云：

> 绝镇功难立，悬军命匪轻。复承迁相后，弥重任贤情。将起神仙地，才称礼乐英。长心堪系房，短语足论兵。日授休门法，星教置阵名。龙泉恩已著，燕颔相终成。月窟穷天远，河源入塞清。老夫操别翰，承旨颂升平。²

题目中之"顺直"当作"颐贞"，³"郎中"是其朝衔。诗题中一本无"副大都督"四字，与张九龄诗互相参照，此赵颐贞当即张九龄诗中的赵都护，可知赵氏担任安西副大都护，"都护"是省称。"副大都督"应为"副大都护"之误，此诗题注"督，一作护"，应为"护"。唐有安西大都护之职，无安西大都督。大都护一般由亲王虚衔遥领，而副大都护实际行使都护之职权。同时写诗送赵氏赴西域的还有卢象，其《送赵都护赴安西》云：

> 下客候旌麾，元戎复在斯。门开都护府，兵动羽林儿。黠虏多翻覆，谋臣有别离。智同天所授，恩共日相随。汉使开宾幕，胡笳送酒卮。风霜迎马首，雨雪事鱼丽。上策应无战，深情属载驰。不应行万里，明主寄安危。⁴

又孙逖《送赵大夫护边（一作送赵都护赴安西）》亦当为同时之作，

1　《旧唐书》卷194《突厥传下》（第5191页）记载："杜暹入知政事，赵颐贞代为安西都护。"《新唐书》卷200《赵冬曦传》（第5703页）记载："颐贞，安西都护。"
2　（清）彭定求等编《全唐诗》卷88，第972页。诗题中之"顺"，一作"颐"；"直"，有的本子作"真"或"贞"；"赴安西"一作"试安西副大都护"。见（唐）张说著，熊飞校注《张说集校注》卷6，中华书局，2013，第221~222页。
3　傅璇琮主编《唐五代文学编年史·初盛唐卷》，辽海出版社，1998，第614页。
4　（清）彭定求等编《全唐诗》卷122，第1220页。

诗云：

> 外域分都护，中台命职方。欲传清庙略，先取剧曹郎。已佩
> 登坛印，犹怀伏奏香。百壶开祖饯，驷牡戒戎装。青海连西㟭，
> 黄河带北凉。关山瞻汉月，戈剑宿胡霜。体国才先著，论兵策复
> 长。果持文武术，还继杜当阳。[1]

此赵都护应与张九龄、张说诗中的赵某为同一人，"大夫"即御史大
夫，是赵氏的宪衔。朝廷重视安西大都护的人选，并对其寄予厚望。
当夫蒙灵詧赴任，玄宗亲自赋诗送行。王维《奉和圣制送不蒙都护兼
鸿胪卿归安西应制》云：

> 上卿增命服，都护扬归旆。杂虏尽朝周，诸胡皆自郐。鸣笳
> 瀚海曲，按节阳关外。落日下河源，寒山静秋塞。万方氛祲息，
> 六合乾坤大。无战是天心，天心同覆载。[2]

"圣制"即玄宗制诗。诗题中的"不蒙"，据考当为"夫蒙"之讹，蕃
将之姓，"刘昫《唐书·高仙芝传》有安西节度使夫蒙灵詧，即其人
也"。[3] 赵颐贞、夫蒙灵詧都是出将入相之高官。诗人送行，都希望他
们在安边卫国方面为天子分忧，战胜或威服敌人，维护边境的安定。

初盛唐时不少下层士人奔赴边塞，从事冒险事业，向往立功扬
名，安西是他们寻求出路和进身的地方。他们从内地出发，入边塞幕
府，诗人朋友写诗送行，往往多勉励之词。高适《送李侍御赴安西》
云："行子对飞蓬，金鞭指铁骢。功名万里外，心事一杯中。虏障燕支
北，秦城太白东。离魂莫惆怅，看取宝刀雄。"[4] 王维《送刘司直赴安

---

1 （清）彭定求等编《全唐诗》卷 118，第 1196 页。
2 （唐）王维撰，（清）赵殿成笺注《王右丞集笺注》卷 11，第 200~201 页。
3 （唐）王维撰，（清）赵殿成笺注《王右丞集笺注》卷 11，第 201 页。
4 （唐）高适著，孙钦善校注《高适集校注》，第 206 页。

西》云："绝域阳关道，胡沙与塞尘。三春时有雁，万里少行人。苜蓿随天马，蒲桃逐汉臣。当令外国惧，不敢觅和亲。"[1] 李白《送程刘二侍御兼独孤判官赴安西幕府》云："安西幕府多材雄，喧喧惟道三数公。绣衣貂裘明积雪，飞书走檄如飘风。朝辞明主出紫宫，银鞍送别金城空。天外飞霜下葱海，火旗云马生光彩。胡塞清尘几日归，汉家草绿遥相待。"[2] 李白《送族弟绾从军安西》云："汉家兵马乘北风，鼓行而西破犬戎。尔随汉将出门去，剪虏若草收奇功。君王按剑望边色，旄头已落胡天空。匈奴系颈数应尽，明年应入蒲萄宫。"[3] 以上几首诗中的被送者有的已有官职，奉朝廷之命赴安西；有的尚无官职，希望通过边塞立功踏上仕途。诗往往包含如下内容：一是交代对方远赴安西，二是写安西之地环境恶劣，三是鼓励对方立功西域。送别朋友远赴艰苦的西域，却无悲伤惆怅之情。送行者都希望对方以功名为念，早日传来战胜敌人的消息。在诗人的观念中，以公主和亲的行为是唐朝屈辱退让的表现，而从对方来说则是恃强凌弱，所以当军威强盛时敌人感到威慑，不敢提和亲。虽然远赴西域，条件艰苦，但远行者和送行者皆无凄苦之感，无论是赴西域任都护，还是入幕府为僚属，都以功业相期，预祝立功扬名于边塞。

诗写西域环境的恶劣，不是出于抱怨和同情，而是作为一种不畏艰险和困难的精神的衬托。如刘长卿《赠别于群投笔赴安西》诗：

风流一才子，经史仍满腹。心镜万象生，文锋众人服。顷游灵台下，频弃荆山玉。蹭蹬空数年，裴回冀微禄。朅来投笔砚，长揖谢亲族。且欲图变通，安能守拘束。本持乡曲誉，肯料泥涂辱。谁谓命迍邅，还令计反覆。西戎今未弭，胡骑屯山谷。坐恃龙豹韬，全轻蜂虿毒。拂衣从此去，拥传一何速。元帅许提携，他人伫瞻瞩。出门寡俦侣，矧乃无僮仆。黠虏时相逢，黄沙暮愁

1　（唐）王维撰，（清）赵殿成笺注《王右丞集笺注》卷8，第142页。

2　（唐）李白著，瞿蜕园、朱金城校注《李白集校注》卷17，第1007页。

3　（唐）李白著，瞿蜕园、朱金城校注《李白集校注》卷17，第1023页。

宿。萧条远回首，万里如在目。汉境天西穷，胡山海边绿。想闻
羌笛处，泪尽关山曲。地阔鸟飞迟，风寒马毛缩。边愁殊浩荡，
离思空断续。塞上归限赊，尊前别期促。知君志不小，一举凌鸿
鹄。且愿乐从军，功名在殊俗。[1]

这个满腹学识、才华过人的于群在家乡不得志，不甘心沉沦下僚流于
凡俗，当安西战事吃紧时毅然投笔从戎，面对西域的艰苦环境全无畏
惧。诗人知道他志向远大，不同凡俗，一定会立功异域，一举成名。
岑参《送人赴安西》云："上马带胡钩，翩翩度陇头。小来思报国，不
是爱封侯。万里乡为梦，三边月作愁。早须清黠虏，无事莫经秋。"[2]
这位赴安西的朋友本不把个人功名放在心上，投身西域的目的是报效
国家。诗人希望唐军早日战胜敌人，他能尽快回到家乡。西域虽然艰
险，但远赴安西入幕，不仅不是令人同情之事，因为有立功之机会，
反而是令人仰慕之举。诗人送别，不写离情别绪之悲，而是盼望对方
早日凯旋。又如杜甫《送韦书记赴安西》诗云：

　　　　夫子欻通贵，云泥相望悬。白头无藉在，朱绂有哀怜。书记
　　赴三捷，公车留二年。欲浮江海去，此别意苍然。[3]

杜甫对比自己与韦氏的遭遇，韦氏入安西幕府为掌书记，自己却一官
不名，有彼贵己贱之感，故兴云泥相望之叹。从以上这些作品可知，
盛唐时确有不少士人满怀热情地奔赴安西投身边幕，希望在那里建立
功名；而在他们远行时朋友们往往写诗送行，这些送行诗一改离别时
凄然相向的情景，代之以满腔热情，这是因为盛唐时确有不少人在西
域的征战中获得了功名。

　　然而投身边塞者未必都能获得功名，由于各种原因失意沦落者

---

1 （唐）刘长卿著，储仲君笺注《刘长卿诗编年笺注》，第43~45页。
2 （唐）岑参著，陈铁民、侯忠义校注《岑参集校注》卷2，第139页。
3 （唐）杜甫著，（清）仇兆鳌注《杜诗详注》卷2，第134页。

则令诗人同情。赴西域任从事的人与将军的命运联系在一起，荣辱与共，当将军政治失意时，其僚属也一样。高适《东平留赠狄司马（曾与田安西充判官）》便写了这样一位从事：

> 古人无宿诺，兹道以为难。万里赴知己，一言诚可叹。马蹄经月窟，剑术指楼兰。地出北庭北（一作尽），城尽（一作临）西海寒。森然瞻武库，则是弄儒翰。入幕绾银绶，乘轺兼铁冠。练兵日精锐，杀敌无遗残。献捷见天子，论功俟可汗。激昂丹墀下，顾盼青云端。谁谓纵横策，翻为权势干。将军既坎壈，使者亦辛酸。耿介抱三事，羁离从一官。知君不得意，他日会鹏抟。[1]

"田安西"即安西都护田仁琬，狄氏曾不远万里投身边塞入其幕府，并建立了辉煌的功业。但田仁琬因罪被贬官，狄氏也沉沦下僚。安史之乱发生，封常清回朝，领兵抗击安史叛军，失利，伏诛。其安西四镇僚属失去依靠，失意东归。岑参《送四镇薛侍御东归》诗云："相送泪沾衣，天涯独未归。将军初得罪，门客复何依。梦去湖山阔，书停陇雁稀。园林幸接近，一为到柴扉。"[2]岑参与薛侍御同为封常清僚属，与之有同病相怜、树倒无依之感，因此生归乡隐居之念。

第四节　安西行营与安西的失陷

安史之乱发生后，安西四镇不复存在，龟兹先后陷于吐蕃、回纥。安西行营兵马入援中原平叛，安史之乱后不能再回到西域征战，此后诗人提到的"四镇"指入援中原平叛的安西行营。安西兵马应召入中原平叛，杜甫在华州见到入援的安西兵马，高兴地写下《观安西

1　（唐）高适著，孙钦善校注《高适集校注》，第 140 页。
2　（唐）岑参著，陈铁民、侯忠义校注《岑参集校注》卷 2，第 175 页。

兵过赴关中待命二首》，诗人对安西兵马寄予厚望：

其一

四镇富精锐，摧锋皆绝伦。还闻献士卒，足以静风尘。老马夜知道，苍鹰饥著人。临危经久战，用急始如神。

其二

奇兵不在众，万马救中原。谈笑无河北，心肝奉至尊。孤云随杀气，飞鸟避辕门。竟日留欢乐，城池未觉喧。[1]

诗人希望安西兵马在平息叛乱中做出贡献。钱起《送屈突司马充安西书记》云："制胜三军劲，澄清万里余。星飞庞统骥，箭发鲁连书。海月低云旆，江霞入锦车。遥知太阿剑，计日斩鲸鱼。"[2] 屈突司马入安西幕为掌书记，也是指安西行营，"鲸鱼"指安史叛军。唐人用"鲸"形容安史叛军首领，如李白诗《经乱离后天恩流夜郎忆旧游书怀赠江夏韦太守良宰》："君王弃北海，扫地借长鲸。"[3] "长鲸"代指安禄山。安史之乱平息之后，安西行营兵马奉命驻守长安西北边，防御吐蕃进攻。李端《送古之奇赴安西幕》云："畴昔十年兄，相逢五校营。今宵举杯酒，陇月见军城。堠火经阴绝，边人接晓行。殷勤送书记，强虏几时平。"[4] 此"安西幕"即安西行营幕，安史之乱后唐朝与吐蕃在陇山一线对峙，古之奇所赴军幕在陇山附近，故云"陇月见军城"。"强虏"指吐蕃。姚合《穷边词二首》其一云："将军作镇古汧州，水腻山春节气柔。清夜满城丝管散，行人不信是边州。"其二云："箭利弓调四镇兵，蕃人不敢近东行。沿边千里浑无事，唯见平安火入城。"[5] 这驻守汧州的四镇部队就是安西行营兵马，由于其战斗力特别强，威慑

---

1 （唐）杜甫著，（清）仇兆鳌注《杜诗详注》卷6，第488~489页。

2 王定璋校注《钱起诗集校注》卷4，第136页。

3 （唐）李白著，瞿蜕园、朱金城校注《李白集校注》卷11，第728页。

4 （清）彭定求等编《全唐诗》卷285，第3252页。

5 傅璇琮等编《唐人选唐诗新编》（增订本），中华书局，2014，第1183~1184页。

敌胆，因此边境安宁。

　　面对安西万里失地，诗人痛感国土沦丧和盛世不再。当大唐盛世时，安西都护府所在地龟兹是丝绸贸易的集散地，从内地赴西域贩贸的商队携丝绸到安西交易，来华的胡商在龟兹获丝绸后踏上归程。那时多少人怀揣着梦想，伴随驼铃声经过大碛，前往龟兹，如今盛世不再。张籍《送安西将》云：

　　　　万里海西路，茫茫边草秋。计程沙塞口，望伴驿峰头。雪暗
　　非时宿，沙深独去愁。塞乡人易老，莫住近番（一作蕃）州。[1]

这应该是一位生于安西的将军年老归乡，诗人写诗送行，表达了对安西失陷的哀伤和对老将的担忧。张籍《泾州塞》云："行到泾州塞，唯闻羌戍鼙。道边古双堠，犹记向安西。"[2] 诗人来到泾州，此地已成边塞，这里本来是通往安西都护府要经过的地方，如今成为唐与吐蕃对峙的前线。只有道边的两座矗立的烽堠，昭示着这里是昔日通向西域的道路。白居易《西凉伎》感叹道："平时安西万里疆，而今边防在凤翔。"[3] 王建《送阿史那将军安西迎旧使灵柩（一作送史将军）》云："汉家都护边头没，旧将麻衣万里迎。阴地背行山下火，风天错到碛西城。单于送葬还垂泪，部曲招魂亦道名。却入杜陵秋巷里，路人来去读铭旌。"[4] 这位被称为"汉家都护"的"旧使"战没安西，出身于突厥族的部下阿史那将军西行万里迎回其灵柩，诗充满哀怨之情调。

　　唐人决心收复西域的愿望在唐诗中也有反映。"安西"是唐朝统治西域的象征，收复安西即收复西域。张籍《赠赵将军》云：

　　　　当年胆略已纵横，每见妖星气不平。身贵早登龙尾道，功高

1　（唐）张籍著，徐礼节、余恕诚校注《张籍集系年校注》卷 2，第 316 页。
2　（唐）张籍著，徐礼节、余恕诚校注《张籍集系年校注》卷 5，第 638 页。
3　（唐）白居易著，谢思炜校注《白居易诗集校注》卷 4，第 367 页。
4　（唐）王建著，王宗堂校注《王建诗集校注》卷 7，第 377 页。

自破鹿头城。寻常得对论边事，委曲承恩掌内兵。会取安西将报国，凌烟阁上大书名。[1]

这位关心边事的赵将军曾有杀敌破城之功，如今却成为禁卫军将领，不能施展才能，故称其"委曲"，诗人希望他能有领兵出征收复安西的机会，立功扬名，画像凌烟阁。李端《瘦马行》借咏马表达收复安西的愿望：

城傍牧马驱未过，一马徘徊起还卧。眼中有泪皮有疮，骨毛焦瘦令人伤。朝朝放在儿童手，谁觉举头看故乡。往时汉地相驰逐，如雨如风过平陆。岂意今朝驱不前，蚊蚋满身泥上腹。路人识是名马儿（一作衰），畴昔三军不得骑。玉勒金鞍既已远，追奔获兽有谁知。终身枥上食君草，遂与驽骀一时老。倘借长鸣陇上风，犹期一战安西道。[2]

那匹病卧道旁的老马，已是垂暮之际，却还向往远征安西。诗借咏马寄托了驰骋西域收复失地的志向。李频《赠长城庾将军》云："定拥节麾从此去，安西大破犬戎群。"[3] 从这些诗里可知，虽然安西都护府已不存在，但诗人们都有着深深的安西情结，向往收复失地。

唐朝的西域经营是一部气势恢宏的史诗，唐人的西域诗歌是其华丽的乐章。由于"安西"在西域的特殊地位，其中咏"安西"的诗作是我们了解唐朝经营西域的重要资料。这些资料不一定像史书文献那么系统和完整，但具有独特的价值。它的形象性是其他史料所不具备的，我们从唐诗中看到的是具体的生动的画面，这是文学作品才能展示的生活图景。在反映唐人的心态、理想和情感方面，唐诗具有极大的丰富性，诗言志和诗缘情是中国古代诗歌的悠久传统，西域形势的

1 （唐）张籍著，徐礼节、余恕诚校注《张籍集系年校注》卷4，第501页。
2 （清）彭定求等编《全唐诗》卷284，第3239页。
3 （清）彭定求等编《全唐诗》卷587，第6810页。

变化反映着国力的盛衰、疆域的变迁和唐人自信心的增强与丧失。唐诗为我们提供了唐人丰富多彩又复杂变化的心路历程。因此，研究唐朝西域的历史和丝绸之路的发展变化，应当重视唐诗这一批形象性、情感性和艺术性都很强的资料，以弥补其他历史文献之不足。

第十三章 交广：唐诗中海上丝路的起点

唐代岭南是一个荒远之地，充满异域情调。奉使海外的使节和出海经商的唐人从这里出发，来自异域远方的人由此登陆，成为海上丝绸之路的起点。海上丝绸之路给这里的沿海城市带来了商业贸易的繁荣，苍茫辽阔的大海引起人们对遥远陌生世界的遐想。来到岭南的诗人在这里看到琳琅满目的外国货和相貌怪异的外国人，没有来过岭南的诗人也通过各种途径获得大量有关岭南的信息，了解到那些舶来品和外域风物。唐诗记录了当时的社会生活风貌。交州和广州是当时南方沿海地区最重要的国际贸易港所在，古代文献中常常并称"交广"，受到诗人们的广泛关注和热情题咏。

第一节　唐诗中的交州、交趾、龙编和安南都护府

汉代以后，海南及西域各国商人经顿逊至中原王朝，云集交州；中原所获各种舶来品大量通过交州转运各地。《宋书·夷蛮传》史臣论赞云："商货所资，或出交部，泛海陵波，因风远至，又重峻参差，氏众非一，殊名诡号，种别类殊，山琛水宝，由兹自出。通犀翠羽之珍，蛇珠火布之异，千名万品，并世主之所虚心，故舟舶继路，商使交属。"[1] 交部即交州刺史部。自汉至唐"交趾""交州"之词屡见于文学作品，成为海上丝路意象。汉代扬雄《交州箴》云：

> 交州荒裔，水与天际。越裳是南，荒国之外。爰自开辟，不羁不绊。周公摄祚，白雉是献。昭王陵迟，周室是乱。越裳绝贡，荆楚逆叛。大汉受命，中国兼该。南海之宇，圣武是恢。稍稍受羁，遂臻黄支。抗海三万，来牵其犀。[2]

说明交州自古便是中国与海外国家进行交通往来的要道。西周时越裳国经此献白雉，越裳地属今越南。西汉时有"黄支国献犀牛"的记载，[3] 应当通过海船自黄支运抵交州，再转运中原。东晋王叔之《拟古诗》云："客从北方来，言欲到交趾。远行无他货，唯有凤皇子。百金我不欲，千金难为市。"[4] 中原地区的商人远赴其地进行贸易，故百金、千金之货皆集于此，可见交趾在当时为对外贸易中心。

唐初交州置总管府，"岭南五管"之一。交州总管府辖今越南北部，高祖武德七年（624）改称都督府，高宗仪凤四年（679）又改为安南都护府，治龙编。唐代交州有时又称交趾郡。在龙编设安南都

1　《宋书》卷 97《夷蛮传》，第 2399 页。

2　（唐）欧阳询：《艺文类聚》卷 6，第 116 页。

3　《汉书》卷 12《平帝纪》，第 352 页。

4　（唐）欧阳询：《艺文类聚》卷 90，第 1559 页。

护府，内地与安南的交往遍及政治、经济、军事、宗教、文化等领域。据法国马司帛洛《唐代安南都护府疆域考》，龙编在今越南河内东北，相距约 26 公里。[1] 安南都护府是唐朝管理南部边疆地区的主要机构，辖境北至今云南省南盘江，南抵越南河静、广平省，东至今广西那坡、靖西和龙州、宁明、防城部分地区，西界在越南红河、黑水之间。都护兼任交州刺史。肃宗至德二载（757）曾改名镇南都护府，代宗永泰二年（766）复名安南都护府。敬宗宝历元年（825）徙治宋平（今越南河内）。自天宝以后，南诏强大，云南南盘江以南地区渐为其所有，开成、大中年间即大致以今云南省界与安南都护府分界。在阿拉伯人的地理学著作中提到龙编，他们说"至中国的第一个港口"是"鲁金"（Luqin），说这里有丝绸和优质陶瓷。[2] 鲁金即龙编。唐代诗人写到交州、交趾郡、安南都护府皆指此地。交州仍然是海外贸易中心，外国商船来华贸易者先至交州。李肇《唐国史补》记载南海贸易："南海舶，外国船也。每岁至安南、广州。师子舶最大，梯而上下数丈，皆积宝货。至则本道奏报，郡邑为之喧阗。有蕃长为主领，市舶使籍其名物，纳舶脚，禁珍异，蕃商有以欺诈入牢狱者。舶发之后，海路必养白鸽为信。舶没，则鸽虽数千里亦能归也。"[3] 此安南即交州。

当时从中原赴任安南的官员，离别时僚友间往往赋诗送别或留别；在安南任职的官员与内地朋友间也以诗代笺，赠答酬唱；从交州卸任归来，朋友间也以此为主题赋诗唱和。元稹《思归乐》诗中的赵工部曾两次到交州任都护，诗人羡慕他虽历炎瘴之地却身康体健：

> 君看赵工部，八十支体轻。交州二十载，一到长安城。长安不须史，复作交州行。交州又累岁，移镇广与荆。归朝新天子，济济为上卿。肌肤无瘴色，饮食康且宁。长安一昼夜，死者如陨

---

1 《西域南海史地考证译丛》第 1 卷，冯承钧译，商务印书馆，1962，第 54~102 页。

2 〔阿拉伯〕伊本·胡尔达兹比赫：《道里邦国志》，宋岘译注，中华书局，1991，第 71 页。

3 （唐）李肇：《唐国史补》卷下，上海古籍出版社，1957，第 63 页。

星。丧车四门出，何关炎瘴萦。[1]

又如权德舆《送安南裴都护》："忽佩交州印，初辞列宿文。莫言方任远，且贵主忧分。回转朱鸢路，连飞翠羽群。戈船航涨海，旌旆卷炎云。绝徼褰帷识，名香夹毂焚。怀侥通北户，长养洽南薰。暂叹同心阻，行看异绩闻。归时无所欲，薏苡或烦君。"[2]安南都护府在交州，与交州同治龙编，故诗称裴都护"佩交州印"。"名香"来自域外，"薏苡"是安南特产，希望裴都护任满归来，费心带来。高骈《赴安南却寄台司》："曾驱万马上天山，风去云回顷刻间。今日海门南面事，莫教还似凤林关。"[3]高骈于咸通年间拜安南都护，朝廷以安南都护府为静海军，任命高骈为静海军节度使，兼诸道行营招讨使。这是高骈赴任安南都护时写给朝廷官员的诗，表达了安定一方的雄心壮志。高骈在安南颇多建树，曾疏整安南至广州江道，称"天威道"。熊孺登《寄安南马中丞》："龙韬能致虎符分，万里霜台压瘴云。蕃客不须愁海路，波神今伏马将军。"[4]诗肯定马中丞定能治理好安南，保证海上丝路的平安和畅通。有因某种使命自中原赴安南的，当其返朝复命之际诗人为之送行。高骈《安南送曹别敕归朝》云："云水苍茫日欲收，野烟深处鹧鸪愁。知君万里朝天去，为说征南已五秋。"[5]别敕使是朝廷临时差遣执行特定任务的官员。曹某自长安奉使到安南，从安南返朝，高骈赋诗送行。陆龟蒙《奉和袭美吴中言怀寄南海二同年》云："曾见凌风上赤霄，尽将华藻赴嘉招。城连虎踞山图丽，路入龙编海舶遥。江客渔歌冲白苎，野禽人语映红蕉。庭中必有君迁树，莫向空台望汉朝。"[6]诗祝愿身在南海的朋友官职升迁，其中特意提到"龙编海舶"，反映了安南之地海上贸易的兴盛。

1　杨军笺注《元稹集编年笺注（诗歌卷）》，第 224 页。

2　《权德舆诗文集》卷 4，郭广伟校点，上海古籍出版社，2008，第 71 页。

3　（清）彭定求等编《全唐诗》卷 598，第 6919 页。

4　（清）彭定求等编《全唐诗》卷 476，第 5421 页。

5　（清）彭定求等编《全唐诗》卷 598，第 6922 页。

6　何锡光校注《陆龟蒙全集校注》，凤凰出版社，2015，第 1485~1486 页。

岭南地区除广州等都市外，大多为蛮荒之地，环境恶劣，生活艰苦，成为唐朝贬官之所。交州之地比广州更为荒远，因此不少人被贬至其地，也有被贬至远方途经其地者。白居易《送客春游岭南二十韵》诗写到岭南各种风物，告诫将游岭南的朋友不要贪财；谈到岭南地方特色，提到两点：一是"路足羁栖客，官多谪宦臣"；二是"牙樯迎海舶，铜鼓赛江神"。[1] 外国商船常汇聚岭南海上。唐初诗人沈佺期被贬岭南，其《度安海入龙编》云：

> 尝闻交趾郡，南与贯胸连。四气分寒少，三光置日偏。尉佗曾驭国，翁仲久游泉。邑屋遗甿在，鱼盐旧产传。越人遥捧翟，汉将下看鸢。北斗崇山挂，南风涨海牵。别离频破月，容鬓骤催年。昆弟推由命，妻孥割付缘。梦来魂尚扰，愁委病（一作疾）空缠。虚道崩城泪，明心不应天。[2]

沈佺期是武周长安年间人，坐交张易之流放驩州。他从广州渡海至今海南岛，又从海南岛渡海至龙编，行至龙编时写下此诗。龙编为安南都护府治所，故称其海为"安海"。杜审言《旅寓安南》云："交趾殊风候，寒迟暖复催。仲冬山果熟，正月野花开。积雨生昏雾，轻霜下震雷。故乡逾万里，客思倍从来。"[3] 杜审言与沈佺期命运相同，因与张易之兄弟交往被流放峰州（今越南越池东南），诗是行至交州时所作。盛唐诗人王昌龄有赠被贬安南的朋友的诗，其《寄驩州》诗残句云："与君远相知，不道云海深。"[4]《送友人之安南》云："迁客又相送，风悲蝉更号。微雨随云收，蒙蒙傍山去。日夕辨灵药，空山松桂香。墟落有怀县，长烟溪树边。青桂花未吐，江中独鸣琴。还家（一

---

1 《白居易集》卷 17，第 353 页。

2 周勋初等主编《全唐五代诗》卷 66，第 1292 页。

3 徐宝祥注《杜审言诗注》，第 17 页。

4 〔日〕遍照金刚撰，卢盛江校笺《文镜秘府论校笺》，中华书局，2019，第 103 页。

作舟）望炎海，楚叶下秋水。"[1] 裴夷直在唐武宗时被贬骥州，当他赴贬所行至今湖南张家界时，写下《崇山郡》一诗："地尽炎荒瘴海头，圣朝今又放驩兜。交州已在南天外，更过交州四五州。"[2] 驩兜是古代传说中的三苗族首领，因与共工、鲧一起作乱，被舜流放至崇山。当他贬期已满返中原时，又写下《发交州日留题解炼师房》诗："久喜房廊接，今成道路赊。明朝回首处，此地是天涯。"[3] 安南都护府所辖最南的地方是日南郡，有人远贬至此。张蠙《喜友人日南回》云："南游曾去海南涯，此去游人不易归。白日雾昏张夜烛，穷冬气暖著春衣。溪荒毒鸟随船啅，洞黑冤蛇出树飞。重入帝城何寂寞，共回迁客半轻肥。"[4] 张蠙当年作为"迁客"中一员回到帝城，别人早已飞黄腾达，他却羁迟下僚，不得升迁，由朋友自日南归而引起他的牢骚。贯休《送谏官南迁》云："危行危言者，从天落海涯。如斯为远客，始是好男儿。瘴杂交州雨，犀揩马援碑。不知千万里，谁复识辛毗。"[5] 谏官是一个容易触犯龙鳞的职务，唯唯诺诺不能称职，正直敢言可能招致反感。这位谏官因为正言直行得罪执政被贬交州，诗人称赞他像三国魏名臣辛毗。

自古以来中原地区与交州一带就保持着宗教方面的联系。东汉末年牟子从北方到交州，著《理惑论》倡导佛教。六朝时经海上丝绸之路往来的僧人在南方沿海地区译经传教，他们翻译的佛经传入中原地区。从唐诗中我们可以看到安南的高僧曾被召入长安宫廷，当其返乡时诗人们写诗送行。中唐诗人贾岛《送安南惟鉴法师》云："讲经春殿里，花绕御床飞。南海几回渡，旧山临老归。潮摇蛮草

1　王昌龄《诗格》，遍照金刚《文镜秘府论》地卷引末二句，云"此《送友人之安南》"。河世宁纂辑《全唐诗逸》卷上收十四句，缺题。（清）彭定求等编《全唐诗》附，第 10177 页；陈尚君辑校《全唐诗补编》，第 849 页。

2　（清）彭定求等编《全唐诗》卷 513，第 5862 页。

3　（清）彭定求等编《全唐诗》卷 513，第 5859 页。

4　（清）彭定求等编《全唐诗》卷 702，第 8081 页。

5　（唐）贯休著，胡大浚笺注《贯休歌诗系年笺注》卷 7，中华书局，2011，第 354 页。

落，月湿岛松微。空水既如彼，往来消息稀。"[1]杨巨源《供奉定法师归安南》云："故乡南越外，万里白云峰。经论辞天去，香花入海逢。鹫涛清梵彻，蜃阁化城重。心到长安陌，交州后夜钟。"[2]也有中原高僧赴安南者。晚唐诗人李洞《送云卿上人游安南（一作送僧游南海）》云："春往海南边，秋闻半夜蝉。鲸吞洗钵水，犀触点灯船。岛屿分诸国，星河共一天。长安却回日，松偃旧房前。"[3]贯休《送僧之安南》云："安南千万里，师去趣何长。鬓有沃州雪，心为异国香。退牙山象恶，过海布帆荒。早作归吴计，无忘父母乡。"[4]这些诗昭示着从中原地区到安南也是一条宗教文化传播之路，安南则是中国与东南亚、南亚之间佛教交流要地。

　　唐代藩镇幕府僚佐的任用实行辟署制，由节帅辟请，报请朝廷署职。唐代科举考试落第者、怀才不遇仕途不顺者、科举登第没有机会任官者，往往接受节帅的辟请入幕充职。安南都护府下僚佐被称为"判官"，与地方职事官不同。从唐诗中可知有中原士人远赴安南谋求幕职。杨衡《送王秀才往安南》："君为蹈海客，客路谁谙悉。鲸度乍疑山，鸡鸣先见日。所嗟回棹晚，倍结离情密。无贪合浦珠，念守江陵橘。"[5]唐宋间凡应举者皆称秀才，诗中的王氏参加过科举，故被称为"秀才"。像这样的举子远游安南，目的就是希望得到节帅赏识，谋一幕席。杜荀鹤《赠友人罢举赴交趾辟命》亦与此相同："罢却名场拟入秦，南行无罪似流人。纵经商岭非驰驿，须过长沙吊逐臣。舶载海奴镶硾耳，象驮蛮女彩缠身。如何待取丹霄桂，别赴嘉招作上宾。"[6]这位友人举进士不第，放弃了科举进身的途径，入安南幕。陈

1　（唐）贾岛著，李嘉言新校《长江集新校》卷4，第37页。此诗不同版本文字稍异，"渡"一作"过"；"潮摇"二句一作"触风香损印，沾雨磬生衣"；"空水"句一作"云水路迢递"。《唐诗纪事》诗题作"送长安惟鉴法师"。首句"殿"字，《又玄集》《唐诗纪事》俱作"色"。

2　（清）彭定求等编《全唐诗》卷333，第3722页。

3　（清）彭定求等编《全唐诗》卷721，第8271页。

4　（唐）贯休著，胡大浚笺注《贯休歌诗系年笺注》卷16，第751页。

5　（清）彭定求等编《全唐诗》卷465，第5283页。

6　（清）彭定求等编《全唐诗》卷692，第7957页。

光《送人游交趾》："挂席天涯去，想君万里心。人间无别业，海外访知音。"[1] 唐代节帅与其辟署的僚佐互为知己，这里说"海外访知音"，就是到安南去寻求入幕的机会。安南海外贸易发达，送行者想象着朋友到了安南，能见识海外的异物和奇珍，诸如"鲸""合浦珠""海奴""象""蛮女""龙涎"等。

在诗人笔下，安南、交州是南方极远之地的象征。权德舆《大言》云："华嵩为佩河为带，南交北朔跬步内。搏鹏作腊巨鳌鲙，伸舒轶出元气外。"[2] 他夸张地说一步就可跨越国家的南北，南方的标志就是交州。曹松《南游》云："直到南箕下，方谙涨海头。君恩过铜柱，戎节限交州。犀占花阴卧，波冲瘴色流。远夷非不乐，自是北人愁。"[3] 于濆《南越谣》云："迢迢东南天，巨浸无津壖。雄风卷昏雾，干戈满楼船。此时尉佗心，儿童待幽燕。三寸陆贾舌，万里汉山川。若令交趾货，尽生虞芮田。天意苟如此，遐人谁肯怜！"[4] 贾岛《送黄知新归安南》云："池亭沉饮遍，非独曲江花。地远路穿海，春归冬到家。火山难下雪，瘴土不生茶。知决移来计，相逢期尚赊。"[5] 这位黄氏似是在长安中举后归安南，唐代新进士放榜后有各种宴集活动，如曲江宴、慈恩寺题名、杏园探花宴等，诗前两句写的就是这种活动。黄氏中举后衣锦还乡，然后将再返长安，故诗有"相逢"之期。因为路途遥远，春天归去冬天才能到达。说到归来，故云"期尚赊"。交州在唐诗里有时泛指南方极远之地，并非实指。陈陶《和容南韦中丞题瑞亭白燕白鼠六眸龟嘉莲》云："伏波恩信动南夷，交趾喧传四瑞诗。燕鼠孕灵襃上德，龟莲增耀答无私。回翔雪侣窥檐处，照映红巢出水时。尽写流传在轩槛，嘉祥从此百年知。"[6] "容南"指容管经略使，驻节容州，与交州同属岭南，诗中以"交趾"泛指岭南地区。储光羲

1　《诗渊》第 4 册，书目文献出版社，1984，第 2521 页。

2　《权德舆诗文集》卷 8，第 151 页。

3　（清）彭定求等编《全唐诗》卷 716，第 8223 页。

4　梁超然、毛水清注《于濆诗注》，上海古籍出版社，1983，第 8 页。

5　（唐）贾岛著，李嘉言新校《长江集新校》卷 7，第 83 页。

6　（清）彭定求等编《全唐诗》卷 746，第 8480 页。

《同诸公送李云南伐蛮》云："昆明滨滇池，蠢尔敢逆常。天星耀铁锁，吊彼西南方。冢宰统元戎，太守齿军行。囊括千万里，矢谟在庙堂。耀耀金虎符，一息到炎荒。蒐兵自交趾，茇舍出泸阳。"[1] 这里的"交趾"强调朝廷征兵范围很广，远到岭南。

交州的历史文化也进入诗人的视野，关于交州的历史写得较多的是马援故事。马援乃东汉名将，曾南征交趾，平息征侧、征贰之乱，官至伏波将军。马援曾立铜柱以为汉朝南边界碑，唐诗里铜柱成为汉地与蛮族的分界。张籍《蛮中》云："铜柱南边毒草春，行人几日到金潾。玉镮穿耳谁家女，自抱琵琶迎海神。"[2] 李贺《古悠悠行》云："海沙变成石，鱼沫吹秦桥。空光远流浪，铜柱从年消。"[3] 元稹《和乐天送客游岭南二十韵》云："我自离乡久，君那度岭频。一杯魂惨澹，万里路艰辛。江馆连沙市，渌船泊水滨。骑田回北顾，铜柱指南邻。"[4] 唐诗中铜柱更多的是战争胜利的象征，诗人用此称赞当世将军，或祝愿将军荣立战功。杜甫《江阁对雨有怀行营裴二端公》云："南纪风涛壮，阴晴屡不分。野流行地日，江入度山云。层阁凭雷殷，长空水面文。雨来铜柱北，应洗伏波军。"[5] 刘禹锡《和南海马大夫闻杨侍郎出守郴州因有寄上之作》云："忽惊金印驾朱轓，遂别鸣珂听晓猿。碧落仙来虽暂谪，赤泉侯在是深恩。玉环庆远瞻台坐，铜柱勋高压海门。一咏琼瑶百忧散，何劳更树北堂萱。"[6] 杜牧《送容州中丞赴镇》云："交阯同星座，龙泉似（一作佩）斗文。烧香翠羽帐，看舞郁金裙。鹢首冲泷浪，犀渠拂岭云。莫教铜柱北，空说马将军。"[7] 这些诗都用马援赞美当世的将军，这些写给将军们的诗都包含着祝愿其像马援一样建立功名的意思。但马援铜柱早已不存，这也象征着中原政权对其

1　（清）彭定求等编《全唐诗》卷138，第1398页。

2　（唐）张籍著，徐礼节、余恕诚校注《张籍集系年校注》卷6，第796页。

3　叶葱奇编订《李贺诗集》卷2，第79页。

4　杨军笺注《元稹集编年笺注（诗歌卷）》，第569页。

5　（唐）杜甫著，（清）仇兆鳌注《杜诗详注》卷23，第2078页。

6　《刘禹锡集》卷35，第350页。

7　（唐）杜牧撰，吴在庆校注《杜牧集系年校注》卷2，中华书局，2013，第118~119页。

地统治的削弱和控制力的下降，唐后期诗人写到南方沿海地区的政治局势，写到铜柱，借以表达对国事的伤感。马戴《送从叔重赴海南从事》云："又从连帅请，还作岭南行。穷海何时到，孤帆累月程。乱蝉吟暮色，哀狄落秋声。晚路潮波起，寒葭雾雨生。沙埋铜柱没，山簇瘴云平。念此别离苦，其如宗从情。"[1] 诗写秋天日暮景象，何尝不是唐末国家形势的写照，铜柱的埋没寓意着中原政权在此势力的衰落。

五代十国时南楚曾效马援立"溪州铜柱"。史载后晋天福四年（939）九月，南楚王马希范派麾下静江节度使刘勍、决胜指挥使廖匡齐率兵五千征讨溪州，土家族苗族首领彭士愁率溪、奖、锦三州一万士兵抵抗。溪兵败，退至沅陵附近，"弃州保险，凭高结寨"，楚兵伐木缘山，架设栈道仰攻。溪兵齐心坚守，廖匡齐战死。刘勍在溪涧投放毒药，援兵饮其水者，或呕吐不止，或毒发身亡。南风暴起，刘勍以火箭射入山寨，房舍尽焚，溪兵死伤甚多。彭士愁临危不惧，率部夜逾绝壁，退至奖州。彭士愁在五溪蛮中威望甚高，马希范与其相约议和。第二年会盟于会溪坪，马希范效法其烈祖马援"象浦立柱"，以铜五千斤铸柱，铭刻誓状于其上。南楚国天策学士李宏皋作《铜柱辞》咏其事："招灵铸柱垂英烈，手执干戈征百越。诞今铸柱庇黔黎，指画风雷开五溪。五溪之险不足恃，我旅争登若平地。五溪之众不足平，我师轻蹑如春冰。溪人畏威思纳质，弃污归明求立誓。誓山川兮告鬼神，保子孙兮千万春。"[2] 马援"薏苡明珠"故事常被诗人用为典故。薏苡有防治风湿和祛除瘴气的功效，交趾薏苡籽大，马援驻交趾时常吃薏苡，回京时拉了满满一车，欲以为种。马援死，其政敌诬陷马援在南方搜刮了一车珍珠文犀，光武帝异常愤怒，马援家人惶惧不安，把马援的尸体草草埋葬。后人以"薏苡明珠"比喻被人诬陷，蒙受不白之冤。胡曾《咏史诗·铜柱》云："一柱高标险塞垣，南蛮不敢犯中原。功成自合分茅土，何

1　杨军、戈春源注《马戴诗注》，上海古籍出版社，1987，第 72 页。

2　（清）彭定求等编《全唐诗》卷 762，第 8648 页。

事翻衔薏苡冤。"[1] 诗为立功绝域却蒙冤的马援鸣不平。

　　五代十国时吴权割据安南脱离南汉，独立成国。实际上安南之地的独立是从晚唐开始的，随着内地的战乱，此地日益摆脱中原政权控制，至五代时天下分裂，安南的独立最终成为事实。分裂的苗头从晚唐时便表现出来，与唐朝南方沿海地区官员抚理不当有关。懿宗咸通三年（862），南诏再陷安南，累岁兵戈不息。孙光宪《北梦琐言》记载：

> 　　荆、徐间征役拒蛮，人甚苦之。有举子闻许卒二千没于蛮乡，有诗刺曰："南荒不择吏，致我交趾覆。联绵三四年，致我交趾辱。懦者斗则退，武者兵益黩。军容满天下，战将多金玉。刮得齐民疮，分为猛士禄。雄雄许昌师，忠武冠其族。去为万骑风，住为一川肉。时有践卒回，千门万户哭。哀声动闾里，怨气成山谷。谁能听鼓声，不忍看金镞。念此堪泪流，悠悠颍川绿。"[2]

此举子可能即晚唐诗人皮日休，其《三羞诗三首》其二与《北梦琐言》载懿宗朝举子《刺安南事诗》文字大体相同，字数和句数稍多，此三首诗是皮日休参加科举考试落第后写的，为国家三事而羞。诗序云："日休旅次于许传舍，闻叫呵之声，动于城郭。问于道民，民曰：蛮围我交趾，奉诏征许兵二千征之。其征且再，有战皆殁。其哭者，许兵之属。"[3] 自晚唐开始中国内乱，无力经营南方沿海地区，导致安南蛮族不断发动起义和叛乱。至五代时立国岭南的南汉政权最终丧失对交州之地的管控，使其日益脱离中原政权而走向独立，敏感的诗人早已感到交趾可能一去不复返了。

　　人们或因贬官流放，或因出使赴任，或因弘法，或因游历，皆

1　（清）彭定求等编《全唐诗》卷 647，第 7427 页。
2　（宋）孙光宪：《北梦琐言》卷 2，上海古籍出版社，1981，第 9 页。
3　（唐）皮日休：《皮子文薮》卷 10，第 109 页。

"穿海""渡海""入海"而至安南，亦有写安南人自中原内地而返归者。这些诗歌皆显示了交趾在海上丝绸之路上的突出地位。交州又是唐代安南道的起点，从此出发可与南方丝绸之路联结，经云南至缅甸、印度。这条路线在唐诗中也多有描写。

第二节　唐诗中的广州、番禺、南海和岭南节度使

春秋战国时岭南泛指今两广和越南北部地区，秦始皇二十五年（前 222），秦将任嚣领兵攻略岭南失利，后又与赵佗率军进入岭南，终于秦始皇三十三年平定岭南。秦朝在岭南置南海、象郡、桂林三郡，同时建立番禺等县。南海郡包括今广东省大部分地区，郡治设于番禺县，俗称"任嚣城"，正式名称为番禺城。南海郡治和番禺县治在今广州市越秀区，任嚣城建在番山和禺山上。秦末中原战乱，任嚣病重，委托赵佗代理南海郡郡尉，嘱其割据岭南。赵佗采纳他的建议，建立起"东西万余里"的南越国，定都番禺城。公元前 113 年，南越国丞相吕嘉叛乱，联络东越发兵反汉。汉武帝调集十万大军进军岭南，灭南越国。元封五年（前 106）改属交州，州治为广信（今广东封开）。汉献帝建安十五年（210），孙权任命步骘为交州刺史，略定岭南。步骘于番禺（今广州）设立州治，称"步骘城"。226 年，孙吴分交州为交州和广州。晋代仍称南海郡，南朝诸朝皆置广州。

隋初设广州总管府，唐武德七年（624）改称广州都督府。贞观元年（627），撤循州总管府，原循州总管府辖下之潮州、韶州、循州均归广州都督府。开元二十一年（733）置岭南五府经略讨击使。后因四周边警日繁，睿宗景云年间始在沿边设置有一定辖区的节度使。至开元时沿边遍设节度使（或经略使）。天宝初遂有沿边十节度（实为九节度使、一经略使）之制。岭南五府经略讨击使为其一，"绥静夷、僚，统经略、清海二军，桂、容、邕、交四管，治广州，兵

万五千四百人"。[1] 至德二载（757）改为岭南节度使，治所在番禺。直辖广管各州，兼领桂州、邕州、容州、交州四管，所以号称五府（都督府）。咸通三年（862）分为东、西二道，广管为岭南东道节度使，邕管兼桂、容、交诸州为岭南西道节度使。昭宗乾宁二年（895），改为清海军节度使。番禺城仍是岭南东道道治、广州州治、南海郡治、番禺县治、都督府治所在地。后梁贞明三年（917），清海、靖海两军节度使刘龑立国，定都兴王府（今广州），国号初名大越，年号乾亨，次年改国号为汉，史称南汉。刘氏在兴王府置咸宁、常康二县，模仿唐都长安。唐代广州城形成牙城、子城和罗城"三重"格局。南汉又将兴王府广州城规划为宫城、皇城和郭城。

广州从秦代以后就是海上交通和海外贸易的中心城市，唐代中期以后更是国际贸易大港，不仅是东西方货物集散中心，也是"汉蕃杂居"要地。中国人出海到远方，从此出发。义净赴天竺取经，从广州出发，"背番禺，指鹿园"。[2] 从海外来中国的人往往先到广州。当时生活在广州的外国人很多，广州名扬海外，为外国人所关注。曾任阿拔斯王朝吉巴尔邮长的阿拉伯人伊本·胡尔达兹比赫《道里邦国志》称广州为"汉府"（Khānfū），说它是"中国最大的港口"，从汉府可至汉久（Khānjū，其地不详，大约在今福建沿海一带）、刚突（Qāntū，江都）。"中国的这几个港口，各临一条大河，海船能在这大河中航行。"[3] 来华通商的阿拉伯人所著《中国印度见闻录》一书云："广府是个港口，船只在那里停泊。"[4] 这本书还记载，唐末黄巢的军队攻破城池，"寄居城中经商的伊斯兰教徒、犹太教徒、基督教徒、拜火教徒，就总共有十二万人被他杀害了"。[5] 可见外商留居广州人数之多。阿拉伯人称广州为"商人云集之地"，在这里"中国官长委任一个穆斯林，

---

1 《资治通鉴》卷 215，第 6850 页。

2 （唐）义净原著，王邦维校注《大唐西域求法高僧传校注》卷下，中华书局，1988，第 152 页。

3 〔阿拉伯〕伊本·胡尔达兹比赫：《道里邦国志》，第 72 页。

4 《中国印度见闻录》卷 1，穆根来等译，中华书局，1983，第 14~15 页。

5 《中国印度见闻录》卷 2，第 96 页。

授权他解决这个地区各穆斯林之间的纠纷；这是按照中国君主的特殊旨意办的"。[1] 在广州，外国商人聚居的地方称为"蕃坊"，"诸国人至广州，是岁不归者，谓之'住唐'"。[2] 当时来华的阿拉伯、波斯商贾被称作"蕃商""蕃客"。蕃坊也叫"番坊"或"蕃巷"。由于在蕃坊居住的以外国商人居多，因此其中有用于番货交易的"番市"。唐后期由于西域和陇右、河西为吐蕃所控制，波斯和阿拉伯商人经陆路来华不便，主要是经海路来到中国南方沿海地区。来到广州的阿拉伯人在聚居的蕃坊内建立清真寺便于礼拜，怀圣寺建于唐代，至今犹存。

唐代广州通往波斯湾的航线已经开辟，两地之间有定期往来的商船，广州与东西方许多国家和地区经海路进行交通往来。《道里邦国志》记录了从巴士拉"通向中国"的海上贸易之路。日本学者桑原骘藏《波斯湾之东洋贸易港》指出："由唐而宋，中国南部与波斯之间大开通商，波斯湾各港皆依东洋贸易而繁昌。"[3] 他的《伊本所记中国贸易港》结合中国文献，考证《道里邦国志》中波斯商船抵华第一港为今越南河内（即交趾龙编，属安南都护府），第二港为中国广州，第三港为中国泉州，第四港为中国扬州。[4] 可见唐时与阿拉伯间海上航线的繁荣。天宝九载（750），鉴真一行自琼北归至广州，见"江中有婆罗门、波斯、昆仑等舶，不知其数；并载香药、珍宝，积载如山。其舶深六、七丈，师子国、大石（食）国、骨唐国、白蛮、赤蛮等往来居住，种类极多"。[5] 各国蕃舶云集广州，广州在对外交通和贸易中的重要地位引起国内外关注。韩愈《送郑尚书序》描述与广州往来的海外各国："其海外杂国若耽浮罗、流求、毛人、夷檀之州，林邑、扶南、真腊、于陀利之属，东南际天地以万数，或时候风潮朝贡，蛮胡贾人舶交海中。若岭南帅得其人，则一边尽治……外国之货日至，

---

1 《中国印度见闻录》卷 1，第 7 页。

2 （宋）朱彧：《萍洲可谈》卷 2，中华书局，2007，第 134 页。

3 〔日〕桑原骘藏：《唐宋贸易港研究》，杨炼译，商务印书馆，1935，第 17 页。

4 〔日〕桑原骘藏：《唐宋贸易港研究》，第 64~154 页。

5 〔日〕真人元开：《唐大和上东征传》，汪向荣校注，中华书局，1979，第 74 页。

珠香象犀玳瑁奇物溢于中国，不可胜用。"[1] 柳宗元《岭南节度使飨军堂记》谈到与广州交通往来的国家："其外大海多蛮夷，由流求、诃陵，西抵大夏、康居，环水而国以百数，则统于押蕃舶使焉。"[2]《旧唐书·王方庆传》记载："广州地际南海，每岁有昆仑乘舶以珍货与中国交市。"[3] 陆贽《论岭南请于安南置市舶中使状》称："广州地当要会，俗号殷繁，交易之徒，素所奔凑。"[4] 此"交易之徒"包括中外商贾。

作为南方沿海城市，广州独具风情，对外贸易兴盛，其海上丝绸之路的起点地位以及对外贸易的兴盛局面在唐诗中得到展现。唐诗中写到广州，常常突出其对外开放的特点，这类诗以唐后期作品为多。安史之乱后，陇右、河西和西域的道路被吐蕃切断，海上交通日益重要。航海水平和造船技术的提高为中西间海上交通提供了新的条件，从广州到波斯湾的海上交通日益发达，引起诗人的关注。来到广州的诗人，对广州的社会生活和对外贸易耳濡目染，没到过广州的诗人也获得不少关于广州社会生活的信息，因此广州自然进入诗人的视野和吟咏。韩愈《送郑尚书赴南海》诗：

> 番禺军府盛，欲说暂停杯。盖海旌幢出，连天观阁开。衔时龙户集，上日马人来。风静鵁鶄去，官廉蚌蛤回。货通师子国，乐奏武王台。事事皆殊异，无嫌屈大才。[5]

穆宗长庆三年（823），汴州人郑权以尚书左仆射、岭南节度使出镇广州，担任吏部侍郎的韩愈写此诗送行，反映了诗人对广州风土人情、物产习俗十分熟悉。诗用"合浦珠还"的典故赞美郑权。合浦海中出产珍珠，当地人以采珠为业，商人们将粮食运到合浦，换成珍珠再运

1 （唐）韩愈著，马其昶校注《韩昌黎文集校注》卷 4，上海古籍出版社，1986，第 284 页。
2 《柳宗元集》卷 26，第 706 页。
3 《旧唐书》卷 89《王方庆传》，第 2897 页。
4 （清）董诰等编《全唐文》卷 473，第 2138 页。
5 （唐）韩愈著，钱仲联集释《韩昌黎诗系年集释》卷 12，上海古籍出版社，1984，第 1259 页。

往外地出售。汉桓帝时太守贪婪，驱使百姓下海采珠，珠蚌跑到其他地方去了。孟尝任合浦太守，体恤民情，珠蚌又渐渐回到合浦，百姓得以安居乐业。韩愈希望到南海上任的郑权能够像孟尝一样廉洁，为百姓造福。"师子国"即今斯里兰卡，韩愈的诗反映了广州与师子国之间海上交通的联结和商贸关系。

唐诗让我们看到广州海外贸易的盛况。王建《送郑权尚书赴南海》云：

> 七郡双旌贵，人皆不忆回。戍头龙脑铺，关口象牙堆。敕设薰炉出，蛮辞咒节开。市喧山贼破，金贱海船来。白氎家家织，红蕉处处栽。已将身报国，莫起望乡台。[1]

这首诗反映了广州对外贸易的状况，市场上摆放的是"龙脑""象牙"等来自海外的珍品，因为有来自海外的香料，所以处处可见燃香的薰炉。这里的人语言与中原不通，交流用语是"蛮辞"，交易用的是黄金。陈永正指出："唐代中国的生产力远远高于周边国家，外国向中国输入的是香料、象牙等初级产品，而中国输出手工业制品，贸易顺差很大，迫使外商用硬通货来支付，国外的黄金就源源不断地输入广州，并影响到广州金价。""这首诗还反映了这样的史实，唐代中国交易一般流行的是银本位，而广州却是金本位，主要原因是广州海外贸易发达，流入的黄金数量巨大，可以支撑起整个支付体系。""金贱海船来"就是说因为有海外商舶的到来，广州市面上金价下跌。商船带来了大量的黄金，在广州购买中国商品，引发岭南金价下调。过一段时间，过量的黄金被分流到内地，广州的金价又会回复到原来的水平，等到下一个贸易季节，又开始一个新的循环。[2] 这首诗写到的"白氎"就是棉花，棉花原产于南亚，从诗中可知唐代时在岭南用棉花织

1　（唐）王建著，王宗堂校注《王建诗集校注》卷 5，第 280 页。

2　陈永正编注《中国古代海上丝绸之路诗选》，广东旅游出版社，2001，序。

布已经非常普遍。

　　写到广州独特的风俗，诗人常常关注的是其"岛夷俗"，即带有海洋文化异域风味的物产和习俗。此"岛夷"既指中国南方沿海附近岛屿，也包括从中国南海出海至东南亚、南亚沿途国家和地区，因为都是海洋文化，故具有许多相似之处。张籍《送郑尚书出镇南海》诗写广州的繁华："蛮声喧夜市，海色浸朝（一作潮）回。"[1]"蛮声"既是南方沿海地区的方言，也指海外国家的语言。陈陶《番禺道中作》云："博罗程远近，海塞愁先入。瘴雨出虹蜺，蛮江渡山急。常闻岛夷俗，犀象满城邑。"[2]陈陶《南海送韦七使君赴象州任》："一鹗韦公子，新恩颁郡符。岛夷通荔浦，龙节过苍梧。地理金城近，天涯玉树孤。"[3]杜甫《送段功曹归广州》："南海春天外，功曹几月程。峡云笼树小，湖日荡船明。交趾丹砂重，韶州白葛轻。幸君因估客，时寄锦官城。"[4]大家都知道交趾丹砂为上品。估客即贾客，他们把南方沿海地区和来自海外的物产贩运到全国各地。

　　广州引起整个社会的关注，广州的历史文化、名胜古迹也进入诗人吟咏，见于诗人吟咏最多的是南越国的历史，越王台、尉佗宫、南海龙王庙、陆贾出使南越和汉武帝平南越、马援南征故事等成为诗人常常吟咏的素材。广州治番禺，番禺郡有时称南海郡。胡曾《咏史诗·番禺》："重冈复岭势崔巍，一卒当关万卒回。不是大夫多辨说，尉他争肯筑朝台。"[5]"大夫"即陆贾，"尉他"即尉佗。曹松《南海旅次》："忆归休上越王台，归思临高不易裁。"[6]广州越王台为赵佗所建，位于越秀山上。陈陶《南海石门戍怀古》："唯有朝台月，千年照戍楼。"[7]杜甫《广州段功曹到得杨五长史谭书功曹却归聊寄此诗》："卫

1　（唐）张籍著，徐礼节、余恕诚校注《张籍集系年校注》卷3，第396页。
2　（清）彭定求等编《全唐诗》卷745，第8468页。
3　（清）彭定求等编《全唐诗》卷745，第8476页。
4　（唐）杜甫著，（清）仇兆鳌注《杜诗详注》卷11，第928~929页。
5　（清）彭定求等编《全唐诗》卷647，第7431页。
6　（清）彭定求等编《全唐诗》卷717，第8238~8239页。
7　（清）彭定求等编《全唐诗》卷745，第8477页。

青开幕府，杨仆将楼船。"[1] 杨仆即汉武帝平南越时的水军将领。许浑
《登尉佗楼》："刘项持兵鹿未穷，自乘黄屋岛夷中。南来作尉任嚣力，
北向称臣陆贾功。"[2] 许浑《南海使院对菊怀丁卯别墅》："朝来数花发，
身在尉佗宫。"[3] 沈彬《送人游南海》："白烟和月藏峦洞，明月随潮入瘴
村。更想临高见佳景，越王台上酒盈樽。"[4] 李群玉《登蒲涧寺后二岩
三首》其一云："五仙骑五羊，何代降兹乡。""五仙骑五羊"是关于广
州的古老神话。其三云："赵佗丘垄灭，马援鼓鼙空。"[5] 诗把马援和赵
佗作为两个典型，说他们辉煌一生，但物换星移，一切繁华最终都化
为历史云烟。李群玉《中秋寄南海梁侍御》："海静天高景气殊，鲸睛
失彩蚌潜珠。不知今夜越台上，望见瀛洲方丈无。"[6] 此诗表达的是同
一主旨，人世更换，仙境难求。

　　唐代地方官员的作为对海外贸易影响很大，唐诗中有对沿海地方
官吏为政的褒贬。唐代中叶由于岭南地方动乱，加上官吏贪黩，"西
域舶泛海至者，岁才四五"。李勉任广州刺史、岭南节度使，清正廉
洁，"舶来都不检阅，故末年至者四十余"。[7] 杜甫《送重表侄王砅评事
使南海》热情地赞美这位名臣："番禺亲贤领，筹运神功操。大夫出
卢宋，宝贝休脂膏。洞主降接式，海胡舶千艘。"[8] 海舶的大批到来使
岭南地方经济得以恢复。政治动乱会妨碍海上贸易发展。代宗广德三
年（765），宦官市舶使吕太一逐广南节度使张休，纵兵大掠广州，被
镇压。杜甫《自平》云："自平中官吕太一，收珠南海千余日。近供生
犀翡翠稀，复恐征戍干戈密。蛮溪豪族小动摇，世封刺史非时朝。蓬
莱殿前诸主将，才如伏波不得骄。"[9] 李群玉《凉公从叔春祭广利王庙》：

1　（唐）杜甫著，（清）仇兆鳌注《杜诗详注》卷 11，第 928 页。
2　（唐）许浑撰，罗时进笺证《丁卯集笺证》卷 8，第 485 页。
3　（唐）许浑撰，罗时进笺证《丁卯集笺证》卷 10，第 685 页。
4　陈尚君辑校《全唐诗补编》，第 468 页。
5　（清）彭定求等编《全唐诗》卷 569，第 6587 页。
6　（清）彭定求等编《全唐诗》卷 570，第 6615 页。
7　《旧唐书》卷 131《李勉传》，第 3635 页。
8　（唐）杜甫著，（清）仇兆鳌注《杜诗详注》卷 23，第 2045 页。
9　（唐）杜甫著，（清）仇兆鳌注《杜诗详注》卷 20，第 1809 页。

"龙骧伐鼓下长川，直济云涛古庙前。海客敛威惊火旆，天吴收浪避楼船。阴灵向作南溟王，祀典高齐五岳肩。从此华夷封域静，潜熏玉烛奉尧年。"[1] 南海广利王是中国神话中四海龙王之一，即南海龙王，地位仅次于东海龙王。从李群玉的诗可知广州有南海龙王庙，岭南长官亲自主持祭奠。祭奠龙王，目的是祈求海上交通的安全，由此可见政府对于海外贸易的重视。

广州对外贸易兴盛，为地方官员腐败提供了机会，历史上赴广州任职的官员因贪腐落马者前后相继。郑愚《醉题广州使院》："数年百姓受饥荒，太守贪残似虎狼。今日海隅鱼米贱，大须惭愧石榴黄。"[2] 唐诗里东晋良吏吴隐之成为赞美的对象。吴隐之是著名廉吏，曾任中书侍郎、左卫将军，官至度支尚书。朝廷想革除岭南贪腐弊端，任命吴隐之为广州刺史。距广州二十里处石门有一山泉，据说喝了泉水就变得贪婪，故名"贪泉"。吴隐之至此赋诗一首："古人云此水，一歃怀千金。试使夷齐饮，终当不易心。"[3] 在任上他廉洁奉公，始终不渝，受到称颂。周昙《晋门·吴隐之》："闻说贪泉近郁林，隐之今日得深斟。徒言滴水能穿石，其那坚贞匪石心。"[4] 周昙《晋门·再吟》："贪泉何处是泉源，只在灵台一点间。必也心源元自有，此泉何必在江山。"[5] 皮日休《聪明泉》："一勺如琼液，将愚拟望贤。欲知心不变，还似饮贪泉。"[6] 诗人们推崇吴隐之的信念，贪与不贪不在于是否饮了贪泉的水，而在于"心"与"灵台"是否高尚和纯洁。

综上所论，唐诗中言及交州和广州的诗数量众多，其中蕴含着丰富的历史信息。总结唐代诗人笔下的交广，可以知道唐诗的描写突出其地如下几个特点：一是偏僻荒远，那里远离中原地区，因此成为远方的象征；二是不同于中原地区的异地风情，诗人们对交广之地特有

1　（清）彭定求等编《全唐诗》卷 569，第 6599 页。

2　（清）彭定求等编《全唐诗》卷 870，第 9863 页。

3　《晋书》卷 90《吴隐之传》，中华书局，1974，第 2341~2342 页。

4　（清）彭定求等编《全唐诗》卷 729，第 8359 页。

5　（清）彭定求等编《全唐诗》卷 729，第 8359 页。

6　（清）彭定求等编《全唐诗》卷 615，第 7094 页。

的物产充满好奇和喜爱，唐诗中写到不少通过海上交通引入的域外物产；三是与海上贸易活动的关系密切。唐代后期海上交通日益重要，通过海上丝路与域外的交通和交往吸引了诗人们的目光。唐代对外交通和交流的盛况激发了诗人的灵感和想象，为唐诗提供了丰富的素材和题材，推动了唐诗的繁荣；而唐诗作为社会生活的反映和唐人心态情感的载体，也为我们认识海上交通的发展和唐代对外交流的成就留下了重要的记录。

第三编　汉唐文学中的丝路文化意象

第十四章 汉唐时期安石榴的引进与石榴文化探源

　　石榴树是从域外移植而来的植物，石榴树具有多方面的实用价值和文化意义。它的引进不仅为我们增添了一种花木果树，而且成为中国文化中一个具有丰富内涵的意象和符号。近年来石榴文化颇受社会关注，关于石榴的栽培历史和技术有较深入的探讨。然而关于石榴的历史文化往往流于常识性的递相转述。由于缺乏相关资料的系统考察和学术方面的深入探讨，人们对石榴传播历史和文化有不少错误认识，尤其对石榴传入中国的早期情况更多误解。本章对汉唐间石榴树的引种、推广和文化意义加以探讨。

第一节　安石榴的引种及其在汉地的推广

石榴原产于西亚，经中亚、西域传入中国。石榴树汉代时已经传入中国，魏晋南北朝时北方已经普遍种植，并向南方扩展，唐代遍及全国各地。石榴树作为物种传播在中国与伊朗文化交流中的意义，早就引起植物学家、国外汉学家的注意，但其来源地及传入汉地时间却有争议。石榴树首先在汉代长安、洛阳栽种，其后向全国各地推广，普遍种植，其时间过程也缺乏清晰的辨析。这是本章首先要探讨的问题。

一　安石榴传入汉地时间辨正

安石榴即石榴，在东汉至唐的文献中写作"若留""若榴""楉留"，或"千涂""涂林""丹若""石留""石榴"。三国魏张揖《广雅》曰："若榴，石榴也。"[1] 西晋张华《博物志》云："汉张骞出使西域，得涂林安石国榴种以归，故名安石榴。"[2] 唐段成式《酉阳杂俎》云："石榴，一名丹若（一作丹茗）。"又称甜石榴为"天浆"。[3] 五代时避钱镠讳，称为"金罂"。明李时珍《本草纲目》云："若木乃扶桑之名，榴花丹赩似之，故亦有'丹若'之称。傅玄《榴赋》所谓'灼若旭日栖扶桑'者是矣。《笔衡》云：'五代吴越王钱镠改榴为金罂。'"为什么叫安石榴？李时珍据北魏贾思勰《齐民要术》的记载，认为"凡植榴者须安使僵石枯骨于根下，即花实繁茂，则安石之名义或取此也"。[4] 清代学者高学山云："植榴宜安僵石于根下，则安石

1　（宋）李昉等：《太平御览》第9册，上海古籍出版社，2008，第571页。

2　（明）李时珍：《本草纲目》卷30，中医古籍出版社，1994，第756页。

3　（唐）段成式：《酉阳杂俎》前集卷18，中华书局，1981，第174页。

4　（明）李时珍：《本草纲目》卷30，第756页。

之名，或又以此也？"[1]为什么称"榴"，有一种说法，石榴坚固若石，形状似瘤，故称若榴。李时珍《本草纲目》："榴者瘤也，丹实垂垂如赘瘤也。"[2]美国汉学家劳费尔（Berthold Laufer）认为张华的说法不对："这两个地理上的名称怎么会合并成一个，用来作为石榴产地的名称，这是不可信的事情。"他认为"安石"表示一个单名，与"安息""安西"相等。石榴原产伊朗，古安息国，息与石发音相近，故称安石榴。劳费尔也不同意李时珍的说法，他说"'榴'这个植物名称是一个伊朗字的译音，中国人从住在帕提亚以外的伊朗人把这字整个采取了来，而那些伊朗人是从帕提亚地区得到此树或灌木的，所以称它为'帕提亚石榴'"。[3]

帕提亚即安息帝国，汉代时以今伊朗为中心的西域国家。石榴于汉代传入中国，故称安息石榴。"安西"是唐时的地理概念，伊朗一带在张骞的时代称为安息，所以"安石"指安息比较合理，"安石"即"安息"，符合石榴原产地的意义。石榴是人类栽培引种最早的果树和花木之一，瑞士植物学家德空多尔（A. de Candolle）认为安石榴多产于波斯、库尔德、阿富汗、俾路支（今巴基斯坦和伊朗的一部分）等多石地方。[4] 20 世纪 40 年代，在伊拉克境内距今 4000 多年的乌尔王朝废墟苏布阿德王后墓中，考古学家发现死者皇冠上镶嵌着石榴图案。公元前 10 世纪，以色列所罗门王建两根铜柱，柱顶上有装修的网子，挨着网子各有两行铜石榴环绕，两行共有两百个铜石榴。他所建耶和华殿也用铜石榴装饰，"四百石榴安在两个网子上"。[5]古波斯人称石榴为"太阳的圣树"，喜爱它像宝石一样的石榴籽，认为是多子丰饶的象征。波斯文化中的安娜希塔女神手执石榴象征丰收。在早期

1　（汉）张仲景著，（清）高学山注《高注金匮要略》，上海人民卫生出版社，1956，第 339 页。

2　（明）李时珍：《本草纲目》卷 30，第 756 页。

3　〔美〕劳费尔：《中国伊朗编》，林筠因译，商务印书馆，1964，第 110 页。

4　〔瑞士〕德空多尔：《农艺植物考源》，俞德浚、蔡希陶编译，商务印书馆，1940，第 124 页。
　　按：德空多尔，或译德·康道尔、底坎多、坎多勒，瑞士植物学家，《农艺植物考源》成书于 1882 年。

5　《圣经·列王纪》，中国基督教三自爱国运动委员会、中国基督教协会，2007，第 326、327 页。

亚述的石板浮雕图案中，葡萄藤下有石榴树、无花果树和枣椰树，是祭祀用的圣树。如今在伊朗、阿富汗、阿塞拜疆、格鲁吉亚等国海拔300~1000 米的山上，尚有大片野生石榴树林。

安石榴在汉代已经传入中国，历来认为石榴是张骞从西域带入汉地。此说最早见于西晋陆机《与弟陆云书》："'张骞为汉使外国，十八年，得涂林。'涂林，安石榴也。"[1]"涂林"是梵语 Darim 的音译，即石榴。《文选》李善注引张华《博物志》："张骞使大夏得石榴。"[2]唐封演《封氏闻见记》云："汉代张骞自西域得石榴、苜蓿之种。"[3]李冗《独异志》云："汉张骞奉使大月氏，往返一亿三万里，得蒲萄、涂林安石榴，植之于中国。"[4]李商隐《茂陵》诗写汉武帝时"苜蓿榴花遍近郊"。[5]后世植物学、医药学著作皆沿袭此说。但汉代文献并没有张骞带回安石榴种子的记载，其与葡萄、苜蓿等一样，未必是张骞带回，后世将功劳记在了他的名下。劳费尔认为石榴树的种子不是张骞带回的，石榴树不是直接从帕提亚移植到中原，而是逐渐移植过来的，应该是先传入中亚和中国新疆地区，而后渐至中原。在移植过程中，伊朗本部以外的伊朗殖民地、中亚粟特人和中国新疆地区起了很大作用。[6]这个论断颇有道理，中国文献中所谓从大夏或西域获得云云，正是这种传播过程的反映。但他推测"它最初来到中国似乎是第三世纪后半叶"并不正确。[7]受其影响，法国学者索瓦杰（J. Sauvaget）也说："石榴起源于伊朗，公元三世纪或四世纪引进中国。"[8]安石榴出现于东汉张仲景的医学名著《金匮要略》，其"果实菜谷禁忌并治"部分提到"安石榴不可多食，损人肺"。[9]劳氏

---

1 （北魏）贾思勰著，石声汉校释《齐民要术今释》卷 4，中华书局，2009，第 382 页。

2 （梁）萧统编《文选》卷 16，第 211 页。

3 （唐）封演撰，赵贞信校注《封氏闻见记校注》卷 7，中华书局，1958，第 60 页。

4 （唐）李冗：《独异志》卷中，中华书局，1983，第 49 页。

5 （唐）李商隐著，（清）冯浩笺注《玉溪生诗集笺注》卷 1，上海古籍出版社，1979，第 264 页。

6 〔美〕劳费尔：《中国伊朗编》，第 110 页。

7 〔美〕劳费尔：《中国伊朗编》，第 111 页。

8 《中国印度见闻录》，第 53 页注⑥。

9 （汉）张仲景著，（清）高学山注《高注金匮要略》，第 339 页。

怀疑《金匮要略》中关于安石榴的记载"或许是在原书上增添的"。[1]
《金匮要略》中可能有后人增补的内容，但关于安石榴的记载是否为
后人增补，并没有确切证据。

　　除了《金匮要略》，还有其他材料说明汉代中国的确已经传入石
榴，并有石榴树的种植。石榴树经丝绸之路传入内地，引种之初首先
在当时的帝都长安上林苑、骊山温泉宫种植，这就是最早的临潼石
榴。相传晋葛洪辑《西京杂记》载："初修上林苑，群臣远方各献名果
树，有安石榴十株。"书中又注："余就上林令虞渊得朝臣所上草木名
二千余种，邻人石琼就余求借，一皆遗弃，今以所记忆列于篇右。"[2]
因得到汉武帝的喜爱，后又命人将石榴栽植于骊山温泉宫。刘安《淮
南子》中提到木槿，东汉高诱注云："木槿朝荣暮落，树高五六尺，其
叶与安石榴相似。"[3] 以安石榴相比，说明人们对石榴已经熟知。东汉
时首都洛阳北宫正殿德阳殿北有濯龙苑，种植有安石榴。东汉文学
家李尤《德阳殿赋》云："德阳之北，斯曰濯龙。葡萄、安石，蔓延
蒙笼。"[4] "安石"即安石榴。东汉张衡《南都赋》写南阳园圃中有"樗
枣、若榴"。汉末蔡邕《翠鸟诗》云："庭陬有若留，绿叶含丹荣。"[5] 这
些都说明石榴在汉代已经引种中国内地，而不会晚至 3 世纪后半叶。
劳费尔没有接触到上述更早的资料。

二　石榴树在汉地的推广

　　从上引诗赋可以知道，汉代宫苑、园圃、庭陬已经种植石榴。魏
晋时从达官贵人到一般文人，庭院别墅中往往栽种石榴，而且有不同

1　〔美〕劳费尔：《中国伊朗编》，第 104 页注⑤。
2　（明）程荣纂辑《汉魏丛书》，吉林大学出版社，1992，第 304 页。
3　（汉）刘安撰，高诱注《淮南鸿烈解》卷 5，《景印文渊阁四库全书》，台湾商务印书馆，第 848
　　册，第 557 页。
4　（唐）欧阳询：《艺文类聚》卷 62，第 1122 页。
5　（唐）欧阳询：《艺文类聚》卷 92，第 1609 页。

品种。晋郭义恭《广志》云："安石榴有甜酸两种。"[1]晋崔豹《古今注》云："甘实形如石榴者，谓之壶甘。"[2]把柑果的形状和石榴相比。《渊鉴类函》云："石崇金谷园有石榴，名石崇榴。"[3]潘尼《安石榴赋》序云："余迁旧宇，爰造新居，前临旷泽，却背清渠，实有斯树，植于堂隅。"[4]潘岳县衙庭前栽种安石榴，故有《河阳庭前安石榴赋》："虽小县陋馆，聊可以游赏。有嘉木，曰安石榴。"[5]其《闲居赋》写自己的赋闲生活，"筑室种树，逍遥自得"，闲居之处"石榴蒲陶之珍，磊落蔓延乎其侧"。[6]陆翙《邺中记》记载："石虎苑中有安石榴，子大如碗盏，其味不酸。"[7]石榴至迟魏晋时已经移植南方。《拾遗记》记载："吴主潘夫人……以姿色见宠，每以夫人游昭宣之台，志意幸惬。既尽酣醉，唾于玉壶中，使侍婢泻于台下，得火齐指环，即挂石榴枝上，因其处起台，名曰'环榴台'。"[8]左思《三都赋》写蜀都的植物："蒲陶乱溃，若榴竞裂。"[9]东晋安帝时佳者进贡朝廷。《宋书·符瑞志》记载："晋安帝隆安三年，武陵临沅献安石榴，一蒂六实。"[10]《晋隆安起居注》："武陵临沅县安石榴，子大如椀，其味不酸，一蒂六实。"[11]东晋时法显西行取经，其《佛国记》一书记载："自葱岭已前，草木果实皆异，唯竹及安石留、甘蔗三物，与汉地同耳。"[12]说明法显未出国时曾见到不少石榴树。

石榴树对土壤、气候适应能力很强，正如宋苏颂云："木不甚高

1 （宋）李昉等：《太平御览》第9册，第571页。

2 （晋）崔豹：《古今注》卷下，辽宁教育出版社，1998，第13页。

3 （明）彭大翼：《山堂肆考》卷207，《景印文渊阁四库全书》第978册，第211页。

4 （唐）欧阳询：《艺文类聚》卷86，第1480页。

5 （唐）欧阳询：《艺文类聚》卷86，第1481页。

6 （梁）萧统编《文选》卷16，第208~211页。

7 （晋）陆翙《邺中记》，《丛书集成初编》，商务印书馆，1937，第9页。

8 （晋）王子年：《拾遗记》卷8，吉林大学出版社，1992，第726页。

9 （梁）萧统编《文选》卷4，第59页。

10 《宋书》卷29《符瑞志》，第836页。

11 （宋）李昉等：《太平御览》第9册，第571页。

12 （东晋）沙门释法显撰，章巽校注《法显传校注》，中华书局，2008，第18页。

大，枝柯附干，自地便生，作丛，种极易息，折其条盘土中便生。"[1]
石榴树耐酸碱，耐瘠薄，非耕地、石砾滩地都可栽培，稍带石灰质的
沙质壤土或砾质土尤为适宜。由于能在不同的条件下生长，因此可以
在全国各地种植。南北朝时石榴树的种植在北方已经普及，并积累了
丰富的经验。北魏贾思勰的《齐民要术》详细记载了安石榴树的种植
方法："三月初，取枝大如手大指者，斩令长一尺半，八九枝共为一
科，烧下头二寸（不烧则漏汁矣）。掘圆坑深一尺七寸，口径尺。竖
枝于坑畔（环圆布枝，令匀调也），置枯骨、礓石于枝间（骨、石是
树性所宜），下土筑之。一重土，一重骨石，平坎止（其土令没枝头
一寸许也）水浇常令润泽。既生，又以骨、石布其根下，则科圆滋茂
可爱。若孤根独立者，虽生亦不佳焉。"置以骨石的目的并不是稳定
树枝，而是"树性所宜"。"十月中，以蒲藁裹而缠之（不裹则冻死
也），二月初乃解放。"栽种时"若不能得多枝者，取一长条，圆屈如
牛拘（穿在牛鼻孔中的圆圈形木条）而横埋之，亦得。……其拘中，
亦安骨石。其劚根栽者，亦圆布之，安骨石于其中也"。[2] 其法简易，
而且已经成为农民必备的知识，反映石榴树的种植在北方已经普及于
民间。

南北朝时北方和南方都有石榴种植。杨衒之《洛阳伽蓝记》记
载："白马寺，汉明帝所立也……浮屠前，柰林、葡萄，异于余处，
枝叶繁衍，子实甚大，柰林实重七斤，蒲陶实伟于枣，味并殊美，
冠于中京。帝至熟时，常诣取之，或复赐宫人。宫人得之，转饷亲
戚，以为奇味。得者不敢辄食，乃历数家。京师语曰：'白马甜榴，
一实值牛'。"[3] "柰林"乃"茶林"之误，即石榴。汉明帝时洛阳已有
石榴栽培，而以白马寺品种最为优良，从"一实值牛"的说法可知，
当时石榴也是市场上交易的商品。白马寺的石榴至杨衒之的时代依
然闻名于世。邺城石榴名闻天下。北魏太武帝拓跋焘率军南征，送

1　（宋）苏颂：《本草图经》卷16，尚志钧辑校，安徽科学技术出版社，1994，第557页。
2　（北魏）贾思勰撰，石声汉校释《齐民要术今释》卷4，第382、383页。
3　（北魏）杨衒之撰，范祥雍校注《洛阳伽蓝记校注》卷4，上海古籍出版社，1978，第196页。

礼物给南朝将军张畅，同时"求甘蔗、安石留"。张畅说："石留出自邺下，亦当非彼所乏。"[1]《襄国记》记载："龙岗县有好石榴。"[2] 龙岗县在今河北省，襄国即今河北邢台，为后赵石勒所都，石虎迁都于邺（今河北临漳），改为襄国郡，后魏复为县，隋改龙冈县。诗人庾信院子里栽种了石榴树，是从河阳移植而来，其《移树》诗云："酒泉移赤柰，河阳徙石榴。虽言有千树，何处似封侯？"[3] 石榴不断南下东进，在各地扎根，开花，结果。南朝也有石榴种植。四川有石榴种植，刘宋时刘亮任益州刺史，斋前石榴树凌冬生花，僧人邵硕视为狂花，以为"宋诸刘灭亡之象"。[4] 唐段成式《酉阳杂俎·木篇》："梁大同中，东州后堂石榴皆生双子。"[5]《方舆胜览》"合肥浮槎山"条记载，俗传山自海上浮来，梁武帝女为尼于此山，建道林寺。又引欧阳公《水记》："寺有榴花，根干伟茂，世传昔梁武帝女尼所植也。"[6] 这个传说反映合肥之石榴从南朝移植而来。南朝也出现咏石榴的诗，如王筠《摘安石榴（一本有枝字）赠刘孝威诗》，梁元帝《赋得石榴诗》。王筠诗写其产地云："宗生仁寿殿，族代（疑作茂）河阳湄。有美清淮北，如玉又如龟。退书写虫篆，进对多好辞。我家新置侧，可求不难识。相望阻盈盈，相思满胸臆。高枝为君采，请寄西飞翼。"[7] 王筠家新植石榴树从淮北移栽而来，反映了石榴树产地自北方逐渐向南方扩大的事实。

隋唐时种植地区扩大，石榴树遍种全国各地。隋大业元年营建东都，曾大量种植石榴树，"开大道对端门，名端门街，一名天津街，阔一百步。道旁植樱桃、石榴两行，自端门至建国门，南北九里，四望

---

1 《宋书》卷 59《张畅传》，第 1603 页。

2 （宋）李昉等：《太平御览》第 9 册，第 571 页。

3 （北周）庾信撰，（清）倪璠注《庾子山集注》卷 4，中华书局，1980，第 381 页。

4 《南史》卷 43《齐高帝诸子传》，中华书局，1975，第 1086 页。

5 （唐）段成式：《酉阳杂俎》前集卷 18，第 174 页。

6 （宋）祝穆撰，祝洙增订《方舆胜览》卷 48，中华书局，2003，第 3 页。

7 （宋）李昉等编《文苑英华》卷 322，第 1668 页。

成行，人由其下，中为御道"。[1] 封演《封氏闻见记》云，石榴"今海内遍有之"。[2] 栽培技术进一步提高，并培育出新的品种。临潼自然条件得天独厚，所产石榴品质最优。史载玄宗为投杨贵妃所好，在华清宫西绣岭、王母祠一带广种石榴，故临潼有"贵妃石榴"的品种。据一本名为《洪氏杂记》的书记载，骊山华清宫朝元阁七圣殿绕殿石榴树，皆杨贵妃亲手所植。[3] 如今华清池前有一株直径40厘米的石榴树，据传即杨贵妃所种。洛阳石榴也是贡品，闻名天下。康骈《剧谈录》记载，唐武宗时，道士许元长奉皇上旨意，盗取东都贡榴十颗奉进。[4] 段公路《北户录》龟图注引郑虔云："涂林花有五色，黄碧青白红，如杏花。汉东郡尉于吉献一株，花杂五色，云是仙人杏。今岭中安石榴花实相间，四时不绝，亦有绀者。"[5] 可知当时南方已经培育出很多品种。南诏亦种植石榴树，而且被视为佳品，当时人以之比美洛阳石榴。段成式《酉阳杂俎》云："南诏石榴，子大，皮薄如藤纸，味绝于洛中。"[6] "衡山祝融峰下法华寺，有石榴花如槿，红花，春秋皆发。"[7] 从唐诗的描写中可知，达官贵人的园林里种植石榴树，张谔《岐王山亭》："王家傍绿池，春色正相宜。岂有楼台好，兼看草树奇。石榴天上叶，椰子日南枝。出入千门里，年年乐未移。"[8] 皇宫里栽种石榴树，王建《宫词一百首》其六十三云："树叶初成鸟出（一作护）窠，石榴花里笑声多。"[9] 农家也种石榴树，王维《田家》："柴车驾羸牸，草屩牧豪猪。夕雨红榴拆，新秋绿芋肥。"[10] 京师种石榴树，外地也种石榴树。李嘉祐《送卢员外往饶州》："为郎复典郡，锦帐映朱轮。露冕随龙节，

1 （唐）杜宝撰，辛德勇辑校《大业杂记辑校》，三秦出版社，2006，第3页。
2 （唐）封演撰，赵贞信校注《封氏闻见记校注》卷7，第60页。
3 （宋）陈景沂编《全芳备祖》前集卷24，浙江古籍出版社，2018，第503页。
4 （唐）康骈：《剧谈录》卷下，古典文学出版社，1958，第52页。
5 （唐）段公路：《北户录》卷3，《景印文渊阁四库全书》，第11页。
6 （唐）段成式：《酉阳杂俎》前集卷18，第174页。
7 （唐）段成式：《酉阳杂俎》续集卷9，第282页。
8 （清）彭定求等编《全唐诗》卷110，第1130页。
9 （唐）王建著，王宗堂校注《王建诗集校注》卷10，第608页。
10 （唐）王维撰，陈铁民校注《王维集校注》卷7，第631页。

停桡得水人。早霜芦叶变，寒雨石榴新。莫怪谙风土，三年作逐臣。"[1]
诗人处处能看到石榴树，并引起作诗的兴致。李贺《绿章封事》："石
榴花发满溪津，溪女洗花染白云。"[2]《莫愁曲》："草生陇坡下，鸦噪城
堞头。何人此城里？城角栽石榴。"[3] 虽然中土已经种植石榴树，唐代
仍从西亚输入石榴，段成式《酉阳杂俎》记载："大食勿思离国石榴，
重五六斤。"[4] 当然是品种特别好的。

第二节　石榴审美与实用价值的认知

　　石榴树移植到世界各地，由于其多样的实用价值，受到各地人民
的喜爱，并被赋予各种文化意义，其实用价值和文化寓意在世界范围
内广泛传播。石榴树传入中国，首先供观赏和食用，还有医药价值，
给汉地人民带来的利益是多方面的。石榴树的实用价值在世界各地有
共性，因此关于其实用价值的认知是一个跨文化研究的课题。本节对
汉唐时期石榴和石榴树在汉地日常生活中的作用及人们对其实用价值
的认识进行探讨。

一　石榴树的审美观赏价值

　　花木之美赏心悦目，域外传入的奇花异草、名果佳树更有新奇之
感，品尝和观赏之余令人开怀忘忧，因此石榴树审美价值极高。石榴
树早已成为西亚人民之所爱，成为庭院观赏植物。古希伯来《雅歌》
云："你园内所种的结了石榴，有佳美的果子，并凤仙花与哪哒树"；
"我下入核桃园，要看谷中青绿的植物，要看葡萄发芽没有，石榴开

1　（清）彭定求等编《全唐诗》卷 206，第 2145 页。
2　叶葱奇编订《李贺诗集》卷 1，第 31 页。
3　叶葱奇编订《李贺诗集》外集，第 332 页。
4　（唐）段成式：《酉阳杂俎》续集卷 10，第 288 页。

花没有"；"我们早晨起来往葡萄园去，看看葡萄发芽开花没有，石榴放蕊没有；我在那里要将我的爱情给你"。[1] 从《古兰经》里可知，石榴树也是阿拉伯人果园的植物，并被视为真主的恩典。"他从云中降下雨水，用雨水使一切植物发芽，长出翠绿的枝叶，结出累累的果实，从海枣树的花被中结出一串串枣球；用雨水浇灌许多葡萄园，浇灌相似的和不相似的樗檬和石榴。当果树结果的时候，你们看看那些果实和成熟的情形吧。对于信道的民众，此中确有许多迹象。"[2] "在那两座乐园里，有水果，有海枣，有石榴。"[3]

石榴树在汉代已经引种中国内地，并在中原地区开始种植。石榴树的引种给汉地带来了新的观赏植物。石榴树形姿婆娑优雅，初春叶碧绿而有光泽；入夏绿叶间红花艳丽如火，花期长；仲秋果实成熟，变红黄色，碧枝间硕果累累。因此春、夏、秋三季给人以视觉的美感，成为重要的庭院树种。在不同季节，石榴树都受到欣赏，中国人尤其喜欢其带有喜庆气氛的红色，满枝的石榴花象征着红红火火的幸福美满生活，故人们喜在庭院里种石榴树，既欣赏其花枝果叶之美，又有甜美的佳果收获。从汉代石榴树传入中国以后，石榴树华实之美便令中原文士赞不绝口。文学史上第一首咏及石榴树的诗是蔡邕的《翠鸟诗》，开头便写其花叶之美："庭陬有若榴，绿叶含丹荣。"[4] 其次是曹植诗《弃妇篇》："石榴植前庭，绿叶摇缥青。丹华灼烈烈，璀采有光荣。光荣晔流离，可以处淑灵。"[5] 此后石榴树便进入中国文人的审美视野，赞美石榴树形象之美成为文学的传统。潘尼《安石榴赋》序云："安石榴者，天下之奇树，九州之名果。是以属文之士，或叙而赋之，盖感时而骋思，睹物而兴辞。"[6] 应贞《安石榴赋》序云："余

1 《圣经·雅歌》，中国基督教三自爱国运动委员会、中国基督教协会，2008，第654、655、656页。

2 《古兰经》，马坚译，中国社会科学出版社，1981，第102~103页。

3 《古兰经》，第416页。

4 逯钦立辑校《先秦汉魏晋南北朝诗》，第193页。

5 （三国魏）曹植著，赵幼文校注《曹植集校注》卷1，第33页。

6 （唐）欧阳询：《艺文类聚》卷86，第1480页。

往日职在中书时，直庐前有安石榴树，枝叶既盛，华实甚茂，为之作赋。"[1] 外国人把石榴树作为观赏植物的信息也为中国人所知，南朝梁陶弘景说："石榴花赤可爱，故人多植之，尤为外国所重。"[2] 他们道出了石榴树惹人喜爱的原因。暮春与夏季绿叶繁茂，秋季果实累累，最为人所观赏。

魏晋南北朝时，随着石榴树栽种越来越多，歌咏石榴树的作品也多起来。如王筠《摘安石榴赠刘孝威诗》所云："既标太冲赋，复见安仁诗。"[3] 当时流行状物咏怀的小赋，据统计，流传下来的专咏安石榴的赋完整的有 12 篇，赋散句两句，还有颂 1 篇，诗 5 首。文学家各逞才使气，极状石榴树之美。晋时许多文人作赋咏叹石榴，左思《吴都赋》有"蒲陶乱溃，石榴竟裂"之名句。[4] 张载、张协、傅玄、应贞、庾儵、夏侯湛、潘岳、范坚、殷元、徐藻妻陈氏、王伦妻等皆有专以《安石榴赋》为题的作品。从这些作品来看，石榴首先是以外来的新奇树种被称颂，其次以其花叶之美作为观赏性植物为人们所欣赏，再次以其果实味美为人们所喜爱。石榴是外来物种，这一身世特征突出了其新奇的一面。张载《安石榴赋》云："有若榴之奇树，肇结根于西海。仰青春以启萌，晞朱夏以发采。"[5] 夏侯湛《安石榴赋》云："冠百品以奇仰，迈众果而特贵。"[6]"览华圃之佳树兮，羡石榴之奇生。滋玄根于夷壤兮，擢繁干于兰庭。"[7] 王筠《摘安石榴赠刘孝威诗》云："中庭有奇树，当户发华滋。素茎表朱实，绿叶厕红蕤。"[8] 这些诗赋作品都不约而同地用了一个"奇"字来形容，表现出石榴树这一外来果木给人们带来了强烈的新鲜感。

1　（唐）欧阳询：《艺文类聚》卷 86，第 1481 页。
2　（明）李时珍：《本草纲目》卷 30，第 756 页。
3　逯钦立辑校《先秦汉魏晋南北朝诗》，第 2017 页。
4　（宋）李昉等：《太平御览》第 9 册，第 572 页。
5　（唐）欧阳询：《艺文类聚》卷 86，第 1480 页。
6　（唐）欧阳询：《艺文类聚》卷 86，第 1481~1482 页。
7　（唐）徐坚等编《初学记》卷 28，第 683 页。
8　（宋）李昉等编《文苑英华》卷 322，第 1668 页。

这一时期的文人多赞美石榴树的花叶树姿等外在形象，石榴树开花是在众芳零落后的初夏，一片绿海中如火的石榴花和累累硕果格外引人注目。在魏晋南北朝时期写安石榴的赋作中，作家尽力铺写石榴树和石榴的形态之美。张协《安石榴赋》云：

> 考草木于方志，览华实于园畴，穷陆产于苞贡，羞英奇于若榴。耀灵葩于三春，缀霜滋于九秋。尔乃飞龙启节，扬飚扇埃，含和泽以滋生，郁敷萌以挺栽。倾柯远擢，沉根下盘；繁茎条密，丰干林攒；挥长枝以扬绿，披翠叶以吐丹；流晖俯散，回葩仰照，烂若百枝并燃，赫如烽燧俱燎；暾如朝日，晃若龙烛，晞绛采于扶桑，接朱光于若木。尔乃赪萼挺蒂，金牙承蕤，荫佳人之玄髻，发窈窕之素姿，游女一顾倾城，无盐化为南威。于是天汉西流，辰角南倾，芳实垒落，月满亏盈。爰采爰收，乃剖乃拆，内怜幽以含紫，外滴沥以霞赤。柔肤冰洁，凝光玉莹，潍如冰碎，泫若珠迸。含清冷之温润，信和神以理性。[1]

赋铺写了石榴树从"三春"至"九秋"不同季节的形姿之美。又如应贞《安石榴赋》："挹微露以鲜采，承轻风而动葩。……时移节变，大火西旋，丹葩结秀，朱实星悬。肤拆理阻，烂若珠骈。"[2]写石榴随着"时移节变"有着不同的美，其果实成熟在秋天，经霜后的果实缀于枝头，榴皮开裂，籽如珍珠灿烂。潘岳《河阳庭前安石榴赋》云："有嘉木曰安石榴，修条外畅，荣干内樛。扶疏偓蹇，冉弱纷柔。于是暮春告谢，孟夏戒初。新茎擢润，膏叶垂腴。丹晖缀于朱房，绌的点乎红须。煌煌炜炜，熠烁入蕊，似长离之栖邓林，若珊瑚之映绿水。"[3]潘尼《安石榴赋》云："朱芳赫奕，红萼参差。含英吐秀，乍合乍披。遥而望之，焕若隋珠耀重川；详而察之，灼若列宿

1　（唐）欧阳询：《艺文类聚》卷 86，第 1481 页。
2　（唐）欧阳询：《艺文类聚》卷 86，第 1481 页。
3　（唐）欧阳询：《艺文类聚》卷 86，第 1481 页。

出云间。湘涯二后，汉川游女，携类命畴，逍遥避暑。托斯树以栖迟，逆祥风而容与。尔乃擢纤手兮舒皓腕，罗袖靡兮流芳散。披绿叶于修条，缀朱华兮弱干。岂金翠之足珍，实兹葩之可玩。商秋授气，收华敛实"；[1]"缤纷磊落，垂老曜质"。[2]庾儵《石榴赋》云："绿叶翠条，纷乎葱青；丹华照烂，晔晔荧荧。远而望之，粲若摛缋被山阿；迫而察之，赫若龙烛耀绿波。"[3]范坚《安石榴赋》云："红须内艳，頳牙外标，似华灯之映翠幕，若丹瑗之厕碧瑶"；[4]"紫红根以磐峙，擢修干而扶疏。黃应春以吐绿，葩涉夏而扬朱"。[5]殷元《安石榴赋》称赞石榴："或珠离于璇琬，或玉碎于雕觞。"[6]徐藻妻陈氏《石榴赋》云："堆木之珍，莫美若榴，擢鲜葩于青春，结芳实于素秋。"王伦妻《安石榴赋》云："振绿叶于柔柯，垂彤子之衰累。"[7]赋的特点是铺陈，这些作品从花、叶、枝、实、籽等不同方面赞美石榴，写其不同季节展现出的不同的美，又用优美的语言和各种生动的拟人、比喻手法渲染其形色之美。

　　唐诗中不乏咏石榴之美的名篇，唐代广泛种植石榴树，诗人经常目睹石榴树而引发诗情。张谔《岐王山亭》写春色："王家傍绿池，春色正相宜。岂有楼台好，兼看草树奇。石榴天上叶，椰子日南枝。出入千门里，年年乐未移。"[8]李白《过汪氏别业二首》其二写夏景："星火五月中，景风从南来。数枝石榴发，一丈荷花开。"[9]刘复《夏日》云："映日纱窗深且闲，含桃红日石榴殷。"[10]韩愈《题张十一旅舍三咏·榴花》云："五月榴花照眼明，枝间时见子初成。可怜此地无车

1　（唐）欧阳询：《艺文类聚》卷 86，第 1480 页。

2　（唐）徐坚等：《初学记》卷 28，第 683 页。

3　（唐）欧阳询：《艺文类聚》卷 86，第 1482 页。

4　（宋）李昉等：《太平御览》第 9 册，第 572 页。

5　（唐）欧阳询：《艺文类聚》卷 86，第 1842 页。

6　（宋）李昉等：《太平御览》第 9 册，第 572 页。

7　（宋）李昉等：《太平御览》第 9 册，第 573 页。

8　（清）彭定求等编《全唐诗》卷 110，第 1130 页。

9　（唐）李白著，瞿蜕园、朱金城校注《李白集校注》卷 23，第 1339 页。

10　（清）彭定求等编《全唐诗》卷 305，第 3470 页。

马，颠倒青苔落绛英。"[1] 王维《田家》写秋景："多（一作夕）雨红榴折（当作坼），新秋绿芋肥。饷田桑下憩，旁舍草中归。"[2] 李嘉祐《送卢员外往饶州》亦写秋景："早霜芦叶变，寒雨石榴新。"[3] 不同季节有不同的美，但总是令诗人赏心悦目。与魏晋南北朝时期的小赋注重铺写不同，唐诗注重心理感受，往往画龙点睛般一语写出石榴树的花叶给人之鲜明印象。

二　石榴在饮食文化中的价值

　　石榴果实甜美、营养丰富，石榴树的引进为中国人增添了一种食用佳果。在不同的文化中都有对石榴作为美味的赞美。石榴的阿拉伯语名和犹太语名都意为"天堂之果"，包含着强烈的赞叹之情。《古兰经》里称真主"创造了许多园圃"种植果木，其中有"石榴"。[4] 在《一千零一夜》的故事里，阿拉伯人款待客人，在烘烤的乳饼上撒满石榴籽，做"加了胡椒粉的糖石榴子"。[5] 在中国文人的诗赋中往往写到这种佳果滋味甜美，可以待客，有益身心。晋张载《安石榴赋》写石榴："紫房既熟，赪肤自拆。部（当作剖）之则珠散，含之则冰释"；[6] "充嘉味于庖笼，极酸甜之滋液。上荐清庙之灵，下羞玉堂之客"。[7] 张协《安石榴赋》："素粒红液，金房绌隔。"[8] 夏侯湛《安石榴赋》："光明磷烂，含丹耀紫；味滋芳袖，色丽琼蕊。"[9]《石榴赋》云："赧然含蕤，璀尔散珠；雪醒鲜酲，怡神实气。冠百品以奇仰，迈众果而特

1　（唐）韩愈著，钱仲联集释《韩昌黎诗系年集释》卷 4，第 382 页。

2　（唐）王维撰，（清）赵殿成笺注《王右丞集笺注》卷 11，第 211 页。

3　（唐）彭定求等编《全唐诗》卷 206，第 1293 页。

4　《古兰经》，第 108 页。

5　《一千零一夜》第 1 册，李惟中译，宁夏人民出版社，2006，第 195 页。

6　（唐）欧阳询：《艺文类聚》卷 86，第 1481 页。

7　（宋）李昉等：《太平御览》第 9 册，第 572 页。

8　（唐）徐坚等：《初学记》卷 28，第 683 页。

9　（清）严可均校辑《全上古三代秦汉三国六朝文》，第 1852 页。

贵。"[1] 潘岳《安石榴赋》："味滋芳神，色丽琼蕊。"[2] 潘尼《安石榴赋》："滋味浸液，馨香流溢。"[3] 张载写给人的书信中称："大谷石榴，木滋之最。肤如凝脂，汁如清濑，渴者所思，铭之裳带。"[4] 皮日休《石榴歌》："萧娘初嫁嗜甘酸，嚼破水精千万粒。"[5] 这些作品都极力赞美石榴果实甘甜味美。

石榴的甘甜令人神清气爽，其口感和效果在各地文化中都曾被肯定和夸大。在古希腊神话中石榴被称为"忘忧果"，人们相信它可以使人忘记过去和烦恼。荷马史诗中有两个著名故事：一是奥德赛的船队返乡途经忘忧果之岛，三个同伴吃了忘忧果后，不肯再离此岛；二是谷物女神得墨忒耳之女珀尔塞福涅被冥王劫入冥府，在冥王引诱下吃了一个石榴，从此忘记了自己的身世，不想脱离冥界，成为冥王皇后。中国文化中也强调石榴的安神宁志功效。潘尼《安石榴赋》说它"华实并丽，滋味亦殊，可以乐志，可以充虚"，[6] 张协《安石榴赋》称食石榴则"含清冷之温润，信和神以理性"，[7] 都包含着乐以忘忧之意。

石榴在饮食文化中还有其他用途。石榴可以酿酒，古代近东、埃及、东南亚、南亚等地都有以石榴酿酒的记录。古希伯来《雅歌》有云："我必引导你，领你进我母亲的家，我可以领受教训，也就使你喝石榴汁酿的香酒。"[8]《南史·夷貊传》记载顿逊国"有酒树似安石榴，采其花汁停瓮中，数日成酒"。[9] 至迟南北朝时南方已经酿制石榴酒。梁简文帝《执笔戏书诗》云："玉案西王桃，蠡杯石榴酒。"[10] 梁元

1 （唐）欧阳询：《艺文类聚》卷 86，第 1481 页。
2 （清）严可均校辑《全上古三代秦汉三国六朝文》，第 1990 页。
3 （唐）欧阳询：《艺文类聚》卷 86，第 1480 页。
4 （宋）李昉等：《太平御览》第 9 册，第 573 页。
5 （清）彭定求等编《全唐诗》卷 611，第 7055 页。
6 （唐）欧阳询：《艺文类聚》卷 86，第 1840 页。
7 （唐）欧阳询：《艺文类聚》卷 86，第 1481 页。
8 《圣经·雅歌》，第 656 页。
9 《南史》卷 78《夷貊传》，中华书局，1975，第 1991 页。
10 （陈）徐陵编，（清）吴兆宜注，程琰删补《玉台新咏笺注》卷 7，第 293 页。

帝《赋得石榴诗》云："西域移根至，南方酿酒来。"[1] 唐代乔知之《倡女行》诗云："石榴酒，葡萄浆，兰桂芳，茱萸香。愿君驻金鞍，暂此共年芳。"[2] 李商隐《寄恼韩同年》云："我为伤春心自醉，不劳君劝石榴花。"[3] 以石榴花代指酒，即石榴酒。石榴酒有营养保健价值，石榴中含有丰富的维生素、氨基酸、矿物质等成分，适于女性饮用，被称为"女人酒"。与同为果酒的葡萄酒工艺不同，石榴酒需要石榴去皮低温发酵，出汁率比葡萄酒低很多，只有 28% 左右，因此成本高，更加珍贵。石榴酒保持石榴汁原色，入口酸甜丝滑。

石榴可以做羹，而且是佛家、道家养生食品。皮日休《太湖诗·雨中游包山精舍》写受到僧人的款待："道人摘芝菌，为予备午馔。渴兴石榴羹，饥惬胡麻饭。"[4] 明代朱橚《救荒本草》把石榴树当作灾荒年间救饥果树之一："救饥采嫩叶炸熟，油盐调食。榴果熟时，摘取食之，不可多食，损人肺及损齿令黑。"[5] 古代还用煮熟的红石榴汁做饮料、食品色素等。

三　石榴树的医药养生价值

石榴树根茎花叶和果实都有医药价值，在地中海和近东地区的文化中，石榴的药用价值就已受到重视。伊斯兰药典《回回药方》中"泻痢门"有"石榴子末方"、"石榴汤"、"石榴花饼子"（三方）、"干石榴子方"、"石榴膏子"、"干石榴散"（两方）、"干石榴末子"（两方）等 11 个药方。[6] 在"众热门"中有"单石榴汤""石榴水膏子"，[7] 方剂

1　（唐）欧阳询：《艺文类聚》卷 86，第 1480 页。
2　周勋初等主编《全唐五代诗》卷 82，第 1685 页。
3　（唐）李商隐著,（清）冯浩笺注《玉溪生诗集笺注》卷 1，第 83 页。
4　（清）彭定求等编《全唐诗》卷 610，第 7036 页。
5　（明）朱橚：《救荒本草》卷 7，《景印文渊阁四库全书》第 730 册，第 827~828 页。
6　宋岘考释《回回药方考释》（《回回药方》残本影印本），中华书局，2000，第 21、22、24、27 页。
7　宋岘考释《回回药方考释》（《回回药方》残本影印本），第 39 页。

中有"酸石榴汤"，治恶疮有"石榴膏"。[1] 在"众花果菜治病门"中专论甜石榴的药性。[2] 此外还记载了以酸石榴水为配方的"石榴水膏子"，"夏月天气养身，治心惊，止黄水，能散昏沉病证"。据宋岘考证，此方剂与中古时期阿拉伯《医典》中的"水果饮料处方"内容相同。[3] 中医学重视植物的药用价值，石榴树传入中国，其根茎、花果之药性，逐渐被医家认识。东汉张仲景医学名著《金匮要略》中"果实菜谷禁忌并治"部分讲到"安石榴不可多食，损人肺"，[4] 但并没有对其药性有何论述，相反认为多吃有害，被列入禁忌之类，这应该是日常生活经验的总结。西晋潘岳《河阳庭前安石榴赋》赞美石榴："御渴疗饥，解酲止疾。"[5] 这似乎反映人们发现了石榴解酒疗病和保健之功效。"疾"者，病也，但这个字另外的版本作"醉"，[6] 醉与酲同义，一个句子中不当出现这样的语义重复。潘岳非医家，他并没有指出石榴药性如何，能治何疾。所以李时珍《本草纲目》引前代医家论述石榴药性，最早的是南朝梁陶弘景，陶弘景发现酸石榴更适合入药，其果皮有特殊药效。他说石榴"有甜、酢二种，医家惟用酢者之根、壳。榴子乃服食者所忌"。[7] 其《名医别录》把安石榴列为下品，论其药性和主治云："其酸实壳，治下痢，止漏精；其东行根治蛕虫、寸白。"[8] 蛕虫即蛔虫，寸白即寸白虫。宋苏颂《本草图经》云："花有黄、赤二色。实有甘、酢二种，甘者可食，酢者入药。"寇宗奭《本草衍义》云："惟酸石榴入药，须老木所结，收留陈久者乃佳。"[9] 其治痢的功用与阿拉伯药典相同。

　　后世医家对石榴医药价值的认识不断深入，苏颂《食疗本草》、

1　宋岘考释《回回药方考释》(《回回药方》残本影印本)，第 66、87 页。

2　宋岘考释《回回药方考释》(《回回药方》残本影印本)，第 114 页。

3　宋岘考释《回回药方考释》(《回回药方》残本影印本)，第 257~258 页。

4　(汉)张仲景著，(清)高学山注《高注金匮要略》，第 339 页。

5　(清)汪灏等：《广群芳谱》卷 59，河北人民出版社，1989，第 1384 页。

6　(清)严可均校辑《全上古三代秦汉三国六朝文》，第 1990 页。

7　(明)李时珍：《本草纲目》卷 30，第 756 页。

8　(梁)陶弘景撰，尚志钧辑校《名医别录》卷 3，人民卫生出版社，1986，第 309 页。

9　(明)李时珍：《本草纲目》卷 30，第 756~757 页。

陈藏器《本草拾遗》、王焘《外台秘要》、孙思邈《千金要方》都详论石榴的药性。在传统中医药学中，酸石榴的果实、果皮、根茎、花朵都有药性，李时珍《本草纲目》进行了系统总结。[1] 首先，果实。酸石榴的果实气味"酸、温、涩，无毒"。孟诜曰："治赤白痢腹痛，连子捣汁，顿服一枚。"李时珍说："止泻痢崩中，带下。"《本草纲目》记载了以酸石榴为主料的药方，分别治疗肠滑久痢、久泻不止、痢血五色、小便不禁、捻须令黑等，说明酸石榴有收敛、涩肠、止痢功效。甜石榴吃多了对肺不好，易生痰，牙齿发黑，而酸石榴却可以治疗由于过量食用甜石榴对人体造成的不适。其次，果皮。酸石榴皮有抑菌和收敛功能。《名医别录》曰："止下痢漏精。"甄权曰："治筋骨风，腰脚不遂，行步挛急疼痛，涩肠。取汁点目，止泪下。"酸石榴的果皮中含有碱性物质，有驱虫功效。陈藏器云："煎服，下蛔虫。"[2] 李时珍说："止泻痢，下血脱肛，崩中带下。"《本草纲目》记载了用酸石榴皮做主料的十个药方，其中旧方六、新方四，分别治赤白痢下、粪前有血、肠滑久痢、久痢久泻、小儿风痫、卒病耳聋、食榴损齿、丁肿恶毒、脚肚生疮等。再次，酸榴根。酸榴根除了治蛔虫、寸白虫，还和石榴皮一样有抑菌消炎和收敛之功效，止涩泻痢、带下。苏颂曰："治口齿病。"甄权指出，石榴根"青者入染须用"，可以染须发。《本草纲目》记载了以酸榴根为主料的旧方三、新方二，分别治金蚕蛊毒、寸白蛔虫、女子闭经、赤白下痢等。最后，石榴花。石榴花有止血消肿功能。苏颂曰："千叶者，治心热吐血。又研末吹鼻，止衄血立效。亦傅金疮出血。"陈藏器说："榴花阴干为末，和铁丹服，一年变白发如漆。"铁丹即铁粉。《本草纲目》记录了以榴花为主的药方旧一、新二，分别治金疮出血、鼻出衄血、九窍出血等。石榴叶也有止血效果。另外，石榴花还可充作杀虫剂，可以做胭脂。石榴果皮、树皮、根皮、果汁中含有鞣酸单宁，可使

1　（明）李时珍：《本草纲目》卷 30，第 756~758 页。

2　（明）李时珍：《本草纲目》卷 30，第 756 页。

肠黏膜收敛，分泌物减少，可治疗腹泻、痢疾等症，对痢疾杆菌、大肠杆菌有较强抑制作用。石榴花有止血功能，泡水洗眼，有明目效果。

医家认为，甜石榴也有药用价值，但有副作用。陶弘景说它"味甘、酸，无毒。主咽燥渴。损人肺，不可多食"。[1]孟诜《食疗本草》说："榴者，天浆也，止泻、化淤、清渴、祛火"，"能理乳石毒"，"多食损齿令黑。凡服食药物人忌食之"。[2]段成式《酉阳杂俎》云："石榴甜者，谓之天浆，能已乳石毒。"[3]乳石毒指头痛口干，小便浑浊。李时珍《本草纲目》云："制三尸虫。"中医所谓"三尸虫"指弓形虫，寄生于细胞内，随血液流动，到达全身各部位，破坏大脑、心脏、眼底，致免疫力下降。《广群芳谱》记载，甜石榴"性滞，恋膈，多食生痰、损肺、黑齿，服食家忌之"。[4]

石榴还是配制药酒的原料，西晋时已有以石榴为制作药酒配料的记载。张华《博物志》记载制作"胡椒酒"的方法："以好春酒五升，干姜一两，胡椒七十枚，皆捣末。好美安石榴五枚押取汁，皆以姜椒末及安石榴汁悉内着酒中，火暖取温，亦可冷饮，亦可热饮之，温中下气。若病酒苦觉体中不调，饮之。能者四、五升，不能者可二、三升从意。若欲增姜椒亦可，若嫌多欲减亦可。欲多作者，当以此为率。若饮不尽，可停数日。此胡人所谓荜拨酒也。"[5]这是一种药酒。由这一记载可知，石榴汁是胡椒酒的重要配料，这种胡椒酒制法也是从域外传入的。

道教重养生，石榴被道教视为养生佳品，从上引皮日休诗可知，石榴羹和胡麻饭都是道教日常食品。在道教传说中，其功效甚至被夸大。葛洪《神仙传》云："刘冯者，沛人也，封桑卿侯，学道于楼

1 （梁）陶弘景撰，尚志钧辑校《名医别录》卷3，第309页。
2 （明）李时珍：《本草纲目》卷30，第757页。
3 （唐）段成式：《酉阳杂俎》前集卷18，第174页。
4 （清）汪灏等：《广群芳谱》卷59，第1381页。
5 （晋）张华撰，范宁校证《博物志校证·佚文》，中华书局，1980，第117页。

丘子。常服石桂英及中岳石榴，垂四百年，如十五幼童。"[1] "道家书谓榴为三尸酒，言三尸虫得此果则醉也。故范成大诗云：'玉池咽清肥，三彭迹如扫。'"[2] 以为石榴为三尸酒，肚子里的三尸虫吃了以后会大醉，就不会向天帝告黑状了。道教所谓"三尸虫"又名"三彭""三尸""三尸神"等，包括上尸神、中尸神和下尸神，皆为人身之阴神，即阴气。道书《梦三尸说》云："人身中有三尸虫，居三丹田，好惑人性，欲得早亡。"[3] 但云三尸虫遇石榴而醉，都是道教幻想之词。

第三节　跨文化视野下的民俗学意义

石榴树起源于西亚，移植于世界各地，其文化寓意在各地之间互相传播。石榴文化的传播是古代丝路文化的重要内容。比尔·布朗《物论》云："物是我们遇到的东西，观念是我们投射的东西。"[4] 一个物种的文化意义往往与其自然属性相关，人们由其自然属性产生联想，托物寓意，因而使自然物象具有了丰富多彩的人文含义。石榴树是一种非常普及的树，世界各地都有与之相关的民俗，因此石榴文化研究是一个跨文化课题。

一　象征吉祥的佳果祭献祖先和神灵

在世界各地不同文化中都有向神灵祖先祭献石榴的习俗。希腊人种植石榴在荷马时代（约公元前 9 世纪至前 8 世纪）之后，得自小亚细亚。希腊神话中，石榴是爱与美女神，又是花神、植物之母

---

1 （宋）李昉等：《太平御览》第 9 册，第 571 页。
2 （明）李时珍：《本草纲目》卷 30，第 756 页。
3 （宋）张君房辑《云笈七签》卷 82，齐鲁书社，1988，第 472 页。
4 孟悦、罗钢主编《物质文化读本》，北京大学出版社，2008，第 78 页。

的阿芙洛狄忒的圣物与象征之一，因此人们祭献给她的植物包括石榴树。希腊人把石榴纹饰的瓶钵作为神庙祭祀的礼器使用。石榴传入北非很早，在5000年前古埃及第十八王朝的法老墓壁画上便绘有石榴树，画中法老向神奉献的瓜果中有石榴。从伊斯兰教经典《古兰经》中可知，阿拉伯人把石榴与橄榄、无花果并称"天堂三圣果"，认为每个石榴中都有一粒来自天堂，食之可以延年益寿，消除嫉妒和憎恨。

在印度文化中，佛教认为石榴可破除魔障，故称石榴为"吉祥果"，又名"子满果""颇罗果"，是财福圆满义。佛教艺术中，佛教鬼子母（Hiriti）、叶衣观音、孔雀明王、七俱胝佛母均以石榴为其持物。《千手千眼观世音菩萨广大圆满无碍大悲心陀罗尼经》云："若家内横起灾难者，取石榴枝寸截一千八段，两头涂酥酪蜜，一咒一烧尽千八遍，一切灾难悉皆除灭。要在佛前作之。"[1] 在佛教密教中，一切供果中以石榴为上。《瞿醯经》"奉请供养品"云供佛的果子中有石榴果，而且"其果子中，石榴为上"。[2]《佛说妙吉祥最胜根本大教经》云："复次成就法，用吉祥果子作护摩一洛叉，于天上人间得大利养。"[3] "护摩"意为焚烧；"洛叉"乃数词，十万。

石榴传入中国以后，被中国人视为"九州之名果"，"冠百品以奇仰，迈众果而特贵"，因此成为祭献的佳品。三国魏人缪袭《祭仪》云："秋尝果以梨、枣、柰、安石榴。"[4] 糜元有诗："苍苍陵上柏，参差列成行。童童安石榴，列生神道旁。"[5] 晋潘岳《河阳庭前安石榴赋》云："其华可玩，其实可珍，羞于王公，荐于鬼神。"张载《安石榴赋》云："上荐清庙之灵，下羞玉堂之客。"[6] 中秋时正是石榴上市季节，明清时"八月十五月儿圆，石榴月饼拜神仙"形成风俗。

1　《陀罗尼经》，《中华大藏经》第19册，中华书局，1986，第780页。

2　《蕤呬耶经》卷中，《大正藏》第18册，台北佛陀教育基金会，1990，第768页。

3　《佛说妙吉祥最胜根本大教经》卷下，《中华大藏经》第64册，中华书局，1993，第675页。

4　（唐）徐坚等：《初学记》卷28，第683页。

5　（宋）李昉等：《太平御览》第9册，第573页。

6　（唐）欧阳询：《艺文类聚》卷86，第1841页。

在祭祖仪式上摆放石榴和在陵墓神道上种植石榴树，在中秋佳节祭神时以石榴为供品，都包含着供神灵享用之意。石榴"千房同蒂，十子如一"，[1] 寓意全家团圆、和谐美满。中秋节是团圆的日子，以石榴做供果，表达了祈求家庭幸福的心愿。在中国道教中，石榴是"福"的象征。《天官赐福》图中一身朝服的天官（福神），手抱五名善童，善童手中分别捧着仙桃、石榴、佛手、春梅和吉庆鲤鱼灯等吉祥物。石榴是中国农历五月的当令花，道教中五月花神是鬼王钟馗。五月是瘟疫流行季节，民间请钟馗神镇守，所绘钟馗像耳边插石榴花。

二　丰产和繁育多子的象征意义

石榴多籽，花色浓烈，故象征幸福、丰收和繁育多子，这一点在世界各地文化中都有体现。波斯人称石榴树为"太阳的圣树"，喜其榴籽晶莹，以其象征多子、丰饶。早期亚述石板浮雕上刻有石榴树、葡萄树、无花果树，这些都是祭祀用的神圣之树。波斯人崇拜的安娜希塔女神，手执石榴象征丰收，在萨珊波斯的金银器上常有她的身影。在阿拉伯，石榴也有特殊的寓意，石榴籽晶莹透亮，被阿拉伯人赋予"多子""忠诚"的含义。在他们的婚礼上，当新娘来到新郎的帐篷前下马时，要接过来一个石榴，把它在门槛上砸碎，再把石榴籽扔进帐篷里，以此告诫新郎要一生善待妻子，夫妻间保持忠诚。中亚风俗，新娘出嫁时从娘家携带一枚石榴，婚礼后把石榴砸在地上，以蹦出多少石榴籽占卜生育儿女数。位于欧亚大陆交界处的岛国塞浦路斯，先是把阿芙洛狄忒奉为丰产女神，后又奉为爱与婚姻女神，其象征物中有石榴。

在希腊神话中，天后赫拉的标志性圣物是石榴、布谷鸟、孔雀和乌鸦。她的形象通常一手握权杖，象征权力；一手握石榴，象征丰收

1　（唐）欧阳询：《艺文类聚》卷 86，第 1480 页。

多子。珀尔塞福涅是谷物女神得墨忒耳的爱女，她在原野上采花时被冥王哈得斯劫到地宫，强迫成亲。得墨忒耳悲伤愤怒，以其法力令人间荒芜，花木枯萎，五谷歉收。众神之王宙斯迫令哈得斯交出珀尔塞福涅，得墨忒耳与女儿得以欢聚，遂赐福大地重现生机。但珀尔塞福涅吃了地府的石榴，中了冥界的魔咒，一年中有三分之一时间必须回到冥王那里，其间便成了万物不能生长的冬天，只有其母女团聚时大地才重披绿装，开花结实。雅典娜女神曾战胜海神波塞冬，在希腊雅典卫城山上的雅典娜神庙里，原有一尊雅典娜女神大理石像，右手握一颗石榴，左手握着盾牌。石榴是东方地区的象征物，主要的寓意是胜利、和平与丰收。在希腊现代家居商店随处可见石榴主题的装饰，希腊人搬新家收到的第一份礼物往往是石榴，寓意物产丰富、土地肥沃和好运气。

在北欧神话中，芙蕾雅是美与爱女神，她的丈夫奥都尔出门漫游，不知所终。她走遍世界，且哭且寻。泪水滴在石上，石为之软，滴在海里，化为琥珀，滴在泥中，化为金沙，故在北欧黄金被称为"芙蕾雅的眼泪"。她在南方阳光照耀的安石榴树下找到了丈夫，高兴得像新娘一样。时至今日，在北欧的婚礼上，新娘戴着石榴花成亲。石榴作为阿拉伯文化的象征，还影响到了欧洲。世界上有两个国家将石榴花定为国花，一是阿拉伯国家利比亚，二是欧洲国家西班牙。8 世纪时阿拉伯人越过直布罗陀海峡远征欧洲，占领西班牙，阿卜杜勒·赖哈曼时修建鲁萨法园，"引种了桃子、石榴等外国植物"；"西班牙的阿拉伯人，把在西亚实施的耕作方法，传入西班牙。他们开凿运河，种植葡萄，还传入稻子、杏子、桃子、石榴、橘子、甘蔗、棉花、番红花等植物和水果"。[1] 阿拉伯人的统治维持数百年之久，15 世纪西班牙人从阿拉伯人手中夺回最后一个据点。西班牙国徽上有石榴图案，象征着西班牙对阿拉伯人战争的胜利。

---

1 〔美〕希提：《阿拉伯通史》，马坚译，新世界出版社，2008，第 463、481 页。

在印度文化中，佛经中描写鬼子母神（梵名音译作诃利帝母、诃哩底母，意译作欢喜母、爱子母）左手抱一儿童，右手持吉祥果。鬼子母崇拜和石榴持物亦与生育、多子有关。《诃利帝母真言法》中云，女性不孕时，画诃利帝母作天女形象供奉，可得胎。诃利帝母"二膝上各坐一孩子，以左怀中抱一孩子，右手中持吉祥果"。[1] 鬼子母神原为婆罗门教中的恶神，哺育有五百个孩子，但她杀别人儿子以自啖食。佛祖渡鬼子母向善，赐予她石榴作为代替，从此不再食人之子，并崇护三宝及守护幼儿。佛教传入日本，鬼子母被称为"子安观音"或"子安神"，是保佑怀孕、顺产而供奉的儿童守护神。日本古典艺术中有许多鬼子母或子安神造像，右手握一枝对生石榴，顶端是一朵鲜艳的石榴花。

石榴象征吉祥、多子和丰收的观念随着石榴物种、西域文化和佛教也传入中国。石榴多籽，契合中国人多子多福的传统观念，因此中国人把石榴作为多子的象征，这种观念至迟在南北朝时已经形成。《北史·魏收传》记载："安德王延宗纳赵郡李祖收女为妃，后帝幸李宅宴，而妃母宋氏荐二石榴于帝前，问诸人莫知其意，帝投之。收曰：'石榴房中多子，王新婚，妃母欲子孙众多。'帝大喜，诏收'卿还将来'。"[2] 石榴为"多子多福"的吉祥象征之物，一些西方婚礼用石榴做主题，中国也如此，唐代盛行结婚赠石榴，寓意"多生贵子"。结婚时洞房悬挂两个大石榴；结婚礼品要送绣有大石榴的枕头；初生贵子，亲友赠送绣有石榴图案的鞋、帽、衣服、枕头等，以示祝贺。明代画家王谷祥《题石榴》诗云："榴房拆锦囊，珊瑚何齿齿。试展画图看，凭将颂多子。"[3] 人们以"榴房"喻多子。

中国以石榴象征多子和丰收观念的形成，晚于世界上其他国家和地区，可以认为这是随着石榴传入中国的新观念，其中融合了西亚、南亚和欧洲各地的文化元素。在新疆尉犁县营盘 15 号墨山国贵族墓

1　《诃利帝母真言法》，《中华大藏经》第 65 册，中华书局，1993，第 665 页。

2　《北史》卷 56《魏收传》，中华书局，1974，第 2033 页。

3　（清）汪灏等：《广群芳谱》卷 59，第 1387 页。

考古发现一副红地黄纹对石榴对童子图案锦罽袍，这种装饰图案艺术应该来自古波斯。墨山国是汉时西域古国，墓葬属汉晋时期。李文瑛、周金玲认为此锦袍融希腊和波斯两种文化于一体。童子可能是常与石榴树一同出现的小爱神丘比特（希腊称厄洛斯），锦袍可能制作于中亚的希腊化大夏或犍陀罗地区。在古希腊神话中，小爱神丘比特常一手持弓箭，一手拿石榴。[1] 丘比特是爱与婚姻女神阿芙洛狄忒和战神阿瑞斯生的小儿子，他的形象和石榴都象征着爱情和婚姻、生育。这个考古材料揭示了西方石榴文化观念随着石榴树和石榴工艺品传入中土。

第四节　文学形象的比兴寄托寓意

石榴树榴枝婆娑，花红似火，翠叶细密，硕果累累，籽粒繁多，晶莹剔透，味道甜美，因此受到各地人们的喜爱，引起人们丰富的联想。自汉代引进以后，其便进入诗人文士的吟咏中，汉赋和汉诗中已经有作品写到石榴，此后历代皆有佳作。石榴意象寄托了诗人文士复杂的情感。在诗人赋物咏怀之际，物一直存在于主客体关系之中，其并非单纯的客体。中国古代诗歌中托物寓意和情景交融传统典型地表现出这种人与物关系，这可能也是石榴文化中最富有中国特色的一个方面。

在诗人笔下，自然界的客观事物被赋予了人的情感，"以我观物，故物皆著我之色彩"。[2] 石榴树一出现在文学作品中，便被赋予了强烈的情感色彩，诗人通过咏石榴树寄意抒怀。汉末蔡邕《翠鸟诗》云：

1　李文瑛、周金玲：《营盘墓葬考古收获及相关问题》，新疆文物局等编《新疆维吾尔自治区丝路考古珍品》，上海译文出版社，1998，第 63~74 页。

2　王国维：《人间词话》，人民文学出版社，1960，第 191 页。

> 庭陬有若榴，绿叶含丹荣。翠鸟时来集，振翼修容形。回顾
> 生碧色，动摇扬缥青。幸脱虞人机，得亲君子庭。驯心托君素，
> 雌雄保百龄。[1]

这是现存古诗中第一次咏及石榴树的诗，也是古诗中第一首托物言志之作。诗中石榴树处于君子之庭，成为翠鸟的托身之所。翠鸟摆脱了猎人的机关，得依若榴，获得了安全感。这是诗人自喻，"若榴"暗喻现实中诗人的庇护者。在蔡邕笔下，石榴树已然不是纯客观的果树，寄托了诗人感恩戴德之情。这首诗一题《咏庭前若榴》。《四库全书总目》论古代咏物诗发展："其托物寄怀见于诗篇者，蔡邕《咏庭前若榴》，其始见也。"[2] 从屈原作品以香草、美人自喻开始，以美好的事物比喻杰出的才华就成为文学的一个传统，而怀才不遇又是中国古代文士常有的命运，故以美好事物托物寓意，抒发仕途坎坷、壮志难酬的感慨是古代文学中常见的主题。石榴树枝叶婆娑、花果艳丽，传入中国后便成为一个新的象征才华的意象，频繁地出现在文学作品中。曹植诗《弃妇篇》写女子因无子而被弃，"拊心长叹息，无子当归宁"，暗寓朋友的政治失意，写得极其委婉。诗人以石榴树起兴，石榴花虽美，但石榴树果实晚熟，诗人以此安慰和勉励朋友不要失望，结尾云："招摇待霜露，何必春夏成。晚获为良实，愿君且安宁。"[3] 石榴果实虽然晚熟，但终为"良实"，后来居上。以石榴花暗喻友人的才华，以石榴果实的晚熟预示其终当大用。

魏晋南北朝时吟咏石榴的作品随着石榴树的广泛种植而逐渐增多。在刻画石榴树花叶树形之美的同时，注重对石榴精神品质的赞美，因而产生石榴树的人格化描写。在诗人笔下，石榴树被赋予"君子"之风。石榴树常植于院角，迟于其他草木开花，这正符合中国古代文士重名节操守、自甘寂寞的人品。潘岳《安石榴赋》称赞

1　逯钦立辑校《先秦汉魏晋南北朝诗》，第 193 页。

2　（清）永瑢等：《四库全书总目》卷 168，中华书局，1965，第 1453 页。

3　（三国魏）曹植著，赵幼文校注《曹植集校注》卷 1，第 33 页。

石榴："处悴而荣，在幽弥鲜。"梁江淹《石榴颂》："美木艳树，谁望谁待，缥叶翠萼，红华绛采，焗烈泉石，芬披山海，奇丽不移，霜雪空改。"[1] 其中不仅写石榴的形象之美，又包含对石榴树品性的赞叹，那经霜不改的品性正是坚贞人格的象征。花开花谢一如人生的荣辱升沉，总是引起诗人感慨万千，石榴花经夏零落，也让诗人联想到人生的荣枯。晋庾儵《石榴赋》序云："于时仲春垂泽，华叶甚茂；炎夏既戒，忽乎零落。是以君子居安思危，在盛虑衰，可无慎哉！"[2] 他写石榴树花叶之盛，包含着盛极有衰的感叹，隐含着人生当居安思危的道理。《北史·裴延俊传》记载裴泽"为散骑侍郎，寻为诽毁大臣赵彦深等，兼咏石榴诗，微以托意，有人以奏武成，武成决杖六十，髡头除名"。[3] 裴泽这首招致不幸的咏石榴诗不见流传，他是如何通过咏石榴寄托情意，表达了什么情感不得而知，但显然是托物讽喻之作。

后来的作家常常借石榴的命运以表达个人的政治操守和现实遭遇。石榴是从域外传入，开花在夏天，诗人由此产生联想，从远徙别处和未能及时绽放立意写个人的命运。唐代诗人孔绍安《侍宴咏石榴》诗云："可惜庭中树，移根逐汉臣。只谓来时晚，开花不及春。"[4] 史载孔绍安侍宴唐高祖李渊，高祖命以"石榴"为题赋诗，他将石榴在仲夏开花的原因，归结为石榴移植中国较晚，错过了与百花在春天竞放的机会，以此表达个人的失意。[5] 孔绍安和夏侯端大业末皆为监察御史，时李渊在河东率军讨贼，隋炀帝命二人监其军。后李渊称帝，夏侯端先于孔绍安投奔李渊，被任命为秘书监。孔绍安后至，被拜为内史舍人，官职低于夏侯端，他的诗委婉地表达了个人不得其位的情绪。元稹《感石榴二十韵》诗先感叹石榴树远离故土，僻处故

1　（唐）欧阳询：《艺文类聚》卷 86，第 1482 页。

2　（唐）欧阳询：《艺文类聚》卷 86，第 1482 页。

3　《北史》卷 38《裴延俊传》，第 1379 页。

4　（唐）徐坚等：《初学记》卷 28，第 684 页。

5　《旧唐书》卷 190《文苑传》，第 4983 页。

园："何年安石国？万里贡榴花。迢递河源道，因依汉使槎。酸辛犯葱岭，憔悴涉龙沙。初到摽珍木，多来比乱麻。深抛故园里，少种贵人家。"接着写自己在荆州见到石榴树，极写其绿叶红英之美："绿叶裁烟翠，红英动日华。……俗态能嫌旧，芳姿尚可嘉。"诗表达与石榴树同病相怜之情："唯我荆州见，怜君胡地赊。从教当路长，兼恣入檐斜"；"非专爱颜色，同恨阻幽遐。满眼思乡泪，相嗟亦自嗟"。[1]当时元稹因正直为官遭到迫害，被贬为江陵士曹掾，他借写石榴树表达了远贬失意的痛苦。李嘉祐《过乌公山寄钱起员外》："雨过青山猿叫时，愁人泪点石榴枝。"[2]刘禹锡《百花行》："唯有安石榴，当轩慰寂寞。"[3]李商隐《回中牡丹为雨所败》："浪笑榴花不及春，先期零落更愁人。"[4]许浑《游楞伽寺》："尽日伤心人不见，石榴花满旧琴台。"[5]显然皆有拟人寄托之意。唐代赋家咏石榴也有拟人咏怀之作，吕令问《府庭双石榴赋》云："类甘棠之勿剪，人纵去而犹思；若李树之无言，蹊有成而不召。是以固其根干，美其华辉。使开轩而翠彩重合，甫褰帷而红荣四照也。或曰物恶近以招累，事贵远而克全。空遁幽以独美，抱甘香而自捐。岂比夫善生者托仁以远害，能寿者辅道以延年。是以象（疑作蒙）君子之惠渥，故终保夫自然。"[6]显然是借石榴树象征君子的坚贞人格，赞美其远离世俗、不为物累、洁身自好和甘于寂寞。

石榴树是美好事物的象征，在世界各地文学中都有用石榴赞美女性的描写，这是由石榴树花叶果实之美引发的。古希伯来《雅歌》有云："你的唇好像一条朱红线，你的嘴也秀美，你的两太阳（指面颊）在帕子内如同一块石榴。"[7]在阿拉伯文化中形容女性的美，往往

1　《元稹集》卷 13，第 151 页。

2　（清）彭定求等编《全唐诗》卷 207，第 2168 页。

3　《刘禹锡集》卷 27，第 248 页。

4　（唐）李商隐著，（清）冯浩笺注《玉溪生诗集笺注》卷 1，第 117 页。

5　（清）彭定求等编《全唐诗》卷 538，第 6138 页。

6　（宋）李昉等编《文苑英华》卷 144，第 666 页。

7　《圣经》，第 653 页。

用石榴比喻乳房。《一千零一夜》中"脚夫和姑娘们的故事"描写那位开门的女郎，"略凸的腹部微微的起伏，与石榴般饱满的双乳那轻轻的摇晃彼此呼应"。[1] "阿里·沙琳和女奴珠曼丽"故事里写年轻的女奴"娇姿妩媚，美貌非凡，双乳如石榴般圆润"。[2] 第 328 夜的故事里写美丽的歌手"两个乳峰丰隆高耸，就像两个大石榴"。[3] 中国诗人也用石榴赞叹女性的美。隋魏彦深《咏石榴诗》将榴花比作相思中的闺中人："分根金谷里，移植广庭中。新枝含浅绿，晚萼散轻红。影入环阶水，香随度隙风。路远无由寄，徒念春闺空。"[4] 唐诗人李商隐《石榴》赞叹眼前美好的石榴："榴枝婀娜榴实繁，榴膜轻明榴子鲜。可羡瑶池碧桃树，碧桃红颊一千年。"[5] 榴枝、榴实、榴膜、榴籽都令诗人叹赏不止，但诗人又惋惜石榴的美好是短暂的，难及瑶池碧桃的生命长久，借石榴表达了对自己心爱的女人的复杂情感。于兰《千叶石榴花》诗云："一朵花开千叶红，开时又不借春风。若教移在香闺畔，定与佳人艳态同。"[6] 诗的末句把石榴花的娇态与香闺中女子的美艳相类比。

　　总之，从汉至唐石榴树自域外移入并得以推广，受到人们喜爱，全国各地普遍种植，从"滋玄根于夷壤"之外来果木成为享誉汉地的"奇树""名果"。石榴的多种实用价值为人类所共享，文化交流使石榴造福于世界各地人民。伴随石榴树的移植，西域石榴文化也传入汉地，世界各地有关石榴的文化寓意有共同之处，反映了不同文化中的诗心相通和知识迁移。石榴树在汉地特殊环境中产生出富有民族特色的文化含义，寄托了中国人的理想和愿望，转化为中国传统文化中意蕴丰富的文化符号，体现了文化传播过程中衍化生新的倾向。在中国文化中，石榴被赋予吉祥、团圆、喜庆、昌盛、和睦、爱情、多子多

1　《一千零一夜》，郅溥浩等译，北京燕山出版社，1999，第 57 页。

2　《一千零一夜》，郅溥浩等译，第 239 页。

3　《一千零一夜》，李惟中译，第 1396 页。

4　（唐）徐坚等《初学记》卷 28，第 684 页。

5　（唐）李商隐著，（清）冯浩笺注《玉溪生诗集笺注》卷 3，第 576 页。

6　（清）彭定求等编《全唐诗》卷 824，第 9289 页。

福、金玉满堂、才华、长寿、辟邪等多方面的象征意义。石榴是一种世界性文化符号，作为一种意象，蕴含着深刻而丰富的文化意义，承载着不同民族共同的生活向往。石榴文化的全球景观揭示了物种传播在文化交流中的重要意义。

第十五章　中古文学中的舶来品意象

　　魏晋南北朝时期是对外文化交流发展的重要时期，文化交流的途径比两汉时代大大增加，规模扩大，隋唐时期是对外文化流史上的高潮和辉煌时期。许多外来的东西在汉代已经传入，在这一时期日益受到文学家的关注。魏晋南北朝隋唐时期又是文学史上一个重要发展时期，这是一个文学自觉的时代，文学更是人性的文学和审美的文学。外来文明的新奇感是激发文学创作兴趣和灵感的契机，而且，"以我观物，故物皆著我之色彩"。[1]在诗人作家的审美活动和文学创作中，它们往往被赋予丰富复杂的情感，形成中古时期文学中具有独特文化意蕴的意象群。

1　王国维:《人间词话》，第 191 页。

第一节　中古文学中的外来植物

　　文学艺术追求新奇的意象，外来植物的新奇和神奇使它成为诗人喜欢吟咏的对象，因此成为古代诗歌中的常见意象。在中古文学作品中，外来的胡麻、葡萄、石榴和各种花卉常见于吟咏。

一　中古文学中的葡萄

　　葡萄在汉代已经从西域移种汉地。[1] 葡萄花叶枝蔓美观好看，因此葡萄从西域传入中原后，很快便被用作一种新颖的装饰题材，用为器物上的纹饰图案。考古发现，秦时宫廷壁画已有葡萄。葡萄还用于织锦图案，见于记载的有"葡萄锦"。《西京杂记》卷 1 记载："霍光妻遗淳于衍蒲桃锦二十四匹。"同书卷 3 记载："尉佗献高祖鲛鱼、荔枝，高祖报以蒲桃锦四匹。"[2] 考古发现和阗、尼雅遗址出土的东汉绮、罽有葡萄图案。1959 年，在民丰尼雅的古代精绝国遗址，一座东汉时夫妻合葬墓中棺内出土一件黄色鸟兽葡萄纹绮缝制的女上衣，衣料是中原地区的织品。还有一件绿底人兽葡萄纹罽，在绿底上用黄色显出鬈发高鼻的人物采摘葡萄的图案，则是新疆当地的织物。也有葡萄纹饰的毛织品，这座 2 世纪东汉晚期的夫妇合葬墓里出土了葡萄纹毛织物和葡萄动物纹绮。同时出土的还有一件夹缬蓝印花棉布，是中国境内发现的最早的棉布。其残片的右侧为人趾、狮尾和鱼龙纹图案，左侧方框中绘有一位袒胸的女神，头饰圆光，颈戴璎珞，手持盛满葡萄的丰饶角。关于这位女神的身份，学术界有许多争论，有说是佛教的菩萨像，有说是希腊的丰收女神，有说是波斯女神伊什塔尔（Ishtar）或生育女神安娜希塔（Anathita），有说是古巴比伦女神，或说是印

1　石云涛：《汉代外来文明研究》，第 76~86 页。
2　（明）程荣纂辑《汉魏丛书》，第 303、307 页。

度的鬼子母，还有说是希腊－犍陀罗的丰收女神提喀（Tyche）等。在贵霜帝国统治下的犍陀罗地区，提喀女神常手持丰饶角出现。例如，石雕提喀像和巴基斯坦白沙瓦出土的银碗上的提喀像，与尼雅棉布的女神极为相似。孙机将此棉布与贵霜王朝胡毗色迦（Huvishka，167~179 年在位）金币上的图案相比较，因贵霜金币与尼雅棉布的时间、地点最为接近，认为此神为中亚特有的丰收女神阿尔多克洒（Ardochsho），进一步推论此棉布是东汉时由贵霜国从丝路传入中国新疆。[1]

葡萄纹饰还作为铜铸器物图纹，《宁寿古鉴》《宣和博古图录》《西清古鉴》《金石索》诸书著录的海马葡萄镜和海兽葡萄鉴制作精细，图像绮丽。花鸟画中有葡萄画，有以画葡萄闻名的画家。据斯坦因考察，在 2~3 世纪的罗布倬尔木门楣残片上有葡萄纹样。魏晋南北朝时期丝路畅达，葡萄纹样传入中原，甘肃靖远出土的北魏酒神骑豹葡萄纹银盘和大同平城出土的北魏童子葡萄纹鎏金青铜杯，都是西方制作传入中国的。隋代天水墓葬石屏风描绘了酿造葡萄酒的作坊；山西太原虞弘墓汉白玉石椁浮雕，有胡人男子在平台上踩踏葡萄，边舞蹈边酿酒。随着佛教在魏晋隋唐的兴盛，葡萄纹样也出现在敦煌、云冈、龙门等佛教雕刻图案上。云冈石窟第 12 窟（北魏）主室南壁浮雕，龙门古阳洞（北朝 502 年）弥勒 3 尊佛龛光背，敦煌（初唐）209 窟天顶和 322 窟壁龛藻井，西安香积寺大砖塔，都残存有唐代葡萄纹楣石线刻。玄奘《大唐西域记》记载古印度饮品："若其酒醴之差，滋味流别。蒲萄、甘蔗，刹帝利饮也；曲糵醇醪，吠奢等饮也。沙门、婆罗门饮蒲萄甘蔗浆，非酒醴之谓也。"[2] 饮酒有等级之别，沙门、婆罗门戒酒，饮葡萄汁、甘蔗汁，西域各国也传为风俗。玄奘赴印度取经，经西域各国，如屈支国（龟兹）和突厥的素叶水城（碎叶），皆以葡萄浆款待他。高昌国（今吐鲁番一带）盛产黄、白、黑三种葡

---

1 孙机:《建国以来西方古器物在我国的发现与研究》，原载《文物》1999 年第 10 期，收入氏著《仰观集》，文物出版社，2015，第 435 页。

2 （唐）玄奘、辩机原著，季羡林等校注《大唐西域记校注》卷 2，第 215 页。

萄和马奶葡萄，酿酒别具风味，唐代诗人岑参在《酒泉太守席上醉后作》诗中赞美的是此地出产的"交河美酒"。[1]

域外传入的植物要么便于实用，要么美观供人欣赏。葡萄作为域外奇花异果，架下可以乘凉，藤蔓花叶美丽可观，果实酸甜可口，引起诗人文士的歌咏，魏晋时成为一时风气。傅玄《蒲桃赋》现存残句主要写葡萄从域外历远涉险传入的过程："逾龙堆之险，越悬度之阻。涉乎三光之阪，历乎身热之野。"[2] 应贞《蒲桃赋》残句写其果实累累："结繁子之磊落兮，英苊总而弥房。"[3] 钟会《蒲萄赋》曰：

> 美乾道之广覆兮，佳阳泽之至淳；览遐方之殊伟兮，无斯果之独珍。托灵根之玄圃，植昆山之高垠。绿叶蓊郁，暧若重阴翳羲和；秀房陆离，混若紫英乘素波。仰承甘液之灵露，下歆丰润于醴泉。总众和之淑美，体至气于自然，珍味允备，与物无俦，清浊外畅，甘旨内道，滋泽膏润，入口散流。

作家不仅自己赋咏，还邀朋友一起写作。此赋序云："余植葡萄于堂前，嘉而赋之，命荀勖并作。"[4] 荀勖《蒲萄赋》有残篇存世："灵运宣流，休祥允淑，懿彼秋方，乾元是畜，有蒲萄之珍伟奇〔句有衍文〕，应淳和而延育。"[5] 在魏晋文士笔下，葡萄主要是以"物"之美被赋咏的，可以体会到作家的喜爱之情。左思《魏都赋》云："皇篠怀风，蒲陶结阴。"[6] 这不是专门咏葡萄的作品，但葡萄进入了作家的审美视野，他喜欢的是在葡萄架下的清凉感受。

唐诗里有大量咏葡萄的诗，除了咏其藤蔓、花叶、果实之美，还赋予不同的情感意蕴。因为葡萄是来自域外的植物，因此被作为丝绸

1　（唐）岑参撰，廖立笺注《岑嘉州诗笺注》卷2，中华书局，2004，第428页。
2　（清）严可均校辑《全上古三代秦汉三国六朝文》，第1718页。
3　（清）严可均校辑《全上古三代秦汉三国六朝文》，第1660页。
4　（清）严可均校辑《全上古三代秦汉三国六朝文》，第1188页。
5　（唐）欧阳询：《艺文类聚》卷87，第1495页。
6　（梁）萧统编《文选》卷6，第83页。

之路和对外交流意象。李颀《古从军行》云："年年战骨埋荒外，空见蒲桃入汉家。"[1] 葡萄入贡又是国家强盛、外夷臣服的象征。王维《送刘司直赴安西》："绝域阳关道，胡沙与塞尘。三春时有雁，万里少行人。苜蓿随天马，蒲桃逐汉臣。当令外国惧，不敢觅和亲。"[2] 汉代有葡萄宫，匈奴单于入汉时居之，是北方民族臣服的表现。陈子昂《送著作佐郎崔融等从梁王东征》诗序云："自我大君受命，百蛮蚁伏，匈奴舍蒲桃之宫，越裳重翡翠之贡。"[3] 李白《送族弟绾从军安西》云："匈奴系颈数应尽，明年应入蒲萄宫。"[4] 杜甫《洗兵行（旧作马）》云："中兴诸将收山东，捷书日报清昼同。河广传闻一苇过，胡危命在破竹中。祗残邺城不日得，独任朔方无限功。京师皆骑汗血马，回纥馼肉蒲萄宫。"[5] 题注："收京后作。"也是用汉代这一典故，庆祝平叛的胜利。

二　中古文学中的石榴

石榴树花红似火、翠叶细密、硕果累累，石榴籽多、晶莹剔透、味道甜美，因此受到各地人们的喜爱。自汉代引进以后，石榴文化便渗入中国民俗中，进入诗人文士的吟咏中，汉赋和汉诗中已经有作品写到石榴。魏晋南北朝时随着石榴的普遍栽种，歌咏石榴树的作品更多了。曹植《弃妇篇》以石榴起兴，写石榴绿叶红花绚丽无比："石榴植前庭，绿叶摇缥青。丹华灼烈烈，璀采有光荣。"但"有鸟"叹其"丹华实不成"。[6] 由此咏叹女子虽貌美但因无子嗣遭受被休弃的命运。西晋时众多文人作赋咏叹石榴，张载、张协、傅玄、应贞、庾儵、夏侯湛、潘岳等皆有《安石榴赋》，这些作品见于各种文献的收录，大

---

1 （唐）李颀著，王锡九校注《李颀诗集校注》卷2，中华书局，2018，第255页。

2 （唐）王维撰，陈铁民校注《王维集校注》卷4，第405~406页。

3 《陈子昂集》（修订本）卷2，第44页。

4 （唐）李白著，瞿蜕园、朱金城校注《李白集校注》卷17，1023页。

5 （唐）杜甫，（清）仇兆鳌注《杜诗详注》卷6，第514页。

6 （三国魏）曹植著，赵幼文校注《曹植集校注》卷1，第33页。

多为残篇。应贞《安石榴赋》序云："余往日职在中书时，直庐前有安石榴树，枝叶既盛，华实甚茂，故为之作赋。"[1] 潘岳《河阳庭前安石榴赋》："仰天路而高睇，顾邻国以相望。位莫微于宰邑，馆莫陋于河阳。虽则陋馆，可以遨游。实有嘉木，曰安石榴。"[2] 潘岳（一作潘尼）《安石榴赋》序云："若榴者，天下之奇树，九州之名果也。是以属文之士，或叙而赋之。盖感时而骋思，睹物而兴辞。余迁旧宇，爰造新居。前临旷泽，却背清渠。实有斯树，植于堂隅。"[3] 这说明人们家植石榴树和文学家咏石榴成为一时风气。

从这些作品来看，石榴首先是以异域奇树为人们所欣赏。张载《安石榴赋》云："有若榴之奇树，肇结根于西海。仰青春以启萌，晞朱夏以发采。挥光垂绿，擢干曜鲜。燋若群翡俱栖，烂若百枝并然。焕乎郁郁，煜乎煌煌。仰映清霄，俯烛兰堂。似西极之若木，譬东谷之扶桑。于是天回节移，龙火西夕。流风晨激，行露朝白。紫房既熟，赪肤自拆。部（当作剖）之则珠散，含之则冰释。"[4] 夏侯湛《石榴赋》云："览华囿之嘉树兮，羡石榴之奇生。滋玄根于夷壤兮，擢繁干于兰庭。沾灵液之粹色兮，含渥露以深荣。若乃时雨新希，微风扇物。蔼萋萋以鲜茂兮，纷扶舆以蓊郁。枝掺稄以环柔兮，叶鳞次以周密。纤条参差以窈窕兮，洪柯流求以相拂。于是乎青阳之末，朱明之初，翕微焕以摛采兮，的窟璨以扬敷；接翠蕚于绿叶兮，冒红牙以丹须。艳然含蕤，璀尔散珠。若乃丛纨始裹，聚萌方离，潜晖蜿艳，绿采未披，照灼攒烈，荧莹玄垂。"[5] 说它结根于"西海"，又说它"似西极之若木，譬东谷之扶桑"，"滋玄根于夷壤"云云，都强调其来自遥远的异域。张协《安石榴赋》云："考草木于方志，览华实于园畴，穷陆产于苞贡，差英奇于若榴。"[6] 赋云安石榴产于"苞贡"，意谓其是来

1　（清）严可均校辑《全上古三代秦汉三国六朝文》，第 1660 页。

2　（清）严可均校辑《全上古三代秦汉三国六朝文》，第 1990 页。

3　（宋）李昉等：《太平御览》卷 970，第 4301 页。

4　（唐）欧阳询：《艺文类聚》卷 86，第 1480~1481 页。

5　（清）严可均校辑《全上古三代秦汉三国六朝文》，第 1852 页。

6　（唐）欧阳询：《艺文类聚》卷 86，第 1481 页。

自域外之贡物。

　　其次，这一时期的文人多以观赏性植物赞美石榴的花叶枝茎等外在形象。"赋者，铺也。"这些作品皆以铺叙手法，面面俱到地写石榴树的美。如前引张协《安石榴赋》分别从花、枝、干、茎、叶、果、粒不同方面，铺写其美。作家还从一年四季景物不同、一天之内时辰不同写石榴的各种不同的美。应贞《安石榴赋》云："把微露以鲜采，承轻风而动葩。南拂阴檐，北扇阳阿。其旁则有大厦崇房，重廊高庑，皇籍帝典图书之符。时移节变，大火西旋。月葩结秀，朱实星悬。肤折理阻，烂若珠骈。"[1] 夏侯湛传世有《石榴赋》（一作《若石榴赋》），又有《安石榴赋》，都是残篇，可能是同一篇赋作。《安石榴赋》云："实有嘉木，名安石榴。株条列畅，索干内樛。丹辉缀于朱房，细的点于红须。煌煌炜炜，熠耀入蕊。似长离之栖邓林，若珊瑚之映流水。光明磷烂，含丹耀紫。"[2] 潘尼《安石榴赋》："朱芳赫奕，红萼参差。含英吐秀，乍含乍披。遥而望之，焕若随珠耀重川；详而察之，灼若列宿出云间。湘涯二后，汉川游女，携类命畴，逍遥避暑。托斯树以栖迟，溯祥风而容与。尔乃擢纤手兮舒皓腕，罗袖靡兮流芳散。披绿叶于修条，缀朱华兮弱干。岂金翠之足珍，实兹葩之可玩。商秋授气，收华敛实。千房同蒂，十子如一。缤纷磊落，垂老曜质。"[3] 其花可玩赏，其荫可避暑。傅玄《石榴赋》："鸟宿中而纤条结，龙辰升而丹华繁。其在晨也，灼若旭日栖扶桑；其在昏也，爽（一作爇）若烛龙吐潜光，苞玄黄之烈辉，绿炜晔而焜煌，发朱荣于绿叶，时从风而飘扬。"[4]

　　除了写其观赏之美，便是赞美其果实的味美可口。张载《安石榴赋》说它"充嘉味于庖笼，极醉酸之滋液。上荐清庙之灵，下羞玉堂

1　（清）严可均校辑《全上古三代秦汉三国六朝文》，第 1660 页。

2　（清）严可均校辑《全上古三代秦汉三国六朝文》，第 1852 页。

3　（清）严可均校辑《全上古三代秦汉三国六朝文》，第 2000~2001 页。按：上引夏侯湛、潘尼两段，又作潘岳《河阳庭前安石榴赋》，见同书卷 92，第 1990 页。

4　（唐）欧阳询:《艺文类聚》卷 86，第 1482 页。

之客"。[1] 潘岳《河阳庭前安石榴赋》称石榴"御渴疗饥，解酲止疾"；"味滋芳神，色丽琼蕊"；"其华可玩，其实可珍。羞于王公，荐于鬼神。岂伊仄陋，用渝厥真。果由如之，而况于人"。夏侯湛《安石榴赋》云："味滋芳袖，色丽琼蕊。"《石榴赋》云："雪醒解饵，怡神实气。冠百品以奇仰，迈众果而特贵。"潘尼《安石榴赋》云："华实并丽，滋味亦殊。可以乐志，可以充虚"；"滋味浸液，馨香流溢"。这一时期的赋中寄寓人生感慨的不多，只在个别作家笔下，把石榴与人生做比。庾儵《石榴赋》云："于时仲春垂泽，华叶甚茂；炎夏既戒，忽乎零落。是以君子居安思危，在盛虑衰，可无慎哉！乃作斯赋：绿叶翠条，纷乎葱青；丹华照烂，晔晔荧荧。远而望之，粲若摛缋被山阿；迫而察之，赫若龙烛耀绿波。"[2] 他从石榴花的春开夏败，想到人生有盛有衰，告诫人们要慎其行迹。

南北朝时北方和南方都有石榴树种植。《宋书·张畅传》记载，北魏太武帝拓跋焘率军南征，送礼物给南朝将军张畅，同时"求甘蔗、安石留"。张畅说："石留出自邺下，亦当非彼所乏。"[3] 意思是说，石榴本来是北方的产品，北魏不应当缺少此物。《邺中记》记载："石虎苑中有安石榴，子大，如椀盏，其味不酸。"[4] 佚名作者《襄国记》记载："龙岗县有好石榴。"龙岗县在今河北省。《方舆胜览》记载，合肥浮槎山，俗传自海上浮来。梁武帝女为尼于此山，建道林寺，"寺有榴花，根干伟茂，即帝女手植"。[5] 这个传说反映合肥之石榴从南朝移植而来。

魏晋时期咏及石榴的作品集中在北方作家笔下，常见于赋作。南北朝出现一些咏石榴的诗，诗人庾信院子里栽种了石榴树，故其诗《移树》云："酒泉移赤柰，河阳徙石榴。虽言有千树，何处似封侯？"[6]

1　（唐）欧阳询：《艺文类聚》卷 86，第 1481 页。
2　（唐）欧阳询：《艺文类聚》卷 86，第 1482 页。
3　《宋书》卷 59《张畅传》，第 1603 页。
4　（宋）李昉等：《太平御览》卷 970，第 4300 页。
5　（宋）祝穆撰，祝洙增订《方舆胜览》卷 48，第 848 页。
6　（北周）庾信撰，（清）倪璠注《庾子山集注》卷 4，第 381 页。

不仅北朝作家咏石榴，南方也出现咏石榴的作品，反映其时南方石榴的种植越来越多。这一时期的作品沿袭着赞美石榴树形象之美的传统，如南朝梁王筠、梁元帝的诗都对石榴极尽赞美。王筠《摘安石榴赠刘孝威诗》云：

> 中庭有奇树，当户发华滋。素茎表朱实，绿叶厕红蕤。既标太冲赋，复见安仁诗。宗生仁寿殿，族代（疑作茂）河阳湄。有美清淮北，如玉又如龟。退书写虫篆，进对多好辞。我家新置侧，可求不难识。相望阻盈盈，相思满胸臆。高枝为君采，请寄西飞翼。[1]

"族代河阳湄"和庾信诗说的"河阳徙石榴"都是强调河阳石榴闻名，南朝的石榴来自北方。梁元帝《赋得石榴诗》云："涂林未应发，春暮转相催。燃灯疑夜火，连珠胜早梅。西域移根至，南方酿酒来。叶翠如新剪，花红似故栽。还忆河阳县，映水珊瑚开。"[2]这首诗和王筠的诗都写石榴树花枝叶之美。梁元帝的诗强调其来自西域，并且还从南海国家获得石榴酒。这一时期有的诗人出现了通过咏石榴树寄意抒怀的倾向。江淹《石榴颂》云："美木艳树，谁望谁待，缥叶翠萼，红华绛采，焻烈泉石，芬披山海，奇丽不移，霜雪不（一作空）改。"[3]其不仅写石榴的形象之美，还包含着对石榴树品性的赞叹。南北朝以后历代皆有咏石榴的作品，如隋魏彦深、孔绍安等人的诗，在咏石榴树花叶之美的同时，往往有一定的寓意，有身世之感。魏彦深《咏石榴诗》云："分根金谷里，移植广庭中。新枝含浅绿，晚萼散轻红。影入环阶水，香随度隙风。路远无由寄，徒然（一作念）春闺空。"[4]孔绍安《侍宴咏石榴诗》："可惜庭中树，移根逐汉臣。只谓来时晚，开花

1　逯钦立辑校《先秦汉魏晋南北朝诗》，第 2017 页。
2　逯钦立辑校《先秦汉魏晋南北朝诗》，第 2047 页。
3　（清）严可均校辑《全上古三代秦汉三国六朝文》，第 3172 页。
4　（宋）李昉等编《文苑英华》卷 326，第 1692 页。

不及春。"[1] 这些诗都有托物寓意、寄情于树之意。总之，魏晋南北朝时期诗人、文学家把石榴树花果作为审美对象和托物寄意的媒介加以歌咏，吟咏石榴的文学作品随着石榴树的广泛种植而逐渐增多。唐代诗人借石榴写个人情怀、人生感悟或讽喻政治。刘禹锡诗《百花行》写春去夏来，百花凋零后，只有石榴花仍傲放枝头："时节易晼晚，清阴覆池阁。唯有安石榴，当轩慰寂寞。"[2] 刘禹锡因参与永贞革新遭受打击，那独盛的石榴花让他感到一丝安慰。韩愈《题张十一旅舍三咏·榴花》云："五月榴花照眼明，枝间时见子初成。可怜此地无车马，颠倒青苔落绛英。"[3] 诗借美丽的石榴花无人观赏，暗寓张十一怀才不遇。

三　中古文学中的胡麻

胡麻在汉代时已经传入中原，与胡麻在社会生活中扮演的角色相同，它首先是作为一种食物进入诗歌领域的。初唐诗人王绩《食后》写自己的晚饭："田家无所有，晚食遂为常。菜剪三秋绿，飧炊百日黄。胡麻山豴样，楚豆野麋方。"[4] 王绩《送孙秀才》写招待朋友的饮食："山中无鲁酒，松下饭胡麻。莫厌田家苦，归期远复赊。"[5] 秦系《山中奉寄钱起员外兼简苗发员外》写自己的穷困："空山岁计是胡麻，穷海无梁泛一槎。"[6] 牟融《题道院壁》云："山中旧宅四无邻，草净云和迥绝尘。神枣胡麻能饭客，桃花流水荫通津。"[7] 皮日休《太湖诗·雨中游包山精舍》写受到山中道人的招待："渴兴石榴羹，饥惬

1　（唐）徐坚等：《初学记》卷 28，第 684 页。

2　（唐）刘禹锡著，瞿蜕园笺证《刘禹锡集笺证》卷 27，上海古籍出版社，1989，第 847 页。

3　（唐）韩愈著，钱仲联集释《韩昌黎诗系年集释》卷 4，第 382 页。

4　王国安注《王绩诗注》，第 45 页。

5　（清）彭定求等编《全唐诗》卷 129，第 1311 页。

6　（清）彭定求等编《全唐诗》卷 260，第 2898 页。

7　（清）彭定求等编《全唐诗》卷 467，第 5312 页。

胡麻饭。"[1] 有粮食时胡麻并不作为主食，用胡麻为饭时往往是不得已而为之。这些诗中写到用胡麻为饭，都是在强调生活的穷困或俭朴，胡麻成为珍馐佳肴的对应物，乃隐者、贫穷之家聊以度日和待客的食材。

在道教修道理论中服食胡麻可以长生，修道者往往服食胡麻，胡麻成为道教意象。李白诗残句有云："举袖露条脱，招我饭胡麻。"[2] 招食者显然乃修道之士。王维《奉和圣制幸玉真公主山庄因题石壁十韵之作应制》写玉真公主的生活：

> 碧落风烟外，瑶台道路赊。如何连帝苑，别自有仙家。比地回鸾驾，缘溪转翠华。洞中开日月，窗里发云霞。庭养冲天鹤，溪流上汉查。种田生白玉，泥灶化丹砂。谷静泉逾响，山深日易斜。御羹和石髓，香饭进胡麻。大道今无外，长生讵有涯。还瞻九霄上，来往五云车。[3]

王昌龄《题朱炼师山房》云："叩齿焚香出世尘，斋坛鸣磬步虚人。百花仙酝能留客，一饭胡麻度几春。"[4] 姚合《过张云举（一作峰）院宿》云："不吃（一作食）胡麻饭，杯中自得仙。隔篱招好客，扫室致芳筵。家酝香醪嫩，时新异果鲜。夜深唯畏晓，坐稳岂思眠。棋罢嫌无敌，诗成贵在前。明朝题壁上，谁得众人传？"[5] 意谓服食胡麻饭可以成仙，而逍遥自在的生活其实可比神仙，所以说自己不食胡麻饭也可成仙。这里包含着服食胡麻可以成仙的意思。钱起《柏崖老人号无名先生男削发女黄冠自以云泉独乐命予赋诗》："与我开龙峤，披云静药堂。胡麻兼藻绿，石髓隔花香。帝力言何有，椿年喜渐长。窅然高

1　（清）彭定求等编《全唐诗》卷 610，第 7036 页。

2　（宋）周必大：《二老堂诗话》，（清）彭定求等编《全唐诗》卷 185，第 1893 页。

3　（唐）王维撰，（清）赵殿成笺注《王右丞集笺注》卷 11，第 196 页。

4　（唐）王昌龄著，胡问涛、罗琴校注《王昌龄集编年校注》卷 4，第 217 页。

5　（唐）姚合著，吴河清校注《姚合诗集校注》卷 8，第 401 页。

象外，宁不傲羲皇。"[1] 李端《杂歌呈郑锡司空文明》："昨宵梦到亡何乡，忽见一人山之阳。高冠长剑立石堂，鬓眉飒爽瞳子方。胡麻作饭琼作浆，素书一帙在柏床。啖我还丹拍我背，令我延年在人代。"[2] 王建《隐者居》："山人住处高，看日上蟠桃。雪缕青山脉，云生白鹤毛。朱书护身咒，水噀断邪刀。何物中（一作堪）长食，胡麻慢火熬。"[3] 宋代诗人胡则《题紫霄观》："绮霞重叠武陵溪，溪岭相逢路不迷。白石洞天人不到，碧桃花下马频嘶。深倾玉液琴声细，旋煮胡麻月色底。犹恨此身闲未得，好同刘阮灌芝畦。"[4] 诗表现出对神仙生活的钦羡与向往。从这些诗里可以知道，胡麻是古代修道者的重要饮食，而在诗人笔下，胡麻已然包含着浓厚的宗教观念和意趣。胡麻是养生良品，因此道侣间往往互赠胡麻或胡麻饭。陆龟蒙《秋日遣怀十六韵寄道侣》：

尽日临风坐，雄词妙略兼。共知时世薄，宁恨岁华淹。且把灵方试，休凭吉梦占。夜燃烧汞火，朝炼洗金盐。有路求真隐，无媒举孝廉。自然成笑（一作啸）傲，不是学沉潜。水恨同心隔，霜愁两鬓沾。鹤屏怜掩扇，乌帽爱垂檐。雅调宜观乐，清才称典签。冠敧玄发少，书健紫毫尖。故疾因秋召，尘容畏日黔。壮图须行行，儒服谩襜襜。片石聊当枕，横烟欲代帘。蠹根延穴蚁，疏叶漏庭蟾。药鼎高低铸，云庵早晚苫。胡麻如重寄，从诮我无厌。[5]

张贲《以青饲饭分送袭美鲁望因成一绝》："谁屑琼瑶事青饲，旧传名品出华阳。应宜仙子胡麻拌，因送刘郎与阮郎。"[6] 诗是现实生活的写

1　王定璋校注《钱起诗集校注》卷 7，第 241 页。
2　（清）彭定求等编《全唐诗》卷 284，第 3239 页。
3　（唐）王建著，王宗堂校注《王建诗集校注》卷 5，第 272 页。
4　北京大学古文献研究所编《全宋诗》卷 96，北京大学出版社，1991，第 1082 页。
5　何锡光校注《陆龟蒙全集校注》，第 312 页。
6　（唐）皮日休等撰，王锡九校注《松陵集校注》卷 9，第 2136 页。

照，胡麻可以食用，又有药用价值，还是道教必备饮食，因此种胡麻也进入诗歌的吟咏。张籍《太白老人》云："日观东峰幽客住，竹巾藤带亦逢迎。暗修黄箓无人见，深种胡麻共犬行。"[1] 戴叔伦《题招隐寺》云："昨日临川谢病还，求田问舍独相关。宋时有井如今在，却种胡麻不买山。"[2] 唐代朱滔时有河北士人某氏《代妻作答诗》云："蓬鬓荆钗世所稀，布裙犹是嫁时衣。胡麻好种无人种，正是归时底不归？"[3] 张祜《题赠崔权处士》云："读尽儒书鬓皓然，身游城市意林泉。已因骏马成三径，犹恨胡麻欠一廛。真玉比来曾不磷，直钩从此更谁怜？遗民莫恨无高躅，陶令而今亦甚贤。"[4] 廛，古代城市平民的房地，意谓遗憾的是未有一廛之地可种胡麻。宋代诗人梅尧臣《种胡麻》云："悲哀易衰老，鬓忽见二毛。苟生亦何乐，慈母年且高。勉力向药物，曲畦聊自薅。胡麻养气血，种以督儿曹。傍枝延扶疏，修荚繁橐韬。霜前未坚好，霜后可炮熬。诚非腾云术，顾此实以劳。"[5] 明知食胡麻非成仙之术，种之只是作为药用。

　　胡麻在西域只是植物、油料和食品之一种，传入中国后，其功用得到进一步的认识和发挥。胡麻的食用价值在汉地得到传播和发扬，而其道家文化色彩和文学作品中的道教意象则只有在中国文化土壤里才可能生成。

四　其他

　　郁金香是一种香花，汉代时已传入汉地。《魏略》云："大秦国出郁金。"[6] 晋左九嫔（芬）《郁金颂》云："伊此奇草，名曰郁金。越自殊

1　（唐）张籍著，徐礼节、余恕诚校注《张籍集系年校注》卷4，第514页。
2　（唐）戴叔伦著，蒋寅校注《戴叔伦诗集校注》卷1，第154页。
3　（清）彭定求等编《全唐诗》卷784，第8848页。此诗一作葛鸦儿作，见《全唐诗》卷801，第9014页，题曰《怀良人》。
4　陈尚君辑校《全唐诗补编》，第194页。
5　（宋）梅尧臣著，朱东润校注《梅尧臣集编年校注》卷19，上海古籍出版社，1980，第519页。
6　（唐）欧阳询：《艺文类聚》卷81，第1394页。

域，厥珍来寻。芬香酷烈，悦目欣心。明德惟馨，淑人是钦。窈窕妃媛，服之缡衿。永垂名实，旷世弗沉。"[1] 她说郁金香"越自殊域"，强调它是舶来品。她对郁金香的拟人化描写寄了她的人格理想。西晋傅玄《郁金赋》今存残篇："叶萋萋以翠青，英蕴蕴而金黄。树菴蔼以成荫，气芳馥而含芳。凌苏合之殊珍，岂艾网之足方。荣曜帝寓，香播紫宫。吐芳杨（当作扬）烈，万里望风。"[2] 写郁金香芳香酷烈、万里望风，也是作为一种美好人格歌颂的，品德高尚便为人所敬重。唐代还有域外国家将郁金香作为礼物入贡。贞观十五年（641），天竺国王"遣使献大珠及郁金香"。[3] 天宝二年（743），安国曾向唐朝进献郁金香，这种郁金香可能是整枝的郁金香花，也可能是郁金香花的干柱头，或从其干柱头提取的香料。贞观二十一年三月，"伽毗国献郁金香"。[4] 郁金香花的黄色极具富贵气象，御袍用以染色，因此称皇帝的龙袍为"郁金袍"。许浑《途经骊山》云："闻说先皇醉碧桃，日华浮动郁金袍。风随玉辇笙歌回，云卷珠帘剑佩高。"[5] 诗写开元盛世景象，骊山的日光照耀玄宗的龙袍，鲜艳夺目，渲染盛世气象。又《十二月拜起居表回》云："空锁烟霞绝巡幸，周人谁识郁金袍。"[6] 许浑曾任虞部员外郎，因疾请分司东都。"周人"，指洛阳人，因东周时都洛阳，故有此称。许浑以自己曾任朝官目睹过宣宗皇帝为幸，"郁金袍"代指皇帝。张议潭《宣宗皇帝挽歌五首》其三云："香镊郁金袍，求衣不重劳。"[7] 诗赞美宣宗皇帝生前厉行节俭，不着染香之龙袍，不因生活奢侈劳民。

迷迭香花具有清香气息，在暖风中或阳光照耀下会释放香气。魏

1　（唐）欧阳询：《艺文类聚》卷 81，第 1394 页。

2　（唐）欧阳询：《艺文类聚》卷 81，第 1394 页。

3　（宋）王钦若等编《册府元龟》卷 970《外臣部·朝贡三》，中华书局影印明刊本，1960，第 11399 页。

4　（宋）王溥：《唐会要》卷 100《杂录》，第 2134 页。

5　（唐）许浑撰，罗时进笺证《丁卯集笺证》卷 6，第 308 页。

6　（唐）许浑撰，罗时进笺证《丁卯集笺证》卷 7，第 440 页。

7　张锡厚主编《全敦煌诗》卷 55，第 2805 页。

晋时人鱼豢《魏略》云："迷迭香出大秦国。"[1] 晋郭义恭《广志》云："迷迭出西域。"[2] 迷迭香在三国时传入中原地区，因此引起当时诗人作家的好奇与关注。魏文帝曹丕《迷迭赋序》云："余种迷迭于中庭，嘉其扬条吐香，馥有令芳，乃为之赋。"[3] 赋中还有"薄西夷之秽俗兮，越万里而来征"之句。[4] 同时的作家王粲、应玚、陈琳、曹植等都有咏迷迭的赋作传世，显然都是在歌咏曹丕植于庭中的迷迭香，与曹丕唱和。王粲《迷迭赋》先是强调其来自西域，而后赞美其花叶之美："惟遐方之珍草兮，产昆仑之极幽。受中和之正气兮，承阴阳之灵休。扬丰馨于西裔兮，布和种于中州。去原野之侧陋兮，植高宇之外庭。布萋萋之茂叶兮，挺苒苒之柔茎。色光润而采发兮，以孔翠之扬精。"[5] 应玚《迷迭赋》云："列中堂之严宇，跨阶序而骈罗；建茂茎以竦立，擢修干而承阿。烛白日之炎阳，承翠碧之繁柯。朝敷条以诞节，夕结秀而垂华。振纤枝之翠粲，动彩叶之莓莓。舒芳香之酷烈，乘清风以徘徊。"[6] 曹植《迷迭香赋》云："播西都之丽草兮，应青春而发（一作凝）晖。流翠叶于纤柯兮，结微根于丹墀。信繁华之速实兮，弗见凋于严霜。芳莫秋之幽兰兮，丽昆仑之芝英。既经时而收采兮，遂幽杀以增芳，去枝叶而特御兮，入绡縠之雾裳。附玉体以行止兮，顺微风而舒光。"[7] 足证迷迭来自域外。从上述赋中我们知道，产于大秦的迷迭香移于曹魏的宫苑。陈琳《迷迭赋》云："立碧茎之婀娜，铺采条之蜿蟺。下扶疏以布濩，上绮错而交纷。匪荀方之可乐，实来仪之丽闲。动容饰而微发，穆斐斐以承颜。"[8] 迷迭香是熏香纺织品的香料，乐府歌咏诗曰："氍毹毷氌五木香，迷迭艾纳及都梁。"

---

1 （唐）欧阳询：《艺文类聚》卷 81，第 1394 页。

2 （唐）欧阳询：《艺文类聚》卷 81，第 1394 页。

3 （宋）李昉等：《太平御览》卷 982，第 4349 页。

4 （唐）欧阳询：《艺文类聚》卷 81，第 1394 页。

5 （唐）欧阳询：《艺文类聚》卷 81，第 1395 页。

6 （唐）欧阳询：《艺文类聚》卷 81，第 1395 页。

7 （三国魏）曹植著，赵幼文校注《曹植集校注》卷 1，第 139~140 页。

8 （唐）欧阳询：《艺文类聚》卷 81，第 1395 页。

藿香来自南海诸国。《南州异物志》曰："藿香出海边国，形如都梁，可著衣服中。"吴时《外国传》曰："都昆在扶南南三千余里，出藿香。"刘欣期《交州记》曰："藿香似苏。"梁江淹《藿香颂》云："桂以过烈，麝以太芬，摧沮天寿，夭抑人文，谁及藿草，微馥微薰，摄灵百仞，养气青云。"[1] 在诗人看来，藿香的香味最为适中。

第二节　中古文学中的外来器物

一　外来器物与中古社会

中古社会外来器物的流行和使用，推动了人们生活方式和思想观念的变化。首先，外来器物刺激了皇室贵族和社会上层的"崇洋"与奢靡之风，皇室和达官贵族之家开始出现琳琅满目的外来器物。西晋干宝《搜神记》云："胡床貊槃，翟之器也；羌煮貊炙，翟之食也。自太始以来，中国尚之，贵人富室必畜其器，吉享嘉宾皆以为先。"[2] 太始，即泰始，晋武帝司马炎年号。可见，大量域外珍贵器物进入达官贵人之家，西晋王济、北魏河间王元琛都是典型的事例。魏晋南北朝上层人士炫富，往往以来自域外的金银器、玻璃器显其华贵。[3] 外来的金银器皿在当时贵族阶层生活中占有相当重要的地位，拥有萨珊朝这类金属器皿成为一种时尚。萨珊波斯朝皇室的宴饮之风，也随着饮酒器的传入而影响到中国，祖珽在皇家宴会上盗窃金叵罗的细节透露出北朝宴饮中弥漫的胡化风气。

外来器物的输入与使用打破了许多传统观念和固有习俗。正是因为不符合中国传统习俗，因此享受外来器物受到批评和诟病。汉灵帝"好胡床"被视为董卓入京之应，西晋时贵人之家普遍使用"胡

1　（唐）欧阳询：《艺文类聚》卷 81，第 1396 页。

2　（晋）干宝：《搜神记》卷 7，中华书局，1979，第 94 页。

3　李强：《近年出土的玻璃器》，《中国科技史杂志》1991 年第 1 期。

床""貂盘"等外来器物被视为"戎翟侵中国之前兆"。[1] 贵重器物的使用和陪葬，一向被视为奢侈豪华生活的表现和违礼之举，而屡被朝廷禁止。但在魏晋南北朝时期，皇室、达官贵人汲汲于这些外来的器物，贵重器物的使用成为贵族之家炫富的资本，玻璃器、金银器等不再禁止使用。精神和肉体上的享受打破了传统观念的束缚。胡床的引进引起汉人坐姿的变化，这是由席地跪坐转变为垂脚高坐的开始。汉人由跪坐改为垂脚高坐，推动中国传统礼教文化在行为举止和起居方面发生变化，反映了人们在思想观念方面对某种禁锢的突破。"据胡床"这种违礼的坐姿在时人眼中有时是从容潇洒的表现，很少有人认为是轻慢无礼。汉末曹操曾禁止厚葬，倡导薄葬，遗令不得以"金珥珠玉铜铁之物"入葬。[2] 这种倡导没有持续很久，随葬金银器的风气在魏晋南北朝时期相当盛行，来自域外的玻璃器、金银器屡在这一时期贵族墓葬中发现。

　　外来器物的输入促进了中国日常用具的革新和发展。胡床制作简易，因此传入中原后很快便大量仿制，中古时上至皇室下至平民都使用胡床。由于社会上需求量大，胡床还出现在市场交易中。北魏贾思勰《齐民要术》记载制作胡床的材料和市值："十年柘木，中四破为杖，一根值二十文，任为马鞭、胡床。马鞭一枚直十文，胡床一具直百文。"[3] 随着时间的推移，胡床的形制在中国不断改进，并产生出新的坐具。外来金银器给中原金银器皿制作以启发。魏晋南北朝时期，西方玻璃器大量输入中国，连带也传进了玻璃制造技术。东晋葛洪《抱朴子》记载："外国作水精椀，实是合五种灰以作之，今交广多有得其法而铸作之者。"[4]《魏书·西域传》记载，大月氏国"世祖时，其国人商贩京师，自云能铸石为五色琉璃，于是采矿山中，于京师铸之。既成，光泽乃美于西方来者。乃诏为行殿，容百余人，光色映

1　（晋）干宝：《搜神记》卷7，第94页。
2　《宋书》卷15《礼志》，第404、406页。
3　（北魏）贾思勰著，石声汉校释《齐民要术今释》卷5，第402页。
4　王明：《抱朴子内篇校释》卷2，中华书局，1980，第710页。

彻，观者见之，莫不惊骇，以为神明所作。自此中国琉璃遂贱，人不复珍之"。[1] 山西大同七里村 M6 出土的玻璃碗器表晶莹光滑，天青色，透明度高，反映了北魏时玻璃制作在西方工艺影响下的新水平。河北定县北魏塔基出土玻璃器皿七件，[2] 采用了西方的玻璃制作技术，但工艺和质量逊于西亚产品，应该是国产玻璃器。

　　外来金银器推动了中国金银器制作的发展。自汉代开始，皇室和达官贵人制作和使用金银器，一方面受方士迷信思想影响。李少君曾向汉武帝进言，使用黄金制成的饮食器延年益寿，汉武帝便"事化丹沙诸药齐为黄金"。[3] 东晋葛洪《抱朴子》云："以此丹金为盘碗，饮食其中，令人长生。"[4] 另一方面，受北方游牧民族或西方金银器文化启发。西汉时有官办铸造金银器之手工业，如"蜀广汉主金银器，岁各用五百万"。[5] 西汉时金银器的使用限于宫廷皇室，出现以金银器陪葬，河北满城中山靖王刘胜墓中发现一件纯银质的单流银盒。[6] 东汉时光武皇后弟郭况，"累金数亿，家僮四百人，以金为器皿，铸造冶之声，彻于都鄙"。[7] 汉末已有很多纯金纯银器皿。"桓帝祠老子于濯龙，用淳金缸器。"[8] 曹操《上献帝器物表》和《上杂物疏》列举了较多纯金银器物。[9] 长沙五里牌东汉墓 M009、长沙五一街 M007 出土了银碗、银调羹等。[10] 曹操《内诫令》云："孤有逆气病，常贮水卧头。以铜器盛臭恶，前以银作小方器，人不解，谓孤喜银物，令以木作。"[11] 魏晋南北朝时，金银器皿制作技术更加娴熟，器形图案不断

1　《魏书》卷 102《西域传》，中华书局，1974，第 2275 页。
2　赵永：《论魏晋至宋元时期佛教遗存中的玻璃器》，《中国国家博物馆馆刊》2014 年第 10 期。
3　《史记》卷 12《武帝纪》，第 455 页。
4　王明：《抱朴子内篇校释》卷 4，第 74 页。
5　《汉书》卷 72《贡禹传》，第 3070 页。
6　韩伟：《海内外唐代金银器萃编》，三秦出版社，1989，第 4 页。
7　（宋）李昉等编《太平广记》卷 236，第 1811 页。
8　（宋）李昉等：《太平御览》第 7 册，第 681 页。
9　（三国）曹操：《曹操集》，中华书局，1974，第 39、40 页。
10　高至喜：《湖南古代墓葬概况》，《文物》1960 年第 3 期。
11　（宋）李昉等：《太平御览》第 7 册，第 682 页。

创新。《后魏书》记载："太武帝作黄金柈十二，具镂以白银错，以致瑰珠玉。"[1]《南齐书·刘悛传》："在蜀作金浴盆，余金物称是，罢任以本号还都，欲献之而世祖晏驾。"[2] 这些都反映了中国金银器制作工艺已有显著进步。

二　中古文学艺术中的域外器物意象

域外传入的器物以其新奇成为文学和艺术意象。当时的诗赋小说和造型艺术中常见外来器物形象，前文已有不少引用。又如胡床的应用受到诗人的关注，南朝梁庾肩吾《咏胡床应教》云："传名乃外域，入用信中京。足欹形已正，文斜体自平。临堂对远客，命旅誓初征。何如淄馆下，淹留奉盛明。"[3] 诗生动地道出了胡床的形制特点，反映了人们对胡床的喜爱。

在考古资料和图像资料中发现了魏晋南北朝时期胡床的图像。东魏石刻有一貌似菩萨坐于胡床之上，胡床足斜向相交，足端施有横木。[4] 河北磁县东陈村东魏赵胡仁墓出土女侍俑，手持一折起来的胡床，下葬年代为武定五年（547）。[5] 北齐《法界人中残像》北面局部刻有一人坐胡床图像。[6] 北齐杨子华《校书图》中一人右手握笔，坐胡床上，胡床足斜向交叉，足端施有横木，图像清晰。[7] 山西太原北齐徐显秀墓西壁壁画侍从手中持一胡床。敦煌莫高窟第 257 窟北魏窟西壁北段壁画《须摩提女因缘图》表现须摩提女远嫁异国，画面上汉式阙下有一两梵志垂足连坐的胡床。[8] 北周 296 窟覆斗顶西披和南披壁

1　（宋）李昉等：《太平御览》第 7 册，第 698 页。

2　《南齐书》卷 37《刘悛传》，中华书局，1972，第 653 页。

3　（唐）欧阳询：《艺文类聚》卷 70，第 1221 页。

4　胡文彦：《中国家具鉴定与欣赏》，上海古籍出版社，1995，第 40 页。

5　磁县文化馆：《河北磁县东陈村东魏墓》，《考古》1977 年第 6 期。

6　《雕塑别藏》"宗教编特展图录"，台北故宫博物院，1977，第 114 页。

7　北齐画家杨子华《校书图》，宋摹本残卷藏美国波士顿美术馆。

8　杨森：《敦煌壁画家具图像研究》，民族出版社，2010，第 76 页。

画《贤愚经变·善友太子入海品》中相师所坐也是胡床，内容与河南沁阳东魏武定元年（543）造像碑《佛传》上的相师为太子占相相似。[1] 2000年，西安北周安伽墓出土床屏石刻画中有胡床形象。

从西域传入的玻璃碗令赋家赏心悦目，潘尼《琉璃碗赋》是一篇吟咏这一外来器皿的佳作，写其来历："览方贡之彼珍，玮兹碗之独奇。济流沙之绝险，越葱岭之峻危。"赞其光洁坚刚："纤瑕罔丽，飞尘靡停；灼烁旁烛，表里相形。""凝霜不足方其洁，澄水不能喻其清。刚过金石，劲励琼玉，磨之不磷，涅之不浊。"[2]《梁四公子（子字衍）记》曰："扶南大舶从西天竺国来，卖碧颇黎镜，面广一尺五寸，重四十斤，内外皎洁。置五色物于其上，向明视之，不见其质。问其价，约钱百万贯。文帝令有司算之，倾府库当之不足。其商人言：'此色界天王有福乐事，天澍大雨，雨众宝如山。纳之山藏，取之难得。以大兽肉投之藏中，肉烂类（《太平广记》卷81作"黏"）宝，一鸟衔出而（得）此宝焉。'举国不识，无敢酬其价者。"[3] 小说的志怪情节反映了玻璃的神奇色彩。

魏晋南北朝志怪小说中往往以域外传入的器物渲染神仙世界的豪华与不同凡世。《神异经》云："西北荒有金山，上有金银盘，广五十丈。"[4]《列异传》云："济北弦起神女来游，车上有壶榼青白琉璃五具。"[5]《续齐谐记》云："赵文诏为东宫扶侍，廨在青溪中桥，夜与神女谲寝，脱金簪与扶侍，亦赠以银碗及琉璃匕。"[6]《幽明录》云："清河崔茂伯女结婚裴氏，克期未至，女暴亡，提一金罂，受二升许，径到裴床前立，以罂赠裴。"[7] 这是贵族生活在文学作品中的反映。

1 暨远志：《胡床杂考——敦煌壁画家具研究之三》，《考古与文物》2004年第4期。

2 （唐）欧阳询：《艺文类聚》卷73，第1262~1263页；又卷84，第1442页。

3 （宋）李昉等：《太平御览》卷808，第3592页。

4 （宋）李昉等：《太平御览》卷758，第3366页。

5 （宋）李昉等：《太平御览》卷761，第3380页。

6 （宋）李昉等：《太平御览》卷760，第3373页。

7 （宋）李昉等：《太平御览》卷758，第3364页。

第三节　中古文学中的外来动物

一　作为审美观赏的动物

从域外输入的动物，主要是供观赏。那些未尝闻见之域外动物优美、奇特或怪异的形态以及异于汉地动物的品性给人新奇之感，汉代便有了专门饲养外来动物的苑囿。北魏时京师洛阳也有专门饲养来自域外的观赏动物的场所。杨衒之《洛阳伽蓝记》记载北魏都城洛阳：

> 永桥南道东有白象、狮子二坊。白象者，永平二年，乾罗国胡王所献，皆（背）施五彩屏风，七宝坐床，容数人，真是异物。常养象于乘黄曹，象常坏屋败墙，走出于外，逢树即拔，遇墙亦倒，百姓惊怖，奔走交驰，太后遂徙象于此坊。狮子者，波斯国胡王所献也，为逆贼万俟（俟）丑奴所获，留于寇中。永安末，丑奴破，始达京师。[1]

白象与狮子皆建坊豢养，此坊类似今动物园。鹦鹉主要供赏玩，中古文学中多吟咏其聪慧和毛色、音声之美。晋武帝妃左芬《鹦鹉赋》云："色则丹喙翠尾，绿翼紫颈。秋敷其色，春耀其荣。"[2] 郭璞《山海图赞》云："鹦鹉慧鸟，栖林啄蕊，四指中分，行则以觜。自贻伊笼，见幽坐伎。"[3] 傅玄《鹦鹉赋》云："奇毛曜体，绿采含英。凤翔鸾跱，孔质翠荣。悬分于丹足，婉朱朱以荧荧。发言辄应，若响追声。"[4] 卢谌《鹦鹉赋》云："有遐方之奇鸟，产瓜州之旧壤，挥绿翰以运影，启丹

1　（北魏）杨衒之撰，范祥雍校注《洛阳伽蓝记校注》卷3，第161页。
2　（唐）欧阳询：《艺文类聚》卷91，第1576页。
3　（唐）欧阳询：《艺文类聚》卷91，第1577页。
4　（唐）欧阳询：《艺文类聚》卷91，第1576页。

觜以振响。"[1] 傅咸《鹦鹉赋》云:"有金商之奇鸟,处陇坻之高松。谓崇峻之可固,然以慧而入笼。披丹唇以授音,亦寻响而应声。眄明眸以承颜,侧聪耳而有听。口才发而轻和,密曑景而随形。言无往而不复,似探幽而测冥。自嘉智于君子,足取爱而扬名。"[2] 上引都是咏其形色之美和聪慧。刘宋元嘉二十九年(452),南平王刘铄献赤鹦鹉,普诏群臣为赋。[3] 谢庄《赤鹦鹉赋》云:

> 徒观其柔仪所践,赪藻所挺,华景夕映,容光晦鲜。慧性生昭,和机自晓。审国音于寰中,达方声于裔表。及其云移霞峙,霭委雪翻。陆离翚渐,容裔鸿轩;跃林飞岫,焕若轻电。溢烟门,集场圃,晔若天桃被玉园。至于气淳体净,雾下崖沉,月图光于绿水,云写影于青林,溯还风而笎翻,沾清露而调音。[4]

南平王刘铄时任南兖州刺史,治广陵(今江苏扬州),其所献当是东南亚国家的贡物。梁普通三年(522)婆利国进贡白鹦鹉,昭明太子《鹦鹉赋》云:"有能言之奇鸟,每知来而发声。乍青质而翠映,或体白而雪明。喙前钩而趋步,翼高舞而翩翾。足若丹而三布,目如金而双圆。"[5] 这些仅供观赏的奇禽异兽,因无实用价值有时被视为无益之物。汉献帝时刘艾《汉帝传》记载:"兴平元年,益州蛮夷献鹦鹉三枚,诏曰:'往者益州献鹦鹉三枚,夜食三升麻子。今谷价腾贵,此鸟无益有损,可付安西将军杨定因,令归本土。'"[6] 东晋时扶南国献驯象,"穆帝升平初,复有竺旃檀称王,遣使贡驯象。帝以殊方异兽,恐为人患,诏还之"。[7] 穆帝诏曰:"此物劳费不少,驻令勿送。"[8]

---

1 (唐)欧阳询:《艺文类聚》卷91,第1576页。
2 (唐)欧阳询:《艺文类聚》卷91,第1576页。
3 《宋书》卷85,第2167~2168页。
4 (唐)欧阳询:《艺文类聚》卷91,第1577页。
5 (唐)欧阳询:《艺文类聚》卷91,第1577页。
6 (唐)徐坚等:《初学记》卷30,第737页。
7 《晋书》卷97,第2547页。
8 《梁书》卷54,中华书局,1973,第789页。

二　咏物言志中的情感寄托

从人追求自由联想到动物时则不忍违其本性，看到那些外来的供观赏的动物系执樊笼，则不免产生恻隐怜悯之心。北魏时波斯国胡王献狮子曾被节闵帝送还："普泰元年，广陵王即位，诏曰：'禽兽囚之，则违其性，宜放还山林。'狮子亦令送归本国。"[1] 王粲《鹦鹉赋》："步笼阿以踯躅，叩众目之希稠。登衡干以上干，嗷哀鸣而舒忧。声嘤嘤以高厉，又謬謬而不休。听乔木之悲风，羡鸣友之相求。日奄蔼以西迈，忽逍遥而既冥。就隅角而敛翼，倦独宿而宛颈。"[2] 诗人悲悯鹦鹉幽系樊笼失去自由，孤单独处。成公绥《鹦鹉赋》云："小禽也，以其能言解意，故为人所爱。玩之以金笼，升之以殿堂，可谓珍之矣，盖乃未得鸟之性也！"[3] 曹毗《鹦鹉赋并序》感叹鹦鹉失去自由："余在直，见交州献鹦鹉鸟，嘉其有智，叹其笼樊，乃赋之。"[4] 桓玄《鹦鹉赋》同情鹦鹉沦为玩物："有遐方之令鸟，超羽族之拔萃。翔清旷之辽朗，栖高松之幽蔚。罗万里以作贡，婴樊绁以勤瘁。红腹赩足，玄颔翠顶。革好音以迁善，效言语以自骋。翦羽翮以应用，充戏玩于轩屏。"[5] 颜延之《白鹦鹉赋》咏来自"九译绝区"的白鹦鹉，序云："余具职崇贤，预观神秘，有白鹦鹉焉。被素履玄，性温言达。九译绝区，作玩天府。同事多士，贤奇思赋。"[6] 同情它为人擒获失去自由，希望它能逃脱猎人的捕捉："觊天网之一布，漏微翰于山阿。"[7]

托物言志是中国文学的传统，外来动物成为文学家歌咏的对象并借以抒情言志。建安作家祢衡、曹植、应玚、陈琳、王粲、阮瑀等人

---

[1] （北魏）杨衒之撰，范祥雍校注《洛阳伽蓝记校注》卷3，第162页。

[2] （唐）欧阳询：《艺文类聚》卷91，第1576页。

[3] （宋）李昉等：《太平御览》第7册，第742页。

[4] （唐）欧阳询：《艺文类聚》卷91，第1576页。

[5] （唐）欧阳询：《艺文类聚》卷91，第1577页。

[6] （唐）徐坚等：《初学记》卷30，中华书局，1962，第738页。

[7] （唐）欧阳询：《艺文类聚》卷91，第1577页。

皆著有《鹦鹉赋》，有的借写鹦鹉抒写怀才不遇的心情。祢衡的《鹦鹉赋》是传世名作。祢衡在江夏，人有献鹦鹉于太守黄祖者，黄祖子黄谢请祢衡为赋，祢衡"揽笔而作"。[1] 赋中说这只鹦鹉乃"西域之灵鸟"，"流飘万里，崎岖重阻，逾岷越障，载罹寒暑"，"想昆山之高岳，思邓林之扶疏"，意在说明鹦鹉来自异域，诗人借鹦鹉的遭遇表达了对现实人生的感慨，也表达了自己漂泊流寓和不得志的情怀。陈琳《鹦鹉赋》："咨乾坤之兆物，万品错而殊形。有逸姿之令鸟，含嘉淑之哀声。"[2] 鸟儿却发出"哀声"，显然心有怨恨，乃移情于物。有的借鹦鹉表达人生感悟，应玚《鹦鹉赋》："何翩翩之丽鸟，表众艳之殊色。被光耀之鲜羽，流玄黄之华饰。苞明哲之弘虑，从阴阳之消息。秋风厉而潜形，苍神发而动翼。"[3] 从鹦鹉被擒体悟到君子处世应有明哲保身之道。有的则借鹦鹉抒发政治上的感慨，曹植《鹦鹉赋》写一对鹦鹉春日双飞，雄鸟被旅人猎获，雌鸟飞归，它之所以没有殉情，是为了护养幼雏："岂余身之足惜，怜众雏之未飞。分糜躯以润镬，何全济之敢希！"作家以雏鸟自比，感谢恩人救护之德："蒙含育之厚德，奉君子之光辉。怨身轻而施重，恐往惠之中亏。常戢心以怀惧，虽处安而若危。永哀鸣以报德，庶终来而不疲。"[4] 在与曹丕的权力斗争中，曹植曾得到一些人的支持，这些人受到曹丕的打击和迫害。曹植这篇赋表达了对他们的感激之情和自己如履薄冰的忧危恐惧之心态。

三　动物意象中的文化意蕴

在中国重视比德的文化传统中，外来动物往往被赋予比拟象征意义。借咏域外动物的输入歌功颂德，是中国文学中很早就有的主题。阮瑀《鹦鹉赋》用异域献鹦鹉歌颂盛世："惟翩翩之艳鸟，诞嘉类于京

1　《后汉书》卷80《祢衡传》，第2657页。
2　（唐）欧阳询：《艺文类聚》卷91，第1576页。
3　（唐）欧阳询：《艺文类聚》卷91，第1576页。
4　（唐）欧阳询：《艺文类聚》卷91，第1576页。

都。秽夷风而弗处，慕圣惠而来徂。"[1] 周朝时越裳国贡白雉被认为是
社会太平的象征，东晋葛洪云："今之九德，则古之越裳也，盖白雉之
所出，周文王所以为瑞者。贵其所自来之远，明其德化所被之广。"[2]
后世文学中多咏其事，西晋傅玄《雉赋》云："禀炎离之正气，应朱火
之祯祥。播五彩之繁缛，被华文而成章。冠列角之威仪，翘从风而飘
扬。履严距之武节，超鸾跱而凤翔。感天和而贻瑞，进据鼎而祚商。
乐周道之方隆，敷皓质于越裳。"[3] 作者借周朝以颂扬当世。

在古代瑞应书中白象为瑞兽，"白象者，人君自养有节则至"。[4] 因
此，域外来献白象和文学家歌咏白象，都有歌功颂德的寓意。马中之
所谓玉马、腾黄、乘黄、飞兔、龙马等都被视为祥兆。[5] 东北亚高句
丽国献赭白马，南朝宋江夏王刘义恭《白马赋》、文学家颜延之《赭
白马赋》咏之。刘义恭赋云："惟皇有造，惟灵有秘，丽气搞精，底
爱覃粹。八埏稽首以宾庭，九荒敛衽而纳赘，象车垂德以服箱，龙马
宅仁而受辔"；"伊赭白之为俊，超绝世而称骥"。[6] 颜赋序云："骥不称
力，马以龙名，岂不以国尚威容，军伏趫迅而已，实有腾光吐图，畴
德瑞圣之符焉。是以语崇其灵，世荣其至。我高祖之造宋也，五方率
职，四隩入贡。秘宝盈于玉府，文驷列乎华厩。"[7] 赋以四夷入贡称颂
朝廷的威德。也有借外来动物的吟咏，表达讽谏之意。颜延之《赭白
马赋》在歌功颂德的同时，又有委婉讽喻之意，写御厩中赭白马受到
皇上恩宠，但"岁老气殚，毙于内枋。少尽其力，有恻上仁"。作家
借此表达游猎足以亡身的道理："然而殷于游畋，作镜前王；肆于人
上，取悔义方。"

域外动物的输入促成文学中新的意象的生成，传说中的"龙马"

1　（唐）欧阳询：《艺文类聚》卷91，第1576页。

2　（唐）欧阳询：《艺文类聚》卷90，第1571页。

3　（唐）欧阳询：《艺文类聚》卷90，第1572页。

4　《宋书》卷28《符瑞志中》，第802页。

5　（唐）欧阳询：《艺文类聚》卷99，第1714页。

6　（唐）徐坚等：《初学记》卷29，第704页。

7　（梁）萧统编《文选》卷14，第187页。

融入大宛汗血马的元素，传统的龙马观念发生了变化。龙马本是神话中的神兽，是形态像马的龙，体形像马，却是龙头龙爪，身有鳞片。《礼记·礼运》云："河出马图。"孔颖达疏引《尚书中侯》："尧时受河图，龙衔，赤文，绿色。注云：龙而形象马，故云马图，是龙马负图而出。又云伏羲氏有天下，龙马负图出于河。"[1] 域外良马输入中原，其神奇传说与中国龙马神话相结合，遂形成新的"龙马"意象。这种龙马形象既有中国文化中传统的龙马形态，又有域外良马的各种要素，特别是大宛汗血马。郭璞《山海经图赞》咏"水马"云："马实龙精，爰出水类，渥洼之骏，是灵是瑞。"[2] 黄章《龙马赋》云："夫龙马之所出，于太蒙之荒域。分虞渊之幽浚，通天光所极。生河海之滨涯，被华文而朱翼。禀神祇之纯化，乃大宛而再育。资玄螭之表像，似灵虬之注则。"[3] 魏晋人笔下天马与龙马融为一体。人们用"龙"形容良马，庾阐《扬都赋》写扬州乃域外物产汇聚之地："龙骥汗血于广涂。"[4] 吕光《平西域还上疏》云："惟龟兹据三十六国之中，制彼侯王之命，入其国城，天骥龙麟，腰袅丹髦，万计盈厩。"[5] 龙马成为骏马、良马、名马和神马的代称。

　　大量舶来品进入文学家审美视野，并形成中古时期一个具有特殊色彩的意象群，是中古时期丝绸之路发展和对外文化交流开展的结果。这从一个侧面反映了魏晋至隋唐时期对外交流的兴盛，也揭示了中古时期文化繁荣的一个重要动因。

1　（汉）郑玄注，（唐）孔颖达疏《礼记正义》卷 22，《十三经注疏》，第 1427 页。

2　（清）严可均校辑《全上古三代秦汉六朝文》，第 2161 页。

3　（清）严可均校辑《全上古三代秦汉六朝文》，第 2059 页。

4　（清）严可均校辑《全上古三代秦汉六朝文》，第 1678 页。

5　（清）严可均校辑《全上古三代秦汉六朝文》，第 2353 页。

第十六章　汉唐诗歌中的陇山意象群

　　在丝绸之路关陇道上，陇山备受诗人关注，自长安西去多经关陇大道，其中必越陇山。从凤翔西北行，便是陇山，可以称为丝绸之路第一山，也称得上是中国第一诗山。陇山在今甘肃省天水市张家川县境，横亘于张家川县东北，绵延百里，在古丝绸之路上扼陕甘交通要道。陇山上有关，名大震关，亦称陇关，位于今甘肃清水县东陇山东坡，是唐中叶以后防御吐蕃的要地。西行者先过大震关，而后越陇山西行。陇山在汉代已经进入诗歌的吟咏，唐代咏及陇山的诗更多，其中蕴含着丰富的文化意蕴。

第一节　大震关与陇关道

大震关在今陕西陇县西陇山下。《后汉书·顺帝纪》记载，东汉永和五年（140）九月"且冻羌寇武都，烧陇关"。章怀太子注云："陇关，陇山之关也，今名大震关。"[1] 根据严耕望考证，"凤翔又西微北七十里至汧阳县，在汧水北二里（今县西北五六里），又西循汧水河谷而上，八十里至陇州治所汧源县，亦在汧水北岸（今陇县）"。因在驿道上，故置有馆驿。"陇州又西三十里至安戎关，依山临水，大中六年筑。又西三十里至大震关，后称故关……乃汉以来之旧关，后周武帝复置，以大震名。地居陇山重岗，当陇山东西交通之孔道，隘处广才二百余步。开元时，上关仅六，此居其一，地位与潼关、蒲津、蓝田、散关均，盖以其为京师四面关之一，且当驿道也。"朝廷置大震关使，有时以秦州刺史兼任。[2]

元鼎二年（前115），汉武帝率百官巡游到崆峒山，翻越陇关时，雷震惊马。北周天和元年（566）于此置关，"大震关，在州西六十一里，后周置，汉武至此遇雷震，因名"。[3] 唐后期徙置，更名为"安戎关"，汧源县"西有安戎关，在陇山，本大震关，大中六年，防御使薛逵徙筑，更名"。[4]《资治通鉴》胡三省注云："薛逵徙筑安戎关于陇山，由是谓大震关为故关。"[5] 新关在故关西，与故关并为戍守处。大震关地处陕甘交界，是历史上连接中原和西域的通道，闻名中外的丝绸之路必经之地，许多战事和重大事件发生在古陇关。张骞通西域，玄奘赴天竺取经，文成公主入藏成亲，都经陇关道。"当唐盛时，西出陇右者亦取此道为多，故文士如岑参赴安西，王维赴张掖，高适赴

1　《后汉书》卷6《顺冲质帝纪》，第270页。
2　严耕望：《唐代交通图考》第2卷《河陇碛西区》，第360~361页。
3　（唐）李吉甫：《元和郡县图志》卷2，第45页。
4　《新唐书》卷37《地理志》，第968页。
5　《资治通鉴》卷263，第8577页。

武威，杜甫至秦州莫不由之，播为诗篇，以寄感兴，传诵至今也。"[1]

岑参赴西域经过陇山，住宿大震关关城，其《初过陇山途中呈宇文判官》诗写自己的见闻：

> 一驿过一驿，驿骑如星流。平明发咸阳，暮及陇山头。陇水
> 不可听，呜咽令人愁。沙尘扑马汗，雾露凝貂裘。西来谁家子，
> 自道新封侯。前月发安西，路上无停留。都护犹未到，来时在西
> 州。十日过沙碛，终朝风不休。马走碎石中，四蹄皆血流。万里
> 奉王事，一身无所求。也知塞垣苦，岂为妻子谋。山口月欲出，
> 先照关城楼。溪流与松风，静夜相飕飗。别家赖归梦，山塞多离
> 忧。与子且携手，不愁前路修。[2]

严耕望先生说："此必在大震关而作，故题云'度陇'，诗云月'照
关城楼'也。"[3]这首诗为我们提供了不少历史信息。时值天宝八载
（749），岑参第一次赴西域，入安西封常清幕，途经陇山。他早晨从
咸阳出发，傍晚到陇山。山上有关城，即大震关，他当晚投宿于此，
遇到从安西归来的宇文判官。宇文判官是从西州（今新疆吐鲁番）出
发，经过大沙碛到此。从长安到西州，经过陇山的驿道十分繁忙，一
路上每三十里一个驿站，从驿站出发的驿使络绎不绝，他们匆匆忙忙
地奔驰在驿道上。那些远赴西域的人为了报效国家，奔赴遥远和艰苦
的边地；为了完成使命，忍受着与亲人的离别之苦。虽然前途充满艰
辛，心里充满离忧，仍然毫不犹豫地奋然前行。王维《陇头吟》诗云：
"长城少年游侠客，夜上戍楼看太白。陇头明月迥临关，陇上行人夜
吹笛。关西老将不胜愁，驻马听之双泪流。身经大小百余战，麾下偏
裨万户侯。苏武才为典属国，节旄空尽海西头。"[4]此"关"指陇关。严

1　严耕望：《唐代交通图考》第2卷《河陇碛西区》，第368页。
2　（唐）岑参著，陈铁民、侯忠义校注《岑参集校注》卷2，第73页。
3　严耕望：《唐代交通图考》第2卷《河陇碛西区》，第362页。
4　（唐）王维撰，（清）赵殿成笺注《王右丞诗集笺注》卷6，第92页。

耕望先生说："维曾赴张掖居延，殆即取道陇上大震关而有此作也。"[1]
杜甫《秦州杂诗二十首》其一云："满目悲生事，因人作远游。迟回度
陇怯，浩荡及关愁。水落鱼龙夜，山空鸟鼠秋。西征问烽火，心折此
淹留。"[2] 严耕望先生说："杜翁赴秦州，实由凤翔循汧水河谷而上，经
陇山大震关无疑，故云'度陇怯''及关愁'也。"[3]

唐中叶以后，秦陇陷于吐蕃，吐蕃人常由此道袭扰。唐将马燧乃
立石植树以塞大震关。宣宗大中年间，唐收复河湟之地，秦州归唐，
以故关久废，乃东移三十里于咸宜地区筑安戎关，称为新关，以别于
大震故关，如上引《资治通鉴》胡注所云。

第二节　丝路通道上的陇山

过大震关即进入陇山山区。陇山古称关山，又曰陇坻、陇坂、陇
首，乃六盘山南段，南延至今陕西省西端宝鸡以北。陇山有道，称陇
坻大坂道，俗云陇山道。从长安西行越过陇山即至陇右，汉代通西域
后成为中西交通要道。行人至此登高回望家乡和来路，往往伤感。过
陇山便生远离故乡异地漂泊之感，因此陇山在汉代时便为人所关注。
许慎《说文解字》云："陇山，天水大坂也。"[4] 应劭云："天水有大坂，
名陇山，其旁有崩落者，声闻数百里，故曰坻颓。""其坂九回，上者
七日乃越。上有清水四注，下有陇县，因此水而名。"[5] 汉代扬雄《解
嘲》用"功若泰山，响若坻隤"形容萧何、曹参、张良、陈平的政治
功业和巨大影响。[6] 陇山很早就进入诗人的视野，成为吟咏的对象。关
山难越，汉代诗人有此感叹。张衡《四愁诗》云："我所思兮在汉阳，

1　严耕望：《唐代交通图考》第 2 卷《河陇碛西区》，第 368 页。

2　（唐）杜甫著，（清）仇兆鳌注《杜诗详注》卷 7，第 572 页。

3　严耕望：《唐代交通图考》第 2 卷《河陇碛西区》，第 368 页。

4　（汉）许慎：《说文解字》（十四），中华书局，1963，第 306 页。

5　（宋）李昉等：《太平御览》第 1 册，第 557 页。

6　《汉书》卷 87《扬雄传》，第 3573 页。

欲往从之陇坂长。"[1] 更重要的是越过此山便油然产生了异乡漂泊之感，故行人登高回望多有哀叹。汉辛氏《三秦记》引俗歌："陇头流水，鸣声幽咽，遥望秦川，肝肠断绝。"[2]《周地图记》云："其山高处可三四里，登山东望秦州可五百里，目极泯然，墟宇桑梓与云霞一色。其上有悬溜，吐于山中为澄潭，名曰万石潭，流溢散下，皆注于渭。东人西役，升此而望故乡，莫不悲思。其歌云：'陇头流水，流离四下。念我行役，飘然旷野。登高望远，涕零双堕。'是此山也。"[3] 唐代从长安西行入蜀、与吐蕃交往和远赴西域的行人都经过陇山，正如许棠《过分水岭》诗所云："陇山高共鸟行齐，瞰险盘空甚蹑梯。云势崩腾时向背，水声呜咽若东西。风兼雨气吹人面，石带冰棱碍马蹄。此去秦川无别路，隔崖穷谷却难迷。"[4] 离开秦地西行没有其他道路，陇山是必经之地。

陇山是从内地赴西北边塞和西域的必经之地，陇山之路称"陇道"，早就进入诗人的视野。南朝宋沈约《白马》诗云："白马紫金鞍，停镳过上兰。寄言狭斜子，讵知陇道难。赤坂途三折，龙堆路九盘。冰生肌里冷，风起骨中寒。"[5] 陇道险狭，梁简文帝《赋得陇坻雁初飞诗》云："高翔悼阔海，下去怯虞机。雾暗早相失，沙明还共飞。陇狭朝声聚，风急暮行稀。"[6]"陇头"包含着过陇远行者的心酸。王褒《渡河北》诗云："心悲异方乐，肠绝陇头歌。薄暮临征马，失道北山河（当作阿）。"[7] 又《弹棋诗》云："投壶生电影，六博值仙人。何如镜奁上，自有拂轻巾。隔涧疑将别，陇头如望秦。握笔徒思赋，辞短竟无陈。"[8] 陈朝诗人何胥《被使出关诗》云："出关登陇坂，回首望秦川。

1 （梁）萧统编《文选》卷 29，第 407 页。

2 （宋）李昉等：《太平御览》第 1 册，第 557 页。

3 （宋）李昉等：《太平御览》第 1 册，第 557 页。

4 （清）彭定求等编《全唐诗》卷 604，第 6983 页。

5 （宋）李昉等编《文苑英华》卷 209，第 1036 页。

6 （唐）欧阳询：《艺文类聚》卷 91，第 1579 页。

7 （宋）李昉等编《文苑英华》卷 163，第 776 页。

8 （唐）欧阳询：《艺文类聚》卷 74，第 1274~1275 页。

绛水通西晋，机桥指北燕。奔流下激石，古木上参天。莺啼落春后，雁度在秋前。平生屡此别，肠断自催年。"[1] 江总《陇头水》二首其一云："陇头万里外，天崖四面绝。人将蓬共转，水与啼俱咽。惊湍自涌沸，古树多摧折。传闻博望侯，苦辛持汉节。"其二云："雾暗川中日，风惊陇上秋。徒伤幽咽响，不见东西流。无期从此别，更度几年幽。遥闻玉关道，望入杳悠悠。"[2] 徐陵《别毛永嘉诗》云："愿子厉清规，归来振羽仪。嗟余今老病，此别恐长离。白马君来哭，黄泉我讵知。徒劳脱宝剑，空挂陇头枝。"[3] 顾野王《陇头水》云："陇底望秦川，迢递隔风烟。萧条落野树，幽咽响流泉。"[4] 梁简文帝《雁门太守行》诗云："陇暮风恒急，关寒霜自浓。枥马夜方思，边衣秋未重。"[5]

　　唐朝在经营陇右、河西和西域的过程中，奉命出使西域的使臣、从内地赴西北前线的士兵、以文才效命将军幕府的文士都要经过陇山。从秦地入蜀有时也经过陇山。陇山在他们笔下有时是实景。高宗时人徐珩《日暮望泾水》诗云："导源径陇阪，属汭贯蠃都。下濑波常急，回圻溜亦纡。毒流秦卒毙，泥粪汉田腴。独有迷津客，怀归轸暮途。"[6] 诗写远行者的苦辛，眼望泾水，想到它导源于陇山，便触发了行役之悲。岑参《赴北庭度陇思家》诗云："西向轮台万里余，也知乡信日应疏。陇山鹦鹉能言语，为报家人数寄书。"[7] 岑诗写的是自己翻越陇山时的感受，远赴轮台的行人来到陇山，陇山的鹦鹉告诫他，不要忘了经常给家人写信。这是唐代势力进入西域之后的诗，此时陇山只是远赴西域途中经行之地。岑参笔下的张郎中赴陇右省父，经过陇山，其《送张郎中赴陇右觐省卿公（时张卿公亦充节度留后）》诗云：

1 （宋）李昉等编《文苑英华》卷296，第1507页。
2 （宋）郭茂倩编《乐府诗集》卷21，第314~315页。
3 （唐）欧阳询：《艺文类聚》卷29，第526页。
4 （宋）郭茂倩编《乐府诗集》卷21，第314页。
5 （宋）郭茂倩编《乐府诗集》卷39，第575页。
6 （清）彭定求等编《全唐诗》卷44，第547~548页。
7 （唐）岑参著，陈铁民、侯忠义校注《岑参集校注》卷2，第141页。

"中郎凤一毛，世上独贤豪。弱冠已银印，出身唯宝刀。还家卿月迥，度陇将星高。幕下多相识，边书醉懒操。"[1] 陇山是家乡与异地的分界，陇山送别便成为伤心之事。郑锡《陇头别》云："秋尽初移幕，沾裳一送君。据鞍窥古堠，开灶爇寒云。登陇人回首，临关马顾群。从来断肠处，皆向此中分。"[2] 吐蕃占领陇右、河西，经陇山远赴西域的道路断绝。张议潮收复河西，陇山再次成为唐使经行之地，唐朝派往河西任职的官员经陇山赴任。张乔《送河西从事》诗云："结束佐戎旃，河西住几年。陇头随日去，碛里寄星眠。水近沙连帐，程遥马入天。圣朝思上策，重待奏安边。"[3]

　　陇山是进入吐蕃的必经之地，金城公主入藏和亲，中宗与大臣送行，君臣有奉和之作，诗中写送亲的行人要经过陇山。李适《奉和送金城公主适西蕃应制》云："绛河从远聘，青海赴和亲。月作临边晓，花为度陇春。主歌悲顾鹤，帝策重安人。独有琼箫去，悠悠思锦轮。"[4] 安史之乱后秦陇陷蕃，唐与吐蕃隔陇山对峙，双方使节一般经此道往来。沈亚之《陇州刺史厅记》记载：

> 昔制戎于安西瀚海之时，而陇汧去塞万三千里。其处内居安如此，朝之命守，犹以为重地，必拔其良能。当时之务，其难者不过理宠门大家之田园陂池而已。观升平之基，其需贤如此。今自上邽清水以西，六镇五十郡既失地，地为戎田，城为戎固，人为戎奴婢。顾陇泾盐灵，皆列为极塞，而陇益为国路，凡戎使往来者必出此。[5]

经过陇州的道路因成为边塞要道而繁忙。太原掌书记姚康成奉使至汧

1　（唐）岑参著，陈铁民、侯忠义校注《岑参集校注》卷2，第105页。

2　（清）彭定求等编《全唐诗》卷262，第2911页。

3　（清）彭定求等编《全唐诗》卷639，第7326页。

4　（清）彭定求等编《全唐诗》卷70，第776页。

5　（唐）沈既济著，肖占鹏、李勃洋校注《沈下贤集校注》卷5，第103页。

陇，见"节使交代，入蕃使回，邮馆填咽"。[1] 可见此道利用之频繁。唐朝与吐蕃使节往来不断，赴吐蕃的唐使往往途经陇山。同事、朋友赋诗送行的作品中，会想象他路经陇山的情景。郎士元《送杨中丞和蕃》诗云："锦车登陇日，边草正萋萋。旧好寻（一作随）君长，新愁听鼓鼙。河源飞鸟外，雪岭大荒西。汉垒今犹在，遥知路不迷。"[2] 皇甫曾《送汤（疑为杨）中丞和蕃》诗云："继好中司出，天心外国知。已传尧雨露，更说汉威仪。陇上应回首，河源复载驰。孤峰问徒御，空碛见旌麾。春草乡愁起，边城旅梦移。莫嗟行远地，此去答恩私。"[3] 皇甫曾《送和西蕃使》诗云："白简初分命，黄金已在腰。恩华通外国，徒御发中朝。雨雪从边起，旌旗上陇遥。暮天沙漠漠，空碛马萧萧。寒路随河水，关城见柳条。和戎先罢战，知胜霍嫖姚。"[4] 刘禹锡《送工部张侍郎入蕃吊祭（时张兼修史）》诗云："月窟宾诸夏，云官降九天。饰终邻好重，锡命礼容全。水咽犹登陇，沙鸣稍极边。路因乘驿近，志为饮冰坚。毳帐差池见，乌旗摇曳前。归来赐金石，荣耀自编年。"[5] 无可《送田中丞使西戎》云："朝元下赤墀，玉节使西夷。关陇风（一作烽）回首，河湟雪洒旗。碛砂行几月，戎帐到何时。应尽平生志，高全大国仪。"[6] 这些诗写赴吐蕃之途，都经过陇山。

陇与蜀自古关系密切，通常所谓"蜀道"指自秦入蜀的道路。往返于长安与蜀中的行人如果行经祁山道，也要越陇山。陇坻上有分水岭，往返于长安与蜀中的行人经过陇山，写诗纪行，写到分水岭。卢照邻《早度分水岭》诗云："丁年游蜀道，班鬓向长安。徒费周王粟，空弹汉吏冠。马蹄穿欲尽，貂裘敝转寒。层冰横九折，积石凌七盘。重溪既下漱，峻峰亦上干。陇头闻戍鼓，岭外咽飞湍。

1　（宋）李昉等编《太平广记》卷 371，第 2948 页。
2　（清）彭定求等编《全唐诗》卷 248，第 2781 页。
3　（清）彭定求等编《全唐诗》卷 210，第 2185 页。
4　（清）彭定求等编《全唐诗》卷 210，第 2185 页。
5　《刘禹锡集》卷 28，第 254 页。
6　（清）彭定求等编《全唐诗》卷 813，第 9157 页。

瑟瑟松风急，苍苍山月团。传语后来者，斯路诚独难。"[1] 以分水岭为
名的地方不止一处，这里与陇头并提，显然指陇山分水岭。卢照邻
从长安到蜀中，再从蜀中返长安，都经过陇山。从他的诗可以知道，
陇山上有唐军戍守。其《入秦川界》诗云："陇阪长无极，苍山望不
穷。石径萦疑断，回流映似空。花开绿野雾，莺啭紫岩风。春芳勿
遽尽，留赏故人同。"[2] 他从蜀中回，越过陇山便进入秦川，诗描写了
登陇所见。杜甫入蜀经陇山，其《秦州杂诗二十首》其一云："满目
悲生事，因人作远游。迟回度陇怯，浩荡及关愁。水落鱼龙夜，山
空鸟鼠秋。西征问烽火，心折此淹留。"[3] 当时中原处于战火之中，吐
蕃进逼，陇山以西情势危急，其《夕烽》诗云："夕烽来不近，每日
报平安。塞上传光小，云边落点残。照秦通警急，过陇自艰难。"[4] 其
《寄岳州贾司马六丈巴州严八使君两阁老五十韵》写自己经陇入蜀的
处境："古人称逝矣，吾道卜终焉。陇外翻投迹，渔阳复控弦。"[5] 陇山
给杜甫很深的印象，过后仍回味当时翻越陇山的情景，其《青阳峡》
诗云："昨忆逾陇坂，高秋视吴岳。东笑莲华卑，北知崆峒薄。超然
侔壮观，已谓殷寥廓。突兀犹趁人，及兹叹冥漠。"[6] 玄宗入蜀经过陇
山，诗人咏之。黄滔《马嵬二首》其一云："铁马嘶风一渡河，泪珠
零便作惊波。鸣泉亦感上皇意，流下陇头呜咽多。"[7] 德宗因避朱泚之
乱入山南，返长安时经过陇山。戎昱《辰州闻大驾还宫》诗咏其事：
"闻道銮舆归魏阙，望云西拜喜成悲。宁知陇水烟销日，再有园林秋
荐时。渭水战添亡虏血，秦人生睹旧朝仪。自惭出守辰州畔，不得亲
随日月旗。"[8] 因其经陇山，故写到陇水。

1　《卢照邻集》卷 1，第 10~11 页。

2　《卢照邻集》卷 2，第 27~28 页。

3　（唐）杜甫著，（清）仇兆鳌注《杜诗详注》卷 7，第 572 页。

4　（唐）杜甫著，（清）仇兆鳌注《杜诗详注》卷 8，第 617 页。

5　（唐）杜甫著，（清）仇兆鳌注《杜诗详注》卷 8，第 650 页。

6　（唐）杜甫著，（清）仇兆鳌注《杜诗详注》卷 8，第 684 页。

7　（清）彭定求等编《全唐诗》卷 706，第 8132 页。

8　（清）彭定求等编《全唐诗》卷 270，第 3015 页。

第三节　作为诗歌意象的陇山

　　唐诗里的陇山有时并非实指，而是代表赴边行人途经之地，形容其路途遥远或艰险。杨衡《边思》云："苏武节旄尽，李陵音信稀。梅当陇上发，人向陇头归。"[1] 陈子昂《赠赵六贞固》诗云："回中烽火入，塞上追兵起。此时边朔寒，登陇思君子。东顾望汉京，南山云雾里。"[2] 皇甫冉《酬李判官度梨岭见寄》云："陇首怨西征，岭南雁北顾。行人与流水，共向闽中去。"[3] 这些诗中的陇山显然皆非实指。

　　从长安西行的行旅或经商西域，或赴边征战，或奉使域外，途经陇山不免赋诗题咏，陇山成为诗歌中的思乡离别或丝路战争意象，积淀了丰富的文化意蕴，成为一座历史文化名山。汉魏六朝诗中这一意象通常以"关山""陇首""陇头""陇坻""陇坂""陇上""陇山头"等词语出现。人们很早就以诗咏叹攀越陇山的艰辛和远离家乡的痛苦，汉代古辞《陇头流水歌》三曲极言陇坂的艰险，此曲歌词在流传中多有改写。《辛氏三秦记》记载："陇渭西关，其陂九回，上有清水，四注流下，俗歌云：'陇头流水，流离西下，念吾（一作我）一身，飘（然）旷野。'""西上陇阪，羊肠九回。山高谷深，不觉脚酸。""手攀弱枝，足逾弱泥。"[4] 北朝乐府民歌《陇头歌辞》三首都是表达行人背井离乡的痛楚："陇头流水，流离山下。念吾一身，飘然旷野"；"朝发欣城，暮宿陇头。寒不能语，舌卷入喉"；"陇头流水，鸣声幽咽。遥望秦川，心肠（一作肝）断绝"。[5] 乐府古辞为后世写陇山的诗定下了一个离乡漂泊、悲愁思苦的情感基调。

　　汉代关陇一带是汉与羌人交战的前线，因此魏晋南北朝时的诗歌

1　（清）彭定求等编《全唐诗》卷465，第5289页。一作张祜诗，见《全唐诗》卷511，第5837页。

2　《陈子昂集》卷2，第24页。

3　（清）彭定求等编《全唐诗》卷250，第2831页。

4　（宋）郭茂倩编《乐府诗集》卷25，第368页。

5　（宋）郭茂倩编《乐府诗集》卷25，第371页。逯钦立指出："此歌与上《陇头流水》皆改用古辞。"见逯钦立辑校《先秦汉魏晋南北朝诗》，第2157页。

中陇山已经成为边塞和战争意象。南朝梁吴均《酬郭临丞诗》云:"闻君立名义,我亦倦晨征。马在城上蹀,剑自腰中鸣。白日辽川暗,黄尘陇坻惊。愿君但衔酒,深知有素诚。"[1] 北周王褒《关山篇》云:"从军出陇坂,驱马度关山。关山恒掩蔼,高峰白云外。遥望秦川水,千里长如带。好勇自秦中,意气多豪雄。"[2] 其《饮马长城窟》云:"屯兵戍陇北,饮马傍城阿。雪深无复道,冰合不生波。尘飞连阵聚,沙平骑迹多。昏昏垅底日,耿耿雾中河。"[3] 北朝民歌《木兰辞》:"关山度若飞,万里赴戎机。"[4] 这些诗都把陇山作为内地和异域的分界或战争的前线。边地将士与家乡亲人互致书函,陇首是信函的收发之地。南朝齐沈约《有所思》诗云:"西征登陇首,东望不见家。关树抽紫叶,塞草发青牙。昆明当欲满,蒲萄应作花。垂泪对汉使,因书寄狭邪。"[5] 南朝陈徐陵《长相思二首》其二云:"长相思,好春节,梦里恒啼悲不泄。帐中起,窗前咽。柳絮飞还聚,游丝断复结。欲见洛阳花,如君陇头雪。"[6] 北周王褒《燕歌行》诗云:"属国少妇犹年少,羽林轻骑散征行。遥闻陌头采桑曲,犹胜边地胡笳声。胡笳向暮使人泣,长使闺中空伫立。桃花落,杏花舒,桐生井底寒叶疏。试为来看上林雁,必有遥寄陇头书。"[7] 相见时难,你想看到洛阳花,和"我"想看到陇头雪一样不可能。戴暠《度关山》诗云:"昔听陇头吟,平居已流涕。今上关山望,长安树如荠。千里非乡邑,百姓为兄弟。军中大体自相褒,其间得意各分曹。"[8] 又如王训《度关山》诗云:"边庭多警急,羽檄未曾闲。从军出陇坂,驱马度关山。关山恒晻霭,高峰白云外。遥望秦川水,千里长如带。"[9]

1　(唐)欧阳询:《艺文类聚》卷 31,第 556~557 页。
2　(唐)欧阳询:《艺文类聚》卷 42,第 756~757 页。
3　(宋)李昉等《文苑英华》卷 209,第 1037 页。
4　(宋)郭茂倩编《乐府诗集》卷 25,第 374 页。
5　(宋)郭茂倩编《乐府诗集》卷 17,第 252 页。
6　(宋)郭茂倩编《乐府诗集》卷 69,第 992 页。
7　(唐)欧阳询:《艺文类聚》卷 42,第 754~755 页。
8　(宋)郭茂倩编《乐府诗集》卷 27,第 392 页。
9　(宋)郭茂倩编《乐府诗集》卷 27,第 391 页。

在中国古典诗歌中，陇头成为离别意象，写远行者与亲人、征夫和思妇两地相思的诗，都把陇头作为远离家乡之所在，或远征的将士路经之地。经陇西征异常艰苦和危险，行人不免产生怨叹，亲人不免牵挂。南朝陈后主《陇头》诗写征夫思乡之情："陇头征戍客，寒多不识春。惊风起嘶马，苦雾杂飞尘。投钱积石水，敛辔交河津。四面夕冰合，万里望佳人。"[1] 唐诗继承汉魏以来的传统，借陇山意象表达离情别绪和思乡念亲之情。王绩《登陇坂二首》其一云："客行登陇坂，长望一思归。地险关山密，天平鸿雁稀。转蓬无定去，惊叶但知飞。目极征途远，劳情歌式微。"其二云："陇坂三秦望，游人万里悲。何关呜咽水，自是断肠时。风高黄叶散，日下白云滋。怅望东飞翼，忧来不自持。"[2]

初盛唐时，为了保证丝绸之路的通畅和西域局势的稳定，一批批远征的将士经过陇山西行，与家乡和亲人离别。沈如筠《闺怨二首》其二云："陇底嗟长别，流襟一动君。何言幽咽所，更作死生分。"[3] 赵嘏《昔昔盐·织锦窦家妻》云："当年谁不羡，分作窦家妻。锦字行行苦，罗帷日日啼。岂知登陇远，只恨下机迷。直候阳关使，殷勤寄海西。"[4] 王贞白《胡笳曲》云："陇底悲笳引，陇头鸣北风。一轮霜月落，万里塞天空。戍卒泪应尽，胡儿哭未终。争教班定远，不念玉关中。"[5] 诗立足于人道主义立场，写战争给胡汉双方人民造成深重灾难，希望结束战争，恢复和平，不让将士们身处塞外，饱受思乡念亲之苦。刘希夷《捣衣篇》写秦地佳人秋夜思夫："攒眉缉缕思纷纷，对影穿针魂悄悄。闻道还家未有期，谁怜登陇不胜悲。"[6] 徐延寿《折杨柳》诗云："妾见柳园新，高楼四五春。莫吹胡塞曲，愁杀陇头人。"[7] 无名

1　（宋）郭茂倩编《乐府诗集》卷21，第311页。
2　陈尚君辑校《全唐诗补编》，第654页。
3　（清）彭定求等编《全唐诗》卷114，第1164页。
4　（清）彭定求等编《全唐诗》卷27，第375页。
5　（清）彭定求等编《全唐诗》卷701，第8060页。
6　（清）彭定求等编《全唐诗》卷82，第885页。
7　（清）彭定求等编《全唐诗》卷114，第1165页。

氏《水调歌》第四云：“陇头一段气长秋，举目萧条总是愁。只为征人多下泪，年年添作断肠流。”[1]《杂曲歌辞·入破第四》云：“日晚筎声咽成楼，陇云漫漫水东流。行人万里向西去，满目关山空自愁。”[2]《穆护砂》云：“玉管朝朝弄，清歌日日新。折花当驿路，寄与陇头人。”[3]《金殿乐》云：“入夜秋砧动，千门起四邻。不缘楼上月，应为陇头人。”[4]李峤《笛》诗云：“羌笛写龙声，长吟入夜清。关山孤月下，来向陇头鸣。逐吹梅花落，含春柳色惊。行观向子赋，坐忆旧邻情。”[5]用“陇头鸣”渲染笛声的凄切。李白《古风》二十二云：“秦水别陇首，幽咽多悲声。胡马顾朔雪，蹀躞长嘶鸣。感物动我心，缅然含归情。昔视秋蛾飞，今见春蚕生。袅袅桑结叶，萋萋柳垂荣。急节谢流水，羁心摇悬旌。挥涕且复去，恻怆何时平。”[6]《学古思边》云：“衔悲上陇首，肠断不见君。流水若有情，幽哀从此分。苍茫愁边色，惆怅落日曛。山外接远天，天际复有云。白雁从中来，飞鸣苦难闻。足系一书札，寄言难离群。离群心断绝，十见花成雪。胡地无春晖，征人行不归。相思杳如梦，珠泪湿罗衣。”[7]李贺《摩多楼子》诗云：“晓气朔烟上，趑趄胡马蹄。行人临水别，陇水长东西。”[8]张乔《笛》诗云：“剪雨裁烟一节秋，落梅杨柳曲中愁。尊前暂借殷勤看，明日曾闻向陇头。”[9]胡宿《古别》云：“长道何年祖鞁休，风帆不断岳阳楼。佳人挟瑟漳河晓，壮士悲歌易水秋。九帐青油徒自负，百壶芳醑岂消忧。至今长乐坡前水，不啻秦人怨陇头。”[10]颜舒《凤栖怨》云：“佳人名莫愁，珠箔上花钩。清镜鸳鸯匣，新妆翡翠楼。捣衣明月夜，吹管白云秋。惟恨

1　（清）彭定求等编《全唐诗》卷2，第379页。

2　（清）彭定求等编《全唐诗》卷2，第379页。

3　（清）彭定求等编《全唐诗》卷27，第385页。

4　（清）彭定求等编《全唐诗》卷27，第386页。

5　周勋初等主编《全唐五代诗》卷45，第912页。

6　（唐）李白著，瞿蜕园、朱金城校注《李白集校注》卷2，第135页。

7　（唐）李白著，瞿蜕园、朱金城校注《李白集校注》卷25，第1484页。

8　叶葱奇编订《李贺诗集》卷4，第245页。

9　（清）彭定求等编《全唐诗》卷639，第7328页。

10　（清）彭定求等编《全唐诗》卷731，第8366页。

金吾子，年年向陇头。"[1] 辛弘智《自君之出矣（又一首）》云："自君之出矣，宝镜为谁明。思君如陇水，常闻呜咽声。"[2] 孟郊《古意》诗云："荡子守边戍，佳人莫相从。去来年月多，苦愁改形容。……芙蓉无污染，将以表心素。欲寄未归人，当春无信去。无信反增愁，愁心缘陇头。愿君如陇水，冰镜水还流。宛宛青丝线，纤纤白玉钩。玉钩不亏缺，青丝无断绝。回还胜双手，解尽心中结。"[3] 那来自"陇头"的愁心即相思之苦，无法用双手解开，只有戍守陇头的人"回还"才能解尽心中的情结。戴叔伦《酬别刘九郎评事传经同泉字》云："举袂掩离弦，枉君愁思篇。忽惊池上鹭，正咽陇头泉。"[4] 陇头流水是愁苦的象征，诗以"正咽陇头泉"形容"愁"。令狐楚《长相思》云："君行登陇上，妾梦在闺中。玉箸千行落，银床一半空。"[5] 身在家乡的闺妇思念远征的丈夫，梦见他登上陇山，醒来泪湿床枕，梦境把后方和前线联系起来。

唐代前期的诗写到陇山更多的是充满豪情壮志，这是唐诗的新气象。虽然边地生活艰苦，战争充满危险，远离家乡亲人，但对那些向往立功边塞的人来说，似乎都不在话下。虞世南《出塞》云：

> 上将三略远，元戎九命尊。缅怀古人节，思酬明主恩。山西多勇气，塞北有游魂。扬鞭上陇坂，勒骑下平原。誓将绝沙漠，悠然去玉门。轻赍不遑舍，惊策骛戎轩。凛凛边风急，萧萧征马烦。雪暗天山道，冰塞交河源。雾锋黯无色，霜旗冻不翻。耿介倚长剑，日落风尘昏。[6]

1　（清）彭定求等编《全唐诗》卷 769，第 8732 页。

2　（清）彭定求等编《全唐诗》卷 773，第 8770 页。

3　（唐）孟郊：《孟东野诗集》卷 2，人民文学出版社，1959，第 20~21 页。

4　（唐）戴叔伦著，蒋寅校注《戴叔伦诗集校注》卷 1，第 145 页。

5　（宋）计有功：《唐诗纪事》卷 42，第 642 页。按：此诗《全唐诗》卷 334 题作《闺人赠远》。又洪迈《万首唐人绝句》卷 5 列为张仲素诗，题为《春闺思三首》之三。

6　周勋初等主编《全唐五代诗》卷 2，第 28 页。

将军翻越陇坂，目的是经玉门出塞，剑指西域，虽然西域苦寒，但壮志不减。孔绍安《结客少年场行》云："结客佩吴钩，横行度陇头。雁在弓前落，云从阵后浮。吴师惊燧象，燕将警奔牛。转蓬飞不息，冰河结未流。若使三边定，当封万户侯。"[1] 越陇出塞，不畏艰险，追求的是安边定远、立功封侯。崔泰之《奉和圣制送张尚书巡边》云："南庭胡运尽，北斗将星飞。旗鼓临沙漠，旌旗出洛畿。关山绕玉塞，烽火映金微。屡献帷谋策，频承庙胜威。蹀躞临河骑，逶迤度陇旂。地脉平千古，天声振九围。车马生边气，戈铤驻落晖。夏近蓬犹转，秋深草未腓。饯送纡天什，恩荣赐御衣。伫勒燕然颂，鸣驺计日归。"[2] 无名氏《水调歌》云："平沙落日大荒西，陇上明星高复低。孤山几处看烽火，壮士连营候鼓鼙。"[3] 从日落到星出，战士们关注着报警的烽火，只等着战鼓鸣起，随时准备出征应敌。在送人出征或巡边的诗中，诗人以立功边塞相期冀。张九龄《饯王尚书出边》云："夏云登陇首，秋露怯辽阳。武德舒宸眷，文思饯乐章。感恩身既许，激节胆犹尝。祖帐倾朝列，军麾驻道傍。诗人何所咏，尚父欲鹰扬。"[4] 贺知章《送人之军中》云："常经绝脉塞，复见断肠流。送子成今别，令人起昔愁。陇云晴半雨，边草夏先秋。万里长城寄，无贻汉国忧。"[5] 诗人叮嘱行人立功边塞，期望对方为国长城。岑参《送人赴安西》云："上马带胡钩，翩翩度陇头。小来思报国，不是爱封侯。万里乡为梦，三边月作愁。早须清黠虏，无事莫经秋。"[6] 志愿在杀敌报国，个人功名并不重要。李白《塞下曲六首》其二云："天兵下北荒，胡马欲南饮。横戈从百战，直为衔恩甚。握雪海上餐，拂沙陇头寝。何当破月氏，然后方高枕。"[7] 其六云："烽火动沙漠，连照甘泉云。汉皇按剑起，还

1　周勋初等主编《全唐五代诗》卷6，第110页。

2　周勋初等主编《全唐五代诗》卷87，第1772页。

3　（清）彭定求等编《全唐诗》卷27，第378页。

4　周勋初等主编《全唐五代诗》卷110，第2251页。

5　（唐）芮挺章选《国秀集》卷上，《唐人选唐诗》（十种），上海古籍出版社，1978，第138页。

6　（唐）岑参著，陈铁民、侯忠义校注《岑参集校注》卷2，第139页。

7　（唐）李白著，瞿蜕园、朱金城校注《李白集校注》卷5，第364页。

召李将军。兵气天上合，鼓声陇底闻。横行负勇气，一战净妖氛。"[1]
万楚《骢马》云："金络青骢白玉鞍，长鞭紫陌野游盘。朝驱东道尘恒
灭，暮到河源日未阑。汗血每随边地苦，蹄伤不惮陇阴寒。君能一饮
长城窟，为报天山行路难。"[2]诗借咏马表达不畏艰险、远征边塞的壮
志。高适《独孤判官部送兵》云："出关逢汉壁，登陇望胡天。亦是封
侯地，期君早着鞭。"[3]希望独孤氏早日建功封侯。刘长卿《平蕃曲三
首》其二云："渺渺戍烟孤，茫茫寒（一作塞）草枯。陇头那用闭，万
里不防胡。"[4]韦应物《送孙征赴云中》云："黄骢少年舞双戟，目视旁
人皆辟易。百战曾夸陇上儿，一身复作云中客。寒风动地气苍芒，横
吹先悲出塞长。敲石军中传夜火，斧冰河畔汲朝浆。前锋直指阴山
外，虏骑纷纷翦应碎。匈奴破尽看君归，金印酬功如斗大。"[5]来自陇
上的健儿赴云中郡征战，诗人希望他杀敌立功。

　　远征的将士思想和情感是复杂的，他们不因追求功名而忘记亲
情，也不因眷恋家乡而放弃自己的理想，陇山寄托了他们复杂的思想
情感。李颀《古意》云："男儿事长征，少小幽燕客。赌胜马蹄下，由
来轻七尺。杀人莫敢前，须如猬毛磔。黄云陇底白雪飞，未得报恩不
能归。辽东小妇年十五，惯弹琵琶解歌舞。今为羌笛《出塞》声，使
我三军泪如雨。"[6]诗既歌颂了途经陇底远赴边地的将士们保卫国家的
高度责任感和追求建功立业的豪情，也表达了他们听乐而触发思乡念
亲的柔情。无名氏《凉州歌》云："朔风吹叶枞门秋，万里烟尘昏戍
楼。征马长思青海北，胡笳夜听陇山头。"[7]写马实是写人，征马希望
驰骋于青海头，那里是抗击吐蕃的战场，寓言将士们杀敌报国的志

1　（唐）李白著，瞿蜕园、朱金城校注《李白集校注》卷5，第367~368页。
2　（清）彭定求等编《全唐诗》卷145，第1468页。
3　（唐）高适著，孙钦善校注《高适集校注》，第55页。
4　（唐）刘长卿著，储仲君笺注《刘长卿诗编年笺注》，第24页。
5　（清）彭定求等编《全唐诗》卷189，第1941页。按：此诗一作韩翃诗，孙征作孙泼。见《全唐
　　诗》卷243，第2729页。陶敏、王友胜校注《韦应物集校注》未收此诗。
6　（唐）李颀著，王锡九校注《李颀诗歌校注》卷2，第447页。
7　（清）彭定求等编《全唐诗》卷27，第380页。

向。夜里守候于陇山山顶，听到悲壮凄凉的胡笳声，不免勾起思家念亲之情。高适《登陇》诗云："陇头远行客，陇上分流水。流水无尽期，行人未云已。浅才通一命，孤剑适千里。岂不思故乡？从来感知己。"[1] 这是天宝十二载（753）高适赴任河西节度使府掌书记途中登陇山而作。哥舒翰喜文重义，颇得文士好感，此诗所抒发之情感与此相关。诗人自述为报知遇之恩，离别家乡远赴边地，写登陇山所见，望流水之不竭而叹人生无常，抒发报答节帅知遇之恩之情。将士们追求建功立业，现实并不如他们想象的那样公正，经历艰苦卓绝的斗争，未必能获得功名。王贞白《古悔从军行》云："忆昔仗孤剑，十年从武威。论兵亲玉帐，逐虏过金微。陇水秋先冻，关云寒不飞。辛勤功业在，麟阁志犹违。"[2] 王维《陇头吟》云："长安少年游侠客，夜上戍楼看太白。陇头明月迥临关，陇上行人夜吹笛。关西老将不胜愁，驻马听之双泪流。身经大小百余战，麾下偏裨万户侯。苏武才为典属国，节旄空尽海西头。"[3] 为了报效国家，他们不畏边塞艰苦的环境，不顾生死；但那十年征战的艰辛、大小百余战的经历和显赫的战功，却没有为他们换取应有的功名。这是为什么？诗人没有明说，其意在于批评统治者赏罚不公，意在言外。

陇山是唐诗中常用的意象，诗人在送人赴边地想象其行程时往往写到陇山，陇山的景物被用来渲染旅途的景况，陇山的树、云、水、风、月、鸟、花、雨、雪等都被写入诗中。陇山总是与这些景物构成组合意象，创造出幽深的意境。

陇树成为悲秋意象，诗人用"陇树秋"渲染征途的凄凉和环境艰苦。梁锽《崔驸马宅赋咏画山水扇》诗云："画扇出秦楼，谁家赠列侯。小含吴刻县，轻带楚扬州。掩作山云暮，摇成陇树秋。"[4] 张仲素《塞下曲五首》其四云："陇水潺湲陇树秋，征人到此泪双流。乡关万

1　（唐）高适著，孙钦善校注《高适集校注》，第218页。
2　（清）彭定求等编《全唐诗》卷701，第8059页。
3　（唐）王维撰，（清）赵殿成笺注《王右丞集笺注》卷6，第92页。
4　（唐）令狐楚编《御览诗》，《唐人选唐诗》（十种），第253页。

里无因见，西戍河源早晚休。"[1] 胡曾《咏史诗·回中》云："武皇无路及昆丘，青鸟西沈陇树秋。欲问生前躬祀日，几烦龙驾到泾州。"[2] 周朴《寄塞北张符》诗云："陇树塞风吹，辽城角几枝。霜凝无暂歇，君貌莫应衰。万里平沙际，一行边雁移。那堪朔烟起，家信正相离。"[3] 这些诗都以陇山苦寒写将士们征途生活艰辛。诗中写到"陇花"是衬托，以美景写哀情。黄滔《河梁》诗云："五原人走马，昨夜到京师。绣户新夫妇，河梁生别离。陇花开不艳，羌笛静犹悲。惆怅良哉辅，锵锵立凤池。"[4] 在新婚离别的绣户眼里，陇山上的花也失去了色彩和艳丽。

　　写陇山的诗还常写到云、雨或雪，用它们渲染陇山的严寒和艰险。卢照邻《送郑司仓入蜀》诗云："离人丹水北，游客锦城东。别意还无已，离忧自不穷。陇云朝结阵，江月夜临空。关塞疲征马，霜氛落早鸿。潘年三十外，蜀道五千中。送君秋水曲，酌酒对清风。"[5] 杨衡《答崔钱二补阙》诗残句："陇首降时雨，雷声出夏云。"[6] 翁绶《雨雪曲》诗云："边声四合殷河流，雨雪飞来遍陇头。铁岭探人迷鸟道，阴山飞将湿貂裘。斜飘旌旆过戎帐，半杂风沙入戍楼。一自塞垣无李蔡，何人为解北门忧。"[7] 皇甫冉《送刘兵曹还陇山居》云："离堂徒宴语，行子但悲辛。虽是还家路，终为陇上人。先秋雪已满，近夏草初新。唯有闻羌笛，梅花曲里春。"[8] 秋天未到陇山已经被大雪覆盖，直到初夏草才泛青，意谓这里乃苦寒之地，看不到春天。陇西出产鹦鹉，鹦鹉很早就成为诗歌意象。诗人借对陇山鹦鹉的描写表达对家乡的思念，岑参《赴北庭度陇思家》诗云："西向轮台万里余，也知乡信

1　（清）彭定求等编《全唐诗》卷 367，第 4138 页。

2　（清）彭定求等编《全唐诗》卷 647，第 7436 页。

3　（清）彭定求等编《全唐诗》卷 673，第 7697 页。

4　（清）彭定求等编《全唐诗》卷 704，第 8104 页。

5　《卢照邻集》卷 3，第 35 页。

6　（清）彭定求等编《全唐诗》卷 465，第 5290 页。

7　（清）彭定求等编《全唐诗》卷 600，第 6939 页。

8　（清）彭定求等编《全唐诗》卷 250，第 2824 页。

日应疏。陇山鹦鹉能言语，为报家人数寄书。"[1]康骈《剧谈录》记载："（李）德裕之营平泉也，远方之人多以土产异物奉之，故数年之间无所不有。时文人有题平泉诗者：'陇右诸侯供语鸟，日南太守送名花。'威势之使人也。"[2]"语鸟"即鹦鹉。王建《宫词一百首》七十六云："鹦鹉谁教转舌关，内人手里养来奸。语多更觉承恩泽，数对君王忆陇山。"[3]诗借写鹦鹉而写宫女的思家念亲之情，鹦鹉来自陇山，忆陇山，乃影射幽闭深宫中的女子思念家乡。

月是家人团圆的象征，"陇头月"是勾起人们思乡之情的意象。虞世南《拟饮马长城窟》诗云："有月关犹暗，经春陇尚寒。云昏无复影，冰合不闻湍。怀君不可遇，聊持报一餐。"[4]陇月也用来描写战场凄清肃杀景象，渲染悲凉气氛。王维《陇头吟》诗云："陇头明月迥临关，陇上行人夜吹笛。"[5]李子昂《西戎即叙》诗云："悬首藁街中，天兵破犬戎。营收低陇月，旗偃度湟风。肃杀三边劲，萧条万里空。"[6]"陇头月"也是北方边地的象征。黄滔《寄怀南北故人》："秋风昨夜落芙蕖，一片离心到外区。南海浪高书堕水，北州城破客降胡。玉窗挑凤佳人老，绮陌啼莺碧树枯。岭上青岚陇头月，时通魂梦出来无。"[7]五代沈彬《塞下三首》其二："贵主和亲杀气沉，燕山闲猎鼓鼙音。旗分雪草偷边马，箭入寒云落塞禽。陇月尽牵乡思动，战衣谁寄泪痕深。金钗谩作封侯别，劈破佳人万里心。"[8]在家乡"陇头月"时时进入佳人梦中，在边地"陇月"则时时勾起征人的乡思之情。

陇头风却有为征人壮行的意味。李端《瘦马行》："城傍牧马驱未过，一马徘徊起还卧。眼中有泪皮有疮，骨毛焦瘦令人伤。朝朝放在

1　（唐）岑参著，陈铁民、侯忠义校注《岑参集校注》卷 2，第 141 页。

2　（宋）李昉等编《太平广记》卷 405，第 8964 页。

3　（唐）王建著，王宗堂校注《王建诗集校注》卷 10，第 624 页。

4　周勋初等主编《全唐五代诗》卷 2，第 18～19 页。

5　（唐）王维撰，（清）赵殿成笺注《王右丞集笺注》卷 6，第 92 页。

6　（清）彭定求等编《全唐诗》卷 781，第 8833 页。

7　（清）彭定求等编《全唐诗》卷 705，第 8108 页。

8　（清）彭定求等编《全唐诗》卷 743，第 8456 页。

儿童手，谁觉举头看故乡。往时汉地相驰逐，如雨如风过平陆。岂意今朝驱不前，蚊蚋满身泥上腹。路人识是名马儿（一作衰），畴昔三军不得骑。玉勒金鞍既已远，追奔获兽有谁知。终身枥上食君草，遂与驽骀一时老。倘借长鸣陇上风，犹期一战安西道。"[1] 写马实是写人，瘦马寓意年迈的老将，虽身老而志不衰，仍向往当年的战争生活，向往登上陇山，仰风长啸，驰骋疆场。陇山与其他景物组合，构成凄凉的意境。温庭筠《苏武庙》诗云："苏武魂销汉使前，古祠高树两茫然。云边雁断胡天月，陇上羊归塞草烟。回日楼台非甲帐，去时冠剑是丁年。茂陵不见封侯印，空向秋波哭逝川。"[2] 孤雁、胡月、归羊、塞草与陇山共同营造了令人伤感的气氛，表达了对苏武命运的同情和叹惋。

关于陇山的景物，诗人写到最多的是陇头水。陇水早就成为诗歌意象，汉乐府诗中已经咏及陇头水，陇水鸣咽，饱含凄苦之情，诗人以陇水渲染离乡悲情和行役之苦。南朝陈谢燮《雨雪曲》云："朔边昔离别，寒风复凄切。峨峨六尺冰，飘飘千里雪。未塞袁安户，行封苏武节。应随陇水流，几过空鸣咽。"[3] 江总《长相思二首》其一云："长相思，久离别，征夫去远幽芳灭。湘水深，陇头咽。红罗斗帐里，绿绮清弦绝。逶迤百尺楼，愁思三秋结。"[4] 北周庾信《出自蓟北门行》云："蓟门还北望，役役尽伤情。关山连汉月，陇水向秦城。笳寒芦叶脆，弓冻纻弦鸣。梅林能止渴，复姓可防兵。将军连转战，都护夜巡营。燕山犹有石，须勒几人名。"[5] 读者每读至此，便自然联想到"陇头流水，鸣声鸣咽"的古词，产生悲凉之情。"陇水"也是唐诗中常见意象，唐前期开拓西域，往来于陇山的人增多，诗人用陇水渲染旅途的艰辛和心情的愁苦。陇山上有分水岭，汉辛氏《三秦记》云："小陇山，一名陇坻，又名分水岭。"[6] 岑参赴西域多次经行陇山，其《经

1　（清）彭定求等编《全唐诗》卷 284，第 3239 页。

2　（唐）温庭筠著，（清）曾益等笺注《温飞卿诗集笺注》，上海古籍出版社，1980，第 171~172 页。

3　（宋）郭茂倩编《乐府诗集》卷 24，第 359 页。

4　（宋）李昉等编《文苑英华》卷 202，第 1000 页。

5　（宋）郭茂倩编《乐府诗集》卷 61，第 892 页。

6　（宋）李昉等：《太平御览》第 1 册，第 557 页。

陇头分水》诗云："陇水何年有，潺潺逼路傍。东西流不歇，曾断几人肠！"[1] 李白《猛虎行》诗云："肠断非关陇头水，泪下不为雍门琴。旌旗缤纷两河道，战鼓惊山欲倾倒。"[2] 唐诗中也有以陇水衬托将士们豪情的。李益《从军有苦乐行》诗虽写"仆本居陇上，陇水断人肠"，但"一旦承嘉惠，轻命重恩光。秉笔参帷帟，从军至朔方。……北逐驱獯虏，西临复旧疆。……寄言丈夫雄，苦乐身自当"。在唐前期诗人笔下，陇水渲染的悲情成为赴边将士壮志豪情的衬托。

　　安史之乱发生后，陇山成为唐与吐蕃对峙的前线，诗中的"陇水"成为边地的象征。写陇水渲染的情感除了离别相思，又平添一种家国盛衰之感。杜甫《喜闻盗贼蕃寇总退口号五首》其一云："萧关陇水入官军，青海黄河卷塞云。北极转愁龙虎气，西戎休纵犬羊群。"[3] 诗表达了得知唐对吐蕃的战事获胜时杜甫的快乐心情。但在唐后期诗人笔下陇头水更多地代表伤感，诗人写陇头水引起的伤感不同于前代写行役之苦的伤感，而是为战争形势和社会局势忧伤，更为沉重。过去陇山是经行之地，路过此山远赴边塞，现在成为前线，敌人在对面横行。张籍《送边使》云："扬旌过陇头，陇水向西流。塞路依山远，戍城逢雨（一作笛）秋。寒沙阴漫漫，疲马去悠悠。为问征行将，谁封定远侯。"[4] 王建《陇头水》云："陇水何年陇头别，不在山中亦鸣咽。征人塞耳马不行，未到陇头闻水声。谓是西流入蒲海，还闻北去绕龙城。陇东陇西多屈曲，野麋饮水长簇簇。胡兵夜回水傍住，忆著来时磨剑处。向前无井复无泉，放马回看陇头树。"[5] 白居易《和思归乐》云："峡猿亦无意，陇水复何情。为入愁人耳，皆为肠断声。"[6] 陈陶《胡无人行》云："十万羽林儿，临洮破郅支。杀添胡地骨，降足汉

1　（唐）岑参著，陈铁民、侯忠义校注《岑参集校注》卷2，第75页。
2　（唐）李白著，瞿蜕园、朱金城校注《李白集校注》卷6，第462页。
3　（唐）杜甫著，（清）仇兆鳌注《杜诗详注》卷21，第1857页。
4　（唐）张籍著，徐礼节、余恕诚校注《张籍集系年校注》卷2，第168页。
5　（唐）王建著，王宗堂校注《王建诗集校注》卷1，第7页。
6　《白居易集》卷2，第40页。

营旗。塞阔牛羊散，兵休帐幕移。空流陇头水，呜咽向人悲。"[1] 张仲素《陇上行》云："行到黄云陇，唯闻羌戍声。不如山下水，犹得任东西。"[2] 陇山上水可以向东、西两个方向流，陇山以西沦于敌手，人却不能自由来去了。其《塞下曲五首》其四云："陇水潺湲陇树秋，征人到此泪双流。乡关万里无因见，西戍河源早晚休。"[3] 卢汝弼《和李秀才边庭四时怨》其三云："八月霜飞柳半黄，蓬根吹断雁南翔。陇头流水关山月，泣上龙堆望故乡。"[4] 温庭筠《回中作》云："苍莽寒空远色愁，呜呜戍角上高楼。吴姬怨思吹双管，燕客悲歌动（一作别）五侯。千里关山边草暮，一星烽火朔云秋。夜来霜重西风起，陇水无声噎（一作冻）不流。"[5] 边地形势紧张，令人感到压抑；天寒地冻，连陇水也停止了呜咽。

第四节　安史之乱后的陇山

安史之乱后，陇右陷于吐蕃，陇山成为唐朝与吐蕃对峙的前线，越陇即成胡地，故这一带成为边地。唐朝对吐蕃的战争取得胜利，诗人们为之雀跃。杜甫《近闻》诗云："近闻犬戎远遁逃，牧马不敢侵临洮。渭水逶迤白日净，陇山萧瑟秋云高。崆峒五原亦无事，北庭数有关中使。似闻赞普更求亲，舅甥和好应难弃。"仇兆鳌注云："《唐书》：永泰元年十月，郭子仪与回纥定约，共击退吐蕃，时仆固名臣及党项帅皆来降。大历元年二月，命杨济修好吐蕃。吐蕃遣首领论泣陵来朝，此诗盖记其事。"[6] 这是杜甫在安史之乱发生后、吐蕃进逼时写的诗，而随着吐蕃日益深入的侵扰，陇山一带再次成为战争的前线，杜诗所写

---

1 （清）彭定求等编《全唐诗》卷 745，第 8465 页。

2 （清）彭定求等编《全唐诗》卷 367，第 4137 页。

3 （清）彭定求等编《全唐诗》卷 367，第 4138 页。

4 （清）彭定求等编《全唐诗》卷 688，第 7911 页。

5 （唐）温庭筠著，（清）曾益等笺注《温飞卿诗集笺注》卷 4，第 98 页。

6 （唐）杜甫著，（清）仇兆鳌注《杜诗详注》卷 15，第 1283 页。

只是一时的安宁而已，实际上陇山更多地引起诗人的怨叹愁恨。

　　陇山作为唐与吐蕃的分界线，在许多唐诗作品中都有反映。元结《陇上叹》写面对这种局面的心情：

> 援车登陇坂，穷高遂停驾。延望戎狄乡，巡回复悲咤。滋移有情教，草木犹可化。圣贤礼让风，何不遍西夏。父子忍猜害，君臣敢欺诈。所适今若斯，悠悠欲安舍。[1]

陇山那边已沦于敌手，所以登陇西望便是戎狄之乡。马戴《酬田卿送西游》云："华堂开翠簟，惜别玉壶深。客去当烦暑，蝉鸣复此心。废城乔木在，古道浊河侵。莫虑西游远，西关绝陇阴。"[2] 诗的字面意思在安慰田氏，不要担心"我"西游远行，"我"是走不远的，最远只能到陇山，实际上隐含着深深的忧伤，因为陇山以西已成敌境。余延寿《折杨柳》诗云：

> 大道连国门，东西种杨柳。葳蕤君不见，袅娜垂来久。缘枝栖暝禽，雄去雌独吟。余花怨春尽，微月起秋阴。坐望窗中蝶，起攀枝上叶。好风吹长条，婀娜何如妾。妾见柳园新，高楼四五春。莫吹胡塞（一作笳）曲，愁杀陇头人。[3]

思妇眼望窗外成双结对的"螟禽"和飞翔于树枝间的双蝶，愈发感到孤独，并想象着驻守陇头的征人，听到胡笳曲而愁苦满怀。

　　陇山成为将士们戍守之地，此地形势紧张，又缺乏抗敌名将，敌情难解。翁绶《雨雪曲》云："边声四合殷河流，雨雪飞来遍陇头。铁岭探人迷鸟道，阴山飞将湿貂裘。斜飘旌旆过戎帐，半杂风沙入戍

1　（唐）元结：《元次山集》卷 2，孙望校，中华书局，1960，第 19 页。

2　杨军、戈春源注《马戴诗注》，第 103 页。

3　（宋）郭茂倩编《乐府诗集》卷 22，第 332 页。

楼。一自塞垣无李蔡，何人为解北门忧。"[1] 边塞与家乡两地相思中，"陇头人"既愁失地难收，又愁归乡无望。李益《观回军三韵》云："行行上陇头，陇月暗悠悠。万里将军没，回旌陇戍秋。谁令呜咽水，重入故营流。"[2] 陇山成为前线，将士们在陇山防戍，凝铸为"陇戍"语词，即陇山防线。王涯《陇上行》云："负羽到边州，鸣笳度陇头。云黄知塞近，草白见边秋。"[3] 在这一首小诗里，诗人称陇上为"边州""塞""边秋"，说明在唐人心中已然形成陇山即边境的观念。张籍《塞上曲》云：

> 边州八月修城堡，候骑先烧碛上草。胡风吹沙度陇飞，陇头林木无北枝。将军阅兵青塞下，鸣鼓冬冬促猎围。天寒山路石断裂，白日不销帐上雪。乌孙国乱多降胡，诏使名王持汉节。年年征战不得闲，边人杀尽唯空山。[4]

边军修城堡之"边州"就在陇山脚下。马戴《陇上独望》云："斜日挂边树，萧萧独望间。阴云藏汉垒，飞火照胡山。陇首行人绝，河源夕鸟还。谁为立勋者，可惜宝刀闲。"[5] 陇山一带的百姓被称为"边人"，树称"边树"。由于连年战争，陇山一带人烟稀少。白居易《中秋月》云："万里清光不可思，添愁益恨绕天涯，谁人陇外久征戍？何处庭前新别离？失宠故姬归院夜，没蕃老将上楼时。照他几许人肠断，玉兔银蟾远不知。"[6] 高骈《边城听角》云："席箕风起雁声秋，陇水边沙满目愁。三会五更欲吹尽，不知凡白几人头。"[7]《塞上曲二首》其一云："二年边戍绝烟尘，一曲河湾万恨新。从此凤林关外事，不知谁

1　（清）彭定求等编《全唐诗》卷 18，第 191 页。
2　范之麟注《李益诗注》，第 17 页。
3　（清）彭定求等编《全唐诗》卷 346，第 3875 页。
4　（唐）张籍著，徐礼节、余恕诚校注《张籍集系年校注》卷 7，第 810 页。
5　杨军、戈春源注《马戴诗注》，第 57 页。
6　《白居易集》卷 16，第 346 页。
7　（清）彭定求等编《全唐诗》卷 598，第 6920 页。

是苦心人。"其二云："陇上征夫陇下魂，死生同恨汉将军。不知万里沙场苦，空举平安火入云。"[1] 许棠《秦中遇友人》云："半生南走复西驰，愁过杨朱罢泣岐。远梦亦羞归海徼，贫游多是滞边陲。胡云不聚风无定，陇路难行栈更危。且暮唯闻语征战，看看已欲废吟诗。"[2] 齐己《送人游塞》云："槐柳野桥边，行尘暗马前。秋风来汉地，客路入胡天。雁聚河流浊，羊群碛草膻。那堪陇头宿，乡梦逐潺湲。"[3] 朋友到陇山便是"游塞"，便是"入胡天"。

因为这里是与吐蕃对峙的前线，故陇山有唐军戍守。王贞白《胡笳曲》云："陇底悲笳引，陇头鸣北风。一轮霜月落，万里塞天空。戍卒泪应尽，胡儿哭未终。争教班定远，不念玉关中。"[4] 诗人由陇山环境的恶劣，联想到战争给胡汉双方的百姓都带来了灾难，表达了结束战争、恢复和平的愿望。陈陶《陇西行四首》其三云："陇戍三看塞草青，楼烦新替护羌兵。同来死者伤离别，一夜孤魂哭旧营。"[5] 崔涂《陇上逢江南故人》云："三声戍角边城暮，万里乡心塞草春。莫学少年轻远别，陇关西少向东人。"[6] 黄滔《塞下》云："匹马萧萧去不前，平芜千里见穷边。关山色死秋深日，鼓角声沉霜重天。荒骨或衔残铁露，惊风时掠暮沙旋。陇头冤气无归处，化作阴云飞杳然。"[7] 在这些诗里，陇山一带无一例外地被称为边地。唐后期诗人笔下的陇山、陇头常常笼罩着一层浓重的、悲凉的气氛。张籍《关山月》云："陇头风急雁不下，沙场苦战多流星。可怜万国关山道，年年战骨多秋草。"[8] 晚唐诗人翁绶《关山月》云："徘徊汉月满边州，照尽天涯到陇头。影转银河寰海静，光分玉塞古今愁。笳吹远戍孤烽灭，雁下平沙万里

---

1 （清）彭定求等编《全唐诗》卷 598，第 6922 页。
2 （清）彭定求等编《全唐诗》卷 604，第 6983 页。
3 （清）彭定求等编《全唐诗》卷 838，第 9443 页。
4 （清）彭定求等编《全唐诗》卷 701，第 8060 页。
5 （清）彭定求等编《全唐诗》卷 746，第 8492 页。
6 （清）彭定求等编《全唐诗》卷 679，第 7783 页。
7 （清）彭定求等编《全唐诗》卷 705，第 8107 页。
8 （唐）张籍著，徐礼节、余恕诚校注《张籍集系年校注》卷 7，第 80~81 页。

秋。况是故园摇落夜，那堪少妇独登楼。"[1] 司空曙《关山月》云："苍茫明月上，夜久光如积。野幕冷胡霜，关楼宿边客。陇头秋露暗，碛外寒沙白。唯有故乡人，沾裳此闻笛。"[2] 这是时代的忧伤。贯休《古塞上曲七首》其五云："不堪登陇望，白日又西斜。"[3] 诗人登陇望远，但见白日依山尽，一派苍茫，这何尝不是唐朝日薄西山的写照。

　　陇山为什么形成今日的局面？失地为什么不能收复？诗人们既在诗中揭露这种社会现实，也在深深思考其根源，他们将之归结为统治者的无能和腐败。陈陶《续古二十九首》十二云："秦家无庙略，遮虏续长城。万姓陇头死，中原荆棘生。"[4] 诗人显然在借古讽今，写秦朝统治者缺乏深谋远虑，造成百姓大量死亡，其实在写唐后期的现实。其《陇西行四首》其三云："陇戍三看塞草青，楼烦新替护羌兵。同来死者伤离别，一夜孤魂哭旧营。"[5] 边地荒芜，战事失利，士卒久戍不归，国家形势如此，上层统治者却忙着东封粉饰太平。战争破坏了陇山一带人民和平安定的生活，朝廷的赋税加重了人民的苦难，百姓苦不堪言。皮日休《正乐府十篇》有《哀陇民》一首："陇山千万仞，鹦鹉巢其巅。穷危又极险，其山犹不全。蚩蚩陇之民，悬度如登天。空中觇其巢，堕者争纷然。百禽不得一，十人九死焉。陇川有戍卒，戍卒亦不闲。将命提雕笼，直到金台前。彼毛不自珍，彼舌不自言。胡为轻人命，奉此玩好端。吾闻古圣王，珍禽皆舍旃。今此陇民属，每岁啼涟涟。"[6] 此地出产鹦鹉，捕捉鹦鹉进贡朝廷成为当地百姓和驻军的沉重负担。

　　唐后期仍然能够看到从军征行的乐观主义精神，诗人们在诗中表达收复失地的信心和决心。李子昂《西戎即叙》云：

1　（宋）郭茂倩编《乐府诗集》卷 23，第 339 页。

2　（唐）司空曙著，文航生校注《司空曙集校注》，人民文学出版社，2011，第 310 页。

3　（唐）贯休著，胡大浚笺注《贯休歌诗系年笺注》卷 11，第 550 页。

4　（清）彭定求等编《全唐诗》卷 746，第 8485 页。

5　（清）彭定求等编《全唐诗》卷 746，第 8492 页。

6　（唐）皮日休：《皮子文薮》卷 10，第 119 页。

悬首藁街中，天兵破犬戎。营收低陇月，旗偃度湟风。肃杀三边劲，萧条万里空。元戎咸服罪，余孽尽输忠。圣理符轩化，仁恩契禹功。降逾洞庭险，枭拟邶支穷。已散军容捷，还资庙算通。今朝观即叙，非与献馘同。[1]

这当然是在表达一种理想。李益《从军有苦乐行（时从司空鱼公北征）》诗云：

劳者且莫歌，我歌送君觞。从军有苦乐，此曲乐未央。仆本居陇上，陇水断人肠。东过秦宫路，宫路入咸阳。时逢汉帝出，谏猎至长杨。讵驰游侠窟，非结少年场。一旦承嘉惠，轻身重恩光。秉笔参帷幂，从军至朔方。边地多阴风，草木自凄凉。断绝海云去，出没胡沙长。参差引雁翼，隐辚腾军装。剑文夜如水，马汗冻成霜。侠气五都少，矜功六郡良。山河起目前，睚眦死路傍。北逐驱獯虏，西临复旧疆。昔还赋余资，今出乃赢粮。一矢毙夏服，我弓不再张。寄语丈夫雄，苦乐身自当。[2]

李频《送边将》云：

防秋戎马恐来奔，诏发将军出雁门。遥领短兵登陇首，独横长剑向河源。悠扬落日黄云动，苍莽阴风白草翻。若纵干戈更深入，应闻收得到昆仑。[3]

河源被认为在今青海之扎陵湖、鄂陵湖附近之黄河源头，向南便是巴颜喀拉山，巴颜喀拉山脉与昆仑山脉原是吐谷浑与吐蕃交

1 （清）彭定求等编《全唐诗》卷 781，第 8833 页。
2 范之麟注《李益诗注》，第 1 页。
3 （清）彭定求等编《全唐诗》卷 587，第 6809 页。

界处。[1] 其时吐谷浑是唐之属国，吐蕃灭吐谷浑，据有其地。安史之乱发生后，吐蕃乘机进占河西、陇右。诗人希望边将不仅收复河湟之地，还应该剑指河源，进兵昆仑。法振《送韩侍御自使幕巡海北》云：“微雨空山夜洗兵，绣衣朝拂海云清。幕中运策心应苦，马上吟诗卷已成。离亭不惜花源醉，古道犹看蔓草生。因说元戎能破敌，高歌一曲陇关情。”[2] 羊士谔《送张郎中副使自南省赴凤翔府幕》云：“仙郎佐氏谋，廷议宠元侯。城郭须来贡，河隍亦顺流。亚夫高垒静，充国大田秋。当奋燕然笔，铭功向陇头。”[3] 贯休《古出塞曲三首》其三云：“回首陇山头，连天草木秋。圣君应入梦，半路遣封侯。水不担阴雪，柴令倒戍楼。归来麟阁上，春色满皇州。”[4] 这些诗有的是把陇山当作边塞意象来写，表达一种理想；有的则是写晚唐时河湟之地回归，陇右重新进入唐朝统治。诗人们写到陇山感情不同。

第五节　汉唐诗歌中的《陇头水》乐曲

汉乐府诗有《陇头水》旧题，一名《陇头吟》或《陇头》。吴兢《乐府古题要解》卷上云：

1　《新唐书·侯君集传》记载，贞观九年（635）侯君集征吐谷浑，至“柏海”（在今青海境内）。贞观十五年文成公主入藏，松赞干布率众至“柏海”亲迎。黄文弼先生说：“柏海，据清人考证，谓今之扎陵、鄂陵两淖尔。丁谦并实指今扎陵湖。扎，白也；陵，长也。柏，即白之转音。今云侯君集在扎陵淖尔观河源，则黄河源之发现，固于侯君集也。又据《新唐书·吐蕃传》，唐贞观十五年，以宗女文成公主妻弄赞，弄赞率兵至柏海亲迎归国，为公主筑一城，以夸后世。《唐会要》云：‘弄赞至柏海，亲迎于河源。’其所述方位与地形，大致与《吐谷浑传》略同。”见氏著《西北史地论丛》，上海人民出版社，1981，第 234 页。参见纵瑞华、梁今知《关于唐代的“柏海”与“河源”》，《青海社会科学》1982 年第 5 期；李发明《也谈唐代的“柏海”与“河源”》，《青海师范大学学报》1984 年第 4 期。

2　（清）彭定求等编《全唐诗》卷 811，第 9142 页。

3　（清）彭定求等编《全唐诗》卷 332，第 3698 页。

4　（唐）贯休著，胡大浚笺注《贯休歌诗系年笺注》卷 11，第 555 页。

有胡角者，本以应胡笳之声，后渐用之，有双角，即胡乐也。汉博望侯张骞入西域，传其法，唯得《摩诃兜勒》一曲。李延年因胡曲更造新声二十八解，乘舆以为武乐，东汉以给边将。又有《出关》《入关》《出塞》《入塞》《黄覃子》《赤之扬》《黄鹄吟》《陇头吟》《折杨柳》《望行人》等十曲，皆无其词。若《关山月》已下八曲，后代所加也。[1]

可知《陇头吟》是李延年创制的新声二十八解之一。汉乐府古辞不存，后世多以此旧题写诗，属乐府横吹曲，有鼓角。[2] 后世以此为题的诗大多写边塞生活、征役之苦和征夫思妇两地相思。古词"流水呜咽"意象令这些诗充满悲怨色彩，"若梁戴暠云：'昔听《陇头吟》，平居已流涕。'"[3] 南朝梁刘孝威《陇头水》云："从军戍陇头，陇水带沙流。时观胡骑饮，常为汉国羞。衅妻成两剑，杀子祀双钩。顿取楼兰颈，就解郅支裘。勿令如李广，功遂不封侯。"[4] 梁元帝《陇头水》云："衔悲别陇头，关路漫悠悠。故乡迷远近，征人分去留。沙飞晓成幕，海气旦如楼。欲识秦川处，陇水向东流。"[5] 车敳《陇头水》云："陇头征人别，陇水流声咽。只为识君恩，甘心从苦节。雪冻弓弦断，风鼓

1 （清）丁福保辑《历代诗话续编》，中华书局，1983，第40页。

2 《乐府诗集·横吹曲辞》解题云："横吹曲，其始亦谓之鼓吹，马上奏之，盖军中之乐也。北狄诸国，皆马上作乐，故自汉已来，北狄乐总归鼓吹署。其后分为二部，有箫笳者为鼓吹，用之朝会、道路，亦以给赐。汉武帝时，南越七郡，皆给鼓吹是也。有鼓角者为横吹，用之军中，马上所奏者是也。……自隋已后，始以横吹用之卤簿，与鼓吹列为四部，总谓之鼓吹，并以供大驾及皇太子、王公等。……唐制：太常鼓吹，令掌鼓吹。施用调习之，节以备卤簿之仪，而分五部。一曰鼓吹部，其乐器如隋有枹鼓部而无大角。枹鼓一曲十叠，大鼓十五曲，严用三曲，警用十二曲，金钲无曲以为鼓节。小鼓九曲，上马用一曲，严警用八曲，长鸣一曲三声，上马、严警用之。中鸣一曲三声，用与长鸣同。二曰羽葆部，其乐器如隋铙鼓部而加錞于，凡十八曲。三曰铙吹部，其乐器与隋铙鼓部同，凡七曲。四曰大横吹部，其乐器与隋同，凡二十四曲。……五曰小鼓吹部，其乐器与隋同，其曲不见，疑同用大鼓吹曲也。凡大驾行幸，则夜警晨严。大驾夜警十二曲，中警七曲，晨严三通。皇太子夜警九曲，公卿已下夜警七曲，晨严并三通。夜警众一曲，转次而振也。"（宋）郭茂倩编《乐府诗集》卷21，第309~310页。

3 （唐）吴兢：《乐府古题要解》卷上，（清）丁福保辑《历代诗话续编》，第25页。

4 （宋）郭茂倩编《乐府诗集》卷21，第312~313页。

5 （宋）郭茂倩编《乐府诗集》卷21，第312页。

旗竿折。独有孤雄剑，龙泉字不灭。"[1] 南朝陈谢燮《陇头水》云："陇坂望咸阳，征人惨思肠。咽流喧断岸，游沫聚飞梁。凫分敛冰彩，虹饮照旗光。试听铙歌曲，唯吟君马黄。"[2] 顾野王《陇头水》云："陇底望秦川，迢递隔风烟。萧条落野树，幽咽响流泉。瀚海波难息，交河冰未坚。宁知盖山水，逐节赴危弦。"[3] 张正见《陇头水二首》其一云："陇头鸣四注，征人逐贰师。羌笛含流咽，胡笳杂水悲。湍高飞转驶，涧浅荡还迟。前旌去不见，上路杳无期。"其二云："陇头流水急，流急行难渡。远入隗嚣营，傍侵酒泉路。心交赐宝刀，小妇成纨袴。欲知别家久，戎衣今已故。"[4] 徐陵《陇头水》云："别涂耸千仞，离川悬百丈。攒荆下不通，积雪冬难上。枝交陇底暗，石碍波前响。回首咸阳中，唯言梦时往。"[5] 陈后主《陇头》云："陇头征戍客，寒多不识春。惊风起嘶马，苦雾杂飞尘。投钱积石水，敛辔交河津。四面夕冰合，万里望佳人。"[6]《陇头水二首》其一云："塞外飞蓬征，陇头流水鸣。汉处扬沙暗，波中燥叶轻。地风冰易厚，寒深溜转清。登山一回顾，幽咽动边情。"其二云："高陇多悲风，寒声起夜丛。禽飞暗识路，鸟转逐征蓬。落叶时惊沫，移沙屡拥空。回头不见望，流水玉门东。"[7]《陇头水》是一支感人的乐曲，尤其是远行离别之际，更容易触动人们的愁怀。周弘正《陇头送征客诗》云："朝霜侵漠草，流沙度陇飞。一闻流水曲，行住两沾衣。"[8] 这"流水曲"就是《陇头水》。

　　唐人以此旧题写诗，继承了写边塞生活、征役之苦和离别相

---

1 （宋）郭茂倩编《乐府诗集》卷 21，第 313 页。

2 （宋）郭茂倩编《乐府诗集》卷 21，第 314 页。

3 （宋）郭茂倩编《乐府诗集》卷 21，第 314 页。

4 （宋）郭茂倩编《乐府诗集》卷 21，第 314 页。此诗《文镜秘府论》西卷作徐陵诗，引刘氏云："吴人徐陵，东南之秀，所作文笔，未曾犯声。唯横吹云云……亦是通人之弊。"《文苑英华》作张正见诗。

5 （宋）郭茂倩编《乐府诗集》卷 21，第 313 页。

6 （宋）郭茂倩编《乐府诗集》卷 21，第 311 页。

7 （宋）郭茂倩编《乐府诗集》卷 21，第 313 页。

8 （唐）欧阳询：《艺文类聚》卷 29，第 526 页。

思的传统。这些诗既是用古题写诗，又紧扣诗题立意。杨师道《陇头水》云：

> 陇头秋月明，陇水带关城。笳添离别曲，风送断肠声。映雪峰犹暗，乘冰马屡惊。雾中寒雁至，沙上转蓬轻。天山传羽檄，汉地急征兵。阵开都护道，剑聚伏波营。于兹觉无度（一作渡），方共濯胡缨。[1]

"天山传羽檄"表明战线已经向遥远的西域推进，唐军经陇头西进，将士们冒雪履冰进军，为了巩固西域的稳定。卢照邻《陇头水》云："陇阪高无极，征人一望乡。关河别去水，沙塞断归肠。马系千年树，旌悬九月霜。从来共呜咽，皆是为勤王。"[2]沈佺期《陇头水》云："陇山飞落叶，陇雁度寒天。愁见三秋水，分为两地泉。西流入羌郡，东下向秦川。征客重回首，肝肠空自怜。"[3]贞观年间对突厥用兵的胜利，激发了诗人们的豪迈激情，写边塞生活之苦，却流露出昂扬之气和建功立业之豪情。员半千《陇头水》云："路出金河道，山连玉塞门。旌旗云里度，杨柳曲中喧。喋血多壮胆，裹革无怯魂。严霜敛曙色，大明辞朝暾。尘销营卒垒，沙静都尉垣。雾卷白山出，风吹黄叶翻。将军献凯入，万里绝河源。"[4]除了写边塞生活和两地相思之苦，唐代诗人写将士的愁怨有了新的内容，那就是愁功名不立、理想成空。储光羲《陇头水送别》云："相送陇山头，东西陇水流。从来心胆盛，今日为君愁。暗雪迷征路，寒云隐戍楼。唯余旌旆影，相逐去悠悠。"[5]刘方平《寄严八判官》云："洛阳新月动秋砧，瀚海沙场天半阴。出塞能全仲叔策，安亲更切老莱心。汉家宫里风云晓，羌笛声中雨雪深。怀

1　周勋初等主编《全唐五代诗》卷 9，第 179 页。
2　《卢照邻集》卷 2，第 22~23 页。
3　（唐）沈佺期、宋之问撰，陶敏、易淑琼校注《沈佺期宋之问集校注》，第 222 页。
4　（清）彭定求等编《全唐诗》卷 94，第 1014 页。
5　（清）彭定求等编《全唐诗》卷 139，第 1415 页。

袖未传三岁字，相思空作《陇头吟》。"[1]

安史之乱后河西、陇右相继为吐蕃占领，经行陇头的丝绸之路为吐蕃人所阻，陇头成为抵御吐蕃人的前线，以"陇头"为题的诗有更多写实的成分，"陇头""陇头水"成为实指。这些诗既以乐府旧题写时事，又紧扣诗题立意。"国家不幸诗人幸，赋到沧桑句便工"，陇山因为战争受到关注而成为诗歌的生动素材。张籍《陇头》诗云：

陇头已断人不行，胡骑夜入凉州城。汉家处处格斗死，一朝尽没陇西地。驱我边人胡中去，散放牛羊食禾黍。去年中国养子孙，今著毡裘学胡语。谁能更使李轻车，收取凉州属汉家。[2]

这首诗真实地反映了当时的边防局势，"陇头""陇西"都是写实，而不仅仅是文学意象。王建《陇头水》云：

陇水何年陇头别，不在山中亦呜咽。征人塞耳马不行，未到陇头闻水声。谓是西流入蒲海，还闻北去绕龙城。陇东陇西多屈曲，野麋饮水长簇簇。胡兵夜回水傍住，忆著来时磨剑处。向前无井复无泉，放马回看陇头树。[3]

这首诗也是写实，当年唐军西征经行之地，如今成为胡兵傍水而住的军营。皎然《陇头水二首》其一云："陇头心欲绝，陇水不堪闻。碎影摇枪垒，寒声咽帐军。素从盐海积，绿带柳城分。日落天边望，逶迤入塞云。"其二云："秦陇逼氐羌，征人去未央。如何幽咽水，并欲断君肠。西注悲穷漠，东分忆故乡。旅魂声搅乱，无梦到辽阳。"[4] 在诗人笔下，陇山一带笼罩着战云，那里地已成"天边"，云已成"塞

1　（清）彭定求等编《全唐诗》卷 251，第 2838 页。

2　（宋）郭茂倩编《乐府诗集》卷 21，第 311 页。

3　（唐）王建著，王宗堂校注《王建诗集校注》卷 1，第 7 页。

4　（清）彭定求等编《全唐诗》卷 820，第 9241 页。

云"。敌人进逼,近在咫尺,战士们不断走上战场,西流的陇水也思念故乡而呜咽悲鸣。

诗人痛心统治者不思进取、好战的将军无能且不顾惜战士的生命。于濆《陇头水》:"行人何彷徨,陇头水呜咽。寒沙战鬼愁,白骨风霜切。薄日朦胧秋,怨气阴云结。杀成边将名,名著生灵灭。"[1]《陇头吟》云:"借问陇头水,终年恨何事。深疑呜咽声,中有征人泪。昨日上山下,达曙不能寐。何处接长波,东流入清渭。"[2]鲍溶《陇头水》云:"陇头水,千古不堪闻。生归苏属国,死别李将军。细响风凋草,清哀雁落云。"[3]罗隐《陇头水》与于濆诗字句略有不同:"借问陇头水,年年恨何事?全疑呜咽声,中有征人泪。自古无长策,况我非深智。何计谢潺湲,一宵空不寐。"[4]这些诗所表达的是同样的痛苦,诗人由陇头水想到的都是伤心事。由于陇右沦陷不复收复,陇头水的呜咽中也包含着征人的失地之耻辱和遗恨。他们盼望陇头水流入清渭,意谓失地回归。但统治者无能、边将腐败,失地难收,令人失望。翁绶《陇头吟》云:

　　　陇水潺湲陇树黄,征人陇上尽思乡。马嘶斜月(一作日)朔风急,雁过寒云边思长。残月出林明剑戟,平沙隔水见牛羊。横行俱是封侯者,谁斩楼兰献未央。[5]

征人来到陇上便生"边思",因为这里成为唐与胡人交壤之地。他们痛心的不仅是国土沦陷,还有统治者不思进取,那些封侯横行的将军无人想到杀敌报国、收复失地。于濆问"何处",翁绶问"谁斩",都是因为看不到希望才发出此问,罗隐所谓"自古无长策"更多的是批

1　梁超然、毛水清注《于濆诗注》,第 32 页。

2　(宋)郭茂倩编《乐府诗集》卷 21,第 316 页。

3　(清)彭定求等编《全唐诗》卷 486,第 5527 页。

4　(唐)罗隐:《甲乙集》,雍文华校辑《罗隐集》,中华书局,1983,第 103 页。

5　(宋)郭茂倩编《乐府诗集》卷 21,第 312 页。

判现实。

《陇头吟》乐曲的基调是愁苦，正如李贺《龙夜吟》所云："胡儿莫作《陇头吟》，隔窗暗结愁人心。"[1] 这种凄苦的情感基调正契合唐后期诗人的心态，因此更多的诗人以此乐府旧题写诗，表达了一个时代的心声。

第六节　陇山支脉崆峒山

崆峒山地处陇山中段，属六盘山支脉，在今甘肃省平凉市西 12 公里处，唐代位于岷州溢乐县"西二十里"。[2] 由于差异风化、水冲蚀和崩塌等外动力作用，这里形成奇特的丹霞地貌，峰丛广布，怪石突兀，山势险峻。崆峒山是军事要塞，被视为关陇锁钥和三秦咽喉，是历代兵家必争之地。从此东瞰长安，西接兰州，南邻宝鸡，北抵银川，成为古丝绸之路西出关中之要塞。传说轩辕黄帝曾登临崆峒山，向智者广成子请教治国之道和养生之术。[3] 秦始皇和汉武帝因"慕黄帝事""好神仙"而效法黄帝西登崆峒山。文人墨客在此留下大量诗词文章和碑碣铭刻。

六盘山道未通之前，陇山南北横阻，崆峒山扼"原州七关"之首，是保中原、守关中的重要通道，发生过无数战事。晋代苻登、十六国时赫连定曾在此扼守，唐代刘昌、段秀实抵御吐蕃，皆借助"高岭崆峒，山川险阻"而克敌制胜。崆峒山在古代对外贸易、对外交流和抵抗强敌方面曾发挥重要作用。中古前又称"笄头山"，汉时笄头道是古丝绸之路西出长安北路第二站，从汉至唐这里曾呈现驼铃叮当商贾不绝的盛况。这里出现过许多历史名人，引起诗人歌咏，王勃《陇西行十首》其五云："充国出上邽，李广出天水。门第倚崆峒，

1　叶葱奇编订《李贺诗集》外集，第 345 页。

2　（唐）李吉甫:《元和郡县图志》卷 39，第 996 页。

3　黄帝问道故事，在《庄子·在宥》和《史记·黄帝本纪》等典籍中有记载。

家世垂金紫。"[1] 杜甫的诗喜用崆峒山意象，以此反映唐朝西北地区政治和边防形势。盛唐时这一带局势安定，朝廷的使节经崆峒山出使异域，故杜甫《近闻》诗云："近闻犬戎远遁逃，牧马不敢侵临洮。渭水逶迤白日净，陇山萧瑟秋云高。崆峒五原亦无事，北庭数有关中使。似闻赞普更求亲，舅甥和好应难弃。"[2] 其《赠田九判官梁丘》诗云："崆峒使节上青霄，河陇降王款圣朝。宛马总肥春苜蓿，将军只数汉嫖姚。"[3] 仇兆鳌注云："哥舒翰讨安禄山，以田梁丘为行军司马。"此诗是田梁丘为哥舒翰河西判官时所作。杜诗透露出唐代前期，丝绸之路发展至黄金时代，络绎不绝的使节经崆峒山往返于西域和中原地区。

安史之乱发生后，河西、陇右一带局势动荡，最终陷于吐蕃。杜甫《喜闻盗贼蕃寇总退口号五首》其三云："崆峒西极过昆仑，驼马由来拥国门。逆气数年吹路断，蕃人闻道渐星奔。"[4] 在杜甫笔下，崆峒山成为陇右的象征，陇右被吐蕃人占领，好似崆峒山失去了重心。其《送从弟亚赴河西判官》云：

> 南风作秋声，杀气薄炎炽。盛夏鹰隼击，时危异人至。令弟草中来，苍然请论事。诏书引上殿，奋舌动天意。兵法五十家，尔腹为箧笥。应对如转丸，疏通略文字。经纶皆新语，足以正神器。宗庙尚为灰，君臣俱下泪。崆峒地无轴，青海天轩轾。西极最疮痍，连山暗烽燧。[5]

"崆峒地无轴"意谓唐中央失去了对这一带的控制，由此西去的地区因战争的破坏而疮痍满目。

总之，陇山是丝绸之路西出长安第一座大山，自古便是中原与西

1　陈尚君辑校《全唐诗补编》，第 330 页。

2　（唐）杜甫著，（清）仇兆鳌注《杜诗详注》卷 15，第 1283 页。

3　（唐）杜甫著，（清）仇兆鳌注《杜诗详注》卷 3，第 186~187 页。

4　（唐）杜甫著，（清）仇兆鳌注《杜诗详注》卷 21，第 1856 页。

5　（唐）杜甫著，（清）仇兆鳌注《杜诗详注》卷 5，第 364~366 页。

域、中国与域外交往的要道，无数东来西往的行人途经此山，陇山道见证了中原与西北边地的联系和对外文化交流的盛衰，很早就进入诗人的吟咏。随着长安日益繁荣和在世界上地位的提升，陇山道愈显重要，也更加受到诗人关注。唐前期丝路繁荣的盛况通过陇山道的利用可见一斑，唐诗反映了这种盛况。安史之乱后陇山成为唐蕃对峙的前线，丝绸之路在这里遭遇梗阻，边境的严峻形势和对外交通的阻塞令诗人感到痛心，他们的见闻和观感反映在大量的诗歌吟咏中。陇山不愧是文化名山，不愧是丝绸之路第一山，它见证了丝绸之路的盛衰，唐诗则见证了陇山道的盛衰，陇山激发了诗人创作的灵感，诗人则因陇山产生复杂的情感，陇山意象成为唐诗镜像中丝绸之路的一个影像，陇山成为文化意蕴深厚的名山。

第十七章　唐诗中的陇西文化

　　自然地理意义上的陇西，即今黄河以南、青海湖以东至陇山的地区。唐代陇西颇受诗人关注，一是地处丝绸之路要道，从长安出发赴蜀、吐蕃、河西、西域、北方草原的行人都经行此地；二是这一带是抗击吐蕃的前线，吸引了唐代众多士人的注目。唐后期陇西陷于吐蕃，那些痛心唐朝失地万里、向往光复故地的诗人关注此地，把它作为失地的象征和期盼收复的情感所系。涉及陇西的唐诗不少，这些作品对我们认识陇西历史文化和其在丝绸之路上的地位有重要价值。诗是文学作品，更多地反映唐人心目中的陇西，反映他们的思想、情感和心态。本章从诗史互证角度揭示其蕴含的历史文化信息。

第一节　唐诗中的边塞战争与丝路意象

　　丝绸之路过陇山就是陇西地面，又称陇右，从内地视角又称"陇外"。贞观元年（627）分全国为十道，开元年间增置至十五道，都以陇山以西至敦煌（沙州）的地区为陇右道，兼统西域，辖今甘肃、青海湖以东和新疆地区。景云二年（711）以黄河为界，以西置河西道，以东为陇右道。于是"陇右"之地域范围便有广、狭二义。广义范围即"十道"时期的陇右道，狭义范围指今黄河以南、青海湖以东至陇山的地区。[1] 唐诗中"陇西"通常指狭义的概念。秦昭王二十七年（前280）置陇西郡，辖今甘肃天水、甘谷、武山、岷县、陇西和临洮等地。秦朝时为三十六郡之一，郡治在狄道（今甘肃临洮）。"秦置陇西郡，以居陇坻之西为名，二汉因之。灵帝分立南安郡，魏置镇守在此，晋为南安、陇西二郡地。后魏为陇西郡，兼置渭州。后周为南安郡。隋初废，炀帝初，复置陇西郡。大唐为渭州，或为陇西郡。"[2] 从自然地理看，这一带地处青藏高原、内蒙古高原和黄土高原接合部；从交通人文地理看，这一带是唐代西部边境地区和丝绸之路要道，因此备受唐人关注。

　　两汉时陇西一带是汉朝与羌人长期交战的地方，作为诗歌吟咏的对象，在汉代诗歌中"陇西"已经成为征战意象。现在看到的最早写到陇西的是汉末左延年《从军行》诗："苦哉边地人，一岁三从军。三子到敦煌，二子诣陇西。五子远斗去，五妇皆怀身。"[3] 诗中"陇西"是边塞戍守之地。后世诗提到"陇西"或"陇右"往往也是边塞、前线和战争意象。南朝戴暠《从军行》云："长安夜刺闺，胡骑白铜鞮。

1　今陇山以东的平凉、庆阳二市习称"陇东"，但就其隶属关系和历史文化传统而言，与陇右地区颇多相似，故亦属"陇右"。"陇右"有时又具体指陇西郡之地。

2　（唐）杜佑：《通典》卷174《州郡典四》，中华书局，1988，第4546页。

3　逯钦立辑校《先秦汉魏晋南北朝诗》，第410页。

诏书发陇右，召募取关西。"[1] 江总《雨雪曲》云："雨雪隔榆溪，从军度陇西。绕阵看狐迹，依山见马蹄。"[2] 刘孝威《骢马驱》云："翩翩骢马驱，横行复斜趋。先救辽城危，后拂燕山雾。风伤易水湄，日入陇西树。未得报君恩，联翩终不住。"[3]

汉乐府有《陇西行》旧题，其古辞应该与战争有关，但流传下来的最早歌辞却是夸赞家中主妇，"古辞云：'天上何所有，历历种白榆。'始言妇有容色，能应门承宾。次言善于主馈，终言送迎有礼。……若梁简文'陇西四战地'，但言辛苦征战，佳人怨思而已"。[4] 后世流传下来以此为题的作品，像晋陆机，南朝谢灵运、谢惠连的诗皆与征战无关，更多的是像简文帝的诗写"辛苦征战，佳人怨思"，成为以《陇西行》为题的诗作传统题材。如简文帝《陇西行三首》其二云："陇西四战地，羽檄岁时闻。护羌拥汉节，校尉立元勋。石门留铁骑，冰城息夜军。洗兵逢骤雨，送阵出黄云。沙长无止泊，水脉屡萦分。当思勒彝鼎，无用想罗裙。"其三云："悠悠悬旆旌，知向陇西行。减灶驱前马，衔枚进后兵。沙飞朝似幕，云起夜疑城。迥山时阻路，绝水亟稽程。往年郅支服，今岁单于平。方观凯乐盛，飞盖满西京。"[5] 庾肩吾《陇西行》云："借问陇西行，何当驱马征。草合前迷路，云浓后暗城。寄语幽闺妾，罗袖勿空萦。"[6] 吴均《和萧洗马子显古意诗六首》其四写思妇盼归："何处报君书，陇右五歧路。泪研兔枝墨，笔染鹅毛素。碧浮孟渚水，香下洞庭路。应归遂不归，芳春空掷度。"[7] 一边是乘危履险的前方征战，一边是罗裙红袖的空房独守。

唐诗中写到陇西、陇右或陇外，其思想内容、情感特征和艺术风格随着政治形势、边防局势和时代精神的变动而变化。初盛唐时代国

---

[1] （宋）郭茂倩编《乐府诗集》卷 32，第 479 页。

[2] （宋）郭茂倩编《乐府诗集》卷 24，第 358 页。

[3] （宋）郭茂倩编《乐府诗集》卷 24，第 357 页。

[4] （宋）郭茂倩编《乐府诗集》卷 37，第 542 页。

[5] （宋）郭茂倩编《乐府诗集》卷 37，第 543~544 页。

[6] （宋）郭茂倩编《乐府诗集》卷 37，第 544 页。

[7] （陈）徐陵编，（清）吴兆宜注，程琰删补《玉台新咏笺注》卷 6，第 228 页。

力强盛，陇右、河西以至西域，疆域万里，陇右成为全国最富庶的地区，"是时中国盛强，自安远门西尽唐境万二千里，闾阎相望，桑麻翳野，天下称富庶者无如陇右"。[1] 此"陇右"主要指陇山以西的一部分地区。在这样的时代背景下，初唐诗人以《陇西行》为题写的诗完全摆脱了"辛苦征战，佳人怨思"的传统主题，透露出盛世繁华、追求功名和开朗乐观的精神，王勃的诗《陇西行十首》便是这种社会风气和时代精神的反映。出身陇西的少年进入长安，炫耀家族的富有，裘马轻狂："陇西多名家，子弟复豪华。千金买骏马，蹀躞长安斜。"在长安充任羽林军的陇西子弟喜欢射猎，不惧猛兽，体现了陇西人的尚武精神："雕弓侍羽林，宝剑照期门。南来射猛虎，西去猎平原。"陇西人积极进取，豪迈勇武，追求立功扬名。自古以来，此地出现过不少立功边塞、扬名阙庭的重臣良将，他们为陇西的历史增添了光彩："充国出上邽，李广出天水。门第倚崆峒，家世垂金紫"；"麟阁图良将，六郡名居上。天子重开边，龙云垒相向"。当边境发生战争，陇西子弟踊跃报名从军，勇当先锋："烽火照临洮，榆塞马萧萧。先锋秦子弟，大将霍嫖姚"；"开壁左贤败，夹战楼兰溃。献捷上明光，扬鞭歌《入塞》"；"更欲奏屯田，不必勒燕然。古人薄军旅，千载谨边关"。在王勃笔下，丈夫远征，妇女亦无怨无悔："少妇经年别，开帘知礼客。门户尔能持，归来笑投策。"[2] 诗中的"少妇"在征人经年不归时，独持家务，无愁苦之容。

　　随着边境形势变化，陇西逐渐失去和平安定的局面，盛唐时陇西与吐蕃之间有着复杂的和战关系。吐蕃击灭吐谷浑之后，便与唐朝在这里直接对峙，高宗时唐蕃关系恶化，此后双方战事不断，因此写到陇西的诗篇在描写战争的内容方面发生了变化，其内涵主要指唐蕃之间的战争。杜甫《兵车行》云："君不见，青海头，古来白骨无人收。"[3] 这是以古代今，"青海头"正是唐与吐蕃反复争夺之地。王维

1　《资治通鉴》卷 216，第 6919 页。

2　陈尚君辑校《全唐诗补编》，第 330 页。

3　（唐）杜甫著，（清）仇兆鳌注《杜诗详注》卷 2，第 115 页。

《陇西行》云："十里一走马，五里一扬鞭。都护军书至，匈奴围酒泉。关山正飞雪，烽戍断无烟。"[1] 酒泉并不在西域都护辖下，在这里只是边境地区的代称，那里军情紧急，需要增援。王维的时代唐西部边境外敌是吐蕃，"匈奴"代指吐蕃。"关山"即陇山，是前往边地的经行之地。从高宗时起，唐蕃间在河湟之地进行拉锯战，唐军前往河湟必经陇西。因此这里并不全是虚写，而是实际战争形势的反映。长孙左辅《陇西行》与王维诗同一题旨："阴云凝朔气，陇上正飞雪。四月草不生，北风劲如切。朝来羽书急，夜救长城窟。"[2] 长孙左辅是开元年间诗人，与王维同时，唐军度陇作战反映的也是边地军情紧急，后方的部队经过陇西前往救援的情景。

陇西"东接秦州，西逾流沙，南连蜀及吐蕃，北界朔漠"，[3] 地处丝绸之路枢纽，连接着从中原赴西域和蜀地、吐蕃、北方草原的道路。唐代出使河西、西域、中亚、西亚和南亚的使节，往来奔波于丝绸之路上的商旅和西征的将士总要经过陇西，陇西道上亭堠相望，古塞苍凉。崔国辅《渭水西别季仑》诗云："陇外长亭堠，山深古塞秋。不知呜咽水，何事向西流。"[4] 诗人于渭水送别朋友时，想象着朋友的行程将路经"陇外"，陇外亭堠相望的景象便浮现在他的眼前。与汉魏六朝时期诗中"陇西"更多的是一种意象不同，唐诗中更多写实的成分，因为唐朝在击灭东、西突厥之后，河西走廊、西域甚至中亚地区都进入唐朝势力范围，唐人从中原地区特别是都城长安出发西行的人越来越多，他们经陇西之地前往河西、蜀中、西域和中亚甚至更远的地方，陇西是实实在在的经行之地，而不是想象中的边境和前线。高宗、武后时人员半千有《陇右途中遭非语》诗，从题目可知是行经陇右遭到诽谤时所写。[5] 岑参经陇右赴西域时作《西过渭州见渭水思秦

---

1 （唐）王维撰，（清）赵殿成笺注《王右丞集笺注》卷 2，第 12 页。

2 （宋）郭茂倩编《乐府诗集》卷 37，第 544~545 页。

3 （唐）李隆基撰，（唐）李林甫注《大唐六典》卷 3，三秦出版社，1991，第 58 页。

4 周勋初等主编《全唐五代诗》卷 133，第 2796 页。

5 （清）彭定求等编《全唐诗》卷 94，第 1014 页。

川》云："渭水东流去，何时到雍州。凭添两行泪，寄向故园流。"[1] 渭州，治所在襄武（今甘肃陇西东南），辖境相当于今陇西、定西、漳县、渭源和武山等地。

陇西是前往河西走廊和西域的要道，经此地西行的并不仅是出征的将士，还有商旅、使臣和文士。唐朝前期社会安定，丝绸之路上商业贸易十分兴盛，越陇经商者络绎不绝。那些奔波于丝路上的商旅经久不归，与闺中佳人也有离别相思，诗中有歌咏此情的内容。刘希夷《江南曲八首》其三云：

> 君为陇西客，妾遇江南春。朝游含灵果，夕采弄风苹。果气时不歇，苹花日自新。以此江南物，持赠陇西人。空盈万里怀，欲赠竟无因。[2]

按照唐人常称商贾为"客"的习惯，这位陇西人应是来自江南的经商者。诗写春天来临时他远在江南的夫人想寄赠家乡的物产，但商人萍踪不定，无处可寄，令佳人惆怅。朝廷派往各地和异域的使节路经陇西。赵嘏《昔昔盐·垂柳覆金堤》诗云："新年垂柳色，袅袅对空闺。不畏芳菲好，自缘离别啼。因风飘玉户，向日映金堤。驿使何时度，还将赠陇西。"[3] 入蜀经岐山道者也要过陇山，而后经陇右入蜀。杜甫携家人入蜀途经陇西，其《发同谷县》诗云："始来兹山中，休驾喜地僻。奈何迫物累，一岁四行役。忡忡去绝境，杳杳更远适。停骖龙潭云，回首白崖石。"[4] 此诗题注："乾元二年十二月一日自陇右赴剑南纪行。"同谷县于宝应中地陷吐蕃，咸通末复置，为成州治所。安史之乱中杜甫入蜀途中寓此，因感伤离乱作《同谷七歌》，又从此地出发入蜀。

---

1 （唐）岑参著，陈铁民、侯忠义校注《岑参集校注》卷2，第75页。
2 （宋）郭茂倩编《乐府诗集》卷26，第387页。
3 （清）彭定求等编《全唐诗》卷27，第375页。
4 （唐）杜甫著，（清）仇兆鳌注《杜诗详注》卷9，第705~706页。

第二节　从唐诗看唐后期陇西的形势

　　安史之乱后，西域和陇右、河西走廊先后落入吐蕃之手，通往西域的陇右道阻断，这种沉痛的现实引起诗人的伤感。杜甫《天边行》云："天边老人归未得，日暮东临大江哭。陇右河源不种田，胡骑羌兵入巴蜀。"[1] 张籍《陇头行》云："陇头路断人不行，胡骑夜入凉州城。汉兵处处格斗死，一朝尽没陇西地。"[2] 又《泾州塞》诗云："行道泾州塞，唯闻羌戍鼙。道边古双堠，犹记向安西。"[3] 李频《赠泾州王侍御》云："一旦天书下紫微，三年旌旆陇云飞。塞门无事春空到，边草青青战马肥。"[4] 泾州古城位于今甘肃泾川县城北，由于从此西去便是吐蕃占领区，因此本属内地的泾州被称为"塞""塞门"。陇山成为将士戍守的前线，当时称为"陇戍"。陈陶《陇西行四首》其三云："陇戍三看塞草青，楼烦新替护羌兵。同来死者伤离别，一夜孤魂哭旧营。"[5] 因此传统闺怨题材中征人陇山戍守，在唐诗中具有了某种写实的成分。李频《春闺怨》云："红妆女儿灯下羞，画眉夫婿陇西头。自怨愁容长照镜，悔教征戍觅封侯。"[6] "画眉"用汉张敞的典故形容夫妻恩爱，当年夫妻恩爱卿卿我我的生活成了回忆，如今丈夫远戍"陇西头"，面对独守空房的处境，红妆少妇心生悔意和愁怨。

　　提到陇西，来到陇西，遇到来自陇西的行人，总是触动诗人丧亲失地之痛。戎昱《逢陇西故人忆关中舍弟》云："莫话边庭事，心摧不欲闻。数年家陇地，舍弟殁胡军。每念支离苦，常嗟骨肉分。急难何日见，遥哭陇西云。"[7] 耿沣《凉州词》云："国使翻翻随旆旌，陇西岐

1　（唐）杜甫著，（清）仇兆鳌注《杜诗详注》卷 14，第 1212 页。
2　（唐）张籍著，徐礼节、余恕诚校注《张籍集系年校注》卷 7，第 803 页。
3　（唐）张籍著，徐礼节、余恕诚校注《张籍集系年校注》卷 5，第 638 页。
4　（清）彭定求等编《全唐诗》卷 587，第 6813 页。
5　（清）彭定求等编《全唐诗》卷 746，第 8492 页。
6　（清）彭定求等编《全唐诗》卷 587，第 6808 页。
7　（清）彭定求等编《全唐诗》卷 270，第 3020 页。

路足荒城。毡裘牧马胡雏小，日暮蕃歌三两声。"[1] 当出使吐蕃的唐使路经失陷的陇西之地时，看不到汉人耕种，只有放牧的胡儿，听不到欢声笑语，只有日暮时分的蕃歌。张祜《听简上人吹芦管三首》由听乐引起国土沦丧之悲：

其一

蜀国僧吹芦一枝，陇西游客泪先垂。

至今留得新声在，却为中原人不知。

其二

细芦僧管夜沈沈，越鸟巴猿寄恨吟。

吹到耳边声尽处，一条丝断碧云心。

其三

月落江城树绕鸦，一声芦管是天涯。

分明西国人来说，赤佛堂西是汉家。[2]

陇西客应是陇西失陷后漂泊入蜀的人，蜀僧吹奏的芦管乐曲——曾经流行陇西地区的乐曲，勾起异乡客的故乡之思。芦管吹奏的凄凉乐曲似乎告诉异乡客，不仅陇西，连遥远的赤佛堂西一带也是大唐的故土。赤佛堂是西域地名，在高仙芝进军吐蕃连云堡（在今阿富汗东北部喷赤河南源兰加尔）的途中。高仙芝当年率兵伐吐蕃，分兵三路："使疏勒守捉使赵崇玼统三千骑趣吐蕃连云堡，自北谷入，使拨换守捉使贾崇瓘自赤佛堂路入；仙芝与中使边令诚自护密国入，约七月十三日辰时会于吐蕃连云堡。"[3] 斯坦因认为赤佛堂乃瓦罕溪谷中一座当地人称作"小栈"（Karwan-Balasi）的石砌小屋，在兰加尔与波咱

1　（清）彭定求等编《全唐诗》卷 269，第 3002 页。

2　（唐）张祜著，尹占华校注《张祜诗集校注》卷 5，第 225~226 页。

3　《旧唐书》卷 104《高仙芝传》，第 3203~3204 页。

拱拜之间，这里有一小佛龛。[1] 王小甫认为赤佛堂应该在"古代的连云堡以西尤其是昏驮多一带"。[2] 昔日远在葱岭以西的赤佛堂西一带尚属唐朝国土，如今陇西已成沦陷区，只剩一支乐曲流行，触动着人们的失地之悲，令诗人痛心疾首。唐后期诗中写到陇西常常染上一层悲凉的情感色彩。钱起《陇右送韦三还京》诗云："春风起东道，握手望京关。柳色从乡至，莺声送客还。嘶骖顾近驿，归路出他山。举目情难尽，羁离失志间。"[3] 在春光明媚的季节送朋友入京，却情感忧伤。姚系《京西遇旧识兼送往陇西》云："蝉鸣一何急，日暮秋风树。即此不胜愁，陇阴人更去。相逢与相失，共是亡羊路。"[4] 胡曾《交河塞下曲》云："交河冰薄日迟迟，汉将思家感别离。塞北草生苏武泣，陇西云起李陵悲。"[5] 陇西总是引起诗人的悲伤之情。

　　唐后期诗中发出收复失地的呼声，凤翔地近陇右，当抵御吐蕃的前线，诗人寄希望于凤翔将士。李频《送凤翔范书记》云："西京无暑气，夏景似清秋。天府来相辟，高人去自由。江山通蜀国，日月近神州。若共将军语，河兰地未收。"[6] 又《赠李将军》云："吾宗偏好武，汉代将家流。走马辞中禁，屯军向渭州。天心待破虏，阵面许封侯。却得河源水，方应洗国仇。"[7] 眼看陇西长期沦陷，唐朝无力收复，诗人表达了对统治者的不满。他们把失地难收归结为边将不肯用命、不作为和腐败。耿沣《陇西行》云："雪下阳关路，人稀陇戍头。封狐犹未翦，边将岂无羞。白草三冬色，黄云万里愁。因思李都尉，毕竟不封侯。"[8] 侵扰唐朝的敌人没有消灭，边将应该感到羞愧。元稹《缚戎人》

1　A. Stein, *Serindia: Detailed Report of Explorations in Central Asia and Westernmost China*，Vol.1，Oxford，1921，p.73.

2　王小甫：《七至十世纪西藏高原通其西北之路》，原载《春史卞麟锡教授停年纪念论丛》，釜山图书出版公司，2000；收入氏著《边塞内外》，东方出版社，2016，第74页。

3　（清）彭定求等编《全唐诗》卷237，第2635页。

4　（清）彭定求等编《全唐诗》卷253，第2856页。

5　（清）彭定求等编《全唐诗》卷647，第7418页。

6　（清）彭定求等编《全唐诗》卷589，第6837页。

7　（清）彭定求等编《全唐诗》卷589，第6838页。

8　（宋）郭茂倩编《乐府诗集》卷37，第544页。

云："边头大将差健卒，入抄禽生快于鹘。但逢赪面即捉来，半是边人半戎羯。"在他们邀赏论功的"俘虏"中，竟然有一半是"边人"，即边境地区的汉人百姓。"中有一人能汉语，自言家本长城窟。少年随父戍安西，河渭瓜沙眼看没。"朝廷供养大量边兵，却无人进军收复失地，只用几个俘虏敷衍朝廷，邀功请赏。"缘边饱喂十万众，何不齐驱一时发。年年但捉两三人，精卫衔芦塞溟渤。"[1] 诗写一位身陷吐蕃的汉人，从吐蕃之地逃归。边将不肯上阵杀敌，又想邀功请赏，竟把他作为俘虏抓获，而后被朝廷发配到南方。

宣宗时吐蕃内乱，唐军收复秦、原、安乐三州和石门、驿藏、木峡、特胜、六盘、石峡、萧关等七关。沙州张议潮起义收复河西，驱逐吐蕃在这一带的势力，河陇之地恢复，诗人欣喜若狂。张祜《喜闻收复河陇》诗云："诏书频降尽论边，将择英雄相卜贤。河陇已耕曾殁地，犬羊谁辩却朝天。高悬日月胡沙外，遥拜旌旗汉垒前。共感垂衣匡济力，华夷同见太平年。"[2] 马植《奉和白敏中圣道和平致兹休运岁终功就合咏盛明呈上》诗云："舜德尧仁化犬戎，许提河陇款皇风。指挥貔武皆神算，恢拓乾坤是圣功。四帅有征无汗马，七关虽戍已弢弓。天留此事还英主，不在他年在大中。"[3] 他们热情歌颂天子的圣明、朝廷的运筹和将帅的用命，喜庆陇西、河湟一带的光复。

第三节　唐诗咏却敌立功的陇右名将

陇右是唐与吐蕃对峙的前线，因此朝廷重视选拔名将驻守此地。在唐与吐蕃长期的军事对抗中，涌现出许多效命国家的勇士和名将，诗人歌颂那些抗敌立功的将军。杜希望曾任陇右节度留后、鸿胪卿、西河太守，是安史之乱前抗击吐蕃的名将。岑参《西河太守杜公挽歌

1　《元稹集》卷24，第4619~4620页。
2　陈尚君辑校《全唐诗补编》，第200页。
3　（清）彭定求等编《全唐诗》卷479，第5455页。

四首》是歌咏他的组诗，其三云：

> 忆昨明光殿，新承天子恩。剖符移北地，授钺领西门。塞草迎军幕，边云拂使轩。至今闻陇外，戎虏尚亡魂。[1]

这位在陇右建立了功名的杜公来自长安，归葬长安。人虽去世，但其在"陇外"的威名仍令敌人闻风丧胆。

　　唐军中有不少出身蕃族的将军，被称为蕃将，哥舒翰是其中之一。哥舒翰是唐前期最著名的边将之一，初为安西节度使王忠嗣衙将，擢为大斗军副使，因拒吐蕃有功，迁陇右节度副使，后代王忠嗣知节度事。天宝末，加河西节度使，封西平郡王。哥舒翰身兼陇右、河西两道节度使，在对吐蕃的战争中屡立战功。他对吐蕃战争的胜利最著名的是石堡城之战。石堡城是军事重镇，在今青海省西宁市湟源县西南，唐与吐蕃争此城屡得屡失，双方曾有两次大战。第一次发生在开元十七年（729），吐蕃军占领石堡城，以此为基地，频繁袭扰河西、陇右。朝廷命朔方节度使李祎与河西、陇右地区将帅共议攻城之计。李祎采取远途奔袭战术，收复石堡城，留兵驻防，置振武军，河西与陇右两道连为一片。吐蕃遣使求和，开元十八年约以赤岭（今青海日月山）为界，并于甘松岭（在今四川松潘）及赤岭互市。石堡城后又被吐蕃占领，成为其侵扰河湟地区的基地，唐军多次攻城，终因山道险远而未成功。天宝八载（749）发生第二次大战，是年六月，陇右节度使哥舒翰及突厥阿布思部奉命再攻石堡城，以死伤数万人的代价攻克石堡城，驻兵戍守，易其城名为神武军。哥舒翰对战事的险恶有亲身体会，他流传下来一首《破西戎》诗歌咏其事，见于敦煌文书伯三六一九：

1　（唐）岑参著，陈铁民、侯忠义校注《岑参集校注》卷5，第421页。陈铁民等认为，明抄本《岑参集》《全唐诗》诗题作"河西太守"，误。王维有《故西河郡杜太守挽歌三首》诗，亦作"西河"，西河太守杜公，疑指杜佑之父杜希望，京兆人，卒时官西河太守。

　　　　西戎最沐恩深，犬羊违背生心。神将驱兵出塞，横行海畔
　　生擒。石堡岩高万丈，雕窠霞外千寻。一喝尽属唐国，将知应合
　　天心。[1]

诗极言石堡城的险要和得之不易。

　　石堡城之战的胜利得到当地百姓的赞扬和肯定。西鄙人《哥舒
歌》云："北斗七星高，哥舒夜带刀。至今窥牧马，不敢过临洮。"[2] 这
首诗还有另一个版本："天宝中，哥舒翰为河西节度使，控地数千里，
甚著威令。故西鄙人歌曰：'北斗七星高，哥舒夜带刀。吐蕃总杀尽，
更筑两重壕。'"[3] 诗赞美哥舒翰威震敌胆。但对朝廷的边防政策、哥舒
翰的边功和石堡城之战，诗人观点不一，有人颂扬，有人否定。储
光羲《哥舒大夫颂德》诗写哥舒翰善于用兵，其中特别写到石堡城
之战：

　　　　戎人昧正朔，我有轩辕兵。陇路起丰镐，关云随旆旌。河湟
　　训兵甲，义勇方横行。韩魏多锐士，蹶张在幕庭。大非肆决轧，
　　石堡高峥嵘。攻伐若振槁，孰云非神明。嘉谋即天意，骤胜由师
　　贞。枯草被西陆，烈风昏太清。戢戈旄头落，牧马昆仑平。[4]

唐军艰难地拿下石堡城，被他说成如摧枯拉朽。李白对哥舒翰以数万
人代价攻下石堡城不以为然，其《答王十二寒夜独酌有怀》云："君不
能学哥舒横行青海夜带刀，西屠石堡取紫袍。"[5] 杜甫晚年反思玄宗开
边战争，批判其穷兵黩武政策，对哥舒翰等边将的战功进行了重新评
价。其《遣怀》诗云："先帝正好武，寰海未凋枯。猛将收西域，长戟

<hr />

1　任中敏编著《敦煌歌辞总编》卷 2，第 272 页。按：原文"一喝尽属唐国"，任中敏先生改"喝"
　　为"唱"，未必确当，"喝"或许更符合战场猛将的气势。
2　（清）彭定求等编《全唐诗》卷 784，第 8850 页。
3　（宋）钱易：《南部新书》庚部，中华书局，2002，第 106 页。
4　（清）彭定求等编《全唐诗》卷 137，第 1389~1390 页。
5　（唐）李白著，瞿蜕园、朱金城校注《李白集校注》卷 19，第 1144 页。

破林胡。百万攻一城，献捷不云输。组练弃如泥，尺土负百夫。拓境功未已，元和辞大炉。"[1] 先帝即玄宗，因其"好战"，故"猛将"开边拓土，其中包括哥舒翰。"百万攻一城"显指石堡城之战，诗对不恤士卒之命换取一城的战争表达了不满。

诗人歌颂哥舒翰，一方面他功勋卓著，为稳定唐朝西部局势做出了贡献；另一方面也有干谒之意，希望得到他的举拔。杜甫《投赠哥舒开府翰二十韵》云：

> 今代麒麟阁，何人第一功。君王自神武，驾驭必英雄。开府当朝杰，论兵迈古风。先锋百胜在，略地两隅空。青海无传箭，天山早挂弓。廉颇仍走敌，魏绛已和戎。每惜河湟弃，新兼节制通。智谋垂睿想，出入冠诸公。日月低秦树，乾坤绕汉宫。胡人愁逐北，宛马又从东。受命边沙远，归来御席同。轩墀曾宠鹤，畋猎旧非熊。茅土加名数，山河誓始终。策行遗战伐，契合动昭融。勋业青冥上，交亲气概中。未为珠履客，已见白头翁。壮节初题柱，生涯独转蓬。几年春草歇，今日暮途穷。军事留孙楚，行间识吕蒙。防身一长剑，将欲倚崆峒。[2]

杜甫肯定哥舒翰克敌制胜、安定边疆的大功，当时哥舒翰正受明皇宠幸，杜甫投诗哥舒翰想投身其幕府，诗中不能不极尽歌功颂德之能事。高适曾任哥舒翰河西幕府掌书记，作为哥舒翰的属下，他的诗中多次写到这位战功卓著的主帅，多加恭贺和赞美。《同李员外贺哥舒大夫破九曲之作》云：

> 遥传副丞相，昨日破西蕃。作气群山动，扬军大旆翻。奇兵邀转战，连弩绝归奔。泉喷诸戎血，风驱死虏魂。头飞攒万戟，

1　（唐）杜甫著，（清）仇兆鳌注《杜诗详注》卷16，第1488~1449页。
2　（唐）杜甫著，（清）仇兆鳌注《杜诗详注》卷3，第188~192页。

面缚聚辕门。鬼哭黄埃暮，天愁白日昏。石城与岩险，铁骑皆云
屯。长策一言决，高踪百代存。威稜慑沙漠，忠义感乾坤。老将
黯无色，儒生安敢论。解围凭庙算，止杀报君恩。唯有关河渺，
苍茫空树墩。[1]

敦煌文书伯二五五二存高适《自武威赴临洮谒大夫不及因书即事寄河
西陇右幕下诸公》诗云：

　　顾见征战归，始知士马豪。戈铤耀崖谷，声气如风涛。隐轸
戎旅间，功业竞相褒。献状陈首级，飨军烹太牢。俘囚驱面缚，
长幼随巅毛。毡裘何蒙茸，血食本膻臊。汉将乃儿戏，秦人空
自劳。[2]

诗描写唐军凯旋时献俘的场面，以此称颂哥舒翰的战功。高适《同吕
判官从哥舒大夫破洪济城回登积石军多福七级浮图》云："拔城阵云
合，转旆胡星坠。大将何英灵，官军动天地。君怀生羽翼，本欲附骐
骥。款段苦不前，青冥信难致。一歌阳春后，三叹终自愧。"[3]诗写于
哥舒翰大战获胜返师、将士登临佛塔之时，歌颂"大将"用兵如神和
官军声威之盛，同时也表达了作者干谒之意。高适《九曲词三首》都
是歌颂哥舒翰的，其一："许国从来彻庙堂，连年不为在疆场。将军天
上封侯印，御史台上异姓王。"其二："万骑争歌杨柳春，千场对舞绣
骐驎。到处尽逢欢洽事，相看总是太平人。"其三："铁骑横行铁岭头，
西看逻逤取封侯。青海只今将饮马，黄河不用更防秋。"[4]这三首诗名

1 （唐）高适著，孙钦善校注《高适集校注》，第230~231页。
2 陈尚君辑校《全唐诗补编》，第33页。
3 （唐）高适著，孙钦善校注《高适集校注》，第228页。积石军，高宗仪凤二年（677）改北周以
　来静边镇置，驻地在今青海贵德县河阴镇，管兵7000人，马100匹，属陇右节度使。唐代积石
　军曾建有佛塔，称"多福七级浮图"。其地乃唐军主要屯田区之一，因吐蕃骑兵常来夺麦，一度
　被称为"吐蕃麦庄"。肃宗乾元元年（758）军废，地入吐蕃。
4 （唐）高适著，孙钦善校注《高适集校注》，第232~233页。

为"词",显然是用于歌唱的。"九曲"指黄河,代指河湟地区。诗歌颂哥舒翰这位"异姓王"的武功,因为他的战功,陇右一带获得了太平和安宁。

安史之乱发生后,哥舒翰奉命率军驻守潼关,兵败被执,遂降,后被杀。[1]但唐后期人们对他似乎并无厌恶之情。当陇右陷于吐蕃时,人们更加怀念当年却敌立功的哥舒翰。薛逢《感塞》云:"满塞旌旗镇上游,各分天子一方忧。无因得见哥舒翰,可惜西山十八州。"[2]令诗人遗憾的是,那么多守边的将军,没有一个能像哥舒翰那样战胜强敌收复失地。杜甫《喜闻盗贼蕃寇总退口号五首》其二云:"赞普多教使入秦,数通和好止烟尘。朝廷忽用哥舒将,杀伐虚悲公主亲。"[3]朝廷没有任用像哥舒翰那样的名将,战端重起,致使文成公主和金城公主和亲吐蕃的成果前功尽弃。元稹《西凉伎》诗云:

> 哥舒开府设高宴,八珍九酝当前头。前头百戏竞撩乱,九剑跳踯霜雪浮。狮子摇光毛彩竖,胡腾醉舞筋骨柔。大宛来献赤汗马,赞普亦奉翠茸裘。一朝燕贼乱中国,河湟没尽空遗丘。开远门前万里堠,今来蹙到行原州。去京五百而近何其逼,天子县内半没为荒陬,西凉之道尔阻修。连城边将但高会,每听此曲能不羞?[4]

诗人把昔日陇右、河西的安乐归结为有哥舒翰那样的名将驻守,把唐朝西部大片国土的丧失归因于缺乏哥舒翰那样的良将。

哥舒翰部下有两位名将受到杜甫称颂,一位是王思礼。他先后隶属河东节度使王忠嗣、陇右节度使哥舒翰麾下,初任押衙,历任右金吾卫将军、关西兵马使、河源军使、金城太守、元帅府马军都将等,

---

1 《旧唐书》卷104《哥舒翰传》,第3211~3215页。
2 (清)彭定求等编《全唐诗》卷548,第6334页。
3 (唐)杜甫著,(清)仇兆鳌注《杜诗详注》卷21,第1858页。
4 《元稹集》卷24,第281页。

在陇右抗击吐蕃的战争中功勋卓著，河湟一带的和平安定局面有他的
贡献。杜甫《八哀诗·赠司空王公思礼》云：

> 司空出东夷，童稚刷劲翮。追随燕蓟儿，颖锐物不隔。服事
> 哥舒翰，意无流沙碛。未甚拔行间，犬戎大充斥。短小精悍姿，
> 屹然强寇敌。贯穿百万众，出入由咫尺。马鞍悬将首，甲外控鸣
> 镝。洗剑青海水，刻铭天山石。九曲非外蕃，其王转深壁。[1]

王思礼生于高句丽，也是蕃将，故说他"出东夷"。诗写其一生的功
绩，思礼少习军事，故诗云"童稚刷劲翮"，其前期的功劳主要是追
随哥舒翰在陇右抗击吐蕃。

另一位是蔡希曾。杜甫《送蔡希曾都尉还陇右因寄高三十五
书记》诗云：

> 蔡子勇成癖，弯弓西射胡。健儿宁斗死，壮士耻为儒。官是
> 先锋得，材缘挑战须。身轻一鸟过，枪急万人呼。云幕随开府，
> 春城赴上都。马头金匼匝，驼背锦模糊。咫尺云山路，归飞青海
> 隅。上公犹宠锡，突将且前驱。[2]

此诗原注："时哥舒入奏，勒蔡子先归。"可见蔡氏系哥舒翰幕府武职
僚佐，诗既以"勇"称颂其品性，又盛赞其武艺超群。

安史之乱后陇右地失，陇右节度使率兵镇守长安西北，杜甫诗歌
颂节度使郭英乂抗击吐蕃守御长安的战功。其《奉送郭中丞兼太仆卿
充陇右节度使三十韵》云：

> 诏发西山将，秋屯陇右兵。凄凉余部曲，煊赫旧家声。雕鹗

1　（唐）杜甫著，（清）仇兆鳌注《杜诗详注》卷 16，第 1373~1378 页。
2　（唐）杜甫著，（清）仇兆鳌注《杜诗详注》卷 3，第 238~240 页。

乘时去，骅骝顾主鸣。艰难须上策，容易即前程。斜日当轩盖，
高风卷旆旌。松悲天水冷，沙乱雪山清。和虏犹怀惠，防边不敢
惊。古来于异域，镇静示专征。燕蓟奔封豕，周秦触骇鲸。中
原何惨黩，余孽尚纵横。箭入昭阳殿，笳吟细柳营。内人红袖
泣，王子白衣行。宸极袄（一作妖）星动，园陵杀气平。空余金
碗出，无复穗帷轻。毁庙天飞雨，焚宫火彻明。采薇朝共落，榆
桷夜同倾。三月师逾整，群胡势就烹。疮痍亲接战，勇决冠垂
成。妙誉期元宰，殊恩且列卿。几时回节钺，戮力扫欃枪。圭窦
三千士，云梯七十城。……废邑狐狸语，空村虎豹争。人频坠涂
炭，公岂忘精诚。元帅调新律，前军压旧京。安边仍扈从，莫作
后功名。

郭中丞即郭英乂，关于其仕历，此诗可补史料之不足。仇兆鳌《杜诗
详注》引黄鹤注云："《旧史》言至德初，英乂迁陇右节度使，兼御史
中丞，不言兼太仆卿。《新史》言禄山乱，拜秦州都督、陇右采访使，
至德二载，加陇右节度使，不言兼御史中丞与太仆卿。此题曰《送郭
中丞兼太仆卿充陇右节度使》，可补二史之阙。当是至德二载秋八月
作。"又引钱谦益笺注云："《赵充国传赞》：秦汉以来，山东出相，山
西出将。天水、陇西、安定、北地皆为山西。英乂，瓜州长乐人，故
曰山西将。"陇右陷于吐蕃，郭英乂名为陇右节度使，其实并不能镇
守陇右。他的军队驻守长安西北，护卫京师，面对强敌吐蕃，他率
领的行营军队称防秋兵。《杜诗详注》引朱注云："吐蕃和好，久怀旧
恩，故防边之法，不在惊扰，自古御戎，惟于镇静之中，默寓专征之
意。"[1] 郭英乂是郭知运之季子，郭知运任鄯州都督、陇右诸军节度大
使，镇守西陲，甚为吐蕃所惮，开元九年卒于军。[2] 至德初，肃宗兴师
朔方，郭英乂继其父节度陇右，诗中盛赞郭英乂子继父业，故有"部

---

1 （唐）杜甫著，（清）仇兆鳌注《杜诗详注》卷5，第369~375页。
2 《旧唐书》卷53《郭知运传》，第3190页。

曲""家声"之句。

陇西地理位置重要，特别是唐后期，其地系唐西部和京师安危，对于赴任陇西的将军和官员，诗人们寄予厚望，希望他们立功扬名，报效国家和朝廷。刘方平《寄陇右严判官》云：

> 副相西征重，苍生属望晨。还同周薄伐，不取汉和亲。虏阵摧枯易，王师决胜频。高旗临鼓角，太白静风尘。赤狄争归化，青羌已请臣。遥传阃外美，盛选幕中宾。玉剑光初发，冰壶色自真。忠贞期报主，章服岂荣身。边草含风绿，征鸿过月新。胡笳长出塞，陇水半归秦。绝漠多来往，连年厌苦辛。路经西汉雪，家掷后园春。[1]

刘方平是开元、天宝年间诗人，天宝前期曾应进士试，又欲从军，未得志，隐居颍水、汝河之滨。诗赞美严判官从军入陇右幕之举，希望他报效明主，获取荣名。张蠙《赠李司徒》云："承家拓定陇关西，勋贵名应上将齐。金库夜开龙甲冷，玉堂秋闭凤笙低。欢筵每恕娇娥醉，闲枥犹惊战马嘶。长怪鲁儒头枉白，不亲弓剑觅丹梯。"[2]张蠙是唐末人，他赞美李司徒继承父业，拓定陇西，功名显赫，希望得到他的举荐而荣升。

总之，唐前期陇西地处丝绸之路要道，又是抗击吐蕃的前线，诗人们向往立功边塞，这里是他们追逐梦想的地方。在陇右为保家卫国、维护丝路通畅做出杰出贡献的将军备受诗人颂扬，诗人一方面希望他们能够稳定陇右，另一方面希望攀附将军获得出路和功名。唐诗反映了陇西之地前后期政治形势的变化，表达了诗人们关心国事的热忱和建功立业的理想，为我们了解唐代丝绸之路盛衰和政治形势变化提供了重要的参考资料，其在反映唐人心态和情感方面是其他史料不能代替的。

---

1 （清）彭定求等编《全唐诗》卷251，第2838~2839页。

2 （清）彭定求等编《全唐诗》卷702，第8078页。

第十八章　汉唐文学中的莫贺延碛

　　丝绸之路沙漠绿洲之路沿途经过许多著名的大漠戈壁，中国境内的莫贺延碛就是其中之一。这些大漠戈壁是自然形成的，本来只是一种自然景观，由于丝绸之路的贯通并经旅行者的书写和诗人、文学家的吟咏，被赋予丰富的人文色彩和文化意蕴。这些地名出现在诗人笔下，有时是实指，但更多的是以文学意象出现，其中融入了诗人的思想情感，具有了丰富的象征意义。莫贺延碛就是一个典型的案例，值得分析。汉代的历史传说中已经提到"流沙"，汉魏六朝时史籍和西行的僧侣有对莫贺延碛的生动描写。唐代经营西域，中原地区经行莫贺延碛的行人更多，因此在唐诗中有更多的作品咏及。

第一节　从大碛到碛路

莫贺延碛即今横亘于敦煌和罗布泊之间的噶顺戈壁，在伊州（今新疆哈密）东南，为玉门关外长碛，又称"八百里瀚海"，也称"流沙""沙河"，自古闻名。莫贺延碛很早就为中原地区的人们所知。《列仙传》记载的传说中尹喜与老子"俱之流沙之西"即指此。[1] 显然至迟在西汉时就知道"流沙"是中原地区与西域的分界。在敦煌郡和玉门关设置之前，这里被视为西域的起点。通过西域的道路有南道（通过塔克拉玛干沙漠南缘、昆仑山北麓的道路）、中道（通过塔克拉玛干沙漠北缘、天山南麓的道路）和北道（通过天山北麓的草原路）。过了河西走廊进入西域，三条道路都要经此大碛。从敦煌、玉门关西北进入天山以北草原路本来有伊吾道可通，自然条件水草环境较好，但伊吾道最靠近北方诸游牧民族活动地带，面临敌对势力的袭扰，因此进入天山以北草原路的行旅也往往经过此大碛。

通向西域的大碛自然环境恶劣，这是新疆东部戈壁分布集中、类型复杂的区域，气候极端干旱，几乎寸草不生，四季大风不断。库木塔格沙垅和雅丹地貌广为分布，充满了变幻莫测的气息。对于这里艰险的环境，文献中也早有记载。《汉书·地理志》云："敦煌郡……正西关外有白龙堆沙。"[2] 同书《西域传》云："楼兰国最在东陲，近汉，当白龙堆，乏水草。"[3] 魏晋时鱼豢《魏略·西戎传》记载西域中道那些艰险路段都护井、三陇沙、居卢仓、沙西井、白龙堆等，19世纪末20世纪初西方探险家笔下的"罗布荒漠"，皆在此大碛中。[4] 最早对此

1　《史记》卷 63《老子韩非列传》，裴骃《集解》引《列仙传》，第 2141 页。按：《列仙传》是我国最早系统记载神仙人物事迹的著作，成书时间和作者都有争议，一般认为是西汉时刘向所著，内容主要是上古至秦汉 70 多位神仙的事迹和成仙经历。由此可知，大约先秦时有关老子的传说中已有关于"流沙"的内容。

2　《汉书》卷 28《地理志下》，第 1614 页。

3　《汉书》卷 96《西域传上》，第 3878 页。

4　《三国志》卷 30《乌丸鲜卑东夷传》裴注引，中华书局，1959，第 859 页。

大碛进行生动描写的是《法显传》，东晋时高僧法显西行取经，从敦煌出发路经沙河：

> 沙河中多有恶鬼、热风，遇则皆死，无一全者。上无飞鸟，下无走兽。遍望极目，欲求度处，则莫知所拟，唯以死人枯骨为标识耳。[1]

法显描写的地方是大碛最靠近东部的地方。唐代玄奘在此更西的地方遭遇其西行途中最为险恶的考验，在他经过大沙碛走向高昌的途中，几乎绝命。《大唐大慈恩寺三藏法师传》记载，他所见大碛“长八百里，古曰沙河，目无飞鸟，下无走兽，复无水草”。度越莫贺延碛的经历令玄奘心有余悸，他凭着强烈的信仰和毅力战胜内心的恐惧：

> 是时顾影唯一，心但念观音菩萨及《般若心经》。……是时四顾茫然，人鸟俱绝，夜则妖魑举火，灿若繁星；昼则惊风拥沙，散如时雨。虽遇如是，心无所惧，但苦水尽，渴不能前。是时四夜五日无一滴沾喉，口腹干焦，几将殒绝。……更经两日，方出流沙到伊吾矣。此等危难，百千不能备叙。[2]

玄奘从印度取经归来，在尼壤城（今新疆民丰县北）以东通过大流沙之西南部，他写道：“从此东行，入大流沙。沙则流漫，聚散随风，人行无迹，遂多迷路。四远茫茫，莫知所指，是以往来者聚遗骸以记之。乏水草，多热风，风起则人畜惛迷，因以成病。时闻歌啸，或闻号哭。视听之间，恍然不知所至，由此屡有丧亡，盖鬼魅之所致也。”[3]这里描写的是在法显所写的地方更西南的地方。穿越大碛的道路是通

---

1 （东晋）沙门释法显撰，章巽校注《法显传校注》，第6页。

2 （唐）慧立、彦悰:《大慈恩寺三藏法师传》卷1，第16~17页。

3 （唐）玄奘、辩机原著，季羡林等校注《大唐西域传校注》卷12，第1030~1031页。

往西域的近便但充满风险的通道，通向楼兰的楼兰道、通向高昌的大海道、进入哈密的五船道、通向西域南道的鄯善道，都无法避开莫贺延碛这一片没有生命的荒凉世界。

大漠的恶劣环境千年依旧。1879年6月3~4日，俄国探险家普尔热瓦尔斯基路经莫贺延碛，他的日记记载，沙漠呈现出一片十分可怕的景象，大碛直径110公里，海拔1600米，为波状平原，到处是高台，像塔一样的黄土悬崖，土壤掺着沙砾的卵石覆盖着，既没有植物，也没有动物，甚至连蜥蜴和昆虫也没有。他写道：

> 一路上到处可以看见骡马和骆驼的骨头，白天地面灼热，笼罩一层像充满了烟雾的浑浊空气；即便有点儿微风，连空气也纹丝不动，也不凉快。只是经常刮起一股股热旋风，含盐的尘土被旋转成一条条圆柱，刮出很远，很远。在旅行者的前方或两旁浮现出虚幻的海市蜃楼。即使没有这种幻景，靠近地面的空气由于异常灼热而发生波动或颤抖，使远处物体的轮廓也不断变幻。白天炎热难熬，太阳一出来就是火辣辣的一直到日落为止。[1]

在这样的日子里地面温度高达62.5℃，只好在夜间或清晨赶路。他们历尽艰难困苦，损失了两头骆驼，才到达沙州绿洲。他以实际观察印证并解释了法显、玄奘笔下那可怕的、变幻莫测的景象。1900年，瑞典探险家斯文·赫定在此遇险，意外发现楼兰古城。日本大谷光瑞探险队曾经历此地，其成员之一橘瑞超记载这一带的自然景象："据玄奘记载，那时也是茫茫沙漠，荒无人烟。距今一千数百年前，即玄奘通过这个沙漠的时代尚且是那种状态，现在去踏查探险则更为艰难。"[2] "进入视野的惟有被风吹动着、翻卷着的细沙，这些沙子借着风力，有时在平地上造出了沙丘，有时把沙丘又抹成平地，所以欧洲人

1　〔俄〕尼费杜勃罗文：《普尔热瓦尔斯基传》，吉林大学外语系俄语专业翻译组译，商务印书馆，1978，第245~246页。

2　〔日〕大谷光瑞等：《丝路探险记》，章莹译，新疆人民出版社，1998，第187页。

把它叫做'木文格桑德'（移动的沙），中国人称之为流沙。……罗布沙漠也像海水一样静静地翻动着细浪。一旦暴风袭来，平静如镜的海面立刻就会掀起惊涛骇浪，呈现出可怕的景象。""在这茫茫千里的沙海中，不曾有一草一木，连一只小虫都没有。"[1] 往来于中原与西域的早期行旅就是穿行于这样的大碛，走出了一条伟大的道路。20世纪初，英国探险家、考古学家斯坦因考察了经过楼兰的道路，他说："只有到我1914年调查时，才发现了确凿的考古证据，证明这条古道事实上的确通过这个最可怕的、全无生命的盐碱沙漠。"[2]

碛即沙碛、沙漠，唐诗中有时是泛指，在不同的地方指不同的沙碛之地。如于鹄《送张司直入单于》云："若过并州北，谁人不忆家。寒深无伴侣，路尽有平沙。碛冷唯逢雁，天春不见花。"[3] 马戴《送和北虏使》云："路始阴山北，迢迢雨雪天。长城人过少，沙碛马难前。"[4] 此处的"碛""沙碛"指蒙古大漠。无可《送田中丞使西戎》云："朝元下赤墀，玉节使西夷。关陇风回首，河湟雪洒旗。碛砂行几月，戎帐到何时。"[5] 唐朝后期西戎、西夷指吐蕃，此"碛砂"当指今青海一带沙漠。"碛路"指多沙石的道路，诗中有时也是泛指，南朝鲍照《登翻车岘》云："淖坂既马领，碛路又羊肠。"[6] 李益《石楼山见月》云："紫塞边年戍，黄砂碛路穷。"[7] 翻车岘在今江苏省句容市，诗反映了南朝诗人鲍照的个人经历，其地在南方。李益笔下的石楼山当指今山西之石楼山，可见途经沙碛的道路都可称为碛路。不过唐诗中"碛"更多地专指莫贺延碛，所谓"碛路"大多指经过莫贺延碛的道路，诗中的"碛路"作为文学意象，多指过敦煌、玉门关或阳关赴西

1 〔日〕大谷光瑞等：《丝路探险记》，第191页。
2 〔英〕奥雷尔·斯坦因：《路经楼兰》，肖小勇、巫新华译，广西师范大学出版社，2000，第110页。
3 （清）彭定求等编《全唐诗》卷310，第3502页。
4 杨军、戈春源注《马戴诗注》，第100页。
5 （清）彭定求等编《全唐诗》卷813，第9143页。
6 （南朝宋）鲍照著，钱仲联增补集说校《鲍参军集注》卷5，上海古籍出版社，1980，第272页。
7 范之麟注《李益诗注》，第88页。

域的道路。如敦煌文书伯二七六二唐佚名诗钞《夫字为首尾》写思妇对远戍丈夫的思念：“战袍著尽谁将去，万里迢迢碛路迂。天山旅泊思江外，梦里还家入道墟。”[1] 因此“碛西”便成为西域之代名词。随着丝绸之路的通畅，往来于莫贺延碛的行旅日益增多，大碛成为丝路意象。大碛被称为“碛路”便是走的人多了的结果。“碛”是自然物象，“碛路”便成为人文意象。从大碛到碛路实现了由自然景观到人文意象的生动转换。

汉代在河西走廊最西端置敦煌郡，又在郡西北方先后置玉门关和阳关，出玉门关和阳关便进入西域。从敦煌、玉门关和阳关西行，首先遇到的便是莫贺延碛，大碛成为西域之起点。莫贺延碛和通过莫贺延碛的“碛路”作为丝路要道，连接着西域东部和河西走廊西端。大碛为风蚀戈壁之地貌，荒凉异常，但是进入西域的一条最近的通道，因此不少人冒险穿越。在老子西渡流沙之后，不知道多少人从此经过；在法显、玄奘笔下行人以骸骨作为路标，不知道又有多少人葬身大碛，有关大碛的传说自然进入诗人的吟咏。胡曾咏史诗《流沙》云：“七雄戈戟乱如麻，四海无人得坐家。老氏却思天竺住，便将徐甲去流沙。”[2] 诗咏老子出关西去故事，以为老子避乱往天竺，路经流沙。[3] 唐诗中“碛路”“大沙海”“海头”“流沙”“流沙路”“黄沙碛里”“碛里”等语词往往指此地，这是中原通往西域和域外行人赴中原的道路。远赴“天山”征战的将士经过的“碛路”一般指莫贺延碛。西域各国入唐进贡的使节路经碛路，或称“流沙路”。周存《西戎献马》云：“天马从东道，皇威被远戎。来参八骏列，不假贰师功。影别流沙

1　徐俊纂辑《敦煌诗集残卷辑考》，第 173 页。

2　（清）彭定求等编《全唐诗》卷 647，第 7432 页。

3　《史记・老子韩非列传》记载，老子“居周久之，见周之衰，乃遂去”。至关，关令尹喜请著书，乃“著书上下篇，言道德之意五千余言而去，莫知其所终”。南朝裴骃《史记集解》引《列仙传》云，尹喜“与老子俱之流沙之西”。胡曾诗用《神仙传》典故，徐甲是老子佣工，从小跟随老子，老子曾用方术使其化为枯骨，又使之复生。但史书和传说中并无徐甲随老子西去流沙的记载，此为诗人附会之辞。

路，嘶流上苑风。望云时蹀足，向月每争雄。"[1] 唐朝到西域任职的官员路经碛路，高宗时来济出为庭州刺史，其《出玉关》诗云："敛辔遵龙汉，衔凄渡玉关。今日流沙外，垂涕念生还。"[2] 出玉门关过"流沙"便进入西域，岑参的诗反映了这种状况，其《初过陇山途中呈宇文判官》写宇文判官从西州东来，途经莫贺延碛：

> 前月发安西，路上无停留。都护犹未到，来时在西州。十日过沙碛，终朝风不休。马走碎石中，四蹄皆血流。[3]

"安西"指唐朝安西大都护府所在地龟兹，宇文判官从龟兹入中原，经过西州（今吐鲁番一带），然后过莫贺延碛。诗的描写非常真实，"十日"具体地写出了经过大碛所需的时间。斯坦因曾考察过这条路线，其穿行大碛所用时间也是十日。他说："在那十日中，我沿着中国古道来到楼兰，其间我们穿过或绕过宽广的结着盐壳的海床。"[4] 在诗人笔下，莫贺延碛是极西遥远之地，他们写出了这种强烈的感受。进入西域北道不只可以从玉门关往西北方向去西州，还可以选择出阳关之后折向莫贺延碛去往西州。岑参赴西域进入北道是出了阳关之后折向西北，取道莫贺延碛去往北庭。这位好奇的诗人面对大碛的独特地貌写下好几首诗，写出了自己的深刻印象。《碛中作》云："走马西来欲到天，辞家见月两回圆。今夜不知何处宿，平沙万里绝人烟！"[5]《日没贺延碛作》云："沙上见日出，沙上见日没。悔向万里来，功名是何物！"[6]《过碛》云："黄沙碛里客行迷，四望云天直下低。为言地尽天还尽，行到安西更向西。"[7] 茫茫无际的沙碛令诗

1　（清）彭定求等编《全唐诗》卷 288，第 3289 页。

2　（清）彭定求等编《全唐诗》卷 39，第 501 页。

3　（唐）岑参著，陈铁民、侯忠义校注《岑参集校注》卷 2，第 73 页。

4　〔英〕奥雷尔·斯坦因：《路经楼兰》，第 136 页。

5　（唐）岑参著，陈铁民、侯忠义校注《岑参集校注》卷 2，第 82 页。

6　（唐）岑参著，陈铁民、侯忠义校注《岑参集校注》卷 2，第 145 页。

7　（唐）岑参著，陈铁民、侯忠义校注《岑参集校注》卷 2，第 83 页。

人对远赴西域顿生悔意，思乡之情油然而起。此言并非动摇了立功边塞的志向，不过强调沙碛的遥远、景象的令人生畏和西域环境的艰苦。

赴西域征战的将士途经碛路，他们的行踪反映在唐诗中。高宗仪凤四年（679），十姓可汗阿史那匐延都支及李遮匐联合吐蕃侵扰安西，朝廷派裴行俭以册送波斯王为名，组成波斯军，进入西州，智获都支和遮匐。敦煌文书 S.4332 无名氏《酒泉子》词歌咏其事："砂多泉头，伴贼寇枪张怒起。语报恩住裴氏晖威（下缺）。"[1] 汤涒指出："据其词意基本上可以推测为初唐词，至于词中歌颂之'裴氏'，当是唐高宗时的名臣裴行俭。"汤涒认为，"本词所残存的内容，与此传说甚符"。[2]《旧唐书•裴行俭传》记载其册送波斯王事：

> 途经莫贺延碛，属风沙晦暝，导者益迷。行俭命下营，虔诚致祭，令告将吏，泉井非遥。俄而云收风静，行数百步，水草甚丰，后来之人，莫知其处，众皆悦服，比之贰师将军。[3]

那么无名氏词中"砂多"即指莫贺延碛。杜甫《送人从军》诗云："弱水应无地，阳关已近天。今君渡沙碛，累月断人烟。"[4] 无名氏《征步郎》诗云："塞外虏尘飞，频年度碛西。死生随玉剑，辛苦向金微。"[5] 高适《送裴别将之安西》云："绝域眇难跻，悠然信马蹄。风尘经跋涉，摇落怨暌携。地出流沙外，天长甲子西。少年无不可，行矣莫凄凄。"[6] 又《同吕员外酬田著作幕门军西宿盘山秋夜作》云："碛路天早秋，边城夜应永。遥传戎旅作，已报关山冷。上将顿盘坂，诸军遍

1　任中敏编著《敦煌歌辞总编》，第 308 页。

2　汤涒：《敦煌曲子词地域文化研究》，上海古籍出版社，2004，第 30 页。

3　《旧唐书》卷 84《裴行俭传》，第 2802 页。按：故事源出于张说《赠太尉裴公神道碑铭并序》。
　　见（唐）张说著，熊飞校注《张说集校注》卷 14，第 723~724 页。

4　（唐）杜甫著，（清）仇兆鳌注《杜诗详注》卷 8，第 626 页。

5　（清）彭定求等编《全唐诗》卷 27，第 387 页。

6　（唐）高适著，孙钦善校注《高适集校注》，第 207 页。

泉井。"[1] 无名氏《杂曲歌辞·入破第三》云："三秋大漠冷溪山，八月
严霜变草颜。卷旆风行宵渡碛，衔枚电扫晓应还。"[2] 岑参有《武威送
刘判官赴碛西行军》[3]、《送李副使赴碛西官军》[4] 等诗，都是送人赴碛
到西域从军的。李约《从军行三首》其二云："边城多老将，碛路少
归人。杀尽三河卒，年年添塞尘。"[5] 张蠙《边将二首》其二云："按剑
立城楼，西看极海头。承家为上将，开地得边州。碛迥兵难伏，天寒
马易收。"[6] 常衮《代员将军罢战后归故里》云："结发事疆场，全生到
海乡。连云防铁岭，同日破渔阳。牧马胡天晚，移军碛路长。"[7] 贯休
《古塞曲》其三云："远树深疑贼，惊蓬迥似雕。凯歌何日唱，碛路共
天遥。"[8] 这些诗中的"碛路"都是指途经莫贺延碛的道路，说明大碛
给唐人的印象多么深刻。从唐诗中我们可以知道，由于往来于中原与
西域的行旅之多，人们知道碛中何处有泉，何处有井，这是路经碛中
必需的自然条件和人为设施。

第二节　商贸与文化：大碛路交通域外的功能

　　丝绸之路是商贸之路，中原精美的丝绸通过莫贺延碛输送到西域
更远的国家和地区。丝绸的输出，主要的途径是商贸，中外商旅的活
动在唐诗中有生动反映。张籍《凉州词》其一云：

　　　　边城暮雨雁飞低，芦笋初生渐欲齐。　无数铃声遥过碛，应

1　（唐）高适著，孙钦善校注《高适集校注》，第 229 页。
2　（清）彭定求等编《全唐诗》卷 27，第 383 页。
3　（唐）岑参著，陈铁民、侯忠义校注《岑参集校注》卷 2，第 95 页。
4　（唐）岑参著，陈铁民、侯忠义校注《岑参集校注》卷 2，第 94 页。
5　（清）彭定求等编《全唐诗》卷 309，第 3496 页。
6　（清）彭定求等编《全唐诗》卷 702，第 8075 页。
7　（清）彭定求等编《全唐诗》卷 254，第 2860 页。
8　（唐）贯休著，胡大浚笺注《贯休歌诗系年笺注》卷 11，第 537 页。

驮白练到安西。[1]

"安西"即唐朝安西都护府所在地龟兹。安西都护府是唐朝前期在西域龟兹设置的军事机构，统领安西四镇，维护西域的稳定和丝路的通畅。龟兹成为唐朝统治西域的政治和军事中心，同时也成为商贸中心。当大唐盛世时，东来西往的商队经过莫贺延碛，经西域北道至龟兹，在此交易或中转。但张籍的时代这里已经沦于吐蕃之手，这是诗人想象大唐盛世时丝路繁忙景象，从河西走廊西行，赴安西都护府所在的龟兹，莫贺延碛的道路上驼队络绎不绝，驼队驮运的商品便是内地的"白练"。历史文献、考古资料和唐诗中反映胡商的活动材料较多，反映汉地商人的较少，但唐诗中也透露出内地商人至西域经商的信息。李白《闺情》诗云：

> 流水去绝国，浮云辞故关。水或恋前浦，云犹归旧山。恨君流沙去，弃妾渔阳间。玉筋夜垂流，双双落朱颜。黄鸟坐相悲，绿杨谁更攀？织锦心草草，挑灯泪斑斑。窥镜不自识，况乃狂夫还。[2]

"渔阳间"代指内地，"流沙"是"狂夫"即夫君西行经过的地方。诗中的"狂夫"不当指征人，那经碛路西行者只能是从事贸易的商人。

丝绸之路不仅是商贸之路，也是文化交流之路。经碛路往来的还有宗教徒，他们也出现在诗歌吟咏中。刘言史《送婆罗门归本国》云：

> 刹利王孙字迦摄，竹锥横写叭萝叶。遥知汉地未有经，手牵白马绕天行。龟兹碛西胡雪黑，大师冻死来不得。地尽年深始到

1　（唐）张籍著，徐礼节、余恕诚校注《张籍集系年校注》卷6，第736页。
2　（唐）李白著，瞿蜕园、朱金城校注《李白集校注》卷25，第1478页。

船，海里更行三十国。……出漠独行人绝处，碛西天漏雨丝丝。[1]

这位入唐的天竺婆罗门僧为了到中国传教，先欲经西域入华，但受阻于艰险的碛西道路未能成行。又转而经海路来到中国，现在又要经西域归国。"出漠"即走出莫贺延碛大漠，"碛西"即西域地面。诗人想象着他归国要经过莫贺延碛，要经历西域艰苦的环境。刘言史又有《代胡僧留别》云："此地缘疏语未通，归时老病去无穷。定知不彻南天竺，死在条支阴碛中。"[2] 从中国归天竺，不经条支，此阴碛也当指莫贺延碛。这位胡僧年老归国，对归途充满恐怖，他想象着自己难以走出大漠。许浑《赠僧》（一作赵嘏诗）云："心法本无住，流沙归复来。锡随山鸟动，经附海船回。"[3] 这是一位曾赴西域取经的僧人，所以说他"流沙归复来"。处默《送僧游西域》云："一盂兼一锡，只此度流沙。野性虽为客，禅心即是家。寺披云峤雪，路入晓天霞。自说游诸国，回应岁月赊。"[4] 所送僧赴西域所过之"流沙"即莫贺延碛，"诸国"指僧人将往之西域各国。经碛西行，归日无期，故云"岁月赊"。

莫贺延碛成为西域的象征和重要的丝路意象。远赴西域的人离乡别井，莫贺延碛代指遥远的西方，成为相思离别、异乡漂泊的意象。岑参《轮台即事》云：

> 轮台风物异，地是古单于。三月无青草，千家尽白榆。蕃书文字别，胡俗语音殊。愁见流沙北，天西海一隅。[5]

唐代的轮台在莫贺延碛北方，故云"愁见流沙北"。"愁"写出身处西域的诗人的心情，这里远离故乡，景物异常，令诗人产生漂泊之感。

1　（清）彭定求等编《全唐诗》卷468，第5322页。
2　（清）彭定求等编《全唐诗》卷468，第5331页。
3　（清）彭定求等编《全唐诗》卷529，第6048页。
4　（清）彭定求等编《全唐诗》卷849，第9614页。
5　（唐）岑参著，陈铁民、侯忠义校注《岑参集校注》卷2，第156页。

岑参《岁暮碛外寄元捴》云：“西风传戍鼓，南望见前军。沙碛人愁月，山城犬吠云。别家逢逼岁，出塞独离群。发到阳关白，书今远报君。”[1] 身在西域，故云“碛外”，诗写身在西域的人，在年节将至之时倍感远离亲人朋友的孤单。其《碛西头送李判官入京》云：“一身从远使，万里向安西。汉月垂乡泪，胡沙费马蹄。寻河愁地尽，过碛觉天低。送子军中饮，家书醉里题。”[2] 当诗人过碛进入西域，逢李判官将过碛归中原，便引起诗人对亲人的思念。岑参《日没贺延碛作》《过碛》《碛中作》等诗都表达了他目睹大碛产生的强烈的思乡之情，空旷的大碛成为遥远地方的象征，离家漂泊的人把它视为异乡或异域。屈同仙《燕歌行》写征人思妇：“燕支山下少春晖，黄沙碛里无流水。金戈玉剑十年征，红粉青楼多怨情。”[3] 李郜《过九疑山有怀》云：

> 晚度疑山道，依然想重华。云飘上苑叶，雪映御沟花。行叹戍麾远，坐令衣带赊。交河通绝徼，弱水浸流沙。旅思徒漂梗，归期未及瓜。两阶干羽绝，夜夜泣胡笳。[4]

诗写漂泊之感，当诗人过九疑（嶷）山时不免回忆自己不幸的身世，他到过京城，到过西域，如今仍似断梗飘蓬，奔波在旅途上。诗以“交河”“流沙”代指自己曾漂泊之地，形容离乡之远。

第三节　征战与思乡：边塞将士的情感书写

莫贺延碛在诗歌中形成了稳定的意象，因为其地处玉门关外，而

1　（唐）岑参著，陈铁民、侯忠义校注《岑参集校注》卷 2，第 82 页。
2　（唐）岑参著，陈铁民、侯忠义校注《岑参集校注》卷 2，第 83 页。此“碛”，有人认为指银山碛，又名银山，在今新疆库米什附近。不确。
3　（清）彭定求等编《全唐诗》卷 203，第 2122~2123 页。
4　陈尚君辑校《全唐诗补编》，第 410 页。

玉门关往往是战争前线的象征，因此，"碛里"又是边塞战争和边塞生活所在地。莫贺延碛的自然环境之恶劣世人皆知，因此大碛又成为边塞艰苦环境的象征。盛唐诗人王之涣《出塞诗》云：

> 黄沙直上白云间，一片孤城万仞山。羌笛何须怨杨柳，春风不度玉门关。[1]

"孤城"即玉门关，"黄沙"即玉门关外的流沙大碛，莫贺延碛在玉门关外，故在诗人观念中，那里是春风不到的严寒地带。唐代诗人常常用"无春"形容大碛的荒凉，借以表现征战生活的艰苦。柳中庸《凉州曲二首》其一云："关山万里远征人，一望关山泪满巾。青海戍头空有月，黄沙碛里本无春。"[2] 王烈《塞上曲二首》其一云："红颜岁岁老金微，砂碛年年卧铁衣。白草城中春不入，黄花戍上雁长飞。"[3] 陈陶《水调词十首》其五云："水阁莲开燕引雏，朝朝攀折望金吾。闻道碛西春不到，花时还忆故园无。"[4] 诗人们反复咏叹此地没有春天，强调这里是苦寒之地。写到莫贺延碛总是极力渲染其苦寒，于是形成"寒碛"意象。于鹄《出塞》其三云："空山朱戟影，寒碛铁衣声。"[5]

写大碛的自然环境之恶劣还是为了写人，用自然环境渲染将士们的心情，与其地苦寒相应的便是将士们心情的愁苦。常建《送李大都护》云："单于虽不战，都护事边深。君执幕中秘，能为高士心。海头近初月，碛里多愁阴。西望郭犹子，将分泪满襟。"[6] 想到碛里环境的苦寒和征人的悲愁，诗人希望有郭伋那样的将军，既令敌人闻风丧

1　（宋）尤袤：《全唐诗话》卷1，何文焕辑《历代诗话》，中华书局，1981，第84页。按：此诗有的本子题作《凉州词》，第二句为第一句，"黄沙直上"作"黄河远上"。见周勋初等主编《全唐五代诗》卷119，第2478~2479页。孰是孰非，历来争论不休。黄河不经玉门关，玉门关外为流沙，作"黄沙直上"似更符合诗中地域之特色。

2　（清）彭定求等编《全唐诗》卷257，第2877页。

3　（清）彭定求等编《全唐诗》卷295，第3353页。

4　（清）彭定求等编《全唐诗》卷746，第8490页。

5　（清）彭定求等编《全唐诗》卷310，第3502页。

6　（唐）常建著，王锡九校注《常建诗集校注》卷下，第241页。

胆，又关心士兵的疾苦。李益《从军北征》云："天山雪后海风寒，横笛偏吹行路难。碛里征人三十万，一时回首月中看。"[1] 这是写将士们的思乡之苦。陈陶《关山月》云：

> 昔年嫖姚护羌月，今照嫖姚双鬓雪。青冢曾无尺寸归，锦书多寄穷荒骨。百战金疮体沙碛，乡心一片悬秋碧。汉城应期破镜时，胡尘万里婵娟隔。度碛冲云朔风起，边笳欲晚生青珥。陇上横吹霜色刀，何年断得匈奴臂。[2]

这首诗写边塞生活，两次写到"碛"以渲染战争生活的艰险。征战沙碛，金疮遍体；过碛往来，寒风吹沙。张仲素《塞下曲五首》其五云："阴碛茫茫塞草肥，桔槔烽上暮云飞。交河北望天连海，苏武曾将汉节归。"[3] 五代沈彬《塞下三首》其三云："月冷榆关过雁行，将军寒笛老思乡。贰师骨恨千夫壮，李广魂飞一剑长。戍角就沙催落日，阴云分碛护飞霜。谁知汉武轻中国，闲夺天山草木荒。"[4] 诗人写这里的环境多用阴、风、寒、雨、雪、霜以及烽火，渲染此地不仅自然环境恶劣，还有紧急军情，时时有烽火报警，令人心不得安，愁思顿生。

　　唐朝经营西域，将士远征要经过莫贺延碛，因此莫贺延碛又是战争意象，赴碛西便是赴前线，碛路便是征途。唐前期广大士人向往立功边塞，写到莫贺延碛往往充满积极进取的精神。对于那些远赴西域从军征战的人，诗人鼓励他们要不畏艰险，报效国家以博取功名。岑参《送李副使赴碛西官军》云："脱鞍暂入酒家垆，送君万里西击胡。

1　范之麟注《李益诗注》，第 113 页。
2　（清）彭定求等编《全唐诗》卷 745，第 8475 页。
3　（清）彭定求等编《全唐诗》卷 367，第 4138 页。《史记·魏公子列传》："公子与魏王博，而北境传举烽。"裴骃《史记集解》引文颖曰："作高木橹，橹上作桔槔，桔槔头兜零，以薪置其中，谓之烽。常低之，有寇即火然举之以相告。"后因称烽火台为"桔槔烽"。
4　（清）彭定求等编《全唐诗》卷 743，第 8456 页。

功名只向马上取，真是英雄一丈夫。"[1] 大碛的苦寒不仅没有阻挡住将士们奔向前线的脚步，反而成为他们雄心壮志的衬托。其《北庭贻宗学士道别》云："孤城倚大碛，海气迎边空。四月犹自寒，天山雪蒙蒙。君有贤主将，何谓泣途穷？时来整六翮，一举凌苍穹。"[2] 对于那些向往功名的志士来说，艰苦的环境更彰显其雄心和抱负。诗人笔下的人物都是在艰苦的环境中奋战立功令敌人胆寒的将军。那些远赴西域的志士向往立功边塞，唐诗表达了他们的志向和理想。杜甫《送人从军》云："弱水应无地，阳关已近天。今君渡沙碛，累月断人烟。好武宁论命，封侯不计年。马寒防失道，雪没锦鞍鞯。"[3] 杨巨源《赠史开封》云："天低荒草誓师坛，邓艾心知战地宽。鼓角迥临霜野曙，旌旗高对雪峰寒。五营向水红尘起，一剑当风白日看。曾从伏波征绝域，碛西蕃部怯金鞍。"[4] 曹唐《送康祭酒赴轮台》云："灞水桥边酒一杯，送君千里赴轮台。霜粘海眼旗声冻，风射犀文甲缝开。断碛簇烟山似米，野营轩地鼓如雷。分明会得将军意，不斩楼兰不拟回。"[5] 耿湋《送杨将军》云："一身良将后，万里讨乌孙。落日边陲静，秋风鼓角喧。远山当碛路，茂草向营门。生死酬恩宠，功名岂敢论。"[6] 王建《送阿史那将军安西迎旧使灵榇》云："汉家都护边头没，旧将麻衣万里迎。阴地背行山下火，风天错到碛西城。单于送葬还垂泪，部曲招魂亦道名。却入杜陵秋巷里，路人来去读铭旌。"[7] 对于那些追求功业的志士来说，艰苦的环境不在话下，他们追求的是建功西域，报效君王和国家。

　　莫贺延碛是横亘于河西走廊与西域之间的辽阔大漠，早就进入中原地区人们的视野。唐代前期由于丝绸之路沙漠绿洲路的兴盛，碛路

1　（唐）岑参著，陈铁民、侯忠义校注《岑参集校注》卷 2，第 94 页。

2　（唐）岑参著，陈铁民、侯忠义校注《岑参集校注》卷 2，第 157 页。

3　（唐）杜甫著，（清）仇兆鳌注《杜诗详注》卷 8，第 626 页。

4　（清）彭定求等编《全唐诗》卷 333，第 3728 页。

5　（清）彭定求等编《全唐诗》卷 640，第 7343 页。

6　（清）彭定求等编《全唐诗》卷 268，第 2977~2978 页。

7　（唐）王建著，王宗堂校注《王建诗集校注》卷 7，第 377 页。

成为东西方人们交通往来的重要通道，并因此频为诗人所吟咏，成为唐诗中重要的丝路意象。从大碛到碛路，反映了莫贺延碛从自然地貌到人文景观，再到文学意象的转换过程。在唐诗的吟咏中，大碛成为丝绸贸易和文化交流的通道，成为边塞生活艰苦环境的象征，成为守边将士立功边塞的抱负和情感的寄托。

唐诗中反复写到的"碛路"一般指莫贺延碛。莫贺延碛之所以能成为人文景观，又成为文学意象，一是与丝绸之路的兴盛有关。唐代是丝绸之路的黄金时代，从中原地区赴西域的人越来越多。丝绸之路赋予沿途各种自然物象以人文精神，这是典型一例。二是与唐代诗人关心国事、关注西域、关注丝路、关注边塞战争有关。初盛唐时不少士人投身边塞，亲历大碛，远赴西域，莫贺延碛独特的地理风貌给他们留下深刻印象。即便没有到过西域的人，也从前人的记载和当时的传闻中对大碛有所了解，因而在关于边塞战争和边塞生活的诗篇中便会咏及大碛和碛路。三是大碛是从敦煌、玉门关和阳关西行赴西域北道的通道，唐代西域北道更多地被利用，因此出入大碛的行旅比较频繁。

总之，在唐诗里莫贺延碛不仅是一个自然物象，也是倾注了诗人复杂情感的文学意象，这个风蚀戈壁、苍凉异常的地貌，成为边塞和丝路艰险的象征，成为遥远的边境的象征，成为战争前线的象征，成为沟通内地与西域的通道。诗人们咏及大碛和碛路，歌颂和表达了一种不畏艰险走向异域的开拓精神，赞颂了积极进取、立功边塞的英雄主义精神，表达了既要报效国家又思家念亲的复杂矛盾心情。

第四编　唐朝与民族政权和域外的关系

第十九章　从唐诗看唐朝与南诏的关系

　　南诏是唐时地处今西南地区族群建立的政权，南诏与唐朝的关系反映了古代民族政权与中原政权错综复杂的关系。南诏是多元文化汇聚之地，在沟通中原与东南亚和南亚之间的交通方面起过重要作用，通过南诏入缅甸和印度的道路被称为"中印缅道"或"南方丝绸之路"。这条道路随着唐朝、南诏和吐蕃政治关系的变化时有通塞。唐朝与南诏之间的复杂关系以及文化交流在唐诗中得到展现。本章试从诗史互证角度探讨唐朝与南诏的关系。

第一节　唐初对南蛮的控制

唐初对西南夷地区的经营颇有成效，西南地区诸蛮族纷纷归服，当时入贡唐朝的有东谢蛮、南谢蛮、西赵蛮等。[1] 根据唐诗描写，谢氏蛮入朝是唐朝大军入蛮作战的结果。柳宗元《唐铙歌鼓吹曲十二篇·东蛮》诗云：

> 东蛮有谢氏，冠带理海中。自言我异世，虽圣莫能通。王卒如飞翰，鹏骞骇群龙。轰然自天坠，乃信神武功。系房君臣人，累累来自东。无思不服从，唐业如山崇。百辟拜稽首，咸愿图形容。如周王会书，永永传无穷。睢盱万状乖，咿嗢九译重。广轮抚四海，浩浩知皇风。歌诗铙鼓间，以壮我元戎。[2]

其诗序云："既克东蛮，群臣请图蛮夷状如《周书·王会》，为《东蛮第十二》。"从诗中描写的战争场面可知，谢氏蛮入朝是唐军远征的结果。唐朝对谢氏蛮的用兵不见唐史记载，唐诗或许补充了历史文献之不足。唐太宗即位，异域各国、四方蛮夷皆朝拜请服，诗人追怀当年情景，喜不自禁，绘声绘色地描述了东谢蛮首领谢元深率族来朝之盛况。

西南诸蛮时有反复，唐朝时有对诸蛮用兵之举。唐初洱海地区有六个小国，称为六诏，蒙舍诏在南，称为"南诏"。高宗永徽四年（653），南诏细奴逻来朝，唐封细奴逻为巍州刺史。细奴逻子逻盛武后时入朝。其他五诏与河蛮部落受吐蕃威胁，弃唐归附吐蕃。南诏依附唐朝，在唐朝支持下进行统一战争，唐军出兵征蛮的过程在唐诗中有反映。据《资治通鉴》记载，咸亨三年"正月，辛丑，以太子左卫副率梁积寿为姚州道行军总管，将兵讨叛蛮。庚戌，昆明蛮十四姓

1　《旧唐书》卷 197《南蛮西南蛮传》，第 5274~5275 页。
2　（唐）柳宗元撰，尹占华、韩文奇校注《柳宗元集校注》卷 1，中华书局，2013，第 73 页。

二万三千户内附，置殷、敦、总三州"。[1] 唐朝扩大了在西南地区的控制区域。唐朝对姚州蛮的战争是唐助南诏统一军事活动的一部分。骆宾王《从军中行路难》反映了这场战争：

> 君不见封狐雄虺自成群，凭深负固结妖氛。玉玺分兵征恶少，金坛授律动将军。将军拥旌宣庙略，战士横戈静夷落。长驱一息背铜梁，直指三巴逾剑阁。阁道岩峣起戍楼，剑门遥裔俯灵丘。邛关九折无平路，江水双源有急流。征役无期返，他乡岁月晚。杳杳丘陵出，苍苍林薄远，途危紫盖峰，路涩青泥坂。去去指哀牢，行行入不毛。绝壁千重险，连山四望高。中外分区宇，夷夏殊风土。交阯枕南荒，昆弥临北户。川原饶毒雾，溪谷多淫雨。行潦四时流，崩槎千岁古。漂梗飞蓬不暂安，扪藤引葛度危峦。昔时闻道从军乐，今日方知行路难。沧江绿水东流驶，炎州丹徼南中地。南中南斗映星河，秦川秦塞阻烟波。三春边地风光少，五月泸中瘴疠多。朝驱疲斥候，夕息倦樵歌。向月弯繁弱，连星转太阿。重义轻生怀一顾，东征西伐凡几度。夜夜朝朝斑鬓新，年年岁岁戎衣故。故人霸城隅，游子滇池水。天涯望转遥，地际行无已。徒觉炎凉节，忽复离寒暑。物华非不知，关山千万里。弃置勿重陈，重陈多苦辛。且悦清笳梅柳曲，讵忆芳园桃李人。绛节朱旗分日羽，丹心白刃酬明主。但令一被君王知，谁惮三边征战苦。行路难，行路难，歧路几千端。无复归云凭短翰，空余望日想长安。[2]

姚州在今云南省姚安县，诗写唐军一路南下，经过蜀中各地进入南中作战，渡泸水，直至滇池，剑指哀牢。这些描写反映的正是唐军对姚州蛮的战争。骆宾王集中有《兵部奏姚州破逆贼柳诺设杨虔柳露布》

《兵部奏姚州破贼设蒙俭等露布》两文，反映的是同一史实。陈熙晋据闾丘均《王仁求墓碑文》"咸亨之岁，犬戎大扰，枭将失律，元凶莫惩"，认为"此为由蜀至姚州从军之诗"。[1] 骆宾王集中有《为李总管祭赵郎将文》，也与此次战事相关。

开元二十五年（737），南诏皮逻阁战胜河蛮，夺取太和城（今云南大理）。第二年，唐朝赐皮逻阁名为蒙归义。蒙归义又破洱河蛮，唐封其爵为云南王。玄宗制书说封王的原因是洱河诸部潜通犬戎（吐蕃），蒙归义率兵征讨有功。这一年，皮逻阁兼并五诏，"当是时，五诏微，归义独强，乃厚以利啖剑南节度使王昱，求合六诏为一"。朝廷答应了蒙归义的要求，蒙归义却日益骄慢，"归义已并群蛮，遂破吐蕃，浸骄大。入朝，天子亦为加礼。又以破洱蛮功，驰遣中人册为云南王，赐锦袍、金钿带七事。于是徙治太和城"。[2] 玄宗《封蒙归义云南王制》对皮逻阁克敌制胜大加褒奖。[3] 给王昱的敕文称蒙归义效忠出力，讨伐西蛮，"彼（指五诏）持两端（附唐亦附吐蕃），宜其残破"。[4] 皮逻阁出兵，唐遣中使王承训、御史严正诲参与军事，先灭越析，次灭三浪，又灭蒙巂，从而统一六诏。南诏立国，臣属于唐，遣阁逻凤子凤迦异入朝宿卫。

当南诏地属唐朝势力范围之时，南蛮之地成为唐朝贬官流放之所。唐初杜淹、王珪、韦挺、郑世翼、李义府、薛元超等人曾被流放到越巂，有相关诗歌传世。杜淹、王珪、韦挺等人无罪，因受株连，蒙冤被贬官。[5] 杜淹在越巂有诗寄长孙无忌，其《寄赠齐公》写自己的心情和路程："颓衣登蜀道，白首别秦川。泪随沟水逝，心逐晓旌悬。去去逾千里，悠悠隔九天。郊野间长薄，城阙隐凝烟。关门共月对，山路与云连。此时寸心里，难用尺书传。"[6] 从诗的描写可知杜淹离开

1　（唐）骆宾王著，（清）陈熙晋笺注《骆临海集笺注》卷 4，第 134~135 页。

2　《新唐书》卷 222 上《南蛮传上》，第 6270 页。

3　（清）董诰等编《全唐文》卷 24，第 116 页。

4　（清）董诰等编《全唐文》卷 286，第 1282 页。

5　《旧唐书》卷 66《杜淹传》，第 2471 页。

6　（宋）李昉等编《文苑英华》卷 249，第 1256 页。

长安，过成都至越嶲。高宗时李义府被流放嶲州，有《在嶲州遥叙封禅》诗："触网沦幽裔，乘徽限明时。周南昔已叹，邛西今复悲。"[1]"邛西"即邛州、邛崃关之西，极言其荒僻。上官仪被诛，薛元超坐与上官仪"辞翰往复"，配流嶲州，"以诗酒为事，有《醉后集》三卷"，皆不传。[2] 卢僎《初出京邑有怀旧林》云："世网余何触，天涯谪南蛮。回首思洛阳，喟然悲贞艰。旧林日夜远，孤云何时还。"[3] 唐代"南蛮"通常指南诏云南蛮。卢僎是在被贬出京时怀念家乡而赋此诗，从诗中的描写可知他的贬所在今云南。卢僎被贬南蛮事，不见史书记载，此诗可补史传之缺。他之被贬南蛮之地，也反映了唐朝对其地实际控制的史实。

第二节　南诏的壮大和唐朝对南诏的用兵

唐玄宗天宝时期，唐朝与南诏关系开始破裂，其原因：一是南诏势力日益壮大，不愿意屈身事唐；二是唐朝西南地区官员的腐败，抚之失当。天宝四载（745），剑南节度使章仇兼琼遣使至云南，与皮逻阁言语不相得，引起皮逻阁不满。皮逻阁卒，阁逻凤立。鲜于仲通任剑南西川节度使，再度引起双方的冲突。天宝九载，阁逻凤路过云南郡（姚州），太守张虔陀侮辱其同行妇女，勒索贿赂，阁逻凤不应。张虔陀派人去辱骂，并向朝廷诬告阁逻凤。阁逻凤起兵，破云南，杀张虔陀，夺取唐之羁縻州。[4]

1　（清）彭定求等编《全唐诗》卷35，第469页。

2　《旧唐书》卷73《薛元超传》记载："拜东台侍郎，右相李义府以罪配流嶲州，旧制流人禁乘马，元超奏请给之，坐贬为简州刺史。岁余，西台侍郎上官仪伏诛，又坐与文章款密，配流嶲州。上元初，遇赦还。"《乾陵稽古》载《薛元超墓志》："以事复出为简州刺史。岁余，上官仪伏法，以公尝词翰往复，放于越嶲之邛都。耽昧《易》象，以诗酒为事，有《醉后集》三卷行于时。"见周绍良、赵超主编《唐代墓志汇编续集》，上海古籍出版社，2001，第279页。《日本国见在书目·别集类》有"醉后集"三"，当即薛元超著作。今薛元超存诗三首，皆与流放嶲州无关。

3　（清）彭定求等编《全唐诗》卷99，第1069页。

4　《旧唐书》卷197《南蛮西南蛮传》，第5280页。

天宝十载，鲜于仲通率兵八万出戎州、巂州，往击南诏。阁逻凤谢罪请和，鲜于仲通不许，进军至西洱河，被南诏击败，唐兵死六万人。南诏方面亦损失惨重。天宝十一载，阁逻凤臣于吐蕃，吐蕃册封阁逻凤为"赞普钟"（赞普之弟）。天宝十三载，剑南留后李宓率兵七万击南诏，兵败，全军覆没。李宓出征之际，诗人高适曾有诗送行，其《李云南征蛮诗》祝愿李宓出师获胜：

> 圣人赫斯怒，诏伐西南戎。肃穆庙堂上，深沉节制雄。遂令感激士，得建非常功。料死不料敌，顾恩宁顾终。鼓行天海外，转战蛮夷中。梯巘近高鸟，穿林经毒虫。鬼门无归客，北户多南风。蜂虿隔万里，云雷随九攻。长驱大浪破，急击群山空。饷道忽已远，悬军垂欲穷。精诚动白日，愤薄连苍穹。野食掘田鼠，晡餐兼焚僮。收兵列亭堠，拓地弥西东。临事耻苟免，履危能饬躬。将星独照耀，边色何溟蒙。泸水夜可涉，交州今始通。归来长安道，召见甘泉宫。廉蔺若未死，孙吴知暗同。相逢论意气，慷慨谢深衷。[1]

此诗序云："天宝十一载，有诏伐西南夷，右相杨公兼节制之寄，乃奏前云南太守李宓涉海自交趾击之。道路险艰，往复数万里，盖百王所未通也。十二载四月，至于长安，君子是以知庙堂使能，而李公效节。适忝斯人之旧，因赋是诗。"这当是天宝十三载李宓击云南蛮之前入朝时，诗人预祝其成功。

唐朝两次对南诏用兵皆以失败告终，给人民造成深重灾难。诗人同情百姓的遭遇，对统治阶级的穷兵黩武进行了批判和谴责。杜甫《兵车行》反映了天宝年间的战争给人民造成的灾难：

> 车辚辚，马萧萧，行人弓箭各在腰。耶娘妻子走相送，尘埃

---

1 （唐）高适著，孙钦善校注《高适集校注》，第223~224 页。

不见咸阳桥。牵衣顿足拦道哭，哭声直上干云霄。道旁过者问行
人，行人但云点行频。或从十五北防河，便至四十西营田。去时
里正与裹头，归来头白还戍边。边庭流血成海水，武皇开边意未
已。君不闻汉家山东二百州，千村万落生荆杞。[1]

史载朝廷"制大募两京及河南北兵以击南诏。人闻云南多瘴疠，未
战士卒死者什八九，莫肯应募。杨国忠遣御史分道捕人，连枷送诣
军所。……于是行者愁怨，父母妻子送之，所在哭声振野"。[2]诗开头
描写正是当年新兵出征父母送别的悲惨画面。又如李白《古风》之
三十四云：

　　　羽檄如流星，虎符合专城。喧呼救边急，群鸟皆夜鸣。白日
曤紫微，三公运权衡。天地皆得一，澹然四海清。借问此何为？
答言楚征兵。渡泸及五月，将赴云南征。怯卒非战士，炎方难远
行。长号别严亲，日月惨光晶。泣尽继以血，心摧两无声。困兽
当猛虎，穷鱼饵奔鲸。千去不一回，投躯岂全生。如何舞干戚，
一使有苗平。[3]

诗把此次征行的惨败归结为"三公运权衡"。白居易《蛮子朝》也是
回顾鲜于仲通败于南诏的往事："臣闻云南六诏蛮，东连牂牁西连（一
作接）蕃。六诏星居初琐碎，合为一诏渐强大。开元皇帝虽圣神，唯
蛮倔强不来宾。鲜于仲通六万卒，征蛮一阵全军没。至今西洱河岸
边，箭孔刀痕满枯骨。"自注："天宝十三载，鲜于仲通统兵六万，讨
云南王阁罗凤于西洱河，全军覆殁也。"[4]此十三载当为"十载"之误。
　　安史之乱发生，唐朝自顾不暇，南诏却有意归唐。阁逻凤在太和

1　（唐）杜甫著,（清）仇兆鳌注《杜诗详注》卷2，第113~114页。
2　《资治通鉴》卷216，第6906~6907页。
3　（唐）李白著，瞿蜕园、朱金城校注《李白集校注》卷2，第152页。
4　《白居易集》卷3，第70页。

城中立《南诏德化碑》，表示叛唐出于不得已，对臣属说后世可能再归唐，当指碑给唐使看，让其明白他的本心。阁逻凤知道依附吐蕃害多利少，两国关系不能持久。大历十四年（779），唐朝名将李晟等大破南诏、吐蕃联军，南诏损失惨重。德宗时李晟、曲环率北方兵数千人，联合当地唐兵，再次大破吐蕃、南诏军，追击南诏军过大渡河。吐蕃、南诏数次失败，伤亡超过十万人。"吐蕃与南诏合兵十万，三道入寇，一出茂州，一出扶、文，一出黎、雅。""上发禁兵四千人，使晟将之，发邠、陇、范阳兵五千，使金吾大将军安邑曲环将之，以救蜀。东川出军，自江油趋白坝，与山南兵合击吐蕃、南诏，破之。范阳兵追及于七盘，又破之，遂克维、茂二州。李晟追击于大渡河外，又破之。吐蕃、南诏饥寒陨于崖谷死者八九万人。"[1] 异牟寻惧唐进攻，迁都羊苴咩城。唐军经行蜀地迎击南诏。贾岛《送李傅侍郎剑南行营》反映了当时的形势："走马从边事，新恩受外台。勇看双节出，期破八蛮回。许国家无恋，盘江栈不摧。移军刁斗逐，报捷剑门开。角咽猕猴叫，鼛干霹雳来。去年新甸邑，犹滞佐时才。"[2] 剑南行营即唐朝抵御南诏与吐蕃联军的军队，诗人希望李氏入剑南行营幕，在反攻南诏的战争中立功。

德宗贞元年间，韦皋任剑南西川节度使，招抚南诏，南诏请归附唐朝，唐朝与南诏恢复了宗藩关系。成都是南诏赴长安的经行之地，唐朝与南诏来往频繁，其贡使经成都到长安。元稹《和李校书新题乐府十二首·蛮子朝》云：

> 西南六诏有遗种，僻在荒陬路寻壅。部落支离君长贱，比诸夷狄为幽冗。犬戎强盛频侵削，降有愤心战无勇。夜防抄盗保深山，朝望烟尘上高冢。鸟道绳桥来款附，非因慕化因危悚。清平官击金呿嵯，求天叩地持双珙。益州大将韦令公，顷实遭时定

---

1 《资治通鉴》卷 226，第 7270~7271 页。

2 （唐）贾岛著，李嘉言新校《长江集新校》卷 5，第 59 页。

沂陇。自居剧镇无他绩，幸得蛮来固恩宠。为蛮开道引蛮朝，接
蛮送蛮常继踵。天子临轩四方贺，朝廷无事唯端拱。漏天走马春
雨寒，泸水飞蛇瘴烟重。椎头丑类除忧患，瘴足役夫劳汹涌。匈
奴互市岁不供，云蛮通好缮长驶。戎王养马渐多年，南人耗悴西
人恐。[1]

韦令公即韦皋。《乐府诗集》解题云："《唐书》曰：贞元之初，韦皋
招抚诸蛮。至九年四月，南诏异牟寻请归附，十四年又遣使朝贡。"
题注引《李传》云："贞元末，蜀川始通蛮酋。"[2] 白居易有同题诗《蛮
子朝》回顾南诏崛起的历史，赞叹其归附：

谁知今日慕华风，不劳一人蛮自通。诚由陛下休明德，亦赖
微臣诱谕功。德宗省表知如此，笑令中使迎蛮子。蛮子导从者谁
何？摩挲俗羽双隈伽。清平官持赤藤杖，大将军系金哆嗟。异牟
寻男寻阁劝，特敕召对延英殿。上心贵在怀远蛮，引临玉座近天
颜。冕旒不垂亲劳倈，赐衣赐食移时对。移时对，不可得，大臣
相看有羡色。可怜宰相拖紫佩金章，朝日唯闻对一刻！[3]

诗题注云："刺将骄而相备位也。"把此次归附视为德宗的威德所致。

第三节　南诏中兴和对唐朝的臣服

南诏与吐蕃联军被唐军击败，吐蕃悔怒，双方关系开始恶化。
吐蕃改封南诏主为日东王，取消其"兄弟之国"的地位。吐蕃在南
诏征收重税，险要处设立营堡，要求南诏出兵助防。南诏之主异牟

1　《元稹集》卷24，第288页。
2　《元稹集》卷24，第288页。
3　《白居易集》卷3，第70页。

寻决心弃蕃归唐。贞元十年（794），遣其弟凑罗栋、清平官尹仇宽等二十七人献地图方物于唐。唐朝册封异牟寻为"南诏王"，以御史中丞袁滋持节领使，成都少尹庞颀为副使，崔佐时为判官，宦官俱文珍为宣慰使，刘幽岩为判官，出使南诏，赐异牟寻黄金印，印文为"贞元册南诏印"。使者到达南诏，异牟寻跪受册印，接受"赐服备物"，表示"子子孙孙永为唐臣"。[1] 南诏在洱海边点苍山神祠与唐使盟会，异牟寻率文武大臣誓言："请全部落归汉（唐朝）。"各部落首领都表示"愿归清化，誓为汉臣，永无离贰"。唐以南诏统领的疆域置"云南安抚使司"，长官为"云南安抚使"，由剑南西川节度使兼任。异牟寻都阳苴咩城，"南去太和城十余里，东北至成都二千四百里"。[2]

　　袁滋等由戎州（今四川宜宾）入滇，经石门关时曾刻石记事。袁滋题记摩崖石刻的内容与新旧《唐书》、《蛮书》、《资治通鉴》诸书记载相同，见证了唐朝与南诏的友好关系。石刻位于今云南省盐津县西南十五公里之豆沙关，此地乃秦汉"五尺道"重要关隘，由四川入云南之要道。南诏与唐朝和好，开始与吐蕃相攻。"异牟寻攻吐蕃，复取昆明城以食盐池。又破施蛮、顺蛮，并虏其王，置白崖城；因定磨些蛮，隶昆山西爨故地；破茫蛮，掠弄栋蛮、汉裳蛮，以实云南东北。"[3] "元和三年，异牟寻死，诏太常卿武少仪持节吊祭。子寻阁劝立，或谓梦凑，自称'骠信'，夷语君也。改赐元和印章。明年死，子劝龙晟立，淫肆不道，上下怨疾。十一年，为弄栋节度王嵯巅所杀，立其弟劝利。诏少府少监李铣为册立吊祭使。劝利德嵯巅，赐氏蒙，封'大容'，蛮谓兄为'容'。长庆三年，始赐印。是岁死，弟丰祐立。丰祐趫敢，善用其下，慕中国，不肯连父名。穆宗使京兆少尹韦审规持节临册。丰祐遣洪成酋、赵龙些、杨定奇入

1　《新唐书》卷222上《南蛮传上》，第6274页。

2　《旧唐书》卷197《南蛮西南蛮传》，第5282页。

3　《新唐书》卷222上《南蛮传上》，第6275页。

谢天子。"[1]

从贞元十年（794）南诏接受唐朝册封，双方保持了相当长时间的友好关系。南诏王去世，唐朝遣使吊唁，并册封新王。杨巨源《送许侍御充云南哀册使判官》就是这种关系的反映，诗云：

> 万里永昌城，威仪奉圣明。冰心瘴江冷，霜宪漏天晴。荒外开亭候，云南降旆旌。他时功自许，绝域转哀荣。[2]

唐朝使臣从南诏归来，会带回南诏物产，其中有南诏王赠送的礼品。如韩愈《和虞部卢四汀酬翰林钱七徽赤藤杖歌》（题注"元和四年作"）诗云：

> 赤藤为杖世未窥，台郎始携自滇池。滇王扫宫避使者，跪进再拜语嗢咿。绳桥拄过免倾堕，性命造次蒙扶持。途经百国皆莫识，君臣聚观逐旌麾。共传滇神出水献，赤龙拔须血淋漓。又云羲和操火鞭，暝到西极睡所遗。几重包裹自题署，不以珍怪夸荒夷。归来捧赠同舍子，浮光照手欲把疑。空堂昼眠倚牖户，飞电著壁搜蛟螭。南宫清深禁闱密，唱和有类吹埙篪。妍辞丽句不可继，见寄聊且慰分司。[3]

韩愈笔下的这把赤藤杖，是尚书省台郎出使南诏时南诏王的赠品。南诏表示臣属于唐，派其弟子入唐宿卫，并学习中原文化。郑洪业《诏放云南子弟还国》云："德被陪臣子，仁垂圣主恩。雕题辞凤阙，丹服出金门。有泽沾殊俗，无征及犷狁。铜梁分汉土，玉垒驾鸾轩。瘴岭蚕丛盛，巴江越巂垠。万方同感化，岂独自南蕃。"[4]放其子弟回国，

1　《新唐书》卷 222 中《南蛮传中》，第 6281 页。骠信，南诏王称号，意为"君主"。

2　（清）彭定求等编《全唐诗》卷 333，第 3719 页。

3　（唐）韩愈著，钱仲联集释《韩昌黎诗系年集释》卷 6，第 711~712 页。

4　（清）彭定求等编《全唐诗》卷 600，第 6936 页。

是推恩南诏的表现。郑洪业年龄、生平俱不详，懿宗咸通八年（867）丁亥科状元及第。主考官为礼部侍郎郑愚，该科及弟进士三十人，同榜有皮日休、韦昭度等人。

第四节　南诏与唐朝的冲突及其衰落

唐朝与南诏的关系不断变化，"唐兴，蛮夷更盛衰，尝与中国抗衡者有四：突厥、吐蕃、回鹘、云南是也"；"凡突厥、吐蕃、回鹘以盛衰先后为次；东夷、西域又次之，迹用兵之轻重也；终之以南蛮，记唐所缘亡云"。[1] 在周边四个强敌中，最终与唐朝同时走向衰亡的是南诏。唐朝与南诏在斗争中共同走向衰亡，起始于唐代后期双方关系的再度破裂。

大和三年（829），剑南节度使杜元颖不晓军事，武备废弛，且苛待部下，士卒引南诏入寇。其时南诏权臣嵯巅用事，南诏军攻破成都外城，掠走数万人，"嵯巅乃悉众掩邛、戎、巂三州，陷之。入成都，止西郛十日，慰赉居人，市不扰肆。将还，乃掠子女、工技数万引而南，人惧自杀者不胜计"。南诏由此引进先进的丝织技术，"自是工文织，与中国埒"。[2] 这可以看作一场为掠夺唐朝先进丝织技术而发动的战争，也是南方丝绸之路史上丝织技术传播的一个重大事件。韩国磐先生注意到这一事件对南诏丝织业的影响："可见南诏的丝织技术，就是由汉族工匠传入的。"[3] 这是唐史上一件令人极其伤心的事件，诗人闻此莫不悲伤，因此在唐诗中引起强烈反响。徐凝《蛮入西川后》诗云：

守隘一夫何处在，长桥万里只堪伤。 纷纷塞外乌蛮贼，驱

1　《新唐书》卷 215 上《突厥传上》，第 6023 页。

2　《新唐书》卷 222 中《南蛮传中》，第 6282 页。

3　韩国磐：《隋唐五代史论集》，三联书店，1979，第 406 页。

尽江头濯锦娘。[1]

"濯锦娘"即工于蚕桑丝织技术的成都妇女。雍陶的诗更是真实地反映了其时的战乱和唐人的心情，其《答蜀中经蛮后友人马艾见寄》云："酋马渡泸水，北来如鸟轻。几年朝凤阙，一日破龟城。此地有征战，谁家无死生。人悲还旧里，鸟喜下空营。弟侄意初定，交朋心尚惊。自从经难后，吟苦似猿声。"[2] 龟城即成都之别称，成都城形似龟爬行。《哀蜀人为南蛮俘虏五章》其一《初出成都闻哭声》云："但见城池还汉将，岂知佳丽属蛮兵。锦江南度遥闻哭，尽是离家别国声。"其二《过大渡河蛮使许之泣望乡国》云："大渡河边蛮亦愁，汉人将渡尽回头。此中剩寄思乡泪，南去应无水北流。"其三《出青溪关有迟留之意》云："欲出乡关行步迟，此生无复却回时。千冤万恨何人见，唯有空山鸟兽知。"其四《别嶲州一时恸哭云日为之变色》云："越嶲城南无汉地，伤心从此便为蛮。冤声一恸悲风起，云暗青天日下山。"其五《入蛮界不许有悲泣之声》云："云南路出陷河西，毒草长青瘴色低。渐近蛮城谁敢哭，一时收泪羡猿啼。"[3] 他的《蜀中战后感事》也是有感于此次战事而作："已谓无妖土，那知有祸胎。蕃兵依濮柳，蕃旆指江湄。战后悲逢血，烧余恨见灰。"[4] 在这次战争中，剑南西川节度使属下诸军表现软弱，上述诗中都包含着对这些唐军的谴责，但个别将领有立功表现。温庭筠《赠蜀将》诗云："十年分散剑关秋，万事皆随锦水流。志气已曾明汉节，功名犹尚带（一作自滞）吴钩。雕边认箭寒云重，马上听笳塞草愁。今日逢君倍惆怅，灌婴韩信尽封侯。"[5] 此诗题注云："蛮入成都，频著功劳。"温诗就是赞美这位蜀将的战功。

1　（清）彭定求等编《全唐诗》卷 474，第 5384 页。

2　（清）彭定求等编《全唐诗》卷 518，第 5917 页。

3　（清）彭定求等编《全唐诗》卷 518，第 5925 页。

4　（清）彭定求等编《全唐诗》卷 518，第 5917 页。

5　（唐）温庭筠著，（清）曾益等笺注《温飞卿诗集笺注》卷 4，第 77 页。

南诏达到了掠夺成都织工的目的，"明年，上表谢罪。比年使者来朝，开成、会昌间再至"。[1] 文宗准许南诏求和，立约互不相侵。朝廷又用李德裕为剑南节度使，整顿边防，训练士卒，以防南诏再犯。大和四年，李德裕出镇成都。"德裕乃练士卒，葺堡鄣，积粮储以备边，蜀人粗安。"[2] 从懿宗时起南诏与唐朝关系再度恶化，其时唐朝天下大乱，南诏乘乱北上，分两路进犯，一是安南交州，二是剑南蜀地。咸通元年（860），安南引南诏兵乘虚攻破安南交趾城，不久唐军收复安南。咸通四年，南诏再攻破交趾城，唐军退守岭南。唐末对南诏的战争中高骈功不可没。交趾陷没后，高骈为安南都护，率五千士兵渡江，在邕州败林邑兵，进攻南诏龙州屯，蛮酋逃走。咸通七年六月，高骈到达交州，多次获胜，士气高昂，杀敌将张诠，李溠龙率万人投降。唐军攻破波风三壁，南诏杨缉思战败逃回，唐军平定安南。

咸通十年，南诏犯西川。乾符二年（875），高骈率五千人渡江，到达南定，大破南诏军。监阵敕使韦仲宰率七千人至峰州，补充高骈部队，高骈继续进攻南诏，多次击破之。高骈大破南诏蛮于交趾，杀获甚众，包围交趾城。高骈督励将士攻城，于是攻破城池，杀段酋迁及土蛮为南诏乡导的朱道古，斩首三万余级，南诏余部逃走。高骈又击破归附南诏的土蛮二洞，杀其酋长。高骈不仅取得军事上的胜利，对其地交通道路的开辟也做出了巨大贡献。此前，交州与广州间水路多有巨石阻挡，"江漕梗险"，高骈招募工匠役夫，整治水道，疏通交广间的物资运输道路，"舟济安行，储饷毕给。又使者岁至，乃凿道五所，置兵护送。其径青石者，或传马援所不能治。既攻之，有震碎其石，乃得通，因名道曰'天威'云"。[3] 高骈对自己军事上的胜利和"天威道"的开通颇为得意，赋《过天威径》诗云："豺狼坑尽却朝天，战马休嘶瘴岭烟。归路险巇今坦荡，一条千里直如弦。"[4] 高骈僚

---

1 《新唐书》卷 222 中《南蛮传中》，第 6282 页。

2 《资治通鉴》卷 244，第 7873 页。

3 《新唐书》卷 224 下《高骈传》，第 6392 页。

4 （清）彭定求等编《全唐诗》卷 598，第 6921 页。

佐顾云《天威行》诗歌颂高骈对南诏战争的胜利和他开通交广间道路的功绩：

> 蛮岭高，蛮海阔，去舸回艘投此歇。一夜舟人得梦间，草草相呼一时发。飓风忽起云颠狂，波涛摆掣鱼龙僵。海神怕急上岸走，山燕股栗入石藏。金蛇飞状霍闪过，白日倒挂银绳长。轰轰砢砢雷车转，霹雳一声天地战。风定云开始望看，万里青山分两片。车遥遥，马阗阗，平如砥，直如弦。云南八国万部落，皆知此路来朝天。耿恭拜出井底水，广利刺开山上泉。若论终古济物意，二将之功皆小焉。[1]

他把高骈比作汉代名将耿恭和李广利，认为比他们功劳更大。李洞《赠高仆射自安西赴阙》云："征蛮破虏汉功臣，提剑归来万里身。笑倚凌烟金柱看，形容憔悴老于真。"[2] 从"征蛮"内容来看，这首诗也是歌颂高骈功勋的。"安西"当为安南之误。

南诏围攻成都，朝廷任命颜庆复为大渡河制使、剑南应接使，率兵至新都，南诏分兵抵挡，与颜庆复遭遇。颜庆复大破南诏军，杀两千余人，蜀民数千人争操芟刀、白梃以助官军，呼声震野。南诏军步骑数万到达，恰逢右武卫上将军宋威指挥忠武军两千人至，立即与诸军会合投入战斗，南诏军大败，死五千余人，甲兵服物遗弃于路。高骈到达成都，派步骑五千追击，至大渡河，杀获甚众，擒其酋长五十多人，押送回成都，斩之。修复邛崃关、大渡河诸城栅，又筑城于戎州马湖镇，称为平夷军，又筑城于沐源川，在南诏与西川之间要地，各置兵数千镇守，南诏失去再战的勇气。骠信把儿子作人质送至唐朝，誓约不敢寇边。南诏长期与唐朝交战，"屡覆众，国耗虚"。胡曾《草檄答南蛮有咏》歌颂征蛮将军："辞天出塞阵云空，雾卷霞开万里

1　（清）彭定求等编《全唐诗》卷 637，第 7302 页。
2　（清）彭定求等编《全唐诗》卷 723，第 8300 页。

通。亲受虎符安宇宙，誓将龙剑定英雄。残霜敢冒高悬日，秋叶争禁大段风。为报南蛮须屏迹，不同蜀将武侯功。"[1] 贯休《送人征蛮》云："七纵七擒处，君行事可攀。亦知磨一剑，不独定诸蛮。树尽低铜柱，潮常沸火山。名须麟阁上，好去及瓜还。"[2] 这些诗歌颂了征蛮将士的英勇与武功。

晚唐时曾对南诏有和亲之议，朝中大臣有人赞同，有人反对，数年未决。广明元年（880），西川节度使陈敬瑄再申和亲议，朝廷大臣亦赞成之，僖宗"乃以宗室女为安化长公主许婚"。[3] 南诏王派三位清平官迎接公主。高骈从扬州上书僖宗，说这三人都是南诏重臣，最好将他们毒死，"蛮可图也"。三位清平官被毒死。第二年，南诏又遣使臣来迎公主，携一百多床珍异毡毯入贡。僖宗托故推迟。中和三年（883），南诏再遣使来迎，僖宗约定礼使、副使及婚使，择日送公主南下和亲，"未行，而黄巢平，帝东还，乃归其使"。[4] 南诏王隆舜死，其子即位，欲与唐朝修好，昭宗不答。此时南诏与唐朝都已天下大乱，数年后皆亡于内乱。乾宁四年（897），南诏汉人权臣郑买嗣杀死南诏王隆舜。天复二年（902），郑买嗣起兵杀死舜化贞及南诏王族八百多人，建立大长和国，南诏灭亡。

第五节　唐诗中来自南诏的物产

韩国磐指出："唐朝时汉人与南诏来往大道，一自成都至阳苴咩城，即清溪路；一自戎州行，即石门路；一自安南入南诏。来往于这些道路上的人颇不少，他们用缯帛等丝织物来交换南诏的产品。从唐人所作《吴保安传》中，可以窥见汉人和南诏间的贸易，是相当

---

1 （清）彭定求等编《全唐诗》卷 647，第 7417 页。
2 （清）彭定求等编《全唐诗》卷 829，第 9346 页。
3 《新唐书》卷 222 中《南蛮传中》，第 6292 页。
4 《新唐书》卷 222 中《南蛮传中》，第 6293 页。

发达的。"[1] "南诏的土特产也相继传入内地。"[2] 南诏输入唐朝的物品主
要有"铎鞘、浪剑、郁刀、生金、瑟瑟、牛黄、虎珀、氎纺丝、象、
犀、越睒统伦马"。[3] 韩国磐解释"氎纺丝"就是"棉纺纱"。"南诏出
产白氎布，制作精好。宋人周去非在《岭外代答》中说：'南诏所织尤
精好。白色者，朝霞也。国王服白氎，王妻服朝霞，唐史所谓白氎吉
贝、朝霞吉贝是也。'这儿所说氎纺丝，就是棉纺纱。唐时所用白氎
布，当然有一部分就是来自南诏的。"[4] 但在唐诗中主要写到的是其地
特产赤藤杖。韩愈《和虞部卢四汀酬翰林钱七徽赤藤杖歌》云："赤藤
为杖世未窥，台郎始携自滇池。"其他诗人也常写到南诏赤藤杖。白
居易《蛮子朝》写入唐朝贡的南诏使节："德宗省表知如此，笑令中使
迎蛮子。蛮子导从者谁何？摩挲俗羽双隈伽。清平官持赤藤杖，大将
军系金哆嗟。"[5] 来自南诏的赤藤杖被当作礼物在朋友间互相赠送。张
籍《赠太常王建藤杖笋鞋》云："蛮藤剪为杖，楚笋结成鞋。称与诗
人用，堪随礼寺斋。寻花入幽径，步日下寒阶。以此持相赠，君应惬
素怀。"[6] 又《酬藤杖》云："病里出门行步迟，喜君相赠古藤枝。倚
来自觉身生力，每向傍人说得时。"[7] 这种赤藤杖有时是出使南诏的使臣带
回赠给朋友。赤藤杖往往成为诗人心爱之物，咏之表达喜爱之情。白
居易从亲友处获赠红藤杖，从长安携至贬地江州，不仅挂用，更成为
其精神上的慰藉。其《朱藤杖紫骢吟》云："拄上山之上，骑下山之
下。江州去日朱藤杖，忠州归日紫骢马。天生二物济我穷，我生合是
栖栖者！"[8] 又《红藤杖》诗云："交亲过浐别，车马到江回。唯有红藤
杖，相随万里来。"[9] 又《红藤杖（杖出南蛮）》诗云："南诏红藤杖，西

1　韩国磐：《隋唐五代史论集》，第 407 页。
2　韩国磐：《隋唐五代史论集》，第 406 页。
3　《新唐书》卷 222 上《南蛮传上》，第 6275 页。
4　韩国磐：《隋唐五代史论集》，第 406 页。
5　（清）彭定求等编《全唐诗》卷 426，第 4697 页。
6　（唐）张籍著，徐礼节、余恕诚校注《张籍集系年校注》卷 2，第 320 页。
7　（唐）张籍著，徐礼节、余恕诚校注《张籍集系年校注》卷 6，第 700 页。
8　《白居易集》卷 8，第 150~151 页。
9　《白居易集》卷 15，第 314 页。

江白首人。时时携步月，处处把寻春。劲健孤茎直，疏圆六节匀。火山生处远，泸水洗来新。粗细才盈手，高低仅过身。天边望乡客，何日挂归秦？"[1] 对于制作赤藤杖之原材料，诗人也热情歌咏之，如白居易《三谣·朱藤谣》云：

> 朱藤朱藤，温如红玉，直如朱绳。自我得尔以为杖，大有裨于股肱。前年左迁，东南万里。交游别我于国门，亲友送我于泸水。登高山兮车倒轮摧，渡汉水兮马跙蹄开。中途不进，部曲多回。唯此朱藤，实随我来。瘴疠之乡，无人之地，扶卫衰病，驱呵魑魅。吾独一身，赖尔为二。或水或陆，自北徂南，泥黏雪滑，足力不堪。吾本两足，得尔为三。紫霄峰头，黄石岩下。松门石磴，不通舆马。吾与尔披云拨水，环山绕野，二年踏遍匡庐间，未尝一步而相舍。虽有隶子弟，良友朋，扶危助寒，不如朱藤。嗟乎！穷既若是，通复何如？吾不以常杖待尔，尔勿以常人望吾。朱藤朱藤，吾虽青云之上、黄泥之下，誓不弃尔于斯须！[2]

特别对于年迈体衰的人来说，赤藤杖简直成了须臾不可离的朋友。裴夷直《南诏朱藤杖》云："六节南藤色似朱，挂行阶砌胜人扶。会须将入深山去，倚看云泉作老夫。"[3] 李洞《上司空员外》云："禅心高卧似疏慵，诗客经过不厌重。藤杖几携量碛雪，玉鞭曾把数嵩峰。夜眠古巷当城月，秋直清曹入省钟。禹凿故山归未得，河声暗老两三松。"[4] 从唐诗的这些描写可知，南诏红藤杖是很受唐人喜爱的器具，不仅自己使用，而且作为礼物赠人。

---

1 《白居易集》卷 16，第 332 页。
2 《白居易集》卷 39，第 883 页。
3 （清）彭定求等编《全唐诗》卷 513，第 5861 页。
4 （清）彭定求等编《全唐诗》卷 723，第 8292 页。

第六节　唐文化的辐射与南诏诗人

　　论及汉族和南诏的文化交流，韩国磐指出："南诏的职官制度有六曹长、八节度，大体受到唐朝的影响。又所行授田制度，也是效法唐朝的均田制的。由于汉人流寓或在南诏，汉族文化更大量输入南诏。"如王仁求、郑回等人入南诏做官，把汉地儒学和施政策略运用到当地的治理中。也有文学家进入南诏，把汉地文学传入其地。杜光庭"避地南诏，以文章教蒙氏之民"。贾余绚"善属文，唐初寓云南……其后文人流寓者，则成都间丘均，雍陶，咸阳贾岛，皆以避乱至"。[1] 唐朝灿烂的文化对南诏产生强烈的辐射作用，受其影响，南诏文学以诗和散文著称。由于与内地联系增多，加之汉族移民不断进入南诏境内，汉族文学在南诏得到广泛传播，南诏大理时期洱海民族之文学见于记录者，大都受内地文学的影响，因此南诏文学多具有唐代文学的风采。南诏王及其子孙大多习汉文，读儒家之书。阁逻凤"不读非圣之书"，"尝读儒书"。唐朝西泸县令郑回被南诏俘虏，阁逻凤以郑回"有儒学"，"甚爱重之"，令教其子孙。阁逻凤之子凤迦异、孙异牟寻都曾从郑回学儒学，"异牟寻颇知书，有才智"，"人知礼乐，本唐风化"。南诏遣送贵族子弟及大臣到成都就学，前后延续五十年之久，就学者上千人。这些就学于成都的南诏子弟将汉文化带回了南诏，大大丰富了南诏的文学艺术，涌现出许多诗人和文人，南诏不少诗文流传到中原，有的还被收录到《全唐诗》《全唐文》中。流传极广的《南诏德化碑》是散文中最著名的代表作，[2] 碑文数千言，辞藻典

1　韩国磐：《隋唐五代史论集》，第 412 页。

2　《南诏德化碑》在今云南省大理市太和村西南诏太和城遗址内，有"云南第一碑"之誉。碑高3.97 米，宽 2.27 米，厚 0.58 米。正面刻碑文 40 行，3800 余字，现存 256 字。碑阴刻书 41 行，详列南诏清平官、大将军、六曹长等职衔和姓名，经过千百年的风风雨雨，碑文仅存 800 余字。碑文相传为南诏清平官郑回所撰，唐朝流寓南诏御史杜光庭书写。内容主要颂扬阁逻凤的文治武功，并叙述了南诏、唐朝和吐蕃间的关系，以及历次战争的缘由和经过，表明叛唐的不得已和希望与唐和好的愿望。

雅，文字流畅，一气呵成，跌宕生姿，颇有唐代散文大家的风采。

在中原文化影响下，南诏涌现出一批有造诣的民族诗人，南诏骠信寻阁劝即著名诗人之一。剑南西川节度使韦皋派崔佐时出使南诏，离开南诏时，"阁劝赋诗以饯之"。[1] 他的《星回节游避风台与清平官赋》一诗流传至今，诗云："避风善阐台，极目见藤越，悲哉古与今，依然烟与月。自我居震旦，翊卫类夔契，伊昔颈皇运，艰难仰忠烈。不觉岁云暮，感极星回节，元昶同一心，子孙堪贻厥。"[2] 此诗颇具唐诗风韵。南诏以十二月十六日为星回节，"清平官"类似中原政权的宰相。南诏有别都称善阐府，诗当作于此地。"藤越"是其邻国之名。南诏谓天子为"震旦"。夔、契是帝舜时两位贤臣，骠信诗用此典夸赞其清平官。南诏王自称为"元"，类似于"朕"；谓卿曰"昶"，"元昶"即君臣。从此诗的政治理念、写作水平和用典可知南诏君王汉化之深。

清平官赵叔达的诗也很有名，其《星回节避风台骠信命赋》便是此次奉和之作："法驾避星回，波罗毗勇猜。河润冰难合，地暖梅先开。下令俚柔洽，献踪弄栋来。愿将不才质，千载侍游台。"[3] 作为臣下，当然要颂扬骠信的威德。前两句写其勇，"波罗"指虎，"毗勇"指野马。据说骠信昔年游此，曾射野马和老虎。五、六句写骠信的文治，"俚柔"指百姓，"弄栋"是国名，这两句诗的意思是在骠信治理下，百姓和乐，君民一心，异国归附，纳贡称臣。这种君臣酬唱奉和之风和表达的政治理想，与唐朝宫廷风气十分相似。南诏官员中有不少诗人，如清平官杨奇鲲、段义宗、赵眉隆和赞卫姚岑等，他们出使唐朝时曾写诗，并流传后世，反映出南诏诗歌的高超水平。杨奇鲲的诗意境新颖，颇具唐诗韵味，如收入《全唐诗》中的《岩嵌绿玉》："天孙昔谪天下绿，雾鬓风鬟依草本。一朝骑凤上丹霄，翠翘花钿留空谷。"其《途中诗》云："□□□□□□，□□□□□□。风里

---

1 《旧唐书》卷 197《南诏蛮传》，第 5283 页。

2 （清）彭定求等编《全唐诗》卷 732，第 8373 页。

3 （清）彭定求等编《全唐诗》卷 732，第 8373~8374 页。

浪花吹更白，雨中山色洗还青。海鸥聚处窗前见，林狨啼时枕上听。此际自然无限趣，王程不敢暂留停。"[1] 杨奇鲲，南诏宰相，有辞藻，僖宗幸蜀时，曾至行在所朝见。

布燮（清平官）段义宗善诗，存诗五首。其《听妓洞云歌》云："嵇叔夜，鼓琴饮酒无闲暇。若使当时闻此歌，抛掷广陵都不藉。刘伯伦，虚生浪死过青春。一饮一硕犹自醉，无人为尔卜深尘。"[2]《思乡作》云："泸北行人绝，云南信未还。庭前花不扫，门外柳谁攀。坐久销银烛，愁多减玉颜。悬心秋夜月，万里照关山。"[3]《题大慈寺芍药》云："浮花不与众花同，为感高僧护法功。繁影夜铺方丈月，异香朝散讲筵风。寻真自得心源静，观色非贪眼界空。好是芳馨堪供养，天教生在释门中。"[4]《题三学院经楼》云："鹫岭鸡园不可俦，叨陪龙象喜登游。玉排复道珊瑚殿，金错危栏翡翠楼。尚欲归心求四谛，敢辞旋绕满三周。羲和鞭挞金乌疾，欲网无由肯驻留？"[5]《又题》云："当今积善竞修崇，七宝庄严作梵宫。佛日明时齐舜日，皇风清处接慈风。一乘妙理应难测，万劫良缘岂易穷。共恨尘劳非法侣，掉鞭归去夕阳中。"[6] 他的诗广为流传，"悬心秋夜月，万里照关山"，"此花不与众花同，为感高僧护法功"，"玉排复道珊瑚殿，金错危橱翡翠楼"等都是传诵的名句。[7]

关于段义宗，孙望指出："段义宗，南方长和国布燮（官称，相当于宰相）。前蜀乾德中入蜀使，因不欲朝拜，遂秃削为僧。补诗三

1　（清）彭定求等编《全唐诗》卷 732，第 8374 页。

2　（清）彭定求等编《全唐诗》卷 732，第 8374 页。

3　（清）彭定求等编《全唐诗》卷 732，第 8374 页。以上二首署名"布燮"，云"官名，其宰相也"，不知即段义宗。

4　（五代）何光远撰，邓星亮等校注《鉴诫录校注》卷 6，巴蜀书社，2011，第 153 页。《全唐诗》佚句卷仅存首二句。首句"浮花"，《全唐诗》作"此花"。陈尚君辑校《全唐诗补编》，第 267 页。

5　（五代）何光远撰，邓星亮等校注《鉴诫录校注》卷 6，第 153 页。《全唐诗》佚句卷存三、四句。第四句"危栏"，《全唐诗》作"危橱"。陈尚君辑校《全唐诗补编》，第 267 页。

6　陈尚君辑校《全唐诗补编》，第 267 页。

7　（清）彭定求等编《全唐诗》卷 795，第 8962 页。

首（按:《全唐诗》佚句卷收段义宗佚句六句，不见全篇，注只云'外夷'人，其实皆吾中华当时所谓南土藩臣耳，亦兄弟民族也）。"又说:"《全唐诗》佚句卷共收段义宗佚诗六句，注云出《吟窗杂录》。其中'浮花'两句，即今补第一首中句;'玉排'二句，即今补第二首中句。另有'悬心秋夜月，万里照乡关'两句，实非佚句，全诗已收入《全唐诗》，署名'布燮'。布燮，长和国人犹言宰相也，非人名，《全唐诗》与作者名等视之，失察矣。"[1] 从段义宗《题判官赞卫有听妓洞云歌》一诗可知，赞卫姚岑的官职是判官,《听妓洞云歌》是赞卫氏所作，段氏题和。赵眉隆亦有辞藻。这就证明，南诏这四位使臣都是能诗之士。

　　道南和尚，疑为南诏时期的一位僧侣诗人。明万历《云南通志》卷 2、天启《滇志》卷 28 皆载有唐道南和尚《玉案山》七律一首，玉案山有筇竹寺。万历《云南通志》卷 13 云，筇竹寺，"唐贞观初建"。元代郭松年曾至此地，有《筇竹寺》诗，见过"梵宇云堆筇竹老"的景象，可以推断道南和尚可能是南诏时筇竹寺僧。其《玉案山》诗云:"鸣天籁，玉珊珊，万象常应护此山。一局仙棋苍石灿，数声长啸白云间。乾坤不蔽西南境，金碧平分左右斑。万古难磨真迹在，峰头鸾鹤几时还。"诗生动地描写了玉案山的美景，述说了这座名山的动人传说。诗中充满道教意味，与其"和尚"身份不合。留有诗名的南诏诗人还有居住在楚雄五楼山的王载玄、张明亨。明天启年间编《滇志》卷 17 记载，王、张二人栖居楚雄五楼山，"志在清虚，日载酒峰巅，长啸狂吟，时人莫知识也"，后来遇上"无心昌道人"。到第二年约定的日期，王、张二人重登塞上，口占云:"去年霜草断人魂，满江秋水白纷纷。犹记别离亭畔约，西山塞上未逢君。"吟罢，清风徐来，彩云飞舞，无心昌道人旋即来到。不多时，王载玄随无心昌道人腾空而去，张明亨亦溘然仙逝。由于《滇志》没有说明此诗的出处，其来源不清。

1　陈尚君辑校《全唐诗补编》，第 267 页。

　　南诏与中原政权的关系反映了历史上中华民族形成过程中的一般规律和特点，地处今云南的各族群汉代时被称为"西南夷"，在沟通中原政权与今缅甸、印度交通与交流中发挥了重要作用。此后随着中原政权与西南民族政权的强弱盛衰，双方的关系有时对峙，有时和解，但文化上一直保持着血脉相连、相互融通的一体化和同质化的趋势。到了唐代南诏政权出现，双方在政治上和文化上的联系更加密切，大量涉及南诏以及唐朝与南诏关系的唐诗的出现便是这种局面的反映。从唐诗中可以看到，尽管由于某种原因，双方对立甚至发生战争，但双方的关系是越来越靠拢、越来越密切的。唐朝视南诏为国家的一部分，南诏也以附属于唐为荣幸。唐朝人士喜爱南诏的物产，中原文化受到南诏普遍的热爱，从当时南诏统治者对唐朝的态度可见其对中原政权始终充满倾心向往之情，从其贵族的诗歌可见其汉化之深。彼此间的冲突和战争虽然造成双方的暂时对立，但从长远来看却是西南民族融入中华民族大家庭中的客观条件和重要机缘。

第二十章 从唐诗看唐朝与东南亚诸国的关系

　　唐朝对海外贸易采取开放和鼓励政策。经海路入华的外国商人可以在中国自由贸易,朝廷允许他们把商品自由运进口岸,可以往来各地市易或开铺经营。唐代广州、交州是对外通商的要地,海外贸易进入鼎盛时期。当时南海诸国与唐朝通好的有二十多个国家和地区,其中与东南亚地区关系最为密切的有林邑、真腊、丹丹、盘盘、堕和罗、赤土、骠国、室利佛逝、堕婆登、诃陵、婆利等,这些国家与广州、交州都有贸易往来。唐代海上交通和贸易的情况史书中有所记载,同时也反映在唐诗的描写中,如唐与林邑、真腊和诃陵的交往。

第一节　唐朝与林邑的关系

由于海上交通的发展，唐朝与东南亚许多国家和地区的商业、外交往来更加频繁和密切起来。这些国家和地区在中西海上交通方面不仅是重要的对象国，而且是中介国。

在东南亚国家中，林邑国是唐朝近邻。林邑故地在今越南中南部，秦时为象郡象林县地，西汉时为日南郡象林县地，日南郡下有五县，象林是其一。[1] 汉末象林功曹之子区连自立为王，中国史籍最初称之为"象林邑"，简称"林邑"。8 世纪下半叶，即唐至德以后改称环王国。五代时又改称占城国，即占婆补罗（Champa Kingdom）。"补罗"梵语意为"城"，简译占婆、占波、瞻波。林邑是古代中国经海路西行与域外交通的首经之地，因此是海上丝绸之路要道。贾耽"入四夷之路"之"广州入海夷道"云："广州东南海行，二百里至屯门山，乃帆风西行，二日至九州石。又南二日至象石。又西南三日行，至占不劳山，山在环王国东二百里海中。"[2] 历代正史中记载中国与东南亚诸国关系时首叙林邑。

唐朝建立后，便与林邑国建立起通使关系，林邑不断入贡方物。高祖武德六年（623）、武德八年，林邑王范梵志两次遣使与唐通好，高祖李渊盛宴招待其使，赐其王绵彩等珍品。太宗时林邑三次遣使入贡，献驯犀、驯象、火珠、五色鹦鹉、白鹦鹉、镠锁、五色带、朝霞布、通天犀、杂宝等。太宗去世，"诏于陵所刊石图（林邑王）头黎之形，列于玄阙之前"。[3] 从高宗至玄宗时林邑国一直不断遣使入贡。据统计，有唐一代林邑入贡至少 28 次。[4] 安史之乱后唐朝盛世不再，德

1　《汉书》卷 28 下《地理志八下》，第 1630 页。

2　《新唐书》卷 43 下《地理志七下》，第 1153 页。

3　《旧唐书》卷 197《南蛮传》，第 5270 页。

4　《新唐书》卷 222 下《南蛮传下》云，林邑国"永徽至天宝，凡三入献"，不确。《册府元龟》卷 970《外臣部·朝贡》记载，高宗永徽四年四月、永徽五年五月、显庆二年二月、显庆二年六月，

宗时林邑政局发生变化，改称环王国，林邑与唐朝的关系便不比过去密切，唐后期林邑入贡仅见于贞元九年（793）十月，"环王国献犀牛，帝令见于太庙"。[1]宪宗元和年间环王国未向唐朝入贡，唐安南都护张舟曾对林邑用兵，执其骦州、爱州都统，斩三万级，虏王子59人，获战象、舠、铠等物。[2]

从文化交流角度看，唐朝从林邑得到的主要是土特产，而林邑从唐朝输入的是政治制度、宗教文化和艺术等。唐朝的典章制度不少传入林邑，林邑采用唐朝以诗文取士的科举制度，林邑佛教也从唐朝传入。林邑国使臣及所进贡的物产，为唐代诗人所乐于吟咏。"白雉""翡翠""明珠"是林邑入贡物品，这些在唐诗中都有描写。中国古代文献中的越裳国在今越南境内，因此唐诗中往往以"越裳"代指林邑。西周时越裳国向周成王进贡白雉，成为西周政治清明的象征，诗人喜用这一典故歌颂唐朝。丁仙芝《越裳贡白雉》："圣哲承休运，伊夔列上台。覃恩丹徼远，入贡素翚来。北阙欣初见，南枝顾未回。敛容残雪净，矫翼片云开。驯扰将无惧，翻飞幸不猜。甘从上林里，饮啄自徘徊。"[3]王若岩《试越裳贡白雉》："素翟宛昭彰，遥遥自越裳。冰晴朝映日，玉羽夜含霜。岁月三年远，山川九泽长。来从碧海路，入见白云乡。作瑞兴周后，登歌美汉皇。朝天资孝理，惠化且无疆。"[4]李沛《海水不扬波》："明朝崇大道，寰海免波扬。既合千年圣，

则天垂拱二年三月、天授二年十月、证圣元年正月、证圣元年四月、圣历二年六月、长安元年十二月、长安三年十月、中宗神龙二年七月、神龙三年八月、景龙三年十一月、玄宗开元二年六月、开元十九年十月、开元二十二年六月、开元二十三年八月、开元二十三年九月、天宝七载六月、天宝八载九月、天宝九载三月（北邑当为林邑之误），皆有林邑入唐朝贡的记录。据《旧唐书·南蛮传》，林邑在高祖时入贡两次，唐太宗时入贡三次，安史之乱后唐德宗贞元九年一次，合计终唐至少28次。通常所谓"终唐之世，林邑使臣来唐达十五次之多"（见史仲文、胡晓林主编《世界全史》百卷本，中国国际出版社，1996），不确；王仲荦《唐朝与南海各国的经济文化交流》统计为26次（见《唐史论丛》第2辑，陕西人民出版社，1987，第278~298页），李斌城主编《唐代文化》（中国社会科学出版社，2002，第1772页）从之，亦不确。

1　（宋）王钦若等编《册府元龟》卷970《外臣部》，第11416页。

2　《新唐书》卷222下《南蛮传下》，第6298页。

3　（清）彭定求等编《全唐诗》卷114，第1157页。

4　（清）彭定求等编《全唐诗》卷782，第8838页。

能安百谷王。天心随泽广，水德共灵长。不挠鱼弥乐，无澜苇可航。化流沾率土，恩浸及殊方。岂只朝宗国，惟闻有越裳。"[1] 以上几首皆是省试诗，字面上写周朝，实际上借周颂扬唐朝，这种颂扬以唐前期林邑国屡屡入贡为背景。高适《和贺兰判官望北海作》："圣代务平典，辎轩推上才。迢遥溟海际，旷望沧波开。……风行越裳贡，水遏天吴灾。揽辔隼将击，忘机鸥复来。"[2] 诗用"越裳"代指林邑。

安史之乱发生后，林邑停止了对唐朝的入贡，唐诗中有所反映。杜甫《有感五首》其二："幽蓟余蛇（一作封）豕，乾坤尚虎狼。诸侯春不贡，使者日相望。慎勿吞青海，无劳问越裳。"[3] "无劳"句意谓不要再希望像林邑那样远方的属国"能勤远略"，助朝廷平叛乱。杜甫《诸将五首》其四："回首扶桑铜柱标，冥冥氛祲未（一作不）全销。越裳翡翠无消息，南海明珠久寂寥。"[4] 东汉马援率兵至林邑平乱，战后立铜柱作为界碑，故后世亦用"铜柱"代指林邑之地。由于战乱，昔日一直入贡的林邑不再进献翡翠、明珠，杜诗描写与上述唐朝与林邑关系的史实是一致的。唐朝局势有所好转，林邑国便恢复了与唐朝的交往。李白《放后遇恩不沾》："天作云与雷，霈然德泽开。东风日本至，白雉越裳来。"[5] 德宗时林邑又有入贡之事，韩愈《越裳操》应当歌咏其事："自周之先，其艰其勤，以有疆宇，私我后人。我祖在上，四方在下，厥临孔威，敢戏以侮。孰荒于门？孰治于田？四海既均，越裳是臣。"[6] 借周事歌颂唐朝。欧阳詹《元日陪早朝》云："斗柄东回岁又新，邅旒南面把来宾。和光仿佛楼台晓，休气氤氲天地春。仪簜不唯丹穴鸟，称觞半是越裳人。江皋腐草今何幸？亦与恒星拱北辰。"[7] 这里"越裳人"代指外国入贡的使节。在朝廷迎新春的宴会上，

1　（清）彭定求等编《全唐诗》卷780，第8820页。

2　（唐）高适著，孙钦善校注《高适集校注》，第2192~2193页。

3　（唐）杜甫著，（清）仇兆鳌注《杜诗详注》卷11，第972页。

4　（唐）杜甫著，（清）仇兆鳌注《杜诗详注》卷16，第1368页。

5　（唐）李白著，瞿蜕园、朱金城校注《李白集校注》卷25，第1461页。

6　（唐）韩愈著，钱仲联集释《韩昌黎诗系年集释》卷11，第1155页。

7　（清）彭定求等编《全唐诗》卷349，第3908页。

外国来宾如此之多，反映了唐朝的大国地位。

按照古代越南传说，越人始祖为雄王，因此林邑又有雄王国之称。雄王的传说出自越南古籍《岭南摭怪》"鸿庞氏传"条，炎帝神农氏后裔貉龙君与妪姬生百子：

> 龙君曰："我是龙种，水族之长，尔是仙种，虽阴阳之气合而有子，然水火相克，种类不同，难以久居。今相分别，吾将五十男归水府，分治各处；五十男从汝居土上，分国而治，登山入水，有事相闻，无得相废。"每男听从，然后辞去。妪姬与五十男居峰州，自相推服，尊其雄长者为主，号曰雄王，国号文郎国。[1]

这是雄王被越南人尊为祖先的文字记载，因此唐诗中的雄王国即林邑国。韩翃《别李明府》云：

> 宠光五世腰青组，出入珠宫引箫鼓。醉舞雄王玳瑁床，娇嘶骏马珊瑚柱。胡儿夹鼓越婢随，行捧玉盘尝荔枝。罗山道士请人送，林邑使臣调象骑。爱君一身游上国，阙下名公如旧识。万里初怀印绶归，湘江过尽岭花飞。五侯焦石烹江笋，千户沉香染客衣。别后想君难可见，苍梧云里空山县。汉苑芳菲入夏阑，待君障日蒲葵扇。[2]

唐代称县令为"明府"，诗人笔下的李明府当是林邑人，而且是贵族出身，他来到"上国"，被任命为湖南某地县令后赴任，诗人韩翃写此诗送行。诗中所写皆林邑国物产，如"雄王玳瑁床""珊瑚柱""胡儿夹鼓""调象"等。

林邑国曾向唐朝进献鹦鹉，太宗命李百药作《鹦鹉赋》，李百药

---

1 《岭南摭怪等史料三种》卷1，戴可来、杨保筠校注，中州古籍出版社，1991，第10页。

2 （清）彭定求等编《全唐诗》卷243，第731页。

借此大颂唐朝和太宗的盛德，先写鹦鹉之远从林邑进贡而来："嘉灵禽之擢秀，资品物以呈祥。含金精于兑域，体耀质于炎方。候风海而作贡，备黼黻以成章。绣领绮翼，红衿翠裳。饰以朱紫，间以玄黄。碧鸡仰而寝色，金鹅对以韬光。亘万里之重阻，随四夷而来王。既逾岭以自致，亦凌江而远翔。开神情之聪辨，发枢机而柳（当作抑）扬。"接着赞美唐太宗的圣明和此鸟入贡后的自由自在，最后说："羡嘤嘤之好音，独迁乔于上苑。仰上林之爽垲，袭昆阆之重规。实神秘之栖息，萃群飞之羽仪。翔灵囿，游天池，翳丛薄，泛涟漪。况能言之擅美，冠同类以称奇。奉皇恩之亭育，将谢生而莫施。惟一人之有庆，愿千载其若斯。"[1] 这是一篇咏物小赋，也是一篇唐王朝的颂歌。赋是介于诗与散文之间的文体，咏物抒情小赋更接近诗。李百药的这篇作品便是一篇诗情浓郁的赋，在赞美鹦鹉的同时，歌颂了皇上仁德泽被万物，借鹦鹉的命运赞叹君子之风和乘机遇时，表达了个人的志趣和感恩戴德之情。林邑曾向唐朝进贡白鹦鹉，盛唐诗人王维《白鹦鹉赋》说它"名依西域，族本南海"，[2] 应当是歌咏林邑之贡物。唐代诗人还借来自域外的鹦鹉表达身世之感。胡皓《同蔡孚起居咏鹦鹉》诗云："鹦鹉殊姿致，鸾皇得比肩。常寻金殿里，每话玉阶前。贾谊才方达，扬雄老未迁。能言既有地，何惜为闻天。"[3] 此诗借咏宫中鹦鹉，表达希望蔡孚能在皇上面前替自己美言的愿望。李义府被贬官，其《咏鹦鹉》则表达了与鹦鹉同病相怜之意："牵弋辞重海，触网去层峦。戢翼雕笼际，延思彩霞端。慕侣朝声切，离群夜影寒。能言殊可贵，相助忆长安。"[4] 白居易《红鹦鹉》："安南远进红鹦鹉，色似桃花语似人。文章辩慧皆如此，笼槛何年出得身。"[5] 这首诗题注"商山路逢"。白居易于商山道上路逢安南都护府的使人赴京上贡红鹦鹉，而后写下

1　（宋）李昉等编《文苑英华》卷135，第620页。
2　（宋）李昉等编《文苑英华》卷135，第620页。
3　（清）彭定求等编《全唐诗》卷108，第1123页。
4　（清）彭定求等编《全唐诗》卷35，第469页。
5　《白居易集》卷15，第313页。

这首讽喻诗。林邑国的方物有时是通过安南都护府进贡的，安南都护府送到京城里的红鹦鹉可能是林邑的贡物。

　　林邑入贡驯象、驯犀等都出现在唐诗的描写中。封演《封氏闻见记》云："异方禽兽，象出南越，驼出北胡，今皆育于中国。"[1] 此南越指林邑。林邑入贡的驯象、驯犀在宫廷里的表演进入诗人的吟咏。常衮《奉和圣制麟德殿燕百僚应制》："云辟御筵张，山呼圣寿长。玉阑丰瑞草，金陛立神羊。台鼎资庖膳，天星奉酒浆。蛮夷陪作位，犀象舞成行。"[2] 储光羲《述韦昭应画犀牛》："遐方献文犀，万里随南金。大邦柔远人，以之居山林。"[3] 韩翃《别李明府》："胡儿夹鼓越婢随，行捧玉盘尝荔枝。罗山道士请人送，林邑使臣调象骑。"[4] 元稹《驯犀》云：

　　　　建中之初放驯象，远归林邑近交广。兽返深山鸟构巢，鹰雕鹞鹘无羁鞅。贞元之岁贡驯犀，上林置圈官司养。玉盆金栈非不珍，虎啖狌牢鱼食网。渡江之橘逾汶貉，反时易性安能长？……尧民不自知有尧，但见安闲聊《击壤》。前观驯象后观犀，理国其如指诸掌。[5]

从诗题可知，李绅先有以《驯犀》为题的诗，元稹和之，李绅诗不传。白居易有同题诗，当亦和李绅之作：

　　　　驯犀驯犀通天犀，躯貌骇人角骇鸡。海蛮闻有明天子，驱犀乘传来万里。一朝得谒大明宫，欢呼拜舞自论功：五年驯养始堪献，六译语言方得通。上嘉人兽俱来远，蛮馆四方犀入苑。秣以瑶刍锁以金，故乡迢递君门深。海鸟不知钟鼓乐，池鱼空结江湖

1　（唐）封演撰，赵贞信校注《封氏闻见记校注》卷7，第60页。

2　（清）彭定求等编《全唐诗》卷254，第2858页。

3　（清）彭定求等编《全唐诗》卷136，第1373页。

4　（清）彭定求等编《全唐诗》卷243，第731页。

5　《元稹集》卷24，第283页。

心。驯犀生处南方热，秋无白露冬无雪。一入上林三四年，又逢今岁苦寒月。饮冰卧霰苦蜷跼，角骨冻伤鳞甲踣。驯犀死，蛮儿啼，向阙再三颜色低。奏乞生归本国去，恐身冻死似驯犀。君不见：建中初，驯象生还放林邑？君不见：贞元末，驯犀冻死蛮儿泣？所嗟建中异贞元，象生犀死何足言！[1]

此诗小序云："感为政之难终也。"他为建中时期放还驯象的善政未能贯彻始终而遗憾。李绅和元白诗中提到林邑进献驯犀之事，在德宗建中及贞元时期。德宗施政方面的变化，在对待林邑入贡的驯犀的态度上表现出来，君王不能善始善终，受到诗人的责难。

从唐诗描写可知，林邑还向唐朝入贡珊瑚树和珍珠。张谓《杜侍御送贡物戏赠》云："铜柱朱崖道路难，伏波横海旧登坛。越人自贡珊瑚树，汉使何劳獬豸冠。疲马山中愁日晚，孤舟江上畏春寒。由来此货称难得，多恐君王不忍看。"[2] 诗人对朝廷希求难得之货，又委任大臣督送表示不满。他认为如果皇上英明的话，是不愿意欣赏此物的。林邑国向唐朝献火珠，唐人称奇："大如鸡卵，圆白皎洁，光照数尺，状如水精，正午向日，以艾承之，即火燃。"[3] 火珠是一种能聚光引火的珠，在神话传说中是通灵宝物，象征祥光普照大地，永不熄灭。在中国古代宫殿、塔廊建筑正脊上常用作装饰，有两焰、四焰、八焰等不同形式。火珠在龙的形象面前，又是雷和闪电的象征。从唐诗可知，火珠被唐人视为国宝。武则天时建天枢，以火珠为饰，诗人歌咏其事。刘肃《大唐新语》记载：

　　长寿三年，则天征天下铜五十万余斤，铁三百三十余万，钱两万七千贯，于定鼎门内铸八棱铜柱，高九十尺，径一丈二尺，题曰"大周万国述德天枢"，纪革命之功，贬皇家之德。天枢下

---

1 《白居易集》卷3，第69页。

2 （清）彭定求等编《全唐诗》卷197，第2020页。

3 《旧唐书》卷197《南蛮传》，第5270页。

置铁山，铜龙负载，狮子、麒麟围绕，上有云盖，盖上施盘龙以托火珠，珠高一丈，围三丈，金彩荧煌，光侔日月。武三思为其文，朝士献诗者不可胜纪。唯峤诗冠绝当时，其诗曰："辙迹光西崦，勋名纪北燕。何如万国会，讽德九门前？灼灼临黄道，迢迢入紫烟。仙盘正下露，高柱欲承天。山类丛云起，珠疑大火悬。声流尘作劫，业固海成田。圣泽倾尧酒，熏风入舜弦。欣逢下生日，还偶上皇年。"后宪司发峤附会韦庶人，左授滁州别驾而终。开元初，诏毁天枢，发卒销铄，弥月不尽。洛阳尉李休烈赋诗以咏之曰："天门街里倒天枢，火急先须卸火珠。计合一条丝线挽，何劳两县索人夫。"先有讹言云："一条线挽天枢。"言其不经久也。故休烈之诗及之，士庶莫不讽咏。[1]

明堂的建与毁都有诗人歌咏其事，而且都写到火珠，可见火珠给当时人们的印象多么深刻。建明堂用火珠为饰，引起普遍的关注，科举考试也以此为题试诗。崔曙《奉试明堂火珠》："正位开重屋，凌空（一作中天）出火珠。夜来双月满，曙后一星孤。天净光难灭，云生望欲无。遥知太平代（一作还知圣明代），国宝在名都。"[2] 安南向朝廷进贡珍珠，唐诗中也有提及。皮日休《正乐府十篇·贱贡士》诗云："南越贡珠玑，西蜀进罗绮。到京未晨旦，一一见天子。如何贤与俊，为贡贱如此。所知不可求，敢望前席事。"[3] 诗批判统治者重珠玑罗绮而轻视人才，故有才志之士不得其位，未展其用。

产于林邑、扶南等地的苏方木被贩贸到中国，苏方木又叫苏枋木、苏枋、苏芳木、苏木、红紫、赤木，分布于热带亚洲沿海国家和地区。日本人真人元开《唐大和上东征传》记载，鉴真等因风暴漂至海南，至万安州（今海南省万宁市、陵水县），受到大首领冯若芳邀请供养。冯若芳从事海盗活动，每年劫掠波斯舶两三艘，获大量苏方

1 （唐）刘肃：《大唐新语》卷8，中华书局，1984，第126页。
2 （清）彭定求等编《全唐诗》卷155，第1600页。
3 （清）彭定求等编《全唐诗》卷608，第7020页。

木，"其宅后，苏芳木露积如山"。[1] 这说明苏方木是当时通过海上丝绸之路自域外输入之重要商货，数量巨大。顾况《上古之什补亡训传十三章·苏方一章》云：

> 苏方之赤，在胡之舶，其利乃博。我土旷兮，我居阒兮，我衣不白兮。朱紫烂兮，传瑞晔兮。相唐虞之维百兮。[2]

此诗题注云："苏方，讽商胡舶舟运苏方。岁发扶南、林邑，至齐国立尽。"可知苏方木是商胡经海上丝路从林邑、扶南贩运到中国的大宗商货之一，而且直到山东半岛。诗人以苏方木树皮的粗糙嘲笑人的丑陋，崔涯《嘲妓》其一云："虽得苏方木，犹贪玳瑁皮。怀胎十个月，生下昆仑儿。"[3] 苏方木有多种用途，根可以提取红色染料，与靛蓝、槐花等其他植物染料搭配使用时，可变为黄、红、紫、褐、绿、枣红、深红、肉红等颜色，故顾况诗说可以染衣。苏鹗《苏氏演义》云："苏枋木出扶南、林邑外国，取细破，煮之以染色。"[4] 苏方木还有医药价值，从其心材可提取巴西木素和挥发油，具有杀菌、消肿、止痛功用。唐人了解苏方木的药用价值，药学家苏敬《唐本草》说它"自南海、昆仑来，而交州、爱州亦有之。树似庵罗，叶若榆叶而无涩，抽条长丈许，花黄，子青熟黑。其木，人用染绛色"，主治"破血。产后血胀闷欲死者，水煮五两，取浓汁服"。陈藏器《本草拾遗》说它主治"霍乱呕逆，及人常呕吐，用水煎服"。[5] 可见顾况诗说商胡将苏方木运入中国，获利甚丰，而中国人只是用以染衣，看法并不全面。

　　唐诗中的"林邑"有时是泛称，指南方沿海之荒远地区。鲍防《杂感》云："汉家海内承平久，万国戎王皆稽首。天马常衔苜蓿花，

1　〔日〕真人元开：《唐大和上东征传》，第 68 页。

2　（唐）顾况著，赵昌平校编《顾况诗集》卷 1，江西人民出版社，1983，第 6 页。

3　（清）彭定求等编《全唐诗》卷 870，第 9858 页。

4　（唐）苏鹗：《苏氏演义》卷下，张秉成校点，辽宁教育出版社，1988，第 28 页。

5　（明）李时珍：《本草纲目》卷 35，第 871 页。

胡人岁献葡萄酒。五月荔枝初破颜，朝离象郡夕函关。雁飞不到桂阳岭，马走先过林邑山。"[1] 柳宗元《得卢衡州书因以诗寄》云："临蒸且莫叹炎方，为报秋来雁几行。林邑东回山似戟，牂牁南下水如汤。兼葭淅沥含秋雾，橘柚玲珑透夕阳。非是白蘋洲畔客，还将远意问潇湘。"[2]《柳州寄京中亲故》云："林邑山连瘴海秋，牂牁水向郡前流。劳君远问龙城地，正北三千到锦州。"[3] 这些诗中提到的林邑，都非实指，只是极言其荒远。

第二节　唐朝与诃陵的关系

从林邑往南有诃陵国，或称诃陵洲、社婆、阇婆，其国南北朝时已通中国。《旧唐书·南蛮传》记载："诃陵国，在南方海中洲上居，东与婆利、西与堕婆登、北与真腊接，南临大海。"[4] 从其方位判断，其地大约在今印度尼西亚爪哇或马来半岛南部。其国"竖木为城，作大屋重阁，以棕榈皮覆之。王坐其中，悉用象牙为床。食不用匙箸，以手而撮。亦有文字，颇识星历。俗以椰树花为酒，其树生花，长三尺余，大如人膊，割之取汁以成酒，味甘，饮之亦醉"。[5] "出玳瑁、黄白金、犀、象，国最富。有穴自涌盐。以柳花、椰子为酒，饮之辄醉，宿昔坏。有文字，知星历。食无匕箸。……王居阇婆城。其祖吉延东迁于婆露伽斯城，旁小国二十八，莫不臣服。"[6] 诃陵与唐朝有友好往来。

从贞观年间起至唐末，诃陵国多次遣使来朝入贡方物。《旧唐书·南蛮传》记载："贞观十四年，遣使来朝。大历三年、四年皆遣使

1　（清）彭定求等编《全唐诗》卷 307，第 3485 页。

2　《柳宗元集》卷 42，第 1167 页。

3　《柳宗元集》卷 42，第 1185 页。

4　《旧唐书》卷 197《南蛮传》，第 5273 页。

5　《旧唐书》卷 197《南蛮传》，第 5273 页。

6　《新唐书》卷 222 下《南蛮传下》，第 6302 页。

朝贡。元和十年，遣使献僧祇僮五人、鹦鹉、频伽鸟并异种名宝。以其使李诃内为果毅，诃内请回授其弟，诏褒而从之。十三年，遣使进僧祇女二人、鹦鹉、玳瑁及生犀等。"[1] 关于诃陵与唐朝的交往，《新唐书·南蛮传》的记载与《旧唐书》互有详略和异同。据记载，贞观十四年，诃陵与堕婆登、堕和罗三国使节一起来朝，受到太宗热情接待，使臣从唐朝求得良马回国。唐高宗时其国人立女王称"悉莫"，威令严肃，道不拾遗，大食国不敢侵犯。大历年间，诃陵三次遣使入唐，"元和八年，献僧祇奴四、五色鹦鹉、频伽鸟等。宪宗拜（李诃）内四门府左果毅，使者让其弟，帝嘉美，并官之。讫大和，再朝贡。咸通中，遣使献女乐"。[2]

　　诃陵是中国人经海路西去的中介国，赴印度取经的唐朝僧人有经此地者，因此这条道路也可以称为"海上法宝之路"。义净《大唐西域求法高僧传》记载了几位经诃陵赴印度取经的僧人，并写诗赞叹和称颂其舍身求法的精神。常愍禅师"冀得远诣西方，礼如来所行圣迹，以此胜福，回向愿生。……要心既满，遂至海滨，附舶南征，往诃陵国。从此附舶，往末罗瑜国。复从此国欲诣中天。然所附商舶载物既重，解缆未远，忽起沧波，不经半日，遂便沉没。当没之时，商人争上小舶，互相战斗。其舶主既有信心，高声唱言：'师来上舶！'常愍曰：'可载余人，我不去也！所以然者，若轻生为物，顺菩提心，亡己济人，斯大士行。'于是合掌西方，称弥陀佛，念念之顷，舶沉身没，声尽而终，春秋五十余矣"。与常愍一同殉难的还有他的一名弟子。义净对常愍师徒舍身殉法之举倍加称颂：

　　　　悼矣伟人，为物流身。明同水镜，贵等和珊。涅而不黑，磨而不磷。投躯慧薮，养智芳津。在自国而弘自业，适他土而作他因。觑将沉之险难，决于己而亡亲。在物常愍，子其寡邻。秽体

1 《旧唐书》卷 197《南蛮传》，第 5273 页。
2 《新唐书》卷 222 下《南蛮传下》，第 6302~6303 页。

散鲸波以取灭，净愿诣安养而流神。道乎不昧，德也宁湮？布慈光之赫赫，竟尘劫而新新。[1]

又如会宁律师，"以麟德年中杖锡南海，泛舶至诃陵洲。停住三载，遂共诃陵国多闻僧若那跋陀罗于《阿笈摩经》内译出如来焚身之事，斯与《大乘涅槃》颇不相涉。……会宁既译得《阿笈摩》本，遂令小僧运期奉表赍经，还至交府，驰驿京兆，奏上阙庭"。而后运期又"重诣诃陵"。其时会宁已通过海路赴印度，但其后绝无消息，整个印度皆未闻其人，推测他可能死于途中。义净有诗赞叹："嗟矣会宁，为法孤征。才翻二轴，启望天庭。终期宝渚，权居化城。身虽没而道著，时纵远而遗名。将菩萨之先志，共后念以扬声。"[2] 明远法师"慨圣教之陵迟，遂乃振锡南游，届于交阯。鼓舶鲸波，到诃陵国。次至师子洲，为君王礼敬"，复至南印度。[3] 与明远同行的还有窥冲法师。[4] 昙闰法师"附舶南上，期西印度。至诃陵北渤盆国，遇疾而终"。[5] 道琳法师"欲寻流讨源，远游西国。乃杖锡遐逝，鼓舶南溟，越铜柱而届郎迦，历诃陵而经裸国"。[6]

唐诗中写到诃陵，又是商人行经之地。白居易《送客春游岭南二十韵》诗云：

已讶游何远？仍嗟别太频！离容君蹙促，赠语我殷勤。迢递天南面，苍茫海北漘。诃陵国分界，交趾郡为邻。翕郁三光晦，温瞳四气匀。……回使先传语，征轩早返轮。须防杯里蛊，莫爱橐中珍。北与南殊俗，身将货孰亲？尝闻君子诚：忧道不忧贫。[7]

---

1 （唐）义净原著，王邦维校注《大唐西域求法高僧传校注》卷上，第 52 页。
2 （唐）义净原著，王邦维校注《大唐西域求法高僧传校注》卷上，第 76~77 页。
3 （唐）义净原著，王邦维校注《大唐西域求法高僧传校注》卷上，第 68 页。
4 （唐）义净原著，王邦维校注《大唐西域求法高僧传校注》卷上，第 84 页。
5 （唐）义净原著，王邦维校注《大唐西域求法高僧传校注》卷上，第 97 页。
6 （唐）义净原著，王邦维校注《大唐西域求法高僧传校注》卷下，第 133 页。
7 《白居易集》卷 17，第 353 页。

诗人笔下的"客"是从事南海贸易的商贾，他可能渡海经商到达诃陵，所以白居易言其行程云"诃陵国分界"，并告诫他沿海之地不太平，劝他早日返回，要珍重生命，不要贪图财货。诃陵是岛国，故其产品具有海洋特色，最引起诗人兴趣的是用鱼骨壳制成的酒具。皮日休《五贶诗·诃陵樽》："一片鲨鱼壳，其中生翠波。买须饶紫贝，用合对红螺。尽泻判狂药，禁敲任浩歌。明朝与君后，争那玉山何。"[1] 陆龟蒙《奉和袭美赠魏处士五贶诗·诃陵樽》："鱼骼匠成樽，犹残海浪痕。外堪欺玳瑁，中可酌昆仑（原注：酒名）。水绕苔矶曲，山当草阁门。此中醒复醉，何必问乾坤。"[2] 两首诗都赞美了这种酒具的珍贵。从这些诗中可知，唐人对于这个远方的国家是有所了解的，其名产诃陵樽深受人们喜爱。

　　诃陵向唐朝入贡僧祇童、僧祇女，即昆仑儿，侏儒小黑人。阿拉伯、波斯商人到中国进行贸易活动，从事奴隶贸易，他们把非洲、东南亚的黑人侏儒贩运到唐朝，诃陵国使臣还向唐朝进贡这样的黑人侏儒，成为达官贵人家庭奴仆。这样的人被称为"昆仑奴"或"昆仑儿"。唐诗中写到的昆仑儿，有的应来自诃陵。《旧唐书·南蛮传》载："自林邑以南，皆卷发黑身，通号为'昆仑'。"[3] 这些肤色黝黑、言语特殊的昆仑奴引起汉地人的好奇，有的诗人赋诗咏叹。张籍《昆仑儿》云："昆仑家住海中洲，蛮客将来汉地游。言语解教秦吉了，波涛初过郁林州。金环欲落曾穿耳，螺髻长卷不裹头。自爱肌肤黑如漆，行时半脱木绵裘。"[4] 这里的"昆仑儿"即指随海舶到来的南洋诸岛居民。这些体貌奇异的昆仑儿还引起画家的好奇，成为唐代人物画的题材。顾况看到一位杜姓画家画的昆仑儿，便激发了灵感，写了一首咏画诗《杜秀才画立走水牛歌》："昆仑儿，骑白象，

1　（唐）皮日休等撰，王锡九校注《松陵集校注》卷 5，第 991 页。

2　（唐）皮日休等撰，王锡九校注《松陵集校注》卷 5，第 1000 页。

3　《旧唐书》卷 197《南蛮传》，第 5270 页。

4　（唐）张籍著，徐礼节、余恕诚校注《张籍集系年校注》卷 4，第 533~544 页。

时时锁著师子项。……杜生知我恋沧洲，画作一障张床头。八十老婆拍手笑，妒他织女嫁牵牛。"[1]在人们看来，昆仑儿属于"丑陋"一类，诗人用"昆仑儿"做比，嘲笑相貌丑陋者或夸张某人的丑相，如上引崔涯《嘲妓》，又如崔涯《嘲李端端》："黄昏不语不知行，鼻似烟窗耳似铛。独把象牙梳插鬓，昆仑山上月初明。"[2]诃陵向唐朝进献的贡物中还有鹦鹉、玳瑁及生犀等，这些东西在唐诗中多有咏及。

第三节　唐朝与室利佛逝的关系

室利佛逝国亦作"尸利佛逝"，简称"佛逝"，音译自梵文（Sri Vijaya）。室利佛逝于 7 世纪末建立于巨港（在今印尼苏门答腊东南部）。南北朝至隋唐时苏门答腊岛原有一个干陀利国，在唐前期被室利佛逝取代。室利佛逝先征服北面的末罗瑜国（在今印尼占碑），8 世纪时先后征服苏门答腊岛和马来半岛大部分地区、爪哇岛西部、婆罗洲西部沿海各小王国。宋代中国史籍称其为三佛齐王国（Samboja kingdom），唐宋时多次入中国通交。明洪武三十年（1397）为东爪哇满者伯夷国所灭。从 7~14 世纪，存在于巽他群岛的室利佛逝和三佛齐王国是称霸东南亚的海上强国，强盛时疆域包括马来半岛和巽他群岛大部分地区，其首都先为巨港，后北迁占碑。关于室利佛逝与唐朝的交往，《新唐书·南蛮传》记载：

> 咸亨至开元间，数遣使者朝，表为边吏侵掠，有诏广州慰抚。又献侏儒、僧祇女各二及歌舞，官使者为折冲，以其王为左威卫大将军，赐紫袍、金钿带。后遣子入献，诏宴于曲江，宰相

1　王启兴、张虹注《顾况诗注》卷 2，上海古籍出版社，1994，第 123~124 页。

2　（清）彭定求等编《全唐诗》卷 870，第 9859 页。

会，册封宾义王，授右金吾卫大将军，还之。[1]

"侏儒"可能即通常所谓"昆仑奴"，也有可能是来自非洲的矮人。西方传说中侏儒国在非洲，中国文献中也有"小人（国），在大秦（罗马）之南，躯才三尺"的记载。[2]而僧祇女则是来自非洲的黑人女性。[3]《册府元龟》记载，其进贡侏儒二人、僧祇女一人的时间是开元十二年（724）。[4]大约唐末室利佛逝已改称三佛齐，宋赵汝适《诸蕃志》记载三佛齐："其国自唐天佑始通中国。"[5]室利佛逝控制着诸蕃水道和东西方间海上丝路之要冲，并从过境贸易中获利。"其国在海中，扼诸番舟车往来之咽喉。"[6]马六甲海峡和巽他海峡两个海上丝绸之路的黄金水道为室利佛逝所控制，其经济因过境贸易而繁荣。

室利佛逝出于垄断贸易的目的，控制这些地区的沿海港口城市。《诸蕃志》记载："国中文字用番书，以其王指环为印，亦有中国文字，上章表则用焉。"[7]所谓"番书"，当指古马来文，遣使中国上章表用汉文。其物产"有花酒、椰子酒、槟榔蜜酒，皆非曲糵所酝，饮之亦醉"；[8]"土地所产：玳瑁、脑子、沉速暂香、粗熟香、降真香、丁香、檀香、豆蔻，外有真珠、乳香、蔷薇水、栀子花、腽肭脐、没药、芦荟、阿魏、木香、苏合油、象牙、珊瑚树、猫儿睛、琥珀、蕃布、番剑等，皆大食诸蕃所产，萃于本国。番商兴贩用金、银、瓷器、锦绫、缬绢、糖、铁、酒、米、干良姜、大黄、樟脑等物博易"。[9]唐诗中常常写到的玳瑁、丁香、檀香、豆蔻、真珠、乳香、苏合香、降真香、象牙、珊瑚树、琥珀、蕃布、番剑和昆仑奴等，有的出自室利佛

---

1 《新唐书》卷 222 下《南蛮传》，第 6305 页。

2 （唐）杜佑：《通典》卷 193《边防九》，第 5266 页。

3 〔美〕薛爱华：《撒马尔罕的金桃——唐代舶来品研究》，第 141 页。

4 （宋）王钦若等编《册府元龟》卷 971《外臣部》，第 11407 页。

5 （宋）赵汝适著，杨博文校释《诸蕃志校释》卷上，中华书局，2000，第 36 页。

6 （宋）赵汝适著，杨博文校释《诸蕃志校释》卷上，第 36 页。

7 （宋）赵汝适著，杨博文校释《诸蕃志校释》卷上，第 35 页。

8 （宋）赵汝适著，杨博文校释《诸蕃志校释》卷上，第 35 页。

9 （宋）赵汝适著，杨博文校释《诸蕃志校释》卷上，第 35~36 页。

逝，或大食等地物产经室利佛逝转手而来。

来自室利佛逝的豆蔻，今称印尼白蔻，豆蔻的果实有药性，被写入中国本草书中，唐诗里则用豆蔻花来形容女孩子的美貌。杜牧《赠别二首》其一："娉娉袅袅十三余，豆蔻梢头二月初。春风十里扬州路，卷上珠帘总不如。"[1] 缪钺考证此诗是大和九年（835）"杜牧离扬州时与妓女赠别之作"。[2] 后称女子十三岁为"豆蔻年华"。丁香、降真香是室利佛逝特产。丁香又称鸡舌香，以之做原料制成的香料，汉代时已传入中国，丁香树也移植中国。钱起《赋得池上双丁香树》诗云："得地移根远，交柯绕指柔。露香浓结桂，池影斗蟠虬。黛叶轻筼绿，金花笑菊秋。何如南海外，雨露隔炎洲。"[3] 炎洲常指东南亚国家，此南海即南海国家，具体就是指室利佛逝。"得地移根远"强调的是它是舶来品，来自远方。李贺《巫山高》云："瑶姬一去一千年，丁香筇竹啼老猿。古祠近月蟾桂寒，椒花坠红湿云间。"[4] 诗写楚地长江沿岸有丁香树种植。李郢《春日题山家》："丁香政堪结，留步小庭限。"[5] 反映山中隐逸之士家中种植丁香。丁香花落后，其子缄结厚壳中，其壳两瓣相合，称为丁香结，唐诗中多取其"固结不解"之义，喻爱情之牢固，用以书写男女之情。韦庄《悼亡姬三首》其一云：

> 凤去鸾归不可寻，十洲仙路彩云深。若无少女花应老，为有姮娥月易沈。竹叶岂能消积恨，丁香空解结同心。湘江水阔苍梧远，何处相思弄舜琴。[6]

诗写与亡姬之离恨。张泌《经旧游》："暂到高唐晓又还，丁香结梦

---

1 （唐）杜牧撰，吴在庆校注《杜牧集系年校注》卷 4，第 299 页。

2 缪钺：《杜牧年谱》，第 37 页。

3 王定璋校注《钱起诗集校注》卷 5，第 173 页。

4 叶葱奇编订《李贺诗集》卷 4，第 254 页。

5 （清）彭定求等编《全唐诗》卷 590，第 6852 页。

6 （五代）韦庄著，聂安福笺注《韦庄集笺注》，上海古籍出版社，2002，第 376~377 页。

水潺潺。不知云雨归何处，历历空留十二山。"[1] "高唐""云雨""十二山"都是用战国宋玉《高唐赋》《神女赋》的典故，隐含男女之情。"暂到"却扑空，连对方现在何处都不知道，反映非正当的男女之情。其旧游当是短暂的男欢女爱。韩襄客《闺怨诗》残句写男女间的山盟海誓："连理枝前同设誓，丁香树下共论心。"[2] "丁香树"包含着永结同心之意。据蔡厚居《诗史》，韩襄客是汉南女子，知名襄汉间，孟浩然有《赠韩襄客》诗："只为阳台梦里狂，降来教作神仙客。"[3] "阳台"用《高唐赋》典故，暗示男女情事。韩襄客诗表达了她对爱情婚姻幸福的向往。李贺《难忘曲》："夹道开洞门，弱杨低画戟。帘影竹华起，箫声吹日色。蜂语绕妆镜，画蛾学春碧。乱系丁香梢，满阑花向夕。"[4] 陆龟蒙《丁香》诗云："江上悠悠人不问，十年云外醉中身。殷勤解却丁香结，纵放繁枝散诞春。"[5] 其中也暗含男女之情。有时也以丁香花结喻愁结难解。温庭筠《蒋侯神歌》："青云自有黑龙子，潘妃莫结丁香花。"[6] 意谓莫要愁心郁结。

　　降真香就是紫藤香（kayu laka 或 lakawood），又名鸡骨香，一种木质焚香材料，多年生的木质藤本植物。黄檀（大叶）和斜叶檀（小叶）木受伤后分泌出油脂，修复伤口所形成的香料，最早见于三国吴国万震之《南州异物志》："生南海诸山，又云生大秦国。"[7] 李珣《海药本草》云："其香似苏方木，烧之初不甚香，得诸香和之则特美。"[8] 此"南海"与上引钱起诗中的南海一样，指东南亚国家，即今印度尼西亚。李时珍《本草纲目》云："俗呼舶上来者为'番降'，亦名'鸡骨'，与沉香同名。"[9] 降真香在中国不仅为医家所用，也被道教神化。

1　（清）彭定求等编《全唐诗》卷742，第8452页。
2　陈尚君辑校《全唐诗补编》，第817页。
3　（宋）阮阅编《诗话总龟》前集卷13，人民文学出版社，1987，第152页。
4　叶葱奇编订《李贺诗集》卷3，第184页。
5　何锡光校注《陆龟蒙全集校注》，第728页。
6　刘学锴校注《温庭筠全集校注》卷1，第89页。
7　（宋）洪刍：《香谱》卷上，中国书店，2018，第16页。
8　（明）李时珍：《本草纲目》卷34，第829页。
9　（明）李时珍：《本草纲目》卷34，第829页。

《海药本草》引《仙传》云："拌和诸香，烧烟直上，感引鹤降。醮星辰，烧此香为第一，度箓功力极验。'降真'之名以此。"[1] 故道教特别推崇此香。降真香含有丰富的黄酮类化合物，具有多种生物活性，能镇痛、止血、抗菌、消炎，古代医药学著作多有记载。受道教影响，往往夸张其辟邪功能。李珣《海药本草》云："烧之辟天行时气、宅舍怪异；小儿带之，辟邪恶气。"《本草纲目》云："辛，温，无毒"；"疗折伤金疮，止血定痛，消肿生肌"。[2] 清吴仪洛撰《本草丛新》云："周崇被海寇刃伤，血出不止。军士李高，用紫金藤散敷之，血止痛定，明日结痂无斑，会救万人，紫真藤，即降真香之最佳者也。"[3] 但在文学领域，诗人歌咏降真香，更多地关注其宗教性神奇功能。唐代降真香在宗教用香中占重要的位置，其"降真引鹤"的神异功能特别符合道教神仙信仰，道教的神仙称"真""真灵"，"降真"之名有神仙降临或召致神灵之意，因此成为道教中人不可或缺的日常用香。从唐诗的吟咏来看，在道教祭祀仪式中常用降真香，唐代的道观及追求长生的皇帝和达官贵人亦常用之。白居易《赠朱道士》云：

> 仪容白皙上仙郎，方寸清虚内道场。两翼化生因服药，三尸
> 饿（一作卧）死为休粮。醮坛北向宵占斗，寝室东开早纳阳。尽
> 日窗间更无事，唯烧一炷降真香。[4]

内道场指大内之道场，即设于宫中之佛道修行场所。可知朱道士是入宫侍奉皇上的道士，烧一炷降真香是他每天的必修功课。

晚唐高骈末年惑于神仙之术，"起延和阁于大厅之西，凡七间，高八丈，皆饰以珠玉，绮窗绣户，殆非人工。每旦焚名香，列异宝，以祈王母之降。及（毕）师铎之乱，人有登之者，于藻井垂莲之上，见

---

1 （明）李时珍：《本草纲目》卷34，第829页。
2 （明）李时珍：《本草纲目》卷34，第829页。
3 （清）吴仪洛：《本草丛新》，上海科学技术出版社，1958，第151页。
4 （唐）白居易著，谢思炜校注《白居易诗集校注》卷26，第2047页。

二十八字云：'延和高阁上干云，小语犹疑太乙闻。烧尽降真无一事，开门迎得毕将军。'"[1] "毕将军"即毕师铎，原为黄巢部将，投降高骈，又反叛，杀死高骈。诗末二句意谓高骈求仙未成，最终遇害。"降真"即降真香，高骈所焚名香降真香是室利佛逝所产。当时天下大乱，高骈担心灾祸降临，故燃此香以图消灾避难。曹唐《送刘尊师祇诏阙庭三首》其三写皇帝追求长生：

> 仙老闲眠碧草堂，帝书征入白云乡。龟台欲署长生籍，鸾殿还论不死方。红露想倾延命酒，素烟思爇降真香。五千言外无文字，更有何词赠武皇。[2]

道士刘尊师被召入宫，因为皇帝正迷信道教长生之说，请他施展法术延命。正因为降真香被赋予了神奇的功效，追求长生的高骈和皇帝才烧降真香。薛逢《题春台观》云："殿前松柏晦苍苍，杏绕仙坛水绕廊。垂露额题精思院，博山炉爇降真香。苔侵古碣迷陈事，云到中峰失上方。便拟寻溪弄花去，洞天谁更待刘郎。"[3] "观"是道教庙宇，其间烧香多烧降真香。张籍《和左司元郎中秋居十首》其六："醉倚班（一作斑）藤杖，闲眠瘿木床。案头行气诀，炉里降真香。尚俭经营少，居闲意思长。秋茶莫夜饮，新自作松浆。"[4] 这是写道隐生活。

赵汝适《诸蕃志》记载，室利佛逝有"蕃剑"，乃来自大食诸蕃。大食人的刀剑通过室利佛逝传至中国。杜甫《蕃剑》云："致此自僻远，又非珠玉装。如何有奇怪，每夜吐光芒。虎气必腾上，龙身宁久藏。风尘苦未息，持汝奉明王。"[5] 这来自僻远之地的蕃剑，不见于其

1　（唐）罗隐：《广陵妖乱志》，雍文华校辑《罗隐集》，第 345~346 页。

2　（清）彭定求等编《全唐诗》卷 640，第 7341 页。

3　（清）彭定求等编《全唐诗》卷 548，第 6331~6332 页。

4　（唐）张籍著，徐礼节、余恕诚校注《张籍集系年校注》卷 2，第 364 页。

5　（唐）杜甫著，（清）仇兆鳌注《杜诗详注》卷 8，第 622 页。

他记载，可能是经室利佛逝传至中国的大食剑。

室利佛逝地处印度与中华两大文明激荡之地，印度佛教文化传入其地并影响深远，7~10世纪时成为大乘佛教传播中心之一。来自天竺的佛学大师夏基阿基尔蒂曾在此讲学。咸亨二年（671），唐朝高僧义净取道海路前往天竺求法，在室利佛逝学习梵语和佛教义理六个月。武周垂拱三年（687），他从印度取经归来，途中经室利佛逝，又停留两年多，从事译述。为了求得纸墨和写手，他于永昌元年（689）随商船回广州，得到贞固律师等相助，于是年十一月再返室利佛逝，随授随译，并抄补梵本。天授二年（691），他派大津回国，把新译经论及所撰《南海寄归内法传》等送回。直到证圣元年（695）偕贞固、道宏等离开室利佛逝，归抵洛阳，受到盛大的欢迎，武则天亲自出迎。义净著《南海寄归内法传》和《大唐西域求法高僧传》屡次提到佛逝或室利佛逝，是最早提到这个古代王国的中国文献。根据他的记载，室利佛逝有十五个属国，首都有佛僧一千多名，汉地僧人赴印度求法，最好先在此接受梵文和佛教的基本训练。

当时汉地赴天竺取经的僧人，走海路大多经室利佛逝中转，除义净之外，又如"新罗僧二人，莫知其讳。发自长安，远之南海。泛舶至室利佛逝国、西婆鲁师国，遇疾俱亡"。[1] "运期师者，交州人也。与昙闰同游，仗智贤受具。旋回南海，十有余年。善昆仑音，颇知梵语。后便归俗，住室利佛逝国，于今现在。既而往复宏波，传经帝里，布未曾教，斯人之力。"[2] 彼岸法师、智岸法师，高昌人，随唐使王玄廓"泛舶海中，遇疾而卒"，而"所将汉本《瑜伽》及余经论，咸在室利佛逝国矣"。[3] 善行是义净之门人，"随至室利佛逝，有怀中土，既沉痼疾，返棹而归"。[4] 智弘律师经交州"随舶南游，到室利

1　（唐）义净原著，王邦维校注《大唐西域求法高僧传校注》卷上，第45页。
2　（唐）义净原著，王邦维校注《大唐西域求法高僧传校注》卷上，第81页。
3　（唐）义净原著，王邦维校注《大唐西域求法高僧传校注》卷上，第95~96页。
4　（唐）义净原著，王邦维校注《大唐西域求法高僧传校注》卷上，第167页。

佛逝国"。[1] 无行禅师"与智弘为伴，东风泛舶，一月到室利佛逝国"。复经末罗瑜国、羯荼国、那伽钵檀那、师子国到东天竺诃利鸡罗国。[2] 大津法师"以永淳二年振锡南海"，"与唐使相逐，泛舶月余，达尸利佛逝洲。停斯多载，解昆仑语，颇习梵书"。[3] 义净从广州返室利佛逝取经典文本，贞固律师欣然从行。[4]"贞固弟子一人，俗姓孟，名怀业，梵号僧伽提婆。祖父本是北人，因官遂居岭外。家属权停广府，慕法遣奉师门，虽可年在弱冠，而实志逾强仕。见师主怀弘法之念，即有随行之心，割爱抽悲，投命溟渤，至佛逝国。解骨仑语，颇学梵书，诵《俱舍》论偈。"[5]

室利佛逝是经海路赴天竺的要道，从室利佛逝赴天竺，可以经诃陵到师子国，再到南天竺；也可以经末罗瑜到羯荼，再经裸人国到东印度耽摩立底国。但从林邑、扶南往诃陵、师子国，则必经室利佛逝之地。因此，除了上述这些明确交代途经、行止或足履室利佛逝的数人外，当时通过海路经诃陵、师子国赴天竺取经的僧人有的应当也经过了室利佛逝，只是史书没有明确记载。如《大唐西域求法高僧传》记载：常慜禅师附舶南征，往诃陵国；义朗从扶南经郎迦戌至师子国；会宁律师从南海泛舶至诃陵洲；木叉提婆"泛舶南溟，经游数国，到大觉寺，遍礼圣踪"；窥冲法师与明远同舶而泛南海，到师子洲；慧琰法师随行公到僧诃罗国（即师子国，今斯里兰卡）；智行法师"泛南海，诣西天，遍礼尊仪"；大乘灯"既越南溟，到师子国观礼佛牙"；昙闰"附舶南上，期西印度，至诃陵北渤盆国"；道琳法师"杖锡遐逝，鼓舶南溟，越铜柱而届郎迦，历诃陵而经裸国"，"经乎数载，到东印度耽摩立底国"；昙光律师"南游溟渤，望礼西天，承已至诃利鸡罗国，在东天之东"；僧哲禅师"思慕圣踪，泛舶西域。既至西土，

1 （唐）义净原著，王邦维校注《大唐西域求法高僧传校注》卷上，第175页。

2 （唐）义净原著，王邦维校注《大唐西域求法高僧传校注》卷上，第182页。

3 （唐）义净原著，王邦维校注《大唐西域求法高僧传校注》卷上，第207页。

4 （唐）义净原著，王邦维校注《大唐西域求法高僧传校注》卷上，第215~216页。

5 （唐）义净原著，王邦维校注《大唐西域求法高僧传校注》卷上，第238页。

适化随缘"；法振"整帆匕景之前，鼓浪诃陵之北，巡历诸岛，渐至羯荼"。他们应该都经过了室利佛逝。在航海水平和造船技术尚不发达的时代，泛海凌波是危险之事，义净对这些舍身求法的僧人备极赞叹，同时咏及室利佛逝。如他赞叹贞固律师："望占波而陵帆，指佛逝以长驱。作含生之梯蹬，为欲海之舟舻。庆有怀于从志，庶不废于长途。"[1] 对于贞固的行为，他专门写了六首赞歌：

其一

智者植业，禀自先因。童年洁想，唯福是亲。情求胜己，意仗明仁。非馨香于事利，固宝爱于贤珍。

其二

受持妙典，贞明固意。大善敦心，小瑕兴畏。有怀脱屣，无望荣贵。若住牦之毛尾弗亏，等游蜂之色香靡费。

其三

孤辞荣泽，只步汉阴。哲人务本，律教是寻。既知网领，更进幽深。致远怀于觉树，遂仗藜于桂林。

其四

怡神峡谷，匠物广川。既而追旧闻于东夏，复欲请新教以南遄。希扬布于未布，冀流传于未传。庆斯人之壮志，能为物而身捐。

其五

为我良伴，其届金洲。能坚梵行，善友之由。船车递济，手足相求。傥得契传灯之一望，亦是不惭生于百秋。

其六

既至佛逝，宿心是契。得听未闻之法，还观不睹之例。随译随受，详检通滞。新见新知，巧明开制。博识多智，每励朝闻之心；恭俭勤怀，无忧夕死之计。恐众多而事挠，且逐静而兼济。

---

1 （唐）义净原著，王邦维校注《大唐西域求法高僧传校注》卷上，第215页。

纵一焰之随风，庶十登而罔翳。

室利佛逝不仅是一个中转之地，也是求法僧向往之地。它既是一个佛教中心，又是考验一位虔敬者诚信和勇气的险境。因此，当义净担心自己年迈，赴室利佛逝需要有人为伴以完成取回经典的夙愿时，贞固欣然应允，令义净感佩莫名，激动地赋诗赞叹。随义净赴室利佛逝取经的还有两位年轻人道宏和法朗。道宏之父经商到南方，遇高僧感化出家，道宏随父出家，听说义净将赴室利佛逝，不畏艰险，毅然从行。义净赞道：

> 一申礼事，即有契于行心；再想生津，实无论于性命。闻说滔天之浪，蔑若小池；观横海之鲸，意同鲵鳝。寻即重之清远，言别山庭，与贞固师同归府下。于是乎毕志南海，共赴金洲，拟写三藏，德被千秋。识悟聪敏，叶性温柔，颇功草隶，复玩庄周。体《齐物》之篇虚诞，知指马之说悠悠。不凭河而徒涉，能临惧而善筹。虽功未厕于移照，终有庆于英猷。英猷何陈？求法轻身，不计乐而为乐，不将亲而作亲。欲希等生灵于己体。岂若媲乌狗而行仁。既至佛逝，敦心律藏；随译随写，传灯是望。重莹戒珠，极所钦尚。求寂灭之圆成，弃迷津之重障。毕我大业，由斯小匠。庆佘尔擢于有流，庶福资于无量。[1]

义净甚至把此次顺利完成取经的任务归功于这位年轻人，他夸奖法朗：

> 意喜相随，同越沧海。经余一月，届乎佛逝。亦既至此，业行是修。晓夜端心，习因明之秘典；晨昏励想，听《俱舍》之幽宗。既而一篑已倾，庶罔陨于九仞；三藏虔念，拟克成乎五篇。

1　（唐）义净原著，王邦维校注《大唐西域求法高僧传校注》卷上，第239~240页。

弗惮劬劳，性有聪识。复能志托弘益，抄写忘疲。乞食自济，但
有三衣。袒膊徒跣，尊修上仪。虽未成于角立，终有慕于囊锥。
凡百徒侣，咸希自乐，尔独标心利生是恪。恪勤何始？专思至
理。若能弘广愿于悲生，冀大明于慈氏。[1]

义净对于这些刻苦自励、忘身求法的人总是不吝笔墨，热情洋溢地予
以赞扬。

第四节　唐朝与骠国的关系

骠国是 7~9 世纪缅甸骠人在今伊洛瓦底江流域建立的国家，以种
族名为国号，都卑谬城（梵文名 rī-ksetra），其地在今伊洛瓦底江下游
之卑谬（Prome）附近。骠人乃藏缅系中一支，可能是缅人族源之一。
骠国，"古朱波也，自号'突罗朱'，阇婆国人曰'徒里拙'"。[2] 魏晋
时的《西南异方志》《南中八郡志》等文献首载其名："永昌，古哀牢
国也。传闻永昌西南三千里有骠国，君臣父子，长幼有序，然无见史
传者。"[3] 异译还有剽、僄、缥、漂越等。向达认为"僄越"或"剽国"
为 4 世纪时缅甸古国之名，唐时汉译作"骠"，取代了东汉时两次朝
贡的"掸国"之称。[4] 法国汉学家伯希和从发音考证认为骠国（Pyu）
即缅甸，当指蒲甘建都以前以卑蔑为都城时统治缅甸种族的名称。[5]
玄奘《大唐西域记》记载，"传闻六国"中之室利差怛罗（Sriksetra，
今缅甸摩萨，Hmawza）"在大海滨山谷中"，即指缅甸故都 Thare

1　（唐）义净原著，王邦维校注《大唐西域求法高僧传校注》卷上，第 242~243 页。
2　《新唐书》卷 222 下《南蛮传》下，第 6306 页。"徒里拙"，《唐会要》卷 100《骠国》作"徒
　　里掘"。
3　（宋）王溥：《唐会要》卷 100《骠国》，第 2132 页。
4　（唐）樊绰撰，向达校注《蛮书校注》卷 10，中华书局，2018，第 234 页。
5　〔法〕伯希和：《交广印度两道考》，第 22~35 页。

Khettara。[1] 义净《南海寄归内法传》称之为"室利察呾罗"。[2]613~718年，即隋大业九年至唐开元六年，毗讫罗摩王朝达于极盛，北抵南诏，东接陆真腊，西接东天竺，南至海，有 18 个属国，9 个镇城，298 个部落，[3] 据有整个伊洛瓦底江流域。唐大和六年（832），南诏攻陷骠国都城，骠国亡。后为缅人蒲甘王国取代，骠人同化于缅人。

一 唐朝与骠国往来的道路

骠国是中国与印度交通经行的地区，与唐朝有直接的往来。玄奘《大唐西域记》称其都城为室利差呾罗。骠国与唐朝的交通主要利用陆路，经南诏至成都，由成都至长安。贾耽"入四夷之路"记载，安南道连接永昌道，从南诏首都大和城、阳苴咩城西行入骠国，进而至天竺，这条道路称"滇缅道"或"中印缅道"。滇缅道"自羊苴咩城西至永昌故郡三百里。又西渡怒江，至诸葛亮城二百里"。从诸葛亮城分别向南和向西有两条路线：一路自诸葛亮城"南至乐城二百里。又入骠国境，经万公等八部落，至悉利城七百里。又经突旻城至骠国千里。又自骠国西度黑山，至东天竺迦摩波国千六百里"；一路自诸葛亮城"西去腾充城二百里。又西至弥城百里。又西过山，二百里至丽水城。乃西渡丽水、龙泉水，二百里至安西城。乃西渡弥诺江水，千里至大秦婆罗门国。又西渡大岭，三百里至东天竺北界个没卢国。又西南千二百里，至中天竺国东北境之奔那伐檀那国，与骠国往婆罗门路合"。[4]

其西南一道，法国汉学家伯希和云："至禄郫江，路程所志甚简，仅言诸葛亮城南至乐城二百里。"此"乐城"当即《旧唐书》卷 197 所言"些乐城"，《蛮书》卷 6 之"磨些乐城"，由此入骠国

---

1 （唐）玄奘、辩机原著，季羡林等校注《大唐西域记校注》卷 10，第 803、804 页。
2 （唐）义净原著，王邦维校注《南海寄归内法传校注》卷 1，中华书局，1995，第 12 页。
3 《新唐书》卷 222 下《南蛮传下》，第 6306 页。
4 《新唐书》卷 43 下《地理志七》，第 1152 页。

境。经万公等八部落至悉利城七百里，又经突旻城至骠国千里。此
道以诸葛亮城为起点，诸葛亮城在腾越（Momein）之西，怒江与龙
川江（Shweli）之间。而后循龙川江行，复从禄郫江（Iraouaddy）
下行，至骠国都城。悉利城在太公城（Tagaung）之南，曼大来
（Mandalay）城之北。此道前段相对于后段较难行。悉利城是骠国之
一要城，其九城之一。太公城亦缅甸古城之一，相传是其最初都城，
可能是悉利移城。突旻城当在悉利移与都城之间。自北而南，又有
弥诺道立城，在弥诺道之汇流处之北。弥诺江与都江之间最重要的
城市是突旻城，当即蒲甘。自骠国西越黑山，之后行千六百里，至
天竺迦摩波国。[1]

其向西一道，自诸葛亮城与西南道分，途经丽水城，丽水即禄郫
江。其经行之地颇难考定。"腾充"当腾越，其地可能在今腾越县治
之西。此段路程之终点不难考定，即迦摩缕波（Kamarupa），在雅鲁
藏布江左岸之 Gauhati 都城。在丽水与此都城之间，有一地点乃弥诺
江，但不知何处渡江。丽水流域与雅鲁藏布江流域之间"必有交通便
利之孔道"。贾耽路程中之"大岭"，可能是 Kohimat 及 Kanipur，西
方人称为 Barelrange 山岭。"大秦婆罗门"之名当于其地求之，乃当
地盛行婆罗门教所致。中国古代文献中说缅甸西北有婆罗门，应有根
据。其第一道中之迦摩波国与第二道之个没卢国，都是迦摩缕波国的
省译。玄奘书中曾记其地。[2]

二　唐朝与骠国的交往

骠国在南方丝绸之路上地位重要，中古时中国人记载骠国的距
离，以永昌和长安为坐标。魏晋人著作《西南夷风土记》序称骠国
"位于永昌西南三千里"。《新唐书·南蛮传》云："在永昌南二千里，

1 〔法〕伯希和:《交广印度两道考》，第36~37页。

2 〔法〕伯希和:《交广印度两道考》，第37~40页。

去京师万四千里。"[1]《旧唐书·南蛮传》云："骠国，在永昌故郡南二千余里，去上都一万四千里。其国境，东西三千里，南北三千五百里。东邻真腊国，西接东天竺国，南尽溟海，北通南诏些乐城界，东北拒阳苴咩城六千八百里。往来通聘迦罗婆提等二十国，役属者道林王等九城，食境土者罗君潜等二百九十部落。"[2]考古发现的室利差怛罗古城被猜测是骠国首都。樊绰《蛮书》云："骠国在蛮永昌城南七十五日程，阁罗凤所通也。"[3]《新唐书·南蛮传》记载，骠国都城"青甓为圆城，周百六十里，有十二门。四隅作浮图，民皆居中，铅锡为瓦，荔支为材"。[4]贾耽《皇华四达记》、樊绰《蛮书》都记述了唐朝与骠国的交通道路。

骠国西境接东天竺，玄奘到天竺，因其国"山川道阻，不入其境，然风俗壤界，声闻可知"。[5]玄奘在天竺能够如此了解其国，说明骠国与天竺之间的联系很紧密。骠国在文化上受印度影响很大，"俗尚佛教"，[6]故以佛教音乐著称于世。"骠国在云南西，与天竺国相近，故乐多演释氏词云。每为曲皆齐声唱，各以两手十指，齐开齐敛，为赴节之状，一低一昂，未尝不相对，有类中国《柘枝舞》。骠一作僄，其西别有弥臣国，乐舞亦与骠国同，多习此伎以乐。后敕使袁滋、郗士美至南诏，并皆见此乐。"[7]唐朝与骠国的文化交流在乐舞方面最为突出。德宗贞元十年（794），南诏归附唐朝，骠国国王雍羌闻之，亦有心内附。贞元十六年，南诏王异牟寻遣使杨加明诣剑南西川节度使韦皋，请献夷中歌曲，且令骠国进乐人。韦皋组织歌舞艺人，用中原字舞形式编制成《南诏奉圣乐》入贡长安。德宗亲往麟德殿观看。

贞元十七年，经南诏王异牟寻引荐，骠国王雍羌遣子舒难陀献

1　《新唐书》卷 222 下《南蛮传下》，第 6306 页。
2　《旧唐书》卷 197《南蛮传》，第 5285 页。
3　（唐）樊绰撰，向达校注《蛮书校注》卷 10，第 233 页。
4　《新唐书》卷 222 下《南蛮传下》，第 6308 页。
5　（唐）玄奘、辩机原著，季羡林等校注《大唐西域记校注》卷 10，第 803 页。
6　（明）朱孟震：《西南夷风土记》，《丛书集成初编》，商务印书馆，1935，第 3277 册，第 6 页。
7　（宋）王溥：《唐会要》卷 33《南蛮诸国乐》，第 724 页。

其国乐至成都，第二年到长安。贞元十八年正月"乙丑，骠国王遣使悉利移来朝贡，并献其国乐十二曲与乐工三十五人"。[1]演奏时表演者文身绣面，用海螺壳和铜鼓伴奏。"贞元中，其王来献本国乐，凡一十二曲，以乐工三十五人来朝。乐曲皆演释氏经论之辞。"[2]"南蛮、北狄国俗，皆随发际断其发，今舞者咸用绳围首，反约发梢，纳于绳下。"[3]骠国王雍羌"遣弟悉利移、城主舒难陀献其国乐，至成都，韦皋复谱次其声。以其舞容、乐器异常，乃图画以献。工器二十有二，其音八：金、贝、丝、竹、匏、革、牙、角"。[4]"大抵皆夷狄之器，其声曲不隶于有司，故无足采云。"[5]《乐府杂录》记载，夷部乐"有扶南、高丽、高昌、骠国、龟兹、康国、疏勒、西凉、安国"。[6]骠国使团到访密切了骠国和唐朝之间的关系。

骠国乐舞的演奏轰动长安，开州刺史唐次写了《骠国献乐颂》献给朝廷。德宗封骠国王雍羌为检校太常卿，封王子舒难陀为太仆卿。白居易代德宗作复书，赞美其王雍羌"钦承王化，思奉朝章，得睦邻之善谋，秉事大之明义"。[7]骠国又分别于宪宗元和元年（806）、懿宗咸通三年（862）两次派使臣入唐。骠国乐舞的传入丰富了唐朝乐舞，唐代《太平乐》（亦名《五方狮子舞》）就是从骠国传入的。《新唐书·南蛮传》记载："初奏乐，有赞者一人先导乐意，其舞容随曲。用人或二、或六、或四、或八、至十，皆珠冒，拜首稽首以终节。其乐五译而至，德宗授舒难陀太仆卿，遣还。"[8]

唐朝与骠国佛教方面也有交流，明朱孟震《西南夷风土记》记载："准古城江心一山，颇奇，上有金塔大寺，唐僧曾寄宿焉。……都鲁

1　《旧唐书》卷13《德宗纪下》，第396页。

2　《旧唐书》卷29《礼乐志九》，第1070页。

3　《旧唐书》卷29《礼乐志九》，第1071页。

4　《新唐书》卷222下《南蛮传下》，第6312页。

5　《新唐书》卷22《礼乐志十二》，第480页。

6　（唐）段安节：《乐府杂录》，第29页。

7　《白居易集》卷57，第1219页。

8　《新唐书》卷222下《南蛮传下》，第6314页。

濮水关，有唐僧晒经台。……板古有河，名曰流沙，唐僧取经故道。
贻记甚多。"[1] 这些可能与唐朝与骠国佛教文化交流有关。

三　唐诗中的骠国文化

骠国位于中国与印度之间，历史上的中印缅道在唐代曾发挥重要
作用，骠国与唐朝的往来具有重要意义，并在唐诗中有生动反映。

（一）唐诗咏骠国乐

贞元十七年（801），骠国进献乐舞，骠国乐在长安的演出给人们
留下了深刻印象。观看骠国乐舞后，唐次写了《骠国献乐颂》，白居
易、元稹同题写了《骠国乐》诗，胡直钧写有《太常观阅骠国新乐》，
但他们立场感情不同。胡直钧《太常观阅骠国新乐》云："异音来骠
国，初被奉常人。才可宫商辨，殊惊节奏新。转规回绣面，曲折度文
身。舒散随鸾吹，喧呼杂鸟春。襟衽怀旧识，丝竹变恒陈。何事留中
夏，长令表化淳。"[2] 唐次《骠国乐颂》云：

> 骠国之人，来自绝垠。远贡异乐，作愉圣君。明珠璘彬，彩
> 旄缤纷。婆娑盘珊，缭绕逡巡。南康异习，贡于内庭。的的轩
> 轩，有仪有声。书于绸缃，画以丹青。助祭执赞，罗于庙庭。南
> 康之镇，开局洞观。忠贤群后，勋加百蛮。惟昔之盛，音声雍
> 雍。巴渝杂戏，高祖勃起。白狼之至，汉明致理。献诗作颂，第
> 彼功美。至若骠国，来循万里。进贡其音，敢爱其子。详其曲
> 度，潜应箫韶。感我康时，盛我清朝。赴水汤汤，入林萧萧。铿
> 锵八音，翕郁繁条。穷地尽理，掩古越今。载和耳目，旁感飞

1　（明）朱孟震：《西南夷风土记》，《丛书集成初编》第 3277 册，第 6 页。
2　（清）彭定求等编《全唐诗》卷 464，第 5276 页。

沉。上调薰风，合以虞琴。诗颂奏御，王泽维深。[1]

他们把它看作大唐政治教化一派祥和的表现加以歌颂，咏叹骠国乐
的优美。但那些新乐府运动的诗人则将其作为讽喻的对象加以批判。
元、白皆持乐与政通的观念，对域外传来的乐舞大张挞伐，认为《胡
旋舞》导致安史之乱的发生，如今从骠国传来的乐舞也是致乱之由。
白居易《骠国乐》云：

> 　　骠国乐，骠国乐，出自大海西南角。雍羌之子舒难陀，来献
> 南音奉正朔。德宗立仗御紫庭，戛敔不塞为尔听。玉螺一吹椎髻
> 耸，铜鼓千击文身踊。珠缨炫转星宿摇，花鬘斗薮龙蛇动。曲终
> 王子启圣人，臣父愿为唐外臣。左右欢呼何翕习，皆尊德广之所
> 及。须臾百辟诣阁门，俯伏拜表贺至尊。伏见骠人献新乐，请书
> 国史传子孙。时有击壤老农父，暗测君心闲独语。闻君政化甚圣
> 明，欲感人心致太平。感人在近不在远，太平由实非由声。观身
> 理国国可济，君如心兮民如体。体生疾苦心憯凄，民得和平君恺
> 悌。贞元之民若未安，骠乐虽闻君不欢。贞元之民苟无病，骠乐
> 不来君亦圣。骠乐骠乐徒喧喧，不如闻此刍荛言！[2]

这是一首讽喻诗，新乐府诗序云："欲王化之先迩后远也。"意思是讽
劝朝廷先关心自己百姓的苦难，再去施恩于远方异族。白居易在这首
诗中不忘讽喻，最后四句点明题旨，以为骠国乐对王化无关紧要。在
朝廷百官纷纷歌功颂德时，白居易却持异议，借"击壤老农父"之
口，认为"感人在近不在远，太平由实非由声。……贞元之民若未安，

1　（唐）唐次：《骠国乐颂》，（明）陶宗仪等编《说郛三种》卷 67，上海古籍出版社，2012，第
　　1008 页。按：《说郛》本未标注作者名。《新唐书》卷 222 下《南蛮传下》记载："开州刺史唐次
　　述《骠国献乐颂》以献。"陈寅恪以为《说郛》所载当即唐次所撰颂文，见《元白诗笺证稿》，
　　第 209 页。
2　《白居易集》卷 3，第 71 页。

骠乐虽闻君不欢。贞元之民苟无病，骠乐不来君亦圣"。元稹《骠国乐》乃与白诗同题之作，题旨亦同：

> 骠之乐器头象驼，音声不合十二和。促舞跳趫筋节硬，繁辞变乱名字讹。千弹万唱皆咽咽，左旋右转空傞傞。俯地呼天终不会，曲成调变当如何？德宗深意在柔远，笙镛不御停嫔娥。史馆书为朝贡传，太常编入鞮鞻科。古时陶尧作天子，逊遁亲听《康衢歌》。又遣道人持木铎，遍采讴谣天下过。万人有意皆洞达，四岳不敢施烦苛。尽令区中击壤块，燕及海外覃恩波。秦霸周衰古官废，下埋上塞王道颇。共矜异俗同声教，不念齐民方荐瘥。传称鱼鳖亦咸若，苟能效此诚足多。借如牛马未蒙泽，岂在抱瓮滋畦畽。教化从来有源委，必将泳海先泳河。非是倒置自中古，骠兮骠兮谁尔诃！[1]

风格独特的骠国乐在元稹看来古怪难听，他批评朝廷"共矜异俗同声教，不念齐民方荐瘥"，认为如此重视域外乐舞乃是非颠倒。

（二）唐诗咏骠国杂技

唐代外来的杂技有一种被称为"戴竿"，又称"长竿""险竿"。这是汉代已经传入中原的西域杂技，当时被称为"寻橦"。[2] 唐代仍十分流行，宫廷里和民间社会上都有表演，实际上直到现在在杂技表演中仍常见。关于这种杂技表演，张鷟《朝野佥载》记载："幽州人刘交戴长竿高七十尺，自擎上下。有女十二，甚端正，于竿上置定，跨盘独立。见者不忍，女无惧色。"[3] 郑处诲《明皇杂录》记载："玄宗御勤政楼，罗列百伎。时教坊有王大娘者，善戴百尺竿，竿上施木山，状

---

1 《元稹集》卷24，第285~286页。
2 参见石云涛《汉代外来文明研究》，第525~526页。
3 （唐）张鷟：《朝野佥载》卷6，中华书局，1979，第141页。

瀛洲、方丈，令小儿持绛节出入于其间，歌舞不辍。"[1] 刘晏有诗咏戴竿演员王大娘的表演：

> 楼前百戏竞争新，惟有长竿妙入神。谁谓绮罗翻有力，犹自嫌轻更著人。[2]

玄宗还曾将戴竿杂技演员赐给安禄山。姚汝能《安禄山事迹》记载，天宝十五载，安禄山重兵南下，幽州空虚，奚、契丹袭扰，守将向润客等计无所出，"遂以乐人戴竿索者为骄捷可用，授兵出战。至城北清水河大败，为奚羯所戮，唯三数人伏草莽间获免"。据说"其乐人本玄宗所赐，皆非人间之伎，转相教习，得五百余人。或一人肩符（负）首戴□（当脱'至'字）二十四人，戴竿长百余尺，至于竿杪，人腾掷如猿猱、飞鸟之势，竟为奇绝，累目不惮，观者汗流目眩。于是，此辈歼矣"。当时还产生一首童谣：

> 旧来夸戴竿，今日不堪看。但看五日里，清水河边见。[3]

据说在契丹人入寇之前"月余日"已出现这首童谣，成为这场灾难的预言，恐怕还是事后人们的感伤之作。这里只是说幽州的这些杂技演员在兵乱中基本上全部丧生，这种杂技表演并没有断绝。从唐诗描写看，这种戴竿表演者大多为女性，或者攀缘布上者为女性。中唐诗人王建《寻橦歌》描写他所观赏的一场表演：

> 人间百戏皆可学，寻橦不比诸余乐。重梳短鬓下金钿，红帽青巾各一边。身轻足捷胜男子，绕竿四面争先缘。习多倚附歇竿滑，上下蹁跹皆著袜。翻身垂颈欲落地，却住把腰初似歇。大竿

1　丁如明辑校《开元天宝遗事十种》，上海古籍出版社，1985，第17页。
2　（清）彭定求等编《全唐诗》卷120，第1207页。
3　（唐）姚汝能:《安禄山事迹》卷下，上海古籍出版社，1983，第32~33页。

百夫擎不起，袅袅半在青天里。纤腰女儿不动容，戴行直舞一曲
终。回头但觉人眼见，矜难恐畏天无风。险中更险何曾失，山鼠
悬头猿挂膝。小垂一手当舞盘，斜惨双蛾看落日。斯须改变曲解
新，贵欲欢他平地人。散时满面生颜色，行步依前无气力。[1]

诗强调表演者"胜男子"，又描写了戴竿各种高难度和惊险动作。王宗
堂先生指出："寻橦杂技发展到唐代，已由汉代的附竿而舞发展为有歌有
舞。表演时，一人或肩承或头戴长竿，另有舞者（女子或童子）从四面
攀缘而上，翻跹竿头，歌舞不辍。"[2] 这一点从王建诗中"戴行直舞一曲
终"可以看出，整个表演是伴随一支乐曲进行的。又如顾况《险竿行》：

宛陵女儿擘飞手，长竿横空上下走。已能轻险若平地，岂肯
身为一家妇。宛陵将士天下雄，一下定却长稍弓。翻身挂影恣腾
蹋，反绾头髻盘旋风。盘旋风，撇飞鸟；惊猿绕，树枝袅。头上
打鼓不闻时，手蹉脚跌蜘蛛丝。忽雷掣断流星尾，瞳眬划破蚩尤
旗。若不随仙作仙女，即应嫁贼生贼儿。中丞方略通变化，外户
不扃从女嫁。[3]

表演者也是女子。从这首诗可知，除了乐曲之外，伴随表演的还有击
鼓。唐代几位知名的戴竿表演者都是女性，且往往是世家。李冗《独
异志》记载："德宗朝有戴竿三原妇人王大娘，首戴十八人（明钞本作
二十八人）而行。"[4] 崔令钦《教坊记》记载："筋斗裴承恩妹大娘善歌，
兄以配竿木侯氏。"[5]"竿木"就是戴竿。又记载："范汉女大娘子，亦是
竿木家。开元二十一年出内，有姿媚而微愠羝（注：'谓腋气也'）。"[6]

1　（唐）王建著，王宗堂校注《王建诗集校注》卷 2，第 85~86 页。

2　（唐）王建著，王宗堂校注《王建诗集校注》卷 2，第 87 页。

3　（唐）顾况著，赵昌平校编《顾况诗集》，第 59 页。

4　（唐）李冗：《独异志》卷上，第 4 页。

5　（唐）崔令钦：《教坊记》，古典文学出版社，1957，第 7 页。

6　（唐）崔令钦：《教坊记》，第 8 页。

唐诗中写到绳技和戴竿，如白居易《立部伎》诗写唐代宫廷杂技表演："舞双剑，跳七丸，袅巨索，掉长竿。"[1]袅，这里形容体态柔美；巨索即长绳，女子婀娜多姿地行于长绳之上。

戴竿最大的特点，也是给唐人印象最深的是"险"，所以唐人称为"险竿"。唐朝诗人柳曾的《险竿行》突出写其险，而用意却在于讽喻，讽劝人们不要贪恋权位，因为官场也充满风险：

> 山险惊摧轹，水险能覆舟。奈何平地不肯立，走上百尺高竿头。我不知尔是人耶，复猱耶？使我为尔长叹嗟。我闻孝子不许国，忠臣不爱家。尔今轻命重黄金，忠孝两亏徒尔夸。始以险技悦君目，终以贪心媚君禄。百尺高竿百度缘，一足参差一家哭。险竿儿，听我语，更有险徒险于汝。重于权者失君恩，落向天涯海边去。险竿儿，尔须知，险途欲往尔可思。上得不下下得上（一作不得），我谓此辈险于竿儿。[2]

诗的前大部分渲染戴竿表演的危险性，是为后面的卒章显其志做铺垫的，诗人意在强调仕途之险，位高权重者，一旦失去君王的宠幸，可能一落千丈，流贬天涯海角。这就不同于前引诸诗，不只是咏戴竿这种活动，而且融入了世事人情，表达了诗人对现实政治和人生的体悟。唐玄宗时的杂技表演成为一种盛世的回忆。郑嵎《津阳门诗》："千秋御节在八月，会同万国朝华夷。花萼楼南大合乐，八音九奏鸾来仪。都卢寻橦诚醒醒，公孙剑伎方神奇。马知舞彻下床榻，人惜曲终更羽衣。"[3]除了这些诗之外，元载客、金厚载有同题《都卢缘橦赋》，王邕有《勤政楼花竿赋》，都是咏戴竿之作。

从戴竿表演者的出身来看，可知他们来自西域。陈寅恪考证，裴是疏勒国姓，裴承恩有为西胡之可能。范汉女大娘子"微愠羝"，即

---

1 《白居易集》卷 3，第 57 页。
2 （宋）李昉等编《文苑英华》卷 348，第 1793 页。
3 （清）彭定求等编《全唐诗》卷 567，第 6563 页。

有脓气，疑为胡（狐）臭，为竿木家，"当与其同类为婚姻，亦杂有西胡血统"。因此他认为，"此类百戏，来自中亚。虽远在汉世，已染其风。而直至唐朝，犹有输入。如《旧唐书》二九《音乐志》略云：'幻术皆出西域，天竺尤甚。汉武帝通西域，始以善幻人至中国。我高宗恶其惊俗，敕西域关令，不令入中国。'"[1] 从表演者出身论定戴竿乃域外传入之杂技，有一定道理，但这种杂技是否来自中亚，还值得探讨。宋人吴曾曾有考证：

> 《新唐书·元载传》及李肇《国史补》载："客有赋都卢寻橦篇讽其危，载泣下而不知悟。"夫都卢寻橦，缘竿之伎也，见《西京杂记》。又傅玄《西都赋》云："缘竿之伎，有都卢寻橦，跟挂腹旋"也。唐人王建有一首《寻橦歌》云……《汉书》曰："武帝享四夷之客，作巴渝都卢。"《音义》曰："体轻善缘。"张衡《西京赋》："都卢寻橦。"《唐书音训》曰："寻橦，卢会山名名，其土人善缘橦竿。"然不著所出。予按：《汉书》曰："自合浦南，有都卢国。"《太康地志》曰："都卢国，其人善缘高。"[2]

《汉书》中所谓"都卢国"，即其《地理志》中"夫甘都卢国"，现在一般认为乃今缅甸之蒲甘。汉代在今缅甸之掸国曾向汉朝进贡"幻人""善眩人"，[3] 即魔术师和杂技艺人，故其戴竿技艺汉代时已传入中国。因此追溯其源流，最早或来自今缅甸，只有缘竿表演。至唐代又与中亚乐舞相结合，形成有音乐伴奏有歌有舞的杂技术。唐代社会上流行之中亚乐舞，其乐曲被用于戴竿表演。如陈寅恪先生所论，有可能传自汉代以后北魏隋朝相沿未改之传统杂技，其演员有来自唐代前期入华之中亚人，并吸收了中亚乐舞成分。汉地女性传统发式是长妇高髻，王建诗中表演者为"短髻"，固然是为表演时需要，但也可能

1　陈寅恪：《元白诗笺证稿》，第 158 页。

2　（宋）吴曾：《能改斋漫录》卷 6，上海古籍出版社，1979，第 149 页。

3　石云涛：《汉代外来文明研究》，第 530 页。

与域外人士装束有关。

骠国其他技艺和人事，在唐诗中也有咏及。白居易《草词毕遇芍药初开因咏小谢红药当阶翻诗以为一句未尽其状偶成十六韵》写自己的闲居生活："勾漏丹砂里，僬侥火焰旗。"[1] 卢仝《守岁》云："老来经节腊，乐事甚悠悠。不及儿童日，都卢不解愁。"[2] 薛涛《斛石山书事》云："王家山水画图中，意思都卢粉墨容。今日忽登虚境望，步摇冠翠一千峰。"[3] 王翰《观蛮童为伎之作》云："长裙锦带还留客，广额青娥亦效颦。共惜不成金谷妓，虚令看杀玉车人。"[4] 又王建《观蛮女》诗云："欲说昭君敛翠蛾，清声委屈怨于歌。谁家年少春风里，抛与金钱唱好多。"[5] 这些诗中的"僬侥""都卢""蛮童""蛮女"等都有可能是来自骠国的杂技艺人。僬侥，其所在乃中国云南至缅甸一带。《国语·鲁语下》载："仲尼曰：'僬侥氏长三尺，短之至也。'"韦昭注曰："僬侥，西南蛮之别名也。"[6] 《后汉书·明帝纪》记载："西南夷哀牢、儋耳、僬侥、槃木、白狼、动黏诸种，前后慕义贡献。"[7] 都卢，即夫甘都卢国，今缅甸蒲甘一带。"蛮"是中国古代文献中对中国西南地区、东南亚和南亚各民族的称呼。

第五节　唐朝与扶南（真腊）的关系

真腊在今柬埔寨立国，即古之扶南，中国文献称之为"吉

1　（唐）白居易著，谢思炜校注《白居易诗集校注》卷 19，第 1556 页。

2　（清）彭定求等编《全唐诗》卷 387，第 4371 页。

3　张篷舟笺《薛涛诗笺》，人民文学出版社，1983，第 12 页；（清）彭定求等编《全唐诗》卷 803，第 9038 页。按：此诗中之"都卢"或解为"不过"，唐时口语（张相《诗词曲辞汇释》），未必确切。从"粉墨容"来看，"都卢"似指某种人。"王家山水"指王维画风，王维山水画乃水墨山水，"都卢"面黑，或以此形容王维水墨山水画之色相，意谓初看并不美。

4　周勋初等主编《全唐五代诗》卷 114，第 2354 页。

5　（唐）王建著，王宗堂校注《王建诗集校注》卷 9，第 466 页。

6　徐元诰：《国语集解》卷 5《鲁语下》，王树民、沈长云点校，中华书局，2002，第 203 页。

7　《后汉书》卷 2《明帝纪》，第 121 页。

蔑""真腊""文单""婆镂"等。扶南是 1 世纪至 7 世纪末存在于古
代中南半岛上的一个古老王国。在所有曾经出现在东南亚古代历史的
王国中，扶南国较为广大，其辖境大致相当于今柬埔寨全部以及老
挝南部、越南南部和泰国东南部。扶南在古代海上丝绸之路上地位重
要，"为唐以前东西往来之要冲"。[1] 从中国南海出发经林邑便至真腊，
真腊跟扶南一样是海上丝绸之路的要道。

一　唐朝与扶南、真腊的关系

柬埔寨民族起源和扶南国的发展，史学界颇多争议。柬埔寨的
发展历史与中国有着千丝万缕的联系。柬埔寨民族起源于吉蔑族，即
中国古代云南境内的昆明族，昆明族南下至今柬埔寨，建立扶南国和
真腊国。真腊原是扶南国北方藩属，国王刹利氏崛起于今湄公河中
下游，6 世纪后期以武力推翻扶南王朝，建立起以吉蔑族为核心的高
棉王国，即"真腊国"。关于扶南国及其与唐朝的关系，《新唐书·南
蛮传》记载：

> 扶南，在日南之南七千里，地卑洼，与环王同俗，有城郭宫
> 室。王姓古龙，居重观，栅城，楮叶以覆屋。王出乘象。其人黑
> 身、鬈发，倮行，俗不为寇盗。田一岁种，三岁获。国出刚金，
> 状类紫石英，生水底石上，人没水取之，可以刻玉，扣以羖角，
> 乃泮。人喜斗鸡及猪。以金、珠、香为税。治特牧城，俄为真腊
> 所并，益南徙那弗那城。武德、贞观时，再入朝，又献白头人
> 二。白头者，直扶南西，人皆素首，肤理如脂，居山穴，四面峭
> 绝，人莫得至，与参半国接。[2]

1　冯承钧：《中国南洋交通史》，商务印书馆，1998，第 3 页。

2　《新唐书》卷 222 下《南蛮传下》，第 6301 页。

可知扶南国被真腊征服后，南迁余部仍向唐朝入贡，此后扶南国事失载。

　　真腊国，《新唐书·南蛮传》记载："一曰吉蔑，本扶南属国。去京师二万七百里。东距车渠，西属骠，南濒海，北与道明接，东北抵骤州。其王刹利伊金那，贞观初并扶南有其地"；"有战象五千，良者饲以肉"。真腊国建立不久，便于隋大业十三年（617）遣使来中国。唐朝建立，真腊就与唐朝通好，"自武德至圣历，凡四来朝"。[1] 唐高祖武德二年（619），真腊遣使入唐。贞观二年（628），又与林邑使者一道前来朝贡，唐太宗回赐丰厚。此后真腊使者屡次携带贵重礼物来访。高宗永徽年间（650~655），真腊入贡白象达 32 头，这些白象都经过训练，能跪拜舞蹈，每逢节日，就在宫苑中表演。唐中宗神龙后真腊国分裂为二，形成"水真腊"和"陆真腊"。"神龙后分为二半：北多山阜，号'陆真腊半'；南际海，饶陂泽，号'水真腊半'。水真腊地八百里，王居婆罗提拔城。陆真腊或曰文单，曰婆镂，地七百里，王号'笪屈'。"[2] 前者在今柬埔寨，后者在今老挝。一般认为，文单国（陆真腊）都城所在，即今老挝首都万象。

　　"陆真腊"与唐朝交往频繁，"开元、天宝时，王子率其属二十六来朝，拜果毅都尉。大历中，副王婆弥及妻来朝，献驯象十一；擢婆弥试殿中监，赐名宾汉"。[3] "宾汉"之名意谓"中国上宾"。据《册府元龟》记载，其国多次遣使入朝。"景龙五年六月丙子，文单国、真腊国朝贡使还蕃，并降玺书及帛五百匹，赐国王。文单、真腊皆南方小国也，尝奉正朔，职贡不绝，帝嘉之，故有是宠。"[4] 天宝十二载"九月辛亥，文单国王子率其属二十六人来朝，并授其属果毅都尉，赐紫金鱼袋，随何履光于云南征讨，事讫听还蕃"。[5] "大历六年

1　《新唐书》卷 222 下《南蛮传下》，第 6301 页。
2　《新唐书》卷 222 下《南蛮传下》，第 6301 页。
3　《新唐书》卷 222 下《南蛮传下》，第 6301 页。
4　（宋）王钦若等编《册府元龟》卷 974，第 11445 页。
5　（宋）王钦若等编《册府元龟》卷 975，第 11458 页。

十一月，文单国王来朝，诏曰：'……文单国副王婆弥，慕我中朝之化，方通南极之风，义在抚柔，礼当加等，可开府仪同三司、试殿中监。'"[1]

二　唐诗中的扶南（真腊）文化

唐诗中最早提到"真腊"，见于沈佺期五言长诗《答魑魅代书寄家人》，其中写他贬谪远方："涨海缘真腊，崇山压古棠。雕题飞栋宇，儋耳间衣裳。"[2] 形容自己贬谪之地之荒远，大海与真腊相连。但在唐诗中使用"真腊"称呼其国仅见此例，诗人们更多地用其旧称"扶南"，这跟唐诗中咏及地名喜用古称的惯例有关。从真腊传来的物品，甘蔗给唐人留下深刻印象。李顾《送刘四赴夏县》诗写刘四诗名远播，被召入麒麟阁任职："新诗数岁即文雄，上书昔召蓬莱宫。明主拜官麒麟阁，光车骏马看玉童。高人往来庐山远，隐士往来张长公。扶南甘蔗甜如蜜，杂以荔枝龙州橘。"[3] 在刘氏的朝廷任官生活中，他特意提到扶南甘蔗，朝廷里享受到的扶南甘蔗应当是来自真腊的贡物。

真腊给唐朝的贡物有名的是驯象。"大历中，副王婆弥及妻来朝，献驯象十一；擢婆弥试殿中监，赐名宾汉。是时，德宗初即位，珍禽奇兽悉纵之，蛮夷所献驯象畜苑中，元会充廷者凡三十二，悉放荆山之阳。"[4] "德宗以大历十四年五月即位，以文单国累献驯象凡四十有二，皆荦于禁中，有善舞者以备元会庭实。至是悉令放于荆山之阳。"[5] 德宗放驯象被视为善政而为人称颂，进士科考试甚至以此为试题令举子作赋。苏鹗《杜阳杂编》记载：

1　（宋）王钦若等编《册府元龟》卷 965，第 11351 页。
2　（唐）沈佺期、宋之问撰，陶敏、易淑琼校注《沈佺期宋之问集校注》，第 108 页。
3　（唐）李顾著，王锡九校注《李顾诗歌校注》卷 2，第 393 页。
4　《新唐书》卷 222 下《南蛮传下》，第 6301 页。
5　（宋）王钦若等编《册府元龟》卷 42，第 481 页。

上（唐德宗）每临朝，多令征四方丘园才能学术直言极谏之
士，由是提笔贡艺者，满于阙下。上亲自考试，用绝请托之门。
是时文学相高，公道大振，得路者咸以推贤进善为意。上试制科
于宣政殿，或有词理乖谬者，即浓笔抹之至尾。如辄称旨者，必
翘足朗吟。翌日则遍示宰臣学士曰："此皆朕门生也。"是以公卿
大臣已下无不服上藻鉴。宏词独孤绶所司试《放驯象赋》，及进
其本，上自览考之，称叹者久。因吟其句曰："化之式孚，则必受
乎来献；物或违性，斯用感于至仁。"上以绶为知去就，故特书
第三等。先是代宗朝文单国累进驯象三十有二。上即位，悉令放
之于荆山之南，而绶不辱其受献，不伤放弃，故赏其知去就焉。[1]

真腊国献驯象，德宗放之，此事也见于诗人的吟咏。元稹《和李校书
新题乐府十二首·驯犀》诗云："建中之初放驯象，远归林邑近交广。
兽返深山鸟构巢，鹰雕鸱鹘无羁靮。"[2] 这里说的就是代宗时真腊国所
献驯象，德宗建中年间放之。《旧唐书·德宗纪》史臣称赞德宗："出
永巷之嫔嫱，放文单之驯象。"[3] 真腊国入贡的白象成为唐人绘画的素
材，诗人的咏画诗写到白象。顾况《杜秀才画立走水牛歌》描述杜秀
才画中的内容："昆仑儿，骑白象，时时锁著师子项。"[4]

　　扶南乐舞在隋初即已传入中国。《隋书·音乐志》记载隋文帝开
皇年间"七部乐"之后云："又杂有疏勒、扶南、康国、百济、突厥、
新罗、倭国等伎。"[5] 扶南乐在唐代乐舞中有更高的地位。唐初"扶南
乐"被纳入九部乐之列。杜佑《通典》记载："宴乐，武德初，未暇
改作，每宴享，因隋旧制，奏九部乐，一宴乐，二清商，三西凉，四
扶南，五高丽，六龟兹，七安国，八疏勒，九康国。"[6] "扶南乐，舞二

1　上海古籍出版社编《唐五代笔记小说大观》，上海古籍出版社，2000，第1379页。

2　杨军笺注《元稹集编年笺注（诗歌卷）》，第119页。

3　《旧唐书》卷13《德宗纪》，第400页。

4　（唐）顾况著，赵昌平校编《顾况诗集》卷2，第52~53页。

5　《隋书》卷15，第377页。

6　（唐）杜佑：《通典》卷146《乐·坐立部伎》，第3720页。

人，朝霞衣，朝霞行缠，赤皮鞋。隋代全用《天竺乐》，今其存者有
羯鼓、都昙鼓、毛员鼓、箫、横笛、筚篥、铜钹、贝。"[1] 唐太宗时把
隋代"九部伎"改为"十部乐"，其中仍有"扶南乐"。盛唐诗人王维
曾为《扶南乐》谱写歌词，有《扶南曲歌词》五首。[2] 在唐宫廷中有扶
南的乐师，他们将曲艺传授给宫廷女艺人，在节庆宴会上献演。扶南
国富于民族特色的乐舞，丰富了中国古典乐舞的内容。

　　唐朝与真腊之间的贸易十分频繁，真腊商船经常出现在中国海港，
其贸易地区主要在广州和交州。唐朝的巨型帆船不断驶往真腊，运销
大批中国货，如金银、缣帛、漆器、瓷器、水银、纸札、硫黄、焰硝、
檀香、白芷、麝香、麻布、雨伞、铁锅、铜盘、珍珠、桐油、簸箕、
木梳、针、席等，特别是泉州的青瓷器和明州的草席，颇受真腊人欢
迎。真腊国紫檀木传入中国。唐苏鹗《苏氏演义》记载："紫檀木，出
扶南，而色紫，亦谓之紫斾。"[3] 真腊国苏方木通过商贸活动输入中国，
据上引顾况《上古之什补亡训传十三章·苏方一章》序，当时经海路
运至山东的苏方木"岁发扶南、林邑"。这里的扶南即真腊。苏方木至
迟在西晋时即移植中国南方，晋嵇含《南方草木状》卷中云："苏方，
树类槐，黄花黑子，出九真。南人以染绛，渍以大庾之水则色愈深。"[4]
李时珍《本草纲目》说苏方木"暹罗国人贱用如薪"。[5] 暹罗在古扶南国
境内，那里盛产苏方木，也是输入唐朝的苏方木的主要来源地。

三　沈佺期诗中的堂明国

　　堂明国是真腊附属国。在中国文献中堂明国最早见于《三国
志·吕岱传》："岱既定交州，复进讨九真，斩获以万数。又遣从事南

1　（唐）杜佑：《通典》卷146《乐·四方乐》，第3723页。

2　（唐）王维撰，（清）赵殿成笺注《王右丞集笺注》卷2，第10页。

3　（唐）苏鹗：《苏氏演义》卷下，第28页。

4　（清）梁廷枏等：《南越五主传（及其它七种）》，杨伟群校点，广东人民出版社，1982，第64页。

5　（明）李时珍：《本草纲目》卷35，第871页。

宣国化，暨徼外扶南、林邑、堂明诸王各遣使奉贡。"[1] 堂明国位于今老挝中北部，是老挝历史上最早出现的国家，曾附属于扶南（真腊）。[2] 堂明国的族属有争议，有人认为"堂明国是吉蔑人建立的国家。……主体民族是吉蔑族"，"应建于公元一至二世纪，即与扶南、林邑的建国时间大致相同"。[3] 有人认为建立堂明国的不是吉蔑族，而是僚人，主体民族为僚族。[4] 由于史料的限制，关于老挝古代国家历史的研究比较缺乏。

有关堂明国的文献史料很少，唐诗中有零星材料，称"道明国"。初唐诗人沈佺期在神龙年间被贬至驩州，其《初达驩州二首》其一云："自昔闻铜柱，行来向一年。不知林邑地，犹隔道明天。雨露何时及，精华若个边。思君无限泪，堪作日南泉。"[5] 他知道林邑是比道明国更远的地方。《新唐书·南蛮传》记载，真腊"东距车渠，西属骠，南濒海，北与道明接"。[6] 据此判断，堂明国"大概是在现在老挝川圹。川圹，老挝名为'镇宁'（Tran Nink），声音颇近于道明"。[7] 川圹在老挝北部，对于来到驩州的沈佺期来说，林邑在比堂明国更远的地方。沈佺期《从崇山向越常》诗序云："按《九真图》，崇山至越常四十里，杉谷起古崇山，竹溪从道明国来，于崇山北二十五里合，水歆缺，藤竹明昧，有三十峰，夹水直上千余仞，诸仙窟宅在焉。"其诗云：

> 朝发崇山下，暮坐越常阴。西从杉谷度，北上竹溪深。竹溪
> 道明水，杉谷古崇岑。[8]

1　《三国志》卷 60《吕岱传》，第 1385 页。

2　黄盛璋：《文单国——老挝历史地理新探》，《历史研究》1962 年第 5 期。

3　申旭：《关于堂明国若干问题的考辨》，《东南亚》1984 年第 2 期。

4　侯献瑞：《论堂明国的族属》，《东南亚》1986 年第 4 期。

5　周勋初等主编《全唐五代诗》卷 66，第 1293 页。

6　《新唐书》卷 222《南蛮传下》，第 6301 页。

7　申旭：《关于堂明国若干问题的考辨》，《东南亚》1984 年第 2 期。

8　周勋初等主编《全唐五代诗》卷 66，第 1299~1300 页。

此竹溪水可能指从老挝流入越南之地的"大江","越常"即越裳,在今越南。沈佺期的五言长诗《答魑魅代书寄家人》写自己被贬至远方:"涨海缘真腊,崇山压古棠。雕题飞栋宇,儋耳间衣裳。""古棠"即堂明,为押韵而略称。崇山,《尚书·舜典》记载,"流共工于幽州,放驩兜于崇山",在唐驩州境内,沈佺期的诗也证明了这一点。从沈佺期的诗来看,对于唐人来说,堂明国的方位是很明确的,当时有《九真图》,应该有明确标注。

　　唐时道明国附属于真腊,《新唐书·南蛮传》"真腊国"条云:"道明者,亦属国,无衣服,见衣服者共笑之。无盐铁,以竹弩射鸟兽自给。"[1] 史书中无堂明国入唐朝贡的记载,可能与其附属于真腊有关。

　　如上所述,当时与唐朝通好的东南亚国家达十多个,但在唐诗中有所反映的是上述诸国。作为史料,唐诗有很大的局限性。诗人不是历史学家,他们并不承担必然记载历史的责任和任务,他们关注的是个人的兴趣,是否写诗要看周围的事物能否引起他们的诗情和灵感。唐代诗人关注社会现实,国内重大的历史事件及其引起的唐与周边民族政权关系的变迁,受到他们注意;新奇的域外事物容易吸引他们的注意力,激发其作诗的兴趣。但他们写到的人、事和物还是为我们认识唐代社会提供了新鲜的材料,有的可以弥补史料之不足。因此,通过诗史互证,本章中有关唐朝与东南亚各国关系的诗篇对我们认知历史具有重要意义。对外关系的发展和对外文化交流为唐诗写作提供了许多新鲜素材,推动了唐诗的繁荣发展。

---

[1] （汉）孔安国传,（唐）孔颖达疏《尚书正义》卷 3《舜典》,《十三经注疏》,第 128 页。

第二十一章 从唐诗看唐朝与日本的关系

　　唐代日本遣唐使的活动标志着中日文化交流达到高潮，这给唐代文学带来新的题材，诗人们留下了不少歌咏中日交往的篇章。在日本遣唐使与唐人的交往活动中，诗歌发挥了重要作用。唐朝诗人与日本友人歌咏中日间的交往活动，送日本友人归国，与日本友人赠答酬唱，表达对日本友人的情谊和敬重，往往用诗歌作为工具。唐诗中也有关于日本文化的吟咏。唐代诗歌是重要的交际工具，具有很强的实用性，在唐代中日关系中曾是沟通双方情感的心灵桥梁。由此可见，唐诗在推动东亚汉文化圈的形成和发展中的重要作用。本章从唐诗透露的信息管窥中日关系和文化交流。

第一节　中日使节往来与唐诗

唐代中日之间最重要的交往活动便是遣唐使入华，这一重大事件在唐朝社会引起巨大反响。那些奉命入华的使节、留学生和留学僧与唐人交友，唐代诗人留下了与之交往的诗篇。在与日本友人的赠答酬唱中，诗人表达了对日本友人的诚挚友情。当时活跃在唐代社会与诗人交游的主要是两类人，一是官方使节，二是学问僧。

朋友离别远行，唐人有写诗送行的习惯。当日本友人回国之际，唐代诗人也是如此。日本遣唐使、学问僧回国，有时皇帝亲自送行，为之赋诗。藤原清河等遣唐使回国时，唐玄宗作诗《送日本使》：

> 日下非殊俗，天中嘉会朝。念余怀义远，矜尔畏途遥。涨海宽秋月，归帆驶夕飙。因惊彼君子，王化远昭昭。[1]

日本人接受中华文明的程度连玄宗都感到意外。据日本《高僧传》记载："天平胜宝四年，藤原清河为遣唐大使，至长安见元（玄）宗。元宗曰：'闻彼国有贤君，今观使者趋揖有异，乃号日本为礼义君子国。'"[2]日本天平胜宝四年（752），即唐天宝十一载。玄宗命晁衡导引清河等人参观府库及三教殿，又图清河貌纳于蕃藏中，及归赐诗。这首诗在中国文献中没有保存，被日本史籍记载。不仅皇上赋诗送别，唐代官员文士往往皆有此举，唐诗中有不少此类作品。刘长卿《同崔载华赠日本聘使》云："怜君异域朝周远，积水连天何处通。遥指来从初日外，始知更有扶桑东。"[3]

当时入华的日本人中有不少留学生，这些人有的在唐朝留学，参加科举考试，并在唐朝做官。在众多入唐日本人中，晁衡与唐朝诗人

1　〔日〕河世宁纂辑《全唐诗逸》卷上，第 1 页。
2　〔日〕河世宁纂辑《全唐诗逸》卷上，第 1 页。
3　（唐）刘长卿著，储仲君笺注《刘长卿诗编年笺注》，第 463 页。

的交往成为中日关系史上的佳话。晁衡原名阿倍仲麻吕，一作安陪仲麻吕，《旧唐书·日本国传》音译作"仲满"。阿倍仲麻吕被选为入唐留学生，开元五年（717）随第九次遣唐使入唐。完成"国士学"学业后，改用中国姓名，以晁衡（又写作朝衡）之名参加科举考试，中进士。初任司经局校书，又为左春坊太子伴读。他是第一位在唐朝学习并通过科举途径取得官职的日本人。开元十九年，被任命为左拾遗，又升任左补阙，掌供奉讽谏。他富有才华，擅长歌咏，深受玄宗赏识。长安著名诗人储光羲、王维、李白、赵骅、包佶等皆与之交游，他与诗人们吟诗酬赠。唐诗中与其相关的作品有七首。储光羲《洛中贻朝校书衡》云：

> 万国朝天中，东隅道最长。吾（一作朝）生美无度，高驾仕春坊。出入蓬山里，逍遥伊水傍。伯鸾游太学，中夜一相望。落日悬高殿，秋风入洞房。屡言相去远，不觉生朝光。[1]

此诗题注云："朝即日本人也。"称他为"校书"，说明这是晁衡踏上仕途后不久写的诗。"吾生"（或"朝生"）正是对一位年轻人的称呼。"仕春坊"说明是晁衡任太子伴读时的作品，东宫被称为"春坊"。其时储光羲和晁衡都在东都洛阳，故写晁衡的生活，仕宦则"蓬山里"，即司经局，休闲时则"逍遥伊水傍"。

天宝十二载（753）冬，晁衡任秘书监兼卫尉卿，以唐朝使节身份随日本遣唐使藤原清河等人回国。王维、包佶、赵骅等人皆有诗送行。王维《送秘书晁监还日本国（并序）》诗序长达六百余字，记载了这次送别的情况。序先写唐朝与诸国关系，又对日本国和晁衡极尽赞美之意，最后写晁衡归国赋诗赠别之意。诗用五排体，表达了对这位日本朋友的深挚情谊：

---

1 （清）彭定求等编《全唐诗》卷138，第1405页。

积水不可极，安知沧海东！九州何处远？万里若乘空。向国
惟看日，归帆但信风。鳌身映天黑，鱼眼射波红。乡树扶桑外，
主人孤岛中。别离方异域，音信若为通。[1]

由于航海水平的限制，当时中日之间海上航行是很危险的，因此在送
晁衡归国的诗中自然表达了对他的牵挂，诗写巨鳌、鱼眼意在渲染海
上航行的恐怖。晁衡以秘书监长官身份赴日，故诗题中称其为"秘
书晁监"。包佶《送日本国聘贺使晁巨卿东归》是同时的送行之作：

上才生下国，东海是西邻。九译蕃君使，千年圣主臣。野情
偏得礼，木性本含真（一作仁）。锦帆乘风转，金装照地新。孤
城开蜃阁，晓日上朱轮。早识来朝岁，涂山玉帛均。[2]

晁衡的身份是秘书监长官，九卿之一，是正职，其副职为少卿，故称
正职为"巨卿"。诗题揭示了晁衡这次去日本，既作为唐朝使臣，又
将担任日本聘贺使返唐，还有归乡探亲之意。包佶在天宝年间曾任秘
书监，应该和晁衡是同事，他盼望具有双重身份的晁衡完成使命，能
早日返唐，作为日本使臣入贡。赵骅《送晁补阙归日本国》诗云：

西掖承休浣，东隅返故林。来称郑子学，归是越人吟。马上
秋郊远，舟中曙海阴。知君怀魏阙，万里独摇心。[3]

晁衡曾担任左补阙，此次赴日，朝廷才任命他为秘书监兼卫尉卿，故
诗题中仍称旧职名。赵骅担任过秘书少监，和包佶一样，可能与晁衡
有职务上的关系，故写诗送行。从包佶、赵骅的身份看，这次送行的
活动应当就是秘书监部门的官员安排的。诗末二句表达对晁衡早日返

1　（唐）王维撰,（清）赵殿成笺注《王右丞集笺注》卷 12，第 221 页。

2　（清）彭定求等编《全唐诗》卷 205，第 2142 页。

3　（清）彭定求等编《全唐诗》卷 129，第 1320 页。

唐的企盼。

晁衡归国途中遇险，船只遭遇风暴，与其他船只失联，当时误传晁衡遇难，他的唐朝朋友十分震惊。李白作《哭晁卿衡》表达悼念之情："日本晁卿辞帝都，征帆一片绕蓬壶。明月不归沉碧海，白云愁色满苍梧。"[1] 因为晁衡有卫尉卿的身份，故诗题中称他为"晁卿"。帝都即长安，蓬壶是传说中东海中的仙山，代指日本。"明月不归"比喻溺死海中。苍梧本指九嶷山，此指传说中东北海中的郁州山，传说郁州山自苍梧飞来。晁衡漂流到安南驩州（今越南荣市）一带，遇海盗，同船死者170余人，晁衡与藤原辗转回到长安，后来随唐玄宗到成都，在唐仕至安南都护。

安史之乱曾影响到对外交往，但当唐朝对安史叛军的战争取得一定胜利时，外国使节便又纷纷入唐，日本国也是如此。李白《放后遇恩不沾》就反映了这种形势的变化："天作云与雷，霈然德泽开。东风日本至，白雉越裳来。"[2] 与元白同时而稍晚的诗人徐凝《送日本使还》诗云：

> 绝国将无外，扶桑更有东。来朝逢圣日，归去及秋风。夜泛潮回际，晨征苍莽中。鲸波腾水府，蜃气壮仙宫。天眷何期远，王文久已同。相望杳不见，离恨托飞鸿。[3]

诗反映了安史之乱后日本遣唐使入华的史实，也反映了日本使臣归国时朋友们继续保持着写诗送行的传统。徐凝的诗还反映了唐人对日本社会的认知，经过遣唐使的努力，日本在接受先进的唐文化的基础上各方面有了巨大进步，徐凝诗"王文久已同"就反映了这种状况。

日本遣唐使入唐，唐朝往往遣使报聘，当有人奉命出使日本时，朋友们往往也写诗相送，表达赞叹、祝愿和眷恋之情。马戴《送册东

---

1 （唐）李白著，瞿蜕园、朱金城校注《李白集校注》卷26，第1503页。

2 （唐）李白著，瞿蜕园、朱金城校注《李白集校注》卷25，第1461页。

3 （清）彭定求等编《全唐诗》卷474，第5374页。

夷王使》云：

> 越海传金册，华夷礼命行。片帆秋色动，万里信潮生。日映
> 孤舟出，沙连绝岛明。翳空翻大鸟，飞雪洒长鲸。旧翼回应改，
> 遐荒梦易惊。何当理风楫，天外问来程。[1]

"东夷"泛指东方属国，这首诗中写到"越海""万里""绝岛""遐
荒""天外"，都极言其遥远，似指日本。赴日本的唐朝使节担任着册
封其国王的使命。从唐诗中可知，也有非官方使节而是作为个人远游
日本的，如方干《送人游（一作之）日本国》："苍茫大荒外，风教即
难知。连夜扬帆去，经年到岸迟。波涛含左界，星斗定东维。或有归
风便，当为相见期。"[2] 这位远游者并未留下姓名，中日之间距离遥远，
又隔大海，行程艰险，这样的远游为数不多。这样的诗表达的往往是
私人情谊和离情别绪，这种个人远游的行为一般也不见于史书记载，
唐诗为我们提供了证据。

第二节　佛教人士往来与唐诗

出现在唐诗中的日本人还有来唐朝学习和交流的僧人，当他们
回国时，诗人为之送行。在这样的诗中，诗人往往赞叹对方的佛学
修养，表达离别眷恋之情。钱起《送僧归日本》："上国随缘住，来
途若梦行。浮天沧海远，去世法舟轻。水月通禅观，鱼龙听梵声。
惟怜一灯影，万里眼中明。"[3] 方干《送僧归日本》："四极虽云共二仪，

1　杨军、戈春源注《马戴诗注》，第 94 页。
2　（清）彭定求等编《全唐诗》卷 649，第 7454 页。
3　（清）彭定求等编《全唐诗》卷 237，第 2638 页。按：此诗异字较多。诗题"日本"一作"日
　东"。正文："上国随缘住（一作至，一作去），来（一作东）途若梦行。浮天（一作云）沧海远，
　去世法舟（一作船）轻。水月通禅观，鱼龙听梵声。惟怜一（一作慧）灯（一作塔）影，万里
　眼中明。"

晦明前后即难知。西方尚在星辰下，东域已过寅卯时。大海浪中分
国界，扶桑树底是天涯。满帆若有归风便，到岸犹须隔岁期。"[1] 吴融
《送僧归日本国》："沧溟分故国，渺渺泛杯归。天尽终期到，人生此
别稀。无风亦骇浪，未午已斜晖。系帛何须雁，金乌日日飞。"[2] 韦庄
《送日本国僧敬龙归》云："扶桑已在渺茫中，家在扶桑东更东。此
去与师谁共到？一船明月一帆风。"[3] 贯休《送僧归日本》："焚香祝海
灵，开眼梦中行。得达即便是，无生可作轻。流黄山火著，碇石索
雷鸣。想到夷王礼，还为上寺迎。"[4] 刘禹锡《赠日本僧智藏》："浮杯
万里过沧溟，遍礼名山适性灵。深夜降龙潭水黑，新秋放鹤野田青。
身无彼我那怀土，心会真如不读经。为问中华学道者，几人雄猛得
宁馨。"[5] 唐代诗人写到入华的日本僧人，往往充满敬重之意。司空图
《赠日东鉴禅师》："故国无心度海潮，老禅方丈倚中条。夜深雨绝松
堂静，一点飞萤照寂寥。"[6]

　　在唐朝与日本的佛教交流中，鉴真东渡是最重要的事件。皇甫曾
《赠鉴上人》云：

　　　　律仪传教诱，僧腊老烟霄。树色依禅诵，泉声入寂寥。宝龛
　　经末劫，画壁见南朝。深竹风开合，寒潭月动摇。息心归静理，
　　爱道坐中宵。更欲寻真去，乘船过海潮。[7]

日本学者藏中进考证系送别鉴真之诗，并推定其场所为扬州的延光

1　（清）彭定求等编《全唐诗》卷 652，第 7495 页。

2　（清）彭定求等编《全唐诗》卷 684，第 7861 页。

3　《韦庄集》卷 1，第 5 页。

4　（唐）贯休著，胡大浚笺注《贯休歌诗系年笺注》卷 12，第 590 页。

5　（唐）刘禹锡著，瞿蜕园笺证《刘禹锡集笺证》卷 29，第 962 页。

6　（清）彭定求等编《全唐诗》卷 633，第 7269 页。按：此诗一作郑谷诗，见《全唐诗》卷 675。

7　（清）彭定求等编《全唐诗》卷 210，第 2184 页。此诗诸本文字相异处较多，除《全唐诗》考
　　异之外，《中兴间气集》"动摇"作"对摇"，"归"作"居"，"过"作"泛"。此诗还收录于唐宋
　　时代的《中兴间气集》《二皇甫集》《文苑英华》，以及明代《唐诗品汇》《古今诗删》等。《全唐
　　诗》卷 210 题为《赠鉴上人》，别题"一作《赠别筌公》"。

寺或龙兴寺，作诗时间为鉴真自龙兴寺出走的"十月十九日"。[1] 王勇在藏中进考证的基础上，进一步分析了皇甫曾创作此诗的动机，也肯定这首诗系送别鉴真之作。[2] 鉴真去世后，与鉴真同时的思托有《五言伤大和上传灯逝日本》诗悼念："上德乘杯渡，金人道已东。戒香余散馥，慧炬复流风。月隐归灵鹫，珠逃入梵宫。神飞生死表，遗教法门中。"法进作《七言伤大和上》："大师慈育契圆空，远迈传灯照海东。度物草（寸）筹盈石室，散流佛戒绍遗踪。化毕分身归净国，娑婆谁复为验龙？"[3] 唐使高鹤林出使日本，本想拜谒这位名扬中日两国的高僧，当得知大师已经灭度，不胜唏嘘，赋《因使日本愿谒鉴真和尚既灭度不觏尊颜嗟而述怀》一诗："上方传佛灯，名僧号鉴真。怀藏通邻国，真如转付民。早嫌居五浊，寂灭离嚣尘。禅院从今古，青松绕塔新。斯法留千载，名记万年春。"[4] 诗赞美鉴真大师的高尚品格和对中日两国人民的贡献，表达了钦仰和赞叹之情。

日本僧人最澄与唐朝诗人的唱和是诗坛又一大盛事。最澄是日本

1 诗的标题及正文并没有出现"倭""日本""扶桑""日东""海东"等语句，过去没有人认为与鉴真有关。藏中进分析全诗字句，认为满足"鉴上人"的人要具备四个条件：（1）僧侣，而且是具有多年"僧腊"的年老僧人；（2）精通戒律，且与禅有密切关系的僧人；（3）当时虽是在静寂的僧堂中坐禅，但正在等待时机，准备"过海潮"的僧人；（4）与作者皇甫曾为同时代的僧人。他认为满足上述条件的人"只有过海大师鉴真大和尚"。见藏中进《唐大和上东征传研究》，樱枫社，1976。

2 王勇认为藏中进功绩至大，但并没有解决所有疑问。别题中出现的"筌公"究竟何人？鉴真与皇甫曾赠诗往来的接点何在？他认为在收录皇甫曾作品的唐人选唐诗集中，诗题作《赠别筌公》是不能舍去的，"筌公"应为鉴真的名号。他确认灵一与皇甫曾作为"尘外之友"频繁应酬唱和诗文，而且同时与灵祐作为"友善者"也有亲密的交流。灵祐为鉴真的门徒，是连接灵一与鉴真的重要媒介。皇甫曾与诗僧灵一亲切交流之事实本身，表明了皇甫曾对佛教特别是律宗有深刻的理解。当他从灵一以及灵一周边的其他人员得知鉴真渡航的矢志不渝以及九死一生的冒险行为时，一定会被深深打动。如果这是事实的话，那么就可以理解皇甫曾深知会被官府处罚，也悄悄地赴龙兴寺拜访鉴真赠呈惜别诗的动机。参见王勇《唐诗中的鉴真》，《唐都学刊》2007年第4期。

3 陈尚君辑校《全唐诗补编》，第291页。

4 〔日〕河世宁纂辑《全唐诗逸》卷中，第21页。这首诗不见于中国文献，收入日本《鉴真和尚传》一书，被河世宁辑入《全唐诗逸》，并云："按鉴真示寂在天平宝字六年，鹤林奉使未详在何年。""天平宝字"（757~765）是奈良时代孝谦天皇、淳仁天皇、称德天皇之年号，诗当作于763年后。高鹤林官"都虞候冠军大将军试太常卿上柱国"。

近江国滋贺郡人，少年出家，师从近江国师行表，后在鉴真生前弘法的东大寺受具足戒，并学习鉴真和思托带来的天台宗经籍。804 年，率弟子义真等随日本第十二次遣唐副使石川道益入唐。九月二十六日至临海，谒见台州刺史陆质（本名淳，避唐宪宗讳改之），从这里回国。台州诗人为之赋诗送行。吴顗《送最澄上人还日本国叙》详叙最澄经历，保存了中日文化交流史上一段重要史料：

> 过去诸佛为求法故，或碎身如尘，或捐躯强虎，尝闻其说，今睹其人。日本沙门最澄，宿植善根，早知幻影，处世界而不著，等虚空而不凝（一作碍），于有为而证无为，在烦恼而得解脱。闻中国故大师智颛，传如来心印于天台山，遂赍黄金涉巨海，不惮陷（张步云谓疑"滔"）天之骇浪，不怖映日之惊鳌，处其身而身存，思其法而法得。大哉其求法也！以贞元二十年九月二十六日臻于（临）海郡，谒太守陆公，献金十五两、筑紫斐纸二（一作一）百张、筑紫笔二百管、筑紫墨四挺、刀子一、加班组二、火铁二、加大（张步云谓疑火）石二、兰木九、水精珠一贯。陆公精孔门之奥旨，蕴经国之宏才，清比冰囊，明逾霜月，以纸等九物，达于庶使，返金于师。师译言请货金贸纸，用书《天台止观》。陆公从之，乃命大师门人之裔哲曰道邃，集工写之，逾月而华，邃公亦开宗指审焉。最澄忻然瞻仰，作礼而去。三月初吉，邃方景浓，酌新茗以饯行，对春风以送远，上人还国调奏，知我唐圣君之御宇也。贞元二十一年三月巳日，台州司马吴顗叙。

其诗云："重译越沧溟，来求观行经。问乡朝指日，寻路夜看星。得法心念喜，乘杯体自宁。扶桑一念到，风水岂劳形？"[1] 刺史陆质《送

1　诗序皆见最澄《显戒论缘起》卷上，转录自张步云《唐代逸诗辑存》，参见《东南文化》1990 年第 6 期周琦等录文。陈尚君辑校《全唐诗补编》，第 943~944 页。

最澄阇梨还日本诗》："海东国主尊台教，遣僧来听《妙法华》。归来香风满衣裓，讲堂日出映朝霞。"[1]台州录事参军孟光《送最澄上人还日本国》："往岁来求请，新年受法归。众香随贝叶，一雨润禅衣。素舸轻翻浪，征帆背落晖。遥知到本国，相见道流稀。"[2]临海县令毛涣《送最澄上人还日本国》："万里求文教，王春怆别离。未传不住相，归集祖行诗。举笔论蓄意，焚香问汉仪。莫言沧海阔，杯度自应知。"乡贡进士崔谟《送最澄上人还日本国》："一叶来自东，路在沧溟中。远思日边国，却逐波上风。问法言语异，传经文字同。何当至本处，定作玄门宗。"广文馆学士全济时《送最澄上人还日本国》："家与扶桑近，烟波望不穷。来求贝叶偈，远过海龙宫。流水随归处，征帆远向东。相思渺无畔，应使梦魂通。"行满《送最澄上人还日本国》："异域乡音别，观心法性同。来时求半偈，去罢悟真空。贝叶翻经疏，归程大海东。何当到本国，继踵大师风。"行满，万州南浦人。早岁辞亲受戒，大历中师荆溪湛然。后至天台修行，栖华顶下二十余年，与日僧最澄交谊甚笃。许兰《送最澄上人还日本国》："道高心转实，德重意唯坚。不惧洪波远，中华访法缘。精勤同忍可，广学等弥天。归到扶桑国，迎人拥海壖。"许兰，贞元间人，自称"天台归真弟子"。天台僧人幻梦《送最澄上人还日本国》："劫（疑'却'）返扶桑路，还乘旧叶船。上潮看浸日，翻浪欲陷天。求宿宁逾日，云行讵来年？远将干竺法，归去化生缘。"林晕《送最澄上人还日本国》："求获真乘妙，言归倍有情。玄关心地得，乡思日边生。作梵慈云布，浮杯涨海清。看看达彼岸，长老散华迎。"林晕，贞元末前国子明经。可见，此次饯行，台州名士云集，为这位日本高僧隆重送别。

---

1 日本比睿山无量院沙门慈本（1794~1868）于文久二年（1862）撰《天台霞标》第四篇第一卷，转录自日本户崎哲彦撰《留传日本的有关陆质的史料及若干考证》（《中国哲学史研究》1985年第1期）。见陈尚君辑校《全唐诗补编》，第942页。

2 最澄《显戒论缘起》卷上，转录自张步云《唐代逸诗辑存》，参见《东南文化》1990年第6期周琦等录文。见陈尚君辑校《全唐诗补编》，第944页。以下诸送别最澄诗出处同此，不另注。

晚唐时日本圆载上人与唐代诗人的交往，皮日休有两首送别之作，其《送圆载上人归日本国》云："讲殿谈余著赐衣，椰帆却返旧禅扉。贝多纸上经文动，如意瓶中佛爪飞。飓母影边持戒宿，波神宫里受斋归。家山到日将何入，白象新秋十二围。"[1] 又《重送》云："云涛万里最东头，射马台深玉署秋。无限属城为裸国，几多分界是亶州。取经海底开龙藏，诵咒空中散蜃楼。不奈此时贫且病，乘桴直欲伴师游。"[2] 从皮日休的诗可知，这位圆载上人曾在宫廷讲经，并受到皇上"赐衣"，现在非常荣耀地回国。皮日休的好友陆龟蒙也有两首诗，其一是与皮日休唱和之作，《和袭美重送圆载上人归日本国》云："老思东极旧岩扉，却待秋风泛舶归。晓梵阳乌当石磬，夜禅阴火照田衣。见翻经论多盈箧，亲植杉松大几围。遥想到时思魏阙，只应遥拜望斜晖。"[3] 另一首《闻圆载上人挟儒书泊释典归日本国更作一绝以送》是送别之作："九流三藏一时倾，万轴光凌渤澥声。从此遗编东去后，却应荒外有诸生。"[4] 两首诗都赞美圆载上人高深的佛学修养。颜萱《送圆载上人》诗云："师来一世恣经行，却泛沧波问去程。心静已能防渴鹿，鼙喧时为骇长鲸。禅林几结金桃重，梵室重修铁瓦轻。料得还乡无别利，只应先见日华生。"[5] 这首诗自注中引用圆载上人的话："师云：'舟人遇鲸，则鸣鼓以恐之。'""日本金桃，一实重一斤。""以铁为瓦，轻于陶者。"这反映了从圆载上人这里获得的日本文化信息。

后期日本遣唐使有以高僧充正使者，既从事佛教交流，又承担政府使命，如空海。空海上人是日本佛教真言宗开山祖师，生活在日本平安朝前期，对佛学以及文学、语言、书法、绘画均有研究。唐贞元二十年（804）至元和元年（806）入唐留学，向长安青龙寺高僧惠果

1　（清）彭定求等编《全唐诗》卷 614，第 7091 页。

2　（清）彭定求等编《全唐诗》卷 614，第 7091 页。

3　（清）彭定求等编《全唐诗》卷 626，第 7196 页。

4　（清）彭定求等编《全唐诗》卷 626，第 7196 页。

5　（清）彭定求等编《全唐诗》卷 631，第 7240 页。

学习真言宗与《大日经》，回国后在高野山传播密宗。作为书法家，他与嵯峨天皇、橘逸势共称"三笔"。日本各地至今有不少纪念他的寺庙和建筑。四国地区与空海有关系的寺庙多达 88 所，被称为"四国八十八所"，成为日本佛教朝圣地之一。鸿渐《奉送日本国使空海上人橘秀才朝献后却还》："禅居一海间，乡路祖州东。到国宣周礼，朝天得僧风。山冥鱼梵远，日正蜃楼空。人至非徐福，何由寄信通。"[1]诗中既说他是"禅客"，又说他的使命是"朝天"。空海大师与唐朝僧徒、诗人有友好交往，并互相唱和，空海的诗和书法受到唐朝诗人的赞赏。马总《赠日本僧空海离合诗》云："何乃万里来，可非衔其才。增学助元机，土人如子稀。"[2]胡伯崇《赠释空海歌》云："说四句，演毗尼，凡夫听者尽归依。天假吾师多伎术，就中草圣最狂逸。"[3]从此诗可知，空海还擅长狂草。朱千乘《送日本国三藏空海上人朝宗我唐兼贡方物而归海东诗并序》序云：

> 沧溟无垠，极不可究。海外僧侣，朝宗我唐，即日本三藏空海上人也。解梵书，工八体，缮俱舍，精三乘。去秋而来，今春而往。反掌云水，扶桑梦中。他方异人，故国罗汉，盖乎凡圣不可以测识，亦不可知智。勾践相遇，对江问程，那堪此情。离思增远，愿珍重珍重！元和元年春［姑］（沽）洗之月聊序。当时，少留诗云。

其诗云：

> 古貌宛休公，谈真说苦空。应传六祖后，远化岛夷中。去岁

1　陈尚君辑校《全唐诗补编》，第 979 页。
2　据空海《性灵集序》回忆："和尚昔在唐日，作离合诗赠土僧惟上。泉州别驾马总，一时大才也，览则惊怪，因赠读者云。"见河世宁纂辑《全唐诗逸》卷中，第 20 页。
3　〔日〕河世宁纂辑《全唐诗逸》卷中，《全唐诗》附录，第 10191 页。此诗见日僧真济《遍照发挥性灵集序》，见《日本古典文学大系》第 71 册空海《性灵集》卷首。

朝秦阙，今春赴海东。威仪易旧体，文字冠儒宗。留学幽微旨，云关护法崇。凌波无际碍，振锡路何穷。水宿鸣金磬，云行侍玉童。承恩见明主，偏沐僧家风。[1]

朱少端《送空海上人朝谒后归日本》："禅客祖州来，中华谒帝回。腾空犹振锡，过海来浮杯。佛法逢人授，天书到国开。归程数万里，归国信悠哉。"朱少端，元和初越州乡贡进士。昙靖《奉送日本国使空海上人橘秀才朝献后却还》："异国桑门客，乘杯望斗星。来朝汉天子，归译竺乾经。万里洪涛白，三春孤岛青。到宫方奏对，图像列王庭。"昙靖，元和初沙门。郑壬《奉送日本国使空海上人橘秀才朝献后却还》："承化来中国，朝天是外臣。异才谁作侣，孤屿自为邻。雁塔归殊域，鲸波涉巨津。他年续僧史，更载一贤人。"郑壬，字申甫，元和初人。这些诗对空海的佛学修养、诗歌成就、书法艺术和儒学根底进行了热情称颂。

圆仁，日本佛教天台宗山门派创始人。唐文宗开成三年（838）入唐求法，遇会昌灭佛，冒险携佛教典籍归国。在比睿山弘扬密教及天台教法，倡净土法门。其《入唐求法巡礼记》具有重要史料价值，另有《金刚顶经疏》《苏悉地经略疏》《显扬大戒论》等著作。圆仁入唐，与唐朝僧俗交游，也有相关的诗传世。当其归国时，越中僧人栖白有《送圆仁三藏归本国》诗送别：

家山临晚日，海路信归桡。树灭浑无岸，风生只有潮。岁穷程未尽，天末国仍遥。已入闽王梦，香花境外邀。[2]

诗写其归途中的"海潮"和路程之"遥"，渲染风波之险和旅途艰辛，寄托着诗人对日本朋友海上旅程的牵挂之情，也有对他的安慰和

---

1 陈尚君辑校《全唐诗补编》，第 977~978 页。以下诸诗出处同此，不另注。
2 （清）彭定求等编《全唐诗》卷 823，第 9277 页。

鼓励。

圆珍，赞岐国（今香川县）人，日本天台宗寺门派创始人。宣宗大中八年（854）入唐，在福州开元寺从存式学《妙法莲华经》《华严经》《俱舍论》等，从般若怛罗学梵语和密教，又到天台山国清寺研习天台章疏。大中九年入长安青龙寺，师从法全受瑜伽密旨，受传阿阇黎位灌顶。向大兴善寺智慧轮学胎藏、金刚两部秘法。第二年到越州开元寺，又至天台山，在国清寺止观院建立"天台山国清寺日本国大德僧院"。国清寺僧清观有《赠圆珍和尚》诗，仅存残句："叡山新月冷，台峤古风清。"[1]

当年从日本远渡重洋入唐的留学僧，有的未能归老故国而埋尸中土。项斯《日东（一作本）病僧》："云水绝归路，来时风送船。不言身后事，犹坐病中禅。深壁藏灯影，空窗出艾烟。已无乡土信，起塔寺门前。"[2]诗对这位重病缠身、归乡无望的日本僧人表达了敬仰之情。这些日本人有的留下了遗迹供后人凭吊，缪岛云《仙僧洞》歌咏的就是这样一处遗迹："先朝曾有日东僧，向此乘龙忽上升。石径已迷红树密，萝龛犹在紫云凝。砵盂峰下留丹灶，锡杖前边隐圣灯。从此旧庵遗迹畔，月楼霜殿一层层。"[3]缪岛云，少从浮图，武宗时返俗。"乘龙""上升"都是死亡的代名词。勾令玄《敬礼瓦屋和尚塔偈》："大空无尽劫成尘，玄步孤高物外人。日本国来寻彼岸，洞山林下过迷津。流流法乳谁无分，了了教知我最亲。一百六十三岁后，方于此塔葬全身。"[4]此诗题注："瓦屋和尚名能光，日本国人。"勾令玄，蜀都人，著有《火莲集》《无相宝山论》《法印传》《况道杂言》。日本停派遣唐使后，那些留在唐朝的日本人无缘归国，漂流异乡，有的不得意死去，这两首诗就反映了他们的不幸命运。

1　〔日〕河世宁纂辑《全唐诗逸》卷中，第 21 页。
2　（清）彭定求等编《全唐诗》卷 554，第 6413 页。
3　陈尚君辑校《全唐诗补编》，第 227 页。
4　陈尚君辑校《全唐诗补编》，第 505 页。

第三节　唐诗中的中日文化交流

中日交流也让中国人了解到日本文化。日本友人带来的东西往往引起诗人的兴趣。陆龟蒙《袭美见题郊居十首因次韵酬之以伸荣谢》云："倭僧留海纸，山匠制云床。"[1] 这首诗提到的倭僧带来的"海纸"，应当是日本的特产。像上文提到的"筑紫斐纸"，应当也是日本产的纸。《新唐书·日本传》记载："建中元年，使者真人兴能献百物，真人盖因官而氏者也，兴能善书，其纸似茧而泽，人莫识。"[2] 这里的"海纸"或"筑紫斐纸"，大概就是这种"似茧而泽"的日本纸。晁衡曾以日本裘赠给魏万，被李白写入诗中。李白《送王屋山人魏万还王屋》诗写魏万"身着日本裘，昂藏出风尘"。自注："裘则朝卿所赠，日本布为之。"[3] 李白诗自注云魏万的"日本裘"是朝（晁）衡所赠，反映晁衡与魏万、李白间的深厚友谊。

日本的自然山水成为唐代画家表现的对象和诗人歌咏的内容，"日本"一名也见于唐诗。日本远在海外，成为诗人驰骋想象的地方。杜甫《戏题王宰画山水图歌》云："十日画一水，五日画一石。能事不受相促迫，王宰始肯留真迹。壮哉昆仑方壶图，挂君高堂之素壁。巴陵洞庭日本东，赤岸水与银河通，中有云气随飞龙。舟人渔子入浦溆，山木尽亚洪涛风。尤工远势古莫比，咫尺应须论万里。焉得并州快剪刀，翦取吴松半江水。"[4] 周朴《福州神光寺塔》："良匠用材为塔了，神光寺更得高名。风云会处千寻出，日月中时八面明。海水旋流倭国野，天文方戴福州城。相轮顶上望浮世，尘里人心应总平。"[5] 诗人想象着登上高高的神光寺塔，可以遥望倭国的原野。

1　何锡光校注《陆龟蒙全集校注》，第 1427 页。

2　《新唐书》卷 220《东夷传》，第 6209 页。

3　（唐）李白著，瞿蜕园、朱金城校注《李白诗集校注》卷 16，第 964~965 页。

4　（唐）杜甫著，仇兆鳌注《杜诗详注》卷 9，第 754 页。

5　（清）彭定求等编《全唐诗》卷 673，第 7701 页。

　　日本遣唐使从中国带回大量唐代乐舞，日本设立"雅乐寮"演奏唐乐。吉备真备在唐朝留学十七年后回国，带回《乐书要录》和方响、铜律管等。日本保存有一种关于唐乐舞、散乐和杂戏的古图录，名《信西古乐图》[1]，亦名《舞图》《唐舞图》《唐舞绘》。《信西古乐图》首载唐朝乐器有腰鼓、箫、筝、横笛、揩鼓、尺八、琵琶等 14 种，记载唐代各种舞乐 32 种：（1）安摩；（2）皇帝破阵乐；（3）苏合香；（4）秦王破阵乐；（5）打球乐；（6）柳花苑；（7）采桑老；（8）返鼻胡童；（9）弄枪；（10）胡饮酒；（11）放鹰乐；（12）案弓字；（13）拔头；（14）还城乐；（15）苏莫者；（16）苏芳菲；（17）新罗狛；（18）罗陵王；（19）林邑乐；（20）新罗乐；（21）入壶舞；（22）饮刀子舞；（23）四人重立；（24）柳格倒立；（25）神娃登绳弄玉；（26）弄剑；（27）三童重立；（28）柳肩倒立；（29）弄玉；（30）卧剑上舞；（31）入马腹舞；（32）倍胪。唐代乐舞有时伴随歌唱，唱词则是唐诗名篇，著名的"旗亭画壁"故事反映了盛唐高适、王昌龄、王之涣等人的诗作都被乐舞伶人歌唱。因此唐朝乐舞传入日本，也伴随诗歌作品的传入。

　　在唐代举国上下热爱诗歌的社会风气中，士农工商莫不吟诗。商人的诗流传下来的不多，但在与日本的商业活动中，有两位中国商人的诗却流传下来。李达《奉和大德思天台次韵》："金地炉峰秀气浓，近离双涧忆青松。嘱泉挂锡净心相，远传佛教观真容。"[2] 李达，一名处，赵郡人，以经商为生，与日僧圆珍交厚，有诗唱和。其奉和之"大德"应该就是圆珍。圆珍是日本天台宗寺门派创始人，有《思天台诗》，天台山是佛教天台宗的祖庭，是佛僧向往之地。中和四年（884），李达随日僧圆载同船赴日，遇风倾覆，侥幸脱险。

1　《信西古乐图》传本颇多，最古善本系东京美术学校藏本，1927 年正宗敦夫编撰《日本古典全集》影印了该抄本。首题"舞图"，卷首题"唐舞绘一卷　宝历五年岁次乙亥春日模写元本滋野井殿藏贞干印"。说明此原名《唐舞绘》，1755 年春据滋野井藏本摹写。藤井贞干《好古小录》记载："唐舞画一卷，即《教训钞》及《续教训钞》所载《唐舞绘》者也。此乃乐舞图中之至宝也。"藤井贞干的印章是手摹，此流布本非 1755 年原抄本，应该是再抄本。
2　陈尚君辑校《全唐诗补编》，第 1172 页。

詹景全《次韵二首》其一：“大理车回教正浓，乍离金地意思松。沧溟要过流杯送，禅坐依然政法容。”其二：“一乘元仪道无迹，居憩观心静倚松。三界永除几外想，一诚归礼释迦容。”[1]詹景全，时称詹四郎，咸通、中和间多次赴日，与日僧圆珍交厚，有诗唱和。中和四年随圆载赴日，船遇风倾覆而死。詹景全诗中有“沧溟要过流杯送”之句，可能就是他漂洋过海赴日本经商的亲身体会。李达和詹景全的事迹及其诗作反映了唐代中日民间的商业贸易活动。

　　唐诗还通过入唐日本人传入日本，他们成为唐诗传播的媒介。罗衮《赠罗隐》：“平日时风好涕流，谗书虽盛一名休。寰区叹屈瞻天问，夷貊闻诗过海求。”[2]过海求诗的“夷貊”包括日本人在内。在日本文献中甚至保存着许多不见于中国文献的唐诗作品。康熙年间《全唐诗》编成，乾隆时日本人河世宁（市河宽斋）就编出《全唐诗逸》以作补充。因此没有到过中国的日本人也学会用汉语形式写诗。长屋王《绣袈裟衣缘》：“山川异域，风月同天。寄诸佛子，共结来缘。”[3]遣唐使和留学僧固非专习中国诗歌艺术而来，但他们入唐学习和求法的同时，学习中国诗歌技能并将唐诗作品带回本土。圆仁归国时携回其在长安等处得到的佛教经论、章疏、传记、诗文集近六百部，其中包括诗集、诗歌理论著作，如《开元诗格》一卷、《祝元膺诗集》一卷、《杭越唱合诗集》一卷、《杜员外集》二卷、《百家诗集》六卷、《王昌龄诗集》二卷、《朱书诗》一卷等。

　　入唐日本人回国，还把中国古典诗歌理论和写作方法介绍到日本，空海的《文镜秘府论》就是唐代中日文学交流的硕果。《文镜秘府论》是空海大师归国后应日本人学习汉语和文学的要求，依据带回的崔融《唐朝新定诗格》、王昌龄《诗格》、元兢《诗髓脑》、皎然《诗议》等书排比编纂而成，以天、地、东、南、西、北分卷，大部分内容讲述诗歌的声律、辞藻、典故、对偶等形式技巧，如天、东、

1　陈尚君辑校《全唐诗补编》，第 1172 页。

2　（清）彭定求等编《全唐诗》卷 734，第 8386 页。

3　〔日〕真人元开：《唐大和上东征传》，第 40 页。

西、北四卷的《调四声谱》《诗章中用声法式》《论对》《论病》《论对属》等。该书还论述创作理论，如地、南两卷的《十七势》《六志》《论文意》《论体》《定位》等。这本书引用大量著作，所引之书多已失传，因而保存了不少中国古代诗论难以见到的资料。所论"文二十八种病""文笔十病得失"等对研究中国古近体诗格律、诗歌批评理论和修辞学有重要价值。

东海仙山和徐福入海求仙故事是流传于中日两国的传说，日本平安时代（794~1192）的文人熟读《史记》，都知道这一传说。《源氏物语》中引用白居易的诗："童男丱女舟中老。"这是白居易《海漫漫》诗中的句子。[1] 白居易这首诗就是咏徐福故事，借以讽刺皇帝求仙思想的。唐诗中多咏及此，不胜枚举。如王维《早朝》："仍闻遣方士，东海访蓬瀛。"[2] 李白《古有所思》："我思仙人乃在碧海之东隅，海寒多天风，白波连山倒蓬壶。"[3]《怀仙歌》："巨鳌莫戴三山去，我欲蓬莱顶上行。"[4]《梦游天姥吟留别》："海客谈瀛洲，烟涛微茫信难求。"[5]《杂诗》："传闻海水上，乃有蓬莱山。玉树生绿叶，灵仙每登攀。一食驻玄发，再食留红颜。"[6] 顾况《行路难》云："君不见古人烧水银，变作北邙山上尘。藕丝挂在虚空中，欲落不落愁杀人。睢水英雄多血刃，建章宫阙成煨烬。淮王身死桂树折，徐福一去音书绝。行路难，行路难，生死皆由天。秦皇汉武遭不脱，汝独何人学神仙。"[7] 贯休《了仙谣》："海中紫雾蓬莱岛，安期子乔去何早。游戏多骑白麒麟，须发如银未曾老。亦留仙诀在人间，喋喋终言药非道。始皇不得此深旨，远遣徐福生忧恼。紫术黄菁心上苗，大还小还行中宝。若师方术弃心

1　《白居易集》卷3，第57页。

2　（唐）王维撰，（清）赵殿成笺注《王右丞集笺注》卷5，第83页。

3　（唐）李白著，瞿蜕园、朱金城校注《李白集校注》卷4，第305页。

4　（唐）李白著，瞿蜕园、朱金城校注《李白集校注》卷8，第576页。

5　（唐）李白著，瞿蜕园、朱金城校注《李白集校注》卷15，第898页。

6　（唐）李白著，瞿蜕园、朱金城校注《李白集校注》卷25，第1645页。

7　（唐）顾况著，赵昌平校编《顾况诗集》卷2，第38页。

师，浪似雪山何处讨。"¹徐福故事和海上仙山传说成为中日两国人民共同的文化遗产。

第四节　入唐日本人写的汉诗

优美的唐诗受到日本人的喜爱，入唐的日本人在中国学会了中国古典诗歌形式的写作，他们的诗也是唐诗的一部分，是中日文化交流的结晶。

道慈《在唐奉本国皇太子》："三宝持圣德，百灵扶仙寿。寿共日月长，德与天地久。"²道慈，俗姓额田，日本漆下郡人。少小出家，聪敏好学。长安元年（701）入唐留学，学业颖秀，妙通三藏，曾进入宫廷讲经。开元六年（718）归日本，拜僧纲律师，晚年受命造成大安寺。日僧辨正《在唐忆本乡》云："日边瞻日本，云里望云端。远游劳远国，长恨苦长安。"又《与朝主人》云："钟鼓沸城闉，戎蕃预国亲。神明今汉主，柔远静胡尘。琴歌马上怨，杨柳曲中春。唯有关山月，偏迎北塞人。"³辨正，俗姓秦，日本人，少年出家，长安年间入唐，学三论宗，曾以善棋入临淄王李隆基藩邸，客死于唐。

菅原清公，年少即勤学经史，后及第入仕途。延历二十年（801年，唐贞元十七年）任遣唐使团判官到长安。"至唐，与大使俱见德宗，及归，叙从五位下，转大学助。"弘仁十九年（819）担任文章博士兼《文选》侍讲。在嵯峨、淳和两朝时期，注力于唐风文化的振兴。参加了《凌云集》《文华秀丽集》的编撰，有文集六卷。⁴《凌云集》收其诗四首，其中有两首写于中国。《冬日汴州上漂驿逢雪》云：

1　（唐）贯休著，胡大浚笺注《贯休歌诗系年笺注》卷2，第112页。

2　陈尚君辑校《全唐诗补编》，第789页。

3　陈尚君辑校《全唐诗补编》，第789~790页。

4　〔日〕德川光圀、德川纲条：《大日本史》卷123，嘉永四年五月齐昭跋本，第40~45页。

"云霞未辞旧，梅柳忽逢春。不分琼瑶屑，来沾旅客巾。"[1] 这应是菅原清公归国时途经汴州（今河南开封）写的诗，表达了久居异乡又学有所成归国时特有的心情。菅原清公另一首写于中国的诗是《越州别敕使王国父还京》："我是东番客，怀恩入圣唐。欲归情未尽，别泪湿衣裳！"[2] 王国父可能是朝廷遣派送行的人，菅原清公将从越州登舟踏上归程，这首诗乃与此敕使告别之作，表达了对唐朝的感恩戴德之情和急欲归乡离唐又情难割舍的矛盾心理。另外两首诗是归国后所作，一首题为《九月九日侍宴神泉苑各赋一物得秋山》，另一首题为《秋夜途中闻笙》。《文华秀丽集》中另有《赋得络纬无机应制》一首。这些诗遣词造句、使事用典都表现出中国诗歌传统的影响，其"五岳嵯峨赤县中""仁者乐之何所寄""王子偶仙何处在""匹成如可借，远送寄金微"云云，都是用的汉语语典或故实。《经国集》中收其诗五首，虽然都是"奉和"之作，但在艺术上有新的进步，如《七言奉和塞下曲》："天山秋早雪花开，征客心消上苑梅。万里他乡无与晤，遥瞻汉月自南来。"《七言奉和塞上曲》："虏塞草枯胶（当作膝）已寒，将军浴铁向桑乾。龙沙日夜风霜烈，壮士为恩未识难。"[3]《五言奉和关山月》："关山秋宿月，夜冷月弥清。影共征轮满，光含旅镜明。龙城照空阵，雁塞□星营。还入高楼里，空令（当作冷）思妇情。"[4] 这些诗与唐代一般边塞诗并无二致，都写得颇有气势，颇有盛唐之风。另有一首《奉和春日作》："岁去才移月，年光处处赊。和风催柳絮，残雪伴梅花。树暖莺能语，丛芳蝶自奢。一驰千里目，春思忽纷挐。"[5] 虽属吟风弄月之作，写景之中自有一种昂扬之情，而且格律严谨、对仗精工，比之《怀风藻》的作品，确是更胜一筹，明显受到盛唐诗风的影响。他的《杂言奉和清凉殿画壁山水歌》是一首咏画诗，[6] 句式灵活

1　〔日〕与谢野宽等编纂《日本古典全集》，现代思潮社株式会社昭和57年（1982）刊行，第67页。

2　〔日〕与谢野宽等编纂《日本古典全集》，第67页。

3　〔日〕与谢野宽等编纂《日本古典全集》，第127页。

4　〔日〕与谢野宽等编纂《日本古典全集》，第128页。

5　〔日〕与谢野宽等编纂《日本古典全集》，第147页。

6　〔日〕与谢野宽等编纂《日本古典全集》，第169~170页。

多变，境象壮阔，气势非凡。菅原清公另有咏《春雨》之诗，未传。

晁衡在唐朝从一介书生升迁为封疆大吏，历史上极其少见。在唐日久，习染华风，能吟诗作赋。晁衡留有诗与歌各一首，存于《全唐诗》和日本和歌文献中。《古今集》载其和歌一首，为在唐思乡之作，后被选入《百人一首》。开元二十一年（733）遣唐使来唐时，他在唐已近二十年，以亲老为由，上奏玄宗请求回国，玄宗不准。晁衡赋诗表示思亲之意，诗云："慕义名空在，输忠孝不全。报恩无有日，归国定何年。"[1] 在藤原清河作为遣唐大使赴唐时，晁衡仕唐已三十六年，再次上表请归，玄宗命以护送使身份回国，并晋升一级，任秘书监兼卫尉卿。晁衡离开前夕，对友人、长安、唐朝留恋难舍。朋友们写诗饯行，晁衡亦即席赋诗酬答，并解下随身宝剑赠人留念。其诗《衔命使本国》云：

> 衔名将辞国，非才忝侍臣。天中恋明主，海外忆慈亲。伏奏违金阙，骈骖去玉津。蓬莱乡路远，若木故园邻。西望怀恩日，东归感义辰。平生一宝剑，留赠结交人。[2]

诗写出一边感激唐天子的恩遇不忍离去，一边又想念父母不得不归的矛盾心情。

空海在唐学法期间，有多首题寺诗和与唐僧赠答之作。其《过金山寺》云："古貌满堂尘暗色，新华落地鸟繁声。经行观礼自心感，一雨僧人不显名。"又《青龙寺留别义操阇梨》云："同法同门喜遇深，空随白雾忽归岑。一生一别难再见，非梦思中数数寻。"又《在唐日观昶法和尚小山》："看竹看花本国春，人声鸟哰汉家新。见君庭际小山色，还识君情不染尘。"又《在唐日赠剑南僧惟上离合诗》："磴危人

1　陈尚君辑校《全唐诗补编》，第 558 页。
2　这首诗收入李昉等编《文苑英华》卷 296，第 1511 页，作者题为《胡衡》；收入《全唐诗》卷 732，题作《衔命还国作》，作者题作《朝衡》，并注："《品汇》作胡衡。"《品汇》即明人高棅编《唐诗品汇》。

难行，石崄兽无登。烛暗迷前后，蜀人不得登。"[1] 这些诗歌放在百花盛开的唐代诗苑里，与中国诗人的作品相比，并不逊色。

　　中日文化交流的史实在唐诗中保存有丰富的资料，唐诗的描写在某种程度上可补史料之缺。在唐代中日文化交流中，诗歌曾起到重要的推动作用。唐诗在当时本就有工具性作用，它是唐人抒情写意的文学创作，又是重要的社会交际媒介，在社会交往中具有交际功能。日本遣唐使、留学生和留学僧来到中国，学会了汉语写作和诗歌创作，借助诗歌唱和，增进了与中国朋友的友谊和互相了解，中国诗人通过诗歌表达了他们对日本友人的真挚情感。优美的唐诗也是唐代高度文明成就的象征，受到包括日本人在内的世界各地人们的喜爱，这是唐朝中国在世界上具有崇高威望的原因之一。其时新罗国、林邑等地都有人学会用汉语写诗，且达到很高水平，他们的作品成为唐诗的一部分，有的被收入《全唐诗》中。在某种意义上可以说，诗歌创作推动了东亚汉文化圈的形成和发展，因此唐诗也是联系东亚各国的文化纽带。

1　陈尚君辑校《全唐诗补编》，第 1051~1052 页。

参考文献

一　中国古代典籍

1. 史籍

班固:《汉书》,中华书局,1962。

常璩著,任乃强校注《华阳国志校补图注》,上海古籍出版社,1987。

陈景沂:《全芳备祖》,浙江古籍出版社,2018。

陈寿:《三国志》,中华书局,1959。

陈旸编纂,张国强校《〈乐书〉点校》,中州古籍出版社,2019。

程荣纂辑《汉魏丛书》,吉林大学出版社,1992。

崔豹:《古今注》,辽宁教育出版社,1998。

崔令钦:《教坊记》,古典文学出版社,1957。

道宣:《释迦方志》,范祥雍点校,中华书局,2000。

道宣:《续高僧传》,郭绍林点校,中华书局,2014。

杜宝撰,辛德勇辑校《大业杂记辑校》,三秦出版社,2006。

杜环著,张一纯笺注《经行记笺注》,中华书局,1963。

杜佑:《通典》,王文锦等点校,中华书局,1988。

段安节:《乐府杂录》,上海古籍出版社,1988。

段成式:《酉阳杂俎》,方南生点校,中华书局,1981。

段公路:《北户录》,《景印文渊阁四库全书》,台湾商务印书馆。

樊绰撰,向达校注《蛮书校注》,中华书局,2018。

范摅:《云溪友议》,古典文学出版社,1957。

范晔:《后汉书》,中华书局,1965。

房玄龄等:《晋书》,中华书局,1974。

封演撰,赵贞信校注《封氏闻见记校注》,中华书局,1958。

干宝:《搜神记》,汪绍楹校注,中华书局,1979。

顾祖禹:《读史方舆纪要》,中华书局,2005。

何光远撰,邓星亮等校注《鉴诫录校注》,巴蜀书社,2011。

洪刍:《香谱》,中国书店,2018。

胡震亨:《唐音癸籤》,上海古籍出版社,1981。

桓宽:《盐铁论》,上海人民出版社,1974。

慧超原著,张毅笺释《往五天竺国传笺释》,中华书局,2000。

慧立、彦悰:《大慈恩寺三藏法师传》,孙毓棠、谢方点校,中华书局,2000。

慧琳等:《一切经音义·三种校本合刊》,徐时仪校注,上海古籍出版社,2008。

嵇含:《南方草木状》,广陵书局,2003。

康骈:《剧谈录》,古典文学出版社,1958。

李百药:《北齐书》,中华书局,1972。

李昉等:《太平御览》,中华书局,1960。

李昉等编《太平广记》,中华书局,1961。

李昉等编《文苑英华》，中华书局，1966。

李吉甫：《元和郡县图志》，贺次君点校，中华书局，1983。

李隆基撰，李林甫注《大唐六典》，三秦出版社，1991。

李冗：《独异志》，中华书局，1983。

李时人编校《全唐五代小说》，中华书局，2014。

李时珍：《本草纲目》，中医古籍出版社，1994。

李延寿：《北史》，中华书局，1974。

李延寿：《南史》，中华书局，1975。

李肇：《唐国史补》，上海古籍出版社，1957。

郦道元著，陈桥驿校证《水经注校证》，中华书局，2013。

令狐德棻：《周书》，中华书局，1971。

刘安撰，高诱注《淮南鸿烈解》，《景印文渊阁四库全书》，台湾商务印书馆。

刘肃：《大唐新语》，许德楠、李鼎霞点校，中华书局，1984。

刘熙撰，毕沅疏证，王先谦补《释名疏证补》，中华书局，2008。

刘昫等：《旧唐书》，中华书局，1975。

陆翙：《邺中记》，《丛书集成初编》，商务印书馆，1937。

马端临：《文献通考》，中华书局，1986。

南卓：《羯鼓录》，上海古籍出版社，1958。

倪格辑，木芹会证《南诏野史会证》，云南人民出版社，1990。

牛肃撰，李剑国辑校《纪闻辑校》，中华书局，2018。

欧阳修、宋祁：《新唐书》，中华书局，1975。

钱易：《南部新书》，黄寿成点校，中华书局，2002。

沙门释法显撰，章巽校注《法显传校注》，中华书局，2008。

沈约：《宋书》，中华书局，1974。

释道诚撰，富世平校注《释氏要览校注》，中华书局，2014。

释道世撰，周叔迦、苏晋仁校注《法苑珠林校注》，中华书局，2003。

司马迁：《史记》，中华书局，1982。

宋敏求编《唐大诏令集》，中华书局，2008。

苏鹗：《苏氏演义》，张秉戍校点，辽宁教育出版社，1998。

苏颂：《本草图经》，尚志钧辑校，安徽科学技术出版社，1994。

孙光宪：《北梦琐言》，上海古籍出版社，1981。

孙星衍：《尚书今古文注疏》，中华书局，1986。

唐长孺主编《吐鲁番出土文书》（录文本）全10册，文物出版社，1981~1990。

陶宗仪等编《说郛三种》，上海古籍出版社，2012。

王谠撰，周勋初校证《唐语林校证》，中华书局，1987。

王定保著，姜汉椿校注《唐摭言校注》，上海社会科学院出版社，2003。

王溥：《唐会要》，上海古籍出版社，1991。

王钦若等编《册府元龟》，中华书局影印明刊本，1960。

王仁波主编《隋唐五代墓志汇编·陕西卷》，天津古籍出版社，1991。

王仁裕等：《开元天宝遗事十种》，上海古籍出版社，1985。

王灼：《碧鸡漫志》，上海古籍出版社，1958。

韦述撰，辛德勇辑校《两京新记辑校》，三秦出版社，2006。

魏收：《魏书》，中华书局，1974。

魏徵等：《隋书》，中华书局，1973。

吴曾：《能改斋漫录》，上海古籍出版社，1979。

吴兢撰，谢保成集校《贞观政要集校》，中华书局，2003。

吴仪洛：《本草丛新》，上海科学技术出版社，1958。

萧子显：《南齐书》，中华书局，1972。

辛文房撰，傅璇琮等校笺《唐才子传校笺》第1~5册，中华书局，1987~1995。

徐坚等：《初学记》，司仪祖等点校，中华书局，1962。

徐元诰：《国语集解》，王树民、沈长云点校，中华书局，2002。

玄奘、辩机原著，季羡林等校注《大唐西域记校注》，中华书局，

2000。

杨衒之撰，范祥雍校注《洛阳伽蓝记校注》，上海古籍出版社，1978。

杨衒之著，周祖谟校释《洛阳伽蓝记校释》，中华书局，2010。

姚汝能：《安禄山事迹》，上海古籍出版社，1983。

姚思廉：《陈书》，中华书局，1972。

姚思廉：《梁书》，中华书局，1973。

义净原著，王邦维校注《大唐西域求法高僧传校注》，中华书局，1988。

义净原著，王邦维校注《南海寄归内法传校注》，中华书局，1995。

佚名撰，黄清谷校注《三辅黄图校注》，三秦出版社，1995。

虞世南：《北堂书钞》，学苑出版社，1998。

袁轲：《山海经校译》，上海古籍出版社，1985。

张鹭：《朝野佥载》，中华书局，1979。

张英、王士禛等：《渊鉴类函》，上海古籍出版社，2008。

张仲景著，高学山注《高注金匮要略》，上海人民卫生出版社，1956。

赵璘：《因话录》，上海古籍出版社，1957。

赵汝适著，杨博文校释《诸蕃志校释》，中华书局，2000。

周去非著，杨武泉校注《岭外代答校注》，中华书局，1999。

周绍良主编《唐代墓志汇编》，上海古籍出版社，1992。

周绍良、赵超主编《唐代墓志汇编续集》，上海古籍出版社，2001。

朱孟震：《西南夷风土记》，《丛书集成初编》，商务印书馆，1935。

祝穆：《方舆胜览》，《景印文渊阁四库全书》，台湾商务印书馆。

《资治通鉴》，中华书局，1956。

2. 文学

《白居易集》，顾学颉校点，中华书局，1979。

白居易著，朱金城笺校《白居易集笺校》，上海古籍出版社，1988。

白居易著，谢思炜校注《白居易诗集校注》，中华书局，2006。

白居易著，谢思炜校注《白居易文集校注》，中华书局，2011。

鲍照著，钱仲联增补集说校《鲍参军集注》，上海古籍出版社，1980。

北京大学古文献研究所编《全宋诗》，北京大学出版社，1991。

《曹操集》，中华书局，1974。

曹植著，赵幼文校注《曹植集校注》，人民文学出版社，1984。

岑参著，陈铁民、侯忠义校注《岑参集校注》，上海古籍出版社，1981。

岑参著，刘开扬笺注《岑参诗集编年笺注》，巴蜀书社，1995。

岑参著，廖立笺注《岑嘉州诗笺注》，中华书局，2004。

常建著，王锡九校注《常建诗歌校注》，中华书局，2017。

陈尚君辑校《全唐诗补编》，中华书局，1992。

陈尚君辑校《全唐文补编》，中华书局，2005。

《陈子昂集》（修订本），徐鹏校点，上海古籍出版社，2013。

陈子昂著，彭庆生校注《陈子昂集校注》，黄山书社，2015。

崔颢、崔国辅著，万竞君注《崔颢诗注／崔国辅诗注》，上海古籍出版社，1982。

戴叔伦著，蒋寅校注《戴叔伦诗集校注》，上海古籍出版社，2010。

丁福保辑《历代诗话续编》，中华书局，1983。

董诰等编《全唐文》，上海古籍出版社，1990。

杜甫著，仇兆鳌注《杜诗详注》，中华书局，1979。

杜甫著，杨伦笺注《杜诗镜铨》，上海古籍出版社，1981。

杜甫著，谢思炜校注《杜甫集校注》，上海古籍出版社，2016。

杜牧著，冯集梧注《樊川诗集注》，上海古籍出版社，1978。

杜牧撰，吴在庆校注《杜牧集系年校注》，中华书局，2013。

范之麟注《李益诗注》，上海古籍出版社，1984。

费振刚等辑校《全汉赋》，北京大学出版社，1993。

费振刚等校注《全汉赋校注》，广东教育出版社，2005。

傅璇琮等编《唐人选唐诗新编》（增订本），中华书局，2014。

高适著，刘开扬笺注《高适诗集编年笺注》，中华书局，1981。

高适著，孙钦善校注《高适集校注》，上海古籍出版社，1984。

龚克昌等评注《全汉赋评注》，花山文艺出版社，2003。

谷神子、薛用弱：《博异志 / 集异记》，中华书局，1980。

顾况著，赵昌平校编《顾况诗集》，江西人民出版社，1983。

顾况著，王启兴、张虹注《顾况诗注》，上海古籍出版社，1994。

贯休著，胡大浚笺注《贯休歌诗系年笺注》，中华书局，2011。

郭茂倩编《乐府诗集》，中华书局，1979。

郭绍虞编选《清诗话续编》，富寿荪校点，上海古籍出版社，1983。

韩偓著，吴在庆校注《韩偓集系年校注》，中华书局，2015。

韩愈著，钱仲联集释《韩昌黎诗系年集释》，上海古籍出版社，1984。

韩愈著，马其昶校注《韩昌黎文集校注》，上海古籍出版社，1986。

寒山著，项楚注《寒山诗注》，中华书局，2000。

何文焕辑《历代诗话》，中华书局，1981。

何锡光校注《陆龟蒙全集校注》，凤凰出版社，2015。

洪兴祖：《楚辞补注》，白化文等点校，中华书局，1983。

计有功：《唐诗纪事》，上海古籍出版社，1987。

计有功著，王仲镛校笺《唐诗纪事校笺》，巴蜀书社，1989。

贾岛著，李嘉言新校《长江集新校》，上海古籍出版社，1983。

贾岛撰，齐文榜校注《贾岛集校注》，中华书局，2020。

李白著，瞿蜕园、朱金城校注《李白集校注》，上海古籍出版社，1980。

李白著，安旗主编《新版李白全集编年注释》，巴蜀书社，2000。

李德裕撰，傅璇琮、周建国校笺《李德裕文集校笺》，中华书局，2018。

李颀著，王锡九校注《李颀诗歌校注》，中华书局，2018。

李商隐著，冯浩笺注《玉溪生诗集笺注》，上海古籍出版社，1979。

李商隐著，刘学锴、余恕诚集解《李商隐诗歌集解》，中华书局，1988。

《李太白全集》，王琦注，中华书局，1977。

梁超然、毛水清注《曹邺诗注》，上海古籍出版社，1982。

梁超然、毛水清注《于渍诗注》，上海古籍出版社，1983。

刘学锴校注《温庭筠全集校注》，中华书局，2007。

《刘禹锡集》，上海人民出版社，1975。

刘禹锡著，瞿蜕园笺证《刘禹锡集笺证》，上海古籍出版社，1989。

刘禹锡著，陶敏、陶红雨校注《刘禹锡全集编年校注》，岳麓书社，2003。

刘长卿著，储仲君笺注《刘长卿诗编年笺注》，中华书局，1996。

《柳宗元集》，中华书局，1979。

柳宗元著，王国安笺释《柳宗元诗笺释》，上海古籍出版社，1993。

柳宗元撰，尹占华、韩文奇校注《柳宗元集校注》，中华书局，2013。

卢纶著，刘初棠校注《卢纶诗集校注》，上海古籍出版社，1989。

《卢照邻集 / 杨炯集》，徐明霞点校，中华书局，1980。

卢照邻撰，李云逸校注《卢照邻集校注》，中华书局，1998。

卢照邻著，祝尚书笺注《卢照邻集笺注》（增订本），上海古籍出版社，2011。

鲁迅校录《唐宋传奇集》，朝华出版社，2018。

陆机著，刘运好校注整理《陆士龙文集校注》，凤凰出版社，2007。

逯钦立辑校《先秦汉魏晋南北朝诗》，中华书局，1983。

罗邺著，何庆善、杨应芹注《罗邺诗注》，上海古籍出版社，1990。

罗隐著，李定广系年校笺《罗隐集系年校笺》，人民文学出版社，2013。

骆宾王著，陈熙晋笺注《骆临海集笺注》，上海古籍出版社，1985。

梅尧臣著，朱东润校注《梅尧臣集编年校注》，上海古籍出版社，1980。

孟浩然著，佟培基笺注《孟浩然诗集笺注》（增订本），上海古籍出版社，2013。

孟浩然撰，李景白校注《孟浩然诗集校注》，中华书局，2018。

孟郊著，华忱之校订《孟东野诗集》，人民文学出版社，1975。

欧阳询：《艺文类聚》，上海古籍出版社，1982。

欧阳永叔：《欧阳修全集》，中国书店，1986。

彭定求等编《全唐诗》，中华书局，1960。

皮日休：《皮子文薮》，萧涤非整理，中华书局，1959。

齐己著，王秀林校注《齐己诗集校注》，中国社会科学出版社，2011。

齐己著，潘定武等校注《齐己诗注》，黄山书社，2014。

秦韬玉、李远著，李之亮注《秦韬玉诗注／李远诗注》，上海古籍出版社，1989。

《权德舆诗文集》，郭广伟校点，上海古籍出版社，2008。

戎昱著，臧维熙注《戎昱诗注》，上海古籍出版社，1982。

上海古籍出版社编印《汉魏六朝笔记小说大观》，1999。

上海古籍出版社编印《唐五代笔记小说大观》，2000。

沈下贤著，肖占鹏、李勃洋校注《沈下贤集校注》，南开大学出版社，2003。

司空曙著，文航生校注《司空曙诗集校注》，人民文学出版社，2011。

《苏东坡集》，商务印书馆，1958。

陶敏、王友胜校注《韦应物集校注》，上海古籍出版社，1998。

汪灏等：《广群芳谱》，河北人民出版社，1989。

汪辟疆校录《唐人小说》，上海古籍出版社，1978。

王勃著，聂文郁注解《王勃诗解》，青海人民出版社，1980。

王勃著，蒋清翊注《王子安集注》，上海古籍出版社，1995。

王昌龄著，李云逸注《王昌龄诗注》，上海古籍出版社，1984。

王昌龄著，胡问涛、罗琴校注《王昌龄集编年校注》，巴蜀书社，2000。

王定璋校注《钱起诗集校注》，浙江古籍出版社，1992。

王梵志著，张锡厚校辑《王梵志诗校辑》，中华书局，1983。

王梵志著，项楚校注《王梵志诗校注》，上海古籍出版社，2010。

王国安注《王绩诗注》，上海古籍出版社，1981。

王国维：《人间词话》，人民文学出版社，1960。

王建著，王宗堂校注《王建诗集校注》，中州古籍出版社，2006。

王维撰，赵殿成笺注《王右丞集笺注》，上海古籍出版社，1984。

王维著，陈铁民校注《王维集校注》，中华书局，1997。

《韦庄集》，向迪琮校订，人民文学出版社，1958。

韦庄著，聂安福笺注《韦庄集笺注》，上海古籍出版社，2002。

温庭筠著，曾益等笺注《温飞卿诗集笺注》，上海古籍出版社，1980。

吴刚主编《全唐文补遗》第1~9辑，三秦出版社，1994~2007。

吴云、冀宇校注《唐太宗全集校注》，天津古籍出版社，2004。

萧涤非主编《杜甫全集校注》，人民文学出版社，2014。

萧统编《文选》，上海书店影印本，1988。

萧统编，吕延济等注《六臣注文选》（宋刊明州本），人民文学出版社，2008。

　　徐定祥注《杜审言诗注》，上海古籍出版社，1982。

　　徐陵编，吴兆宜注，程琰删补《玉台新咏笺注》，中华书局，1985。

　　徐陵撰，许逸民校笺《徐陵集校笺》，中华书局，2008。

　　许浑撰，罗时进笺证《丁卯集笺证》，中华书局，2012。

　　严可均校辑《全上古三代秦汉三国六朝文》，中华书局，1958。

　　杨炯著，祝尚书笺注《杨炯集笺注》，中华书局，2016。

　　杨军、戈春源注《马戴诗注》，上海古籍出版社，1987。

　　杨军笺注《元稹集编年笺注（散文卷）》，三秦出版社，2008。

　　杨军笺注《元稹集编年笺注（诗歌卷）》，三秦出版社，2002。

　　姚合著，黄河清校注《姚合诗集校注》，上海古籍出版社，2012。

　　叶葱奇编订《李贺诗集》，人民文学出版社，1959。

　　佚名编《锦绣万花谷后集》，《钦定文渊阁四库全书》第 924 册，台湾商务印书馆，1986 年影印本。

　　雍陶著，周啸天、张效民注《雍陶诗注》，上海古籍出版社，1988。

　　雍文华校辑《罗隐集》，中华书局，1983。

　　永瑢等：《四库全书总目》，中华书局，1965。

　　庾信撰，倪璠注《庾子山集注》，中华书局，1980。

　　郁贤皓校注《李太白全集校注》，凤凰出版社，2015。

　　元结：《元次山集》，孙望校，中华书局，1960。

　　《元稹集》，冀勤点校，中华书局，1982。

　　袁闾琨、薛洪勣主编《唐宋传奇总集·唐五代》，河南人民出版社，2001。

　　张祜著，尹占华校注《张祜诗集校注》，上海古籍出版社，2020。

　　张籍著，徐礼节、余恕诚校注《张籍集系年校注》，中华书局，2011。

　　张继著，周义敢注《张继诗注》，上海古籍出版社，1987。

张九龄撰，熊飞校注《张九龄集校注》，中华书局，2008。

张篷舟笺《薛涛诗笺》，人民文学出版社，1983。

张说著，熊飞校注《张说集校注》，中华书局，2013。

张锡厚主编《全敦煌诗》，作家出版社，2006。

赵崇祚辑，李一氓校《花间集校》，人民文学出版社，1958。

赵崇祚辑，华仲彦注《花间集注》，中州书画社，1983。

赵崇祚编，杨景龙校注《花间集校注》，中华书局，2015。

赵嘏著，谭优学注《赵嘏诗注》，上海古籍出版社，1985。

郑谷著，严寿澂等笺注《郑谷诗集笺注》，上海古籍出版社，1991。

周勋初等主编《全唐五代诗》，陕西人民出版社，2014。

《诸葛亮集》，中华书局，1960。

二　近现代研究论著

1. 著作

安作璋:《两汉与西域关系史》，齐鲁书社，1979。

北京大学韩国学研究中心编《韩国学论文集》第 2 辑，北京大学出版社，1994。

卞孝萱:《唐人小说与政治》，鹭江出版社，2003。

蔡鸿生:《唐代九姓胡与突厥文化》，中华书局，1998。

岑仲勉:《汉书西域传地里校释》，中华书局，1981。

岑仲勉:《隋唐史》，中华书局，1982。

岑仲勉:《中外史地考证·外一种》，中华书局，2004。

柴剑虹:《丝绸之路与敦煌学》，浙江大学出版社，2015。

常任侠:《丝绸之路与西域文化艺术》，上海文艺出版社，1981。

陈高华等:《海上丝绸之路》，海洋出版社，1991。

陈戈:《新疆考古论文集》，商务印书馆，2017。

陈佳荣等:《古代南海地名汇释》，中华书局，1986。

陈炎:《海上丝绸之路与中外文化交流》，北京大学出版社，1996。

陈寅恪:《元白诗笺证稿》，上海古籍出版社，1987。

陈永正编注《中国古代海上丝绸之路诗选》，广东旅游出版社，2001。

陈允吉:《古典文学佛教溯缘十论》，复旦大学出版社，2002。

程千帆:《古诗考索》，《程千帆全集》第 8 卷，河北教育出版社，2000。

崔令钦撰，任中敏笺订《教坊记笺订》，喻意志、吴安宇校理，凤凰出版社，2013。

邓廷良:《丝路文化·西南卷》，浙江人民出版社，1995。

丁敏:《佛教譬喻文学研究》，东初出版社，1996。

杜继文主编《佛教史》，中国社会科学出版社，1995。

杜文玉、王丽梅:《隋唐长安——隋唐时代丝绸之路起点》，三秦出版社，2015。

法国汉学丛书编辑委员会编《粟特人在中国》，中华书局，2005。

方国瑜:《中国西南历史地理考释》，中华书局，1987。

方豪:《中西交通史》，岳麓书社，1987。

冯承钧:《西域南海史地考证论著汇辑》，中华书局，1957。

冯承钧原编，陆峻岭增订《西域地名》（增订本），中华书局，1980。

冯承钧:《中国南洋交通史》，商务印书馆，1998。

冯承钧:《冯承钧西北史地论集》，中国国际广播出版社，2013。

冯培红:《敦煌的归义军时代》，甘肃教育出版社，2013。

傅璇琮:《唐代诗人丛考》，中华书局，1980。

傅璇琮主编《唐五代文学编年史》，辽海出版社，1998。

高人雄:《汉唐西域文学研究》，新疆人民出版社，2017。

高嵩:《敦煌唐人诗集残卷考释》，宁夏人民出版社，1982。

葛承雍:《唐韵胡音与外来文明》，中华书局，2006。

韩伟:《海内外唐代金银器萃编》，三秦出版社，1989。

韩香：《隋唐长安与中亚文明》，中国社会科学出版社，2006。

胡戟主编《西市宝典》（上、下），陕西师范大学出版社，2009。

胡文彦：《中国家具鉴定与欣赏》，上海古籍出版社，1995。

黄时鉴主编《东西交流论谭》，上海文艺出版社，1998。

黄文弼：《西域史地考古论集》，商务印书馆，2015。

黄新亚：《丝路文化·沙漠卷》，浙江人民出版社，1995。

黄永武编《敦煌丛刊初集》，新文丰出版公司，1985。

黄永武编《敦煌的唐诗》，洪范书店，1987。

黄征、张涌泉校注《敦煌变文校注》，中华书局，1997。

季羡林：《中印文化关系史论丛》，三联书店，1983。

季羡林等主编《敦煌吐鲁番研究》第 1 卷，北京大学出版社，1996。

季羡林等主编《敦煌吐鲁番研究》第 2 卷，北京大学出版社，1997。

季羡林：《文化交流的轨迹——中华蔗糖史》，经济日报出版社，1997。

季羡林等主编《敦煌吐鲁番研究》第 3 卷，北京大学出版社，1998。

季羡林著，王树英选编《季羡林论中印文化交流》，新世界出版社，2006。

姜伯勤：《敦煌吐鲁番文书与丝绸之路》，文物出版社，1994。

姜伯勤：《敦煌艺术宗教与礼乐文明——敦煌心史散论》，中国社会科学出版社，1996。

姜伯勤：《中国祆教艺术史研究》，三联书店，2004。

荆亚玲：《汉译佛典文体特征及其影响研究》，浙江大学出版社，2019。

邝健行主编《中国诗歌与宗教》，中华书局，1999。

黎虎：《汉唐外交制度史》，兰州大学出版社，1998。

李斌城主编《唐代文化》，中国社会科学出版社，2002。

李鸿宾:《唐朝的北方边地与民族》,宁夏人民出版社,2011。

李鸿宾主编《中古墓志胡汉问题研究》,宁夏人民出版社,2013。

李明伟主编《丝绸之路贸易史研究》,甘肃人民出版社,1991。

李明伟主编《丝绸之路贸易史》,甘肃人民出版社,1997。

梁晓强:《南诏史》,中国社会科学出版社,2013。

林梅村:《西域文明——考古、民族、语言和宗教新探》,东方出版社,1995。

林梅村:《汉唐西域与中国文明》,文物出版社,1998。

林梅村:《古道西风——考古新发现所见中西文化交流》,三联书店,2000。

林梅村:《松漠之间——考古新发现所见中外文化交流》,三联书店,2007。

林悟殊:《摩尼教及其东渐》,中华书局,1987。

刘安志:《敦煌吐鲁番文书与唐代西域史研究》,商务印书馆,2011。

刘进宝、高田时雄主编《转型期的敦煌学》,上海古籍出版社,2007。

刘迎胜:《丝路文化·海上卷》,浙江人民出版社,1995。

陆庆夫:《丝绸之路史地研究》,兰州大学出版社,1999。

罗丰:《固原南郊隋唐墓地》,文物出版社,1996。

罗丰:《胡汉之间——"丝绸之路"与西北历史考古》,文物出版社,2004。

罗香林:《唐代文化史研究》,台湾商务印书馆,1967。

洛阳市地方史志编纂委员会办公室编《洛阳——丝绸之路的起点》,中州古籍出版社,1992。

吕一飞:《胡族习俗与隋唐风韵》,书目文献出版社,1994。

毛民:《榴花西来——丝绸之路上的植物》,人民美术出版社,2005。

孟凡人:《北庭史地研究》,新疆人民出版社,1985。

孟凡人:《新疆考古与史地论集》,科学出版社,2000。

孟凡人:《丝绸之路史话》,社会科学文献出版社,2011。

孟宪实:《汉唐文化与高昌历史》,齐鲁书社,2004。

缪钺:《杜牧年谱》,人民文学出版社,1980。

努尔兰·肯加哈买提:《碎叶》,上海古籍出版社,2017。

欧阳予倩主编《唐代舞蹈》,上海文艺出版社,1980。

瞿林东:《中国史学史纲》,北京出版社,1999。

任半塘(任中敏)、王昆吾:《隋唐五代燕乐杂言歌辞集》,巴蜀书社,1990。

任二北(任中敏):《敦煌曲校录》,上海文艺联合出版社,1955。

任继愈主编《中华大藏经》106 册,中华书局,1984~1997。

任中敏:《敦煌曲研究》,张长彬校理,凤凰出版社,2013。

任中敏:《唐声诗》,张之为、戴伟华校理,凤凰出版社,2013。

任中敏:《唐戏弄》,杨晓霭、肖玉霞校理,凤凰出版社,2013。

任中敏编著《敦煌歌辞总编》,凤凰出版社,2014。

荣新江:《中古中国与外来文明》,三联书店,2001。

荣新江、李孝聪主编《中外关系史:新史料与新问题》,科学出版社,2004。

荣新江、张志清主编《从撒马尔干到长安——粟特人在中国的文化遗迹》,北京图书馆出版社,2004。

荣新江:《中古中国与粟特文明》,三联书店,2014。

荣新江:《丝绸之路与东西文化交流》,北京大学出版社,2015。

商务印书馆编印《敦煌遗书总目索引》,1962。

沈冬:《唐代乐舞新论》,北京大学出版社,2004。

沈福伟:《中西文化交流史》第 2 版,上海人民出版社,2006。

石墨林编著《唐安西都护府史事编年》,新疆人民出版社,2012。

石云涛:《早期中西交通与交流史稿》,学苑出版社,2003。

石云涛:《建安唐宋文学考论》,学苑出版社,2003。

石云涛:《三至六世纪丝绸之路的变迁》,文化艺术出版社,2007。

石云涛:《丝绸之路的起源》,兰州大学出版社,2014。

石云涛:《文明的互动——汉唐间丝绸之路与中外交流论稿》,兰州大学出版社,2014。

石云涛:《汉代外来文明研究》,中国社会科学出版社,2017。

石云涛:《诗史之间》,大象出版社,2018。

石云涛:《丝绸之路与汉唐文史论集》,大象出版社,2018。

石云涛主编《比较文学与比较文化论丛》第1辑,中国商务出版社,2019。

石云涛主编《比较文学与比较文化论丛》第2辑,中国商务出版社,2020。

石云涛主编《多元视野下的古代文学研究》,外语教学与研究出版社,2020。

石云涛:《唐诗镜像中的丝绸之路》,中国社会科学出版社,2020。

石云涛主编《比较文学与比较文化论丛》第3辑,中国商务出版社,2021。

石云涛:《汉唐丝绸之路历史文化论丛》,人民出版社,2021。

释依淳:《本生经的起源及其开展》,佛光出版社,1987。

四川大学中国俗文化研究所编《项楚先生欣开八秩颂寿文集》,中华书局,2012。

苏北海:《丝绸之路与龟兹历史文化》,新疆人民出版社,1996。

孙昌武:《佛教与中国文学》第2版,上海人民出版社,2007。

孙机:《中国圣火——中国古文物与东西文化交流中的若干问题》,辽宁教育出版社,1996。

孙机:《仰观集——古文物的欣赏与鉴别》,文物出版社,2015。

汤涒:《敦煌曲子词地域文化研究》,上海古籍出版社,2004。

汤用彤:《隋唐佛教史稿》,中华书局,1982。

汤用彤:《汉魏两晋南北朝佛教史》,中华书局,1983。

唐长孺主编《敦煌吐鲁番文书初探》,武汉大学出版社,1983。

唐长孺:《魏晋南北朝隋唐史三论——中国封建社会的形成和前期

的变化》，武汉大学出版社，1992。

唐长孺：《山居存稿》，中华书局，2011。

陶敏编撰《全唐诗人名考证》，陕西人民教育出版社，1996。

陶敏：《全唐诗人名汇考》，辽海出版社，2007。

佟培基编撰《全唐诗重出误收考》，陕西人民教育出版社，1996。

汪泛舟：《敦煌诗解读》，世界图书出版公司，2015。

王炳华：《西域考古历史论集》，中国人民大学出版社，2008。

王国维：《观堂集林·附别集》，中华书局，1959。

王昆吾：《隋唐五代燕乐杂言歌辞研究》，中华书局，1996。

王明：《抱朴子内篇校释》，中华书局，1980。

王明哲、王炳华：《乌孙研究》，新疆人民出版社，1983。

王小甫：《唐吐蕃大食政治关系史》，北京大学出版社，1992。

王小甫：《边塞内外》，东方出版社，2016。

王永平：《游戏、竞技与娱乐——中古社会生活透视》，中华书局，2010。

王永平：《从"天下"到"世界"——汉唐时期的中国与世界》，中国社会科学出版社，2015。

王永兴：《唐代前期西北军事研究》，中国社会科学出版社，1994。

王永兴：《唐代经营西北研究》，兰州大学出版社，2010。

王治来：《中亚史》第1卷，中国社会科学出版社，1980。

王治心：《中国宗教思想史大纲》，东方出版社，1996。

王仲荦：《敦煌石室地志残卷考释》，中华书局，2007。

王仲荦：《隋唐五代史》，中华书局，2007。

王重民：《敦煌曲子词集》，商务印书馆，1956。

王重民：《敦煌变文集》，人民文学出版社，1957。

王重民原编，黄永武新编《敦煌古籍叙录新编》，新文丰出版公司，1986。

魏承思：《中国佛教文化论稿》，上海人民出版社，1991。

吴松弟：《两唐书地理志汇释》，安徽教育出版社，2002。

武斌：《丝绸之路全史》，辽宁教育出版社，2018。

《西域南海史地考证译丛》，冯承钧译，商务印书馆，1962。

向达：《唐代长安与西域文明》，三联书店，1957。

项楚：《敦煌诗歌导论》，巴蜀书社，2001。

项楚：《敦煌变文选注》（增订本），中华书局，2006。

徐俊纂辑《敦煌诗集残卷辑考》，中华书局，2000。

徐文堪编《西域研究卷》，上海人民出版社，2014。

许序雅：《唐代丝绸之路与中亚史地丛考》，商务印书馆，2015。

许序雅：《唐代丝绸之路与中亚历史地理研究》，西北大学出版社，2000。

薛克翘：《佛教与中国文化》，昆仑出版社，2006。

薛宗正：《丝绸之路北庭研究》，新疆人民出版社，2009。

严耕望：《唐代交通图考》，上海古籍出版社，2007。

严耕望：《严耕望史学论文集》，上海古籍出版社，2009。

颜廷亮：《敦煌文学·诗歌篇》，甘肃人民出版社，1989。

颜廷亮：《敦煌文学千年史》，人民文学出版社，2013。

杨宝玉、吴丽娱：《归义军政权与中央关系研究——以入奏活动为中心》，中国社会科学出版社，2015。

杨富学：《西域敦煌宗教论稿》，甘肃文化出版社，1998。

杨建新、卢苇：《丝绸之路》，甘肃人民出版社，1988。

杨柳、骆祥发：《骆宾王评传》，北京出版社，1987。

杨森：《敦煌壁画家具图像研究》，民族出版社，2010。

杨宪益：《译余偶拾》，山东画报出版社，2006。

余太山：《两汉魏晋南北朝与西域关系史研究》，中国社会科学出版社，1995。

余太山主编《西域通史》，中州古籍出版社，1996。

余太山：《两汉魏晋南北朝正史西域传研究》，中华书局，2003。

余太山：《两汉魏晋南北朝正史西域传要注》，中华书局，2005。

余太山主编《内陆欧亚古代史研究》，福建人民出版社，2005。

袁行霈:《中国诗歌艺术研究》(增订本),北京大学出版社,1996。

张弓:《汉唐佛寺文化史》,中国社会科学出版社,1997。

张弓主编《敦煌典籍与唐五代历史文化》,中国社会科学出版社,2006。

张广达:《西域史地丛稿初编》,上海古籍出版社,1995。

张广达:《文书、典籍与西域史地》,广西师范大学出版社,2008。

张国刚:《中西文化关系通史》,北京大学出版社,2019。

张俊彦:《古代中国与西亚非洲的海上往来》,海洋出版社,1986。

张明非:《唐诗与舞蹈》,漓江出版社,1996。

张世民主编《杨良瑶与海上丝绸之路——〈唐故杨府君神道之碑〉解读》,西安地图出版社,2017。

张星烺编注《中西交通史料汇编》,中华书局,2003。

张燕:《古都西安·长安与丝绸之路》,西安出版社,2010。

张云:《唐代吐蕃史与西北民族史研究》,中国藏学出版社,2004。

张云:《吐蕃丝绸之路》,浙江人民出版社,2017。

张志勇:《敦煌邈真赞释译》,人民出版社,2015。

张中行:《佛教与中国文学》,安徽教育出版社,1984。

章巽:《我国古代的海上交通》,商务印书馆,1986。

郑炳林:《敦煌地理文书汇辑校注》,甘肃教育出版社,1989。

郑炳林:《敦煌碑铭赞辑释》,甘肃教育出版社,1992。

中国舞蹈艺术研究会舞蹈史研究组编《全唐诗中的乐舞资料》,人民音乐出版社,1958。

钟兴麟等校注《西域图志校注》,新疆人民出版社,2014。

周俭主编《丝绸之路交通线路(中国段)历史地理研究》,江苏人民出版社,2012。

周菁保:《丝绸之路的音乐文化》,新疆人民出版社,1987。

朱雷:《敦煌吐鲁番文书论丛》,上海古籍出版社,2012。

朱雷:《敦煌吐蕃番文书研究》,浙江大学出版社,2016。

朱易安:《唐诗与音乐》,漓江出版社,1996。

朱玉麟主编《西域文史》第 1 辑,科学出版社,2006。

朱玉麟主编《西域文史》第 3 辑,科学出版社,2008。

朱悦梅、杨富学:《甘州回鹘史》,中国社会科学出版社,2013。

2. 论文

安正发:《唐诗中的萧关及其文化意蕴》,《乐山师范学院学报》2010 年第 3 期。

柏红秀、李昌集:《泼寒胡戏之入华与流变》,《文学遗产》2004 年第 3 期。

毕波:《怛逻斯之战和天威健儿赴碎叶》,《历史研究》2007 年第 2 期。

柴剑虹:《岑参边塞诗和唐代的中西交往》,《西北大学学报》(哲学社会科学版)1984 年第 1 期。

陈国灿:《唐朝吐蕃陷落沙州城的时间问题》,《敦煌学辑刊》1985 年第 1 期。

陈国灿:《唐西州在丝绸之路上的地位和作用》,杜文玉主编《唐史论丛》第 9 辑,三秦出版社,2007。

陈海涛:《唐代入华粟特人商业活动的历史意义》,《敦煌学辑刊》2002 年第 1 期。

陈海涛:《唐代粟特人聚落六胡州的性质及始末》,《内蒙古社会科学》2002 年第 5 期。

陈瑜、杜晓勤:《从阿史那忠墓志考骆宾王从军西域史实》,《文献》2008 年第 3 期。

程千帆:《论唐人边塞诗中地名的方位、距离及其类似问题》,《南京大学学报》(哲学社会科学版)1979 年第 3 期。

磁县文化馆:《河北磁县东陈村东魏墓》,《考古》1977 年第 6 期。

崔明德:《论唐高宗和武则天时期的民族关系思想》,《烟台大学学报》(哲学社会科学版)1994 年第 1 期。

邓文宽:《〈凉州节院使押衙刘少晏状〉新探》,《敦煌学辑刊》1987 年第 2 期。

邓文宽:《张淮深平定甘州回鹘史事钩沉》,《北京大学学报》1986 年第 5 期。

丁笃本:《旅唐新罗僧人慧超西域巡礼述略》,《韶关学院学报》2008 年第 2 期。

杜成辉、胡玉萍:《南诏文学成就简评》,《大理学院学报》2007 年第 3 期。

杜文玉:《丝绸之路与新罗乐舞》,《人文杂志》2009 年第 1 期。

樊文礼:《沙陀的族源及其早期历史》,《民族研究》1999 年第 6 期。

伏俊琏:《唐代敦煌高僧悟真入长安事考略》,《敦煌研究》2010 年第 3 期。

伏俊琏、王伟琴:《敦煌本〈张淮深变文〉当为〈张议潮变文〉考》,《新疆师范大学学报》2010 年第 4 期。

伏俊琏:《归义军时期的敦煌文学》,《河西学院学报》2012 年第 6 期。

盖金伟:《唐诗"交河"语汇考论》,《新疆师范大学学报》2008 年第 2 期。

高华平:《佛教与魏晋南北朝文学的创新》,《光明日报》2006 年 2 月 24 日。

高建新:《唐诗中的"金河"》,《内蒙古大学学报》2010 年第 5 期。

高建新:《王维诗中的西北边塞风情》,《内蒙古大学学报》2011 年第 6 期。

高建新:《唐诗中的西域"三大乐舞"》,《民族文学研究》2012 年第 6 期。

高建新:《唐诗中的西域民族乐舞——〈泼寒胡戏〉〈剑器浑脱〉〈西凉乐〉〈霓裳羽衣舞〉》,《内蒙古大学学报》2012 年第 6 期。

高建新:《展开在"丝绸之路"上的文学景观——再读张籍〈凉州词三首〉其一》,《临沂大学学报》2016 年第 6 期。

高天成:《唐诗中的长安文化符号及其意蕴之美》,《唐都学刊》2011 年第 1 期。

高至喜:《湖南古代墓葬概况》,《文物》1960 年第 3 期。

葛承雍:《论丝绸之路的起点》,《华夏文化》1995 年第 1 期。

葛承雍:《唐韵胡音与外来文明》,《西域研究》2005 年第 3 期。

耿昇:《法国汉学界对丝绸之路的研究》,《西北第二民族学院学报》2002 年第 2 期。

郭丽:《唐代边塞民族乐府〈凉州〉考论》,《民族文学研究》2016 年第 6 期。

郭院林:《唐诗中的西域意象及其文化意蕴》,《兰州学刊》2009 年第 7 期。

韩香:《隋唐时期长安与中亚的交通》,《中国历史地理论丛》2002 年第 2 期。

侯献瑞:《论堂明国的族属》,《东南亚》1986 年第 4 期。

胡大浚:《唐诗中的"丝路"之旅》,中国唐代文学学会等主编《唐代文学研究》第 6 辑,广西师范大学出版社,1996。

胡可先:《唐代文学文化史研究方法论的思考》,《河南社会科学》2003 年第 5 期。

胡可先:《出土文献与唐代文学史新视野》,《文学遗产》2005 年第 1 期。

黄进德:《说哥舒翰〈破阵乐〉》,中国唐代文学学会等主编《唐代文学研究》第 7 辑,广西师范大学出版社,1998。

黄盛璋:《文单国——老挝历史地理新探》,《历史研究》1962 年第 5 期。

黄适远:《伊州乐和唐诗》,《丝绸之路》2007 年第 11 期。

暨远志:《胡床杂考——敦煌壁画家具研究之三》,《考古与文物》2004 年第 4 期。

简宗修:《〈白居易集〉中的北宗文献与北宗禅师》,台湾大学佛学研究中心编《佛学研究中心学报》第 6 期,2001 年。

兰书臣：《唐萧关诗探》，《宁夏师范学院学报》2013 年第 4 期。

李安山：《古代中非交往史料补遗与辨析——兼论早期中国黑人来源问题》，《史林》2019 年第 2 期。

李炳海：《民族融合与古代边塞诗的战地风光》，《北方论丛》1998 年第 1 期。

李春芳：《丝绸之路对河西开发的影响》，《甘肃理论学刊》2004 年第 5 期。

李发明：《也谈唐代的"柏海"与"河源"》，《青海师范大学学报》1984 年第 4 期。

李方：《唐西州九姓胡人生活状况一瞥——以史玄政为中心》，季羡林等主编《敦煌吐鲁番研究》第 4 卷，北京大学出版社，1999。

李方：《怛罗斯之战与唐朝西域政策》，《中国边疆史地研究》2006 年第 1 期。

李芳民：《岑参安西之行事迹新考》，《复旦学报》（社会科学版）2014 年第 5 期。

李惠兴：《西域"丝路"上的邮驿》，《西北史地》1994 年第 4 期。

李金明：《唐代中国与阿拉伯海上交通航线考释》，《海交史研究》2009 年第 2 期。

李锦绣：《唐开元中北庭长行坊文书考释》（上），《吐鲁番学研究》2004 年第 2 期。

李军：《关于晚唐西州回鹘的几个问题》，《西北第二民族学院学报》2007 年第 2 期。

李军：《唐大中二年沙州遣使中原路线献疑》《中国边疆史地研究》2010 年第 1 期。

李军：《晚唐（公元 861~907 年）凉州相关问题考察——以凉州控制权的转移为中心》，《中国史研究》2006 年第 4 期。

李军：《晚唐五代归义军与凉州节度关系考论》，《陕西师范大学学报》2011 年第 6 期。

李军：《晚唐五代肃州相关史实考述》，《敦煌学辑刊》2005 年第

3 期。

　　李军:《晚唐政府对河西东部地区的经营》,《历史研究》2007 年第 4 期。

　　李军:《晚唐政府对河陇地区的收复与经营——以宣、懿二朝为中心》,《中国史研究》2012 年第 3 期。

　　李明伟:《丝绸之路与唐诗的繁荣》,《中州学刊》1988 年第 6 期。

　　李明伟:《唐代文学的嬗变与丝绸之路的影响》,《敦煌研究》1994 年第 3 期。

　　李琪美:《从唐代的诗歌看唐蕃古道上的藏汉关系》,《西藏大学学报》(社会科学版)2001 年第 1 期。

　　李强:《近年出土的玻璃器》,《中国科技史杂志》1991 年第 1 期。

　　李小荣:《变文与唱导关系之检讨——以唱导的生成衍变为中心》,《敦煌研究》1999 年第 4 期。

　　李小荣等:《佛经偈颂与中古绝句的得名》,《贵州社会科学》2000 年第 3 期。

　　李小荣:《敦煌佛曲〈散花乐〉考源》,《法音》2000 年第 10 期。

　　李小荣:《佛经传译与散文文体的得名——以词源学为中心的考察》,《福建师范大学学报》(哲学社会科学版)2003 年第 4 期。

　　李小荣:《佛教与中国古代文体关系研究略谈》,《福建师范大学学报》(哲学社会科学版)2007 年第 6 期。

　　李小荣:《论“未曾有经”文体及其影响》,《武汉大学学报》2009 年第 3 期。

　　李雄飞:《唐诗中的丝绸之路音乐文化》,《交响:西安音乐学院学报》1996 年第 1 期。

　　李羿萱:《岑参西域诗中的火山、赤亭、走马川考》,《西北史地》1995 年第 4 期。

　　李智君:《诗性空间——唐代西北边塞诗意象地理研究》,《宁夏社会科学》2004 年第 6 期。

　　林庚:《盛唐气象》,《北京大学学报》1958 年第 2 期。

刘安志、陈国灿:《唐代安西都护府对龟兹的治理》,《历史研究》2006 年第 1 期。

刘锡涛:《隋唐时期西域人的内迁及其影响》,《喀什师范学院学报》2004 年第 1 期。

刘雁翔:《杜甫〈山寺〉诗与唐代的麦积山石窟》,《敦煌学辑刊》2007 年第 3 期。

刘艺:《多维视野中的杜甫及其西域边塞诗》,《西域研究》2001 年第 1 期。

刘迎胜:《唐苏谅妻马氏汉、巴列维文墓志再研究》,《考古学报》1990 年第 3 期。

卢晓河、李建荣:《丝绸之路与唐边塞诗》,《艺术研究》1998 年第 3 期。

马芳:《浅析唐远征西域背景下的骆宾王边塞诗》,《丝绸之路》2011 年第 20 期。

马俊民:《唐与回纥的绢马贸易——唐代马价绢新探》,《中国史研究》1984 年第 1 期。

马志峰、丁俊:《唐宋时期中阿交往及其历史意义与当代价值》,《阿拉伯世界研究》2008 年第 4 期。

米寿祺:《唐代原州七关述论》,《西北师大学报》(社会科学版)1992 年第 6 期。

米彦青:《草原丝绸之路上的唐诗写作》,《文学评论》2017 年第 1 期。

宁淑华:《内地边塞两观照——唐诗中的丝路》,《湖南工业职业技术学院学报》2004 年第 1 期。

纽仲勋:《六胡州初探》,《西北史地》1984 年第 4 期。

彭建华:《李白与佛教——印度文化》,《福建师范大学学报》(哲学社会科学版)2004 年第 3 期。

普慧:《佛教对中古议论文的贡献和影响》,《文学评论》2007 年第 4 期。

钱伯泉：《杜甫诗中的回纥历史》，《杜甫研究学刊》1989 年第 2 期。

钱伯泉：《评薛宗正〈西域边塞诗研究〉》，《西域研究》1996 年第 1 期。

钱伯泉：《五彩缤纷的"西陲边塞诗"诗品——〈历代西陲边塞诗研究〉述评》，《西域研究》1996 年第 2 期。

荣新江：《归义军及其与周边民族的关系初探》，《敦煌学辑刊》1986 年第 2 期。

荣新江：《于阗在唐朝安西四镇中的地位》，《西域研究》1992 年第 3 期。

荣新江、徐俊：《新见俄藏敦煌唐诗写本三种考证及校录》，荣新江主编《唐研究》第 5 卷，北京大学出版社，1999。

陕西省文物管理委员会：《西安发现晚唐祆教徒的汉、婆罗钵文合璧墓志——唐苏谅妻马氏墓志》，《考古》1964 年第 9 期。

申旭：《关于堂明国若干问题的考辨》，《东南亚》1984 年第 2 期。

施淑婷：《敦煌本高适诗研究》，黄永武、施淑婷：《敦煌的唐诗续编》，文史哲出版社，1989。

石云涛：《3~6 世纪中西间海上航线的变化》，《海交史研究》2004 年第 2 期。

石云涛：《三至六世纪中西间海上交通盛衰》，《民族史研究》第 5 辑，民族出版社，2004。

石云涛：《三至六世纪中西间海上交通条件的变化》，北京外国语大学中国语言文学学院编《人文丛刊》第 1 辑，学苑出版社，2005。

石云涛：《两晋南朝与东南亚、南亚的海上交通》，石源华、胡礼忠主编《东亚汉文化圈与中国关系学术讨论会论文集》，中国社会科学出版社，2005。

石云涛：《北魏西域政策的变化与中西间商贸往来》，陈尚胜主编《中国传统对外关系的思想、制度与政策》，山东大学出版社，2007。

石云涛：《北魏中西交通的开展》，《社会科学辑刊》2007 年第 1 期。

石云涛、铁穆尔：《突厥、回鹘：以狼为图腾的民族》，《中国国家地理》2007 年第 10 期。

石云涛：《唐史官为何有意贬低突厥人》，《中国国家地理》2007 年第 10 期。

石云涛、张玉珍：《失路英雄：李白的身世投影》，《人文丛刊》第 2 辑，学苑出版社，2007。

石云涛：《3~6 世纪中国与大秦拜占廷的互相认识》，《人文丛刊》第 3 辑，学苑出版社，2008。

石云涛：《荀子用兵之道与唐太宗安边制胜之策》，陈尚胜主编《儒家文明与中国传统对外关系》，山东大学出版社，2008。

石云涛：《汉唐间丝绸之路起点的变迁》，《中州学刊》2008 年第 1 期。

石云涛：《北魏西北丝路的利用》，《西域研究》2008 年第 1 期。

石云涛：《蚕种西传故事与中西初识》，《文史知识》2018 年第 5 期。

石云涛：《高敬命次韵、效体和集古句诗考源》，《人文丛刊》第 4 辑，学苑出版社，2009。

石云涛：《高敬命诗对中国古典诗歌传统的继承和借鉴》，《中州学刊》2009 年第 4 期。

石云涛：《朝鲜李朝诗人高敬命抒情诗用典艺术探析》，《解放军艺术学院学报》2010 年第 1 期。

石云涛：《南朝萧梁时中外互动关系述略》，刘新成主编《全球史评论》第 3 辑，中国社会科学出版社，2010。

石云涛：《长安大慈恩寺与唐诗的因缘》，增勤主编《首届长安佛教国际学术研讨会论文集》，陕西师范大学出版社，2010。

石云涛：《斯坦因楼兰考古的历史发现》，北京外国语大学中国语言文学学院编《人文丛刊》第 6 辑，学苑出版社，2011。

石云涛、莫丽芸：《唐诗中的丝绸之路西域道》，新和县文化体育广播电视管理局编《丝路印记：丝绸之路与龟兹中外文化交流》，甘肃人民出版社，2011。

石云涛：《3~6 世纪的草原丝绸之路》，《社会科学战线》2011 年第
9 期。

石云涛：《魏晋南北朝时外来的珍珠》，张西平等主编《比较文学
的新视野》，华东师范大学出版社，2012。

石云涛：《从僧人行踪看西域通往南朝的道路》，武汉大学中国三
至九世纪研究所编《魏晋南北朝隋唐史资料——唐长孺先生百年诞辰
纪念专刊》第 27 辑，上海古籍出版社，2012。

石云涛：《六朝时期的海上交通与佛教东传》，杭州佛学院编《吴
越佛教》第 8 卷，九州出版社，2013。

石云涛：《南朝萧梁时中外关系述略》，中国中外关系史学会等编
《中国与周边国家关系研究》，中国书籍出版社，2013。

石云涛：《东晋南朝佛教三宝供养风俗》，耿昇、戴建兵主编《历
史上中外文化的和谐与共生——中国中外关系史学会 2013 年学术研
讨会论文集》，甘肃人民出版社，2014。

石云涛：《魏晋南北朝时期海上丝绸之路的利用》，中国航海博物
馆编《国家航海》第 9 辑，上海古籍出版社，2014。

石云涛：《魏晋南北朝时期良马输入的途径》，《西域研究》2014
年第 1 期。

石云涛：《古代东北民族与中原政权关系中的楛矢》，马明达、纪
宗安主编《暨南史学》第 9 辑，广西师范大学出版社，2014。

石云涛：《丝绸之路与汉代香料的输入》，《中原文化研究》2014
年第 6 期。

石云涛：《汉代良马输入与汉代社会》，《社会科学战线》2014 年
第 7 期。

石云涛：《李杨故事与唐后期诗人对安史之乱的反思》，《人文丛
刊》第 8 辑，学苑出版社，2014。

石云涛：《汉代外来的珍珠》，北京语言大学编《汉学研究》（秋
冬卷），学苑出版社，2015。

石云涛：《唐诗中长安生活方式的胡化风尚》，《国际汉学》2015年第 3 期。

石云涛：《河湟的失陷与收复在唐诗中的反响》，《石河子大学学报》（哲学社会科学版）2016 年第 2 期。

石云涛：《论胡麻的引种与文化意蕴》，《中国高校社会科学》2016年第 2 期。

石云涛：《唐诗中长安与边塞和域外的交通》，《中国文化研究》2016 年第 3 期。

石云涛：《汉代骆驼的输入及其影响》，《历史教学》2016 年第 6 期。

石云涛：《汉代丝绸之路的开拓与中外交流途径》，《人文丛刊》第 10 辑，学苑出版社，2016。

石云涛：《汉代域外和边疆医药与医术的传入》，北京语言大学编《汉学研究》（秋冬卷），学苑出版社，2016。

石云涛：《唐诗中的长安侨民和外域人》，丘进、万明主编《华侨与中外关系史——中国中外关系史学会 2015 年学术论文集》，中国华侨出版社，2016。

石云涛：《唐诗中流寓和出入长安之外域人》，《社会科学战线》2016 年第 12 期。

石云涛：《汉代南方丝绸之路的开拓》，《人文丛刊》第 11 辑，学苑出版社，2017。

石云涛：《唐诗咏丝绸之路的盛衰》，赖永海主编《丝路文化研究》第 2 辑，商务印书馆，2017。

石云涛：《唐诗中的阳关意象》，《武汉科技大学学报》（社会科学版）2017 年第 4 期。

石云涛：《安石榴的引进与石榴文化探源》，《社会科学战线》2018 年第 2 期。

石云涛：《汉唐间狮子入贡与狮文化》，《武汉科技大学学报》（社会科学版）2018 年第 2 期。

石云涛:《唐诗咏海上丝路舶来品》,《中国文化研究》2018 年第 3 期。

石云涛:《唐诗中的玉门关意象》,《河南教育学院学报》2018 年第 5 期。

石云涛:《唐诗中长安—晋阳官驿道上的行旅》,《晋阳学刊》2018 年第 5 期。

石云涛:《域外器物的输入与中古社会》,《中国高校社会科学》2018 年第 6 期。

石云涛:《交广:唐诗中海上丝路的起点》,《广州文博》第 12 辑,文物出版社,2018。

石云涛:《唐诗中海上丝绸之路行旅》,万明主编《丝绸之路的互动与共生学术研讨会论文集》,中国社会科学出版社,2018。

石云涛:《唐诗见证的唐朝与东南亚诸国关系》,杜文玉主编《唐史论丛》第 27 辑,三秦出版社,2018。

石云涛:《欧亚草原与早期东西方文明互动》,《中国社会科学报》2018 年 12 月 14 日。

石云涛:《跨文化视野下安石榴实用价值的认知》,北京外国语大学中国语言文学学院编《人文丛刊》第 12 辑,学苑出版社,2019。

石云涛:《唐诗见证的中日关系与交流》,黄留珠、贾二强主编《长安学研究》第 4 辑,科学出版社,2019。

石云涛:《元代丝绸之路及其贸易往来》,《人民论坛》2019 年第 14 期。

史念海:《唐代通西域道路的渊源及其途中的都会》,《中国历史地理论丛》1995 年第 1 期。

宋强刚:《试论唐代文化繁荣的原因及唐代中外文化交流的特点》,《成都师范学院学报》1994 年第 2 期。

孙楷第:《敦煌写本张淮深变文跋》,《中央研究院历史语言研究所集刊》第 7 本第 3 分,1937 年。

唐帅、魏景波:《丝绸之路与唐代边塞诗》,《丝绸之路》2012 年第 20 期。

汪泛舟:《敦煌诗词补正与考源》,《敦煌研究》1997 年第 3 期。

王炳华:《唐置轮台县与丝绸之路北道交通》,荣新江主编《唐研究》第 16 卷,北京大学出版社,2010。

王洁:《坚昆都督府及其与唐朝的关系》,《内蒙古社会科学》2010 年第 5 期。

王立:《唐诗中的胡人形象——兼谈中国文学中的胡人描写》,《内蒙古大学学报》(社会科学版) 2002 年第 1 期。

王香莲、蓝琪:《论吐蕃在唐西域的活动及其对丝绸之路的影响》,《贵州师范大学学报》(社会科学版) 2004 年第 1 期。

王小甫:《安史之乱后的西域形势及唐军的坚守》,《敦煌研究》1990 年第 4 期。

王小甫:《唐初安西四镇的弃置》,《历史研究》1991 年第 4 期。

王小甫:《论安西四镇焉耆与碎叶的交替》,《北京大学学报》(哲学社会科学版) 1991 年第 6 期。

王新锋:《唐代岭南贬谪诗歌的文化诠释》,《长春师范大学学报》2016 年第 11 期。

王永平、李响:《汉乐与胡风:〈庆善乐〉诞生的历史语境及其政治象征》,《河北学刊》2019 年第 3 期。

王永兴:《试论唐代前期的河西节度使》,袁行霈主编《国学研究》第 2 卷,北京大学出版社,1994。

王永兴:《唐灭高昌及置西州、庭州考论》,郑家馨、林华国主编《北大史学》第 2 辑,北京大学出版社,1994。

王志鹏:《敦煌佚名组诗六十首的地域特征及文学情思》,《西夏研究》2015 年第 3 期。

温翠芳:《唐代长安西市中的胡姬与丝绸之路上的女奴贸易》,《西域研究》2006 年第 2 期。

乌尔沁:《外来民间文化的使者:西域胡姬——唐诗胡姬形象解析》,《民族文学研究》2001 年第 4 期。

吴逢箴:《杜诗与西域文明》,《杜甫研究学刊》1996 年第 3 期。

吴河清:《唐人昭君诗的历史内涵》,中国唐代文学学会等主编《唐代文学研究》第 9 辑,广西师范大学出版社,2002。

吴平:《论〈出三藏记集〉的目录学价值》,《法音》2002 年第 5 期。

吴玉贵:《唐代安西都护府史略》,马雍主编《中亚学刊》第 2 辑,中华书局,1987。

西藏自治区文物普查队:《西藏吉隆县发现唐显庆三年〈大唐天竺使出铭〉》,《考古》1994 年第 7 期。

谢建忠:《李白诗中的西域文化考论》,《贵州大学学报》(社会科学版)2003 年第 6 期。

谢巍:《敦煌本〈读史编年诗〉作者佚名考及其他》,《江海学刊》1989 年第 6 期。

新疆维吾尔自治区博物馆、西北大学历史系考古专业:《1973 年吐鲁番阿斯塔那古墓群发掘简报》,《文物》1975 年第 7 期。

熊飞:《〈敦煌唐人诗集残卷(伯 2555)补录〉校勘斠补》,《敦煌研究》1991 年第 2 期。

许序雅:《胡乐胡音竞纷泊——胡乐对唐代社会影响述论》,《西域研究》2004 年第 1 期。

薛平拴:《论隋唐长安的商人》,《陕西师范大学学报》(哲学社会科学版)2004 年第 2 期。

薛宗正:《庭州、北庭建置新考》,《中国边疆史地研究》1994 年第 1 期。

阎琦:《杜甫华州罢官西行秦州考论》,《西北大学学报》(哲学社会科学版)2003 年第 2 期。

羊毅勇:《唐代伊州考》,《西北民族研究》1993 年第 1 期。

杨翠微:《〈南诏德化碑〉的文学意蕴》,《大理文化》2010 年第 12 期。

杨冬梅:《唐代咏柘枝舞诗词研究》,《殷都学刊》2006 年第 1 期。

杨芳:《唐传奇中的"胡僧"形象与唐代的多元性文化》,《宁夏社会科学》2011 年第 4 期。

杨杨国学:《西凉伎与西域乐舞的渊源》,《西域研究》1999 年第 3 期。

国学:《〈西凉伎〉琐议》,《文学遗产》2000 年第 2 期。

杨晓娟:《萧关古道:丝绸之路重要组成部分——访宁夏社会科学院历史研究所所长薛正昌》,《中国社会科学报》2012 年 2 月 6 日。

杨晓霭:《"丝绸之路"上的人物往来与唐诗境界的开拓》,《中国高校社会科学》2016 年第 3 期。

姚伟钧:《唐代长安的"胡风"与"胡食"》,《光明日报》2014 年 12 月 3 日。

余恕诚、郑传锐:《唐人出使吐蕃的诗史——论吕温使蕃诗》,《民族文学研究》2012 年第 4 期。

袁黎明:《简论唐代丝绸之路的前后期变化》,《丝绸之路》2009 年第 6 期。

曾玲玲:《唐代凉州胡人乐伎试探》,《西域研究》2004 年第 2 期。

曾艳红:《丝绸文化视阈中的唐代丝绸与唐诗》,《广西民族大学学报》2010 年第 2 期。

查明昊:《唐人笔下的胡僧形象及胡僧的诗歌创作》,《中国典籍与文化》2008 年第 2 期。

张广达:《碎叶城今地考》,《北京大学学报》1979 年第 5 期。

张广达:《论隋唐时期中原与西域文化交流的几个特点》,《北京大学学报》(哲学社会科学版) 1985 年第 4 期。

张广达:《唐代六胡州等地的昭武九姓》,《北京大学学报》1986 年第 2 期。

张锡厚:《敦煌本〈高适诗集〉考述》,《文献》1995 年第 4 期。

张洋:《西域诗歌与两种文化的交汇》,《新疆艺术》1997 年第 2 期。

张耀民:《"北萧关"考——兼证萧关原址在今甘肃庆阳地区环县

城北二里》,《西北史地》1997 年第 1 期。

赵红、高启安:《张孝嵩斩龙传说探微》,《西北师大学报》(社会科学版)2004 年第 1 期。

赵文润:《隋唐时期西域乐舞在中原的传播》,《陕西师范大学学报》(哲学社会科学版)1997 年第 1 期。

赵永:《论魏晋至宋元时期佛教遗存中的玻璃器》,《中国国家博物馆馆刊》2014 年第 10 期。

赵振华、朱亮:《安菩墓志初探》,《中原文物》1982 年第 3 期。

赵宗福:《唐代敦煌佚名氏诗散论——〈敦煌诗集残卷〉研究之一》,《青海社会科学》1983 年第 6 期。

郑炳林:《敦煌文书 S373 号李存勖唐玄奘诗证误》,《敦煌学辑刊》1991 年第 1 期。

郑炳林:《敦煌本〈张淮深变文〉研究》,《西北民族研究》1994 年第 1 期。

中国社会科学院考古研究所新疆工作队:《新疆吉木萨尔北庭古城调查》,《考古》1982 年第 2 期。

钟兴麒:《唐代安西碎叶镇位置与史事辨析》,《中国边疆史地研究》2000 年第 1 期。

周加胜:《柘枝舞考略兼与向达先生商榷》,《黑龙江史志》2010 年第 11 期。

周伟洲:《唐代六胡州与"康待宾之乱"》,《民族研究》1988 年第 3 期。

周彦敏:《浅论唐诗中的萧关意象》,《名作欣赏》2013 年第 23 期。

朱利华、伏俊琏:《敦煌文人窦良骥生平考述》,《敦煌学辑刊》2015 年第 3 期。

朱秋德:《论唐代西域地理名称的变迁——岑参诗中的安西、北庭、碛西、镇西》,《石河子大学学报》2003 年第 3 期。

朱实德:《以诗证史:岑参边塞诗中有关唐代西域名称的变迁》,《中国文学研究》2006 年第 1 期。

朱蕴秋、申美兰:《〈往五天竺国传〉中的印度人形象》,《沈阳大学学报》(自然科学版) 2005 年第 3 期。

纵瑞华、梁今知:《关于唐代的"柏海"与"河源"》,《青海社会科学》1982 年第 5 期。

三　外国典籍与研究论著(含译著)

A.H. 丹尼、V.M. 马松主编《中亚文明史》第 1 卷,芮传明译,中国对外翻译出版公司、联合国教科文组织,2002。

B.A. 李特文斯基主编《中亚文明史》第 3 卷,马小鹤译,中国对外翻译出版公司、联合国教科文组织,2003。

V.V. 巴托尔德:《蒙古入侵时期的突厥斯坦》,张锡彤、张广达译,上海古籍出版社,2007。

Г.Л. 谢苗诺夫:《阿克·贝希姆遗址考古学的研究历史》,张宝洲译,陕西师范大学历史文化学院、陕西历史博物馆编《丝绸之路研究集刊》第 2 辑,商务印书馆,2018。

К.М.Байпаков:《哈萨克斯坦中部、东部和西部的古城》,《比较文学与比较文化论丛》第 2 辑,迪丽娜、石云涛译,中国商务出版社,2020。

阿里·玛扎海:《丝绸之路:中国—波斯文化交流史》,耿昇译,新疆人民出版社,1982。

安鼎福:《东史纲目》,景仁文化社,1970。

安尼塔·朱里安诺、朱迪斯·勒内:《文化融合:美穗(Miho)博物馆藏墓葬石榻上的中亚和中国乐伎》,周晶译,《西北民族论丛》第 1 辑,中国社会科学出版社,2002。

岸边成雄:《唐代音乐史的研究》,梁在平、黄志炯译,台北中华书局,1973。

奥雷尔·斯坦因:《西域考古图记》,中国社会科学院考古研究所译,广西师范大学出版社,1998。

奥雷尔·斯坦因:《从罗布沙漠到敦煌》,赵燕等译,广西师范大学出版社,2000。

奥雷尔·斯坦因:《路经楼兰》,肖小勇、巫新华译,广西师范大学出版社,2000。

奥雷尔·斯坦因:《西域考古记》,向达译,商务印书馆,2013。

巴宙(W. Pachow):《敦煌韵文集》,台湾高雄佛教文化服务处,1965。

保罗·G. 巴恩主编《剑桥插图考古史》,郭小凌、王晓秦译,山东画报出版社,2000。

遍照金刚:《文镜秘府论》,人民文学出版社,1975。

遍照金刚撰,卢盛江校考《文镜秘府论汇校汇考》(修订本),中华书局,2015。

遍照金刚撰,卢盛江校笺《文镜秘府论校笺》,中华书局,2019。

伯希和:《交广印度两道考》,冯承钧译,中华书局,1955。

布尔努瓦:《丝绸之路》,耿昇译,山东画报出版社,2001。

布尔努娃:《丝绸之路——神祇、军士与商贾》,耿昇译,云南人民出版社,2015。

蔡美花、赵季主编《韩国诗话全编校注》,人民文学出版社,2012。

长泽和俊:《丝绸之路史研究》,钟美珠译,天津古籍出版社,1990。

崔瑞德主编《剑桥隋唐史》,中国社会科学院历史研究所译,中国社会科学出版社,1990。

崔致远撰,党银平校注《桂苑笔耕集校注》,中华书局,2007。

大谷光瑞等:《丝路探险记》,章莹译,新疆人民出版社,1998。

戴密微:《吐蕃僧诤记》,耿昇译,中国藏学出版社,2013。

荻原云来:《汉译对照梵和大辞典》,新文丰出版公司,1979。

芳村弘道:《唐代的诗人研究》,秦岚等译,中华书局,2014。

费琅:《昆仑及南海古代航行考》,冯承钧译,中华书局,2002。

费琅辑注《阿拉伯波斯突厥人东方文献辑注》，耿昇、穆根来译，中华书局，1989。

高楠顺次郎编《大正新修大藏经》，河北省佛教协会印行，2005。

戈岱司编《希腊拉丁作家远东古文献辑录》，耿昇译，中华书局，1987。

葛乐耐（Frantz Grenet）:《驶向撒马尔罕的金色旅程》，毛铭译，漓江出版社，2016。

《古兰经》，马坚译，中国社会科学出版社，1981。

郭磊:《敦煌文献中出现的"新罗王子"身份再考》，沙武田主编《丝绸之路研究集刊》第3辑，商务印书馆，2019。

汉克杰:《丝绸之路上的中西音乐交流》，张欣译，大象出版社，2019。

河世宁纂辑《全唐诗逸》，商务印书馆，1936。

赫德逊:《欧洲与中国》，李申等译，中华书局，1995。

洪凤汉等编著《增补文献备考》，明文堂，2000。

慧超原著，张毅笺释《往五天竺国传笺释》，中华书局，2000。

吉川幸次郎:《中国诗史》，章培恒等译，安徽文艺出版社，1986。

加法尔·卡拉尔·阿赫默德:《唐代中国与阿拉伯世界的关系》，金波、俞燕译，《新疆师范大学学报》2004年第2~3期。

加文·汉布里主编《中亚史纲要》，吴玉贵译，商务印书馆，1994。

菅野真道等编著《续日本纪》，东京:吉川弘文馆，昭和59年（1984）。

杰克·特纳:《香料传奇》，周子平译，三联书店，2007。

金富轼:《三国史记》，景仁文化社，1994。

金富轼著，李康来（이강래）校勘《原本三國史記》，한길사，1998。

金相铉:《中国对"海东求法僧"的待遇和认识——以佛教史籍的叙述为中心》，周伟洲主编《西北民族论丛》第5辑，中国社会科学出版社，2007。

康马泰（Matteo Compareti）:《唐风吹拂撒马尔罕》，毛铭译，漓江出版社，2016。

克林凯特:《丝绸古道上的文化》，赵崇民译，新疆美术摄影出版社，1994。

劳费尔:《中国伊朗篇》，林筠因译，商务印书馆，1964。

乐仲通:《从波斯波利斯到长安西市》，毛铭译，漓江出版社，2017。

黎崱:《安南志略》，武尚清点校，中华书局，2000。

李约瑟:《中国科学技术史》，科学出版社，2011。

砺波护:《唐代的畿内与京城四面关》，胡宝珍译，《河北师院学报》1993年第4期。

良岑安世等:《经国集》，《校注日本文学大系》（24），东京：国民图书，1925~1928。

烈维等:《王玄策使印度记》，冯承钧译，中国国际广播出版社，2013。

林谦三:《东亚乐器考》，钱稻孙译，曾维德、张思睿校注，上海书店出版社，2013。

《岭南摭怪等史料三种》，戴可来、杨保筠校注，中州古籍出版社，1991。

陆威仪:《世界性的帝国：唐朝》，张晓东、冯世明译，中信出版社，2016。

罗德里希·普塔克（Roderich Ptak）:《海上丝绸之路》，史敏岳译，中国友谊出版公司，2019。

马尔夏克（Boris Marshak）:《突厥人、粟特人与娜娜女神》，毛铭译，漓江出版社，2016。

马苏第:《黄金草原》，耿昇译，青海人民出版社，1998。

木宫泰彦:《中日交通史》，陈捷译，山西人民出版社，2015。

尼费杜勃罗文:《普尔热瓦尔斯基传》，吉林大学外语系俄语专业翻译组译，商务印书馆，1978。

平冈武夫:《唐代的长安和洛阳（资料）》，上海古籍出版社，1989。

平冈武夫、市原亨吉、今井清编《唐代的诗篇》，上海古籍出版社，1991。

平冈武夫、市原亨吉编《唐代的诗人》，上海古籍出版社，1991。

蒲立本:《安禄山叛乱的背景》，丁俊译，中西书局，2018。

气泽贺保规:《绚烂的世界帝国:隋唐时代》，石晓军译，广西师范大学出版社，2014。

前田耕作:《玄奘与丝绸之路:东西文化交流的传奇之旅》，凌文桦译，北京燕山出版社，2020。

前田慧云、中野达慧等编集《卍续藏经》，新文丰出版公司，1975。

让－诺埃尔·罗伯特:《从罗马到中国:恺撒大帝时代的丝绸之路》，马军等译，广西师范大学出版社，2005。

芮乐伟·韩森:《丝绸之路新史》，张湛译，北京联合出版公司，2015。

三上次男:《陶瓷之路》，李锡经、高善美译，文物出版社，1983。

桑原骘藏:《唐宋贸易港研究》，杨炼译，商务印书馆，1935。

森安孝夫:《丝绸之路与唐帝国》，石晓军译，北京日报出版社，2020。

沙畹:《西突厥史料》，冯承钧译，商务印书馆，1958。

上田雄:《登州曾是隋唐的一个门户——开元寺所连接的历史的一环》，耿昇等编《登州与海上丝绸之路:登州与海上丝绸之路国际学术研讨会论文集》，人民出版社，2009。

石见清裕:《粟特人的东方迁徙与唐王朝的成立》，齐会君译，刘进宝编《丝路文明》第 2 辑，上海古籍出版社，2017。

石见清裕:《唐代北方问题与国际秩序》，胡鸿译，复旦大学出版社，2019。

石见清裕:《唐代的国际关系》，吴志宏译，中西书局，2019。

石见清裕:《唐代的民族、外交与墓志》，王博译，西北大学出版社，2019。

石田干之助:《长安之春》，钱婉约译，清华大学出版社，2015。

松田寿男:《古代天山历史地理学研究》，陈俊谋译，中央民族学院出版社，1987。

藤家礼之助:《中日交流两千年》，章林译，北京联合出版公司，2019。

藤原冬嗣等:《文华秀丽集》，《日本古典文学大系》(69)，东京:岩波书店，昭和39年（1964）6月。

王贞平:《多极亚洲中的唐朝》，贾永会译，上海文化出版社，2020。

维·维·巴尔托里德:《中亚简史》，耿世民译，新疆人民出版社，1980。

乌居龙藏:《石面雕刻之渤海人风俗与萨珊式胡瓶》，《燕京学报》第6期，1946年。

吴澐编《东史纂要》，国家图书馆藏，明万历三十七年鸡林府刻本。

希提:《阿拉伯通史》，马坚译，新世界出版社，2008。

小野岑守等:《凌云集》，《校注日本文学大系》(24)，东京:国民图书，1925~1928。

徐居正:《东文选》，韩国民族文化刊行会，1994。

许兴植编《韩国金石全文·古代》，亚细亚文化社，1984。

绪方惟精:《日本汉文学史》(原著昭和36年初版)，丁策译，正中书局，1968。

薛爱华:《撒马尔罕的金桃——唐代舶来品研究》，吴玉贵译，社会科学文献出版社，2016。

雅诺什·哈尔马塔主编《中亚文明史》第2卷，徐文堪、芮传明译，中国对外翻译出版公司、联合国教科文组织，2002。

《一千零一夜》，李惟中译，宁夏人民出版社，2006。

一然：《三國遺事》，李载浩译，서울：明知大学校出版部，1975。

一然：《三国遗事》，明文堂，1993。

伊本·胡尔达兹比赫：《道里邦国志》，宋岘译注，中华书局，1991。

佚名：《世界境域志》，王治来译注，上海古籍出版社，2010。

佚名、怀风藻：《日本古典文学大系》（69），东京：岩波书店，昭和39年6月。

羽田亨：《西域文化史》，耿世民译，新疆人民出版社，1984。

原田淑人：《中国服装史研究》，常任侠等译，黄山书社，1988。

圆仁：《入唐求法巡礼行记》，顾承甫、何泉达点校，上海古籍出版社，1986。

真人元开：《唐大和上东征传》，汪向荣校注，中华书局，1979。

《中国印度见闻录》，穆根来等译，中华书局，1983。

周斌、陈朝辉主编《朝鲜汉文史籍丛刊》第1辑，巴蜀书社，2014。

周斌主编《朝鲜汉诗文总集》第1、2辑，四川大学出版社，2015。

周斌等主编《朝鲜汉文史籍丛刊》第3辑，巴蜀书社，2017。

周斌、李花子主编《朝鲜汉文史籍丛刊》第2辑，巴蜀书社，2017。

足立喜六：《长安史迹研究》，王双怀等译，三秦出版社，2003。

藏中进：《唐大和上东征传研究》，樱枫社，1976。

最澄等：《天台宗未决（附释疑）》，《大日本续藏经》第1辑第2编，涵芬楼，1925。

ポール・ベリォ、羽田亨共编『敦煌遗书・第一集』东亚考究会发行、1926年9月。

B.I. マルシヤク、穴沢咊光「北周李賢墓とその銀制水瓶について」『古代文化』第41卷第4号、1989。

白鳥庫吉『西域史研究』岩波書店、1981。

长沢和俊「庭州の位置について」『古代学』第 9 巻、1960。

长沢和俊『楼兰王国』角川書店、1963。

长沢和俊「碎叶路考」『早稲田大学大学院文学研究科紀要：哲学、史学編』第 38 巻、1992。

朝比奈泰彦編『正倉院薬物』植物文献刊行会、株式会社便利堂、1955。

辰巳正明『懐風藻全注釈』笠間書院、2012。

道明三保子「ササンの連珠文錦の成立と意味」『ミルクード美術論文集』吉川鴻文館、1987。

徳川光圀、徳川綱條『大日本史』嘉永四年五月齐昭跋本。

東野治之『遣唐使と正倉院』岩波書店、1992。

岡田正之『近江奈良朝の漢文學』東洋文庫、昭和 4 年（1929）。

古莊浩明『中央アジアの歴史と考古學』第 2 版、三惠社、2021。

古口哲也「唐代前半期の蕃将」『史朋』第 9 巻、1979。

横山七郎「日渤两国交渉の史的展開」『大东文化大学纪要』（人文科学）第 11 号、昭和 48 年（1973）3 月 31 日。

荒川正晴「唐帝国とソグト人の交易活動」『东洋史研究』第 56 巻第 3 号、1997 年 12 月。

妹尾達彦「唐代長安の都市形态」布目潮渢・妹尾達彦編『唐・宋时代の行政・经济地图の作制』1982。

平岡武夫「唐の長安城のこと」『东洋史研究』第 11 巻第 4 号、1952（2）。

桑山正进主编『慧超往五天竺国传研究』京都大学人文科学研究所、992。

桑原骘藏「隋唐时代に支那に来住した西域人に就いて」『内藤博士还暦祝賀支那学论丛』弘文堂书房、大正 15 年（1926）。

森安孝夫『シルクロードと唐帝国』讲谈社、2007。

杉山二郎『正仓院: 流沙と潮の香の秘密をさぐる』ブレーン美术选书、昭和 50 年（1975）10 月。

石田幹之助『长安の春』創元社、昭和 16 年（1941）。

松田寿男「碎叶と焉耆安西四镇の异同に关して」『东洋史论丛・市村博士古稀记念』富山房、1933。

藤田豊八『東西交渉の研究・南海篇』萩原星文館、昭和 18 年（1943）。

王勇『唐から見た遣唐使: 混血兒たちの唐帝國』講談社選書メチエ、1998。

下中弥三郎編集『世界美術全集（四）・古代エジプト』平凡社、昭和 28 年（1953）。

伊瀬仙太郎「安西都护府の亀兹移徙と四镇の创建について」『史潮』第 4 号、1942 年。

益富寿之助「正倉院薬物を中心とする古代石薬の研究」『正倉院の鉱物』（1）日本地學研究會館、1973。

羽田明「ソグト人の东方活动」『岩波讲座・世界历史』东京、1971。

與謝野寛等編纂『日本古典全集』現代思潮社株式會社、昭和 57 年（1982）。

猪口篤志「日本漢詩」『新釈漢文大系（45、46）』明治書院、平成 2 年（1990）8 月。

A. Stein, *Innermost Asia*（Oxford: Oxford University Press, 1928）.

Beckwith Christopher Ⅰ, *The Tibetan Empire in Central Asia: A History of the Struggle for Great Power Among Tibetans, Turks, Arabs, and Chinese during the Early Middle Ages*（Princeton: Princeton University Press, 1987). 中译本〔美〕白圭斯:《吐蕃在中亚——中古早期吐蕃、突厥、大食、唐朝争夺史》，付建河译，新疆人民出版社，2012。

E. Chavannes, *Le nestorianisme et l'inscription de Kara-Balgassoun*（《景教和哈喇和林遗址碑铭》），Journal asiatique，1897。

Edwin G. Pulleyland, "A Sogdian Colony in Inner Mongolia," *Toung Pao*, 1952(41).

Jonathan Skaff, *Sui-Tang China and Its Turko-Mongol Neighbors: Culture, Power, and Connections, 580-800*（Oxford University Press, 2012）.

N. W. Simmonds, *Evolution of Crop Plants*（London and New York: Longman, 1976）.

Philip K. Hitti, *History of the Arabs*（London: Macmillan, 1937）.

S. Beal, *Buddhist Records of The Western World*, Vol. Ⅰ, Motilal Banarsidass Pub., 1968.

后　记

　　本书是北京外国语大学 2020 年度"双一流"建设重大标志性成果"多语种、多视角世界文学与比较文学研究"继续资助项目（2021SYLZD012）子课题"丝绸之路与汉唐文学关系研究"结项成果之一，也是笔者主持的国家社会科学基金重大项目"汉唐间丝绸之路历史书写和文学书写文献资料整理与研究"（19ZDA261）阶段性成果。本书吸收了笔者近年来撰写的作为阶段性成果的若干篇论文，这些论文有的发表过，也有若干篇未刊。即便是发表过的论文，在观点上也有修正，在材料上有补充，在内容上有调整，有的有较大的改动。陶家俊教授主持的"多语种、多视角世界文学与比较文学研究"项目为本课题提供了研究经费和出版资助，本书的写作和出版得到北京外国语大学科研管理部门和中国语言文学学院领导的关心和协助，得到社会科学文献出版社领导、编辑的支持和指导，出版社郑庆寰先生在本书的出版工作中给予了许多帮助。汪延平、李蓉蓉两位老师细心的审校，让我避免了许多失误。正是因为有了上述各项资助，以及相关单位和部门的大力支持与协助，本课题的研究工作才顺利完成，本书得以顺利出版，在此一并致谢。诸多不完善之处，恳请学界同人批评指正。

石云涛

2021 年 7 月 16 日　北京

图书在版编目（CIP）数据

丝绸之路与汉唐文学的关系 / 石云涛著. -- 北京：
社会科学文献出版社, 2024.4
　（九色鹿）
　ISBN 978-7-5228-1158-1

Ⅰ.①丝…　Ⅱ.①石…　Ⅲ.①中国文学－古典文学研
究－汉代②中国文学－古典文学研究－唐代　Ⅳ.
①I206.2

中国版本图书馆CIP数据核字（2022）第228256号

·九色鹿·
丝绸之路与汉唐文学的关系

著　　者 / 石云涛

出 版 人 / 冀祥德
责任编辑 / 郑庆寰　汪延平
文稿编辑 / 李蓉蓉
责任印制 / 王京美

出　　版 / 社会科学文献出版社·历史学分社（010）59367256
　　　　　地址：北京市北三环中路甲29号院华龙大厦　邮编：100029
　　　　　网址：www.ssap.com.cn
发　　行 / 社会科学文献出版社（010）59367028
印　　装 / 北京盛通印刷股份有限公司

规　　格 / 开　本：787mm×1092mm　1/16
　　　　　印　张：38.25　字　数：545千字
版　　次 / 2024年4月第1版　2024年4月第1次印刷
书　　号 / ISBN 978-7-5228-1158-1
定　　价 / 128.80元

读者服务电话：4008918866